NUIT D'ÉTÉ

DAN SIMMONS

Nuit d'été

ROMAN TRADUIT DE L'ANGLAIS (ÉTATS-UNIS) PAR ÉVELYNE GAUTHIER

ALBIN MICHEL

Titre original :

SUMMER OF NIGHT

ISBN : 978-2-253-13862-4 – 1ʳᵉ publication - LGF

1

Old Central School – la Vieille Ecole du centre – se dressait avec arrogance, protégeant jalousement ses secrets et ses silences. Quatre-vingt-quatre ans de poussière de craie flottaient dans les rares rayons de soleil et l'odeur du vernis, appliqué année après année sur les escaliers et les parquets, imprégnait l'air confiné d'une odeur de cercueil. Voilées et déformées par l'âge et la pesanteur, les vitres des hautes fenêtres teintaient l'atmosphère d'une lassitude couleur sépia et les murs étaient si épais qu'ils semblaient absorber tous les bruits. Les couloirs et les escaliers renvoyaient bien l'écho des pas mais, dans les ténèbres, les sons paraissaient assourdis et sans rapport possible avec quelque mouvement que ce soit.

Le temps passait lentement à Old Central, peut-être même n'avançait-il pas du tout.

La première pierre de l'établissement avait été posée en 1876, l'année du massacre de Little Big Horn, loin à l'ouest, et l'année aussi où, loin à l'est, à Philadelphie, les visiteurs de l'exposition du Centenaire avaient pu voir le premier téléphone. Mais Old Central se trouvait dans l'Illinois, à mi-chemin entre ces deux événements mémorables, et à mille lieues du cours de l'Histoire.

Au printemps 1960, l'école ressemblait aux enseignants qui s'y étaient succédé : trop vieille pour continuer mais trop orgueilleuse pour prendre sa retraite, toujours debout par la force de l'habitude et la volonté farouche de ne pas capituler. Vieille fille stérile, elle avait emprunté les enfants des autres pendant quelque huit décennies.

Des fillettes qui avaient joué à la poupée dans l'obscurité des couloirs et des classes étaient mortes en couches. Des garçons qui avaient été consignés tard les soirs d'hiver dans les salles silencieuses pour avoir descendu en criant les escaliers avaient été, des années plus tard, ensevelis dans des endroits que ne mentionnaient même pas leurs livres de géographie : San Juan Hill, Belleau Wood, Okinawa, Omaha Beach, Pork Chop Hill ou Inchon.

A l'origine, l'école était bordée de beaux arbres et, durant les journées chaudes de mai et de septembre, les ormes les plus proches ombrageaient agréablement les classes du rez-de-chaussée. Mais au fil des ans, ces arbres moururent, et la ceinture d'ormes géants qui entourait le bâtiment telles des sentinelles silencieuses se transforma, l'âge et les maladies aidant, en une armée de squelettes. On en avait coupé et déblayé quelques-uns, mais la plupart étaient encore debout, et l'ombre de leurs branches desséchées s'étendait au-dessus du terrain de sport et des aires de jeux comme des mains noueuses cherchant l'école à tâtons.

Si par hasard quelque voyageur s'aventurait dans la petite ville d'Elm Haven, quittait la route goudronnée et dépassait les deux pâtés de maison qui cachaient l'école, il risquait de prendre cette bâtisse pour un palais de justice atteint de gigantisme ou tout autre bâtiment administratif aux dimensions aussi prétentieuses qu'absurdes. Dans ce bourg languissant de quelque mille huit cents habitants, à quoi pouvait bien servir ce colossal édifice planté au milieu d'un immense terrain vert ?

Puis le voyageur remarquait les équipements sportifs et comprenait qu'il se trouvait en face d'un établissement scolaire.

C'était une bien bizarre école avec ce clocher baroque en cuivre et bronze couvert de vert-de-gris, perché au sommet d'un toit noir très pentu. Des arcs en pierre de style roman revu-et-corrigé-par-Richardson ondulaient comme des serpents au-dessus des fenêtres. Ici et là, des vitraux ronds ou ovales suggéraient un croisement entre une école et une cathédrale, tandis que des chiens-assis sortaient de l'avant-toit comme dans un château et que d'étranges volutes semblables à des enluminures surmontaient les embrasures des portes. Mais, ce qui troublait le plus l'observateur, c'étaient ces proportions massives, déplacées, voire même quelque peu *menaçantes*. Old Central, avec ses trois rangées de fenêtres, ses chiens-assis et son avant-toit en saillie couronné d'un clocher d'un goût douteux, semblait une bien trop grande école pour un bourg aussi modeste.

Si notre voyageur avait quelque culture architecturale, il s'arrêtait net dans la rue silencieuse, descendait de voiture, regardait bouche bée l'édifice, et prenait une photo. A ce moment-là, il remarquait que les hautes fenêtres étaient de grands trous noirs conçus plutôt pour absorber la lumière que pour la faire entrer ou la réfléchir, et que les touches de style roman revu-et-corrigé-par-Richardson, second Empire ou pseudo-italiennes, avaient été plaquées sur un bâtiment d'un style grossier et banal, que l'on pourrait qualifier de gothique scolaire du Midwest. Le résultat final n'était pas un édifice étonnant, ni même une curiosité architecturale, mais un entassement de pierres et de briques aussi monumental que dément, surmonté d'un clocher dessiné de toute évidence par un malade mental.

Si le visiteur décidait d'ignorer le sentiment de malaise que procurait un tel spectacle, ou s'il refusait d'y céder, il pouvait essayer de se renseigner et même aller jusqu'à Oak Hill, chef-lieu du comté, pour y consulter les archives. Il apprenait alors que, quelque quatre-vingts ans auparavant, un esprit brillant avait eu une idée de génie : doter le comté de cinq grands établissements scolaires – l'Ecole du nord-ouest, l'Ecole du nord-est, l'Ecole du sud-ouest, l'Ecole du sud-est et l'Ecole du centre. Celle-ci avait été la première et la dernière à voir le jour.

Grâce à une ligne de chemin de fer (maintenant quasi inutilisée) et à l'arrivée massive d'immigrés amenés de Chicago par d'ambitieux urbanistes, Elm Haven était dans les années 1870-1880 une ville plus importante qu'en 1960. Le bourg comptait alors quatre mille trois cents âmes et le juge Ashley, le millionnaire à qui revenait la paternité de ce projet grandiose, avait prédit que la ville dépasserait bientôt Peoria et rivaliserait même un jour avec Chicago. Soutenu par les habitants, il avait insisté pour que l'école soit assez grande pour pouvoir accueillir plus tard les générations d'enfants, de plus en plus nombreuses, qui ne manqueraient pas d'habiter le comté de Crève Cœur. On avait donc ouvert six classes primaires et, au second étage, des classes secondaires, utilisées seulement jusqu'à la Grande Guerre. Le bâtiment abritait aussi la bibliothèque municipale, et il restait encore assez d'espace pour héberger un enseignement supérieur dès que le besoin s'en ferait sentir.

Mais le besoin ne s'en était jamais fait sentir, ni dans le comté de Crève Cœur ni à Elm Haven. La seigneuriale demeure du juge Ashley, au bout de Broad Avenue, avait été réduite en cendres après la faillite de son fils, lors de la récession de 1919. Old Central était donc restée une école primaire, fréquentée par un nombre de plus en plus réduit d'élèves à mesure que les écoles intercommunales s'ouvraient ici et là.

Lorsque, en 1920, une véritable école secondaire s'ouvrit à Oak Hill, le second étage n'eut plus aucune utilité, il fut fermé et livré aux ténèbres et aux toiles d'araignées. La bibliothèque municipale quitta la galerie entre le rez-de-chaussée et le premier étage en 1939, et les étagères vides le long de la mezzanine ne dominaient plus que les escaliers monumentaux, les catacombes du sous-sol, et quelques élèves circulant dans les couloirs sombres, tels des réfugiés dans une ville abandonnée après quelque incompréhensible catastrophe.

Finalement, à l'automne 1959, la nouvelle municipalité et les autorités académiques du comté de Crève Cœur avaient décidé qu'Old Central n'avait plus aucune raison d'être. Cette monstruosité architecturale coûtait, même réduite à l'état de coquille vide, trop cher à chauffer et à entretenir. A partir de la rentrée suivante, les cent trente quatre derniers élèves fréquenteraient la nouvelle école construite près d'Oak Hill.

Mais, en cette fin de printemps 1960, dernier jour de

classe, quelques heures avant que ne sonne l'heure de sa retraite définitive, l'école se dressait avec arrogance, protégeant jalousement ses secrets et ses silences.

2

Dale Stewart, en cette ultime demi-heure de son année de septième, était persuadé que le dernier jour d'école était la torture la plus sadique inventée par les adultes pour tourmenter les enfants.

Le temps passait encore plus lentement que dans la salle d'attente du dentiste, plus lentement même que lorsqu'il avait fâché sa mère et attendait avec appréhension le retour du père-justicier.

C'était tout bonnement intolérable.

L'horloge au-dessus des cheveux teints en bleu de la mère Faux-Derche indiquait 14 h 43, et le calendrier accroché au mur annonçait qu'on était le mercredi 1er juin 1960. C'était le dernier jour de l'année scolaire, le dernier jour d'incarcération à Old Central.

Mais le temps semblait s'être définitivement arrêté et Dale avait l'impression d'être un insecte prisonnier d'un bloc de résine, comme cette araignée dans une pierre jaune que le père Cavanaugh avait prêtée à Mike.

Il n'y avait absolument *rien* à faire. On ne pouvait même plus travailler : les livres scolaires venaient d'être ramassés. Mme Fodder les avait inspectés méticuleusement un par un à la recherche des pages détériorées. Dale s'était d'ailleurs demandé comment elle arrivait à distinguer les dégâts de cette année de ceux causés par les générations précédentes.

L'opération une fois terminée, la classe avait paru étrangement vide avec son tableau d'affichage vierge et ses pupitres bien récurés.

La mère Faux-Derche leur avait suggéré alors sans conviction de lire, mais les élèves avaient dû rendre tous leurs livres de bibliothèque le mercredi précédent. Dale aurait bien apporté quelque chose de la maison, par exemple le *Tarzan* qu'il avait laissé ouvert sur la table de la cuisine tout à l'heure après le déjeuner, ou l'un de ses gros romans de science-fiction en collection de poche, mais, bien qu'il lût plusieurs livres par semaine, il n'avait jamais pensé à l'école comme à un lieu où s'adonner à la lecture. L'école était un endroit pour faire des devoirs, écouter les maîtres et donner des réponses si évidentes qu'un orang-outang les aurait trouvées.

Dale était assis au second rang, à la quatrième table en partant de la droite. De sa place, il voyait le vestiaire, le début d'un couloir sombre et la porte de la classe où son meilleur copain, Mike O'Rourke, attendait lui aussi la fin de l'année scolaire.

Mike avait le même âge que Dale, à un mois près, mais il avait dû redoubler le cours élémentaire, et depuis les deux copains étaient séparés par ce gouffre qu'était une classe de différence. Mike avait réagi à son échec avec le sang-froid qu'il montrait en tout. Il savait en plaisanter et il avait conservé sa place de chef dans leur petite bande. Il n'en voulait même pas à Mme Grossaint, cette vieille chouette qui, Dale en était persuadé, n'avait refusé son passage dans la classe supérieure que par méchanceté pure et simple.

Dale avait d'autres bons copains dans la même classe que lui. Jim Harlen, par exemple, au premier rang, afin que Mme Fodder puisse garder un œil sur lui. Pour le moment, il se balançait sur sa chaise, la tête appuyée sur ses mains, et ses yeux furetaient de tous côtés, pleins de cette même impatience que Dale essayait de cacher. Voyant que son copain le regardait, Harlen lui fit une grimace. La mère Faux-Derche se racla la gorge et le garçon rectifia la position.

Du côté de la fenêtre étaient assis Chuck Sperling et Digger Taylor, des leaders, des types à histoire. Des andouilles. Dale ne les fréquentait guère à l'extérieur de l'école, sauf pour le base-ball.

Derrière Digger, Gerry Daysinger, en tee-shirt grisâtre et déchiré, attendait également que le temps passe. Tout le monde portait des jeans et des tee-shirts en dehors des heures de classe, mais seuls les enfants les plus pauvres, comme Gerry et les frères de Cordie Cooke, les mettaient pour aller à l'école.

Cordie Cooke était assise derrière Gerry. La grosse fille à face de lune avait l'air encore plus placide et inexpressif qu'à l'accoutumée. Son large visage plat était tourné vers la fenêtre, mais ses yeux pâles semblaient ne rien voir. Comme d'habitude, elle mâchait du chewing-gum, une manie qui, bizarrement, ne lui avait jamais attiré la moindre réprimande, alors que si Harlen ou l'une des autres fortes têtes de la classe s'y étaient essayé, la mère Faux-Derche les aurait immédiatement mis à la porte. Mais l'éternel mâchouillage de Cordie lui allait bien : dès qu'on la regardait, on ne pouvait s'empêcher de penser à une vache en train de ruminer.

Derrière Cordie, à la dernière table occupée dans la rangée près de la fenêtre, se trouvait Michelle Staffney, et le contraste entre les deux fillettes était saisissant. Comme toujours, Michelle était impeccable, avec un chemisier vert pâle et une jupe beige bien repassée. Ses cheveux roux retenaient la lumière et, même de l'autre extrémité de la classe, Dale distinguait les taches de rousseur qui ressortaient si bien sur sa peau presque transparente.

Sentant que Dale la regardait, Michelle leva les yeux de son livre, et, bien qu'elle s'abstînt de lui sourire, ce regard suffit à accélérer les battements du cœur de Dale. Il avait onze ans.

Mike n'était pas le seul membre de la petite bande à se trouver dans une autre classe. Il y avait aussi Kevin Grumbacher, en huitième, ce qui était normal puisqu'il avait neuf mois de moins que Dale, et Lawrence Stewart, le petit frère de Dale, qui était en neuvième chez Mme Howe, au rez-de-chaussée.

Mais Duane McBride était aussi en septième. Le gros Duane, deux fois plus costaud que le plus dodu des autres garçons de la classe, débordait presque de sa chaise dans la rangée du milieu. Pour le moment, les cheveux dressés en épis sur le crâne, il écrivait, comme toujours, dans un de ces vieux carnets à spirales qu'il traînait partout avec lui. Il remonta machinalement ses lunettes, fronça les sourcils et se remit au travail. Malgré la chaleur (il faisait environ trente-cinq degrés), il portait les vêtements qu'il avait portés tout l'hiver : une chemise à carreaux épaisse et un pantalon de velours informe. Dale ne se rappelait pas l'avoir jamais vu en jean et tee-shirt. Pourtant, contrairement à lui et à la plupart des autres élèves qui habitaient le bourg, il était fils de paysan et aidait son père au travail de la ferme.

Dale commençait à avoir des fourmis dans les jambes. 14 h 49... Pour quelque obscure raison en rapport avec les horaires des autobus de ramassage scolaire, la journée de classe se terminerait à 15 h 15.

L'écolier regarda le portrait de George Washington derrière le bureau de l'institutrice, puis ses yeux errèrent sur le plafond, cinq mètres plus haut, sur les étroites et hautes fenêtres de l'autre côté de la classe, sur les cartons remplis de manuels scolaires. Qu'allait-on faire de tous ces vieux bouquins ?

14 h 50... Encore vingt-cinq minutes à tuer avant que les vacances commencent pour de bon, avant d'être enfin *libres*.

Son regard se fixa ensuite sur la mère Faux-Derche. Ce surnom n'était utilisé ni avec méchanceté ni par moquerie : on l'avait tout simplement *toujours* appelée ainsi. Mme Fodder et Mme Duggan avaient enseigné en septième pendant trente-huit ans. D'abord dans des classes parallèles, puis lorsque, vers l'époque de la naissance de Dale, le nombre d'élèves avait suffisamment diminué pour justifier la suppression de plusieurs classes, en se partageant les cours. Le matin, Mme Bidersh enseignait la lecture, la rédaction, l'histoire et la géographie. L'après-midi, Mme Duggan assurait l'enseignement des matières scientifiques et de l'orthographe. La première étant grosse, petite et lente, la seconde maigre et grande, elles formaient un vrai couple de music-hall. En plus, le timbre et l'intonation de leur voix étaient presque opposés. Mais leurs vies étaient étroitement liées. Elles habitaient deux vieilles maisons victoriennes l'une à côté de l'autre, fréquentaient la même église, suivaient en duo des cours à Peoria et prenaient ensemble leurs vacances en Floride. C'étaient deux demi-personnes qui avaient uni leurs qualités et leurs insuffisances pour former un individu complet.

Mais cette année, juste avant Thanksgiving, Mme Duggan était tombée malade. « Cancer... », avait chuchoté Mme O'Rourke à la mère de Dale à un moment où elle pensait que les enfants ne pouvaient pas entendre.

Mme Duggan n'était pas revenue en classe après les vacances de Noël, et Mme Fodder, plutôt que de voir un étranger assurer les cours de l'après-midi et confirmer ainsi la gravité de l'état de Mme Duggan, s'était chargée, « seulement jusqu'au retour de Cora... », des matières qu'elle méprisait auparavant. En même temps, elle avait soigné son amie, d'abord dans la grande maison rose, puis à l'hôpital. Mais un matin, la mère Faux-Derche avait été absente. Et pour la première fois en quarante ans, il y avait eu un remplaçant en septième. La rumeur avait circulé sur le terrain de jeux : Mme Duggan était morte. C'était la veille de la Saint-Valentin.

Les obsèques avaient eu lieu à Davenport et aucun des élèves n'y avait assisté. D'ailleurs, même si cela s'était passé à Elm Haven, personne n'y serait allé non plus. Mme Fodder était rentrée deux jours plus tard.

Dale observait toujours la vieille dame, et il eut presque pitié d'elle. Elle était toujours grosse, mais son embonpoint était comme un manteau trop grand. Quand elle faisait un geste, le dessous de ses bras tremblotait, comme du papier crépon autour d'un os. Ses yeux étaient si cernés et si profondément enfoncés dans leurs orbites qu'on aurait dit des yeux au beurre noir. L'institutrice regardait par la fenêtre avec une expression aussi désespérée et vide que celle de Cordie Cooke. Ses cheveux bleus aux racines jaunes étaient emmêlés, et sa robe tombait tout de travers comme si elle s'était trompée de boutons.

Le garçon soupira et s'agita sur sa chaise. 14 h 52.

Il y eut un mouvement furtif dans le couloir. Dale aperçut une silhouette pâle : c'était Tubby Cooke, alias « Bouboule », le frère de Cordie, un petit gros un peu débile. Il traversa sans bruit le vestiaire, regarda dans la classe en essayant d'attirer l'attention de sa sœur sans se faire remarquer par la mère Faux-Derche. En vain d'ailleurs, Cordie semblait hypnotisée par le ciel et n'aurait même pas remarqué son frère s'il lui avait jeté un pavé à la figure.

Dale fit un signe de tête discret en direction de Tubby. Celui-ci répondit par un geste du doigt obscène, lui montra quelque chose qui devait être une permission de lavabos, et disparut dans l'obscurité.

Dale s'appuya à son dossier. Tubby jouait de temps en temps avec lui et ses copains, bien que sa famille fût une de celles qui vivaient le long de la voie ferrée près du vieux silo, dans une cabane en papier goudronné posée sur des parpaings. Tubby était gros, laid, bête, sale, et sa grossièreté dépassait de loin celle de tous les autres gamins de son âge. Naturellement, tout cela ne constituait pas forcément une raison pour l'exclure de la bande de gosses de la ville qui s'était baptisée la Cyclo-Patrouille. Mais, dans l'ensemble, Tubby ne semblait pas trop tenir à les fréquenter.

Qu'est-ce que cette patate a encore imaginé ? se demanda vaguement Dale en regardant pour la énième fois la pendule : il était 14 h 52.

Des insectes englués dans la résine.

Tubby Cooke renonça à attirer l'attention de sa sœur et se dirigea sans bruit vers l'escalier, avant que la mère Faux-Derche ou l'une des autres maîtresses le remarque. Mme Grossaint lui avait donné une permission de lavabos mais cela n'empêcherait pas les autres vieilles chouettes de le renvoyer en classe si elles le prenaient à traîner dans les couloirs.

Il descendit l'escalier sur la pointe des pieds. Il n'avait pas de temps à perdre ; il lui restait moins d'une demi-heure et il avait quelque chose d'important à faire dans les toilettes des garçons, au sous-sol, avant que cette saloperie de vieille école ne soit fermée pour toujours.

Le rez-de-chaussée était plus éclairé et, en dépit du grand trou noir de l'escalier montant vers les étages supérieurs, l'agitation des petites classes humanisait un peu l'atmo-

14

sphère. Tubby traversa l'entrée à pas de loup, et dévala l'escalier menant au sous-sol.

Dans cette école grotesque, il n'y avait même pas de gogues au premier ou au rez-de-chaussée. On n'en trouvait qu'au sous-sol et là, par contre, ce n'était pas ça qui manquait... Il y avait celles réservées aux élèves des classes primaires, d'autres fermées à clé à côté de l'espèce de cagibi marqué *Salle des professeurs*, le petit urinoir près de la chaufferie où Van Syke allait pisser, et, sans doute, un tas d'autres encore derrière les portes des longs couloirs sombres qui se perdaient dans l'obscurité, et où personne ne s'aventurait jamais.

Tubby n'en savait pas plus que les autres : du sous-sol descendaient de longs escaliers, mais nul ne s'y était jamais risqué, et il n'avait pas la moindre intention de le faire. Il n'y avait même pas *d'éclairage,* dans ces trous à rats. Seuls Van Syke ou peut-être aussi Roon, le directeur, savaient ce qui s'y trouvait.

Bof, sans doute d'autres gogues !

Tubby se dirigea vers les toilettes des classes primaires marquées *garcons*. La plaque avait toujours été comme ça, son père lui avait dit qu'il l'avait déjà remarqué de son temps. Et la seule raison pour laquelle Tubby et son père savaient qu'il manquait un truc, la cédille, c'était parce que la vieille Duggan n'arrêtait pas de râler sur la faute d'orthographe. Et elle le faisait déjà à l'époque où son père était dans sa classe. Eh bien, la vieille Duggan était morte maintenant, elle mangeait les pissenlits par la racine. Pourquoi n'avait-elle pas ajouté la cédille elle-même, si ça la gênait tant ? Elle avait eu pratiquement un siècle pour le faire ! En réalité, ce que le vieux chameau voulait, c'était râler, pendant ce temps-là elle se sentait supérieure et donnait à ses élèves l'impression qu'ils étaient nuls.

Tubby ne s'attarda pas dans le long couloir noir plein de courants d'air. Les murs de brique avaient autrefois été crépis en vert et brun, le plafond était encombré de tuyauteries et tapissé de toiles d'araignée, et on avait l'impression que cette espèce de boyau ne pouvait mener qu'à un tombeau ou quelque chose de ce genre. Comme dans ce film sur la momie que Cordie et lui avaient vu au *drive-in* de Peoria, le jour où leur grande sœur Maureen et son jules les avaient fait entrer en douce, cachés dans le coffre de la voiture. C'était un bon film, mais Tubby l'aurait mieux apprécié sans le bruitage – bruits de baisers et de succion, halètements – venu du siège arrière où sa sœur et Berk le Boutonneux s'envoyaient en l'air. Maureen était enceinte maintenant, et vivait avec cette andouille de Berk de l'autre côté de la décharge, pourtant Tubby n'avait pas entendu dire qu'ils s'étaient mariés. Ce soir-là, Cordie n'avait pas arrêté de se retourner au lieu de regarder le film, elle était bien plus intéressée par le numéro de ces deux obsédés que par la momie.

A l'entrée des toilettes marquées *garçons*, Tubby s'arrêta et tendit l'oreille. Le père Van Syke traînait parfois dans le coin à espionner les élèves, et s'il les trouvait en train de faire une bêtise ou même rien du tout, il n'hésitait pas à leur filer une gifle ou à leur botter les fesses. Il ne faisait d'ailleurs pas ça à tous les élèves, pas aux gosses de riches comme la fille du docteur Staffney, comment s'appelait-elle déjà, cette morveuse ? Ah oui, Michelle. Van Syke ne s'en prenait qu'aux élèves comme Tubby ou Gerry Daysinger, dont les parents s'en foutaient ou le craignaient.

N'ayant rien entendu, le garçon entra dans la pièce, toujours sur la pointe des pieds. Elle était longue, basse de plafond et sombre. Il n'y avait pas de fenêtres et toutes les ampoules, sauf une, étaient grillées. Les urinoirs, faits d'une espèce de pierre lisse, étaient vétustes et l'eau y dégoulinait constamment. Les sept cabinets étaient en piteux état, avec des graffitis sur toutes les cloisons. On pouvait voir le nom de Tubby sur deux d'entre eux, et les initiales de son père sur celui du fond. Tous, sauf un, avaient perdu leur porte.

Ce qui intéressait Tubby se trouvait tout au bout, dans la partie la plus obscure, près du mur de pierre.

Le mur extérieur, en effet, était en pierres, et celui d'en face, sur lequel s'appuyaient les urinoirs, en briques de mauvaise qualité. Par contre, la cloison intérieure, derrière les cabinets, était faite d'une espèce de plâtre, et Tubby la contempla avec satisfaction.

Une large lézarde d'au moins un mètre de haut s'ouvrait à une quinzaine de centimètres au-dessus des dalles du sol. Tubby aperçut du plâtre fraîchement écrasé par terre, et des morceaux de lattes pourries sortant du mur, comme des côtes d'une cage thoracique : d'autres écoliers avaient gratté le trou depuis ce matin. Parfait. Qu'ils fassent le travail, pourvu qu'ils lui laissent le plaisir de la découverte.

Il s'accroupit pour essayer de regarder à l'intérieur du trou. C'était assez large pour y passer le bras maintenant, et il sentit, à une trentaine de centimètres, un autre mur de pierres. Il y avait du vide à droite et à gauche, et Tubby se demanda pourquoi on avait érigé cette cloison alors que l'ancien mur était encore debout, là derrière. Puis il donna quelques coups de pied dans la paroi, pour voir. Le procédé était plutôt bruyant, le plâtre craquait, les lattes se brisaient, des fragments de cloison et de la poussière volaient dans toutes les directions, mais Tubby était presque sûr que personne ne l'entendrait : les murs de cette saloperie d'école étaient plus épais que ceux d'un château-fort.

Il n'y avait que Van Syke qui errait dans ce sous-sol comme s'il était chez lui... Peut-être était-ce d'ailleurs le cas, car personne n'avait jamais entendu dire qu'il avait une maison ailleurs. Mais, depuis quelques jours, on n'avait pas vu dans les parages le sinistre gardien des lieux aux mains crasseuses et aux dents jaunes, et il devait se foutre éperdument qu'un des élèves démolisse une cloison des gogues. D'ailleurs, pourquoi s'en serait-il inquiété ? Dans un ou deux jours, toutes les ouvertures de cette saloperie d'école seraient murées, en attendant les démolisseurs.

L'enfant continua à démanteler le mur à coups de pied avec une énergie féroce qu'il montrait rarement, et qui le vengeait de cinq années d'humiliations. Catalogué dès le jardin d'enfants d'« esprit lent », d'« élève dissipé », il avait toujours été condamné à s'asseoir à un pupitre placé tout contre le bureau de Mme Grossaint, puis de Mme Howe et de Mme Harris, qui voulaient le garder à l'œil. Tout ce temps, il avait dû rester coincé près d'elles à renifler leur odeur de vieille bonne femme, à écouter leur voix de vieille bonne femme et à obéir à leurs ordres de vieille bonne femme.

Un autre coup de pied... et il sentit le mur céder. Du plâtre s'abattit sur ses chaussures et il se trouva devant un vrai trou... un gros trou... une foutue *caverne,* oui !

Tubby était gros pour un enfant de son âge, mais le trou était presque assez grand pour qu'il y passe... Oui, il *pouvait* y entrer ! Toute une partie du mur s'était effondrée, c'était comme une écoutille de sous-marin. L'écolier se mit de profil, glissa son bras et son épaule gauches par l'ouverture, la tête toujours hors du trou, un large sourire sur le visage. Puis il passa la jambe gauche dans l'espace entre la cloison et le vrai mur derrière. C'était comme un satané passage secret !

Il s'accroupit et passa l'autre jambe, seules restaient dehors la tête et une partie des épaules. Il se recroquevilla davantage et geignit un peu en se dépliant dans l'obscurité glaciale.

Si Cordie ou mon vieux me voyaient... Ils seraient sciés ! Bien sûr, Cordie n'entrerait jamais dans les chiottes des *garçons*. Quoique... elle était bizarre, sa sœur... Deux ans plus tôt, alors qu'elle était en neuvième, elle avait filé Chuck Sperling, le petit-génie-du-base-ball, champion de course à pied et parfait trou-du-cul, jusqu'à la rivière où il allait pêcher.

Elle l'avait suivi toute une matinée, puis elle lui avait sauté dessus et s'était assise sur son ventre en le menaçant de lui défoncer le portrait avec une pierre s'il ne lui montrait pas sa bite.

D'après Cordie, il avait pleuré et craché le sang, mais il avait fini par lui obéir. Elle n'en avait parlé à personne d'autre, bien sûr, et Chuck ne s'en était pas vanté non plus, évidemment.

Il s'adossa au fond de sa petite caverne, passa la main sur ses cheveux couverts de plâtre et contempla avec satisfaction les toilettes des *garçons*. Le prochain écolier qui viendrait pisser aurait la frousse de sa vie lorsqu'il lui sauterait dessus.

Il attendit deux ou trois minutes, mais personne ne vint. Il y eut bien une espèce de grincement et de froissement plus loin dans le couloir du sous-sol, mais aucun élève ne se montra. Les seuls bruits étaient le ruissellement de l'eau dans les urinoirs et un faible gargouillis dans les tuyaux du plafond, comme si cette saloperie d'école parlait toute seule.

C'est un vrai passage secret ! se répéta-t-il en regardant à gauche l'étroit intervalle entre les deux murs. C'était tout noir et ça sentait comme sous la véranda, chez lui, là où il se cachait lorsqu'il voulait jouer tranquille, une odeur de pourriture un peu écœurante.

Puis, juste comme il commençait à se sentir coincé et mal à l'aise, il remarqua une faible lueur à l'autre bout du passage, à peu près au niveau de l'extrémité des toilettes. Il frissonna. Il allait sortir du trou quand il comprit d'où provenait cette lueur. Les toilettes des filles devaient aussi ouvrir sur cette caverne. Et s'il jetait un coup d'œil par la lézarde ou le trou dans les lattes qui laissait filtrer la lumière ?

Avec un peu de chance, il pourrait tomber sur une fille en train de pisser... Peut-être même sur une de ces pimbêches de septième, Michelle Staffney ou Darlene Hansen, la culotte autour des chevilles et la boutique à l'air !

Haletant, battant furieusement des paupières pour chasser les toiles d'araignée et la poussière qui lui tombaient dans les yeux, à demi suffoqué par l'écœurante odeur-de-sous-la-véranda, il s'éloigna de la lumière sortant du trou qu'il venait d'ouvrir et s'avança en direction de la lueur.

Dale et les autres étaient en rang dans leur classe, prêts à recevoir leur bulletin de fin d'année, lorsque le hurlement se fit entendre. Il fut tout de suite si fort que Dale pensa d'abord à l'orage qui assombrissait le ciel et à un étrange coup de tonnerre, très aigu. Mais c'était vraiment trop aigu, trop perçant, et cela dura trop longtemps pour avoir un rapport avec l'orage. Pourtant, ce son n'avait rien d'humain.

D'abord, il parut provenir d'en haut... du sommet de l'escalier, de l'étage baigné d'obscurité de l'ancienne école

19

secondaire, puis il sembla sortir des murs, d'en bas, même des radiateurs et de la tuyauterie. Et cela continua, long-temps, longtemps... Dale et son frère Lawrence avaient entendu exactement le même bruit à la ferme de leur oncle Henry le jour où on avait tué le cochon, une sorte de couinement strident et discordant, comme un grincement d'ongles sur un tableau noir, suivi d'un véritable hurlement se terminant par une sorte de gargouillis. Mais là, le cri se répéta. Et encore une troisième fois.

Mme Fodder, qui était en train de tendre son bulletin à Joe Allen, le premier élève rangé devant elle, se figea. Puis elle se tourna vers la porte, la regarda fixement, comme si elle s'attendait à y voir apparaître l'origine de ce bruit, et continua à regarder même après que le silence fut revenu. Son visage avait une expression horrifiée, mais il y avait autre chose..., pensa Dale : comme une attente impatiente.

Une silhouette sombre apparut dans la pénombre du couloir, et les élèves, toujours rangés par ordre alphabéti-que pour recevoir leur bulletin, retinrent leur souffle.

C'était M. Roon, le directeur. Son éternel complet foncé à fines rayures et ses cheveux noirs se fondaient si bien dans l'obscurité du palier que son visage réprobateur semblait flotter à la porte de la classe, comme désincarné. Dale, en voyant son teint rosâtre et glabre, pensa une fois de plus que sa peau ressemblait à celle d'un rat nouveau-né.

Le directeur jeta un coup d'œil à la pendule.

— Il est... euh... 15 h 15. Les élèves sont-ils prêts à sortir, madame Fodder ?

Celle-ci réussit à acquiescer. Elle serrait si fort le bulletin de Joe Allen que Dale s'attendait presque à entendre cra-quer les articulations de ses doigts.

— Ah... très bien..., continua Roon. Eh bien, mes enfants, j'ai pensé qu'il était préférable de vous informer que ce... bruit bizarre... était tout simplement provoqué par des essais de chaudière, comme vient de me l'apprendre M. Van Syke.

Jim Harlen se tourna vers Dale et, pendant un instant, celui-ci fut sûr qu'il allait lui faire une grimace... une catastrophe car, tendu comme il l'était, il ne pourrait s'empêcher de pouffer de rire. Et s'il y avait une chose qu'il craignait par-dessus tout, c'était d'être consigné ce soir-là. Mais Harlen se contenta d'écarquiller les yeux en une expression plus sceptique que drôle, et se retourna vers M. Roon.

— ... de toute façon, continuait le directeur, je veux profiter de l'occasion pour vous souhaiter d'agréables vacances. Et n'oubliez pas qu'avoir fait une partie de vos études à Old Central est un privilège dont vous devez être fiers. Il est encore trop tôt pour savoir ce que va devenir ce superbe vieil établissement, mais espérons qu'il sera conservé pour les générations futures.

Cordie Cooke, à la fin du rang, regardait toujours par la fenêtre en se curant nonchalamment le nez. Roon parut ne rien remarquer. Il s'éclaircit la gorge comme pour continuer son discours, jeta un autre coup d'œil à l'horloge et se contenta d'ajouter :

— Très bien... Madame Fodder, je vous prie de bien vouloir distribuer à vos élèves leur bulletin du dernier trimestre.

Avec un bref signe de tête, le petit homme tourna les talons et s'évanouit dans l'obscurité.

La mère Faux-Derche cligna des yeux comme un hibou, parut redescendre sur terre et remit son bulletin à Joe Allen. Celui-ci, sans prendre le temps de le regarder, fila se placer devant la porte. D'autres classes descendaient l'escalier, bien en ordre.

Dale avait déjà vu à la télévision ou au cinéma des élèves s'égailler comme une volée de moineaux dès que la sonnerie retentissait. Mais il n'en avait jamais été ainsi à Old Central : on ne s'y déplaçait qu'en rang, même en ces dernières secondes des dernières minutes du dernier jour de classe.

Les élèves défilèrent donc un par un devant Mme Fodder, et Dale prit son bulletin, placé dans une enveloppe brune. Enfin Pauline Zaner reçut le sien et tout le monde se plaça devant la porte en deux rangées parallèles, les garçons d'un côté et les filles de l'autre, les élèves prenant l'autobus devant et les enfants de la ville derrière. Mme Fodder s'avança face à eux, les bras croisés comme pour leur adresser un dernier reproche, s'immobilisa un instant et, sans un mot, leur fit signe de suivre les élèves de Mme Shrives, qui venaient de descendre l'escalier.

Joe Allen mena la charge.

Une fois dehors, Dale aspira profondément l'air lourd et dansa presque de joie. Enfin la lumière, enfin la liberté ! Derrière lui, l'école se dressait telle une falaise rébarbative, mais sur la route et le terrain de jeux, les écoliers en effervescence couraient dans tous les sens, récupéraient en hâte leur bicyclette ou se précipitaient dans les cars de ramassage scolaire car les chauffeurs leur criaient de se dépêcher. Le bruit et l'agitation célébraient le début des vacances.

Dale fit un signe d'adieu à Duane McBride qui, poussé par la masse, montait dans l'autobus. Puis il regarda des petits de neuvième groupés autour du garage à vélos. Son frère Lawrence quitta ses copains et s'approcha de lui à toutes jambes, le visage fendu d'un large sourire sous ses grosses lunettes.

— Libres ! lui cria Dale en le soulevant pour le faire tournoyer en l'air.

Mike O'Rourke, Kevin Grumbacher et Jim Harlen les rejoignirent.

— Zut alors, dit Kevin, vous avez entendu ce bruit, juste comme Mme Shrives nous faisait mettre en rang ?

— Qu'est-ce que c'était ? demanda Lawrence en traversant avec les autres le terrain de base-ball.

— Je crois qu'Old Central dévorait un petit de neuvième ! rétorqua Mike en passant les doigts dans les cheveux en brosse du garçon.

Celui-ci se dégagea en riant.

— Non, sans blague ?

Jim Harlen se courba, le derrière en direction de la vieille école, et lança :

— Moi je pense que c'était la Faux-Derche qui pétait !

Et il produisit l'effet sonore adéquat.

— Hé, fais gaffe à ce que tu dis, Harlen ! s'écria Dale en lui décochant un coup de pied et en désignant de la tête son petit frère qui se roulait dans l'herbe, mort de rire.

Les autobus démarrèrent bruyamment. La cour de récréation se vidait rapidement et les enfants partaient en courant sous les grands ormes, comme s'ils voulaient battre l'orage de vitesse.

— Regardez ! dit Dale.

— C'est Cordie Cooke, non ?

— Mais...

La petite silhouette se dressait près de l'entrée nord de l'établissement, les bras croisés, tapant du pied. Elle avait l'air plus lourde et plus bovine que jamais dans sa robe trop grande. Deux des plus jeunes Cooke, les jumeaux qui étaient en cours préparatoire, attendaient derrière elle, la salopette mal attachée. Les Cooke habitaient assez loin de la ville pour avoir droit au ramassage scolaire, mais aucun autobus n'allait en direction du silo et de la décharge, alors la fillette et ses trois frères rentraient chez eux à pied en suivant la ligne de chemin de fer.

Cordie cria quelque chose en direction de l'école. M. Roon apparut à la porte et lui fit signe de partir. Derrière les fenêtres flottèrent des formes blanches, sans doute des enseignants qui regardaient ce qui se passait. Van Syke était debout sur le seuil à côté du directeur.

Roon prononça quelques mots, tourna le dos et ferma la porte. Cordie Cooke se baissa, ramassa un gros caillou et le lança vers l'école. Il rebondit sur la porte vitrée.

— Zut alors ! souffla Kevin.

La porte se rouvrit violemment et Van Syke surgit juste comme Cordie attrapait ses deux petits frères. Elle descendit en courant l'allée et s'engagea dans Depot Street en direction de la voie de chemin de fer. Elle courait vite pour une fille si lourde. Un de ses petits frères trébucha en traversant Third Avenue, mais elle se contenta de le soulever jusqu'à ce qu'il retrouve l'usage de ses pieds. Van Syke la poursuivit jusqu'à la lisière du terrain de jeux et s'arrêta, ses longs doigts griffant l'air.

— Zut alors ! répéta Kevin.

— Venez, dit Dale, ma mère m'a promis de la limonade pour tout le monde !

Avec des cris de Sioux, la bande prit son envol. Vers un bel été de vacances et de liberté.

3

Il y a peu de moments dans l'existence, du moins dans celle d'un individu de sexe masculin, qui soient aussi réjouissants, enthousiasmants et prometteurs que les premiers jours des grandes vacances, surtout quand on a onze ans. Les semaines s'étalent alors comme un énorme banquet, et chaque jour est riche de temps pour en savourer lentement chaque plat.

En ce premier et délicieux matin de vacances, Dale, encore dans les brumes du sommeil, avait perçu la *différence* avant même de se souvenir de la raison de cette impression. Ce matin-là, pas de sonnerie de réveil, pas de *Dale ! Lawrence !* lancés par la voix maternelle, pas de brouillard gris et froid collé aux fenêtres, ni d'école encore plus grise et froide les attendant à 8 h 30, pas d'adulte pour leur donner des ordres, les sommer d'ouvrir leur livre à telle ou telle page et de penser ceci ou cela.

Non, ce matin-là offrait des chants d'oiseaux, des bouffées d'air tiède et parfumé entrant par les fenêtres, le bourdonnement d'une tondeuse à gazon manœuvrée par quelque retraité matinal, et même des rayons de soleil se glissant entre les rideaux jusqu'aux lits, comme une bénédiction estivale. Une fois soulevée cette chape de plomb qu'était l'année scolaire, le monde retrouvait sa couleur.

Dale s'était retourné : son petit frère Lawrence le regardait au-dessus des yeux en bouton de bottine de son ours en peluche. L'enfant lui avait fait un large sourire joyeux et avide, et ils avaient tous deux sauté du lit, quitté en hâte leur pyjama, enfilé à toute allure le jean et le tee-shirt qui les attendaient sur une chaise, les chaussettes propres et les beaucoup-moins-propres chaussures de tennis, puis ils avaient dévalé l'escalier, englouti un rapide petit déjeuner en plaisantant gaiement avec leur mère, avant de se retrouver enfin dehors, sur leurs vélos, dans la rue, en route vers le bel été qui les attendait...

Trois heures plus tard, les deux frères se trouvaient dans l'ancien poulailler de Mike O'Rourke, affalés l'un sur un vieux sofa éventré l'autre à même le sol. Mike, Kevin et Jim étaient là eux aussi, et même Duane, venu en ville avec son père qui devait faire des achats à la coopérative agricole. Et tous semblaient également incapables de choisir dans l'immense éventail des possibilités s'offrant à eux.

— Pourquoi ne pas descendre nous baigner à la rivière ou à l'étang ? proposa Kevin.

— Hum..., dit Mike.

Couché à l'envers sur le sofa, le dos sur les coussins, les jambes par-dessus le dossier et la tête sur un vieux gant de base-ball posé par terre, Mike tirait à l'élastique en direction d'un faucheux au plafond. Il récupérait l'élastique après chaque tir et jusque-là, il avait fait bien attention à ne pas toucher la bestiole. Toutefois, celle-ci commençait à manifester une certaine anxiété car, à chaque fois qu'elle s'approchait d'une fissure ou d'un coin de la charpente, l'élastique arrivant tout près la faisait décamper dans la direction opposée.

— Je n'ai pas trop envie de me baigner, continua-t-il. Il y aura des mocassins d'eau partout après l'orage d'hier.

Dale et Lawrence échangèrent un coup d'œil. Mike craignait les serpents. C'était même, à leur connaissance, la seule chose dont il eût peur.

— Alors, faisons une partie de base-ball..., lança Kevin sans se décourager.

— Ah non ! protesta Harlen, vautré sur une vieille chaise défoncée en feuilletant un *Superman*, je n'ai pas apporté mon gant. Et je n'ai pas la moindre envie de retourner là-bas le chercher.

A la différence des autres garçons qui, sauf Duane, vivaient tous dans le même quartier, Jim Harlen demeurait à l'autre bout de Depot Street, près de l'ancienne ligne de chemin de fer menant à la décharge et aux cabanes sordides du genre de celle de Cordie Cooke. La maison de Jim Harlen était tout à fait bien, une ancienne ferme rejointe par la ville, mais le voisinage était inquiétant : J. P. Congden, le shérif, un cinglé, habitait deux maisons plus loin avec son fils C.J., la pire brute de toute la ville. La petite bande n'aimait pas aller jouer chez Harlen, ni même se promener dans cette direction, et tous comprenaient fort bien que leur copain rechigne à retourner chez lui.

— Allons dans les bois alors... Nous pourrions passer dans Gipsy Lane, intervint Dale.

Les autres restaient indécis. Ils n'avaient aucune raison de refuser cette suggestion, mais une espèce de léthargie s'était abattue sur eux. Mike lança l'élastique et le faucheux se hâta de s'éloigner du point d'impact.

— C'est trop loin, objecta Kevin, il faut que je rentre pour dîner, moi !

Les autres échangèrent un petit sourire entendu. Ils avaient tous l'habitude d'entendre la mère de Kevin, debout sur le pas de la porte, crier d'une voix de fausset : « Keviiin ! » L'enfant laissait alors immédiatement tout tomber et partait en courant vers la grande villa neuve sur sa petite butte, à côté de la vieille maison de Dale et Lawrence.

— Et toi, Duane, qu'est-ce qui te tenterait ?

Mike était un chef-né : il veillait toujours à consulter la base avant de prendre des décisions.

Le jeune paysan aux cheveux coupés à la diable et au regard placide mâchonnait quelque chose, et on l'aurait presque pris pour un débile. Mais Dale savait combien cette apparence rustaude était trompeuse, tous le savaient d'ailleurs. Duane était en fait si intelligent que les autres ne pouvaient qu'essayer de *deviner* ses raisonnements. Il était si brillant qu'il n'avait même pas besoin de le montrer à l'école. Il préférait voir ses maîtres s'arracher les cheveux devant ses réponses brèves mais parfaitement correctes, ou se gratter le front en entendant ses reparties mi-respectueuses mi-ironiques. L'école n'intéressait pas

Duane. Ce qui l'intéressait, c'était des sujets de réflexion que les autres enfants ne comprenaient même pas.

Il arrêta de mâcher et regarda le vieux poste de TSF posé dans un coin du poulailler.

— J'aimerais bien écouter la radio...

Il marcha lourdement vers un gros meuble démodé où l'on pouvait voir des bandes de fréquences. Celle du haut indiquait Mexico sur 49 mégahertz ; Hong Kong, Londres, Madrid, Rio et quelques autres sur 40 mégahertz ; Berlin, Tokyo et Pittsburgh sur 31, et Paris tout en bas, mystérieusement seul sur la bande des 19. Mais le meuble était vide, il n'y avait plus d'appareil de radio à l'intérieur.

Duane s'accroupit et chercha avec soin une fréquence, l'oreille tendue, attentif au moindre bruit.

Jim Harlen fut le premier à comprendre. Il se glissa derrière le meuble et le tira sur lui pour se cacher.

— Essayons d'abord les fréquences nationales...

Duane déplaça le curseur sur la bande du milieu, entre International et Special Service.

— C'est marqué Chicago par là..., marmonna-t-il.

De l'intérieur du meuble leur parvint un bourdonnement, comme si les tubes cathodiques se mettaient à chauffer lentement, puis un grésillement lorsque Duane tourna légèrement le bouton. Ils entendirent quelques mots prononcés d'une voix grave, ensuite deux ou trois mesures de rock and roll, suivies d'un instant de silence. Après, il y eut un autre grésillement, un son sourd, les bruits d'un match de base-ball... les White Sox à Chicago !

— *Il revient ! Le revoilà ! Il retourne contre le mur droit du terrain de Comiskey Park ! Il saute sur la balle ! Il grimpe au mur ! Il...*

— Bof, rien d'intéressant..., murmura Duane. Essayons l'étranger... Tralala... Ah, tiens !... Berlin...

— *Ach du lieber der fershtugginer ball ist op und outta hier !* (La voix de Harlen était instantanément passée d'une intonation excitée, emphatique, à un accent rauque, haché, très germanique.) *Der Fuhrer ist nicht gehappy. Nein ! Nein ! Et ist gerflugt und vertunken und der veilige pisstoffen !*

27

— Rien non plus, marmonna Duane, je vais essayer Paris.

Mais le pseudo-français haut perché sortant du meuble fut couvert par les cris et les éclats de rire. Mike lança son élastique n'importe comment, et le faucheux réussit enfin à se réfugier dans une fente, Dale s'approcha, prêt à essayer quelques stations, Lawrence se roula par terre en hurlant de rire et Kevin croisa les bras d'un air réprobateur et vexé, tandis que Mike lui chatouillait les côtes avec sa chaussure.

Le sortilège était levé. Les garçons étaient maintenant prêts à faire tout ce dont ils rêvaient depuis des jours.

Plus tard, après le dîner, durant le long et presque trop doux crépuscule d'une soirée de juin, Dale, Lawrence, Kevin et Harlen arrêtèrent leur bicyclette au coin de la maison de Mike.

— *Iiikee !* cria Lawrence d'une voix stridente.

— *Kiaaiii !* leur répondit-on depuis les ombres sous les ormes.

Mike roula à leur rencontre et vint se ranger parallèlement à eux grâce à un superbe dérapage contrôlé.

La Cyclo-Patrouille, formée deux ans plus tôt par ces cinq gamins dont les plus âgés étaient en neuvième et le plus jeune croyait encore au Père Noël, était ainsi au complet. Ils ne s'appelaient plus comme ça maintenant, ils avaient même plutôt honte de ce nom, car ils étaient trop grands pour prétendre encore parcourir Elm Haven à bicyclette afin de défendre la veuve et l'orphelin, mais au fond d'eux, ils croyaient toujours à leur mission de redresseurs de torts, avec cette même foi dans le présent qui, autrefois, la veille de Noël, les remplissait d'un sentiment d'expectative et les empêchait de trouver le sommeil.

Ils restèrent un moment dans la rue silencieuse. Au-delà de la maison de Mike, First Avenue continuait plein nord vers le château d'eau à six cents mètres de là, puis bifurquait vers l'est avant de disparaître dans la brume du soir suspendue au-dessus des champs à l'horizon, en direction des bois, de Gipsy Lane et de la taverne de l'Arbre noir. A cette heure entre chien et loup, le ciel ressemblait à un couvercle gris bien poli qui s'assombrissait petit à petit. Le maïs était encore jeune, il ne leur arrivait pas plus haut que le genou.

Dale contempla les champs qui s'étendaient vers l'est bien au-delà de ces arbres lointains et essaya d'imaginer la ville de Peoria à quelque cinquante kilomètres, derrière les collines, les vallons et les étendues de forêt, une ville nichée dans sa vallée et brillant de mille feux. Mais aucune lueur n'éclairait le ciel dans cette direction, et il n'arriva pas vraiment à imaginer la grand-ville. Par contre, il entendit le très doux chuchotement du maïs, comme de la soie froissée. Il n'y avait pourtant pas un souffle d'air, ce devait être le bruit du maïs lorsqu'il pousse et grandit pour former cette muraille qui d'ici quelques semaines entourerait Elm Haven, coupant la bourgade du reste du monde.

— Venez !

Mike, debout sur les pédales, démarra si brusquement que sa roue arrière projeta une averse de gravillons.

Dale, Lawrence, Kevin et Harlen suivirent.

Ils descendirent First Avenue en direction du sud, accélérant dans les zones d'ombre afin de retrouver le plus vite possible encore un peu de lumière. A gauche s'étendaient des champs, à droite se dressaient des maisons aux lumières éteintes. Ils arrivèrent au croisement de School Street, jetèrent un coup d'œil sur leur droite à la maison éclairée *a giorno* de Donna Lou Perry et traversèrent Church Street, semblable à un long corridor bordé d'ormes et de chênes, avant de déboucher sur la route goudronnée, la 151 A. Par habitude, ils ralentirent avant de prendre le virage. Il n'y avait pas un chat, mais le bitume irradiait encore la chaleur. Pédalant comme des forcenés, ils montèrent sur le trottoir après le premier croisement, afin de laisser la place à une vieille Buick roulant à tombeau ouvert.

Ils se dirigeaient vers l'ouest maintenant, en direction de la lueur dans le ciel, et les façades des bâtiments sur cette section de route appelée Main Street étaient encore un peu éclairées par la lumière déclinante. Un pick-up surgit en diagonale du parking de la taverne de Carl, sur le côté sud de la rue, et zigzagua dans leur direction. Dale reconnut le conducteur du vieux véhicule : c'était le père de Duane McBride. Il était complètement soûl.

— Lumières ! crièrent-ils tous en chœur en le croisant.

Le pick-up continua, toujours sans phares ni feux arrière, et prit un large virage pour tourner dans First Avenue.

Les enfants redescendirent du trottoir sur la route déserte, croisèrent Second, puis Third Avenue et passèrent devant la banque et le supermarché sur leur droite, laissant Parkside Cafe et le square du kiosque à musique, sombre et silencieux sous les ormes, sur leur gauche. Il y avait une atmosphère de samedi, mais on était jeudi, donc ce soir, pas de séance de cinéma gratuite pour illuminer la nuit et remplir le square de bruit et d'animation. Après-demain.

Mike poussa un cri de Sioux avant de tourner à gauche dans Broad Avenue, et continua à pédaler devant le marchand de tracteurs et une rangée de petites maisons. Il commençait à faire bien noir maintenant. Derrière les jeunes cyclistes, les lampadaires de Main Street éclairaient le centre-ville, mais Broad Avenue, sous les arbres, était un tunnel déjà fort obscur qui s'assombrissait de plus en plus.

— Chiche qu'on touche la terrasse ! hurla Mike.

— Non ! cria Kevin.

Le défi était une tradition, le refus de Kevin aussi, et ils le faisaient toujours.

Ils longèrent un autre pâté de maisons en direction du sud, dans une partie de la ville où ils n'allaient que lors de ces sorties nocturnes. Ils dépassèrent la longue impasse bordée de maisons neuves où habitaient Digger Taylor et Chuck Sperling et, au bout de Broad Avenue, ils s'engouffrèrent dans le chemin privé de la propriété des Ashley.

L'allée était pleine de mauvaises herbes et des branches d'arbres non taillés sortaient des fourrés, mains griffues essayant de les happer au passage. Sous la voûte végétale, il faisait aussi noir que dans un four.

Dale, comme à chacune de leurs expéditions ici, baissa la tête et pédala de toutes ses forces pour ne pas se laisser distancer par Mike. Lawrence haletait, il avait du mal à suivre avec sa bicyclette plus petite, mais il tenait bon, comme toujours. Harlen et Kevin ne soufflaient mot, on n'entendait que le crissement des pneus sur le gravier.

Ils débouchèrent dans l'espace découvert entourant les ruines de la vieille demeure, où une colonnade sortant d'un fouillis de branches accrochait encore la lumière. Les pierres des fondations de la maison brûlée étaient noires.

Mike suivit la courbe de l'allée, tourna en direction d'un escalier à demi mangé par la végétation et, sans s'arrêter, frappa de la main la première dalle de la véranda. Dale fit de même, Lawrence tourna en direction de l'escalier, manqua la dalle, mais ne s'arrêta pas, Kevin et Harlen suivaient à toute allure.

Ils redescendirent l'allée en forme de fer à cheval. Avec les arbres couverts de feuilles, elle était bien plus sombre en été, remarqua Dale. Et la nuit, la propriété elle-même, cet amas noirci et mystérieux de poutres brûlées et de planchers effondrés, était beaucoup plus inquiétante qu'en plein jour, où elle avait seulement l'air triste et abandonnée.

Ils sortirent de l'allée obscure et remontèrent tranquillement de front Broad Avenue. Retenant leur souffle, ils accélérèrent pour traverser la route goudronnée entre deux semi-remorques sur le point de se croiser. Les phares du véhicule allant vers l'ouest éblouirent un instant Kevin et Harlen. Dale se retourna juste à temps pour voir Jim faire un bras d'honneur au chauffeur. Un coup de klaxon indigné retentit derrière eux.

La partie nord de Broad Avenue, bordée de maisons prospères, sentait l'herbe fraîchement tondue. Ils dépassèrent silencieusement la poste, la petite bibliothèque toute blanche et un autre bâtiment plus grand, tout blanc lui aussi, l'église presbytérienne que fréquentaient Dale et Lawrence. Plus loin, la rue était bordée de maisons anciennes à deux étages, et les arbres frissonnaient au-dessus des toits et des lampadaires. Une seule lampe était allumée dans la maison de Mme Fodder, et l'obscurité absolue régnait dans celle de Mme Duggan.

Arrivés à Depot Street, ils ralentirent, un peu essoufflés. Il faisait nuit noire maintenant, et des chauves-souris passaient comme des flèches au-dessus de leur tête. Dans les interstices du feuillage, le ciel apparaissait, plus pâle. Dale cligna des yeux et aperçut à l'est l'étoile du berger.

— A demain ! cria Harlen en tournant à gauche.

Les autres attendirent, vigilants, de ne plus l'entendre pédaler.

— Allons-y..., chuchota Kevin. Ma mère va être furieuse !

Mike fit un petit sourire à Dale, et celui-ci se sentit soudain léger, plein d'énergie, comme s'il venait de se charger d'électricité. C'étaient les vacances ! Il tapa affectueusement sur l'épaule de son frère.

— Arrête ! dit celui-ci d'un ton agacé.

Mike se remit en danseuse et suivit Depot Street en direction de l'est. La rue n'était pas du tout éclairée et les dernières lueurs du jour projetaient sur la route des formes pâles, vite effacées par le mouvement des ombres du feuillage.

Ils passèrent le plus vite possible devant Old Central. Personne ne dit quoi que ce soit, mais tous jetèrent un regard sur leur droite pour apercevoir, quelque peu cachée par les squelettes des ormes, la masse sombre du grand bâtiment cachant le ciel.

Kevin fut le premier à se détacher du groupe, il tourna à gauche et ils entendirent le bruit de ses pneus sur le gravier de l'entrée. Sa mère était invisible mais elle avait laissé la porte ouverte, ce qui voulait dire qu'elle l'avait déjà appelé.

Mike s'arrêta à l'intersection de Depot Street et de Second Avenue. Derrière eux, l'école formait un bloc de ténèbres.

— A demain ?

— Ouais ! répondit Dale.

— Ouais ! répéta Lawrence.

Mike acquiesça et continua son chemin.

Dale et Lawrence contournèrent leur maison pour ranger les vélos sur la petite terrasse. Les joues rouges, leur mère s'affairait dans la cuisine, elle faisait cuire quelque chose dans le four.

— Écoute..., murmura Lawrence en saisissant soudain la main de son frère.

De l'autre côté de la route, dans l'obscurité entourant Old

Central, venait une espèce de sifflement, comme si des personnes parlaient rapidement dans une pièce voisine.

— C'est une télévision quelque part..., commença Dale.

Puis il entendit un bruit de verre brisé, un hurlement vite étouffé.

Ils tendirent l'oreille, mais un souffle de brise agitait le gros chêne ombrageant l'entrée, et le froissement des feuilles couvrait tout autre son.

— Allez, viens, dit Dale sans lâcher la main de son frère. Et ils entrèrent dans la maison bien éclairée.

4

Duane McBride attendait au square du kiosque à musique que son père soit assez soûl pour se faire jeter de la taverne de Carl.

Il était plus de 20 h 30 lorsque le fermier sortit en titubant. Il s'arrêta quelques instants au bord du trottoir pour montrer le poing à Dom Steagle, le propriétaire du débit de boissons (il n'y avait plus de Carl depuis 1943), s'effondra dans le pick-up, poussa un juron parce qu'il venait de laisser tomber ses clés, et un autre en les ramassant, enfonça le starter et noya le moteur. Duane arriva au pas de course : le pater était assez soûl pour avoir complètement oublié que son fils était venu avec lui en ville « faire quelques achats à la coopérative ».

— Tiens, Duane ! Qu'est-ce que tu fais là ?

Le garçon ne répondit pas, attendant que la mémoire revienne à son père.

— Ah, c'est vrai !... Alors, tu as vu tes amis ? demanda-t-il avec cette diction précise et cet accent de Boston qui réapparaissaient seulement lorsqu'il avait beaucoup bu.

— Ouais...

Duane avait quitté la petite bande en fin d'après-midi, au

cas où son père serait resté assez sobre pour se souvenir de rentrer chez lui avant que le cabaretier le jette dehors.

— Allez, grimpe, fiston !

— Non, papa, merci. Je préfère monter derrière, si ça ne te dérange pas.

Cette fois, le tas de ferraille démarra. Duane sauta d'un bond à l'arrière, près des pièces de tracteur achetées le matin, rangea son carnet et son crayon dans sa poche de chemise et s'accroupit sur le plancher métallique en espérant que son père n'allait pas massacrer cette nouvelle vieille guimbarde comme il l'avait fait de leurs deux précédents véhicules d'occasion. Il aperçut Dale et les autres qui descendaient Main Street à vélo mais, comme ils ne connaissaient pas le nouvel engin de son père, il s'aplatit au fond du camion lorsque son père les doubla. Il les entendit crier *Lumières !* mais son père fit la sourde oreille. A moins qu'il ne les ait même pas entendus.

Il prit le tournant de First Avenue sur les chapeaux de roue et Duane se rassit, juste à temps pour apercevoir la vieille bâtisse de briques que tout le monde appelait, sans savoir pourquoi, la Maison des Esclaves. Mais Duane, lui, savait pourquoi : la vieille demeure, qui appartenait à la famille Thompson, avait servi dans les années 1850 de relais clandestin aux esclaves en fuite.

Ils passèrent à toute allure devant la maison de Mike O'Rourke, dépassèrent le terrain de base-ball au nord de la ville, et tournèrent vers l'est au château d'eau. Le pater accéléra, ne versa pas dans le fossé, mais il s'en fallut de peu qu'il manque le tournant de la 6. Le pick-up dérapa, zigzagua, se redressa et le conducteur freina à mort dans le parking de la taverne de l'Arbre noir.

— Je ne resterai qu'un instant, Duanie... Juste un petit bonsoir aux copains avant de rentrer monter ces pièces de tracteur.

— OK...

Duane s'installa plus confortablement dans le pick-up. Il faisait nuit noire maintenant, mais la lumière du troquet était suffisante pour lui permettre de lire. Il sortit son carnet poussiéreux et déformé par la transpiration, aux pages presque entièrement couvertes d'une petite écriture serrée. Duane en avait une cinquantaine d'autres, tous écrits de la première à la dernière page, cachés dans sa chambre au sous-sol de la ferme.

Depuis l'âge de six ans, Duane McBride savait qu'il voulait devenir écrivain. Les heures qu'il passait à lire (et il dévorait des livres depuis l'âge de quatre ans) étaient toujours de merveilleux voyages dans un autre monde, un univers résonnant de voix fortes exprimant des pensées encore plus fortes. Non que Duane cherchât à échapper à la réalité : si la mission d'un écrivain est de la décrire, il fallait bien d'abord l'observer avec précision. Mais il était infiniment reconnaissant à son père d'avoir su lui faire partager sa passion des livres et de la lecture.

Le jeune garçon avait perdu sa mère trop jeune pour avoir gardé d'elle beaucoup de souvenirs, et les années suivantes n'avaient pas toujours été faciles, entre la ferme qui partait à vau-l'eau, son père qui buvait, quelques raclées et même de rares épisodes d'abandon total, mais il y avait aussi eu de bons moments : le cours paisible des jours durant les périodes d'abstinence de son père, la gratifiante succession des travaux agricoles de l'été, même s'ils étaient alors toujours débordés, et les longues soirées passées à bavarder entre hommes avec oncle Art : tous trois se faisaient cuire des steaks dans la cour et parlaient de tout sous les étoiles, y compris des étoiles.

Le père de Duane avait laissé tomber ses études à Harvard, mais il avait obtenu son diplôme d'ingénieur à l'université de l'Illinois avant de revenir exploiter la ferme maternelle. Oncle Art avait été un grand voyageur et un poète, tantôt dans la marine marchande, tantôt dans l'enseignement, une année au Panama, une autre en Uruguay, à Orlando... Même quand ils avaient trop bu, leur conversation était passionnante, et Duane absorbait tout ce qu'ils racontaient avec l'insatiable soif de connaissance des surdoués.

Pourtant, personne à Elm Haven ou dans le comté de Crève Cœur ne considérait ce garçon comme un surdoué. D'ailleurs, le mot n'existait même pas, à l'époque. Duane était « le costaud » ou « ce drôle de gamin ». Ses institutrices l'avaient souvent décrit, que ce soit par écrit ou lors des rares réunions de parents, comme un élève peu soigné, peu motivé, peu attentif. On n'avait aucune raison de le taxer d'indiscipline, mais il pouvait faire mieux.

Lorsque ses maîtres lui faisaient des reproches, il se contentait de s'excuser et de sourire poliment, avant de retourner à ses pensées et à ses projets du moment. L'école n'était pas un problème pour lui, pas même une servitude. En fait, il aimait bien le concept d'école, seulement cela l'empêchait de se concentrer sur ses vraies études et de se préparer à son avenir d'écrivain. En plus, il y avait à Old Central quelque chose qui le tracassait. Pas ses camarades de classe, non, pas du tout, ni même le directeur et les membres du corps enseignant, quelque débiles et étroits d'esprit qu'ils lui paraissaient souvent. C'était autre chose.

Duane fronça les sourcils et feuilleta son carnet pour retrouver ce qu'il avait écrit la veille, le dernier jour de classe.

Les autres ne semblent pas remarquer l'odeur qui règne ici, ou bien, s'ils y sont sensibles, ils n'en parlent pas. Cela sent le froid, la chambre froide mal entretenue, la charogne en fait, comme cette fois où le pater et moi avons cherché une semaine la génisse morte derrière la mare sud.

La lumière aussi est bizarre à Old Central. Epaisse. Un peu comme dans cet hôtel désaffecté de Davenport où le pater avait eu l'intention de tout récupérer pour faire fortune. Une lumière épaisse filtrée par de lourds et poussiéreux rideaux, témoins de l'opulence d'autrefois. Là-bas aussi il régnait une odeur de moisi, d'abandon définitif. Et les rayons de lumière qui tombaient de la haute fenêtre sur le parquet de cette salle de bal abandonnée... cela me rappelle le vitrail au-dessus de l'escalier d'Old Central...

Non. Il y a autre chose, plutôt une sorte de... prémonition. Une présence maléfique ? Non plus, trop mélodramatique. Dans les deux endroits, la même impression de *quelque chose à l'affût*. Ça et le bruit des rats dans l'épaisseur des cloisons. Pourquoi personne ne s'en est-il jamais plaint ? Le service sanitaire n'apprécierait sans doute pas trop la présence de rats dans une école primaire, de crottes de rats partout, de bestioles galopant sur les tuyaux du sous-sol, là où sont les toilettes. Je me souviens, une fois, au cours élémentaire, j'étais descendu là-bas et...

Il relut rapidement ce qu'il avait écrit l'après-midi en attendant son père au square :

Dale, Lawrence (surtout pas Larry), Mike, Kevin et Jim. Comment décrire les petits pois d'une même gousse ? Pourquoi tout le monde dit Jim « Harlen » ? Même sa mère, je crois, pourtant elle n'est même plus une Harlen, puisqu'elle a repris son nom de jeune fille lors de son divorce. Combien y a-t-il d'autres divorcés à Elm Haven ? Aucun, à ma connaissance, à part oncle Art, qui ne se souvient sans doute même plus de sa femme. Elle était chinoise et leur vie conjugale a duré deux jours, vingt-deux ans avant ma naissance.
Dale, Lawrence, Mike, Kevin et Jim. Comment comparer les petits pois d'une même gousse ? Commençons par les cheveux... La coupe de Dale...

Duane ferma son carnet, enleva ses lunettes et se frotta les yeux. Il n'avait pas travaillé de la journée et pourtant il se sentait fatigué. Affamé aussi. Il essaya de se souvenir de ce qu'il s'était préparé au petit déjeuner, et comme il n'y arrivait pas, il renonça. Pendant que les autres garçons de la bande étaient retournés déjeuner chez eux, Duane était resté dans le poulailler de Mike à écrire dans son carnet et à réfléchir.

Mais assez réfléchi pour la journée !

Il sauta du pick-up et marcha jusqu'à la lisière du bois. Il entendait de gros rires derrière lui, et il put distinguer la voix de son père, plus forte que les autres, sur le point d'asséner une ultime réplique, pour que tous les autres buveurs s'écroulent de rire.

Dale adorait les histoires de son père, mais pas quand il avait bu. Ses anecdotes, habituellement pleines d'humour, devenaient alors méchantes et cyniques.

Le garçon savait que son père se considérait comme un raté. Il avait raté Harvard, c'était un ingénieur et un inventeur ratés, un fermier et un gestionnaire ratés, un zéro en tant qu'époux et père. Dans l'ensemble, Duane était d'accord avec ce jugement, bien qu'il eût des doutes sur le dernier point.

Il retourna au pick-up et monta dans la cabine en laissant la porte ouverte afin d'en chasser l'odeur de whisky. Le barman ne manquerait pas de jeter le pater dehors avant que celui-ci devienne violent, et Duane n'aurait plus qu'à le pousser d'une façon ou d'une autre à l'arrière, pour ne pas lui laisser la possibilité de se débattre ou de saisir le volant. Et cet enfant de onze ans, cet élève moyen (avec un QI de cent soixante, selon oncle Art qui l'avait, Dieu sait pourquoi, traîné un jour jusqu'à l'université d'Oak Hill pour qu'il passe des tests) ramènerait son père à la maison, le mettrait au lit et préparerait le repas, avant d'aller dans le hangar vérifier que les pièces détachées rapportées de la coopérative allaient bien sur leur John Deere.

Plus tard, beaucoup plus tard, Duane fut réveillé par des murmures à son oreille.

Il était encore dans un demi-sommeil, mais il savait bien qu'il était chez lui. Il avait ramené le pater, l'avait traîné jusqu'à son lit, et avait monté la nouvelle tête de Delco avant de se préparer à manger. Mais il n'avait pas l'habitude de s'endormir en laissant son poste de radio allumé.

Duane dormait au sous-sol, dans un coin qu'il avait séparé du reste avec des couvre-pieds tendus sur une corde et des piles de caisses. Ce n'était pas si sordide que ça. Le premier étage de la ferme était trop vide et trop froid l'hiver, et son père, qui ne voulait plus occuper la chambre qu'il avait partagée avec sa femme, dormait sur le divan du salon. Duane avait donc colonisé le sous-sol. La chaudière était tout à côté et il y faisait bon, même quand le vent balayait les champs nus. Il y avait descendu un lit, un buffet, tout son équipement de chimie, son labo-photo, son établi et son matériel électronique.

Fanatique de radio depuis l'âge de trois ans, Duane avait plusieurs récepteurs : un poste à galène, des radios montées à partir de kits, des radios achetées toutes prêtes, des radios bricolées à l'aide de plusieurs autres, et même un modèle récent à transistors. Oncle Art lui avait suggéré de s'essayer à la radio-amateur, mais cela ne l'intéressait pas : il ne voulait pas émettre, mais *écouter*.

Et il ne s'en privait pas, jusque tard dans la nuit, dans son antre où des tas de fils d'antenne couraient le long des tuyaux et sortaient par les fenêtres.

Il écoutait bien sûr les stations locales, Peoria, Des Moines, Chicago, et les grandes stations de Cleveland et Kansas City, mais ce qu'il aimait encore plus, c'étaient les stations lointaines, les chuchotements venus de Caroline du Nord, d'Arkansas, de Toledo ou Toronto, et même, lorsque les conditions le permettaient, les gazouillis en espagnol ou les lentes intonations de l'Alabama, presque aussi exotiques, ou encore le courrier des auditeurs des stations de Californie ou du Canada.

Tout l'intéressait, depuis les transmissions en direct de matchs qu'il écoutait les yeux fermés afin de mieux se représenter les terrains illuminés par les projecteurs, où l'herbe paraissait aussi verte que son sang était rouge, jusqu'aux programmes musicaux. Il aimait la musique classique et les variétés, il adorait le jazz, mais ce qu'il préférait par-dessus tout, c'était les débats au cours desquels un animateur patient et invisible attendait les appels verbeux mais enthousiastes d'auditeurs sans visage.

Il imaginait parfois qu'il était un astronaute solitaire et qu'il s'éloignait dans l'espace... Déjà à des années-lumière de la Terre, sans possibilité de faire demi-tour, il était condamné à ne jamais revenir, mais il savait aussi que la durée d'une vie humaine ne lui permettrait pas d'atteindre sa destination. Pourtant, il restait relié au monde par cet arc d'ondes électromagnétiques, il traversait d'anciens programmes de radio, comme des pelures d'oignon, remontait le temps à mesure qu'il avançait dans l'espace et écoutait les voix d'êtres morts depuis longtemps, retrouvant même Marconi, et puis le silence.

— ... Duane...

Quelqu'un murmurait son nom. Il s'assit dans le noir et s'aperçut qu'il avait toujours son casque sur les oreilles, il avait fait des essais avec un nouveau kit avant de s'endormir.

Il entendit à nouveau la voix. Ce devait être une voix féminine, mais elle paraissait étrangement asexuée et très lointaine, quoique aussi claire que les étoiles qu'il avait vues dans le ciel en revenant de la grange.

Elle... ça... l'appelait par son nom.

— Duanc... Duane... Nous allons bientôt venir te chercher, mon cher petit...

Il se dressa d'un bond, serrant son casque sur ses oreilles. La voix ne semblait pas venir du casque, plutôt de dessous le lit, ou de l'obscurité au-dessus des canalisations d'eau chaude, des parpaings des murs.

— Nous allons venir bientôt, cher petit...

Personne n'appelait Duane « cher petit », même par plaisanterie. Peut-être sa mère autrefois.

Il passa la main sur les écouteurs, trouva au bout le fil avec la prise qu'il avait débranchée après avoir éteint son poste.

— Nous allons venir très bientôt, cher petit, insista doucement la voix. Attends-nous, cher petit...

Il se pencha, tâtonna dans l'obscurité pour attraper le cordon de l'interrupteur et alluma la lumière.

Les écouteurs n'étaient pas branchés. La radio était éteinte. Aucune de ses radios ne marchait.

— Attends-nous, cher petit...

5

Dale sentit la Mort avant de la voir.

C'était un vendredi, le 3 juin, le second jour des vacances d'été. Toute la bande jouait au base-ball depuis le petit déjeuner quand Dale sentit l'odeur.

— Mon Dieu ! Qu'est-ce que c'est que *ça* ? cria Jim Harlen.

Dale allait lancer, mais il s'arrêta et désigna le chemin reliant le terrain de base-ball à First Avenue, d'où le vent amenait d'horribles relents, des remugles de charogne, la puanteur des gaz émanant de ventres morts et gonflés. L'odeur approchait.

— Beurk ! cria Donna Lou en se bouchant le nez avec son gant de base-ball, et se tournant vers la direction indiquée par Dale.

Le camion d'équarrissage, comme on appelait le véhicule servant au ramassage des cadavres d'animaux, prit lentement le tournant de First Avenue et avança sur le chemin de terre. Sa cabine d'un rouge agressif et sa plate-forme fermée par de solides planches étaient maintenant claire- ment visibles. Dale aperçut même quatre pattes raidies, celles d'une vache ou d'un cheval, difficile à dire à cette distance, dont les sabots pointaient vers le ciel, comme on représente les animaux morts dans les dessins animés.

Mais ce n'était pas un dessin animé.

— Oh, pitié ! marmonna Mike en remontant son tee-shirt jusqu'à sa bouche et son nez.

L'odeur se fit plus forte, Dale en avait le cœur soulevé et les yeux larmoyants. Le camion d'équarrissage s'arrêta au bout du chemin, derrière les poteaux de droite. L'air sembla épaissir et l'odeur s'abattit sur le visage du gamin comme une main gluante.

Kevin arriva en courant du troisième piquet.

— C'est Van Syke ?

Lawrence s'approcha, et tous regardèrent le camion, puis Gerry Daysinger. Il arrivait que son père conduise le camion d'équarrissage, ou fauche le cimetière, petits travaux normalement confiés à Van Syke. Celui-ci n'avait pas d'ami, mais le père de Gerry buvait à l'occasion un coup avec lui.

— C'est Van Syke, mon vieux fait un chantier à Oak Hill aujourd'hui.

— Qu'est-ce qu'il veut ? demanda Donna Lou en s'approchant, le gant toujours sur le visage.

Mike haussa les épaules.

— Vous avez vu un cadavre dans le coin, vous ?

— Seulement Harlen, rétorqua Gerry en lui lançant une motte de terre.

Le camion d'équarrissage était stationné à dix mètres d'eux environ. Les reflets enlevaient toute transparence au pare-brise et l'épaisse couche de peinture de la cabine ressemblait à du sang figé. A travers les panneaux de bois de l'arrière, Dale aperçut de la peau noire et blanche, une vague forme de sabot près du hayon, et une grosse masse brune et gonflée juste derrière la cabine. Les sabots étaient ceux d'une vache. Il abaissa la visière de sa casquette et put distinguer des os blancs perçant à travers la peau pourrie. L'air résonnait du bourdonnement des mouches qui formaient un nuage noir au-dessus du camion.

— Mais qu'est-ce qu'il *veut* ? répéta Donna Lou.

Cela faisait plusieurs années qu'elle jouait à l'occasion avec la Cyclo-Patrouille, et elle était le meilleur lanceur de l'équipe. Mais cette année, avait remarqué Dale, elle avait vraiment grandi... et elle commençait à avoir des courbes sous son tee-shirt.

— Il n'y a qu'à aller lui demander ! suggéra Mike.

Il enleva son gant et commença à marcher en direction du camion.

Le cœur de Dale fit un bond : il détestait Van Syke. Dès qu'il pensait à lui, même à l'école avec les institutrices et le directeur à portée de voix, il voyait les longs doigts maigres et crochus aux ongles noirs, les rides incrustées de crasse sur un cou rougeaud, et les grandes dents jaunes, comme celles des rats de la décharge. L'idée de s'approcher du camion, et de cette puanteur lui donnait la nausée.

Mike avait atteint la clôture et franchissait l'étroit passage.

— Hé, attends un instant ! cria Harlen. Regarde !

Une bicyclette descendait à toute allure le chemin, prenait le virage et entrait sur le terrain de base-ball. Une bicyclette de fille. C'était Sandra Whittaker, l'amie de Donna Lou.

— Oh, beurk ! fit-elle en s'arrêtant près du groupe. Qu'est-ce qui est mort ?

— Les cousins clamsés de Mike viennent d'arriver, plaisanta Harlen, il est parti leur faire la bise !

Sandy regarda Jim d'un air écœuré et secoua ses nattes.

— J'ai appris des trucs... Il se passe quelque chose de bizarre, ici.

— Quoi donc ? demanda Lawrence d'une voix inquiète en ajustant ses lunettes.

— Congden, Barney et un tas d'autres sont à Old Central. Il y a aussi Cordie avec sa drôle de mère, et puis Roon... enfin, tout le monde ! Ils cherchent le petit frère de Cordie.

— Tubby ? demanda Gerry.

Il se frotta le nez du dos de la main et s'essuya sur son tee-shirt crasseux.

— Je croyais qu'il s'était sauvé, mercredi ?

— Oui, haleta Sandy, mais Cordie pense qu'il est toujours dans l'école. Bizarre autant qu'étrange, non ?

— On y va ! s'écria Harlen en courant vers les bicyclettes appuyées à la clôture.

Les autres suivirent. Ils tirèrent sur les guidons accrochés au grillage et enfilèrent leur gant de base-ball sur une des poignées ou au bout de la batte qu'ils portaient sur l'épaule.

— Hé ! cria Mike de l'autre côté. Et Van Syke, alors ?

— Donne-lui un gros bisou de notre part ! rétorqua Harlen en pédalant de toutes ses forces.

Dale suivit, Lawrence juste derrière lui. Dale aussi appuyait sur les pédales, comme si la nouvelle apportée par Sandy le passionnait, mais en fait, il aurait fait n'importe quoi pour échapper à cette immonde puanteur.

Mike regarda les autres partir. Gerry Daysinger, qui n'avait pas de vélo, se jucha sur le cadre de celui de Kevin. Donna Lou lança un coup d'œil vers Mike, enfourcha sa bicyclette verte et turquoise, jeta son gant dans le panier et suivit son amie.

En un instant, l'écolier se retrouva seul sur le terrain de base-ball, seul avec l'épouvantable odeur et le camion silencieux. Il tourna les yeux vers le véhicule. Il faisait au moins trente-cinq degrés ce jour-là, le soleil était si chaud que des petits ruisselets de transpiration coulaient sur son cou et son visage poussiéreux. Comment Van Syke enfermé dans la cabine en plein soleil pouvait-il supporter une étuve pareille ?

Les mouches bourdonnaient, quelque chose bougea à l'arrière du camion, il y eut un glouglou, et la puanteur devint encore plus insoutenable, presque palpable dans l'air dense. Mike sentit la panique monter en lui, comme lorsque, tard dans la nuit, il entendait des grattements en dessous, dans la chambre de sa grand-mère, et pensait que c'était son âme qui cherchait à s'échapper... ou bien lorsque, servant la grand-messe et étourdi par l'odeur d'encens, les litanies, le manque de sommeil, il se mettait à penser au péché et aux terribles feux de l'enfer...

Il fit cinq pas en direction du camion. Des sauterelles jaillissaient de l'herbe sèche. On distinguait juste une ombre derrière la vitre.

Il s'arrêta, fit un bras d'honneur au camion et à ses occupants, morts et vifs, leur tourna lentement le dos et retraversa le passage dans la clôture. Il s'obligeait à ne pas courir, mais il s'attendait à entendre derrière lui la portière du camion claquer et des pas lourds s'approcher.

Il n'y avait que le bourdonnement des mouches. Puis un faible bruit s'éleva, un miaulement, qui se transforma en pleurs de bébé. Mike, qui était en train d'enfiler son gant sur son guidon, se figea.

Impossible de se tromper, un bébé pleurait dans ce berceau de la Mort rempli d'animaux écrasés sur l'asphalte, de chiens morts aux boyaux éclatés, de vaches gonflées et de chevaux aux yeux révulsés, de porcelets ratatinés...

Les pleurs se firent plus aigus, plus forts, dévinrent un gémissement en parfaite harmonie avec la terreur de Mike, puis se transformèrent en gargouillis... comme si quelqu'un, là-dedans, nourrissait un enfant, lui donnait le sein.

Les jambes en coton, Mike dégagea sa bicyclette de la clôture et pédala en direction de First Avenue.

Il ne s'arrêta pas.

Il ne regarda pas derrière lui.

Les voitures et les badauds étaient visibles de loin. La Chevrolet noire de Congden était garée sur le parking de l'école, à côté de la voiture du policier et d'une vieille camionnette bleue qui devait appartenir à la mère de Cordie Cooke. Cordie était là elle aussi, toujours vêtue de la même robe informe qu'elle portait depuis un mois, et la grosse femme à face de lune à côté d'elle ne pouvait être que sa mère.

M. Roon et Mme Fodder étaient debout au pied de l'escalier, comme pour défendre l'entrée de l'établissement. Le shérif Congden et le policier, que tout le monde appelait Barney, se tenaient entre les deux groupes, en arbitres.

Dale et les autres s'arrêtèrent sur le terrain de sport de l'école, à une dizaine de mètres des adultes : pas trop près pour ne pas se faire chasser, mais assez quand même pour entendre leur conversation.

Mike arriva à son tour et Dale remarqua sa pâleur.

— Et *moi*, je vous dis que Terence n'est pas rentré à la maison mercredi ! criait Mme Cooke.

Elle avait un visage basané, profondément ridé, qui rappela à Dale le gant de base-ball de Mike, et ses yeux avaient le même regard gris, délavé, désespéré que Cordie.

— Oui, madame, répondit Barney, toujours entre la grosse bonne femme et le directeur flanqué de Mme Fodder. M. Roon comprend bien, mais il est sûr que votre fils a quitté l'école. Le tout est de découvrir où il est allé ensuite.

— Foutaises, tout ça ! Ma Cordelia dit qu'elle l'a pas vu sortir de la cour et mon Terence aurait jamais quitté l'école sans permission. D'ailleurs, je lui aurais tanné le cuir, s'il avait fait une chose pareille.

— Allons, madame Cooke..., commença le shérif, un

petit homme gras, chauve et agressif, nous savons tous que Tubby... euh... Terence... se montrait parfois malicieux et...

— Ta gueule, Congden Tout le monde sait que ton fils est la plus malfaisante ordure qui ait jamais possédé un couteau à cran d'arrêt, alors, viens pas critiquer mon Terence !... Ces deux-là cachent quelque chose ! ajouta-t-elle à l'adresse du policier tout maigrichon, en désignant d'un doigt boudiné Roon et la mère Faux-Derche.

— Allons, allons, madame Cooke..., protesta Barney en écartant les mains d'un geste conciliant. Vous savez bien qu'ils ont cherché partout, et que Mme Fodder *a vu* de ses propres yeux votre fils Terence quitter l'école ce jour-là avant la fin de la classe...

— Et moi, je vous dis que c'est faux !

Cordie se retourna et jeta un regard dénué de toute expression à ses camarades de classe groupés derrière elle.

Mme Fodder parut se réveiller :

— Je vous interdis de me parler sur ce ton ! Cela fait quarante ans que j'enseigne ici et...

— Je me contrefous de savoir depuis combien de temps vous êtes là !

— Elle *ment*, maman ! s'écria Cordie d'une voix aiguë en tirant sur la robe de sa mère. J'ai tout le temps regardé par la fenêtre et j'ai vu Tubby nulle part. La mère Faux-Derche regardait même pas par la fenêtre, elle !

— Allons, jeune fille..., commença M. Roon en tripotant sa chaîne de montre. Nous comprenons bien que tu sois bouleversée par... euh... l'absence temporaire de ton frère, mais ce n'est pas une raison pour...

— Alors, dites-moi où est mon fils ! reprit Mme Cooke en s'approchant des marches, comme pour s'en prendre directement au directeur.

— Hé là ! cria Congden en reculant.

Barney s'interposa, chuchota d'un air grave quelques mots à la mère de Cordie, puis dit également tout bas quelque chose à Roon.

— Vous avez raison, nous ferions mieux de continuer cette discussion... euh... en privé, dit le directeur de sa voix sépulcrale.

Tout le monde entra dans l'école. Avant d'en franchir la porte, Cordie se retourna de nouveau vers ses condisciples, mais cette fois son expression n'était pas hostile, plutôt attristée et peut-être un peu effrayée.

— Il serait préférable que... M. Cooke se joigne à nous, dit M. Roon.

— Il est souffrant depuis le début de la semaine, répondit la mère de Cordie d'une voix lasse.

— Il n'a pas dessoûlé depuis le début de la semaine, oui..., nasilla Harlen, imitant assez bien l'accent d'Oklahoma de Mme Cooke. Merde ! il se fait tard et j'ai promis à ma mère de tondre devant la maison. De toute façon, le spectacle est terminé...

Lawrence remonta ses lunettes sur son nez.

— A votre avis, où est-ce que Tubby a bien pu aller ?

Harlen se pencha vers lui, fit une grimace terrifiante et approcha du visage du petit ses doigts repliés et crochus comme des serres.

— C'est un monstre qui l'a enlevé, bêta ! Et ce soir, ce sera ton tour !

— Ça suffit ! intervint Dale en s'avançant entre Harlen et son frère.

— *Ça suffit !* le singea Jim d'une voix de fausset, fais pas peur à mon petit frère...

Dale ne répondit pas et ce fut Mike qui dit sèchement :

— Tu ferais mieux d'y aller, Harlen, si tu dois tondre...

— Ouais... A bientôt, patates !

Et il s'éloigna en direction de Depot Street.

— Tu vois, je te l'avais bien dit, c'est bizarre quand même ! remarqua Sandy en s'éloignant roue contre roue avec Donna Lou.

En arrivant à la rangée d'ormes montant la garde sur le côté sud-est de l'école, Donna se retourna et cria aux autres :

— A demain !

Dale répondit d'un signe de bras.

— Bon, ça y est ! Il va rien se passer d'autre, moi je rentre ! annonça Gerry.

Ke-viiinnn !

L'appel résonna comme le cri de Tarzan lancé par Johnny Weissmuller. On pouvait voir la tête et les épaules de Mme Grumbacher dans l'entrebâillement de la porte.

Kevin ne s'attarda pas en adieux. Il fit pivoter son vélo et démarra aussitôt.

L'ombre d'Old Central arrivait presque jusqu'à Second Avenue.

Congden sortit quelques instants plus tard, cria quelques mots désobligeants en direction des enfants et démarra en projetant des gravillons.

— Mon père dit qu'il se sert de sa Chevrolet pour obliger les gens à faire des excès de vitesse, remarqua Mike.

— Comment ça ? demanda le plus petit.

Mike se laissa tomber sur l'herbe et arracha un brin d'herbe.

— Il s'embusque dans l'entrée de la laiterie, à l'endroit où la route descend vers le pont. Quand une voiture arrive, il sort en trombe et essaie de provoquer à la course le conducteur. S'il entre dans son jeu, Congden met son gyrophare en marche et l'arrête pour excès de vitesse. Puis il lui fait cracher vingt-cinq dollars. Si l'autre ne se laisse pas avoir...

— Alors ?

— Il le dépasse juste avant le pont, après il freine à mort, et comme le gars est bien obligé de le doubler, il l'arrête pour dépassement à moins de vingt-cinq mètres d'un pont.

— Quelle merde, ce type ! dit Lawrence avec conviction.

— Lawrence, intervint Dale, fait attention à ce que tu dis ! Si maman t'entendait parler comme ça...

— Regardez !

Lawrence bondit sur ses pieds et courut vers un sillon bordé d'une espèce de crête, dans le sol.

— Qu'est-ce que c'est ?

Les deux autres garçons s'approchèrent.

— Une taupe.., suggéra Dale.

Mike hocha la tête.

— Trop long...

— Ils ont sans doute creusé une tranchée pour un tuyau ou quelque chose comme ça, et ils l'ont mal rebouchée, proposa Dale. Regardez, il y en a une autre ici ! Elles vont toutes deux en direction de l'école.

Tout en mâchonnant son brin d'herbe, Mike suivit l'autre sillon jusqu'à l'endroit où il disparaissait sous le trottoir de l'école.

— Ça ne peut pas être des tuyaux, ce serait idiot !
— Pourquoi pas ?
Mike montra l'école du doigt.

— Tu sais bien qu'ils veulent la démolir ! D'ici un ou deux jours, quand tous les trucs auront été sortis, on clouera des planches sur les fenêtres et les portes. S'ils...

Mike s'arrêta net, regarda en fronçant les sourcils en direction de l'avancée du toit et recula. Dale s'approcha de lui.

— Qu'est-ce que c'est ?
— Regarde la fenêtre du milieu, au second...
Dale mit la main en visière devant ses yeux.

— Quoi ?
— Il y a quelqu'un qui regarde dehors, dit Lawrence, j'ai aperçu une face blanche.

— Pas « quelqu'un », Van Syke, rectifia Mike.

Dale tourna la tête pour regarder en direction des champs au-delà de sa maison, mais le terrain de base-ball était trop loin pour voir si le camion d'équarrissage s'y trouvait toujours.

Mme Cooke, Cordie, Barney et la mère Faux-Derche finirent par sortir de l'établissement. Ils échangèrent quelques mots inaudibles et partirent dans des directions différentes. Le véhicule de Roon resta seul sur le parking et, juste à la tombée de la nuit, un instant avant qu'on n'appelle Dale et Lawrence pour dîner, le directeur sortit à son tour, ferma la porte à clé et partit dans sa grande Buick en forme de corbillard.

Dale continua à monter la garde sur le pas de la porte jusqu'à ce que sa mère lui ordonne de venir se mettre à table, mais il ne vit pas sortir Van Syke.

Il retourna jeter un coup d'œil après le repas. La lumière du soir éclairait encore les sommets des arbres et le clocher verdâtre. Tout le reste baignait dans l'obscurité.

6

Le samedi matin, le premier samedi des vacances d'été, Mike O'Rourke fut debout à l'aube. Il descendit au salon jeter un coup d'œil sur Memo. La vieille dame ne dormait plus guère, et Mike aperçut au milieu du fouillis de châles et d'édredons l'éclat d'un œil noir. Rassuré, il alla à la cuisine où son père, déjà levé, se rasait au robinet de l'évier : il pointait à 7 heures à la brasserie Pabst de Peoria et il avait une bonne heure de route.

Le père de Mike était monumental, un mètre quatre-vingt-cinq et plus de cent cinquante kilos dont la plupart se trouvaient autour de sa taille, ce qui l'obligeait à se raser à bonne distance de l'évier. Il avait perdu presque tous ses cheveux roux, il ne lui restait qu'un peu de duvet flamboyant au-dessus des oreilles, mais son front hâlé par les week-ends passés à faire son jardin et la couperose de ses joues lui donnaient un teint florissant. Il se rasait avec le vieux coupe-chou de son grand-père. Il s'arrêta un instant, une main étirant sa joue, l'autre tenant la lame en l'air, pour faire un petit signe à Mike qui se dirigeait vers la cabane au fond du jardin.

Mike s'était récemment aperçu qu'ils étaient les seuls habitants d'Elm Haven à ne disposer que de toilettes extérieures. Son père n'en voulait pas à l'intérieur : avec quatre filles et une épouse toutes plus bavardes les unes que les autres, disait-il, le seul endroit de la maison où il jouissait d'un peu de silence et de paix était les latrines au fond du jardin.

En revenant, Mike sortit d'un placard un carnet et un crayon et s'assit à la table.

— Tu vas être en retard pour tes journaux..., l'avertit son père qui buvait son café debout à la fenêtre.

Il était 5 h 08.

— Mais non...

Les journaux étaient déposés à 5 h 15 devant la banque de Main Street, à côté du supermarché où travaillait Mme O'Rourke. Et Mike les avait toujours pris à l'heure

— Qu'est-ce que tu écris là ?

— Juste un message pour Dale et les autres.

Son père acquiesça distraitement, et continua à inspecter le jardin.

— Cette pluie de l'autre jour a vraiment fait du bien au maïs...

— Au revoir, p'pa !

Mike fourra les feuilles de papier dans sa poche de jean, mit sa casquette de base-ball, tapa sur l'épaule de son père, enfourcha son vieux vélo et descendit en trombe First Avenue.

Dès qu'il aurait distribué ses journaux, il filerait vers l'église St. Malachy, dans la partie est de la ville, près de la ligne de chemin de fer, où tous les matins il servait la messe dite par le père Cavanaugh. Mike était enfant de chœur depuis l'âge de sept ans et, bien que d'autres garçons le soient aussi à l'occasion, le père Cavanaugh disait qu'il n'en avait jamais eu d'aussi fiables que Mike, ou d'aussi capables de prononcer le latin avec tout le soin et le respect nécessaires. C'était un emploi du temps parfois chargé, surtout l'hiver lorsque les congères empêchaient Mike de se déplacer à bicyclette. Parfois, il arrivait hors d'haleine à St. Malachy pour enfiler en hâte soutane et surplis pardessus sa veste, et il servait la messe en bottes dégoulinantes parce qu'il n'avait pas eu le temps de mettre ses chaussures de ville. S'il n'y avait que les fidèles habituels de la messe de 7 h 30, c'est-à-dire Mme Moon, Mme Shaugnessy, Mlle Ashbow et M. Kane, le père lui faisait signe de partir juste après la communion pour qu'il puisse arriver à l'école avant la dernière sonnerie.

Cela ne l'empêchait pas d'être souvent en retard. Mme Shrives ne se donnait même plus la peine de lui faire des reproches, elle se contentait de lui désigner d'un signe de tête furieux le bureau de M. Roon, dans lequel l'écolier attendait que le directeur trouve le temps de le tancer, ou de lui administrer quelques coups de la pagaie qu'il gardait à cet usage dans son bureau. Etre battu ne troublait plus Mike, mais il détestait attendre et manquer ainsi le cours de lecture et une partie du cours de math.

Mike s'assit sur le trottoir devant la banque pour attendre l'arrivée du camion apportant les journaux et chassa délibérément l'école de son esprit. C'était *l'été*.

La pensée des vacances, la chaleur du soleil à peine levé, l'odeur sucrée des maïs mûrissants et du goudron tiède, c'était ça, la réalité. Débordant d'énergie, il déchargea les journaux, les déballa et les plia un à un en glissant un petit mot à l'intérieur de quelques-uns qu'il mit à part. Son euphorie lui tint compagnie tout le temps qu'il parcourut les rues, échangeant des bonjours allègres avec les ménagères sorties prendre leur bouteille de lait et les hommes montant en voiture pour le trajet matinal jusqu'à leur lieu de travail. Elle n'avait même pas faibli lorsque, après avoir appuyé son vélo contre le mur de St. Malachy, il entra en courant dans la fraîcheur parfumée d'encens du lieu qu'il préférait entre tous.

Dale se réveilla tard, après 8 heures, et resta au lit un long moment. De sa fenêtre, il ne voyait que les jeux d'ombre et de lumière du grand orme au-dehors. Une brise tiède entrait par les moustiquaires.

En bas, ses céréales préférées l'attendaient, et sa mère, de bonne humeur, lui parla du film au programme de la séance gratuite ce soir-là. Son père n'était pas encore rentré (sa tournée de représentant de commerce le conduisait dans deux Etats), mais il serait à la maison plus tard.

— Tiens, j'ai trouvé ça dans le journal ! dit sa mère en posant un papier près de son assiette.

Dale eut un sourire à la vue de l'écriture appliquée et de l'orthographe fantaisiste de Mike.

RENDER-VOUS À LA GROTE À 9 H 30

Il avala sa dernière cuillerée de céréales, en se demandant ce qui se passait de si important pour justifier un si long trajet jusqu'au lieu de rendez-vous. La « Grotte » était réservée à des occasions spéciales, palabres secrètes ou urgentes, réunions de la Cyclo-Patrouille autrefois, quand ils étaient encore assez petits pour s'intéresser à ce genre de distraction.

— Ce n'est pas une vraie grotte, au moins, Dale ? objecta sa mère avec un rien d'inquiétude dans la voix.

— Mais non, maman, c'est juste un vieil aqueduc un peu après L'Arbre noir.

— Ah bon ! Mais n'oublie pas que tu m'as promis de tondre la pelouse avant la visite de Mme Sebert...

Le père de Duane McBride n'était pas abonné au journal de Peoria – il ne lisait pas de journaux, à part, et encore rarement, le *New York Times*, de sorte que Duane ne put recevoir le message de Mike.

Vers 9 heures, le téléphone sonna. Duane tendit l'oreille, ils étaient sur une ligne groupée et une seule sonnerie signifiait que l'appel était pour leurs voisins, les Johnson, deux sonneries, c'était pour les McBride, et trois pour le Suédois Olafson. Il y eut deux sonneries, puis une pause, puis à nouveau deux sonneries.

— Duane...

C'était Dale.

— J'avais peur que tu sois en train de travailler dehors.

— Fini pour ce matin...

— Ton père est là ?

— Il est allé faire des courses à Peoria.

Il y eut un silence. Duane savait que Dale savait que pour son père, les « courses » du samedi après-midi se terminaient souvent tard le dimanche soir.

— Ecoute... Il y a réunion à la Grotte à neuf heures et demie. Mike a quelque chose à nous dire.

— C'est qui, « nous » ? demanda Duane en jetant un coup d'œil à son carnet.

Il travaillait depuis le petit déjeuner à sa série de « portraits » commencée au mois d'avril, et les pages étaient pleines de ratures, de renvois, de passages biffés, de notes en toutes petites lettres dans les marges.

— Tu sais bien... Mike, Kevin, Harlen, peut-être Daysinger, j'en sais rien, je viens de recevoir le message.

— Et Lawrence ?

Duane laissa son regard errer sur l'océan de maïs qui, des deux côtés du long chemin empierré menant de la route à la maison, mesurait bien soixante centimètres de hauteur maintenant. Sa mère, autrefois, avait interdit toute plantation un peu haute dans un rayon de vingt mètres autour de la ferme. « Quand le maïs grandit, je me sens comme dans une île, et cela me rend claustrophobe... », avait-elle dit à oncle Art.

Son mari avait donc semé des haricots aux alentours immédiats de la maison. Mais, même ainsi, Duane ne se souvenait pas d'un seul été où, petit à petit, leur maison n'ait pas été coupée du reste du monde. « Maïs au genou le jour de la Fête nationale », disait-on, mais, dans cette partie de l'Illinois, c'était plutôt à l'épaule. Puis, à mesure qu'on avançait dans le mois de juillet, ce n'était plus le maïs qui *grandissait*, mais la maison qui *rétrécissait*. On ne pouvait même plus apercevoir la grand-route au bout du chemin, à moins d'aller au premier étage. Et ni lui ni son père ne montaient plus au premier étage.

— Qu'est-ce qu'il y a avec Lawrence ?

— Il vient aussi ?

— *Bien sûr*, tu sais bien qu'il vient toujours avec nous. Alors, tu y seras ou non ?

Il y avait tant à faire à la ferme que même s'il s'y remettait tout de suite, il n'aurait pas fini avant la nuit.

— Ecoute, j'ai pas mal de travail ici. Tu dis que tu ne sais pas pourquoi Mike veut qu'on se voie ?

— Je ne suis pas sûr, mais je crois que cela a un rapport avec Old Central. Tu sais bien que Tubby a disparu...

— Bon, je viens ! Neuf heures et demie ?... Si je pars tout de suite, je devrais y être vers dix heures.

— Mon Dieu... Tu n'as toujours pas de vélo ?

— Si Dieu avait voulu que j'en aie un, ça se saurait ! A tout à l'heure !

Il raccrocha avant que Dale ait pu répondre, descendit chercher le carnet dans lequel il avait rédigé sa description d'Old Central, mit sa casquette et appela son chien. Witt arriva aussitôt. Son nom se prononçait *Vit*, l'abréviation de Wittgenstein, un philosophe dont son oncle et son père

54

parlaient tout le temps. Witt était un colley presque aveugle, aux mouvements ralentis par l'arthrite, mais comme il sentait que son maître allait sortir, il s'approcha en remuant la queue pour indiquer qu'il était prêt à se joindre à l'expédition.

— Non, non...

Cette longue marche, par cette chaleur, serait trop dure pour le vieux chien.

— Tu gardes la maison, aujourd'hui. Je serai de retour pour déjeuner.

Les yeux voilés par la cataracte prirent une expression à la fois implorante et lourde de reproche. Duane le caressa, le ramena à la grange et vérifia que sa gamelle était pleine d'eau.

— Je compte sur toi pour nous protéger des voleurs et des monstres du maïs, Witt !

Le colley poussa l'équivalent canin d'un soupir, et se réinstalla sur la couverture qui lui servait de lit.

Duane descendit le chemin vers la route goudronnée. La chaleur était déjà accablante. Il roula les manches de sa chemise de flanelle et pensa au roman de James qu'il était en train de lire, *Le Tour d'écrou*, et à l'art subtil avec lequel l'auteur suggérait un lieu hanté par un pouvoir maléfique au point de sécréter des « fantômes » pour Miles et Flora, les deux enfants.

Le père de Duane était un alcoolique et un raté, mais aussi un athée intellectuel et un rationaliste convaincu, et il avait élevé son fils dans cette optique. Duane avait toujours considéré l'univers comme un mécanisme complexe régi par des lois seulement à demi comprises par la faible intelligence humaine, mais néanmoins des lois.

Il feuilleta son carnet et relut le passage sur Old Central : «... plutôt une sorte de prémonition. Une présence maléfique ? Non plus, trop mélodramatique. Dans les deux endroits, la même impression de quelque chose à l'affût... »

Il soupira, arracha la page, et la mit dans la poche de son pantalon de velours.

Lorsqu'il arriva à la grand-route, le soleil réfléchi par les graviers blancs lui chauffait les avant-bras. Derrière lui, dans les champs bordant le chemin de terre, les insectes crissaient dans le maïs en pleine croissance.

Dale, Lawrence, Kevin et Harlen firent ensemble le trajet jusqu'à la Grotte.

— Pourquoi est-ce qu'il nous fait venir si loin ? grommela Harlen.

Son vélo était plus petit que celui des autres, et il était obligé de pédaler deux fois plus vite pour ne pas se laisser distancer.

Ils passèrent devant la maison de Mike O'Rourke, puis tournèrent en direction du château d'eau et à droite jusqu'à la 6, à plus d'un kilomètre. Là, ils prirent la direction du nord, dépassèrent L'Arbre noir et arrivèrent à la première descente, qu'ils dévalèrent en trombe. La route était étroite à cet endroit et bordée d'arbres, dont les ombres lui donnaient l'allure d'une peau de léopard.

Les jeunes garçons s'arrêtèrent au vieux pont bordé d'un symbolique garde-fou de bois pourri, puis, poussant leur vélo, tournèrent sur un sentier dans les hautes herbes. Elles leur arrivaient à la taille, plus haut même, et étaient couvertes de la poussière rouge soulevée par les automobiles. Ils dissimulèrent soigneusement leurs bicyclettes dans les buissons et suivirent le sentier qui descendait au bord de la rivière jusqu'à la Grotte.

Ce n'en était pas exactement une. Pour une raison ou pour une autre, on avait installé sous la route un aqueduc de ciment préfabriqué, au lieu de se contenter comme partout ailleurs d'une grosse buse. Il faisait environ deux mètres de large, avec une grande rigole où ruisselait l'eau. Les enfants pouvaient s'allonger sur le bord incurvé sans risquer de se mouiller. Il faisait toujours frais dans cet endroit, les deux extrémités étant presque entièrement recouvertes d'un fouillis de végétation, et le bruit des automobiles passant sur la route trois mètres plus haut faisait paraître leur repaire d'autant plus secret.

Une petite mare d'environ un mètre cinquante de large s'était formée à l'une des extrémités. L'été, sa profondeur n'excédait pas soixante centimètres mais elle était assez jolie avec l'eau qui ruisselait de la rigole comme une cascade miniature et sa surface presque noire à cause de l'ombre des arbres au-dessus.

Mike appelait le cours d'eau la Rivière aux cadavres parce qu'ils y trouvaient fréquemment de petits animaux écrasés et jetés du pont : opossums, ratons laveurs, chats, hérissons et même une fois un grand berger allemand. Dale se souvenait s'être penché au-dessus de la mare et avoir contemplé le cadavre à travers quatre-vingt-dix centimètres d'eau d'une limpidité parfaite. Le chien, les yeux grands ouverts, le regardait, et le seul indice de son état, outre le fait qu'il se trouvait au fond d'une mare, était une petite traînée blanchâtre le long de sa babine, comme s'il avait vomi des gravillons.

Mike les attendait à la Grotte. Duane, rouge et essoufflé, les rejoignit quelques instants plus tard en clignant des yeux comme un hibou dans cette soudaine pénombre. Il s'assit et s'essuya le visage avec un pan de sa chemise.

Lawrence, qui donnait des coups de bâton dans une grande toile d'araignée, se tourna vers Mike lorsque celui-ci prit la parole :

— J'ai eu une idée...

— Quel scoop ! Ça va faire la une des journaux de demain..., interrompit Harlen.

— Ta gueule ! rétorqua Mike sans colère. Vous savez tous ce qui s'est passé à l'école quand Cordie et sa mère sont venues chercher Tubby...

— Pas moi ! protesta Duane.

— C'est vrai... Dale, raconte-lui ce qui s'est passé !

Dale décrivit l'entrevue orageuse de Mme Cooke avec Congden et Roon.

— La mère Faux-Derche était là, elle aussi, ajouta-t-il, et elle a prétendu avoir vu Tubby quitter l'école. Mais la mère de Cordie a dit que c'était des foutaises.

Duane leva un sourcil étonné.

— Alors, cette idée, O'Rourke ? demanda Harlen qui s'amusait à barrer la rigole avec un entassement soigneusement étudié d'herbes et de feuilles.

L'eau était déjà plus haute à l'entrée de l'aqueduc et Lawrence remonta les jambes pour ne pas se mouiller les pieds.

— Tu veux qu'on aille rouler une pelle à Cordie pour la consoler ? reprit Harlen.

— Je veux retrouver Tubby.

Kevin, qui lançait des cailloux dans la mare, s'arrêta.

— Et comment tu crois qu'on peut y arriver si Congden et Barney en sont incapables ?

— C'est à la Cyclo-Patrouille de le faire, répondit Mike, c'est bien pour ce genre d'entreprise que nous l'avons créée ? Et nous *pouvons* y arriver parce que nous pouvons aller dans un tas d'endroits et voir des tas de choses que Congden et Barney ignoreront toujours.

— Je vois vraiment pas..., dit Lawrence. Comment tu crois qu'on peut retrouver Tubby s'il s'est sauvé ?

Harlen se pencha et fit mine d'attraper le nez de Lawrence.

— On va se servir de toi comme *pisteur*, putois. On va te faire renifler une vieille chaussette sale à Tubby, et on te suivra.

— La ferme, Harlen ! intervint Dale.

— Fermez-la, tous les deux ! dit Mike. Ce qu'on va faire,c'est suivre Roon, la mère Faux-Derche, Van Syke et les autres pour savoir s'ils cachent quelque chose sur Tubby.

Duane jouait avec un morceau de ficelle trouvé dans sa poche.

— Pourquoi ils en sauraient plus que nous sur Tubby ? demanda-t-il.

Mike haussa les épaules.

— Je ne sais pas... mais ils sont pas nets. Tu les trouves pas bizarroïdes, tous ?

— Il y a un tas de gens bizarroïdes, mais c'est pas une raison pour kidnapper les gros garçons.

— Heureusement pour toi ! remarqua Harlen.

Duane sourit, mais il se tourna vers Jim qui mesurait trente centimètres de moins et pesait deux fois moins lourd.

— *Tu quoque, Brute ?*

— Qu'est-ce que ça veut dire ? demanda Harlen en fronçant les sourcils.

Duane retourna à sa ficelle.

— C'est ce qu'a répondu César lorsque Brutus lui a demandé s'il avait mangé des Harlenburgers ce jour-là !

— Hé, interrompit Dale, on avance ou quoi ? J'ai une pelouse à tondre, moi !

— Et moi, aujourd'hui je dois aider mon père à nettoyer la citerne du camion de laitier, renchérit Kevin. Alors, on se décide ?

— Décider quoi ? demanda Harlen. Si on suit Roon et la mère Faux-Derche pour savoir s'ils ont tué et mangé Tubby ?

— Ouais..., répondit Mike, ou s'ils savent ce qui lui est arrivé et ne veulent pas que ça se sache, pour une raison ou une autre...

— Tu as vraiment envie de filer Van Syke, toi ? Ce type est le seul de toute la ville à être assez détraqué pour tuer un enfant. Il est tout à fait capable de nous tuer s'il nous surprend en train de le filer !

— Je m'occupe de Van Syke, alors. Qui se charge de Roon ?

— Moi ! répondit Kevin. Il est toujours soit à l'école, soit dans le studio qu'il loue, ce ne doit pas être sorcier de le filer.

— Et Mme Fodder ?

— Moi ! dirent en même temps Harlen et Dale.

Mike désigna Harlen.

— Pour toi ! Mais, fais attention de pas te faire repérer !

— Je vais me fondre dans le décor, mon pote !

Lawrence détruisit d'un coup de bâton le barrage de Harlen.

— Et Dale et moi ?

— Il faut garder un œil sur Cordie et sa famille. Tubby pourrait revenir pendant qu'on traîne ici et là, et on le saurait même pas.

— Oh, mais ils habitent près de la décharge, c'est au diable, ça.

— On te demande pas d'y aller tous les quarts d'heure !

Passes-y tous les un ou deux jours, et surveille Cordie si tu la rencontres en ville. Tu vois, ce genre de trucs...

— OK.

— Et Duane ? demanda Kevin.

Mike lança un caillou dans l'eau et regarda le jeune paysan.

— Qu'est-ce que tu veux faire, Duane ?

Duane avait formé avec sa ficelle une figure aussi compliquée que celle de la toile d'araignée de Lawrence. Il soupira et écarta les doigts. L'échafaudage de fils s'effondra.

— Vous êtes vraiment cinglés, vous savez ! Au fond, vous voulez savoir si l'école a quelque chose à voir là-dedans ? Alors, je vais filer Old Central !

— Tu crois que tu pourras suivre, gros lard ? demanda Harlen qui urinait dans la mare.

— Qu'est-ce que tu veux dire, filer Old Central ? questionna Mike.

Duane se frotta le nez et remonta ses lunettes.

— Je suis d'accord avec vous, il y a quelque chose de bizarre dans cette école. Je vais faire des recherches, tâcher de dégoter quelques détails sur son histoire. Je vais peut-être trouver quelque chose sur Roon et les autres, en même temps...

— Roon est un vampire, et Van Syke un loup-garou, suggéra Harlen.

— Et la mère Faux-Derche, alors ?

— Une vieille salope qui donne trop de devoirs.

— Hé, Harlen, *avattaventavion davevavant lave pavetavit* ! articula Dale.

— Je ne suis pas un *pavetavit* ! protesta Lawrence.

— Et où est-ce que tu trouveras ces renseignements ? demanda Mike.

Duane haussa les épaules.

— Y a presque rien dans ce qui tient lieu de bibliothèque ici, mais je peux essayer d'aller voir à celle d'Oak Hill.

— OK... rendez-vous dans deux jours pour...

Il se tut. Un grondement se fit entendre, comme si un

semi-remorque leur passait au-dessus de la tête. Le camion s'arrêta dans un crissement de freins.

— Chut !

Tous les six s'aplatirent, et Harlen recula en hâte vers le fond.

Au-dessus d'eux, le moteur tournait au point mort. Une portière claqua et une épouvantable odeur descendit et les enveloppa comme un gaz empoisonné.

— Oh merde, chuchota Harlen, le camion d'équarrissage.

— Chut !

Il y eut des bruits de pas lourds sur le gravier tout près, puis le silence, tandis que Van Syke ou quelqu'un d'autre s'arrêtait au bord de la route juste au-dessus de la mare.

Dale ramassa à tâtons le bâton de Lawrence et le leva comme une frêle matraque. Mike était blanc comme un linge. Kevin regarda les autres, la pomme d'Adam montant et descendant à toute allure. Duane, les mains serrées entre les genoux, attendait.

Quelque chose de lourd tomba dans la mare, éclaboussant Harlen.

— Merde ! s'écria Jim.

La main de Mike se posa sur sa bouche, étouffant la suite. D'autres pas résonnèrent, puis il y eut des bruits de branches cassées, comme si Van Syke commençait à descendre le talus.

Un autre ronflement de moteur leur parvint, une voiture ou un pick-up, venant du cimetière, suivi d'un grincement de freins et d'un coup de klaxon.

— Le camion lui bloque le chemin…, chuchota Kevin.

Mike acquiesça. Le bruit de branches écrasées s'arrêta, s'éloigna, la portière du véhicule claqua, et le camion d'équarrissage entama la montée vers la taverne en faisant hurler les vitesses. Quelques instants plus tard, tout était de nouveau silencieux et l'horrible puanteur avait presque disparu. Pas tout à fait.

Mike se leva et s'approcha de la mare.

— Bon Dieu de merde !

Mike ne jurait presque jamais. Les autres s'approchèrent.

— Qu'est-ce que c'est que ça ? balbutia Kevin.

Il mit son tee-shirt sur sa bouche pour filtrer l'odeur qui paraissait émaner de l'eau noire.

Dale regarda par-dessus l'épaule de Kevin. La boue n'était pas tout à fait retombée et l'eau n'était pas encore limpide, mais il distinguait un petit corps blanc, un ventre gonflé, des doigts, et des yeux noirs qui le regardaient à travers l'eau.

— Oh, mon Dieu ! haleta Harlen, c'est un bébé. Il a balancé un cadavre de bébé !

Duane prit le bâton de Dale, se mit à plat ventre, enfonça le bras dans l'eau et retourna le corps sans vie. Quelques poils sur les bras ondulèrent, et les doigts semblèrent faire signe. Duane fit remonter la tête presque jusqu'à la surface. Les autres reculèrent et Lawrence, prêt à pleurer, se réfugia à l'autre bout de l'aqueduc.

— Ce n'est pas un bébé, dit Duane. En tout cas pas un bébé humain. Plutôt un singe, un rhésus, je pense. Un macaque.

Harlen tendit le cou, mais ne s'approcha pas.

— Si c'est un singe, où est son pelage ?

— Ah oui, les poils..., marmonna Duane.

Il retourna de nouveau le cadavre, le dos émergea, et tous virent clairement la queue, elle aussi dépourvue de poils.

— Je ne sais pas... Il était peut-être malade... A moins qu'on l'ait ébouillanté...

— Ebouillanté..., répéta Mike en regardant la mare d'un air horrifié.

Duane lâcha le cadavre, et tous le regardèrent retomber au fond. Ses doigts s'agitèrent comme en un signe d'adieu.

Harlen tapota nerveusement le bord de l'aqueduc.

— Hé, Mike, tu veux toujours t'occuper de Van Syke ?

— Ouais..., répondit-il sans se retourner.

— Tirons-nous..., suggéra Kevin.

Ils se précipitèrent dehors, écrasant les broussailles dans leur hâte de récupérer leurs bicyclettes, mais ils ne se mirent pas en route aussitôt. L'odeur du camion d'équarrissage flottait encore dans l'air.

— Et s'il revient ? murmura Harlen, exprimant tout haut ce que chacun pensait.

— On jette les vélos dans les buissons, et on se sauve par les bois, direction la ferme de l'oncle Henry, répondit Mike.

— Et s'il revient quand nous serons sur la grand-route ?

La voix de Lawrence tremblait.

— Dans les champs de maïs, alors..., dit Dale.

Il tapota l'épaule de son petit frère.

— Allons... Van Syke ne nous court pas après, tu sais... Il est juste venu jeter un cadavre de singe dans la rivière.

— Inutile quand même de s'attarder ! dit Kevin.

Ils enfourchèrent les vélos, prêts à appuyer sur les pédales pour la dure montée.

— Un instant..., dit Dale.

Duane venait juste d'arriver sur la route, il était rouge et haletait, on entendait son râle d'asthmatique. Dale fit pivoter son vélo.

— Ça va ?

— Très bien.

— Tu veux qu'on t'accompagne jusqu'à ta ferme ?

— Et puis vous resterez pour me tenir la main jusqu'à ce que mon père rentre, après minuit... ou demain matin ?

Dale hésita. Il pensait que Duane devrait venir chez lui, qu'ils devraient rester tous ensemble. Mais quelle idée idiote !

— Je vous préviendrai dès que j'aurai trouvé des renseignements sur Old Central.

Il leur fit un signe d'adieu, et commença à gravir la première des deux collines abruptes qui le séparaient de chez lui.

Dale rattrapa les autres.

Aucune voiture, aucun camion ne les doubla avant Elm Haven.

7

La séance gratuite débutait à la tombée de la nuit, mais les spectateurs commencèrent à arriver au square du kiosque à musique alors que le soleil s'attardait encore dans Main Street, comme un chat roux répugnant à quitter un trottoir chaud.

Les fermiers et leurs familles se garèrent en marche arrière dans le parking adjacent au square, de façon à avoir une bonne vue lorsque le film serait projeté sur le mur du Parkside Cafe. Puis ils allèrent pique-niquer sur l'herbe, ou bavarder avec des amis de la ville qu'ils n'avaient pas vus depuis quelque temps.

Les citadins arrivèrent aussitôt après le coucher du soleil, alors que les premières chauves-souris sillonnaient le ciel.

La séance gratuite était une tradition locale qui remontait au début de la Seconde Guerre mondiale. Le cinéma le plus proche, le Ewalt Palace à Oak Hill, ayant fermé lorsque Walt Ewalt, fils du propriétaire et unique projectionniste, s'était engagé dans les Marines, il fallait alors aller jusqu'à Peoria pour voir un film. Ce qui, en ces temps d'essence rationnée, était trop loin pour beaucoup. Aussi, tous les samedis de cet été 42, M. Ashley-Montague père avait-il apporté de Peoria le matériel nécessaire pour projeter les actualités, les publicités pour l'emprunt destiné à soutenir l'effort de guerre, un dessin animé et un film ou deux. Un immense écran était accroché au mur du café.

Depuis l'incendie de leur grande demeure et le suicide du grand-père de l'actuel Ashley-Montague, la famille ne résidait plus à Elm Haven, mais les descendants continuaient à y faire de temps en temps une apparition, à contribuer financièrement à quelques entreprises d'intérêt général et à garder un œil sur le bourg, dans la plus pure tradition paternaliste et protectionniste de l'aristocratie britannique. Et dix-huit étés après que le fils du dernier Ashley-Montague ayant résidé à Elm Haven eut organisé la première séance gratuite, c'était maintenant son fils, habitant de Peoria, qui continuait la tradition.

Ce 4 juin 1960, la longue Lincoln noire s'arrêta donc à l'emplacement laissé libre à son intention à côté du kiosque à musique. M. Taylor, M. Sperling et d'autres membres du conseil municipal aidèrent à transporter le gros projecteur jusqu'à la plate-forme de bois installée au milieu du kiosque. On étendit des couvertures sur l'herbe, on s'assit sur les bancs du square et on rappela à l'ordre les enfants trop hardis juchés sur les branches des arbres ou blottis entre les pilotis du kiosque. Les plus âgés s'installèrent sur des pliants à l'arrière de leur pick-up et on passa à la ronde des saladiers de pop-corn.

Le silence se fit et, tandis que le ciel s'assombrissait au-dessus des ormes, le rectangle de toile accroché au Parkside Cafe s'illumina.

Il était déjà tard quand Dale et Lawrence partirent de chez eux, car ils avaient espéré que leur père rentrerait assez tôt pour leur permettre d'aller à la séance gratuite en famille. Mais il avait appelé un peu après 20 h 30 pour dire qu'il arriverait tard et qu'il était inutile de l'attendre. Leur mère leur avait préparé du pop-corn et leur en avait donné à chacun un grand sac, ainsi qu'un peu d'argent pour s'acheter une boisson. Elle avait aussi recommandé de revenir à la maison dès la fin du film.

Ils ne prirent pas leur vélo. Normalement, ni l'un ni l'autre ne serait allé quelque part à pied s'il avait pu utiliser sa bicyclette, mais la courte marche en direction de la séance gratuite était une tradition qui remontait à l'époque où Lawrence était trop petit pour faire de la bicyclette et partait main dans la main avec Dale par les rues silencieuses. Ce soir-là aussi, les rues étaient silencieuses. Il y avait des lampadaires à chaque carrefour, mais le large espace entre deux était noyé dans l'ombre des arbres. Dale aurait bien aimé courir pour ne pas manquer le dessin animé, mais son frère craignait de trébucher sur le sol inégal et de renverser son sac de pop-corn, aussi marchèrent-ils d'un pas rapide sous les feuilles frissonnantes.

Les vieilles maisons le long de Church Street étaient obscures ou seulement éclairées par les lueurs bleues des télévisions. Quelques cigarettes rougeoyaient sous les vérandas, mais il faisait trop sombre pour reconnaître les fumeurs. Au coin de Church Street et de Third Avenue, devant la vieille pension où logeait M. Roon, ils traversèrent la rue en courant, dépassèrent le bâtiment de brique abritant la patinoire maintenant fermée pour l'été, et tournèrent à gauche dans Broad Street.

— Cela me fait penser à Halloween..., dit Lawrence d'une petite voix. Comme si des gens déguisés se cachaient dans l'ombre...

— La ferme !

A présent, la musique de la séance gratuite leur parvenait nettement. Elle était allègre et métallique : un dessin animé des frères Warner. Derrière eux s'étendait le long tunnel de Broad Street, éclairé çà et là par quelques lumières venues des vieilles maisons victoriennes nichées au fond de leur jardin. L'église presbytérienne formait une masse pâle et vide au coin de la rue, en face de la poste.

— Qu'est-ce que c'est que ça ? chuchota Lawrence en s'arrêtant et en serrant contre lui son sac de pop-corn.

— Rien. Quoi donc ?

Dale s'immobilisa. Un froissement, un glissement ponctué de petits cris aigus venait des feuilles au-dessus d'eux.

— Ce n'est rien... des oiseaux.

Il tira sur la main de Lawrence, qui ne bougea pas.

— C'est des chauves-souris, allez, viens !

Lawrence semblait enraciné dans le sol.

— Ec... Ecoute..., bégaya-t-il.

En dépit de son envie de lui envoyer un coup de pied au derrière ou de le traîner par le bras jusqu'au square, Dale tendit l'oreille.

Le vent dans les feuilles. Les vocalises fiévreuses de la bande-son du dessin animé déformées par la distance et l'humidité de l'air, les battements d'ailes des chauves-souris, et puis... des voix. L'obscurité frémissante autour d'eux résonnait du grincement de frêles voix suraiguës poussant des cris, des hurlements, débitant des obscénités et des jurons à peine reconnaissables, audibles mais pas tout à fait distincts, comme une conversation entendue d'une pièce voisine. Deux mots toutefois étaient parfaitement clairs. Dale et Lawrence restèrent un instant pétrifiés, les yeux exorbités, tandis que les chauves-souris criaient leurs prénoms en faisant crisser les syllabes comme de la craie sur un tableau noir.

Très loin de là, la voix du Petit Cochon retentit :

— *That's all, folks !*

— Viens, on court ! murmura Dale.

Jim Harlen était privé de séance gratuite. Sa mère était partie : une fois de plus elle avait rendez-vous avec un type à Peoria et, bien qu'elle trouvât son fils assez grand pour rester seul à la maison, elle le jugeait trop petit pour sortir seul le soir.

Harlen glissa son pantin de ventriloque dans son lit, le visage tourné vers le mur, et ajouta une paire de jeans roulés au bout des jambes, juste au cas où sa mère, en arrivant, se sentirait obligée de jeter un coup d'œil sur son fils. Il n'y avait d'ailleurs pas grand risque qu'elle soit à la maison avant lui, elle ne rentrait jamais avant une ou deux heures du matin.

Il prit quelques biscuits dans le placard pour grignoter pendant le film, sortit son vélo et descendit à toute allure Depot Street. Il ne voulait pas manquer le dessin animé mais il n'était pas en avance : il avait regardé *Gunsmoke* à la télévision et il n'avait pas vu la nuit tomber.

Les rues étaient désertes, comme de bien entendu. Tous les habitants assez âgés pour conduire, mais assez jeunes pour avoir l'intelligence de ne pas rester plantés ici à regarder la télé ou le film gratuit, étaient partis depuis des heures pour Peoria ou Galesburg. Lui-même serait, dès qu'il le pourrait, le premier à se tirer d'Elm Haven le samedi soir. De toute façon, il n'avait pas l'intention de faire de vieux os dans ce patelin. Soit sa mère finirait par épouser un des mecs avec qui elle sortait, sans doute un mécanicien quelconque qui dépenserait tout son argent en costumes trois-pièces, et son fils la suivrait à Peoria ; soit lui-même mettrait les bouts d'ici un an ou deux. Comme Tubby Cooke. Bien joué, Bouboule ! Ce gamin n'avait pas inventé la poudre, mais il avait quand même eu assez de cervelle pour se barrer. Bien sûr, si l'on pensait au penchant pour la bouteille de son vieux et à l'air stupide de sa mère, Tubby devait se faire tabasser plus souvent qu'à son tour, ce qui n'était pas le cas d'Harlen.

Mais Jim avait d'autres problèmes. Il en voulait beaucoup à sa mère d'avoir repris son nom de jeune fille, en le laissant affligé du nom d'un père qu'il n'avait même pas le droit de mentionner. Il avait horreur de la voir sortir tous les vendredis et samedis soir, pomponnée et parfumée, arborant une blouse très décolletée ou cette robe noire moulante qui le mettait mal à l'aise... comme si sa mère était l'une des filles photographiées dans ces magazines qu'il cachait au fond de son placard. Il détestait qu'elle fume et laisse sur ses mégots des traces de rouge à lèvres. En les voyant, il ne pouvait s'empêcher de se demander si elle en laissait aussi sur les joues de ses jules et sur leur corps. Il ne supportait pas non plus de la voir éméchée, surtout quand elle essayait de le cacher en jouant les grandes dames. De toute façon, son élocution et ses mouvements lents la trahissaient, ainsi que ses velléités de tendresse et ses câlineries. Bref, il haïssait sa mère. Si elle n'avait pas été une telle... il reculait devant le mot « putain »..., si elle avait été une meilleure épouse, son père n'aurait pas eu une liaison avec sa secrétaire et il ne serait pas tiré avec elle.

Harlen pédalait de toutes ses forces dans Broad Street en essuyant ses larmes sur sa manche, lorsque quelque chose de blanc qui se déplaçait entre les vieilles demeures à gauche lui fit lever les yeux, les écarquiller et freiner sec. Une forme pâle se glissait dans la ruelle séparant deux maisons. Il eut le temps d'apercevoir une silhouette courte et large, des bras blancs et un vêtement clair, avant que l'apparition ne fût avalée par l'ombre. *Merde, c'est la mère Faux-Derche !* La ruelle passait entre la vieille demeure de Mme Fodder et la maison voisine aux fenêtres maintenant occultées par des planches, qui avait été celle de Mme Duggan.

Qu'est-ce qu'elle peut bien faire ici, la mère Faux-Derche ? Il allait se remettre en route lorsqu'il se rappela qu'il était censé surveiller l'institutrice.

O'Rourke se fout le doigt dans l'œil s'il croit que je vais suivre cette vieille sorcière tout le temps ! Je ne l'ai pas vu filer Van Syke, lui, cet après-midi, ni les autres d'ailleurs. Mike est très fort pour donner des ordres... et les autres patates adorent lui obéir. Moi, j'ai passé l'âge de ces enfantillages... Mais qu'est-ce qu'elle peut bien faire dans cette ruelle ? Elle sort sa poubelle, espèce d'idiot.

Mais les ordures n'étaient ramassées que le mardi, et la Fodder n'avait rien à la main. En plus, elle était sur son trente-et-un, avec cette espèce de robe rose qu'elle avait mise la veille des vacances de Noël.

Où est-ce qu'elle peut bien aller ?... C'est O'Rourke qui serait surpris si j'étais le seul de leur Cyclo-Patrouille à la noix à avoir réellement appris quelque chose sur la personne que je suis censé filer, de préférence une nouvelle à sensation... par exemple, que la mère Faux-Derche profite de la séance gratuite pour s'envoyer en l'air avec Roon ou l'horrible Van Syke... Beurk !

Il traversa la rue, cacha sa bicyclette derrière des buissons et risqua un œil dans la ruelle. La silhouette pâle était tout juste encore visible, elle était déjà arrivée presque au bout du raccourci vers Third Avenue.

Harlen resta à l'affût quelques secondes. Puis il pensa que son vélo serait trop bruyant et continua à pied, se glissant de tache d'ombre en tache d'ombre en faisant attention à ne pas se prendre les pieds dans une poubelle. Il craignait un aboiement de chien, mais le seul dans le coin était le vieux Dexter que ses maîtres, les Gibson, traitaient comme un enfant. Il était probablement sur leurs genoux en train de regarder la télévision.

La mère Faux-Derche traversa Third Avenue, longea la pension où vivait Roon et s'engagea sur le terrain de jeux de l'école.

Merde ! elle est juste allée chercher quelque chose dans sa classe... Mais comment ? En rentrant en ville après cette virée idiote à la Grotte, lui et les autres avaient remarqué les planches clouées sur toutes les fenêtres du rez-de-chaussée d'Old Central, et les chaînes munies de gros cadenas fixées aux deux portes d'entrée.

Mme Fodder, que Harlen avait clairement reconnue dans la lumière du lampadaire au coin de la rue, disparut dans l'obscurité au pied de l'escalier de secours, et il se cacha derrière un peuplier de l'autre côté de l'avenue.

Même à cette distance de deux pâtés de maisons, il distinguait la musique du film qui commençait. Il entendit ensuite des raclements de talons sur les marches métalliques et entrevit des bras pâles qui s'accrochaient à la rampe de l'escalier de secours. Une porte s'ouvrit en grinçant au premier étage.

Elle a sa clé !

Pour quelle raison la mère Faux-Derche pouvait-elle faire cette visite nocturne, un samedi soir, pendant les vacances, à une école certainement vouée à la démolition ?

Merde, elle doit s'envoyer le père Roon !

Harlen essaya d'imaginer Mme Fodder étalée en travers de son bureau en train de folâtrer avec Roon. Mais son imagination ne fut pas à la hauteur. Après tout, il n'avait jamais vu de couple en pleine action. Même dans les magazines cachés dans son placard, il n'y avait que des filles seules qui jouaient avec leurs rotoplos et se comportaient comme si elles étaient prêtes à faire l'amour, mais ça ne décrivait pas le passage à l'acte.

Il sentit son cœur cogner à grands coups dans sa poitrine en attendant qu'une lumière s'allume au premier étage. Rien.

Il fit le tour du bâtiment en rasant le mur pour qu'on ne puisse pas le repérer de là-haut. Toujours pas de lumière... Ah ! une petite lueur sur la façade nord-ouest, une légère phosphorescence à la fenêtre d'une pièce au coin du bâtiment. La classe de Mme Fodder. La classe *d'Harlen* cette année !

Comment voir ce qui se passait ? Les portes étaient

cadenassées et les fenêtres du sous-sol munies de barreaux métalliques. Alors, l'escalier de secours à la suite de la mère Faux-Derche ? Mais s'il la rencontrait sur les marches ou, pire encore, dans le couloir obscur du premier étage ? Il abandonna rapidement cette idée.

Le garçon resta quelques minutes immobiles à regarder la lueur passer de fenêtre en fenêtre, comme si la vieille se promenait dans la classe avec un bocal de lucioles à la main.

Des rires venaient de la direction du square, on devait passer un film comique.

Harlen examina les alentours... Au coin de l'école se trouvait une benne à ordures. En y grimpant, il pourrait atteindre un étroit rebord à un mètre quatre-vingts, du trottoir. Un tuyau de gouttière fixé par des attaches métalliques le mènerait au-dessus des fenêtres du rez-de-chaussée, jusqu'à une moulure décorant le bâtiment. Il n'aurait plus qu'à continuer le long du tuyau entre les deux fenêtres. Les prises ne manqueraient pas, il glisserait le pied dans les creux de la moulure en cas de besoin. Il se retrouverait sur la saillie qui faisait le tour de l'école au niveau du premier étage, à environ cinquante centimètres sous les fenêtres. Elle devait mesurer une dizaine de centimètres de large, il l'avait assez souvent examinée par la fenêtre de sa classe pour le savoir. Il y avait même nourri les pigeons en déposant des miettes trouvées au fond de ses poches, un jour où il était consigné pendant la récréation. La saillie n'était pas assez large pour qu'il pût rester debout sans se tenir, mais assez pour y poser les pieds en s'accrochant au tuyau. Il n'aurait plus qu'à se pencher de côté et à lever les yeux pour regarder à travers le carreau.

La lueur à la fenêtre s'intensifia, diminua, revint.

Harlen commença à escalader la benne, s'arrêta, regarda au-dessus de lui. Les plafonds étaient hauts, dans cette bon dieu d'école, il y avait six mètres jusqu'à la fenêtre qui l'intéressait. Et en bas, des dalles de ciment et du gravier...

« Allez, hop ! Je voudrais bien t'y voir, O'Rourke ! » murmura-t-il.

Il commença son escalade.

Ce samedi soir-là, Mike gardait sa grand-mère. Ses parents étaient sortis, et il se retrouvait seul à la maison avec ses quatre sœurs et Memo.

En théorie, c'était Mary, l'aînée de la famille, qui, à dix-sept ans, était responsable de tous les autres. Mais son petit copain était venu la chercher dix minutes après le départ de M. et Mme O'Rourke. Mary n'avait pas le droit de sortir quand ses parents étaient absents, mais, dès que son petit ami boutonneux était apparu dans sa vieille Chevrolet, elle l'avait rejoint, en moins de temps qu'il ne faut pour le dire, après avoir fait jurer le secret à ses sœurs et menacé Mike de le tuer s'il mouchardait. Mike s'en moquait : il est toujours bon d'avoir en réserve un argument de chantage le jour où le besoin s'en fait sentir.

Margaret (Peg), quinze ans, s'était donc trouvée promue responsable, mais dix minutes après le départ de sa grande sœur, deux de ses amies, escortées de trois garçons de son école, étaient venues la chercher pour aller à la séance gratuite.

Bella, treize ans, fut à son tour chargée de la maisonnée. Mais Bella ne se chargeait jamais de rien. Mike pensait parfois que jamais petite fille n'avait été plus mal nommée. Alors que tous les autres enfants O'Rourke, y compris Mike, avaient de beaux yeux et une grâce toute irlandaise, Bella était grosse, avec des yeux ternes et des cheveux encore plus ternes, un teint jaune déjà ravagé par l'acné et une attitude amère rappelant celle de sa mère dans ses plus mauvais moments ou celle de son père quand il avait bu. Elle s'était tout simplement enfermée dans la chambre qu'elle partageait avec sa petite sœur Kathleen, sept ans, et avait refusé de lui ouvrir malgré ses larmes.

Kathleen était la plus jolie des filles O'Rourke, avec une chevelure flamboyante, des yeux bleus, un teint rose et un sourire éclatant, qui donnait envie à son père d'évoquer les légendes d'une Irlande qu'il n'avait jamais connue. Kathleen était belle... mais aussi un peu simplette. A sept ans, elle était toujours au jardin d'enfants, et quand il la voyait se donner tant de mal pour comprendre des choses très simples, Mike allait parfois cacher ses larmes dans la cabane au fond du jardin. Tous les matins en servant la messe, il priait pour que Dieu arrange ce qui n'allait pas dans la cervelle de sa petite sœur. Mais jusqu'à présent, il avait ignoré ses prières : la lenteur de Kathleen était devenue de plus en plus évidente et les fillettes de son âge, qui lisaient maintenant couramment et résolvaient des problèmes d'arithmétique, avaient laissé la petite demeurée loin derrière elles.

Ce soir-là, Mike la consola, lui prépara à dîner et la borda dans le lit de Mary, dans la mansarde. Puis il descendit s'occuper de Memo.

Mike avait neuf ans quand Memo avait eu sa première attaque. Il n'avait pas oublié la panique de toute la famille lorsque la vieille dame si loquace qui siégeait dans la cuisine était devenue du jour au lendemain une mourante gisant dans le salon.

Memo était la mère de sa mère et, bien que Mike ignorât le mot « matriarcat », il en connaissait la personnification : une vieille femme en tablier à pois, toujours affairée à la cuisine ou en train de coudre au salon. C'était elle qui résolvait les problèmes et prenait les décisions.

Il l'avait entendue, avec son fort accent irlandais, réconforter sa fille lorsqu'elle était déprimée, ou gronder son gendre lorsqu'il avait passé la soirée à boire avec des copains. Memo avait également sauvé financièrement la famille quand, la brasserie ayant licencié du personnel, le père de Mike s'était retrouvé sans travail pendant un an. Mike avait alors six ans, mais il se souvenait encore des conversations à la table de la cuisine, durant lesquelles son père refusait de toucher aux économies de Memo bien que celle-ci insistât.

Memo avait aussi littéralement sauvé la vie de Mike et de Kathleen. Celle-ci avait quatre ans et son frère huit lorsqu'un chien enragé avait descendu Depot Street. Mike, jugeant son regard étrange, avait reculé et crié à la petite fille de ne pas s'approcher, mais Kathleen aimait bien les chiens et avait couru vers l'animal. Quand elle s'était retrouvée à un mètre de l'animal qui se préparait à charger, Mike n'avait pu qu'hurler d'une voix suraiguë qu'il n'avait même pas reconnue comme la sienne. C'est alors que

Memo avait surgi armée d'un balai, son tablier à pois flottant autour de la taille, ses cheveux gris s'échappant de son foulard. Attrapant Kathleen d'une main, de l'autre elle avait balayé le chien avec une telle force qu'elle l'avait envoyé valser au milieu de la rue. Ensuite, elle avait poussé la petite fille dans les bras de son frère en lui ordonnant d'une voix calme mais impérative de rentrer, puis elle s'était retournée juste au moment où le chien se relevait et attaquait. Tout en courant, Mike avait jeté un coup d'œil par-dessus son épaule, et jamais il n'oublierait le spectacle de Memo debout, bien campée sur ses jambes, le foulard autour du cou, et attendant... Plus tard, Barney avait dit que c'était la première fois qu'il voyait un chien tué à coups de balai, surtout un chien enragé, mais Mme Houlihan avait presque arraché la tête du monstre. C'était Barney qui avait parlé de « monstre », et, après cet incident, Mike avait été persuadé que Memo saurait se défendre contre tous les monstres hantant la nuit.

Et puis, moins d'un an plus tard, Memo avait été terrassée. Sa première attaque, très grave, l'avait laissée paralysée et le docteur Viskes avait dit qu'elle n'en avait plus pour très longtemps. Le salon avait été transformé en chambre de malade et tous avaient attendu la fin. Mais Memo avait passé l'été et, à l'automne, elle pouvait communiquer en clignant des yeux. A Noël, elle parlait, bien que seule sa famille soit en mesure de la comprendre. A Pâques, elle avait suffisamment lutté pour pouvoir se servir de sa main droite et s'asseoir. Mais, trois jours après Pâques, elle avait eu une seconde attaque, et une troisième un mois plus tard. Depuis dix-huit mois, elle n'était plus qu'un légume gisant au salon, le visage jaune et desséché, les mains tordues comme les serres d'un oiseau mort. Elle avait perdu la maîtrise de toutes ses fonctions corporelles et ne pouvait communiquer qu'en clignant des yeux. Mais elle était toujours en vie.

Mike entra dans le salon. Il commençait à faire sérieusement noir dehors, et il alluma la lampe à pétrole. Leur maison avait l'électricité, mais Memo avait toujours préféréavoir ce genre de lampe dans sa chambre, et ils utilisaient maintenant ce mode d'éclairage au salon.

Il s'approcha du grand lit. Sa grand-mère était couchée sur le côté droit, face à lui, sa position habituelle, sauf quand on la retournait une fois par jour pour éviter au maximum les escarres. Son visage était un labyrinthe de rides creusant une peau jaune et cireuse qui n'avait pas l'air d'appartenir à un être humain. Les yeux noirs le regardaient fixement, vides d'expression, un peu exorbités, comme si elle était soumise à une terrible tension interne, peut-être due à la frustration de ne pas pouvoir communiquer. Elle bavait et Mike prit une des serviettes propres déposées au pied du lit pour lui essuyer doucement la bouche.

Il vérifia qu'elle n'avait pas besoin d'être changée. Il n'était pas censé aider ses sœurs dans ce travail, mais comme il passait auprès de Memo plus de temps que tous les autres membres de la famille réunis, les besoins naturels de sa grand-mère n'avaient plus de secrets pour lui. Elle n'était pas mouillée. Il s'assit sur la chaise basse à son chevet et lui prit la main.

— Il faisait beau aujourd'hui, Memo..., chuchota-t-il.

Il ne savait pas pourquoi il lui parlait toujours à voix basse, mais il avait remarqué que les autres, y compris sa mère, faisaient de même.

— On se sent vraiment en été, maintenant...

Dans un coin, il y avait un vieux tourne-disque et il mit un des disques préférés de la vieille dame : Caruso dans *Le Barbier de Séville*. La voix de ténor et les craquements de l'aiguille remplirent la pièce. Memo n'eut aucune réaction, pas même un clignement d'yeux, mais Mike pensait qu'elle entendait quand même. Il essuya la salive qui coulait sur son menton, tapota son oreiller et, se rasseyant, reprit dans la sienne la main sèche et inerte.

— Papa et maman sont à la soirée du Silverleaf, murmura-t-il en essayant de prendre un ton allègre. Mary et Peg sont allées au cinéma, Dale m'a dit qu'ils passaient *La Machine à remonter le temps* à la séance gratuite de ce soir.

C'est l'histoire d'un type qui voyage dans le futur... quelque chose comme ça...

Il se tut et regarda attentivement la vieille dame. Elle avait eu un très faible sursaut.

— C'est une drôle d'idée, hein, Memo, d'aller dans le futur ? Dale prétend qu'on y arrivera un jour, mais Kevin dit que c'est impossible, que ce n'est pas du tout comme un voyage dans l'espace, comme ont fait les Russes avec leur Spoutnik... Tu te souviens quand on a regardé ça à la télévision, il y a deux ans ? J'ai dit que la prochaine fois ils enverraient un homme et tu as répondu que tu aimerais bien faire partie de l'expédition... En tout cas, Kevin assure que voyager dans le futur ou le passé, c'est impossible parce qu'il y aurait trop de para...

Il essaya de se souvenir du mot, il détestait avoir l'air bête devant Memo, car elle avait été la seule de la famille à ne pas considérer son redoublement à l'école comme une preuve de stupidité.

— Ah, oui, il y aurait trop de paradoxes ! Comme par exemple si en remontant le temps, on tuait accidentellement son grand-père...

Il se tut, embarrassé par ce qu'il venait de dire : son grand-père, le mari de Memo, avait été tué trente-deux ans auparavant lorsqu'une trappe en métal avait cédé, déversant des tonnes de maïs dans la fosse du silo qu'il était en train de nettoyer. Il avait entendu son père raconter que le vieux David Houlihan avait nagé dans les tourbillons de grains comme un chien dans une rivière en crue, jusqu'à ce qu'il soit étouffé. A l'autopsie, on avait découvert que ses poumons étaient remplis de poussière, comme des sacs de son.

Il regarda la main de la vieille dame et lui caressa les doigts tout en se rappelant une soirée d'automne quatre ou cinq ans auparavant. « Mike, lui avait-elle dit, ton grand-père est parti quand la Mort est venue le chercher. Mais lorsque la Faucheuse en robe noire est entrée dans le silo et a pris mon David par la main, il ne s'est pas laissé faire, tu sais ! Il s'est battu jusqu'au bout, ça oui ! Et c'est exactement ce que je ferai, mon lapin, quand elle essaiera d'entrer ici. Je me battrai, moi aussi, je ne la laisserai pas m'emmener sans me défendre. Non, tu peux en être sûr, je lui donnerai du fil à retordre ! »

Après ça, Mike avait toujours vu la Mort sous les traits d'une vieille en robe noire et imaginé Memo en train de la terrasser d'un coup de balai, comme le chien enragé.

Il se pencha vers elle, la regarda dans les yeux, comme si le fait d'être tout près d'elle pouvait l'aider à communiquer. Il y vit son propre visage reflété, déformé par la courbe des pupilles et la lumière de la lampe à pétrole derrière lui.

— Je ne la laisserai pas faire ça..., murmura-t-il, à moins que tu ne le veuilles.

Son haleine agita quelques pâles duvets sur la joue de sa grand-mère. Le disque se tut, mais le grincement de l'aiguille dans les sillons usés continua. Mike, la main fermement posée sur celle de Memo, ne bougea pas.

Assis à côté de son frère dans le square, Dale considérait les chauves-souris parlantes comme une histoire ridicule et déjà à demi oubliée.

Comme il l'avait entendu dire en ville, on jouait *La Machine à remonter le temps*, car M. Ashley-Montague, propriétaire d'une salle de cinéma à Peoria, apportait souvent le film qu'il venait de passer là-bas. Et depuis que Dale avait lu le livre un an plus tôt, il mourait d'envie d'en voir l'adaptation cinématographique.

Le vent faisait bruire les feuilles du parc, tandis que sur l'écran Rod Taylor sauvait Yvette Mimieux de la noyade. Lawrence était à genoux, sa position habituelle lorsqu'il était passionné par quelque chose, et mâchonnait ses derniers grains de pop-corn en buvant de temps en temps une gorgée de soda. Les yeux écarquillés, il regardait le héros descendre dans le monde souterrain des Morlocks, serré contre son frère.

— Tout va bien, murmura Dale, ils ont peur de la lumière et le type a des allumettes.

Sur l'écran, le regard des Morlocks brillait d'un éclat jaunâtre, comme les lucioles dans les buissons de l'autre côté du square. Rod Taylor craqua une allumette et les monstres refluèrent en s'abritant les yeux derrière leurs bras bleus.

Le bruissement des feuilles continuait, Dale leva la tête et vit que les étoiles étaient cachées par des nuages. Pourvu que la séance gratuite ne soit pas interrompue par la pluie !

M. Ashley-Montague apporta deux haut-parleurs supplémentaires, mais le son n'en demeura pas moins plus métallique que dans un vrai cinéma. Maintenant, les appels de Rod Taylor et les cris des Morlocks se mêlaient au bruit des feuilles et aux battements d'ailes des chauves-souris voletant dans les arbres.

Lawrence s'approcha de Dale, maculant son jean de taches d'herbe et oubliant de manger son pop-corn. Il avait enlevé sa casquette et, comme il le faisait quand il avait peur, il en mâchonnait la visière.

— T'en fais pas, chuchota Dale en lui donnant une bourrade sur l'épaule, il va récupérer Weena.

Les images multicolores continuèrent à scintiller sur l'écran, tandis que le vent se levait.

Duane mangeait un sandwich tardif dans la cuisine lorsqu'il entendit le camion tourner dans leur chemin.

Normalement, il n'entendait pas grand-chose de son sous-sol, surtout avec la radio, mais la porte à moustiquaire était ouverte, les fenêtres aussi, et tout était silencieux à la ferme, à part le chant des grillons et des grenouilles près de la mare et, de temps en temps, le bruit métallique de la porte de la mangeoire des cochons.

Le pater rentre drôlement tôt, ce soir..., pensa-t-il. Mais il se rendit compte presque aussitôt que ce ne pouvait pas être leur camion. Le véhicule qui approchait était plus gros, ou bien il avait un moteur plus puissant.

Il s'accroupit et regarda à travers la moustiquaire. Dans quelques semaines, le maïs l'empêcherait de voir le chemin à partir de la maison, mais pour l'instant les premiers trois cents mètres étaient encore dégagés. Pas de pick-up, pas de bruit de roues sur le gravier.

Duane fronça le sourcil, grignota une tranche de saucisson et sortit. Il traversa sur la pointe des pieds le rond-point entre la maison et la grange, afin d'avoir une vue sur toute la longueur du chemin d'accès à la ferme. Il arrivait parfois que des gens l'empruntent, mais c'était rare. Et le bruit qu'il venait d'entendre était sans aucun doute possible celui d'un moteur de camion. Oncle Art refusait d'utiliser un pick-up. Vivre à la campagne présentait selon lui déjà assez d'inconvénients, sans y ajouter celui de conduire le plus inesthétique moyen de locomotion inventé par l'industrie automobile américaine. Et ce bruit de moteur ne pouvait être celui de sa Cadillac.

Le garçon resta sans bouger dans l'obscurité tiède, mangeant son sandwich et observant le chemin. Le ciel était sombre, le plafond bas et le silence celui qui précède l'orage. Des lucioles scintillaient dans les fossés. Il finit son sandwich en se demandant qui, parmi les personnes de leur connaissance possédant un camion de cette taille, pourrait venir les voir un samedi soir. Personne.

Quelqu'un qui ramène le pater trop soûl pour conduire ? Cela s'était déjà produit, mais pas si tôt dans la soirée.

Il aperçut des éclairs à l'horizon, vers le sud, trop loin pour qu'on entende le tonnerre. La brève fulgurance ne lui permit pas de distinguer les détails du camion embusqué, seulement sa masse sombre. Quelque chose se frotta contre sa cuisse.

— Chut, Witt ! murmura-t-il.

Il se baissa pour passer un bras autour du cou du colley. Le chien tremblait et faisait un drôle de bruit de gorge, pas tout à fait un grognement, une sorte de feulement plutôt.

— Chut ! Il serra la tête de l'animal contre lui, mais Witt continua de trembler.

S'ils sont descendus du camion, ils ne devraient pas être loin maintenant... Mais qui ça peut bien être ?

— Viens, Witt !

Tenant toujours le chien par son collier, il retourna à la maison, éteignit toutes les lumières, entra dans le capharnaüm que son père appelait son bureau et prit la clé du râtelier à fusils. Dans la salle à manger, il hésita un instant. Finalement, il laissa à leur place le fusil à canons superposés, le 30-06 et le calibre 12, pour choisir le fusil à pompe de calibre 16.

Dans la cuisine, Witt gémit et ses griffes écorchèrent le lino.

— Chut !... T'en fais pas, Witt !

Duane vérifia la culasse, actionna la pompe, la revérifia, leva l'arme à contre-jour pour s'assurer que le chargeur était vide. Les balles se trouvaient dans le tiroir du bas. Duane s'accroupit près de la table pour en glisser cinq dans l'arme. Puis il en mit trois de plus dans la poche de sa chemise de flanelle.

Witt aboya. Duane l'enferma dans la cuisine puis il entrebâilla le cadre de la moustiquaire d'une des fenêtres de la salle à manger et se glissa dehors.

Il commença à faire prudemment le tour de la maison. La lumière de la grosse lampe d'entrée éclairait le rond-point et les trente premiers mètres du chemin. Duane s'accroupit dans l'ombre des pommiers sauvages et attendit. S'apercevant que son cœur battait à tout rompre, il s'obligea à respirer lentement et profondément.

Le chant des grillons et les autres bruits de la nuit s'étaient tus. Les milliers de tiges de maïs étaient absolument immobiles. Il vit d'autres éclairs vers le sud. Cette fois, il entendit le tonnerre, quinze secondes après l'éclair.

Duane aspirait sans bruit par la bouche, le doigt sur le cran de sécurité, respirant l'odeur de graisse de son arme. Witt avait cessé d'aboyer, mais il l'entendait aller d'une porte à l'autre dans la cuisine en griffant le lino.

Le jeune garçon continua d'attendre. Au moins cinq minutes plus tard, le moteur toussa, démarra, et les roues crissèrent sur le gravier.

Toujours courbé, Duane entra dans le champ de maïs et suivit la première rangée jusqu'à l'endroit d'où il pouvait voir toute la longueur du chemin.

Le camion recula, tous phares éteints, s'arrêta un instant, puis partit en direction du sud, vers le cimetière, L'Arbre noir et Elm Haven.

Duane sortit la tête du maïs et le regarda s'éloigner sans feu arrière. Il s'accroupit de nouveau entre les rangées vertes et s'installa, le calibre 16 sur les genoux, tendant l'oreille.

Vingt minutes plus tard, de grosses gouttes commencèrent à tomber. Duane patienta encore trois ou quatre minutes avant de sortir du maïs et, restant dans l'ombre du champ, il fit un tour complet de la maison et de la grange. Tout paraissait normal. Il rentra dans la maison par la porte de la cuisine.

Witt agita la queue comme un chiot, regarda de ses yeux myopes son jeune maître muni d'un fusil et se mit à faire le va-et-vient entre Duane et la porte.

— Non, gros bêta, on va pas à la chasse aujourd'hui ! dit Duane en sortant les balles et en les alignant sur la table. Mais je t'accorde une ration supplémentaire, et cette nuit tu dormiras en bas avec moi !

Duane s'approcha du placard et le battement de queue du chien s'accéléra.

Après une courte averse, la pluie avait cessé, mais le vent courbait les tiges et agitait les branches des pommiers sauvages.

Harlen s'aperçut qu'en fin de compte ce n'était pas une escalade si facile que ça. Surtout avec le vent qui se levait et soulevait la poussière du parking et du terrain de jeux. Il dut s'arrêter à mi-hauteur pour s'essuyer les yeux. Au moins, le bruit du vent couvrait le sien.

Il se trouvait entre le rez-de-chaussée et le premier étage, à déjà presque six mètres au-dessus du niveau du sol, quand il se rendit compte de la stupidité de son entreprise. Que ferait-il si Van Syke ou Roon surgissait ? A moins que ce ne soit Barney... C'est sa mère qui serait contente d'apprendre en rentrant chez elle que son unique rejeton était au trou, avant d'être transféré à la prison d'Oak Hill ! Harlen eut un léger sourire... Au moins, elle serait bien obligée de s'occuper de lui !

Il escalada les derniers mètres de tuyau, toucha du genou la saillie du premier étage et s'appuya un instant contre le mur pour se reposer. Devant lui il apercevait, au-dessus des ormes, la lumière du lampadaire au coin de School Street et Third Avenue. Il était drôlement haut !

Harlen n'avait pas peur des sommets. Lorsque l'automne dernier, avec ses copains, il s'était amusé à grimper en haut du grand chêne derrière le jardin de Congden, il avait battu O'Rourke et tous les autres. En fait, il était monté si haut que ses camarades avaient paniqué et lui avaient crié de redescendre, mais il avait tenu à poser le pied sur la dernière branche, si frêle qu'elle semblait ne pas pouvoir supporter le poids d'un pigeon, et à contempler de la cime cet océan de verdure cachant Elm Haven. Ce qu'il faisait aujourd'hui était un jeu d'enfant, par comparaison.

Mais il jeta un coup d'œil en bas et le regretta immédiatement : à part le tuyau et la moulure du coin, il n'y avait rien où prendre appui entre lui et la benne métallique sur le trottoir, quelque huit mètres plus bas.

Il ferma les yeux, se concentra pour trouver son équilibre sur l'étroite saillie, les rouvrit et regarda la fenêtre au-dessus de lui. Elle n'était pas à cinquante centimètres, plutôt à un mètre, et il serait obligé de lâcher ce bon dieu de tuyau s'il voulait s'y accrocher.

Et la lueur avait disparu. Il imagina la mère Faux-Derche en dessous de lui, sortant de l'école et lui criant : « *Descends de là immédiatement, Jim Harlen !* »

Et après ? Elle ne pouvait pas lui faire redoubler sa septième, puisqu'il avait déjà son bulletin, elle ne pouvait pas non plus l'empêcher d'être en vacances..

Il sourit, prit sa respiration, bascula tout son poids dans ses genoux et avança centimètre par centimètre sur la saillie, collé au mur de brique, maintenu seulement par la force de friction et dix centimètres de pierre.

Sa main droite trouva le rebord de la fenêtre et ses doigts se fermèrent sur une espèce de sculpture décorative juste en dessous. OK...

Il resta quelques instants immobile, la tête baissée, la joue frottant contre les briques. Il ne lui restait plus qu'à lever les yeux pour regarder à l'intérieur.

A cet instant, une petite voix au fond de lui essaya de l'en empêcher : *Laisse tomber... Va à la séance gratuite !... Rentre avant que maman revienne...*

Le vent agita les feuilles autour de lui et lui envoya à nouveau de la poussière dans les yeux. Il jeta un coup d'œil au tuyau : pas de problème, la descente serait bien plus facile. Et dire que cette patate de Gerry Daysinger le traitait de mauviette.

Mais ils ne sauront pas que je suis monté ici ! Alors, pourquoi tu l'as fait, trou-du-cul ?

Il pourrait toujours raconter son aventure à O'Rourke et aux autres, en arrangeant un peu l'histoire si la mère Faux-Derche n'était venue chercher que son morceau de craie préféré. Il imagina leur surprise lorsqu'il leur raconterait son escalade et leur décrirait la mère Faux-Derche et Roon en train de faire la bête à deux dos sur le bureau de leur ancienne classe...

Il leva la tête et regarda par la fenêtre.

Mme Fodder n'était pas à son bureau à l'extrémité opposée de la pièce, mais assise à la petite table près de la fenêtre, à moins d'un mètre d'Harlen. La lumière n'était pas allumée, pourtant une pâle phosphorescence éclairait la classe d'une lueur malsaine.

L'institutrice n'était pas seule, et c'était de la silhouette à côté d'elle qu'émanait cette faible clarté, une silhouette assise elle aussi à la petite table, à quelques centimètres de la vitre derrière laquelle Harlen collait son visage. Il la reconnut aussitôt.

Mme Duggan, l'ex-collègue et amie de Mme Fodder, avait toujours été très mince. Mais, elle avait encore maigri pendant les mois passés à lutter contre le cancer. Harlen se souvenait de ses bras, semblables à des os recouverts d'une mince couche de peau tavelée de taches brunes. Aucun élève de leur classe ne l'avait vue durant les dernières semaines, mais la mère de Sandy Whittaker lui avait rendu plusieurs fois visite avant sa mort en février, et elle avait dit à sa fille que vers la fin, elle était devenue un vrai squelette ambulant.

C'était bien elle.

Il jeta un coup d'œil à la mère Faux-Derche penchée en

avant, le sourire aux lèvres, complètement absorbée par la présence de son amie, puis son regard revint sur Mme Duggan.

Sandy avait raconté qu'elle avait été inhumée vêtue de sa plus belle robe en soie verte, celle qu'elle avait mise le dernier jour de classe avant les vacances de Noël. Elle la portait toujours mais le vêtement, pourri par endroits, brillait d'une étrange phosphorescence. Ses cheveux étaient coquettement ramenés en arrière et maintenus par ses habituelles barrettes d'écaille, mais ils semblaient sérieusement clairsemés et des plaques de crâne chauve luisaient comme des taches pâles. Des trous dans sa chevelure, comme des trous dans sa robe.

Harlen distinguait, à un mètre de lui, la main de Mme Duggan posée sur la table : les longs doigts, l'anneau d'or, beaucoup trop grand, l'éclat pâle des os.

Mme Fodder se pencha vers le cadavre de son amie et lui dit quelque chose. Celle-ci eut l'air étonné et jeta un coup d'œil en direction de la fenêtre derrière laquelle Harlen était blotti.

Il comprit à cet instant qu'on devait pouvoir le voir : la lueur illuminait son visage collé au carreau aussi clairement qu'elle éclairait les tendons des poignets de Mme Duggan, brillants comme des morceaux de spaghetti, ou les sombres taches de pourriture sous la chair translucide. Enfin, sous ce qui restait de chair...

Du coin de l'œil, il vit la mère Faux-Derche se tourner vers lui, mais il ne pouvait détacher son regard des plis de peau parcheminée sur la nuque de Mme Duggan, et des vertèbres glissant comme de petits galets blancs sous la soie décomposée.

Mme Duggan se retourna et le regarda. A soixante centimètres de lui, le regard phosphorescent traversait la tache sombre marquant l'emplacement de son œil gauche, et ses dents brillaient dans un sourire sans lèvres. Elle se pencha vers lui comme pour l'embrasser à travers la vitre. Aucune buée ne vint troubler le carreau.

Harlen se leva et voulut s'enfuir. Il avait oublié qu'il se trouvait sur une étroite saillie à huit mètres au-dessus du trottoir en ciment. Mais, même s'il s'en était souvenu, il aurait fait pareil.

Il tomba sans un cri.

8

Mike adorait le rituel de la messe. Ce dimanche-là, comme toutes les semaines, il avait servi l'office de 7 h 30, puis il était resté pour être premier enfant de chœur à la grand-messe de 10 heures. Les fidèles y étaient moins nombreux, bien sûr, car la plupart des catholiques d'Elm Haven ne tenaient pas à passer une demi-heure de plus à l'église s'ils pouvaient l'éviter.

Mike aimait de plus en plus être enfant de chœur. Quand il avait commencé, quatre ans plus tôt, le père Harrison n'exigeait pas grand-chose des rares volontaires, à part la ponctualité. Comme les autres enfants de chœur, Mike avait machinalement accompli les gestes et marmonné les répons en latin sans vraiment se soucier de leur sens, alors qu'ils étaient traduits sur des fiches en carton posées par terre à côté de lui, sans vraiment penser au miracle de l'Eucharistie sur le point de se produire. Il était catholique et c'était son devoir de servir la messe, cela s'arrêtait là. Beaucoup d'autres catholiques de son âge semblaient d'ailleurs trouver des tas de bonnes raisons pour ne pas le faire.

Puis, un peu plus d'un an auparavant, le père Harrison avait pris sa retraite... ou plutôt, on l'avait mis à la retraite. Le poids de l'âge et l'excès d'alcool commençaient à se faire sentir, et ses sermons devenaient de plus en plus bizarres. L'arrivée du père Cavanaugh avait tout changé pour Mike.

Bien que les deux hommes fussent prêtres, le père Cavanaugh était, à bien des égards, tout le contraire du père Harrison. Ce dernier, un vieil Irlandais aux joues roses et au poil gris, à l'élocution, aux mouvements et à l'esprit lents, semblait avoir dit la messe si souvent et devant si peu de fidèles qu'elle paraissait n'avoir pas plus de signification pour lui que son rasage matinal.

Le père Cavanaugh, lui, était jeune, très brun (Mike savait qu'il se rasait deux fois par jour ; pourtant, dès cinq heures du soir, une ombre bleuissait ses joues) et incroyablement convaincu. La messe, pour lui, était chargée de sens, il l'appelait « l'invitation du Christ à partager la Cène », et il obligea ses enfants de chœur à s'y intéresser. Du moins ceux qui continuèrent à la servir. Mike fut l'un des rares à ne pas être découragé par les exigences du nouveau curé. Il fallait *comprendre* ce qu'on disait, ne pas se contenter de marmonner des phrases latines, et Mike avait dû suivre pendant six mois un cours spécial organisé tous les mercredis soir au presbytère, où le père Cavanaugh enseignait les rudiments du latin et le contexte historique de la messe. Ensuite, il fallait *participer*, faire vraiment attention à ce qui se passait. Et le père Cavanaugh s'emportait facilement : gare aux enfants de chœur négligents !

Le père Harrison aimait bien manger et encore plus boire. Toute la paroisse, tout le comté même, savait qu'il était alcoolique. Le père Cavanaugh, par contre, ne prenait jamais une goutte d'alcool, sauf pendant la communion, et semblait considérer la nourriture comme un mal nécessaire. Lorsqu'il faisait des visites, il voulait parler de Dieu (à la différence du père Harrison qui bavardait de tout avec tous et trouvait normal de passer l'après-midi entier à discuter des conditions atmosphériques et des cultures avec les fermiers à la retraite). Ses visites aux malades et aux mourants ressemblaient aux opérations commando menées par les jésuites : un bachotage de dernière minute pour ceux qui allaient passer l'ultime examen.

Il n'avait qu'un seul point faible, à la connaissance de Mike, du moins : il fumait comme un sapeur. Il grillait cigarette sur cigarette, et, dès qu'il ne fumait pas, il donnait l'impression d'attendre avec impatience de pouvoir en griller une. Cela ne dérangeait pas Mike, son père et sa mère étaient fumeurs, ainsi que les parents de tous ses amis, sauf les Grumbacher, mais ces derniers étaient allemands et un peu bizarres.

En ce premier dimanche des vacances, Mike servit donc les deux messes, appréciant la fraîcheur de l'église et le murmure hypnotique des fidèles marmonnant les répons. Mike veillait à bien prononcer les siens, ni trop haut, ni trop bas, en un latin correctement accentué, comme le lui avait enseigné le père aux cours au presbytère.

« *Agnus Dei, qui tollis peccata mundi... miserere nobis... Kyrie eleison, Kyrie eleison, Kyrie eleison...* »

Mike se dédoublait. Tandis qu'une partie de lui se concentrait sur la préparation du miracle de l'Eucharistie, une autre vagabondait librement, comme si son esprit avait vraiment quitté son corps. Il se retrouvait auprès de Memo dans sa chambre sombre, seulement Memo avait recouvré l'usage de la parole et ils avaient de longues conversations, comme quand il était petit et qu'elle lui racontait des histoires du Vieux Pays... Ou bien il planait comme un oiseau à cervelle humaine au-dessus des champs et des forêts derrière le cimetière des cavaliers, au-delà de la Grotte.

Le père Cavanaugh bénit une dernière fois les fidèles et mena la petite procession jusqu'à la sacristie. Mike retira sa soutane et son surplis, les plia et les mit sur la table où la gouvernante du curé les prendrait pour les laver. Il quitta ses souliers de ville bien cirés et les rangea au fond de la garde-robe. Il ne possédait qu'une paire de chaussures en cuir, réservées à la messe. Son père avait renâclé pour les acheter, mais il avait dû s'incliner : Dieu méritait bien ça.

Le prêtre rentra. Il avait troqué sa soutane noire contre une chemise de toile et un costume sport en velours. Mike éprouvait toujours un choc quand il le voyait en civil.

— Tu as fait du bon travail, Michael. Comme d'habitude.

Malgré leurs relations décontractées, le père Cavanaugh ne l'appelait jamais par son diminutif.

— Merci, mon père !

Le jeune garçon chercha un moyen de prolonger la conversation, afin de rester quelques minutes de plus auprès du seul homme qu'il admirait.

— Pas beaucoup de monde à la grand-messe aujourd'hui...

Le prêtre avait allumé une cigarette et la fumée odorante envahissait la petite pièce. Il s'approcha de la fenêtre et regarda le parking maintenant désert.

— Hein ?... Oui, c'est souvent le cas...

Il se tourna vers Mike avant de demander :

— Ton amie était là aujourd'hui ?

— Qui ça ?

Mike ne connaissait pas beaucoup de catholiques parmi les garçons de son âge.

— Tu sais bien, Michelle Machintruc... Staffney.

Mike rougit jusqu'aux oreilles. Il n'avait jamais parlé de Michelle au père, ni à quiconque d'ailleurs, mais il ne manquait jamais de regarder si elle faisait partie des fidèles. C'était rarement le cas : ses parents préféraient en général aller jusqu'à Peoria pour assister à la messe à la cathédrale St. Mary. Mais les rares fois où elle était là, Mike avait le plus grand mal à se concentrer.

— Je ne suis même pas dans la même classe que Michelle, rétorqua-t-il d'un ton qu'il voulait neutre.

Si c'est ce salaud de Donnie Elson qui en a parlé au père, j'en fais de la chair à pâté !

— Ah, pardon !

Le père Cavanaugh hocha la tête et eut un sourire compréhensif, sans la moindre nuance de moquerie, mais Mike rougit de nouveau, baissa la tête et laça ses chaussures, tâche qui sembla l'absorber tout entier.

Le père écrasa son mégot dans un cendrier et tapota sa poche à la recherche d'une autre cigarette.

— Qu'est-ce que tu as l'intention de faire cet après-midi ? continua-t-il.

Mike haussa les épaules. Il avait vaguement prévu de passer un moment avec Dale et les autres, avant de commencer à surveiller Van Syke. Mais, finalement, quelle idée infantile, cet espionnage !

— Oh... rien de précis...

— Je pensais faire une petite visite à Mme Clancy, vers cinq heures. Je crois me souvenir que son mari a aleviné leur étang au printemps dernier, peu de temps avant de mourir. Elle ne verrait sans doute pas d'objection à ce que nous regardions un peu comment se portent ces poissons... Ça t'intéresse ?

Mike sentit la joie monter en lui comme le Saint-Esprit représenté par une colombe sur le mur de l'église et acquiesça.

— Parfait ! Je passerai te prendre avec la Papemobile vers cinq heures moins le quart.

Le père Cavanaugh appelait toujours ainsi l'automobile de la paroisse, une Lincoln noire. Au début, cela avait profondément choqué son enfant de chœur, jusqu'à ce qu'il comprenne qu'il s'agissait d'une petite plaisanterie entre eux deux. Le prêtre pourrait peut-être avoir des ennuis si Mike la répétait... Mike imaginait deux cardinaux du Vatican descendant d'un hélicoptère et soumettant le père Cavanaugh à la question avant de l'emmener, menottes aux poignets... Cette plaisanterie était une marque de confiance, une façon de dire : « Nous nous comprenons, tous les deux ! »

Avec un signe d'adieu, Mike sortit de l'église dans le grand soleil d'un dimanche midi.

Duane passa une bonne partie de la journée à travailler. Il répara le tracteur, pulvérisa du désherbant le long des fossés, déplaça les vaches du pâturage ouest jusqu'au pré qui s'étendait entre la grange et les champs de maïs, et termina par une inspection du maïs bien qu'il fût encore trop tôt pour sarcler.

Le pater était rentré vers 3 heures du matin et, malgré l'absence de moustiquaire, Duane avait gardé une fenêtre ouverte pour entendre sa voiture arriver. Martin McBride avait bu, mais il tenait encore debout. Il était entré en jurant et s'était préparé bruyamment un sandwich à la cuisine. Duane et Witt n'avaient pas bougé.

Le dimanche matin, quand son père n'avait pas la gueule de bois, il passait presque toute la matinée à jouer aux échecs avec son fils. Mais ce jour-là, il n'y eut pas de partie.

Au milieu de l'après-midi, lorsqu'il revint de son inspection des champs de maïs, Duane trouva son père vautré dans la chaise longue sous le peuplier. Un numéro du dimanche du *New York Times* était éparpillé dans l'herbe autour de lui.

— J'avais oublié que j'avais acheté ça hier à Peoria, marmonna-t-il en se frottant la joue.

Cela faisait deux jours qu'il ne s'était pas rasé et les poils gris étaient argentés dans cette lumière.

Duane se laissa tomber dans l'herbe et feuilleta les pages à la recherche de la rubrique littéraire.

— C'est celui de dimanche dernier ?

— Qu'est-ce que tu croyais ? Que c'était celui d'aujourd'hui ? (Il s'éclaircit la gorge.) Je n'avais pas l'intention de rentrer si tard, hier soir, tu sais... Mais une espèce de professeur de Bradley a commencé à discuter de Marx avec moi dans un pub d'Adams Street et..., bon, tout s'est bien passé ici ?

Sans le regarder, Duane acquiesça d'un signe de tête.

— Ce soldat a passé la nuit ici ?

— Quel soldat ?

Le pater se frotta les joues d'un air songeur, cherchant à démêler la réalité des illusions nées dans les vapeurs de l'alcool.

— Euh... Je me rappelle avoir pris un soldat en stop quelque part... près du pont... Je n'ai pas l'habitude de m'arrêter pour les auto-stoppeurs, tu le sais bien, mais comme il commençait à pleuvoir...

Il se tut, regarda d'un air étonné en direction de la maison et de la grange, comme s'il s'attendait à voir le soldat toujours assis dans le pick-up.

— Ouais, continua-t-il, je me souviens maintenant... Il n'a pas prononcé un mot de tout le trajet, il a juste fait un signe de tête quand je lui ai demandé s'il venait de finir son service. Le plus drôle, c'est que... j'ai bien senti sur le moment qu'il y avait quelque chose de bizarre dans son uniforme, mais j'étais trop... trop fatigué... pour mettre le doigt sur ce qui clochait.

— Et qu'est-ce qui clochait ?

— Son uniforme... Ce n'était pas un uniforme de notre

époque, pas même de celle d'Eisenhower... Il portait un vêtement en lainage... un lainage brun... avec un vieux chapeau de brousse à larges bords et des bandes molletières.

— Des bandes molletières ? Ces espèces de guêtres que portaient les soldats de la Première Guerre mondiale ?

— C'est ça, oui.

Martin se rongea l'ongle de l'index, comme il le faisait lorsqu'il mettait au point une invention ou échafaudait un des plans mirifiques qui devaient le mener à la fortune.

— En fait, tout ce qu'il portait était de l'époque de la Première Guerre mondiale, expliqua-t-il, y compris le ceinturon et les chaussures cloutées. Il était jeune, mais ce ne pouvait pas être un vrai soldat, il avait dû mettre l'uniforme de son grand-père, ou bien il revenait d'un bal costumé.

Il regarda son fils pour demander :

— Vous avez déjeuné ensemble ?

— Il n'est pas rentré avec toi cette nuit. Tu as dû l'arrêter quelque part.

Le pater réfléchit un instant puis secoua vigoureusement la tête.

— Non... Je suis *certain* qu'il était dans le pick-up à côté de moi lorsque j'ai tourné dans le chemin. Je me souviens m'être dit qu'il était si peu loquace que j'avais oublié sa présence. J'avais l'intention de lui préparer un sandwich et de lui proposer de passer la nuit sur le sofa.

Il tourna vers Duane des yeux injectés de sang et insista :

— Je suis absolument *certain* qu'il était avec moi quand j'ai tourné dans le chemin, Duanie...

— En tout cas, je ne l'ai pas entendu rentrer avec toi. Il est peut-être parti en ville à pied ?

— Comme ça, en pleine nuit ? De plus, je m'en souviens, il m'a dit qu'il habitait quelque part dans le coin.

— Mais tu viens de me dire à l'instant qu'il n'avait pas prononcé un mot !

Le pater continua à se ronger les ongles.

— Oui, c'est vrai... Je ne me rappelle pas qu'il ait parlé... Oh, et puis merde !

Il se replongea dans la rubrique financière du journal.

Quant à Duane, il finit de lire les pages littéraires puis retourna vers la maison. Witt sortit de la grange, frais et dispos après un de ses fréquents petits sommes, prêt à accompagner son maître au bout du monde.

— Hé, mon vieux, lui demanda le garçon, tu n'aurais pas vu un soldat de la Première Guerre mondiale traîner dans le coin, par hasard ?

Witt, ne sachant pas trop ce qu'on attendait de lui, pencha la tête. Duane le caressa derrière les oreilles puis s'approcha du pick-up et ouvrit la portière côté passager.

La cabine surchauffée sentait le whisky et les pieds. Il y avait bien un creux dans le vinyle du siège de droite, comme si un invisible passager y était encore assis, mais il en avait toujours été ainsi.

Duane passa la main sous le fauteuil, souleva les tapis de sol, jeta un œil dans la boîte à gants. Il y avait un tas de bazar ; des chiffons, des cartes, des livres de poche, plusieurs bouteilles de whisky vides, une grosse clé, des boîtes de bière et même une cartouche neuve. Mais aucun signe de la présence d'un soldat de la Première Guerre mondiale, pas l'ombre d'un Mauser, pas le moindre petit plan des tranchées autour de la Somme...

Avec un petit sourire, Duane retourna dans la cour lire le journal et jouer avec Witt.

La partie de pêche ne se termina pas avant le soir. Mme Clancy, qui se mourait d'acrimonie autant que de vieillesse, n'avait pas voulu que quelqu'un reste dans la maison pendant qu'elle se confessait au père Cavanaugh. Aussi Mike avait-il attendu près de l'étang en faisant des ricochets et en regrettant d'avoir sauté le déjeuner. Peu d'excuses étaient admises chez les O'Rourke lorsqu'il s'agissait du déjeuner dominical, mais aider le curé en était une. Et quand le père lui avait posé la question Mike n'avait pas osé dire qu'il n'avait pas mangé. Un petit mensonge de plus à inclure dans sa prochaine confession, dans la rubrique : *Il m'est arrivé de ne pas dire la vérité à des grandes personnes...*

En grandissant, Mike avait compris quelle était la véritable raison du célibat des prêtres : qui voudrait vivre avec quelqu'un à qui l'on était tenu de se confesser régulièrement ?

Le père le rejoignit à sept heures au bord de l'étang avec tout leur attirail de pêche. Avec ce soleil de juin au-dessus des arbres, on avait l'impression qu'il était encore tôt.

Ils pêchèrent pendant plus d'une heure. Mike fut le seul à attraper quelque chose : deux petites perches qu'il rejeta à l'eau, mais la conversation, allant de la nature de la Trinité aux souvenirs d'enfance du père qui avait grandi dans un quartier de Chicago où sévissaient les gangs de jeunes, avait été si passionnante que le jeune garçon en avait presque le vertige. Mike adorait discuter avec le prêtre. Parler avec Dale ou Duane ou d'autres pouvait être intéressant, ils avaient des idées si bizarres, parfois, mais le père Cavanaugh avait réellement *vécu*. Si les mystères de l'Eglise n'avaient plus de secret pour lui, il n'ignorait rien non plus des aspects les plus violents et les plus cyniques de la vie urbaine.

L'ombre des arbres avait déjà dépassé les berges de l'étang et s'étendait sur l'eau lorsque le père jeta un coup d'œil à sa montre et s'exclama :

— Oh, mon Dieu, mais il est tard ! Mme McCafferty va se faire du souci...

Mme McCafferty était la gouvernante du presbytère. Elle s'était occupée du père Harrison comme une grande sœur essayant d'empêcher son petit frère de faire des bêtises, et à présent, elle maternait le père Cavanaugh comme s'il était son fils.

Ils rangèrent leur matériel et reprirent le chemin de la ville. Après la première descente de la route 6, ils gravirent la colline du cimetière des Cavaliers. Mike l'aperçut, vide et baigné de lumière dorée, et se souvint tout à coup qu'il était censé surveiller Van Syke. Il demanda au père de s'arrêter, et celui-ci gara la Papemobile sur le terre-plein herbeux entre la route et la grille de fer forgé.

— Qu'est-ce qu'il se passe ?

Mike réfléchit à toute vitesse.

— Je... j'avais promis à Memo de jeter un coup d'œil sur

la tombe de grand-père... Vous savez, vérifier que l'herbe a été coupée, que les fleurs ont été bien arrosées...

Un autre mensonge pour sa prochaine confession.

— Je t'attends, alors !

Mike piqua un fard, et se tourna vers le cimetière pour cacher sa rougeur au prêtre. Pourvu que celui-ci ne devine pas le mensonge dans sa voix !

— Euh... Je préfère rester seul un petit moment... je veux prier un peu.

Génial, Mike. Tu veux prier, alors tu dis à un curé de s'en aller ! Ça doit être un péché mortel de mentir en parlant de prières...

— De plus, il se peut que je doive jeter les fleurs fanées dans le bois et cela risque d'être un peu long, ajouta-t-il.

Le père regarda le soleil suspendu comme un ballon rouge au-dessus des champs de maïs.

— Le jour commence à tomber, Mike...

— Je serai chez moi avant la nuit, promis !

— Mais il y a presque deux kilomètres jusqu'à la ville...

Le prêtre avait l'air dubitatif, comme s'il soupçonnait Mike de méditer quelque bêtise, mais sans arriver à imaginer quoi.

— Ça ne pose aucun problème, mon père, avec mes copains, on fait tout le temps ce trajet, à pied ou en vélo. On joue souvent par ici.

— Tu n'iras pas dans les bois s'il fait noir ?

— Mais non, je vais juste faire ce que j'ai promis à Memo et rentrer chez moi. J'aime bien marcher...

Le père Cavanaugh aurait-il peur de l'obscurité ? Impensable... Et si je lui disais la vérité ? L'impression qu'il se passe quelque chose de bizarre à Old Central... en rapport avec la disparition de Tubby ? Si je lui avouais que tout ce que j'ai envie de faire, c'est de jeter un coup d'œil sur la cabane à outils où, dit-on, Van Syke passe la nuit... Non, il va me prendre pour un fou !

— Tu es sûr ? Ta famille te croit avec moi.

— Ils savent que j'ai promis à Memo de passer au cimetière et, de toute façon, je serai chez moi avant la nuit...

Avec un petit signe de tête, le père se pencha pour lui ouvrir la portière.

— Très bien. Merci de m'avoir tenu compagnie à la pêche. A demain matin, alors ?

Ce n'était pas vraiment une question : Mike servait la messe tous les matins.

— Bien sûr. Et merci pour...

Il hésita. Pourquoi le remerciait-il ? De lui parler sérieusement bien qu'il fût un enfant, peut-être.

— Merci de m'avoir prêté une canne à pêche.

— Je t'en prie... La prochaine fois, nous irons jusqu'à la rivière, là où il y a de vrais poissons.

Il lui fit un signe de main, manœuvra la Papemobile et disparut en direction du sud. Mike resta un instant immobile, clignant des yeux pour en chasser la poussière, et il sentit les sauterelles sauter de ses jambes dans l'herbe. Puis il se retourna et contempla le cimetière. *Et si Van Syke est là, gros malin ?*

Le gardien ne devait pas être là : l'air était calme, alourdi par l'odeur de maïs et de poussière humide d'une chaude soirée de juin, et l'endroit semblait vide, donnait l'impression d'être désert. Il ouvrit la petite grille et entra. Son ombre le précédait et les hautes pierres tombales projetaient leur forme noire sur le sol. Soudain, il prit conscience du silence après ces heures de conversation.

Il s'arrêta près de la tombe de son grand-père, qui ne se trouvait pas très loin de l'entrée, à gauche de l'allée centrale. Tous les O'Rourke étaient regroupés dans ce secteur, mais la famille de sa mère était près de la clôture, de l'autre côté. Il y avait aussi un espace herbeux qui, Mike le savait, était réservé à ses parents, à ses sœurs, et à lui. Les fleurs étaient toujours là, quoique fanées, ainsi que le petit drapeau apporté le lundi précédent pour le Memorial Day. On le remplaçait chaque année et la vivacité de ses couleurs était comme un calendrier indiquant le passage des saisons.

Son grand-père s'était engagé lors de la Première Guerre mondiale, mais il n'avait jamais quitté les Etats-Unis, il avait juste passé quatorze mois dans un camp militaire de Georgie. Quand il était petit, Mike avait écouté Memo lui raconter les aventures à l'étranger des amis de son grand-père pendant la Grande Guerre et il avait l'impresion que l'un des rares regrets de M. Houlihan était de ne pas avoir participé aux combats.

Les couleurs du petit drapeau étaient très vives : rouge sang et blanc éclatant au-dessus de l'herbe verte. Le soleil du soir baignait le paysage d'une chaude lumière. Quelque part dans la ferme de l'oncle Henry de Dale, une colline plus loin, une vache beugla et le meuglement monta très clair dans l'air limpide.

Mike inclina la tête et marmonna une prière. Après tout, c'étaient de bien petits mensonges qu'il avait faits, il n'aurait peut-être même pas à les confesser. Il se signa et se dirigea vers le fond du cimetière où se trouvait la cabane de Van Syke.

En fait, cette cabane n'appartenait pas à Van Syke, elle avait toujours fait partie du cimetière. La porte était cadenassée. Il la dépassa comme s'il se dirigeait vers les bois, la destination habituelle des garçons quand ils coupaient par le cimetière, puis il fit demi-tour en prenant soin de rester dans l'ombre du mur. Des sauterelles sautillaient autour de ses chaussures et l'herbe sèche craquait sous ses pas.

La cabane était éclairée d'un côté par une petite fenêtre, à peu près à la hauteur de l'épaule de Mike. Il s'approcha et, la main sur les yeux, essaya de regarder à l'intérieur. Impossible de voir quoi que ce soit, la vitre était trop sale, et l'intérieur de la cabane trop sombre.

Mains dans les poches, il fit en sifflotant le tour de la cahute. Il jeta plusieurs coups d'œil par-dessus son épaule pour vérifier que personne ne venait. Depuis le départ du père Cavanaugh, la route était déserte et le cimetière silencieux. Le soleil était descendu avec cette élégante lenteur écarlate qui caractérise les couchers de soleil de l'Illinois. Le ciel était encore teinté de la clarté rose d'un soir de juin, mais il bleuissait et s'assombrissait petit à petit.

Mike inspecta la porte. Le cadenas était un Yale de bonne qualité, mais la plaque de fer soutenant l'anneau était vissée dans le bois plutôt pourri de l'encadrement de la porte. Toujours en sifflotant, Mike secoua la plaque jusqu'à ce qu'une, puis deux vis sortent du bois, mais il dut utiliser son canif pour extirper la troisième. Il jeta un coup d'œil aux alentours, s'assura de pouvoir trouver une pierre à proximité pour remettre les vis en place au moment de partir, puis entra dans la cabane.

Il y faisait très sombre. Cela sentait la terre fraîchement remuée, ainsi qu'une autre odeur plus aigre, indéfinissable.

Il referma la porte derrière lui en laissant une petite fente pour y voir un peu clair et entendre si une voiture s'arrêtait sur le parking. Puis il attendit que ses yeux s'habituent à l'obscurité.

Van Syke n'était pas là, c'était l'essentiel. A l'intérieur, il n'y avait pas grand-chose à part des pelles et des bêches. Normal, pour un cimetière. Sur des étagères, il vit des bidons d'engrais et des bocaux remplis d'un liquide noir. Dans un coin étaient entassées des barres de fer rouillées venant sans doute de la grille, du petit matériel agricole qui devait s'accrocher à un tracteur, deux caisses de bois dont l'une semblait servir de table car une lanterne était posée dessus, et de grosses sangles de toile. Mike se demanda un instant à quoi elles pouvaient bien servir, puis il comprit qu'on devait les placer sous les cercueils pour les descendre dans les tombes.

Juste sous la fenêtre se trouvait un lit bas. Mike l'examina. Il sentait le moisi, et la couverture brune ne sentait pas meilleur. De toute évidence, il n'y avait pas longtemps qu'il avait servi, un numéro récent du *Peoria Journal Star* était tout froissé contre le mur et la couverture traînait à moitié sur le sol, comme si quelqu'un l'y avait jetée précipitamment.

Mike s'agenouilla à côté du lit, déplaça le journal et découvrit en dessous un magazine dont certaines pages étaient en papier glacé. Il le prit, le feuilleta et le lâcha brusquement : les pages en papier glacé étaient pleines de photos en noir et blanc de femmes nues. Mike avait déjà vu des femmes nues (il avait quatre sœurs) et il avait même regardé dans un journal naturiste prêté par Gerry Daysinger des photos de femmes nues. Mais il n'était jamais tombé sur des trucs de ce genre.

Les femmes étaient couchées, jambes écartées, et tout ce qu'on ne montrait pas d'habitude était clairement visible. Les photos naturistes avaient été retouchées, pas de poils pubiens, un entrejambe pudiquement lisse, mais ces photos-ci dévoilaient tout. Les poils, la fente, les lèvres ouvertes, souvent écartées par les femmes elles-mêmes dont les ongles rouges exhibaient leurs organes les plus intimes. D'autres étaient à genoux, le derrière face à l'appareil photo, les mains écartant les fesses, d'autres encore jouaient avec leurs nénés...

Mike sentit la rougeur quitter ses joues et, comme si le sang devait obligatoirement affluer quelque part, son pénis se durcit. Il tendit la main vers le magazine et le feuilleta. Encore des femmes, toujours jambes écartées. Mike n'arrivait pas à croire que des filles puissent faire ça en face d'un photographe. Et si quelqu'un de leur famille tombait sur un de ces clichés ?

Son érection palpita contre son jean. Mike s'était déjà masturbé, mais le père Harrison avait été très prolixe quant aux conséquences spirituelles et physiques d'une telle pratique, et Mike n'avait pas l'intention de perdre l'esprit ou d'attraper cette sorte d'acné bien spéciale qui affligeait les adeptes des plaisirs solitaires. De plus, il avait naturellement dû confesser ce péché à chaque fois qu'il y avait succombé, mais c'était une chose d'avouer sa faute au père Harrison et de se faire vertement tancer dans l'obscurité du confessionnal, et une autre de devoir la révéler au père Cavanaugh. Mike aurait préféré devenir athée et brûler pour l'éternité plutôt que de confesser ce péché au père Cavanaugh. Et s'il l'omettait... le père Harrison avait décrit de façon très convaincante les châtiments qui attendaient en enfer les pécheurs dépravés.

Mike soupira, remit le magazine où il l'avait trouvé, recouvert du journal, et se releva. Il descendrait la colline en courant puis monterait la côte d'un bon pas, cela devrait le débarrasser de ses mauvaises pensées et de cette rigidité sous sa braguette...

Au moment où il se levait, la couverture glissa et une odeur répugnante remplit la pièce. Il recula, puis se rapprocha et souleva la couverture. Une odeur de terre remuée... et d'autre chose de bien pire... montait de sous le lit. Mike prit sa respiration et souleva le lit. Il y avait un trou là-dessous, une ouverture parfaitement circulaire, d'environ soixante centimètres de diamètre, un peu comme une bouche d'égout, mais avec des parois de terre tassée. Mike se mit à quatre pattes et essaya de voir à l'intérieur. L'odeur était insoutenable.

Mike était allé une fois à l'abattoir d'Oak Hill, et ce trou lui rappelait la pièce où l'on jetait les entrailles et les morceaux invendables. Il y régnait la même odeur de sang. Avec en plus les relents de terre remuée, le mélange était d'une puanteur si atroce que la tête lui tourna. Il vacilla un instant, ferma les yeux. Quand il les rouvrit, il eut l'impression d'un mouvement vif comme l'éclair dans les profondeurs du trou, quelque chose fuyant la lumière. Il cligna des yeux, les parois du trou étaient étranges, rougeâtres, bien que le sol ne fût pas argileux dans la région, et striées avec des bords réguliers. Cela lui rappelait quelque chose, mais il n'arrivait pas à trouver quoi, puis le souvenir lui revint. Dale Smith avait une encyclopédie illustrée, et les garçons aimaient bien regarder la partie concernant le corps humain. On soulevait des transparents et les différents éléments du corps apparaissaient. L'un des dessins représentait le système digestif avec des vues en coupe. Eh bien, les bords du trou étaient exactement comme la vue en coupe des intestins : rouges et sanguinolents. Sous les yeux exorbités de l'écolier, ces parois semblèrent bouger légèrement, se contracter, puis se relâcher, et l'odeur devint encore plus forte.

Mike recula à quatre pattes, osant à peine respirer. Il entendit une espèce de frottement, ou de grattement, quelque part. *Des rats à l'extérieur... ou bien quelque chose là-dedans ?*

Mike eut une soudaine vision de tunnels quadrillant le cimetière, reliant les tombes entre elles... Il imagina que Van Syke s'y était engouffré tête la première et avait disparu dans ce boyau sanguinolent jusqu'aux profondeurs de la

99

terre quand il l'avait entendu approcher en sifflotant une minute auparavant.

Van Syke... ou pire encore ?

Mike frissonna. La fenêtre était trop sale pour qu'il puisse en être sûr, mais il avait l'impression qu'il faisait nuit maintenant. Il remit le lit à sa place, s'assura que le journal et le magazine étaient bien comme il les avait trouvés, et replaça la couverture de manière à dissimuler le trou. Non qu'elle fût vraiment utile, il faisait si noir là-dedans que si l'odeur ne l'avait pas alerté, il n'aurait jamais remarqué le trou. Et si une main livide surgissait de l'obscurité sous le lit, lui attrapait le poignet ou la cheville ?

Son excitation sexuelle avait complètement disparu. Il avait plutôt envie de vomir. Il ferma les yeux, ouvrit la bouche pour moins sentir l'horrible puanteur, et se concentra sur un *Je vous salue Marie* et un *Notre-Père*.

Aucun effet.

Il crut entendre des pas furtifs dans l'herbe. Il ouvrit la porte et se précipita à l'extérieur. Qu'importait ce qu'il risquait d'y trouver, pourvu qu'il s'éloigne de ce trou !

Le cimetière était vide. Le ciel était plus noir, une unique étoile scintillait à l'est au-dessus des arbres, les bois paraissaient sombres, mais c'était quand même un crépuscule d'été. A quinze mètres de lui, un oiseau perché sur une pierre tombale semblait le regarder.

Il fit quelques pas rapides, puis se souvint du cadenas. Il hésita, se traita d'idiot et fit demi-tour. Il se mit à taper sur les vis. Il lui fallut revisser la dernière et il se servit une nouvelle fois de son canif. Ses mains tremblaient.

Et si quelque chose sort de ce trou, comment partir ensuite de la cabane ? Peut-être en se glissant par la fenêtre... La ferme, idiot !

La lame glissa et il se coupa. Il n'y fit pas attention et continua à visser sans penser aux gouttes de sang qui tombaient sur le chambranle.

Fini ! C'était loin d'être parfait. Un examen attentif révélerait que le loquet avait été enlevé, puis remis. *Et puis après ?*

Mike descendit l'allée. Toujours pas un chat sur la route. Il dévala la colline à toute allure.

Si seulement l'ombre n'était pas si épaisse dans ce creux... Les bois de chaque côté étaient déjà plongés dans l'obscurité. La taverne de L'Arbre noir était fermée : on ne servait pas d'alcool le dimanche. Cela faisait un drôle d'effet de voir ce bar sans automobiles garées sur le parking. En arrivant en haut de la montée, il ralentit. A gauche, les bois continuaient, mais à droite c'était des champs de maïs et il y faisait beaucoup plus clair. A une centaine de mètres, il apercevait le croisement de Jubilee College Road, et de là il verrait le château d'eau à moins d'un kilomètre vers l'ouest.

Tout en se traitant de couard, Mike avait encore ralenti l'allure lorsqu'il entendit un bruit derrière lui. Pas une voiture, des pas. Sans s'arrêter, il se retourna en serrant inconsciemment les poings.

Un autre enfant..., pensa-t-il en voyant une silhouette sortir de l'ombre des arbres au sommet de la colline. Il ne pouvait pas voir qui c'était, il reconnaissait seulement l'uniforme des boy-scouts. Mais ce n'était pas un enfant, le gars devait avoir entre vingt et trente ans, et il portait plutôt des vêtements de soldat. Mike en avait vu de ce genre sur de vieilles photos. Le visage du type paraissait cireux, livide, avec des traits bizarrement estompés. Il était à environ quinze mètres derrière lui.

— Salut ! cria Mike en levant le bras.

Il ne le connaissait pas, mais il se sentait soulagé : ce n'était pas Van Syke.

Le soldat ne répondit pas à son salut. Mike voyait ses yeux, mais ce type se comportait presque en aveugle. Il ne courait pas, il marchait, les jambes raides, un peu comme à la parade, mais assez vite pour diminuer la distance entre eux. Il était à moins d'une dizaine de mètres maintenant, et Mike distinguait clairement les boutons de cuivre de son uniforme marron et les espèces de bandages kaki autour de ses mollets. Les grosses chaussures cloutées faisaient crisser le gravier. Mike essaya de distinguer son visage, mais il était caché par l'ombre du chapeau. Le jeune homme avançait vite, comme s'il cherchait à le rattraper.

Et merde ! Mike prit ses jambes à son cou et dévala Jubilee College Road vers la masse de verdure que formait Elm Haven.

Lawrence, le petit frère de Dale, avait peur du noir.

A part cela, à la connaissance de son aîné, rien n'effrayait le petit garçon. A huit ans, il grimpait à des hauteurs que personne, sauf peut-être Jim Harlen, n'envisageait d'atteindre. Lawrence était un coriace, que son courage discret poussait à foncer, poings en avant, sur des brutes deux fois plus grandes que lui, même s'il risquait de se prendre une dérouillée qui aurait mis en fuite n'importe quel gamin de son âge.

Lawrence adorait tout ce qui était casse-cou. Sans hésiter, il s'élançait à bicyclette de la plus haute rampe qu'ils puissent construire et, lorsque quelqu'un devait s'allonger en bas pendant que les autres prenaient leur élan pour sauter, il était le seul volontaire. Il jouait au football avec des hordes de garçons bien plus vieux que lui et il trouvait qu'être lancé du haut d'une falaise, enfermé dans un carton, devait être une aventure amusante. Dale se disait qu'à force de n'avoir peur de rien, il finirait par se tuer.

Mais Lawrence avait peur du noir. Tout particulièrement sur le palier du premier étage, et encore plus dans leur chambre.

La maison que les Stewart louaient depuis cinq ans, date de leur arrivée de Chicago, était ancienne. Au rez-de-chaussée, l'interrupteur en bas de l'escalier permettait d'allumer le petit lustre du vestibule, mais laissait le palier du premier étage dans la pénombre. Pour entrer dans leur chambre, les enfants devaient traverser cette zone d'ombre et, détail qui, du point de vue de Lawrence, aggravait considérablement la situation, il n'y avait pas d'interrupteur à la porte de leur chambre. Il fallait trouver à tâtons le cordon de la lampe, et tirer. Lawrence avait horreur de faire ce geste, et suppliait toujours Dale de s'en charger.

Une fois, avant de s'endormir, Dale avait demandé à son petit frère pourquoi il détestait tellement allumer dans le noir. De quoi avait-il peur exactement ? Surtout dans leur propre chambre... Au début, Lawrence avait refusé de répondre, puis il avait fini par dire d'une voix ensommeillée : « Il pourrait y avoir quelqu'un d'embusqué...

— Quelqu'un ? Mais qui donc ?

— Je ne sais pas... Quelqu'un... Parfois, je me dis qu'en entrant et en cherchant le cordon à tâtons... tu sais qu'il est un peu dur à trouver... ma main rencontrera un visage... »

Dale avait senti le duvet de sa nuque se hérisser.

« Tu sais bien, avait continué l'enfant, le visage d'un grand type... mais pas tout à fait humain... Et je serai là dans le noir avec ma main sur sa figure, sur ses dents lisses et froides, et je toucherai ses yeux grands ouverts comme ceux d'un mort, et...

— La ferme ! »

Même avec la veilleuse allumée, Lawrence avait peur.

La maison était assez ancienne pour n'avoir aucun placard (avant, les gens rangeaient leurs vêtements dans de grandes armoires, avait expliqué leur père), mais les précédents locataires en avaient installé un dans la chambre des garçons. Il était d'une facture très grossière : une simple boîte verticale en planches, qui allait du plancher au plafond. Lawrence disait qu'il ressemblait à un cercueil, debout dans le coin, et Dale, même s'il ne l'admettait pas, pensait la même chose. Lawrence refusait absolument d'ouvrir la porte le premier, même en plein jour, et Dale se demandait ce qu'il craignait d'y trouver.

Mais surtout, Lawrence avait peur de ce qui pouvait être embusqué sous son lit.

Les deux enfants dormaient l'un à côté de l'autre dans des lits jumeaux identiques, Lawrence était persuadé que quelqu'un les guettait là-dessous. Si leur mère se trouvait dans la chambre, il s'agenouillait près du lit pour dire ses prières, mais si les deux garçons se trouvaient seuls, le petit enfilait son pyjama à toute allure et bondissait aussitôt dans son lit en s'approchant le moins possible de la zone d'ombre en dessous. Puis il bordait soigneusement ses draps et ses couvertures afin de ne rien laisser traîner sur le sol. S'il faisait tomber un journal, il demandait à son frère de le lui ramasser, et si Dale refusait, le journal restait par terre jusqu'au matin.

Dale avait essayé de raisonner son frère : « Regarde, idiot, il n'y a rien là-dessous, que des moutons...

— Mais il pourrait y avoir un trou.

— Un trou ?

— Oui, un tunnel, ou un souterrain... Avec quelqu'un caché dedans pour m'attraper », avait-il ajouté d'une petite voix.

Dale avait éclaté de rire. « On est au premier étage, niquedouille ! Comment veux-tu qu'il y ait un tunnel au premier étage ? C'est tout du bois ! » Et il avait tapé du poing sur le plancher.

Le petit avait fermé les yeux, comme s'il s'attendait à voir une main sortir de sous son lit et saisir le poignet de son frère.

Finalement, Dale avait renoncé à convaincre Lawrence qu'il n'avait aucune raison d'avoir peur. Dale, lui, n'avait pas peur au premier étage, c'était plutôt le sous-sol qui lui donnait des sueurs froides, surtout la cave à charbon où tous les soirs d'hiver il devait aller remplir la chaudière, mais il ne l'avait jamais avoué à personne. Et s'il adorait l'été, c'était d'abord parce qu'il n'avait pas à descendre au sous-sol. La peur de Lawrence, par contre, durait toute l'année.

Lorsque, en ce premier dimanche des vacances d'été, Lawrence lui demanda de monter lui allumer la lumière, Dale poussa un soupir, ferma son *Tarzan* et précéda son frère.

Il n'y avait pas de visage dans l'obscurité. Rien ne surgit de sous le lit. Et quand Dale ouvrit la porte du placard pour y ranger la chemise de son frère, rien n'en bondit ou n'essaya de l'attirer à l'intérieur.

Lawrence enfila pour la nuit une sorte de tenue de Zorro, et Dale se rendit compte que, bien qu'il fût à peine 9 heures, il avait envie de dormir lui aussi. Il mit son pyjama, alla jeter ses vêtements sales dans le panier et se coucha, décidé à continuer au lit sa lecture des aventures de Tarzan dans la cité d'Opar.

Il y eut un bruit de pas et leur père apparut à la porte. Il avait ses lunettes sur le nez, ce qui le vieillissait et lui donnait une expression plus grave que de coutume.

— Hé, bonsoir, p'pa ! cria Lawrence, qui venait de border ses draps et de s'assurer que rien ne risquait de tomber sur le sol pour attirer les créatures-de-sous-le-lit.

— Bonsoir, les loupiots ! On est au plumard bien tôt ce soir...

— Je veux lire un peu..., expliqua Dale.

Il devina soudain qu'il se passait quelque chose. Il n'était pas dans les habitudes de leur père de monter leur dire bonsoir et l'enfant remarqua son air tendu.

— Qu'est-ce qui se passe, papa ?

Leur père entra, retira ses lunettes et s'assit sur le lit de Lawrence en s'appuyant de la main sur celui de Dale.

— Vous avez entendu le téléphone ?

— Ouais...

— C'était Mme Grumbacher...

Il enleva ses lunettes, joua un instant avec, puis les rangea dans sa poche.

— Elle appelait pour me dire qu'elle avait rencontré Mme Jensen à Oak Hill aujourd'hui...

— Mme Jensen ? Tu veux dire la mère d'Harlen ?

Lawrence n'avait jamais compris pourquoi Harlen et sa mère portaient des noms différents.

— Chut ! intervint Dale.

— Oui, la mère de Jim, reprit leur père en tapotant la jambe de Lawrence sous la couverture. Elle a dit à Mme Grumbacher que son fils avait eu un accident.

Dale sentit son cœur battre un grand coup. Dans l'après-midi, il était passé chez Harlen avec Kevin parce qu'ils cherchaient des joueurs pour faire une partie de base-ball. Tout était fermé et ils avaient pensé qu'il était en visite chez de la famille ou quelque chose de ce genre.

— Un accident..., répéta-t-il. Il est mort ?

Dale était sûr et certain qu'Harlen était mort.

— Mais non, gros malin, il n'est pas mort. Mais il est grièvement blessé, et il n'avait pas encore repris connais-

sance quand Mme Grumbacher a rencontré sa mère. Il est
à l'hôpital d'Oak Hill.

— Qu'est-ce qui s'est passé ?

La voix de Dale était rauque. Son père se frotta la joue.

— On ne sait pas trop... Il semble que Jim ait voulu
escalader le mur de l'école...

— D'Old Central ?

— Oui... Il faisait de l'escalade et il a dû tomber, c'est
Mme Moon qui l'a trouvé ce matin en allant chercher des
journaux dans la benne à ordures qui est juste à côté de
l'école... Bref, Jim est tombé là-dedans soit hier soir, soit tôt
ce matin, et il a perdu connaissance.

— C'est vraiment grave ?

Leur père hésita un instant, tapotant les jambes de ses
deux fils.

— Mme Grumbacher dit que d'après Mme Jensen, il va
s'en sortir. Mais il n'a toujours pas repris connaissance... Il
s'est cogné la tête et souffre d'une sérieuse commotion.

— C'est quoi, une commotion ? demanda Lawrence, les
yeux écarquillés.

— Comme si tu te cognais le cerveau ou te fendais le
crâne, expliqua brièvement Dale. Tais-toi, laisse papa
raconter !

— Il n'est pas tout à fait dans le coma, mais il est toujours
inconscient. Les docteurs disent que c'est normal, après un
tel choc à la tête. Je crois qu'il a aussi plusieurs côtes cassées
et une double fracture du bras, je ne sais pas lequel. Il a dû
tomber d'assez haut et heurter le rebord de la benne. S'il n'y
avait pas eu des ordures un peu molles à l'intérieur pour
amortir sa chute...

— Il serait comme le petit chat de Mme Moon qui s'est
fait ratatiner sur la grand-route, hein, papa ?

Dale donna à son frère un coup de poing sur l'épaule et,
sans laisser à son père le temps de le réprimander,
demanda :

— On pourra aller le voir à Oak Hill, papa ?

— Bien sûr... Mais pas avant quelques jours. Il faut
d'abord qu'il reprenne conscience, et on va lui faire un tas

106

d'examens pour vérifier que tout va bien. Si son état empirait, on le transférerait à l'hôpital de Peoria.

Il tapota une dernière fois les jambes de son fils cadet et ajouta :

— Mais s'il va mieux, nous irons le voir cette semaine ! Et ne lisez pas trop tard, vous deux.

— P'pa ? Comment ça se fait que la mère d'Harlen ne se soit pas aperçue de son absence, la nuit dernière ? demanda Lawrence. Et pourquoi on ne l'a trouvé que ce matin ?

Un éclair de colère traversa brièvement le regard de M. Stewart, mais cette colère n'était pas dirigée contre Lawrence.

— Je ne sais pas, mon garçon... Peut-être sa mère le croyait-elle bien tranquillement endormi dans son lit. Ou peut-être que Jim est allé escalader l'école tôt ce matin.

— Ça, ça m'étonnerait, intervint Dale. Harlen est toujours le dernier à se lever. Il a fait ça hier soir, j'en mettrais ma tête à couper.

A la séance gratuite, dès les premières gouttes de pluie, tous les spectateurs étaient allés se réfugier dans leur voiture ou sous les arbres pour assister à la victoire finale de Rod Taylor sur les Morlocks, et le second film avait été annulé. *Qu'est-ce qu'Harlen pouvait bien fabriquer, à escalader Old Central ?* se demandait Dale.

— Papa, continua-t-il, tu sais à quel endroit de l'école il grimpait ?

Leur père fronça le sourcil.

— Attends... Il est tombé dans la benne à ordures qui est près du parking, alors je pense que c'était à l'angle le plus proche d'ici. C'est là que se trouvait votre classe cette année, non ?

— Oui...

Dale essaya d'imaginer comment il s'y était pris. Le tuyau de gouttière, sans doute, peut-être les pierres angulaires, certainement la saillie sous la fenêtre. *Bon Dieu, mais c'est à des kilomètres de hauteur ! Pourquoi est-il monté là-haut ?*

Son père exprima la même pensée :

— Est-ce que vous voyez pour quelle raison il aurait pu essayer d'entrer dans votre ancienne classe ?

Lawrence hocha la tête. Il serrait dans ses bras le vieux panda déguenillé qu'il appelait Teddy.

— Non, je vois vraiment pas, répondit Dale.

— Bon, écoutez... je serai absent demain et mardi, mais j'appellerai pour avoir de vos nouvelles et savoir comment va votre ami. Et nous irons lui rendre visite à la fin de la semaine, si vous voulez.

Plus tard, Dale essaya bien de lire, mais les aventures de Tarzan dans la cité perdue lui paraissaient un peu débiles. Quand il se décida à se lever pour éteindre, Lawrence tendit la main par-dessus l'espace entre leurs lits pour prendre la sienne. Lawrence voulait souvent qu'on lui tienne la main pour s'endormir, mais la plupart du temps son frère refusait. Pas ce soir.

Les rideaux des fenêtres n'avaient pas été tirés. Dale ne pouvait pas voir Old Central, mais il distinguait la pâle lueur du lampadaire près de l'entrée nord.

Dale ferma les yeux et les rouvrit aussitôt : dès qu'il essayait de s'endormir, il voyait Harlen étendu au milieu des morceaux de planches et des détritus. Van Syke, Roon et les autres étaient autour de la benne, ils regardaient l'enfant inanimé et échangeaient des sourires qui découvraient leurs dents de rat...

Il se réveilla en sursaut. Lawrence dormait, serrant Teddy contre lui et ronflant doucement. Dale osait à peine respirer. Il ne lâcha pas la main de son petit frère.

9

Le lundi matin, Duane McBride se réveilla à l'aube et, l'esprit encore embrumé de sommeil, pensa à tout ce qu'il devait faire à la ferme avant d'aller attendre l'autobus scolaire au bout du chemin. Puis il se rappela que c'était les vacances, le premier lundi des vacances d'été, et que plus jamais il n'irait à Old Central. Il se sentit tout léger et monta au rez-de-chaussée en sifflotant. Son père lui avait laissé un mot : il était parti de bonne heure prendre son petit déjeuner au Parkside Cafe avec quelques copains, mais il serait de retour en début d'après-midi.

Duane accomplit ses tâches matinales habituelles. La collecte des œufs dans le poulailler lui rappela l'époque où, tout enfant, il était terrorisé par les poules, mais cela restait quand même un bon souvenir, un des rares qu'il eût de sa mère. Encore ne se rappelait-il qu'une silhouette en tablier à pois et une voix chaleureuse.

Après un petit déjeuner composé de deux œufs, de cinq tranches de bacon, de toasts, de céréales et d'un beignet au chocolat, il se sentit prêt à se remettre au travail. Il fallait nettoyer la pompe de l'abreuvoir d'une des pâtures et en changer la poulie.

Le téléphone sonna, c'était Dale Stewart. Il lui annonça l'accident de Jim Harlen puis, comme Duane ne faisait aucun commentaire, il ajouta :

— Mike O'Rourke veut qu'on se réunisse dans son poulailler à 10 heures.

— Et pourquoi pas dans *mon* poulailler ?

— Mais dans ton poulailler, il y a des poules ! En plus, il faudrait qu'on fasse tout le chemin jusqu'à ta ferme en vélo...

— Je n'ai pas de vélo, moi, et c'est bien à pied que je me déplace. Pourquoi ne pas nous réunir dans notre cachette sous le pont ?

— A la Grotte ?

Duane sentit l'hésitation dans sa voix, lui-même n'avait pas trop envie de retourner là-bas ce jour-là.

— OK, je serai là vers 10 heures.

Après avoir raccroché, Duane pensa un instant à tout le travail qui lui resterait pour l'après-midi s'il passait la matinée dehors. Enfin... Il se munit d'une barre de chocolat pour la route et sortit. Witt était dans la cour, il agitait la queue avec enthousiasme. Cette fois, Duane n'eut pas le cœur de le laisser. Le ciel était couvert, il faisait moins chaud, le colley apprécierait la promenade.

Il retourna à l'intérieur, emplit ses poches de biscuits

pour chien, prit une autre barre de chocolat en guise de déjeuner, et descendit le chemin.

Duane apprécia la fraîcheur de l'ombre en bas de la colline, mais il sua à grosse gouttes dans sa chemise de flanelle en montant la côte jusqu'à la taverne de L'Arbre noir. Il y avait quelques automobiles garées devant le troquet, mais il ne vit pas le pick-up de son père. Le « petit déjeuner » au Parkside Cafe devait se poursuivre chez Carl.

Le garçon et son chien étaient dans Jubilee College Road lorsque les nuages commencèrent à se dissiper, et le château d'eau se mit soudain à trembler comme un mirage. Duane regardait les rangées de maïs de chaque côté de la route. Chez lui, elles mesuraient quelques centimètres de moins. Il s'approcha pour voir sur les étiquettes fixées au grillage de quelles variétés il s'agissait. Le soleil tapait dur maintenant, et Duane se traita d'idiot : il n'avait même pas pris sa casquette. Witt trottinait, le nez au sol, s'attardant de temps en temps sur une odeur intéressante et zigzaguant dans les hautes herbes poussiéreuses du fossé qui longeait la route.

Duane était à moins de quatre cents mètres du château d'eau et de l'entrée du bourg, lorsque surgit le camion. Il le sentit avant de l'entendre : ce ne pouvait être que le camion d'équarrissage. Witt flaira l'air et leva ses yeux myopes. Duane l'attrapa par le collier et le tira sur le côté de la route. Les camions étaient une plaie lorsqu'il marchait dans ce coin, la poussière lui restait dans les yeux, la bouche et les cheveux pendant des heures. Si trop de véhicules le doublaient, il serait peut-être même obligé de prendre un bain un de ces jours...

Debout à la lisière du bas-côté, Duane remarqua que le véhicule allait très vite. C'était bien le camion d'équarrissage, le seul de la région à avoir une cabine rouge et une plate-forme fermée par des lattes, mais comme le pare-brise reflétait l'éclat du soleil, on ne pouvait pas voir qui était au volant. Non seulement le chauffeur conduisait son engin à quatre-vingt-dix ou cent kilomètres à l'heure, mais encore il ne roulait pas au milieu de la route, comme presque tout le monde le faisait ici.

110

Duane ne tenait pas à se faire asperger de gravillons. Il recula et tira Witt tout au bord du fossé.

Le camion obliqua à droite, chargeant à travers les hautes herbes directement sur Duane et son chien.

Le jeune garçon ne prit pas le temps de réfléchir. D'un seul mouvement il se baissa, saisit Witt et sauta par-dessus le fossé pour venir se plaquer contre la clôture. Il eut du mal à maintenir contre lui le colley terrorisé. Le camion les manqua de quelques dizaines de centimètres, les couvrant de poussière, de gravillons et de chaume.

Lorsque le chauffeur braqua à gauche pour remonter sur la route, Duane eut le temps d'apercevoir les cadavres de plusieurs vaches, d'un cheval, de deux porcs, et de quelque chose qui ressemblait à un chien blanc.

— Espèce de salaud ! marmonna Duane.

Il jurait rarement, mais cette fois, cela le soulagea.

— Sale bougre d'enculé !

Witt gémissait dans ses bras. Le vieux chien était lourd, et son cœur cognait dans sa poitrine, Duane en sentait les battements contre son avant-bras. Il sortit des hautes herbes, s'arrêta sur la route, posa Witt à terre et le rassura avec des caresses et des paroles apaisantes.

— Tout va bien, Witt, t'inquiète pas... Ce merdeux de couillon d'imbécile de Van Syke nous a pas fait de mal, en fin de compte. Pas une seule égratignure...

Le chien se calma, mais Duane sentait toujours ses battements de cœur.

En fait, trop occupé à soulever Witt et à reculer dans la clôture, Duane n'avait pas reconnu le chauffard, mais il était certain que c'était bien ce cinglé de gardien-ramasseur-de-cadavres qui était au volant. Très bien, il allait lui faire de la publicité ! C'était une chose d'effrayer un groupe de gosses en jetant un cadavre de singe dans une mare, mais c'en était une autre d'essayer délibérément d'écraser un enfant. Car Van Syke, si c'était lui, avait bel et bien tenté de le tuer. Il ne s'agissait pas d'une plaisanterie, d'une sorte d'avertissement dément, le camion s'était vraiment dirigé droit sur Duane. Si le véhicule avait pris le fossé à cette vitesse, il se serait certainement retourné, c'était la seule raison pour laquelle le conducteur n'avait pas osé continuer sur sa lancée. *Un passant aurait trouvé mon corps dans les herbes, et celui de Witt. Et personne n'aurait jamais su qui a fait ça... Un chauffard anonyme, ayant pris la fuite après avoir heurté un gamin imprudent.*

Il se tâta le dos avec la main et il vit ensuite qu'elle était couverte de sang. En plus, il avait deux grands accrocs dans sa chemise, il serait obligé de la recoudre. Il continua à rassurer Witt, mais à présent il tremblait encore plus fort que lui. Il chercha dans sa poche un biscuit pour chien et sortit aussi une barre de chocolat.

Le camion d'équarrissage réapparut au tournant du château d'eau. Duane se leva, les yeux exorbités, et il en oublia de mâcher son chocolat. Aucun doute, c'était bien lui, il voyait clairement la cabine rouge et le gros pare-chocs avant, suivis d'un nuage de poussière. Il roulait moins rapidement que tout à l'heure, mais il faisait encore un bon cinquante kilomètres heure. C'était assez vite pour les écraser tous deux sans coup férir, avec son poids de trois tonnes.

— Oh, merde !

Witt geignit et tenta de lui échapper. Duane le traîna de l'autre côté de la route, comme pour se diriger vers les champs. Le fossé était plein de broussailles, mais très peu profond de ce côté-là, cela ne constituait pas vraiment un obstacle pour un véhicule de cette taille.

Le camion d'équarrissage braqua à droite. Maintenant, il avait parcouru presque la moitié de la distance le séparant de l'enfant et du chien, et Duane pouvait distinguer la silhouette du conducteur dans la cabine : un homme de haute taille, penché en avant, concentré sur la route... et sur sa proie.

Duane tirait toujours son chien, mais la pauvre bête, les pattes raides de terreur, labourait le sol de ses griffes. Duane le projeta dans le fossé.

Le camion d'équarrissage bifurqua à gauche, quitta la route, traversa le bas-côté et le fossé, les roues au ras de la clôture. Le gros pare-chocs projeta de l'herbe devant lui et un nuage de poussière s'éleva dans l'air.

Duane jeta un coup d'œil par-dessus son épaule, espérant

contre tout espoir qu'un autre véhicule allait arriver en sens inverse... que quelqu'un allait intervenir... qu'il allait se réveiller...

Le camion n'était pas à plus de vingt-cinq mètres et semblait accélérer.

Duane n'avait plus le temps de retraverser avec Witt et, même s'il y arrivait, le camion pourrait les avoir pendant qu'ils escaladeraient la clôture. Witt aboyait, se débattait, essayant dans son épouvante d'attraper le poignet de son maître.

Pendant une fraction de seconde, Duane se demanda s'il ne ferait pas mieux de lâcher son chien, il se débrouillerait peut-être mieux tout seul. Mais, même éperonné par la terreur, Witt n'avait aucune chance de s'en tirer : il était trop lent et ne voyait pas assez clair.

Le camion était à moins de quinze mètres maintenant et se rapprochait toujours. Sa roue avant gauche heurta un piquet de clôture pourri, qui cassa. Le fil barbelé se détendit comme une corde de violon.

Duane se baissa, prit Witt dans ses bras et d'un geste ample le lança par-dessus la clôture aussi loin qu'il put. Le chien atterrit dans la troisième rangée de maïs, glissa sur le flanc et gratta le sol pour essayer de se relever.

Duane n'avait pas le temps de le regarder faire, il attrapa un piquet pour s'aider à grimper. Toute la clôture oscilla, plia. Le fil barbelé lui entama profondément la main gauche, et son pied, trop gros, resta coincé dans une des mailles du grillage.

Le camion remplit le paysage : une masse de métal rouge s'approchant à toute allure. Il était à moins de trois mètres et fonçait, fauchant les piquets de la clôture.

Duane laissa sa chaussure dans le grillage, sauta par-dessus bord en se griffant le ventre au barbelé, retomba lourdement dans la terre molle au bord du champ et fit un roulé-boulé haletant dans les tiges de maïs.

Le camion les manqua mais cassa le piquet sur lequel Duane avait pris appui. Duane se retrouva à genoux, éberlué, la chemise en haillons. Du sang coulait des égratignures de son ventre sur son pantalon, ses mains étaient à vif.

Le camion retourna sur la route, Duane voyait les feux des freins luire comme des yeux rouges à travers la poussière.

Il chercha Witt du regard, l'aperçut, toujours inerte, deux rangées de maïs plus loin, puis se retourna. Le camion faisait lourdement demi-tour en s'approchant au maximum du fossé opposé. Les roues arrière tournèrent dans le vide et Duane entendit les gravillons crépiter sur le maïs. Le camion recula, trembla lorsqu'il passa le petit fossé, puis tourna son long capot en direction de Duane et revint à la charge.

Chancelant, Duane écarta les tiges de maïs pour arriver jusqu'à Witt, souleva le chien inerte et s'enfonça dans le champ. Le maïs lui arrivait à la taille, et dans cette direction il n'y avait que ça, sur plus d'un kilomètre, puis une autre clôture et quelques arbres.

Duane continua à avancer, sans même prendre le temps de se retourner en entendant le camion franchir le fossé, briser un piquet, accrocher un morceau de clôture, et écraser sous ses roues et son pare-chocs les tiges de maïs.

Il a plu il y a deux jours..., pensa Duane. *Seulement deux jours... La couche superficielle est sèche mais en dessous, c'est de la boue... Mon Dieu, faites que ce soit de la boue...*

Le camion était derrière lui dans le champ maintenant. Duane entendit le grincement des vitesses. Il avait l'impression d'être poursuivi par un énorme animal enragé. L'odeur de charogne empestait l'air. Il continua... peut-être devrait-il s'arrêter et faire face, esquiver à la dernière minute, comme un matador... essayer de se retrouver derrière le véhicule... ou lancer une pierre sur le pare-brise... ?

Mais il n'avait pas l'agilité d'un matador, et comment esquiver au dernier moment avec Witt dans les bras ? Il continua.

Le camion était à quinze mètres derrière lui, puis dix, puis cinq. Duane essaya de courir, mais il ne réussit qu'à marcher à grands pas. La rangée de maïs qu'il venait de traverser était humide, et large, c'était en fait un fossé d'irrigation grossier. Il ne ralentit pas. Derrière lui, le rugissement du moteur et des roues labourant le sol se transforma en un gémissement, puis un hurlement. Duane jeta un coup d'œil derrière lui, le camion était tout de guingois, sa roue arrière patinait, projetant de l'eau et des brindilles. Le garçon poursuivit sa route, écartant d'un coup de pied les tiges qui menaçaient de griffer les yeux de Witt. Quand il se retourna une seconde fois, le camion était à trente mètres derrière, toujours penché, mais oscillant d'avant en arrière. Embourbé.

Duane fixa du regard l'horizon des champs au nord et continua d'avancer. Au-delà de cette clôture se trouvaient le pâturage des Johnson et derrière des bois, jusqu'à la taverne, puis des collines et une profonde vallée où coulait la rivière.

Encore dix rangées et je me retourne.

Il était en nage et la sueur, se mélangeant au sang et à la poussière, le démangeait atrocement entre les omoplates. Witt remua faiblement, agitant les pattes comme il l'avait toujours fait lorsqu'il rêvait de chasse au lapin ou à quelque chose de ce genre, puis il se laissa aller, comme s'il comptait sur son maître pour faire tout le travail.

Huit rangées. Neuf. Duane se retourna.

Le camion s'était dégagé et roulait à nouveau. Mais en marche arrière. Il reculait, sortait du champ en cahotant.

Duane ne s'arrêta pas pour autant. Il marchait d'un pas lourd en direction de la clôture, à moins de vingt mètres maintenant. Il continua même quand il entendit le crissement des roues sur le gravier de la route, le grincement du changement de vitesses, le ronflement du moteur qui accélérait.

Il n'y a pas de route par ici, pas moyen de me couper le chemin. Je peux rentrer chez moi si je reste dans les bois, si j'évite les routes et les chemins.

Il atteignit la clôture, déposa doucement Witt de l'autre côté et s'égratigna de nouveau en l'escaladant. Puis il s'autorisa à souffler un peu.

Il s'accroupit près du chien, les mains entre les cuisses, hors d'haleine, écoutant le battement du sang dans ses oreilles. Puis il se leva et regarda derrière lui.

Le château d'eau se détachait nettement sur le ciel, et

cinq cents mètres derrière, il apercevait les grands arbres d'Elm Haven. La route était déserte, silencieuse. Seuls le nuage de poussière qui retombait lentement et la clôture arrachée à l'autre bout du champ témoignaient de la réalité de ce qui venait de se passer.

Il s'agenouilla près de Witt et lui caressa le flanc. Le colley ne bougea pas, il avait le regard vitreux. Duane appuya sa joue contre les côtes du chien, retenant son souffle pour entendre les battements de son cœur. Rien.

Duane caressa le fin museau, le pelage plus court du sommet de la tête, essaya en vain de lui fermer les yeux. Il resta à genoux, un gros poids de douleur sur la poitrine, mais cela n'avait rien à voir avec ses écorchures et ses bleus. Sa douleur grandit, se gonfla, mais il ne put la ravaler ni éclater en sanglots. Il crut qu'elle allait l'étouffer et aspira l'air comme un poisson hors de l'eau, levant le visage vers le ciel maintenant bien bleu.

Martelant le sol de ses mains saignantes, il promit à Witt et à Dieu, auquel il ne croyait pas que ce crime ne resterait pas impuni.

Mike O'Rourke et Kevin Grumbacher se retrouvèrent seuls à la réunion de la Cyclo-Patrouille. Kevin, énervé, arpentait le poulailler en jouant avec un élastique, mais Mike ne se formalisa pas de l'absence de ses camarades : il comprenait bien que par cette belle matinée d'été, ils aient autre chose à faire que d'assister à une réunion idiote.

— Ce n'est pas grave, dit-il du fond du sofa sur lequel il était vautré, je leur parlerai un de ces jours quand nous serons tous réunis.

Kevin s'arrêta, ouvrit la bouche pour répondre et la referma en voyant Dale et Lawrence faire irruption. Il n'était pas nécessaire d'être très observateur pour remarquer que Dale était bouleversé : il roulait des yeux enfiévrés et ses cheveux se dressaient, hirsutes. Lawrence aussi avait l'air ému.

— Qu'est-ce qu'il y a ?

Dale s'accrocha à l'encadrement de la porte et essaya de retrouver son souffle.

— Duane vient de m'appeler... Van Syke a essayé de le tuer...

Mike et Kevin se regardèrent sans comprendre.

— C'est vrai..., haleta Dale. Il m'a appelé juste au moment où les flics arrivaient chez lui. Il a été obligé de prévenir son père à la taverne de Carl pour qu'il revienne, puis il a téléphoné à Barney. Il pensait que Van Syke allait peut-être passer à la ferme pendant qu'il attendait son père, mais il ne l'a pas fait... Puis son père est rentré. Il ne le croit pas complètement... mais son chien est mort... enfin, ce n'est pas vraiment Van Syke qui l'a tué, mais d'une certaine façon si, parce que...

— Arrête ! cria Mike.

Dale se tut. Mike se leva.

— Commence par le début, fais comme si c'était une des histoires que tu racontes autour du feu de camp. Duane n'est pas blessé ?... Bon. Et comment est-ce que Van Syke a essayé de le tuer ?

Dale se laissa tomber sur le sofa que Mike venait de quitter, Lawrence trouva un coussin sur le sol, Kevin resta figé au même endroit, comme pétrifié, seules ses mains continuaient inconsciemment à jouer avec son élastique.

— D'accord, reprit Dale. Duane vient de m'appeler. Il y a environ une demi-heure, Van Syke... du moins il *pense* que c'est Van Syke, mais il ne l'a pas vraiment vu... bon, un homme au volant du camion d'équarrissage de Van Syke a tenté de l'écraser dans Jubilee College Road, pas très loin du château d'eau.

— Mon Dieu..., murmura Kevin.

Mike le foudroya du regard et il se tut.

Dale continua, le regard un peu vague, en essayant de se concentrer sur son récit. Il commençait juste à comprendre les implications de ce qui venait de se passer.

— Duane dit que le camion a essayé de l'écraser sur la route, et qu'ensuite il a arraché la clôture et l'a poursuivi dans un champ de maïs. C'est à ce moment-là que son chien est mort...

— Pauvre vieux Witt ! soupira Lawrence.

Lorsque les deux frères allaient à la ferme de Duane, Lawrence passait des heures à jouer avec le colley.

— Duane a été obligé de revenir chez lui en passant par les champs des Johnson et les bois. Et le plus étrange, c'est que...

— Quoi donc ? demanda Mike à voix basse.

— Le plus étrange, c'est que Duane a porté son chien jusqu'à la maison, il ne l'a pas laissé dans le champ, où il aurait pu revenir le chercher plus tard.

Lawrence acquiesça d'un air approbateur.

— C'est tout ce qu'il t'a dit ? insista Mike. Il n'a pas dit *pourquoi* Van Syke aurait pu décider de s'en prendre à lui ?

Dale hocha la tête.

— Il faisait rien de mal, il marchait le long de la route. Je l'avais appelé pour le prévenir de la réunion. Il est sûr que le conducteur du camion n'a pas fait ça pour s'amuser... pas comme quand Congden ou un de ces trous-du-cul...

Il s'interrompit, jeta un bref regard à son petit frère et se reprit :

— C'était pas comme quand un de ces vieux crétins... fait semblant de nous foncer dessus pour nous faire peur. L'homme qui était au volant du camion a vraiment fait tout ce qu'il a pu pour les écraser, lui et Witt.

Mike, songeur, hocha la tête. Dale lissa la mèche de cheveux relevée sur son front.

— Il a raccroché parce que Barney venait juste d'arriver.

— Il t'a appelé de chez lui ? demanda Kevin en lâchant brusquement son élastique.

— Ouais...

— Ça a un rapport avec ce que tu voulais nous dire ? demanda Kevin en regardant Mike.

O'Rourke sortit de sa rêverie.

— Peut-être... Allons-y !

— Où ça ? demanda Lawrence qui mâchonnait la visière de sa casquette.

Mike eut un petit sourire.

— A ton avis, où est-ce que Duane va emmener Barney et son père ? Si le camion l'a poursuivi dans un champ, il y a sûrement des traces de son passage.

118

Les quatre garçons se ruèrent sur leurs vélos.

Barney se trouvait sur les lieux. Sa Pontiac verte, sur les portières de laquelle on pouvait voir l'inscription dorée un peu décatie *POL CE*, était garée au bord de la route, ainsi que le pick-up de Martin McBride et la Chevrolet noire de Congden. Duane et son père se tenaient devant le trou dans la clôture, le garçon parlait doucement en désignant les profondes ornières dans le champ. Barney prenait des notes dans un petit carnet et Congden fumait son cigare d'un air agressif, comme si c'était Duane le suspect.

Dale et les autres freinèrent et s'arrêtèrent à dix mètres du groupe. Congden cessa de prêter attention aux explications de Duane, cracha par terre et cria aux enfants de partir. Mais ils ne bougèrent pas d'un pouce.

C'était maintenant le père de Duane qui parlait :

— Vous avez vraiment intérêt à l'arrêter, Howard (le vrai nom de Barney était en effet Howard Sills). Cet abruti a essayé de tuer mon fils !

Barney écrivit quelques mots, puis il dit :

— Ecoutez, Martin, nous n'avons pas vraiment la preuve qu'il s'agit bien de Karl Van Syke... Votre fils lui-même dit qu'il ne l'a pas bien vu, se hâta-t-il d'ajouter avant que Martin McBride n'explose de nouveau.

Congden fit alors passer son cigare de l'autre côté de sa bouche et déclara :

— C'était pas Karl !

Barney retira sa casquette et fronça le sourcil.

— Comment le savez-vous ?

Congden changea à nouveau son cigare de côté, puis regarda Duane et son père de haut, comme s'ils étaient deux spécimens de petits Blancs, catégorie dont un shérif ne s'abaisse pas à s'occuper.

— Je le sais parce que j'ai passé la matinée avec lui.

Il ôta son cigare de sa bouche, cracha par terre et ricana. Ses dents avaient à peu près la même couleur que son barreau de chaise.

— Karl et moi, on était à la rivière en train de taquiner le goujon.

— C'est généralement Van Syke qui conduit le camion d'équarrissage, objecta Barney d'une voix neutre. J'ai vérifié auprès de Barry Daysinger : il m'a dit qu'il ne l'avait pas conduit une seule fois cette année.

Congden haussa les épaules et recracha par terre.

— Karl m'a appris ce matin que le camion avait été volé cette nuit, alors qu'il était garé près de l'usine de suif.

L'usine de suif, un vieux bâtiment déglingué, était située au nord du silo désaffecté, sur la route de la décharge à ordures. Avant qu'elle soit elle aussi abandonnée, c'était là qu'on apportait tous les cadavres d'animaux. Le coin continuait encore à empester, et quelquefois on en sentait l'odeur jusque chez Harlen, au nord de la ville.

Barney se gratta le menton.

— Pourquoi n'avez-vous pas déclaré le vol, alors ? Ou bien Karl...

— Comme je l'ai dit, j'étais occupé... De plus, j'ai pensé que c'était juste un coup de ces sales morpions. Comment savez-vous que c'est pas ces petits merdeux qui ont fait ça ? ajouta-t-il en montrant le groupe de garçons toujours juchés sur leurs vélos.

Barney lança vers eux un regard impassible. Congden éleva la voix et désigna Duane du doigt.

— Et qui vous dit que ce gosse n'est pas dans le coup, qu'il n'était pas en train de faire l'imbécile avec ses copains ? Et maintenant, ils nous font perdre notre temps et nous racontent des salades alors qu'ils ont perdu le contrôle du véhicule et ont arraché la clôture des Summerson, plus tout le reste...

Le visage congestionné, plus violet que rouge, le père de Duane enjamba les débris de clôture.

— Mais bon Dieu, Congden, espèce d'enfoiré de capitaliste de merde, vous savez bien que mon fils n'est pas responsable, pas plus qu'aucun de ces gamins ! Quelqu'un a essayé de le tuer, de l'écraser, et à mon avis vous êtes en train de protéger ce misérable semblant d'australopithèque appelé Van Syke parce que vous êtes tous les deux mouillés dans cette affaire. C'est vous qui avez volé le camion, exactement comme vous volez ces malheureux automobi-

120

listes soi-disant coupables d'excès de vitesse que vous traînez au tribunal pour financer vos bières !

Barney s'avança entre les deux hommes et posa la main sur l'épaule du père de Duane. Il avait dû y mettre plus de force qu'il ne semblait car McBride pâlit, se tut et se détourna.

— Qu'il aille se faire foutre ! dit Congden en marchant à grands pas vers sa voiture.

— Dites à Karl de passer me voir ! cria Barney.

Sans même un signe de tête, Congden monta dans sa Chevrolet, claqua la portière et démarra sur les chapeaux de roue.

Martin McBride discourut encore quelques minutes en faisant de grands gestes en direction du champ de maïs, éleva un moment la voix, puis continua à parler d'un ton pressant tandis que Barney prenait des notes. Durant cet épisode, Duane était resté dans le champ, quelques pas en arrière, les bras croisés et le regard indéchiffrable derrière ses grosses lunettes. Quand son père et le policier retournèrent sur la route pour discuter, les enfants posèrent leurs bicyclettes et franchirent le trou dans la clôture.

— T'es pas blessé ? demanda Dale.

Il aurait voulu lui mettre la main sur l'épaule, le serrer contre lui, mais ça ne se faisait pas. Duane hocha la tête.

— Il a vraiment tué Witt ? demanda Lawrence d'une voix tremblante.

— Oui... Le cœur de Witt s'est arrêté de battre, expliqua Duane. Il était vieux.

— Mais quelqu'un a vraiment essayé de t'écraser ? insista Kevin.

Duane acquiesça. Son père l'appelait. Il décroisa les bras et dit tout bas :

— Il se passe des choses bizarres. Je vous en parlerai plus tard, dès que j'aurai l'occasion de venir vous voir.

Il retraversa d'un pas lourd la clôture arrachée, et rejoignit son père. Barney lui dit quelques mots, lui posa la main sur l'épaule.

— Je suis désolé, mon garçon, pour ton chien...

Puis le policier parla gravement avec McBride, comme

s'il lui conseillait d'être prudent, remonta dans sa Pontiac et partit en prenant soin de démarrer en douceur, de façon à ne pas asperger les autres de poussière et de gravier.

Duane et son père contemplèrent une dernière fois le champ, montèrent dans le pick-up, firent demi-tour et disparurent en direction de la 6. Duane n'adressa pas un signe d'adieu à ses copains.

Les quatre garçons restèrent un peu plus longtemps, donnant des coups de pied dans les ornières boueuses et les saignées de maïs écrasé, regardant autour d'eux comme s'ils s'attendaient à voir le fantôme de Witt.

— Et si le camion d'équarrissage revenait ? demanda Kevin en contemplant les champs déserts, le ciel de nouveau couvert, la route vide.

Cinq secondes plus tard, ils pédalaient comme des dératés en direction de la ville. Dale ralentit un peu pour éviter de distancer Lawrence, mais la petite bicyclette dépassa la sienne, celle de Kevin et le vieux vélo rouge de Mike, si vite qu'il put à peine la voir.

Ils ne ralentirent qu'une fois en sécurité sous les ormes et les chênes d'Elm Haven. Alors seulement, ils lâchèrent leur guidon, sans toutefois cesser de pédaler. Ils suivirent Depot Street, passèrent devant chez Dale et Old Central, et s'arrêtèrent dans le talus près de la maison de Kevin. Là, ils se laissèrent tomber dans l'herbe fraîche et, essayèrent de reprendre leur souffle. Leurs cheveux étaient emmêlés et humides de transpiration.

— Hé, haleta Lawrence dès qu'il put parler, c'est quoi, un capitaliste ?

10

Les garçons discutèrent encore un peu plus d'une demi-heure de l'agression contre Duane McBride, puis ils se lassèrent et partirent jouer au base-ball. Mike repoussa la réunion de la Cyclo-Patrouille jusqu'à la venue de Duane au bourg.

Le terrain de base-ball d'Elm Haven se trouvant derrière les maisons de Dale et Kevin, pour s'y rendre la plupart des gamins escaladaient la clôture des Stewart à l'endroit où un croisillon en bois soutenait un des piquets. L'entrée des Stewart et le côté ouest de leur cour formaient une sorte de passage public pour les jeunes sportifs, ce que Dale et Lawrence trouvaient très pratique, et leur maison tenait lieu de point de rendez-vous pour tous les gosses de la ville. Leur mère, une des rares à ne pas s'offusquer de voir des hordes d'enfants envahir son territoire, poussait la tolérance jusqu'à leur fournir limonade, sandwiches au beurre de cacahuète et autres gâteries.

Ce jour-là, le jeu n'avait débuté qu'avec Kevin, Dale, Lawrence et Mike, mais vers midi Gerry Daysinger, Bob McKown, Donna Lou Perry et Sandy Whittaker s'étaient joints à eux. Sandy, batteur acceptable, lançait comme une fille, mais elle était l'amie de Donna Lou et elle, tous les joueurs la voulaient dans leur équipe. Puis quelques garçons du côté bourgeois de la ville étaient arrivés, Chuck Sperling, Digger Taylor, Bill et Barry Fussner et Tom Castanatti. Enfin, d'autres gamins avaient entendu les cris et aperçu les joueurs, et maintenant la troisième partie commençait avec deux équipes normales de neuf, plus des joueurs remplaçants.

Chuck Sperling avait demandé à être capitaine, comme toujours. Son père dirigeait l'unique équipe de Minimes de la ville, de sorte qu'il bénéficiait d'une sorte de droit tacite d'être capitaine aussi bien que lanceur, bien qu'il fût encore plus maladroit que Sandy Whittaker, mais ce jour-là, les autres refusèrent.

C'est Mike qui fut capitaine et il choisit d'abord Donna Lou Perry, ce que tout le monde trouva normal. Elle était le meilleur lanceur d'Elm Haven, et si l'équipe des Minimes avait accepté des filles, la plupart des joueurs l'auraient accueillie avec joie.

En fin de compte, la sélection des équipes fit de cette partie un match entre le sud de la ville, quartier bourgeois, et le nord, plus pauvre, où habitaient Dale et les autres. Bien qu'ils fussent tous en jean et tee-shirt blanc, la différence de classe se voyait à leur gant de base-ball. Sperling et ses voisins arboraient des gants neufs, assez volumineux et plutôt raides, alors que Mike et les autres utilisaient celui de leurs pères, plus semblable à un gant ordinaire que les petites merveilles de cuir profilées et munies de poche avec lesquelles jouait l'équipe adverse. Lorsqu'une balle arrivait vite, elle faisait mal, mais les enfants s'en moquaient, de même que des écorchures et des bleus. D'ailleurs, aucun des garçons ne jouait au soft-ball, à moins d'y être contraints et forcés. Bien que ce jeu fût le seul autorisé en cours de récréation, ils se remettaient au base-ball dès que Mme Fodder ou les autres sorcières avaient le dos tourné.

Mais les institutrices étaient le cadet de leurs soucis lorsque Mme Stewart sortit avec un panier de sandwiches au beurre de cacahuète et des boissons fraîches. Les joueurs décidèrent de faire une pause de septième manche, quoiqu'ils n'en soient qu'à la deuxième, puis ils se remirent à la tâche. Le ciel était bas, mais il faisait très chaud de nouveau, environ trente-cinq degrés, un temps lourd, moite, désagréable. Peu importait. Les gamins criaient, jouaient, lançaient, attrapaient, couraient, se reprochaient mutuellement de jouer trop longtemps à la même place, pourtant dans l'ensemble ils s'entendaient plutôt mieux que la plupart des équipes officielles. Il y eut bien quelques moqueries, bon nombre de plaisanteries, mais tous, les garçons et les deux filles prenaient ce jeu au sérieux et y jouaient avec la concentration d'un poète zen.

Le match opposait donc le sud riche et le nord pauvre, mais aucun des joueurs ne vécut cette partie ainsi. Le nord l'emporta : à la fin de deux matches de neuf manches, l'équipe de Mike avait gagné par 15-6 et 21-4.

Puis on changea de joueurs et la troisième partie commença. Ce qui arriva alors ne se serait sans doute pas produit si Digger Taylor, McKown et un ou deux autres ne s'étaient pas trouvés dans l'équipe de Donna Lou. On en était à la troisième manche, et la fillette, qui avait déjà fait vingt et un lancers, les réussissait toujours aussi bien.

C'était au tour de Lawrence d'être batteur et les autres membres de son équipe s'installèrent sur le banc et s'appuyèrent contre le grillage, jambes allongées ; onze gamins tous semblables en jean décoloré et tee-shirt blanc.

Sandy s'était lassée du jeu et était partie avec Becky Cramer lorsque celle-ci était passée avec deux autres amies. Il ne restait donc plus qu'une seule fille : Donna Lou.

— C'est bête qu'on ne puisse pas distinguer les équipes, remarqua Digger Taylor en essuyant avec son tee-shirt le mélange de sueur et de poussière qui dégoulinait de son front.

— Qu'est-ce que tu veux dire ? demanda Mike.

— Ben, on est tous pareils, les deux équipes, je veux dire...

Kevin se racla la gorge et cracha avant de demander :

— Tu crois qu'on devrait porter des maillots spéciaux ?

Question idiote, même l'équipe des Minimes n'avait que des tee-shirts sans numéro, avec seulement le logo du club imprimé dessus, et encore, il partait au bout d'une douzaine de lavages.

— Non... Je pensais juste... les uns en tee-shirt et les autres torse nu.

— Ouais, super ! J'ai trop chaud de toute façon ! s'exclama Bob McKown, un voisin de Gerry qui habitait lui aussi dans une minable cabane de papier goudronné.

Il enleva son tee-shirt.

— Hé, Larry, cria-t-il à Lawrence, on joue torse nu, maintenant ! Mets-toi en tenue ou quitte l'équipe !

Lawrence regarda d'un air furibond celui qui avait osé utiliser le diminutif abhorré, mais il enleva son tee-shirt et s'approcha, batte à la main. Ses vertèbres saillaient sous la peau pâle comme la crête dorsale d'un stégosaure miniature.

— Ouais, y fait chaud ! approuva l'un des jumeaux Fussner, et tous deux se mirent à l'aise, exhibant deux petits bedons identiques.

McKown se tapa sur la poitrine comme un gorille, et se tourna vers Kevin à côté de lui.

— Alors, tu joues torse nu ou tu changes d'équipe ?

Kevin haussa les épaules, enleva son tee-shirt et le posa, soigneusement plié, sur le banc à côté de lui. Il avait une poitrine creuse ponctuée de pâles taches de rousseur.

Ce fut ensuite le tour de Daysinger qui voulut faire le malin en balançant son tee-shirt par-dessus le grillage derrière lui. Mais il y resta accroché, à trois mètres de haut, et les autres poussèrent des hurlements de joie. A son tour, Michael Shoop, élève dissipé en classe et total zéro sur le terrain, envoya son tee-shirt sale sur le grillage. Il atterrit juste à côté de celui de Daysinger. Ce fut son seul bon lancer de la journée, et de sa carrière.

Ensuite vint le tour de Mike qui se déshabilla d'un air un peu écœuré, révélant un torse bronzé et musclé. Dale Stewart avait déjà retiré sa casquette et s'apprêtait à suivre lorsqu'il se rendit compte qu'il ne restait plus à côté de lui que Donna Lou. Celle-ci regardait distraitement devant elle, et bien que son tee-shirt fût plus ample que celui de la plupart des garçons, Dale pouvait distinguer les courbes de son corps. L'été dernier, elle était plate comme une limande, mais elle s'était développée durant l'hiver, et ses seins, s'ils n'étaient pas volumineux, étaient maintenant visibles.

Dale hésita une seconde, sans trop savoir pourquoi. Après tout, les problèmes de Donna Lou ne regardaient qu'elle. Mais il y avait quelque chose qui ne collait pas. C'était avec Mike, Kevin, Harlen, Lawrence et lui qu'elle jouait au base-ball depuis des années, et non avec tous ces débiles venus les rejoindre ce jour-là.

— De quoi t'as peur, Stewart ? demanda Chuck Sperling de son emplacement première base. T'as quelque chose à cacher ?

— Allez, vas-y, quoi ! cria Digger Taylor de l'autre bout du banc, on joue torse nu, nous !

— Ta gueule ! rétorqua Dale, mais il se sentit rougir violemment et, en partie pour le cacher, il ôta son tee-shirt et se tourna vers Donna Lou.

Elle se décida enfin à regarder les garçons. Lawrence venait de jouer et s'arrêta près du banc. Il avait les côtes saillantes et couvertes de poussière, les poignets et le cou plus sombres que le torse. Il s'immobilisa, la batte sur l'épaule, et le brusque silence des autres lui fit froncer le sourcil. Personne ne se leva pour jouer, et pas un des joueurs sur le terrain ne souffla mot. Tout le monde fixait Donna Lou. Sur le banc, Taylor, Kevin, Bill et Barry, McKown, Daysinger, Michael Shoop, Mike et Dale, tous attendaient, neuf paires de jeans et neuf torses nus.

— Vas-y ! insista Digger Taylor d'une voix bizarre, puisqu'on joue torse nu...

Donna Lou le regarda fixement.

— Ouais..., souffla Daysinger en donnant un coup de coude à Bob McKown, vas-y, tu fais partie de l'équipe, oui ou non ?

Un coup de vent souleva un petit nuage de poussière près de Castanatti sur le monticule du lanceur. Il ne bougea pas. Dale était si près de Donna Lou que son coude effleurait le sien. En fait, un instant plus tôt, il le touchait sans y penser, et il vit que les yeux bleus de la fillette se remplissaient de larmes. Elle ne disait rien. Elle attendait, son vieux gant toujours sur sa main droite.

— Alors, qu'est-ce que t'attends, Perry ? reprit Digger d'un ton veule de garçon plus âgé. Enlève ton machin, on s'en fiche, on est torse nu, nous, maintenant. Ou bien tu joues comme nous, ou bien tu quittes l'équipe !

Donna Lou resta immobile une dizaine de secondes, dans un silence si total que Dale entendait le bruissement soyeux des maïs à l'autre bout du terrain. Quelque part au-dessus d'eux, un milan poussa son cri. Dale distinguait les taches de rousseur sur le petit nez de Donna Lou, les perles de transpiration sur son front dans l'ombre de la casquette de laine bleue, et ses yeux, très bleus et très brillants maintenant. Elle le regarda, puis Mike, puis Kevin : un regard interrogateur, implorant peut-être, qu'il ne sut déchiffrer.

Digger ouvrit la bouche pour parler, mais il se tut en voyant la fillette se lever, aller chercher sa balle et sa batte, et quitter le terrain sans se retourner.

— Merde ! dit Chuck Sperling de son emplacement de première base.

— Ouais..., j'espérais qu'on aurait droit à un peu de nénés aujourd'hui, ricana Digger.

Michael Shoop et les deux Fussner gloussèrent servilement. Lawrence les regarda et fronça les sourcils, sans comprendre vraiment ce qui se passait.

— La partie est finie ? demanda-t-il.

Mike se leva et remit son tee-shirt.

— Ouais, la partie est finie, répondit-il d'une voix lasse et dégoûtée.

Il ramassa son gant et sa batte, puis il se dirigea vers la clôture en direction de la maison de Dale.

Celui-ci essayait de comprendre ce qu'il éprouvait : un mélange d'énervement et de tristesse, la sensation d'avoir reçu un coup de poing en pleine poitrine, comme si un événement important venait de se produire et qu'il l'avait manqué, tout comme Lawrence. Cela lui laissait une impression d'arrière-saison, comme à la fin août, lorsque, après la foire des Pionniers, il ne restait plus rien à attendre, sinon la rentrée scolaire qu'il ne désirait pas le moins du monde voir arriver. Sans trop savoir pourquoi, il avait à la fois un peu envie de rire et terriblement envie de pleurer.

— Lavette ! cria Digger Taylor à Mike.

Celui-ci ne se retourna même pas. Il lança ses affaires par-dessus le grillage, empoigna un piquet, sauta sans effort la haute clôture du terrain, ramassa ses affaires et traversa la cour de Dale avant de disparaître dans l'ombre des ormes.

Dale ne bougea pas, attendant la fin de la manche pour dire à Lawrence qu'il était temps de rentrer, bien qu'il ne fût pas encore l'heure du dîner. Le ciel semblait plus sombre, d'un gris uniforme, voilant l'horizon de brume et absorbant la lumière de l'après-midi.

La partie continua.

Il fallut attendre le soir pour voir Duane.

Dale avait dîné et, allongé sur son lit, il lisait un vieil illustré à la lumière déclinante, à demi conscient de la venue du soir et de la chaude odeur d'herbe fraîchement coupée, lorsque Mike l'appela de la pelouse :

128

— *Iiikee !*

Dale se laissa rouler en bas de son lit et mit les mains en porte-voix :

— *Kiaaiii !*

Il descendit quatre à quatre les escaliers, fonça dehors et sauta d'un bond les marches de la véranda. Mike l'attendait, les mains dans les poches.

— Duane est dans le poulailler...

Mike était venu à pied, aussi Dale ne prit-il pas son vélo. Ils descendirent en courant Depot Street.

— Où est Lawrence ? demanda Mike, même pas essoufflé.

— Parti se promener avec maman et Mme Moon.

Mme Moon, à quatre-vingt-six ans, appréciait encore ses petites promenades à la fraîche et lorsque sa fille, la bibliothécaire, ne pouvait l'accompagner, les voisins s'en chargeaient à tour de rôle. Duane attendait dans le poulailler, debout à côté de la carcasse du meuble-radio. Kevin était allongé sur le sofa avec un tee-shirt si blanc qu'il brillait dans le noir. Dale chercha Harlen des yeux, puis se rappela que leur ami était à l'hôpital.

Mike s'avança au centre du groupe et remarqua :

— C'est aussi bien que Lawrence ne soit pas là, ce que Duane a à nous raconter n'est pas très rassurant.

— Ça va, Duane ? Comment t'es venu en ville ? demanda Dale.

— Mon père est allé faire un tour chez Carl...

Duane remonta ses lunettes. Il paraissait encore plus distrait qu'à l'accoutumée.

— Ça s'est vraiment passé comme ça, continua-t-il, le camion a bel et bien essayé de m'écraser...

Sa voix était basse et posée, mais Dale eut l'impression d'une tension sous-jacente.

— Je suis désolé pour Witt, dit-il, et Lawrence aussi.

Duane accepta d'un signe de tête ces condoléances.

— Dis-leur, pour le soldat, intervint Mike.

Duane leur raconta le retour de son père le samedi soir tard, tôt le dimanche en fait, et ce qu'il avait dit d'un auto-stoppeur en étrange uniforme.

Kevin appuya sa tête sur ses mains croisées derrière la nuque.

— Et alors, qu'est-ce que ça a de si bizarre ?

— Ce type m'a suivi hier soir dans Jubilee College Road..., expliqua Mike. Je l'ai trouvé inquiétant, alors je me suis mis à courir... Je cours plutôt vite, mais il allait presque aussi vite que moi en marchant. Finalement, j'ai réussi à prendre quinze ou vingt mètres d'avance, mais quand j'ai tourné au château d'eau, je le l'ai plus vu derrière moi.

— Il faisait très noir ? demanda Dale.

— A peu près comme maintenant. Pas assez pour m'empêcher de le voir. Je suis même retourné sur mes pas jusqu'au tournant, mais c'était complètement désert.

— Il a pu se cacher dans les champs, s'aplatir entre deux rangées de maïs, suggéra Dale.

— Bien sûr, mais pourquoi ? Et qu'est-ce qu'il faisait là ? interrogea Mike.

Il leur parla aussi du trou découvert dans la cabane à outils du cimetière.

Kevin bondit.

— Bon Dieu, tu as vraiment forcé le cadenas ?

— Ben oui... Mais c'est pas ça qui compte.

Kevin sifflota et ajouta :

— Ça comptera si Congden ou Barney l'apprennent, crois-moi !

Mike enfonça à nouveau ses mains dans ses poches. Il paraissait aussi troublé que Duane et bien plus mal à l'aise.

— Barney est correct, mais Congden est une ordure, dit-il. Vous l'avez entendu, ce matin, avec le père de Duane. Je crois qu'il mentait à propos de Van Syke.

— Et pourquoi il mentirait ? remarqua Dale.

— Parce qu'il est de mèche avec eux, il les aide.

— « Eux » qui ? demanda Kevin.

Mike alla à la porte et, les mains toujours enfoncées dans les poches, regarda dehors. Sa silhouette se découpait sur le ciel encore juste assez clair.

— Eh bien toute la bande. Roon, Van Syke, et sans doute aussi la mère Faux-Derche. Tous ceux qui trempent là-dedans, quoi !

130

— Et le soldat...

Duane se racla la gorge avant de parler :

— Son uniforme rappelle tout à fait celui des soldats de la Première Guerre mondiale...

— C'était quand, cette guerre ? demanda Mike, bien qu'il le sût par les histoires de Memo.

Duane commença à expliquer.

— Limpide, vraiment ! s'exclama Mike en donnant un grand coup de poing sur le chambranle de la porte. Et pourquoi un type déguisé comme ça viendrait traîner par ici ?

— Une petite promenade autour de chez lui..., hasarda Kevin.

— Autour de chez lui ? répéta Dale.

— Le cimetière...

Kevin avait voulu faire de l'esprit, mais la nuit était trop sombre et la mort de Witt trop récente. Un ange passa...

Mike rompit le silence :

— Personne n'a de nouvelles d'Harlen ?

— Si, répondit Kevin. Maman était à Oak Hill cet après-midi, et elle a vu sa mère là-bas. Il n'a toujours pas repris connaissance et son bras est très abîmé... il a plusieurs fractures.

— C'est grave ? demanda Dale en se rendant compte aussitôt de l'inanité de sa question.

Mike fit un signe affirmatif. Il avait fait du secourisme.

— Cela veut dire que son bras est cassé en plusieurs endroits. L'os a sans doute traversé les chairs...

— Beurk ! murmura Kevin.

Dale aussi se sentait un peu écœuré.

— Mais le plus grave, c'est sans doute le choc. Si Harlen a pas encore repris connaissance, c'est peut-être sérieux.

Il y eut un autre silence. Une souris ou un mulot gratta sous les lattes du plancher.

— Je vais aller à Oak Hill demain, finit par dire Duane. J'irai voir Jim et je vous donnerai de ses nouvelles.

Le tee-shirt blanc de Kevin bougea dans la pénombre.

— On pourrait peut-être tous y aller...

— Non, fit Duane. Vous avez des choses à faire ici, ne l'oubliez pas. Tu as filé Roon, toi, Kevin ?

— J'ai été occupé..., grommela Grumbacher.

— Bien sûr, on est tous très occupés. Mais je crois qu'il vaudrait mieux faire ce qu'on a décidé samedi à la Grotte. Il se passe des trucs vraiment bizarres.

— Peut-être qu'Harlen a vu ce qu'il n'aurait pas dû voir, suggéra Dale. On l'a découvert dans la benne à ordures derrière Old Central... Il était peut-être en train de filer la mère Faux-Derche...

— Ce n'est pas impossible, approuva Duane. Je vais essayer d'en savoir plus demain. En attendant, il faudrait que l'un de vous s'occupe de la Fodder jusqu'au retour de Jim.

— Moi...

Dale fut le premier surpris de s'être proposé. Du seuil, Mike annonça :

— Van Syke n'était pas au cimetière, mais je le trouverai bien demain.

— Fais gaffe quand même. Je ne l'ai pas vraiment vu au volant du camion ce matin, mais je suis persuadé que c'était lui.

Les autres lui demandèrent de leur donner encore des détails sur l'agression, mais il la résuma brièvement.

— Il faut que je parte, maintenant, conclut-il, je ne tiens pas à ce que mon père boive trop ce soir...

Pour cacher leur gêne, les garçons changèrent de position, soulagés qu'il fasse noir.

— Je peux raconter ça à Lawrence ? demanda Dale.

— Oui, répondit Mike, mais ne lui fais pas trop peur.

La réunion était terminée, ils étaient attendus chez eux, mais aucun ne semblait avoir envie de partir. L'un des chats des O'Rourke entra, sauta sur les genoux de Dale et s'installa en ronronnant.

— Rien dans cette foutue histoire ne tient debout ! soupira Kevin.

Les autres ne répondirent pas. Ils restèrent quelques instants ensemble dans le noir et le silence scella leur accord.

Plus tard dans la nuit, Mike, encore éveillé, comptait les lucioles à sa fenêtre. Le sommeil était un tunnel dans lequel il n'avait pas envie de s'enfoncer.

Une ombre bougea sur la pelouse, sous le tilleul. Il se pencha, le nez collé à la moustiquaire, et essaya de voir quelque chose entre les feuilles et l'avancée de la véranda. Quelqu'un venait de quitter l'obscurité dense sous l'arbre, près de la fenêtre de Memo, en direction de la route. Mike tendit l'oreille, guettant un bruit de pas sur l'asphalte, ou un crissement sur les graviers du bas-côté. Mais rien. Seulement le chuintement soyeux des épis de maïs. L'espace d'un instant, il avait aperçu la forme ronde d'un chapeau de scout... ou du chapeau du soldat que Duane avait décrit.

Le cœur battant, il combattit longtemps le sommeil comme un ennemi auquel il ne fallait pas succomber.

11

Le mardi, Duane partit pour la bibliothèque aussitôt après avoir terminé ses tâches matinales. Quand il entra dans l'atelier pour le prévenir de son départ, son père, bien réveillé et complètement dessoûlé, était d'une humeur massacrante, comme toujours lorsqu'il était dans cet état.

— Tu as tout fini ? grommela-t-il.

Il travaillait à sa dernière version de sa « machine à apprendre » dans l'atelier, qui était autrefois la salle à manger familiale. Mais maintenant, lorsqu'ils mangeaient ensemble, ce qui était rare, Duane et son père s'installaient à la cuisine. Dans l'atelier, une demi-douzaine de vieilles portes posées sur des tréteaux servaient d'établis, et la plupart d'entre elles étaient jonchées de modèles de la « machine à apprendre » ou d'autres prototypes.

Le père de Duane était un inventeur-né. Il avait déposé cinq brevets, mais un seul, l'avertisseur de boîtes à lettres automatique, lui avait rapporté quelque argent. La plupart de ses inventions étaient aussi encombrantes que la « machine à apprendre » qui l'occupait actuellement : une énorme caisse métallique avec des manivelles, des écrans, des boutons, des fentes où glisser les cartes perforées et des lumières de toutes les couleurs. L'engin était censé révolutionner les sciences de l'éducation. Lorsqu'on y avait convenablement entré des tonnes d'explications et de questions, et qu'on y enfournait les cartes perforées adéquates représentant les réponses de l'élève, elle pouvait assurer des heures et des heures d'enseignement programmé.

Le problème, comme l'avait maintes fois fait remarquer Duane, c'était que chacune de ces machines reviendrait, avec tout le matériel didactique, à plus de mille dollars et n'était que purement mécanique. Les ordinateurs, répétait sans cesse Duane, exécuteraient d'ici peu ce genre de tâche. Mais son père détestait l'électronique autant que Duane l'adorait.

« Tu sais quelle taille devrait avoir un ordinateur pour accomplir la plus simple des tâches d'enseignement ? objectait-il.

— Je sais, papa. Il faudrait qu'il soit grand comme le Texas et refroidi toutes les heures par un volume d'eau équivalent au débit des chutes du Niagara ! » répondait Duane.

Le pater grognait et se remettait à la tâche sur un nouveau prototype de « machine à apprendre ». Duane admettait qu'elles étaient amusantes. A huit ans, il avait appris sur l'une d'elles tout le programme d'études politiques jusqu'à la classe terminale. Mais elles étaient massives et peu attrayantes. Son père n'en avait vendu qu'une, à l'école de Brimfield, dont un responsable était une relation d'oncle Art. Depuis, de nouveaux modèles encombraient les tables de l'atelier, les couloirs et les chambres vides du premier étage.

Toutefois, Duane estimait que ces machines présentaient moins de danger pour leurs finances qu'une autre idée de génie de son père : le centre commercial ouvert vingt-quatre heures sur vingt-quatre qu'il avait essayé de monter vers 1955. Cet établissement ne comprenait d'ailleurs en tout et pour tout que deux magasins : une quincaillerie et l'OmniMart, qui vendait principalement du lait et du pain. Son père assurait seul toutes les livraisons, on pouvait l'appeler chez lui, à quatre heures du matin pour lui commander un pain, et il allait le livrer au fin fond de la cambrousse à une vieille dame pour découvrir qu'elle voulait surtout profiter du système de crédit immédiat proposé par l'OmniMart. Oncle Art, qui avait tenu la quincaillerie, avait été aussi soulagé que Duane de voir le mirage s'évanouir. Mais Martin se vantait d'avoir prévu l'essor des centres commerciaux (témoin le centre commercial Sherwood qui se montait à Peoria : neuf magasins !), il avait seulement été en avance sur son temps. Il prédisait aussi que ces établissements allaient se développer et devenir gigantesques, des douzaines de magasins sous une seule verrière, comme les *galleria* qu'il avait vues en Italie après la guerre. La plupart des gens auxquels il confiait cette conviction demandaient : « Mais pourquoi ? » d'un air ahuri. Duane et oncle Art, eux, avaient appris à acquiescer et se taire.

— Tu as vraiment tout fini ? répéta le pater.

— Ouais. J'aimerais aller faire un tour à la bibliothèque.

Son père leva les yeux, et ses lunettes glissèrent au bout de son nez.

— La bibliothèque ? Tu n'y es pas allé samedi ?

— Si, mais j'ai oublié de prendre un manuel sur les petits moteurs électriques.

En effet, la pompe de la vieille éolienne avait besoin d'être réparée.

— Mais tu sais déjà tout sur ce sujet !

Duane haussa les épaules.

— Ce moteur est vieux comme Hérode, il date d'avant notre raccordement au réseau électrique. Si je veux faire une réparation sérieuse, j'ai besoin d'un manuel.

Son père le regarda fixement et Duane devina ses pensées : un camion avait tenté d'écraser son fils. Il en avait été secoué et, quand ils avaient enterré Witt le soir, Duane avait cru voir des larmes briller dans ses yeux... mais il y avait du vent, peut-être était-ce une simple irritation due à

135

la poussière. D'autre part, Martin McBride ne pouvait pas séquestrer son fils à la ferme tout l'été, ni lui servir sans cesse de chauffeur.

— Tu peux y aller sans passer par la route ?

— Oui, facile. Je vais couper par la pâture sud et longer les champs de Johnson.

Le pater retourna au fouillis de leviers et de roues dentées qu'il était en train d'ajuster.

— Bon, d'accord... Mais sois de retour pour dîner, compris ?

Duane fit un signe affirmatif et alla à la cuisine se préparer un sandwich. Il accrocha à sa ceinture une Thermos de café, vérifia que son carnet et son stylo se trouvaient dans sa poche, puis sortit. Il avait déjà fait quelques pas en direction de la grange pour aller dire au revoir à Witt lorsqu'il se souvint. Il remonta ses lunettes et prit la direction de la pâture sud, comme il l'avait dit à son père. Ensuite, il longerait effectivement les champs de Johnson jusqu'à la ligne de chemin de fer. Il n'avait pas menti, il avait juste péché par omission. Car il ne se dirigeait pas vers la bibliothèque d'Elm Haven, à trois kilomètres de la ferme, mais vers celle d'Oak Hill. Par la route, il fallait compter une dizaine de kilomètres. Et une bonne douzaine par l'itinéraire qu'il se proposait d'emprunter.

Le soleil tapait dur, cette matinée était la plus chaude de l'été, jusqu'ici. Il déboutonna le haut de sa chemise de flanelle et eut envie de siffloter, mais il se ravisa.

Le chemin le plus court pour se rendre de la ferme à Oak Hill, c'était de remonter vers le nord la route 6 jusqu'à ce qu'elle croise un axe secondaire qui rejoignait la 626, plus connue sous le nom de « route d'Oak Hill ». Mais cela signifiait emprunter des routes.

Duane dut cependant en franchir quelques-unes, et tout d'abord le chemin non goudronné qui, en entrant dans Elm Haven, devenait First Avenue. Il ne s'attarda pas, traversa rapidement la zone des silos à maïs, au nord du bourg, qu'il contourna en évitant le haut de Broad Avenue. Au bout de Catton Road, il fut obligé de suivre un moment un étroit chemin de terre mais, bien que celui-ci fût carrossable, un véhicule de la taille du camion d'équarrissage aurait eu du mal à passer à travers toute la végétation sur les côtés. Duane se trouvait alors tout près de l'usine de suif où, d'après Congden, le camion avait été « volé », mais les bois étaient si denses qu'il ne pouvait même pas en apercevoir le toit.

Il sentit la décharge avant de la voir puis, aussitôt après, il aperçut le sordide groupe de cabanes près de l'entrée sud. Cordie Cooke habitait une de ces maisons, si l'on pouvait appeler ainsi cet échafaudage de papier goudronné et de tôles posées sur des parpaings.

Quelque chose bougea dans les buissons de l'autre côté de la ligne de chemin de fer, mais Duane eut beau regarder derrière lui, il n'aperçut pas le moindre animal. Il continua, dépassant les monceaux de détritus émergeant au-dessus des arbres. De là, il lui restait une simple marche d'une dizaine de kilomètres à travers les champs et les bois du comté de Crève Cœur, et cela lui prit un peu plus de deux heures.

Oak Hill était déjà une petite ville, trois fois plus importante qu'Elm Haven, avec une population de cinq mille cinq cents habitants, un hôpital, une bibliothèque presque digne de ce nom, une modeste usine dans la banlieue, un tribunal, des faubourgs... enfin, tout.

Duane quitta la voie ferrée à l'endroit où celle-ci faisait un coude pour contourner la ville par l'est. Il n'avait pas peur de marcher dans les rues bordées d'arbres d'Oak Hill, mais il prit soin de repérer les endroits où se réfugier en cas de besoin et de surveiller ses arrières. Il fit une pause à l'ombre du palais de justice pour manger son sandwich et boire du café, puis il remit sa Thermos à sa ceinture et traversa la place principale jusqu'à l'hôpital.

D'après l'étiquette verte épinglée sur sa poitrine, la dame à la réception s'appelait Mlle Alnutt. Elle siégeait derrière un bureau installé en plein milieu du couloir menant aux chambres des malades et il lui fut impossible de l'attendrir.

— Tu n'as pas le droit d'entrer, déclara-t-elle d'une voix sèche de vieille fille, tu es trop jeune !

— Oui, madame, mais Jimmy est mon seul cousin, et sa maman a dit que je pouvais venir le voir.

Mlle Alnutt hocha la tête.

— Tu es trop jeune, je te dis. Les visiteurs de moins de seize ans ne sont pas admis et nous ne faisons aucune exception...

Elle le regarda à travers les demi-lunes posées au bout de son nez et ajouta :

— De plus, il est interdit d'introduire des boissons et de la nourriture dans les chambres !

Duane décrocha en hâte sa Thermos.

— Je peux le laisser ici... Je veux seulement voir mon cousin quelques secondes, je vous promets que je vais juste lui dire bonjour et ressortir aussitôt !

Mlle Alnutt fit le geste de chasser un moustique importun, et se replongea dans son fichier. Heureusement, Duane, en demandant où était Harlen, avait eu le temps de lire le numéro de chambre.

— Merci, madame, dit-il poliment en rebroussant chemin.

Il y avait une cabine téléphonique dans le couloir de droite menant aux toilettes, et le seul autre récepteur à l'horizon semblait être celui du bureau des admissions, dans le hall.

Comme par hasard, il avait de la monnaie sur lui. Et le numéro était dans l'annuaire.

On n'appela pas Mlle Alnutt à l'interphone, une des infirmières vint la chercher et l'accompagna jusqu'au hall. Il s'agissait d'un appel important...

Aussitôt, Duane se glissa à côté du bureau du dragon et entra dans le couloir menant aux chambres. Pour la seconde fois de la journée, il résista à l'envie de siffler.

Aussitôt après le petit déjeuner, Dale emprunta les jumelles de son père et suivit Depot Street jusqu'à l'ancienne gare de marchandises, puis la ligne de chemin de fer en direction de chez Cordie. Il n'avait pas la moindre envie d'aller dans ce coin, tout ce quartier du bourg lui fichait la frousse : c'était là qu'habitait Congden, et il avait encore plus peur des grands bois près de la décharge. Mais après le concilia-bule dans le poulailler, la veille au soir, il s'y sentait obligé. Pourtant, quel rapport pouvait-il y avoir entre Cordie ou Tubby Cooke, et l'imbécile qui avait effrayé Duane avec le camion d'équarrissage ?

La maison de Congden se trouvait tout près de celle d'Harlen, mais la Chevrolet noire n'était pas garée à son emplacement habituel et la cour mal entretenue était déserte. Bien que cette vieille crapule l'ait passablement effrayé la veille, Dale avait moins peur du shérif que de son fils C. J. Congden. D'ailleurs, tous les enfants de la ville avaient peur de C.J. Et lorsqu'il avait définitivement aban-donné l'école l'an dernier (rien d'étonnant, il était encore en cinquième à seize ans !), la plupart des écoliers d'Elm Haven s'étaient réjouis.

C.J. était une vraie caricature de gros dur tel qu'on en voit dans les dessins animés : grand, maigre mais musclé, avec les cheveux coupés en ailes de canard et des rouflaquettes qui lui mangeaient la moitié du visage. Il était toujours vêtu d'un tee-shirt graisseux avec un paquet de cigarettes roulé dans la manche et d'un jean crasseux porté si bas sur les hanches qu'on s'attendait à voir apparaître son sexe. Sans oublier les bottes à bout métallique, le tabac à priser dans la poche revolver et le couteau à cran d'arrêt dans celle de devant. Dale avait une fois fait remarquer à Kevin que C.J. avait dû suivre les instructions d'un *Manuel du parfait rouleur de mécaniques*. Mais il se gardait bien de faire ce genre de plaisanterie devant le Gros Dur.

Quand les Stewart étaient venus s'installer à Elm Haven, quatre ans plus tôt, Dale, alors en cours élémentaire, avait eu le malheur d'attirer l'attention de C.J. Celui-ci, toujours en cours moyen à l'âge de douze ans, rôdait dans la cour de l'école comme un requin dans un banc de poissons-perroquets. Après avoir été rossé pour la seconde fois, Dale avait demandé conseil à son père, qui lui avait expliqué que les rouleurs de mécaniques étaient en fait des couards et qu'il suffisait de leur résister pour qu'ils reculent. Le lende-main, Dale avait résisté. Il s'en était tiré avec deux dents de lait en moins, des crises de saignements de nez et une cicatrice à la hanche, là où C.J. l'avait bourré de coups de pied après l'avoir jeté à terre. Depuis cette époque, Dale se méfiait un peu des conseils paternels.

Il avait tenté d'amadouer la brute par des cadeaux, C.J. les acceptait puis le rossait. Il avait tout essayé, y compris la flatterie, il s'était même joint à sa cour de lécheur de bottes. En vain, C.J. lui administrait au moins une raclée par semaine.

Pour tout arranger, Archie Kreck, le disciple de C.J. se trouvait dans la même classe que Dale. Si C.J. n'avait pas détenu le titre, ç'aurait été Archie le Gros Dur d'Elm Haven : il s'habillait comme lui, imitait sa démarche, sa sadique méchanceté, et portait un œil de verre. Personne ne savait comment il avait perdu un œil, mais le bruit courait que c'était C.J. qui, en une sorte de rite initiatique bizarre, le lui avait arraché d'un coup de canif quand il avait six ou sept ans.

Quoi qu'il en soit, Archie savait tirer le maximum de son œil de verre. Quand l'institutrice endormait tout le monde avec sa leçon de géographie, il le posait sur son pupitre, dans la rainure prévue pour le porte-plume, comme pour monter la garde pendant qu'il faisait un petit somme. La première fois qu'il avait été témoin de ce manège, Dale avait pouffé de rire. Mais, après avoir reçu un savon chez le directeur, Archie lui avait tendu une embuscade sur le chemin des lavabos des *garçons*, et lui avait plongé quatre fois la tête dans la cuvette des W.-C. pour lui apprendre à rire. Et le lendemain, il l'attendait avec C.J. au bout du terrain de jeux. Quoi qu'en disent les pères, on n'échappe pas aux Gros Durs. Et ces deux-là étaient des pros.

Dale se sentit mieux quand il eut dépassé la maison des Congden. C.J. n'avait pas de voiture et son père refusait de lui prêter sa Chevrolet, mais Dale l'avait déjà vu au volant des véhicules de ses « amis ». Le jour où il avait commencé à conduire, tout le monde avait poussé un *Ouf !* de soulagement : pendant ce temps-là au moins, il ne traînait pas dans les rues.

Pour aller chez Cordie, il y avait deux possibilités : soit pousser le vélo par-dessus le remblai du chemin de fer et prendre la route de la décharge. Soit le laisser quelque part et continuer à pied en longeant la voie ferrée.

Dale n'aimait pas trop abandonner sa bicyclette dans ce quartier (celle de Lawrence avait une fois disparu pendant deux semaines avant que Harlen ne la retrouve dans le verger derrière chez Congden), mais il n'avait pas envie de jouer au chat et à la souris avec le camion d'équarrissage. Il dissimula son vélo dans les broussailles derrière le dépôt, le camoufla complètement sous des branches et, sans cesser d'inspecter les environs à la jumelle, descendit sur la voie ferrée. Puis il ramassa un bâton et suivit en sifflotant le rail de droite. Il n'avait pas à s'inquiéter des trains, la ligne était presque désaffectée et, selon Harlen, il se passait parfois des semaines sans qu'on voie le moindre convoi.

Au-delà de Catton Road, il n'y avait plus d'arbres, sauf quelques peupliers au bord du ruisseau. Dale commença à se poser des questions : et si on le surprenait en train de surveiller la maison de Cordie à la jumelle ? Et s'il se faisait attraper par cet ivrogne, le père de Cordie ? Et s'il rencontrait un des types inquiétants qui habitaient près de la décharge ? Et s'il cassait ses jumelles ?

Je débloque...

Il vit à gauche le toit de l'usine de suif, mais aucun camion d'équarrissage ne le chargea. Puis il reconnut l'odeur de la décharge et aperçut à travers les arbres la maison de Cordie.

Il quitta la voie ferrée pour se glisser dans les herbes hautes, en essayant de rester le plus près possible des bois. Il fallait bien compter cent mètres jusqu'à la maison, et tant qu'il restait sous le couvert des arbres, il se sentait à peu près en sécurité : on ne pouvait le voir ni des rails, ni de la décharge, et avec toutes ces branches mortes par terre, il serait vraiment difficile de le prendre par surprise. Il s'installa dans un endroit bien protégé, entre deux arbres et un buisson épais, braqua ses jumelles sur la maison de Cordie et attendit.

Les Cooke habitaient un taudis, il était difficile d'imaginer que quatre adultes (deux oncles vivaient avec eux) et une flopée de gosses puissent y loger. Par comparaison, la cabane de Daysinger et la baraque de Congden étaient des palais.

Il y avait trois masures en contrebas de l'entrée de la décharge, toutes plus sordides les unes que les autres, mais celle des Cooke était la pire. N'ayant, comme les autres, que quelques parpaings en guise de fondations, on avait l'impression qu'elle avait glissé, elle penchait comme un navire échoué à marée basse. L'herbe était haute et verte le long du bois et au bord du ruisseau, mais la cour était en terre battue, agrémentée de flaques de boue. Et partout des ordures.

Comme la plupart des gamins, Dale adorait les dépôts d'ordures. Si la décharge n'avait pas été un repaire de rats et de cinglés comme les Cooke ou les Congden, ses copains et lui y auraient passé des journées entières à jouer, creuser, explorer, récupérer. Avant le passage hebdomadaire du camion de ramassage d'ordures, une des activités principales de la Cyclo-Patrouille consistait à faire la tournée des ruelles et des rues afin d'inspecter le contenu des poubelles. C'était incroyable ce que les gens pouvaient jeter ! Son frère et lui avaient une fois rapporté un vrai casque de tankiste en métal, capitonné à l'intérieur, avec des inscriptions en allemand. Depuis, Lawrence le portait pour ses matches de football à un contre dix. Une autre fois, Mike et lui avaient découvert un grand évier, qu'ils avaient à grand-peine transporté jusqu'au poulailler des O'Rourke, mais la mère de Mike leur avait ordonné de le remettre là où ils l'avaient pris. Oui, les ordures étaient vraiment un truc épatant... mais pas celles-ci.

Les environs immédiats de la maison des Cooke étaient jonchées de ressorts rouillés, de cuvettes de W.-C. ébréchées, de pare-brise brisés hérissés de morceaux de verre et posés de guingois dans les orties, de boîtes de conserve rouillées avec des couvercles découpés en dents de scie, de tricycles cassés ou passés sous des camions, de poupées abandonnées, aux membres moisis et aux yeux morts. Dale passa dix minutes à inspecter ce dépotoir avant d'abaisser ses jumelles et de frotter ses yeux rougis. *Que peuvent-ils bien faire de toutes ces saloperies ?*

Le métier d'espion n'était pas si excitant que ça. Au bout d'une demi-heure, Dale avait des crampes dans les jambes, des insectes lui grimpaient sur le corps, la chaleur lui donnait la migraine. Et tout ce qu'il avait vu, c'était la mère de Cordie ramasser du linge d'un blanc douteux et se fâcher après deux petits Cooke qui, assis dans la plus profonde des flaques, s'éclaboussaient en se curant le nez.

Pas la moindre trace de Cordie. Pas la moindre trace de ce qu'il cherchait à découvrir. D'ailleurs, que cherchait-il à découvrir ? Flûte à la fin, Mike n'avait qu'à venir ici et surveiller lui-même Cordie s'il voulait être renseigné.

Il allait renoncer lorsqu'il entendit des pas sur le ballast. Il s'accroupit, la main sur les jumelles pour n'être pas trahi par un reflet, et essaya de voir qui venait. Il aperçut à travers les feuilles un pantalon de velours et des jambes bien connues.

Qu'est-ce que Duane fabriquait par ici ?

Dale partit en courant vers un meilleur emplacement, ce qui fit pas mal de bruit, mais plus loin le remblai dessinait une courbe et, quand il arriva à l'endroit d'où il pouvait voir mieux, il n'y avait plus rien à voir. Il décida alors de retourner à son premier poste d'observation, mais un mouvement dans les hautes herbes devant lui le poussa à se cacher et à braquer ses jumelles. Armée d'un fusil à deux coups, Cordie traversait le bois d'un pas décidé.

Dale sentit ses genoux flageoler. Et si elle l'avait vu ? Cordie était complètement cinglée : l'année précédente, en huitième, elle avait pris en grippe le nouveau professeur de musique (un certain Aleo, de Chicago) et l'avait menacé par écrit de lancer contre lui ses chiens, qui lui arracheraient « bras et jambes, et le reste ». C'est sans doute ce « et le reste » qui lui avait valu un renvoi de dix jours. M. Aleo avait d'ailleurs renoncé à enseigner à Elm Haven, il était retourné chez lui avant la fin de l'année scolaire.

Cordie était complètement givrée, point final. Si elle avait remarqué Dale, elle était tout à fait capable de le tirer comme un pigeon.

Il s'aplatit dans les broussailles en s'efforçant de ne pas

respirer ni même de penser, car il était persuadé que les fous étaient télépathes.

Cordie, regardant droit devant elle, traversa le bois, escalada le remblai à quinze mètres de l'endroit où Dale l'avait descendu, et s'éloigna en direction de la ville. Son fusil était plus grand qu'elle et elle le portait sur l'épaule, comme un petit soldat.

Il attendit un instant avant de commencer à la suivre en prenant bien soin de ne pas se montrer. Ils étaient à mi-chemin de la ville, entre l'usine de suif et le silo désaffecté, et Cordie marchait toujours devant lui, sans jamais regarder ni à droite ni à gauche, posant le pied sur une traverse puis une autre comme un jouet mécanique en robe loqueteuse, quand soudain elle disparut.

Dale hésita, explora avec ses jumelles la voie et les lisières des bois, puis sortit prudemment la tête pour s'assurer qu'elle n'était pas allée sous les arbres. C'est alors qu'une voix bien connue retentit derrière lui :

— Tiens, voilà ce petit merdeux de Stewart ! Tu t'es perdu, putois ?

Dale se retourna lentement, la main crispée sur ses jumelles. C. J. et Archie se tenaient juste derrière lui, à moins de trois mètres. Il avait tellement pris garde de ne pas se faire repérer par Cordie qu'il en avait oublié de surveiller ses arrières.

Archie était torse nu, ses cheveux gras dressés en crête au-dessus du *bandana* rouge qui lui ceignait le front. Son visage adipeux luisait de transpiration et son œil de verre scintillait au soleil.

C. J. jouait les grands chasseurs blancs (et acnéiques), un pied sur le ballast et l'autre sur le rail, le fusil au creux du bras.

Dale sentit soudain ses jambes se dérober sous lui si bien qu'il perdit tout espoir de s'en sortir en courant.

Mon Dieu ! C'est la réunion de la Fédération de tir, ou quoi ? pensa-t-il. *Et si je le disais tout haut. Ces deux-là trouveraient peut-être ça drôle, ils me taperaient sur l'épaule et ils retourneraient tirer les rats à la décharge.*

— Qu'est-ce que c'est que ce ricanement, putois ? demanda le fils unique du shérif.

Il leva son arme, la pointant droit sur la tête de Dale. Il y eut un petit *click*, la sécurité sans doute, à moins qu'il n'ait relevé le chien. Dale essaya de fermer les yeux mais il n'y arriva pas. Il tenta de protéger les jumelles de l'impact de là balle qui allait lui traverser le corps. Sa jambe droite commença à trembloter, les battements de son cœur devinrent assourdissants : il n'entendit même pas ce que C.J. lui disait. Celui-ci avança de deux pas et appuya le canon de son arme sur la gorge de Dale.

Duane McBride trouva assez facilement la chambre d'Harlen, une chambre à deux lits, dont un seul était occupé.

Harlen dormait. Duane jeta un coup d'œil dans le couloir vide et referma le battant de la porte juste comme le crissement des chaussures d'une infirmière approchait.

Il fit un pas vers le blessé et hésita. Il ne savait pas trop ce qu'il s'attendait à trouver... Harlen sous une tente à oxygène, peut-être, les traits déformés par le plastique, comme son grand-père, le vieux McBride, juste avant sa mort deux ans plus tôt. Mais Harlen dormait paisiblement sous un drap amidonné et une couverture de coton. Seuls le plâtre de son bras gauche et les bandages blancs autour de son front témoignaient de son état. Duane attendit sans bouger que le bruit des chaussures se fût éloigné, puis il se dirigea vers le lit.

Harlen ouvrit les yeux, battit deux ou trois fois des paupières, comme un hibou, et dit :

— Salut, McBride !

Duane faillit sauter au plafond.

— Salut, Harlen, ça va ?

Harlen essaya de sourire, et Duane remarqua combien ses lèvres semblaient fines et pâles.

— Ouais, ça va. Je me suis réveillé ici avec un mal de tête du tonnerre et un bras en compote. A part ça, je suis en pleine forme !

Duane acquiesça.

— On pensait que tu étais...

Il hésita, n'osant prononcer le mot « coma ».

— ... mort ?

— Non, inconscient.

Les yeux d'Harlen papillotèrent comme s'il sortait à l'instant du coma. Il les écarquilla, fronça le sourcil, essayant de fixer un point.

— Je l'étais... inconscient, je veux dire... J'ai repris connaissance il y a quelques heures, avec cette saleté de mal au crâne, et j'ai trouvé ma mère assise au bord du lit. Un instant, j'ai cru qu'on était dimanche. Merde, pendant quelques minutes, je savais même pas où j'étais !

Il regarda autour de lui, comme s'il se posait encore des questions.

— Où est ta mère, maintenant, Jim ?

— En face, de l'autre côté de la place, elle est partie manger un morceau et appeler son patron.

Le blessé articulait lentement, chaque mot semblait lui demander un effort.

— Ça va, alors ? répéta Duane.

— Oui, je crois... Ce matin, toute une flopée de docteurs sont venus m'envoyer des lumières dans les yeux, me faire compter jusqu'à cinquante, des trucs comme ça. Ils m'ont même demandé de leur dire qui j'étais.

— Et tu le savais ?

— Bien sûr ! Je leur ai dit que j'étais Dwight Machin-Truc Eisenhower.

Harlen sourit malgré sa douleur. Duane hocha la tête d'un air approbateur. Il ne lui restait pas beaucoup de temps.

— Tu te souviens comment tu t'es blessé ? Que s'est-il passé au juste ?

Harlen le regarda fixement et Duane ne put s'empêcher de remarquer ses pupilles dilatées, ses lèvres tremblantes, son sourire forcé.

— Non, dit-il enfin.

— Tu ne te souviens pas être allé à Old Central ?

Harlen ferma les yeux.

— Je me souviens de rien du tout. Je me souviens juste de cette réunion débile à la Grotte, après, plus rien.

— La Grotte ? Tu veux dire à l'aqueduc ?

— Ouais.

— Tu te souviens de samedi après-midi ? *Après* la Grotte ?

Harlen ouvrit les yeux et Duane lut la colère dans son regard.

— Je viens de te dire que non, gros lard !

— On t'a trouvé dans la benne à ordures d'Old Central dimanche matin...

— Ouais, maman me l'a dit. Elle était en larmes, comme si c'était de sa faute !

— Mais tu ne te rappelles pas comment tu es arrivé là ?

Dehors, un haut-parleur appela un docteur.

— Non... Je n'ai aucun souvenir de ce samedi soir. Ça pourrait tout aussi bien être un coup de toi avec O'Rourke et d'autres fumiers, vous m'auriez tiré du lit, assommé et abandonné là.

— Ta mère a dit à Mme Grumbacher qu'on avait retrouvé ton vélo dans Broad Avenue, à côté de la maison de la mère Faux-Derche.

— Ah bon ? Elle m'en a pas parlé, répondit Harlen d'une voix indifférente, dénuée de toute curiosité.

— Tu crois pas que tu aurais pu le poser là pour suivre la Fodder quelque part ? A l'école peut-être ?

Harlen se cacha le visage de la main gauche. Il s'était rongé les ongles au point d'avoir les doigts à vif.

— Ecoute, McBride, je t'ai déjà dit que je n'en sais absolument rien ! Fiche-moi la paix, OK ? D'ailleurs, t'es pas censé être ici, non ?

Duane lui tapota l'épaule.

— On était tous impatients de savoir comment tu allais. Mike et Dale veulent venir te voir dès que tu iras mieux.

— Ouais..., répondit le malade derrière sa main.

— Ils seront bien contents d'apprendre que ça va, continua Duane en jetant un coup d'œil en direction du couloir d'où provenait un bruit de pas... Tu as besoin de quelque chose ? ajouta-t-il.

— Ouais, de Michelle Staffney nue sur un plateau d'argent, répliqua Harlen, toujours caché derrière sa main.

— D'accord !

Duane s'approcha de la porte. Le couloir était vide.

— McBride ?

— Oui ?

— Attends... Tu peux faire quelque chose pour moi...

Un haut-parleur grésilla dehors et quelqu'un mit en marche une tondeuse à gazon sous la fenêtre. Duane attendit.

— Allume la lampe, s'il te plaît ?

La pièce était déjà inondée de soleil, mais Duane obéit. La lampe ne changea pas grand-chose.

— Merci.

— Tu vois bien, au moins ? murmura Duane.

— Ouais... pas de problème.

Il retira sa main et regarda son ami avec une expression étrange.

— C'est juste que... si je me rendors, je veux pas me réveiller dans le noir, tu comprends ?

Duane acquiesça d'un signe de tête, chercha quelque chose à dire, ne trouva pas, fit un signe d'adieu au malade et se glissa dehors.

Dale Stewart suivit du regard le canon du fusil de C.J. jusqu'à son visage boutonneux. *Seigneur, je vais mourir !* C'était la première fois qu'une telle idée lui traversait l'esprit. Du coup, il eut l'impression que la scène se figeait. Et le temps s'immobilisa aussi définitivement que l'araignée fossile de Mike.

— Je t'ai posé une question, foutu corniaud ! reprit C.J.

La voix de la brute semblait venir de loin, très loin. Dale entendait toujours les battements de son cœur résonner bruyamment dans ses oreilles et il dut se concentrer pour ne pas s'abandonner au vertige. Il s'arrangea néanmoins pour prononcer un mot :

— Hein ?

C.J. ricana.

— J'ai dit : pourquoi ce foutu sourire ?

148

Sans bouger le canon toujours appuyé sur la gorge de Dale, il remonta la crosse du fusil sur son épaule.

— Mais... je souris pas.

Dale entendit sa voix chevroter et pensa qu'il devrait avoir honte. Son cœur essayait de bondir hors de sa poitrine, et le sol semblait prendre de la gîte, aussi se concentra-t-il sur son équilibre.

— Mon œil, tiens ! grinça Archie.

Le visage du Dur en second était un peu de profil et Dale remarqua que son œil de verre était légèrement plus grand que le vrai.

— Ta gueule ! jeta négligemment C.J.

Il leva un peu le canon de son arme, de sorte qu'il n'appuyait plus sur le cou de Dale, mais visait droit le visage du garçon.

— Tu ricanes encore, foutu connard ! Ça te plairait que je te troue la pomme ?

Dale hocha la tête, mais il ne pouvait s'empêcher de ricaner. Il sentait le sourire sur ses lèvres, un rictus impossible à effacer. Sa jambe droite tremblait fort maintenant, et il avait envie d'uriner. Il concentra ses efforts sur deux buts : garder l'équilibre et ne pas faire dans son froc. La gueule du fusil était à vingt centimètres de son visage et lui paraissait énorme, un trou noir qui cachait le ciel et assombrissait la lumière du soleil. Dale reconnut un 22. long rifle, parfait pour tirer les rats de la décharge, l'endroit sans doute où se dirigeaient ces deux rats.

— Ça te plairait, hein, corniaud ? insista C.J. en réglant soigneusement sa mire, comme s'il cherchait quelle dent il allait faire sauter.

Dale hocha la tête. Ses bras pendaient et il se dit que ce ne serait pas une mauvaise idée de les lever, mais il ne pouvait pas les bouger.

— Vas-y, tire ! cria Archie, hystérique.

Sa voix dérailla, soit à cause de son excitation, soit à cause de la puberté.

— Tue ce petit couillon ! reprit-il.

— Ta gueule !

C.J. loucha en direction de Dale.

— Tu es bien ce petit corniaud de Stewart, hein ?

Dale acquiesça. Sa peur de C.J., sa colère et sa frustration après les raclées que lui avait administrées la brute lui donnaient l'impression de bien le connaître, et le fait qu'il pût ignorer son nom lui sembla presque incroyable.

— Alors tu vas me dire ce que tu foutais là à nous espionner et à ricaner, ou j'appuie sur la gâchette, compris ?

La poitrine oppressée, Dale cessa de respirer. Il leva les mains pour se protéger le visage mais imagina ses paumes perforées par la balle avant que celle-ci n'atteigne sa bouche, et pour la première fois il comprit ce que signifiait mourir. C'était ne pas aller plus loin sur la ligne de chemin de fer, ne pas dîner ce soir, ne pas revoir sa mère ni regarder *Flipper le dauphin* à la télé. C'était ne plus tondre la pelouse le samedi ni aider son père à râtisser les feuilles mortes en automne. Plus rien, sinon être couché là sur le ballast, pendant que les oiseaux lui picoreraient les yeux comme des baies et que les fourmis se promèneraient sur sa langue. *Plus de choix, plus de décision, plus d'avenir.* Échoué pour l'éternité.

— Adieu ! dit C.J.

— Si tu appuies, c'est moi qui vais te faire sauter la cafetière ! dit une voix derrière Dale.

C.J. et Archie firent un bond de cinquante centimètres. C.J. jeta un coup d'œil sur sa gauche, mais sans abaisser son fusil. S'abstenant toujours de respirer, Dale tourna la tête de quelques millimètres pour voir qui était là.

Cordie Cooke était sortie du bois. Un pied dans les broussailles, un autre sur le ballast, elle tenait son fusil à deux coups fermement appuyé sur son épaule braqué sur C.J.

— Cooke, petite conne..., commença Archie de sa voix haut perché.

— Ta gueule !

C.J. ne semblait guère s'affoler.

— Qu'est-ce que tu fais, Cordie ?

— Je vise ta sale tronche avec le calibre 12 de mon père, connard ! rétorqua-t-elle d'une voix aussi grinçante qu'une craie crissant sur une ardoise, mais parfaitement calme.

— Abaisse ce pétard, idiote, et te mêle pas de ça !

— Abaisse le tien d'abord, pose-le par terre et va-t'en !

C.J. jeta à la fillette un autre coup d'œil, comme s'il évaluait le temps qu'il lui faudrait pour diriger son canon sur elle, et à cet instant Dale espéra qu'il allait le faire. Tout plutôt qu'une gueule de fusil braquée sur la figure.

— Qu'est-ce que ça peut te faire, si je tire sur ce petit merdeux ?

Le trou rond et noir était toujours à vingt centimètres du visage de Dale.

— Abaisse-le, C.J. !

Cordie parlait de son ton habituel, comme en classe les rares fois où elle ouvrait la bouche, d'une manière détachée, plutôt ennuyée.

— Pose-le et recule, tu pourras revenir le chercher quand je serai partie, j'y toucherai pas.

— Je vais lui faire sauter la cervelle, et après ce sera ton tour, petite conne, aboya C.J., furieux maintenant.

Les pustules et les trous d'acné sur son visage maigre devinrent blancs, puis rouges.

— C'est un Remington à un coup, que t'as, Congden !

Dale la regarda. Ses doigts étaient passés dans les deux gâchettes du vieux fusil, qui paraissait énorme, lourd, avec des taches de rouille sur le canon et une crosse fendillée par l'âge. Mais Dale était certain qu'il était chargé et il se demanda s'il prendrait du plomb, lui aussi, lorsqu'elle tirerait sur C.J.

— Eh bien, tu seras la première ! répondit-il.

Dale vit les muscles de ses bras se contracter et comprit qu'il était aussi pétrifié de peur que lui.

— Chope-la, Archie, ordonna-t-il.

Kreck hésita, chercha son couteau dans sa poche de jean et commença à s'approcher de Cordie.

— S'il traverse le second rail, tu es cuit ! dit-elle froidement.

— Arrête ! hurla C.J.

Archie s'immobilisa et regarda son chef.

— Recule, bon Dieu, foutu enfoiré ! lui cria-t-il.

Archie battit en retraite de l'autre côté du premier rail.

Dale avait recommencé à respirer, le temps s'était remis à passer, lentement encore, mais il n'était plus figé. Peut-être devrait-il agir. Il avait vu des milliers de westerns dans lesquels Sugarfoot ou Bronco Lane, exactement comme lui dans la ligne de mire du Méchant, s'arrangeaient pour lui arracher son arme. Ça ne devait pas être très difficile. Le canon était toujours à vingt centimètres de son visage, mais C.J. regardait Cordie maintenant. Il suffisait de l'empoigner et de tirer. Facile à dire...

— Allons, décide-toi, Congden, je commence à avoir des fourmis dans les doigts, lança Cordie de sa voix monotone.

C.J. avait un muscle qui battait à la mâchoire, et la transpiration ruisselait sur son nez et son menton.

— Tu sais que je t'aurai un jour ou l'autre, hein, Cordie ? Je t'attendrai quelque part et tu me le paieras, ce coup-là ! Et cher ! Tu ne t'en tireras pas comme ça, tu sais...

Cordie haussa les épaules sans bouger son fusil d'un millimètre.

— A moins de m'étendre raide, c'est moi qui te descendrai avec le 12 de papa. J'ai lancé les chiens sur M. Aleo, tu t'en souviens, et j'hésiterai pas une seconde à te flinguer !

Dale connaissait l'épisode du professeur de musique ; d'ailleurs, toute la ville était au courant.

— Va te faire foutre !

C.J. abaissa lentement son fusil, le posa avec soin sur les traverses et recula d'un pas.

— Et toi, Stewart, petit corniaud, crois pas que je vais t'oublier comme ça !

Il fit un signe à Archie qui, le couteau toujours à la main, le rejoignit. Puis ils descendirent du remblai, s'enfoncèrent dans les broussailles et disparurent entre les arbres.

Dale resta immobile, regardant fixement le fusil à ses pieds, comme s'il s'attendait à le voir bondir vers lui et le viser de nouveau. Mais comme rien de tel ne se passa, il eut l'impression que le sol sous ses pieds reprenait sa place habituelle. Il faillit tomber, se rattrapa, fit quelques pas chancelants et s'assit sur le rail brûlant, les genoux tremblants.

Cordie attendit que C.J. et son acolyte aient disparu, puis

elle braqua son arme sur Dale, pas sur lui exactement, mais quand même dans sa direction. Dale ne le remarqua pas, il était trop occupé à contempler la fillette. Elle était petite et grosse dans la robe informe qu'elle portait à l'école ; de ses tennis trouées sortait un gros orteil ; ses ongles étaient noirs et ses coudes crasseux ; ses cheveux pendaient en mèches graisseuses ; sa figure était plate, une face de lune avec des petits yeux, des lèvres trop minces et un nez retroussé qui aurait mieux convenu à un visage aux traits plus fins, mais à cet instant, Dale trouvait que c'était la plus belle fille du monde.

— Pourquoi tu me suivais, Stewart ?

Dale, la voix encore chevrotante, tenta de répondre :

— Je ne...

— Ça va, hein, inutile de me raconter des bobards !...

Elle déplaça le fusil d'un iota dans sa direction avant de continuer :

— Je t'ai vu en train d'espionner ma maison avec tes jumelles, et après tu m'as suivie, il aurait fallu être sourd et aveugle pour pas te remarquer, tu sais ! Allez, réponds !

Dale n'avait plus la force de mentir :

— Je te suivais parce que... moi et mes copains, on cherche Tubby.

— Qu'est-ce que tu lui veux, à Tubby ?

Quand Cordie clignait des yeux, ils disparaissaient presque complètement dans ses joues.

— Rien du tout. On veut juste le trouver, voir s'il va bien...

Cordie bascula la culasse de son arme et l'appuya sur son bras.

— Et tu crois qu'on le cache ?

— Non... Je voulais juste savoir ce qui se passait chez toi...

— Pourquoi tu t'occupes de Tubby ?

Mais je m'en moque de Tubby ! pensa-t-il, mais il se garda bien de le dire et expliqua :

— C'est que... On a l'impression qu'il se passe quelque chose... Roon, la mère Faux-Derche et les autres ne disent pas la vérité.

Cordie cracha sur le rail.

— « On » ? Qui c'est, « on » ?

Dale jeta un coup d'œil au fusil. Il était de plus en plus persuadé que Cordie était folle à lier.

— Juste mes copains...

— Hum... O'Rourke, Grumbacher, Harlen et ces lavettes avec qui t'es toujours fourré...

La fillette s'approcha de lui, ramassa le Remington, bascula la culasse, sortit une cartouche de calibre 22, la jeta dans les bois et reposa l'arme par terre.

— Viens, partons avant que ces deux trouducs se redonnent du courage.

Dale se leva et allongea le pas pour la suivre en direction de la ville. Cinquante mètres plus loin, elle quitta la voie ferrée et se dirigea vers les bois et les champs.

— Si c'est Tubby que tu cherches, qu'est-ce que tu faisais près de ma maison, alors que c'est bien le seul endroit où on est sûr qu'il n'est pas ?

— Tu sais où il est ?

Cordie le regarda, l'air écœuré par tant de bêtise.

— Si je le savais, tu crois que je le chercherais comme ça ?

Dale prit sa respiration.

— T'as une idée de ce qui lui est arrivé ?

— Oui...

Il attendit, mais rien ne vint. Il insista :

— Quoi ?

— Quelqu'un ou quelque chose l'a tué dans cette saloperie d'école.

Dale se sentit à nouveau le souffle court. La Cyclo-Patrouille cherchait à retrouver Tubby, mais aucun d'eux n'avait envisagé qu'il puisse être mort. Ils pensaient qu'il avait fait une fugue, ou qu'on l'avait kidnappé... Mais *mort* ! Avec le souvenir du contact de la gueule du fusil sur son cou, le mot prenait une autre résonance. Il ne répondit pas. Ils arrivèrent à Catton Road, près de l'endroit où une petite route entrait en ville et devenait Broad Avenue.

— Tu ferais mieux de rentrer, conseilla Cordie. Et surtout, tes copains et toi, vous avez vraiment pas intérêt à me mettre des bâtons dans les roues pendant que j'essaie de retrouver Tubby, tu entends ?

Dale opina du chef.

— Tu vas entrer en ville avec ça ?

Cordie dédaigna la question.

— Qu'est-ce que tu veux faire avec ?

— Trouver Van Syke ou un des autres salauds, et les obliger à me dire ce qu'ils ont fait de Tubby.

— Tu vas finir en prison, oui !

Cordie haussa les épaules, chassa quelques mèches graisseuses de ses yeux et lui tourna le dos pour prendre le chemin de la ville.

Dale resta immobile à la regarder. La petite silhouette en robe grisâtre était presque dans l'ombre des ormes bordant Broad Avenue lorsqu'il lui cria :

— Hé, merci !

Cordie ne s'arrêta pas. Ne se retourna pas.

12

Après sa visite à Jim Harlen, Duane passa un moment assis à l'ombre sur la place du palais de justice, à boire son café et à réfléchir. Il ne connaissait pas assez Jim pour savoir s'il disait la vérité lorsqu'il affirmait n'avoir aucun souvenir de ce qui s'était passé le samedi soir. Mais, pourquoi mentirait-il ?

On pouvait envisager plusieurs possibilités :

1. Jim avait peut-être eu tellement peur qu'il ne voulait pas... ou ne pouvait pas... en parler.

2. On lui avait ordonné de se taire en utilisant des moyens de pression suffisants pour le convaincre d'obéir.

3. Jim protégeait quelqu'un...

Duane finit sa tasse de café et revissa rêveusement le bouchon de sa Thermos. La dernière explication semblait la moins plausible. C'était la première qui paraissait la plus acceptable, bien que fondée sur sa seule intuition. Duane n'avait aucune preuve que Jim Harlen mentait. Une blessure à la tête assez grave pour le laisser inconscient pendant vingt-quatre heures pouvait sans nul doute oblitérer tout souvenir de l'épisode qui l'avait provoquée. Mieux valait accepter l'amnésie de Jim, quitte à la remettre en cause plus tard.

Duane traversa la place, arriva devant la bibliothèque municipale et hésita à entrer. Qu'espérait-il trouver qui lui permette de fournir à O'Rourke et Cie une explication rationnelle à la fois à la disparition de Tubby, au trou dans la cabane de Van Syke, à la chute d'Harlen, à son propre assassinat manqué, et à tout le reste ? Et pourquoi dans une bibliothèque ? Pourquoi imaginer que dans l'histoire d'Old Central il trouverait un lien entre ce qui n'était que plusieurs manifestations de la folie d'une seule personne, sans doute Van Syke ?

Mais toute sa vie, Duane avait fouillé dans les bibliothèques, et il y avait toujours trouvé les réponses aux questions que se pose un enfant trop intelligent pour son bien. De plus, dans une bibliothèque, on était libre, personne ne vous demandait pourquoi vous vouliez consulter tel ou tel ouvrage. Il devait bien exister des problèmes que ne résolvaient pas une ou plusieurs visites à la bibliothèque adéquate, mais Duane n'en avait encore jamais rencontré.

Et puis, il fallait reconnaître que toute cette effervescence, disproportionnée par rapport à ce qui s'était passé, venait en fait de leur méfiance vis-à-vis d'Old Central. Ils s'y sentaient mal à l'aise bien avant que Tubby ne disparaisse. Oui, il aurait dû aller à cette bibliothèque depuis longtemps déjà. Duane cacha sa Thermos dans les fusains bordant l'escalier et monta.

Cela lui prit bien plus de temps qu'il ne l'avait prévu, mais Duane finit par trouver ce qu'il cherchait.

La bibliothèque municipale d'Oak Hill n'était équipée que d'un seul lecteur de microfiches, mais peu de documents se trouvaient sur microfiches. Pour obtenir des détails sur l'histoire d'Elm Haven et en particulier sur Old

Central, il dut compulser les piles d'archives déposées là par la Société historique du comté de Crève Cœur.

Duane savait qu'en fait cette association n'avait jamais compté qu'un seul historien, Paul Priestmann, ancien professeur à l'université de Bradley et spécialiste d'histoire locale, décédé un an plus tôt.

Old Central avait joué un rôle important dans l'histoire d'Elm Haven, et même du comté : les notes de Duane à ce sujet remplirent la moitié de son carnet. Chaque fois que le jeune garçon entrait dans une bibliothèque, il regrettait qu'elle ne soit pas équipée d'une de ces nouvelles machines à photocopier utilisées depuis peu dans les milieux d'affaires. Il lui aurait été alors bien plus facile de garder trace des renseignements glanés dans les ouvrages à consulter sur place.

Duane contempla les photographies illustrant le récit de la construction d'Old Central ; puis, quelques pages plus loin, d'autres photos sur lesquelles posaient gravement les personnes assistant aux cérémonies d'inauguration à la fin de l'été, les participants au pique-nique des Pionniers (organisé cette année-là sur le terrain de sports de l'école), et la première classe qui s'était installée dans le nouvel établissement. Vingt-neuf élèves qui avaient dû se sentir bien perdus dans cet immense édifice.

Une photographie immortalisait l'arrivée d'une cloche à la gare d'Elm Haven et une légende en caractères gras indiquait : *M. et Mme Ashley, ainsi que notre maire M. Wilson, accueillent la cloche des Borgia destinée à la nouvelle école.* Puis en dessous, ce commentaire en caractères plus petits : *Cette cloche chargée d'histoire viendra glorieusement couronner notre citadelle du savoir.*

Duane s'arrêta. Il avait toujours vu le clocher d'Old Central condamné par des planches, et n'avait jamais entendu parler de cloche, encore moins d'une *cloche des Borgia*. Il examina la photo. La cloche était encore dans une caisse sur le wagon, une masse de fonte assez peu visible, mais de toute évidence énorme, deux fois plus grande que les deux hommes qui échangeaient une poignée de main à côté, au centre de la photo. L'homme moustachu et bien habillé, accompagné d'une dame élégante, était sans doute M. Ashley, et le petit barbu au chapeau melon, le maire.

La base de la cloche devait mesurer deux mètres cinquante à trois mètres de diamètre. Bien que la photo fût trop floue pour laisser apparaître beaucoup de détails, en se servant de ses lunettes comme d'une loupe, Duane distingua une sorte de frise, ou bien des inscriptions, tout autour de la cloche, aux deux tiers de sa hauteur. Il essaya de calculer le poids d'une cloche de deux mètres cinquante de diamètre et de trois mètres cinquante de haut. Mais il n'y arriva pas. L'idée de cette masse accrochée toutes ces années à des poutres vermoulues au-dessus de sa tête et de celle des autres écoliers lui donna froid dans le dos. *Elle ne pouvait tout de même pas se trouver encore là-haut !*

Il passa plusieurs heures à consulter les publications de la Société historique, et fit un long séjour dans la poussiéreuse « salle des archives », un réduit sombre que Mme Frazier et les autres employés de la bibliothèque utilisaient comme pièce de repos, pour fouiller les grands dossiers contenant les anciens numéros de *l'Oak Hill Sentinel Times-Call.*

Il glana une foule de renseignements dans les articles datant de l'été 1876, où les auteurs s'étendaient, dans le style grandiloquent de l'époque, sur la cloche des Borgia et son importance historique.

C'était M. et Mme Ashley qui l'avaient découverte dans un entrepôt de la banlieue de Rome, lors de leur lune de miel en Europe. Après en avoir fait vérifier l'authenticité par divers experts locaux et étrangers, ils l'avaient achetée six cents dollars dans le but d'en faire l'orgueil de l'école, à la construction de laquelle leur famille avait si ardemment contribué.

Écrivant à toute vitesse, Duane termina son carnet et en entama un nouveau. Plusieurs pages de l'ouvrage du professeur Priestmann et au moins cinq articles de journaux racontaient le voyage de la cloche de Rome à Elm Haven : un destin fatal semblait frapper tous ceux qui l'approchaient.

Alors que les Ashley faisaient voile vers les Etats-Unis,

l'entrepôt renfermant la cloche avait brûlé de fond en comble. L'incendie avait fait trois victimes qui, apparemment, logeaient sur place, et détruit la plupart des autres antiquités conservées là. Toutefois, la cloche avait été retrouvée, noircie mais intacte.

L'*HMS Erebus* transportant la cloche à New York, un cargo battant pavillon britannique, avait failli faire naufrage en rencontrant au large des Canaries une tempête tout à fait inattendue pour la saison. On avait réussi à le remorquer jusqu'à un port et à transborder la cargaison sur un autre bateau, mais cinq marins s'étaient noyés, et un autre avait été écrasé à cause d'un soudain déplacement de la cargaison dans la soute.

Aucun autre désastre n'avait marqué le mois où la cloche était restée en souffrance à New York, mais il s'en était fallu de peu qu'elle ne fût perdue à cause d'une erreur d'étiquetage. Des hommes d'affaires new-yorkais au service de la famille Ashley avaient fini par la retrouver, et ils avaient organisé une grande réception au musée d'Histoire naturelle de la ville pour fêter l'événement. Mark Twain, P. T. Barnum et le premier John D. Rockefeller comptaient parmi les invités.

Ensuite, la cloche avait été chargée sur un train de marchandises en partance pour Peoria et le malheur qui paraissait l'accompagner s'était de nouveau manifesté : le train avait déraillé près de Johnston, en Pennsylvanie, et le convoi parti à la rescousse avait provoqué l'effondrement d'un pont à l'entrée de Richmond dans l'Indiana. Les comptes rendus des deux accidents n'étaient pas très clairs, mais il n'y avait eu, semble-t-il, aucune victime.

La cloche était enfin arrivée à Elm Haven le 14 juillet 1876 et on l'avait accrochée dans le clocher plusieurs semaines plus tard. Cet été-là, elle avait été au centre de la foire des Pionniers, et il y avait eu plusieurs cérémonies de consécration, dont l'une fut l'occasion de la venue à Peoria d'historiens et de célébrités de Chicago, arrivés par train spécial.

Elle était à sa place dans le clocher à temps pour la rentrée scolaire le 3 septembre, car un éditorial sur cette rentrée de l'année 1876 dans le comté de Crève Cœur était illustré d'une photographie d'Old Central, au milieu d'un terrain étrangement dénudé. Elle avait pour légende : *Une cloche historique appelle les écoliers vers le Savoir.*

Duane s'appuya au dossier de sa chaise, essuya son visage couvert de transpiration à l'ourlet de sa chemise et ferma l'album relié. Quel dommage que l'explication donnée à Mme Frazier (un soi-disant essai à rédiger sur Old Central) ne fût qu'un mensonge !

Il parcourut quatre volumes des annales de la Société historique avant de s'apercevoir qu'il en manquait une partie. Il y avait bien un recueil général « 1875-1885 », mais il ne comportait guère que des photographies et une liste de manifestations officielles. Le professeur Priestmann avait rédigé une histoire plus érudite et plus détaillée de cette décennie, intitulée *Monographies, documents et sources originales*, avec, pour chaque année, la date indiquée entre parenthèses. Or, l'année 1876 manquait.

Duane descendit voir Mme Frazier.

— Excusez-moi, madame, mais pourriez-vous me dire où sont archivés les papiers de la Société historique ?

La bibliothécaire sourit et enleva ses lunettes.

— Bien sûr, mon petit... Après le décès du professeur Priestmann, les dames qui avaient organisé la souscription au profit de la Société historique ont fait don de tous ses documents et ouvrages inédits à...

— A l'université de Bradley ?

Il lui paraissait normal que l'établissement où l'éminent historien avait fait ses études, puis enseigné de nombreuses années, fût l'héritier du fruit de ses recherches.

Mme Frazier eut l'air surpris.

— Oh non, mon petit ! Les papiers sont allés à la famille qui a le plus aidé les recherches du professeur Priestmann. Je pense qu'il en était convenu ainsi.

— C'est-à-dire...

— Les Ashley-Montague, bien sûr. Toi qui es d'Elm Haven ou des environs, tu as certainement entendu parler des Ashley-Montague !

Duane acquiesça, remercia, s'assura qu'il avait bien

rangé les livres consultés et qu'il n'avait pas oublié ses carnets, sortit et récupéra sa Thermos, tout étonné de l'heure tardive.

Il aurait bien aimé retourner à l'hôpital pour essayer de parler à Jim, mais le moment du repas approchait et la mère du blessé serait sûrement auprès de lui. De plus, il lui faudrait bien deux ou trois heures pour retourner à pied chez lui et son père s'inquiéterait s'il ne le voyait pas revenir avant la nuit.

Tout en pensant à la cloche des Borgia peut-être encore accrochée dans le clocher condamné d'Old Central, comme un secret oublié, il se dirigea vers la voie de chemin de fer et sa maison. Cette fois, il s'autorisa à siffloter.

Mike décida d'abandonner.

Le lundi après-midi et toute la journée du mardi, il avait fait de son mieux pour retrouver Karl Van Syke, mais celui-ci était introuvable.

En restant près d'Old Central, il avait vu Roon faire une brève apparition le mardi matin à 8 h 30, et attendu jusqu'à l'arrivée, une heure plus tard, d'un groupe d'ouvriers venus avec un camion-grue condamner les étages supérieurs. Il avait continué de traîner dans le coin jusqu'à ce que Roon lui fasse signe de déguerpir.

Il avait fait le tour des endroits que fréquentait habituellement Van Syke. La taverne de Carl renfermait son contingent habituel de buveurs, y compris le père de Duane McBride, mais pas Van Syke. Il avait téléphoné d'une cabine à la taverne de L'Arbre noir, mais le propriétaire lui avait répondu qu'il n'avait pas vu Van Syke depuis des semaines, et d'abord, qui était à l'appareil ? Mike avait raccroché précipitamment.

Comme Van Syke et le shérif étaient toujours fourrés ensemble, il était allé jusqu'à la maison de J. P. Congden, au bout de Depot Street, mais la Chevrolet noire n'était pas là, et la maison semblait vide. Il avait aussi envisagé de suivre la voie ferrée pour rôder autour de l'ancienne usine de suif, mais il était peu probable que Van Syke s'y trouve.

Mike resta un long moment couché dans l'herbe haute

près du terrain de base-ball à mâchonner un brin d'herbe en regardant les rares véhicules qui débouchaient de First Avenue : des pick-up poussiéreux conduits par des fermiers, et de grosses voitures anciennes, mais pas la moindre trace du camion d'équarrissage avec Van Syke au volant.

Il soupira, se tourna sur le dos, contempla le ciel. Il savait bien ce qu'il aurait dû faire : aller jusqu'au cimetière vérifier si Van Syke était dans la cabane à outils. Mais il avait beau se raisonner, il ne pouvait s'y résoudre. Le souvenir de la cabane, du soldat et de la silhouette dans la cour la veille au soir le paralysait. Il se remit sur le ventre et regarda le camion laitier du père de Kevin Grumbacher arriver de Jubilee College Road.

Il n'était pas encore midi et M. Grumbacher avait déjà collecté le lait de toutes les fermes du comté. Le camion se dirigeait vers la laiterie Cahill, à une douzaine de kilomètres. M. Grumbacher avait presque fini sa journée de travail : il ne lui restait plus qu'à rentrer chez lui, à rincer son camion et à faire le plein à la pompe dans sa cour.

En se tournant sur le côté, Mike voyait la maison des Grumbacher à côté de celle de Dale. Cinq ans plus tôt, juste avant l'arrivée de Dale et de sa famille, le père de Kevin avait acheté une vieille masure abandonnée, l'avait rasée et avait construit la seule maison sans étage du vieux quartier de la ville. C'est M. Grumbacher lui-même qui avait manœuvré le bulldozer pour tasser la terre en monticule, de sorte que la maison neuve était juchée plus haut que les fenêtres du rez-de-chaussée de Dale.

Les rares fois où Mike était allé chez Kevin, il ne s'y était pas senti très à l'aise. La maison était climatisée, le seul endroit ainsi rafraîchi dans lequel Mike fût jamais entré à part le cinéma d'Oak Hill, et il y régnait une odeur bizarre, une odeur de renfermé, ou plutôt de neuf attardé. Les lieux ne semblaient pas vraiment habités : le coûteux salon était protégé par des housses de plastique crissant, la cuisine, avec le seul lave-vaisselle que Mike ait jamais vu, était toujours impeccable, et Mme Grumbacher devait astiquer tous les matins la longue table en merisier de la salle à manger.

Lorsque Kevin les invitait à jouer chez lui (ce qui était rare), les enfants allaient directement au sous-sol, où il y avait une table de ping-pong, une télévision (en plus des deux autres en haut, d'après Kevin) et un train électrique avec un circuit compliqué. Mike aurait adoré s'amuser avec le train, mais Kevin n'était autorisé à jouer avec qu'en présence de son père, et M. Grumbacher passait la plupart des après-midi à dormir. Il y avait aussi, au fond de la pièce, un long évier en tôle, aussi rutilant que le reste de la maison. Kevin avait expliqué que son père l'avait installé pour y faire naviguer les petits bateaux à moteur qu'ils construisaient ensemble. Mais Mike, Dale et les autres enfants avaient seulement le droit de les regarder, ils ne pouvaient ni y toucher ni manœuvrer la télécommande. La bande ne passait guère de temps chez Kevin.

Mike se leva et se dirigea vers la maison de Dale. Toutes ces idées qu'il ressassait dans sa tête étaient de simples prétextes pour éviter de penser au soldat.

Allongés sur le talus herbeux séparant les entrées de leurs deux maisons, Dale et Kevin attendaient que Lawrence lance un petit planeur en bois de balsa pour essayer d'abattre l'avion avec des graviers. Lawrence se hâta de lancer son appareil et se jeta sur le sol pour ne pas être touché par les « missiles ». Mike prit une poignée de graviers et s'aplatit sur le dos à côté des deux autres. La règle semblait être de toucher l'engin sans décoller la tête de l'herbe. Les graviers volèrent, le planeur fit un looping, vola vers le gros chêne dont les branches atteignaient la fenêtre de Dale au premier étage, et alla atterrir, indemne, dans l'allée. Tous trois ramassèrent une poignée de munitions, tandis que Lawrence récupérait son avion et lui redressait les ailes et la queue.

— On envoie des graviers sur la pelouse, tu vas t'amuser pour tondre ! dit Mike à Dale.

— J'ai promis à maman qu'on les ramasserait quand on aura fini, expliqua Dale en pliant le bras pour son premier lancer.

Le planeur vola très haut et ils manquèrent tous la première attaque, pourtant effectuée avec l'accompagnement sonore adéquat. Mike toucha la cible avec un second « missile », qui brisa l'aile droite et fit tomber l'avion en chandelle dans l'herbe. Tous trois imitèrent des bruits de moteur touché, de détonations, d'avion s'écrasant au sol. Lawrence retira l'aile cassée et courut en chercher une autre dans un tas de pièces détachées à côté d'une souche.

— Je n'ai pas pu trouver Van Syke..., avoua Mike du ton qu'il prenait au confessionnal.

Kevin empilait des cailloux du bon gabarit à côté de lui. Ses parents à lui ne le laisseraient jamais lancer des cailloux dans *leur* pelouse.

— C'est pas grave, reprit-il. J'ai suivi Roon ce matin, il n'a rien fait, il a juste surveillé les ouvriers qui condamnaient les fenêtres de l'école.

Mike tourna la tête vers son ancien établissement. Old Central paraissait différente avec toutes ces planches clouées aux fenêtres, sur quatre niveaux, en comptant le sous-sol. L'école semblait frappée d'une étrange cécité. Maintenant, seules les petites fenêtres en chien-assis du toit pentu avaient encore des vitres, et Mike connaissait peu d'enfants capables de lancer une pierre à cette hauteur. Les ouvertures du clocher avaient toujours été condamnées.

— Peut-être que filer les gens n'est pas une idée si géniale que ça, suggéra Mike.

Lawrence mettait du chatterton à son planeur.

— Un blindage..., expliqua-t-il.

— En tout cas, ce matin, j'ai pas trouvé ça génial du tout, dit Dale.

Les deux autres cessèrent d'empiler leurs munitions pour écouter le récit de son aventure sur la voie ferrée.

— Bon Dieu..., souffla Kevin. Homicide volontaire !

— Qu'est-ce qu'elle a fait, Cordie, après ? demanda Mike en essayant d'imaginer quel effet cela pouvait faire d'avoir un fusil braqué sur le visage.

C. J. Congden avait bien tenté de s'en prendre une ou deux fois à Mike, quand il était petit, mais Mike s'était défendu avec tant de hargne et de férocité que les deux gros durs du bourg avaient plutôt tendance à le laisser tranquille.

— Elle est allée descendre Roon ?

— On l'aurait entendu, répondit Dale.

— Elle a peut-être utilisé un silencieux, suggéra Mike.

Kevin fit une grimace.

— Imbécile ! Les fusils n'ont pas de silencieux !

— Je plaisantais... Et après ?

Dale haussa les épaules.

— Après, rien... Je dois faire gaffe à C.J...

— Tu n'en as pas parlé à ta mère ?

— Et comment je lui aurais expliqué que je surveillais la maison de Cordie avec les jumelles de mon père, hein ?

Mike fit la grimace et acquiesça. Jouer les voyeurs était une chose, le faire chez Cordie n'avait aucun sens.

— Si C.J. s'en prend à toi, je t'aiderai. Il est méchant mais bête comme ses pieds, et Archie Kreck est encore plus bête. Mets-toi du côté de son œil de verre et il est cuit.

Dale approuva, mais il avait l'air inquiet. Mike savait que les bagarres n'étaient pas son fort, c'était même une des raisons pour lesquelles ils étaient copains. Il l'entendit marmonner.

— Quoi ?

Lawrence leur criait quelque chose de l'autre bout de l'allée.

— Je suis même pas retourné chercher mon vélo, répéta Dale.

Mike reconnut le ton qu'il utilisait lui-même pour avouer ses péchés les plus graves.

— Où est-ce qu'il est ?

— Caché dans les broussailles derrière l'ancienne gare de marchandises.

Pour le récupérer, Dale serait obligé de passer devant chez Congden.

— Je te le ramènerai, proposa Mike.

Dale lui lança un regard à la fois soulagé, embarrassé et irrité. Il devait s'en vouloir de se sentir aussi soulagé.

— Pourquoi tu ferais ça ? C'est mon vélo.

Mike haussa les épaules, mâchonna un brin d'herbe.

— C'est comme tu veux... Moi, de toute façon, je dois passer par là tout à l'heure pour aller à l'église, alors je peux te le ramener. Réfléchis, C.J. n'a rien contre moi. Et si on m'avait déjà braqué un fusil sur la figure, ça me suffirait pour la journée. J'irai le chercher après déjeuner, j'ai une course à faire pour le père Cavanaugh.

Un autre mensonge. A confesser, ou pas ? Sans doute que non..., pensa-t-il.

Cette fois, le visage de Dale exprima un soulagement si intense que, pour le cacher, il baissa la tête en faisant semblant de compter ses cailloux.

— D'accord, répondit-il très bas, merci !

Lawrence s'approcha d'eux, son avion « blindé » à la main.

— Vous êtes prêts, patates, ou vous allez passer toute la journée à discuter ?

— Prêt ! cria Dale.

— Lancement ! renchérit Kevin.

— Baisse-toi ! hurla Mike.

Les missiles volèrent.

Son père n'était pas là lorsque Duane arriva chez lui juste avant le coucher du soleil, alors il alla à travers champs jusqu'à la tombe de Wittgenstein. Le chien avait toujours caché ses os dans un creux du pâturage est, aussi était-ce cet emplacement que le garçon avait choisi pour l'enterrer.

A l'ouest, au-delà des prés et des champs de maïs, au ras de l'horizon, flamboyait ce soleil rouge et ventru de l'Illinois, sans lequel Duane ne pouvait concevoir le monde. L'air était bleu-gris et transmettait clairement les moindres bruits. Le jeune garçon entendait le piétinement régulier et le souffle rauque des vaches à l'autre bout du pâturage, bien qu'elles fussent encore sur l'autre versant de la colline. Une écharpe de fumée flottait au-dessus de l'endroit où M. Johnson avait brûlé les broussailles de ses fossés, à presque deux kilomètres au sud, et l'odeur sucrée de ce feu se mêlait au parfum lourd et poussiéreux de cette soirée.

Duane s'assit à côté de la tombe de Witt en regardant le soleil sombrer et le soir se métamorphoser imperceptiblement en nuit. Vénus fut la première étoile à apparaître, brillante au-dessus de l'horizon, semblable à l'un des OVNI que Duane, assis dans les champs, Witt à son côté, avait l'habitude de guetter patiemment en fin de journée. Puis d'autres étoiles firent leur apparition, toutes bien visibles, si loin des lumières de la ville. L'atmosphère commençait à fraîchir très lentement, comme à regret. L'humidité de l'air plaquait encore la chemise du garçon à son torse, mais la chaleur du jour finit par se dissiper et la terre sous sa main devint fraîche. Il tapota une dernière fois la tombe de son chien et retourna lentement chez lui : un retour solitaire et rapide dans l'herbe haute, maintenant qu'il n'était plus obligé d'accorder son pas à celui du vieux colley à moitié aveugle.

La cloche des Borgia. Il aurait bien voulu en parler à son père, mais si celui-ci avait passé la soirée chez Carl ou à L'Arbre noir, il ne serait sûrement pas d'humeur à bavarder.

Il se prépara à dîner. Il coupa en rondelles oignons et pommes de terre et fit frire avec compétence des côtes de porc tout en écoutant la radio. Rien de bien nouveau aux informations. La Chine nationaliste avait porté plainte devant le Conseil des Nations Unies pour le bombardement de Quemoy, mais personne dans cette assemblée n'avait envie d'un autre conflit à la coréenne. L'état-major du sénateur John Kennedy annonçait un important discours sur la politique extérieure, mais Ike semblait vouloir attirer toute l'attention sur lui en organisant un voyage en Extrême-Orient. Les Etats-Unis exigeaient la libération de Gary Powers et l'Argentine le retour d'Adolf Eichmann enlevé par les Israéliens. On parlait aussi de la prochaine rencontre entre Floyd Patterson et Ingemar Johansson...

Duane monta le son et continua d'écouter la radio en mangeant seul à la grande table. Il aimait bien la boxe, il avait envie d'écrire un jour une histoire sur ce thème. Des Noirs se vengeant de l'injustice de leur condition par leurs performances sur le ring. Il avait entendu son père et oncle Art parler de Jackie Johnson, autrefois, et l'histoire lui était restée en mémoire, tout comme les intrigues de ses livres favoris. *Cela pourrait faire un bon roman... Du moins si je m'y connaissais en boxe... et si j'étais mieux documenté sur les problèmes raciaux... et sur Jackie Johnson... et sur la vie... enfin sur tout.*

La cloche de Borgia revint le hanter. Il finit de dîner, fit la vaisselle, y compris celle du petit déjeuner abandonnée par son père dans l'évier, la rangea dans le placard et erra dans la maison. Il faisait noir, seule la cuisine était éclairée, et la vieille bâtisse semblait plus abandonnée et mystérieuse que d'habitude. Le premier étage, avec les chambres maintenant inoccupées, pesait comme une présence inquiétante. *La cloche des Borgia aurait-elle été suspendue au-dessus de nous dans Old Central toutes ces années ?* Il hocha la tête et alluma dans la salle à manger.

Les versions successives de la machine à apprendre traînaient là dans toute leur gloire poussiéreuse. D'autres inventions encombraient les établis et le sol. Une seule était en service : un système pour répondre au téléphone, que son père, furieux de manquer tant d'appels, avait bricolé deux hivers auparavant. C'était un montage tout simple constitué d'un téléphone et d'un petit magnétophone à deux bandes qui, branché sur la prise téléphonique, laissait entendre quelques phrases pré-enregistrées invitant l'interlocuteur à laisser un message.

Presque tous les gens qui téléphonaient raccrochaient sans parler, gênés ou furieux d'avoir affaire à une machine, mais le pater pouvait parfois reconnaître l'identité de ses correspondants par les jurons ou les grommellements enregistrés. En plus, l'agacement que provoquait sa machine l'amusait, surtout lorsqu'il s'agissait de la compagnie téléphonique. Les employés de chez Bell étaient d'ailleurs venus deux fois à la ferme pour menacer de couper le téléphone, si M. McBride continuait à violer la loi en trafiquant le matériel et les branchements de la compagnie, sans compter l'infraction aux lois fédérales que représentait le fait d'enregistrer les conversations des gens sans leur permission. Ce à quoi le pater avait fait remarquer que les conversations enregistrées étaient les *siennes*, que les gens l'appelaient, lui, et non l'inverse, et que les lois fédérales exigeaient seulement que les gens soient avertis. Or, il le disait clairement dans son message, avant d'inviter ses correspondants à parler. D'ailleurs, s'ils voulaient son avis, la compagnie Bell était un foutu monopole capitaliste qui pouvait se mettre son opinion et ses équipements où il pensait.

Mais ces menaces avaient quand même empêché le pater de tenter de mettre sur le marché ce qu'il appelait son « valet téléphonique ». Quant à Duane, il bénissait le ciel que leur téléphone n'ait pas été coupé.

Ces derniers temps, Duane avait perfectionné l'invention de son père, et maintenant une lumière indiquait si des messages avaient été enregistrés. Il avait voulu encore améliorer le système en reliant à des ampoules de couleurs différentes selon l'identité du correspondant, verte pour oncle Art, bleue pour Dale ou un des autres copains, rouge pour la compagnie Bell..., et, quoique le problème de l'identification des voix ait été relativement facile à résoudre, les pièces de montage étaient chères et il avait dû se contenter d'une ampoule clignotante.

Mais rien ne clignotait ce soir. Pas de message. C'était souvent le cas.

Il s'approcha de la porte et regarda au-dehors le lampadaire près de la grange. Il éclairait le rond-point et les bâtiments mais, par contraste, les champs derrière paraissaient encore plus noirs. Les rainettes et les criquets étaient bien bruyants...

Il resta quelques minutes à contempler la nuit en se demandant quels arguments utiliser pour décider oncle Art à le conduire à l'université de Bradley le lendemain, mais, avant de rentrer, il fit quelque chose qu'il n'avait jamais fait auparavant : il mit le petit crochet de la porte à moustiquaire et s'assura que la porte de devant, rarement utilisée, était fermée à clé. Il faudrait qu'il reste debout jusqu'au retour de son père, pour aller lui ouvrir, mais tant pis.

Fermer les portes à clé n'était pourtant pas dans leurs habitudes, même lors des rares week-ends à Peoria ou Chicago avec oncle Art. Ils n'y pensaient même pas. Mais ce soir, Duane ne voulait pas de porte ouverte. Sachant très bien qu'il suffisait de tirer un peu fort ou de donner un coup de pied dans la moustiquaire pour le faire sauter de l'extérieur, il enfonça en souriant de sa propre bêtise le petit crochet dans l'anneau et rentra appeler son oncle.

La petite chambre de Mike se trouvait au-dessus de l'ex-salon devenu chambre de Memo. Le premier étage n'était pas chauffé, mais de larges grilles métalliques encastrées dans le sol laissaient monter la chaleur du rez-de-chaussée. Dans la chambre de Mike, la grille se trouvait juste à côté de son lit et il pouvait voir sur son propre plafond le reflet de la clarté de la lampe à pétrole servant de veilleuse à Memo. La mère de Mike passait la voir plusieurs fois dans la nuit, et la faible lueur lui facilitait la tâche. En s'agenouillant, il aurait pu apercevoir à travers la grille la pile de couvertures et de plaids sous laquelle reposait sa grand-mère. Il ne le faisait jamais, cela aurait été par trop indiscret.

Mais parfois, il percevait les rêves et les pensées de Memo qui montaient par la grille. Pas sous forme de mots ou d'images, non, c'était plutôt des soupirs, des courants chauds débordant d'amour, ou des bises glacées pleines d'anxiété. Une question hantait le jeune garçon, le soir : si Memo mourait durant la nuit, est-ce que son âme s'arrêterait en chemin pour un baiser d'adieu, comme lorsqu'il était petit et que sa grand-mère venait le soir le border dans son lit, tenant à la main une lampe à pétrole dont la flamme tremblotait sous son verre ?

Ce soir-là, Mike, couché sur le dos, regardait les ombres pâles des feuilles s'agiter sur le plafond. Il n'avait pas du tout envie de dormir. Pourtant, il avait bâillé tout l'après-midi et ses yeux étaient rougis par le manque de sommeil, mais maintenant qu'il faisait nuit, il avait peur de fermer les paupières. Il allait toutefois succomber lorsqu'il sentit un souffle glacial passer auprès de lui, ce qui le réveilla instantanément.

Il faisait chaud dans cette pièce sous le toit, même avec la fenêtre ouverte, mais le souffle qui l'avait effleuré était aussi glacial que les courants d'air des nuits de janvier, et chargé

170

d'une odeur de viande crue et de sang congelé qui lui rappela les chambres froides du supermarché.

Il s'agenouilla près de la grille. La flamme de la lampe de Memo s'agitait follement, on aurait dit qu'un ouragan soufflait dans sa chambre, et le froid enveloppa Mike, comme si des mains glacées lui serraient la gorge, les poignets, les chevilles. Il s'attendait à voir sa mère surgir auprès de Memo, drapée dans sa robe de chambre, les cheveux en bataille, mais la maison était silencieuse, à part les ronflements de son père dans la chambre de derrière où dormaient ses parents.

Le froid diminua, sembla remonter vers la grille, puis augmenta comme un blizzard. La lampe à pétrole lança une dernière lueur et s'éteignit. Mike eut l'impression d'entendre un gémissement sortir de la masse sombre sur le lit. Il sauta sur ses pieds, empoigna sa batte de base-ball et descendit à toutes jambes l'escalier de meunier. Pieds nus, il ne faisait presque pas de bruit.

La porte de la chambre de Memo restait toujours légèrement entrebâillée, mais il la trouva fermée. Il se demanda même si elle n'était pas verrouillée de l'intérieur. Il s'accroupit quelques instants contre le battant, les doigts écartés posés à plat sur le bois, comme un pompier essayant de deviner l'intensité d'un feu, mais ce fut du froid qu'il perçut. Puis il poussa brusquement le battant et entra, la batte levée, prêt à frapper.

La pièce était assez claire pour que le garçon puisse constater qu'elle était vide, à part la masse sur le lit et le fatras familier de photographies dans des cadres et de flacons de médicaments, plus le rocking-chair maintenant inutile, l'ancien fauteuil de grand-père dans le coin, le vieux poste de radio encore en état de marche... enfin le bazar habituel.

Mais, debout à la porte, batte à la main, Mike était certain que lui et Memo n'étaient pas seuls. Le vent glacé soufflait et tourbillonnait autour de lui, un maelström d'air fétide. Mike avait une fois été embauché par Mme Moon pour nettoyer un congélateur plein de viande hachée et de poulets avariés après une coupure d'électricité de dix jours.

L'odeur était la même, en plus froid et plus répugnant. Il leva sa batte, le vent lui balaya le visage, des ongles de glace griffèrent les parties de son corps que ne couvrait pas son pyjama trop court, des lèvres de givre lui caressèrent la nuque, une haleine putride frôla ses joues, comme si un visage invisible lui soufflait dans la figure la pourriture du tombeau.

Mike jura et fendit d'un coup de batte l'obscurité. Le vent sifflait autour de ses oreilles, mais les papiers dans la pièce étaient immobiles et il n'y avait aucun bruit à l'extérieur, à part le léger froissement des feuilles de maïs dans le champ d'en face.

Il retint un nouveau juron et frappa des deux mains, dans une position tenant à la fois de celle du batteur et de celle du catcheur. La bise sombre sembla refluer dans un coin de la pièce. Mike avança dans cette direction, jeta un coup d'œil derrière lui et aperçut le visage de Memo, livide au milieu des couvertures. Il recula pour se placer entre elle et ce qui était en train d'essayer de l'approcher. Pour la protéger du froid en lui faisant un rempart de sa propre chaleur, il s'accroupit en lui tournant le dos et sentit le souffle sec de la vieille dame contre ses épaules. Du moins, elle vivait encore.

Après un dernier souffle, presque comme un rire silencieux, le froid sortit par la fenêtre ouverte comme de l'eau s'écoulant d'un lavabo. La lampe se ralluma d'un coup avec un sifflement qui fit bondir Mike sur ses pieds. Son cœur sauta follement dans sa poitrine, et il attendit, batte levée.

Le froid était parti. Par la fenêtre n'entraient plus qu'une brise tiède et le bruissement de nouveau audible des feuilles. Il se retourna et se pencha vers Memo. Elle avait les yeux grands ouverts avec la pupille brillante et très noire. Rassuré par sa respiration rapide, il lui toucha la joue.

— Ça va, Memo ?

Il arrivait, de plus en plus rarement d'ailleurs, qu'elle comprenne les questions et cligne des yeux en réponse : une fois voulait dire « oui », deux fois signifiaient « non ».

Un clignement : Oui.

Le cœur de Mike se remit à battre la chamade : il y avait

si longtemps que Memo n'avait pas conversé avec lui, même dans ce langage primitif. La bouche sèche, il s'obligea à continuer.

— Tu as senti ça ?

Un clignement.

— Il y avait quelque chose ici ?

Un clignement.

— C'était bien réel ?

Un clignement.

L'émotion serrait la gorge du jeune garçon, qui coassa :

— C'était quelque chose de dangereux ?

Un clignement.

— Comme un fantôme ?

Deux clignements : Non.

Il la regarda dans les yeux. Hormis ce bref mouvement de paupières, elle était parfaitement immobile, c'était comme s'il parlait à un cadavre.

— C'était... la Mort ?

Un clignement.

Elle ferma les yeux. Mike se pencha pour vérifier qu'elle continuait bien à respirer, puis il lui toucha une seconde fois la joue.

— T'en fais pas, Memo, lui murmura-t-il à l'oreille, je suis là. Ça reviendra pas cette nuit. Rendors-toi...

Il resta agenouillé auprès du lit jusqu'à ce que son souffle irrégulier, haletant, paraisse plus calme. Puis il alla chercher le fauteuil de son grand-père et le tira près du lit. Prendre le rocking-chair aurait été plus simple, mais ce soir, il voulait s'asseoir sur le fauteuil de son grand-père. Il s'installa, batte de base-ball sur l'épaule, entre Memo et la fenêtre.

Il était plus tôt ce même soir quand, à peu de distance de chez Mike, Lawrence et Dale allèrent se coucher.

Ils avaient regardé *Bonanza* à la télévision à 21 h 30 (l'unique exception à la règle du coucher à 21 heures), puis ils étaient montés.

Dale entra le premier dans la chambre et chercha à tâtons le cordon de l'interrupteur. Bien qu'il fût maintenant près de 22 heures, la lueur d'un crépuscule proche de la Saint-Jean inondait la pièce.

Couchés chacun dans un des lits jumeaux, à quelque dix centimètres l'un de l'autre, les deux frères parlèrent un peu à voix basse.

— Pourquoi t'as pas peur du noir, toi ? demanda Lawrence en serrant son panda dans ses bras.

— Il fait pas noir ici, la veilleuse est allumée.

— Tu sais bien ce que je veux dire...

Effectivement, et il comprenait combien il était difficile pour son petit frère d'admettre ses frayeurs.

— Je sais pas... Je suis plus grand. On n'a plus peur du noir quand on grandit.

Lawrence écouta les pas de leur mère, juste perceptibles, allant de la cuisine à la salle à manger, puis inaudibles lorsqu'elle marcha sur le tapis du salon. Leur père n'était pas encore rentré dc tournée.

— Mais avant, tu avais peur du noir, alors ?

Pas tant que toi, froussard ! eut-il envie de répondre. Mais ce n'était pas le moment de taquiner le petit.

— Oui. Un petit peu, quelquefois...

— T'avais peur du noir ?

— Ouais...

— Et d'entrer pour allumer ?

— Quand j'étais petit, dans l'appartement de Chicago, ma chambre n'avait pas d'interrupteur à cordon, c'était un bouton dans le mur.

— Si seulement on habitait encore là-bas...

— Oh non ! protesta Dale en croisant les mains derrière la nuque pour contempler sur le plafond l'ombre mouvante des feuilles. Non... cette maison est mille fois mieux, et on s'amuse cent mille fois plus à Elm Haven qu'à Chicago. Là-bas, pour jouer, on était obligés d'aller à Garfield Park, et il fallait toujours qu'un adulte vienne avec nous.

— Je m'en souviens vaguement...

Lawrence avait à peine quatre ans lors du déménagement.

— Mais t'avais vraiment peur du noir, alors ? insista-t-il.

— Ouais...

174

Dale ne se souvenait pas d'avoir jamais eu peur du noir dans l'appartement, mais il ne voulait pas faire honte à son frère.

— Et du placard aussi ?

— On avait un vrai placard, là-bas.

— Mais t'en avais peur ?

— Je sais pas, j'ai oublié. Pourquoi t'as peur de celui-ci ?

Sans répondre, Lawrence s'enfonça dans ses draps.

— Il y a quelque chose qui fait du bruit là-dedans..., finit-il par chuchoter.

— Cette vieille maison est pleine de souris, bêta ! Papa et maman sont toujours en train d'y mettre des tapettes !

Récupérer les cadavres dans les souricières faisait partie du travail de Dale, et il détestait ça. Il était exact qu'on entendait souvent des trottinements dans les murs, même au premier étage.

— C'est pas des souris...

La voix de Lawrence commençait à devenir ensommeillée, mais il était sûr de ce qu'il avançait.

— Comment tu le sais ? Qu'est-ce que tu crois que c'est ? Un monstre ?

Malgré lui, l'affirmation de Lawrence l'avait glacé.

— Pas des souris, en tout cas. Ce qui guette parfois sous le lit...

Lawrence dormait aux trois quarts.

— Il n'y a rien sous le lit, à part des moutons, répondit sèchement son frère, qui en avait assez de cette conversation.

Lawrence tendit la main vers l'autre lit.

— S'il te plaît, Dale...

Sa manche lui arrivait à peine au coude, mais cette pseudo-tenue de Zorro était son pyjama préféré.

Cette nuit encore, Dale accepta de tenir la main de son frère. Lui-même avait besoin de se sentir rassuré.

— Bonsoir, murmura-t-il. Dors bien !

— J' suis content que t'aies pas peur, toi, Dale..., marmonna le petit d'une voix pâteuse.

Les doigts de Lawrence dans les siens paraissaient tout petits à son aîné. Il ferma les yeux, et la gueule du calibre 22 de C.J. braqué sur son visage lui apparut. Il sursauta, le cœur battant.

Ce n'était pas l'obscurité qui l'effrayait, lui, mais des menaces, des menaces bien *réelles*. Ce jeu de chercher Tubby Cooke, de filer Roon et les autres était terminé, du moins en ce qui le concernait. C'était stupide, et l'un ou l'autre de leur bande allait finir par attraper un mauvais coup. Il n'y avait pas de mystère à Elm Haven, juste une bande de trouducs comme C.J. et son père, tout à fait capables de devenir dangereux s'ils les trouvaient sur leur chemin. Jim Harlen s'était déjà cassé le bras, probablement à cause de leur petit jeu d'espionnage. Cet après-midi, il avait bien eu l'impression que Mike et Kevin en avaient assez, eux aussi.

Bien plus tard, Lawrence poussa un soupir et se retourna, serrant toujours son panda contre lui, mais il lâcha la main de son frère. Celui-ci se mit sur le côté et commença à s'assoupir.

Derrière la moustiquaire, les feuilles de chêne bruissaient et, dans l'herbe, les criquets répétaient leur rengaine.

En s'endormant, Dale entendit sa mère repasser dans la cuisine. Pendant un moment, il n'y eut aucun bruit dans la chambre, sinon la respiration régulière des deux enfants. Dehors, un oiseau, tourterelle ou hibou, poussa un cri rauque. Puis, plus près, dans le placard, il y eut un grattement, un crissement d'ongles, une pause, et un dernier raclement de griffes avant que tout ne soit silence.

13

Duane McBride avait réussi à persuader son oncle Art que mercredi serait le jour parfait pour se rendre à la bibliothèque de l'université. Depuis des années, oncle Art dépensait presque tout son argent en livres, mais il aimait bien de temps en temps aller dans une bibliothèque digne de ce nom. Ils partirent donc ensemble, vers 8 heures du matin.

Ce qu'oncle Art ne dépensait pas en livres, il l'investissait dans son automobile, et Duane ne pouvait que s'émerveiller devant l'imposant véhicule, une Cadillac dernier modèle pourvue de toutes les options proposées par l'industrie automobile américaine, y compris un réglage automatique des phares, commandé par un radar en forme de fusil à rayons laser rappelant les inventions du pater. Oncle Art, confortablement calé sur le siège, conduisait avec trois doigts négligemment posés en bas du volant.

Duane adorait son oncle, dont le visage jovial et la grande bouche semblaient toujours sur le point de sourire, comme s'il était amusé par quelque chose, ou par une réflexion de quelqu'un. Ce qui, d'ailleurs, était souvent le cas : Art McBride était un humoriste.

Alors que le père de Duane s'était réfugié dans l'amertume, Art cultivait une ironique résignation teintée d'humour. Martin voyait partout des cabales et des complots, Art était convaincu que la plupart des gens, et toutes les administrations sans exception, étaient trop stupides pour organiser la moindre conspiration.

Certes, l'un comme l'autre auraient pu être considérés comme des ratés. Le père de Duane avait vu ses entreprises échouer pour plusieurs raisons : il était mal organisé, il ne choisissait jamais le bon moment pour lancer ses inventions et c'était un gestionnaire dépourvu de toute efficacité, même s'il n'hésitait pas à dépenser une énergie hors du commun. En plus, il ne manquait jamais d'insulter la ou les personnes dont le soutien lui était indispensable. Oncle Art, de son côté, ne s'était qu'une ou deux fois lancé dans les affaires. Et il avait gagné de l'argent, qu'il avait allégrement dépensé pour ses trois épouses successives, maintenant décédées. Puis il avait décidé qu'il n'était pas fait pour les affaires. Maintenant, lorsqu'il avait besoin d'argent, il se faisait embaucher à l'usine Caterpillar de Peoria où, bien qu'il fût titulaire d'un diplôme d'ingénieur, il préférait travailler à la chaîne.

— Quel renseignement ésotérique veux-tu aller chercher à la bibliothèque de Bradley ? demanda-t-il à son neveu.

Duane remonta ses lunettes sur son nez.

— Oh, juste un truc que je veux savoir et que je n'ai pas pu trouver à Oak Hill.

— Tu es allé à la bibliothèque d'Elm Haven ? Le plus riche dépositaire des connaissances humaines depuis la bibliothèque d'Alexandrie...

Duane sourit : la minuscule bibliothèque de Broad Avenue (une pièce en tout et pour tout) était un vieux sujet de plaisanterie entre eux. Elle renfermait environ quatre cents volumes, alors qu'oncle Art en possédait trois mille. C'est chez lui que Duane serait allé chercher des renseignements sur la cloche des Borgia, mais il savait que son oncle avait peu d'ouvrages sur cette période.

— Tu as de la chance que je ne travaille pas en ce moment !

La demande en ouvriers spécialisés était fluctuante, et oncle Art se retrouvait au chômage une bonne partie de l'année, ce qui n'était pas pour lui déplaire.

— Bon, sérieusement, que cherches-tu exactement ?

Duane soupira.

— Je voudrais trouver des documents sur les Borgia.

— Les Borgia ? Lucrèce, Rodrigo, César... et toute la clique ?

— Oui. Tu sais des choses sur eux ? Tu as déjà entendu parler d'une cloche leur appartenant ?

— Non. Je ne sais pas grand-chose sur les Borgia, juste ce que tout le monde sait : les empoisonnements, l'inceste, leurs piètres performances en tant que papes. Je suis plus attiré par les Médicis. Ça, c'est une famille qui vaut la peine qu'on s'intéresse à elle !

Duane acquiesça. Ils entraient dans la vallée de la Spoon River, bordée de falaises couvertes d'une luxuriante végétation qui envahissait presque la route. Les seules traces humaines en vue étaient quelques séchoirs à maïs et le pont métallique au-dessus de la rivière. Sur le côté, une étroite passerelle courait jusqu'à un cylindre de tôle d'environ un mètre cinquante de diamètre, juché sur un pilier de ciment à dix mètres au-dessus de l'eau. Duane savait qu'il cachait un petit escalier en colimaçon qui descendait vers un entrepôt de matériel des Ponts et Chaussées situé au niveau de la rivière.

— Lorsqu'on allait à Peoria, papa et toi, vous me menaciez toujours de m'abandonner là-dedans si je n'arrêtais pas de poser des questions, tu t'en souviens ? demanda Duane en montrant du doigt le cylindre de tôle. Vous disiez que c'était une prison pour gamins trop bavards, et que vous me reprendriez au retour !

Oncle Art alluma une cigarette à l'allume-cigares de la voiture. Il regardait, les yeux mi-clos, les mirages trembloter sur la route.

— C'est toujours valable, tu sais ! Une question de plus, et tu vas passer plus de temps en prison que Thomas Moore.

— Thomas qui ?

C'était la question rituelle : tous deux étaient d'ardents admirateurs de l'écrivain anglais.

— Ça c'était quelqu'un !

Et oncle Art se lança dans un de ses monologues. Ils arrivèrent sur la nationale 159 et tournèrent en direction de Kickapoo et Peoria. Duane se laissa aller contre le confortable dossier et songea à la cloche des Borgia.

Dale, Mike, Kevin et Lawrence avaient quitté la ville d'assez bonne heure pour se rendre dans les collines boisées derrière le cimetière des Cavaliers. En le traversant à vélo, Mike jeta un coup d'œil à la porte cadenassée de la cabane à outils, mais il ne dit rien. Ils laissèrent leurs bicyclettes près de la clôture du fond, passèrent par un pré au beau milieu des bois et, cinq cents mètres plus loin, ils arrivèrent à l'ancienne carrière qu'ils appelaient « Billy Goat Mountain ». Là, ils escaladèrent, crièrent et se battirent à coups de motte de terre pendant une heure et demie, avant de quitter leurs vêtements et de se baigner dans le trou d'eau.

Gerry Daysinger, Bob McKown, Bill et Harry Fussner, Chuck Sperling et Digger Taylor arrivèrent vers 10 heures, tandis que Dale et ses amis se rhabillaient. Les jumeaux Fussner se mirent à les invectiver, et les autres envahisseurs les attaquèrent aussitôt à coups de motte de terre. Les deux camps échangèrent insultes et pierres au-dessus de l'eau, jusqu'à ce que les nouveaux venus se scindent en deux groupes, qui commencèrent à s'approcher d'eux chacun d'un côté.

— Ils essaient de nous encercler, remarqua Mike en remontant la fermeture Eclair de son jean.

Kevin lança une motte de terre, qui manqua largement sa cible. Daysinger leur cria une grossièreté et continua à courir le long de l'eau, s'arrêtant de temps en temps pour ramasser un caillou et le jeter dans leur direction.

Dale ordonna à Lawrence de se dépêcher de mettre ses chaussures et lança une motte (pas une pierre). Il eut le plaisir de voir Chuck Sperling se pencher pour l'esquiver.

Maintenant, mottes et pierres pleuvaient dru, faisant gicler l'eau et s'incrustant dans les monticules de terre meuble derrière eux. Les attaquants se rapprochaient des deux côtés mais, juste derrière, les bois commençaient et s'étendaient sur des kilomètres.

— Rappelez-vous, leur dit Mike, si on se fait prendre, il faut qu'ils nous maintiennent au sol avant de nous considérer comme prisonniers. Si on leur échappe, on est libres.

— Ouais, répondit Kevin avec un coup d'œil à la lisière de la forêt. On y va ?

Mike le retint par son tee-shirt :

— Et s'ils t'attrapent, tu leur dis pas où sont nos bases secrètes, hein ? Ni les mots de passe !

Kevin prit une expression vexée, mais Jim Harlen, une fois, les avait trahis, et ils ne pouvaient plus se servir de la Base 5. Mais les autres n'avaient jamais rien dit.

Les assaillants étaient maintenant assez près pour espérer les prendre en tenaille. Des mottes de terre volaient au-dessus de leurs têtes avant d'aller s'écraser dans les broussailles. Lawrence visa, se leva et lança un projectile qui toucha Chuck Sperling de plein fouet, avec assez de force pour que ses alliés se baissent en jurant comme des charretiers.

— Base 3 ! cria Mike, indiquant ainsi l'endroit où ils

devraient se retrouver dans trente minutes, après avoir semé leurs poursuivants. On y va !

Ils s'égaillèrent vers Gipsy Lane en direction du cimetière, ou droit dans les bois comme Lawrence et son frère. Derrière eux, les deux Fussner, McKown et les autres poussaient des hurlements, tels une meute de chiens de chasse. Mais la forêt était épaisse, avec un sous-bois envahi par les ronces, les orties, des prunelliers et des buissons de toutes sortes, et tous étaient trop occupés à courir pour lancer des projectiles.

Dale courait de toutes ses forces, mais il veilla à ne pas perdre Lawrence lorsqu'il tourna brusquement dans un ancien sentier. Il essayait en même temps de se rappeler la topographie du coin afin de retrouver la Base 3 sans tomber sur ses poursuivants. Les collines renvoyaient l'écho de leurs cris.

La bibliothèque de Bradley ne comptait pas parmi les meilleures (d'ailleurs, l'université était spécialisée en sciences de l'éducation, ingénierie et gestion), mais Duane la connaissait bien, et il trouva assez rapidement les renseignements sur le sujet qui l'intéressait. Il naviguait de fichier en rayon et de rayon en microfilms, tandis que son oncle, assis dans un des fauteuils de la salle des périodiques, rattrapait des mois de retard de lecture de journaux et revues.

Duane dut malgré tout parcourir pas mal de passages très généraux avant de tomber sur un premier indice, un détail anodin dans le récit de l'intronisation d'un pape :

> Lorsque le conclave de 1455 élut pape son Excellence Don Alonso y Borja, archevêque de Valence, cela fut une surprise même pour les membres de sa propre famille et un choc pour les Italiens. De l'avis général, ses principales qualités étaient son âge avancé et sa mauvaise santé. Le conclave avait besoin d'un pape intérimaire, et tous pensaient que Borgia (ainsi transforma-t-on son patronyme espagnol à l'âpre consonance) jouerait parfaitement ce rôle.

Devenu Calixte III, Borgia sembla puiser dans la pourpre pontificale un regain d'énergie. Il s'appliqua à renforcer son pouvoir et lança une nouvelle croisade (la dernière) contre les Turcs, maîtres de Constantinople.

Pour célébrer son accession au trône de saint Pierre et le triomphe de la famille Borgia, Calixte fit fabriquer une grosse cloche, fondue dans un métal extrait des collines d'Aragon. Selon la légende, ce métal provenait de la fameuse pierre astrale de Coronati, peut-être une météorite, mais sans aucun doute l'endroit où les forgerons de Valence et Tolède puisaient depuis des générations leur matière première.

La cloche fut exposée à Valence en 1457, puis envoyée à Rome accompagnée d'une imposante escorte d'ecclésiastiques, qui fit de longs séjours dans toutes les grandes villes des royaumes d'Aragon et de Castille afin d'y exhiber la cloche. En fait, la procession s'attarda un peu trop en chemin, car lorsque la cloche arriva à Rome le 7 août 1458, Sa Sainteté, alors âgée de quatre-vingts ans, avait rendu l'âme la veille au soir.

Duane consulta l'index et parcourut tout le reste de l'ouvrage sans y trouver aucune autre mention de la cloche de Calixte III. Il retourna au fichier et revint avec des références d'ouvrages sur le neveu du pape, Rodrigo. Il trouva de nombreux détails sur ce Rodrigo Borgia et prit des notes rapides en se félicitant d'avoir apporté plusieurs carnets.

Les deux premiers ouvrages, qu'il parcourut en se servant de sa technique personnelle de lecture rapide, ne mentionnaient pas l'existence de cette cloche, il ne découvrit un nouvel indice que dans le troisième livre. Le pape Pie II, qui succéda à Calixte III, était un chroniqueur-né, certainement plus historien que théologien. Dans ses minutes du conclave de 1458 (interdites par la loi et par la tradition), il détaillait avec maintes précisions combien, sur son instante prière, Rodrigo Borgia avait soutenu énergiquement sa candidature. Puis, dans un passage daté du dimanche des Rameaux 1462, quatre ans plus tard, il décrivait la splendide procession organisée pour accueillir à Rome une relique : la tête de saint André.

Duane sourit en lisant ces mots : une fête pour célébrer l'arrivée d'une tête !

Tous les cardinaux demeurant sur l'itinéraire de la procession avaient décoré leur façade avec la plus grande magnificence, mais rien ne pouvait égaler le décor imaginé par Rodrigo, notre vice-chancelier. Sa vaste et haute demeure, construite sur le site d'un ancien hôtel des Monnaies, était recouverte de haut en bas des plus somptueuses tapisseries. En outre, un dais avait été érigé, où étaient accrochés des objets de grande beauté et de grande valeur. Et au-dessus du dais, encadrée de superbes sculptures, était suspendue la grande cloche fondue sur l'ordre de Notre prédécesseur, frère aîné du père du vice-chancelier. Malgré sa facture récente, cette cloche était, disait-on, le talisman de la famille Borgia et la source de sa puissance.

Le cortège s'arrêta devant la place forte du vice-chancelier. Le palais retentissait de musique, de chants harmonieux, et brillait des mille feux de l'or, tel, dit-on, celui de Néron. En l'honneur de cette fête du Saint-Siège, Rodrigo Borgia avait décoré non seulement son propre logis, mais aussi les maisons avoisinantes, de sorte que la place ressemblait à un parc en fête. Nous offrîmes de bénir la demeure de Rodrigo et la cloche, mais il Nous fut répondu par le vice-chancelier que cette dernière avait été consacrée deux ans plus tôt lors de la construction du palais. Stupéfait, Nous continuâmes avec Notre précieuse relique à parcourir les rues au milieu de la foule en liesse.

Duane hocha la tête, remonta ses lunettes sur son front et sourit. Il paraissait impossible d'imaginer que la cloche puisse être encore là, oubliée de tous dans le clocher condamné d'Old Central.

Il retourna aux rayons, sortit quelques livres et revint à sa place. Il lui restait encore quelques ouvrages à lire.

La Base 3 se trouvait à flanc de colline, à quatre cents mètres environ au nord-est du cimetière des Cavaliers. Les bois étaient très denses dans ce coin, avec des branches qui descendaient à moins d'un mètre du sol, et les fourrés rendaient l'endroit pratiquement impénétrable, à moins de suivre les rares sentiers tracés par le bétail et les chasseurs à travers les buissons. La Base 3, de quelque côté qu'on s'en approchât, ressemblait à un énorme hallier, un foisonnement de troncs du diamètre d'un poignet d'enfant surmonté d'un fouillis de branches rejoignant presque la voûte des arbres. Mais, en se mettant à quatre pattes juste au bon endroit et en rampant exactement dans la bonne direction à travers les ronces et les broussailles, on découvrait l'entrée d'un refuge véritablement miraculeux.

Dale et Lawrence y arrivèrent les premiers, tout essoufflés. McKown et les autres poussaient des cris à moins de cent mètres derrière eux. Après s'être assurés que personne ne pouvait les voir, ils se jetèrent à quatre pattes et se glissèrent dans leur refuge. A l'intérieur, l'endroit paraissait aussi solide et sûr qu'une hutte, un cercle presque parfait d'environ deux mètres cinquante de diamètre. Les murs de végétation permettaient de glisser çà et là un œil à l'extérieur, mais du dehors, les occupants étaient complètement invisibles. Par quelque étrange phénomène, peut-être dû aux racines de ce bastion végétal, le sol était presque plat, alors que la pente de la colline était assez abrupte, et une herbe rase et épaisse y poussait, aussi veloutée que le gazon d'un terrain de golf. Dale y avait une fois attendu la fin d'une violente averse, et il était resté aussi sec que dans sa chambre.

A présent, allongés sur l'herbe, Dale et son frère s'efforçaient de reprendre leur souffle en faisant un minimum de bruit, et écoutaient les voix surexcitées de leurs adversaires fonçant dans les bois.

— Ils sont partis par là ! cria Chuck Sperling du vieux sentier qui passait à moins de dix mètres de la base secrète.

Derrière le rempart végétal se fit soudain entendre un bruit de feuilles froissées et de rameaux brisés. Dale et Lawrence brandirent comme des lances les bâtons dont ils s'étaient armés, et Mike, le visage écarlate, apparut au bout du tunnel. Ses yeux bleus brillaient comme des escarboucles et une longue égratignure lui zébrait le front.

— Où s... ? commença Lawrence.

Mike lui plaqua la main sur la bouche et fit un signe du menton.

— Juste là, chuchota-t-il.

Les trois garçons se jetèrent à plat ventre dans l'herbe.

— Bon Dieu ! J'ai vu O'Rourke ici il y a une seconde ! dit Digger Taylor, juste au-dessus d'eux.

— Barry ! Tu vois quelque chose en bas ? hurla Chuck Sperling, de l'autre côté des broussailles.

— Non... Personne n'a descendu le sentier par ici.

— Merde ! glapit Digger, *j'ai vu* O'Rourke ! Et ces connards de Stewart couraient dans cette direction, eux aussi.

A l'intérieur de la Base 3, Lawrence leva le poing et commença à se lever. Dale le retint, bien que, même debout, ils fussent invisibles de l'extérieur. Dale fit signe à son frère de se taire, mais ne put s'empêcher de sourire en voyant le visage empourpré de colère du petit garçon. Lawrence n'avait qu'une envie, baisser la tête et charger.

— Peut-être qu'ils ont remonté la colline en direction du cimetière. A moins qu'ils soient retournés à la carrière..., dit Gerry Daysinger, tout près d'eux.

— Fouillez par ici d'abord ! commanda Sperling de ce ton supérieur qu'il employait en jouant au base-ball dans l'équipe des Minimes, parce que son père en était l'entraîneur.

A l'intérieur du refuge, tous trois écoutèrent leurs adversaires explorer les buissons, regarder derrière les souches, écarter les broussailles. Mais l'extérieur de la Base secrète était une vraie muraille. A moins d'en connaître tous les coins et recoins, et de se glisser dans un trou plus petit qu'un

185

tuyau d'égout, il était impossible d'en découvrir l'entrée. Du moins les trois garçons à l'intérieur l'espéraient-ils.

Des hurlements de triomphe éclatèrent un peu plus loin.

— Ils ont pris Kevin ! chuchota Lawrence.

Dale acquiesça, et lui fit une fois de plus signe de se taire.

Les bruits de pas s'éloignèrent vers le haut de la colline, et il y eut d'autres cris. Mike s'assit et retira les brins d'herbe et les piquants de chardon plantés dans son polo rayé.

— Kevin ne va pas nous trahir ? demanda Dale.

Mike eut un petit sourire.

— Il ne parlera pas de la Base 3. Il leur montrera peut-être la Base 5 ou la Grotte, mais pas la Base 3.

— Ils savent déjà où se trouve la Base 5, et on ne se sert plus de la Grotte, alors..., remarqua Lawrence en se décidant enfin à parler à voix basse, maintenant que ce n'était plus nécessaire.

Fatigués par les deux heures de galopade dans les collines, ils restèrent dans leur cachette à évoquer les fois où ils avaient échappé de peu à la capture et à plaindre Kevin (s'il refusait d'aider les autres, ceux-ci le considéreraient comme prisonnier). Puis ils fouillèrent leurs poches à la recherche de trucs à grignoter. Aucun d'eux n'avait vraiment apporté quelque chose à manger, mais Mike avait une pomme dans sa poche de jean, Dale une barre de chocolat aux noisettes plusieurs fois fondue et resolidifiée, et Lawrence une vieille boîte de bonbons où il restait encore quelques boules de gomme. Ils mangèrent de bon appétit ce « repas », puis regardèrent, couchés sur le dos, les rayons de lumière et les éclats de ciel visibles à travers le toit de branches.

Ils parlaient d'organiser une embuscade près de la carrière, quand Mike fit soudain *Chut !* en montrant la pente. Dale se retourna à plat ventre et colla son visage contre les broussailles en essayant de trouver une position qui lui donnerait une bonne vue du sentier.

Il vit des chaussures, des brodequins d'hommes, grands et bruns. Pendant un instant, il pensa que le gars avait les jambes enveloppées de pansements boueux puis il reconnut les espèces de guêtres de soldat dont Duane leur avait parlé. Comment appelait-il ça, déjà ? *Des bandes molletières*. Il y avait un type avec des brodequins et des bandes molletières à environ deux mètres de la Base 3 ! Dale apercevait même quelques centimètres de pantalon de lainage brun, bouffant au-dessus de ces bandages.

— Qu'est-ce que…, commença Lawrence en essayant lui aussi de distinguer quelque chose à travers les branches.

Dale se retourna et posa la main sur la bouche de son frère. Celui-ci se débattit, mais pour une fois ne dit rien.

Quand Dale chercha de nouveau à regarder entre les broussailles, les brodequins avaient disparu. Mike lui tapa sur l'épaule et désigna de la tête l'autre côté de la clairière : quelqu'un marchait tout près de l'entrée, écrasant rameaux et feuilles sèches.

Duane était en train d'en apprendre plus sur les Borgia qu'il n'avait envie d'en savoir. Il parcourait rapidement les pages, essayant d'emmagasiner un maximum d'informations en un minimum de temps. Cela faisait un drôle d'effet, un peu comme lorsqu'il captait sur une de ses radios plusieurs stations à la fois. Cette sorte de bachotage l'épuisait et lui donnait un peu le vertige, mais il n'avait pas le choix : son oncle n'allait pas passer toute la journée à la bibliothèque.

Tout d'abord, il apprit que tout ce que l'on disait des Borgia était soit faux, soit passablement déformé. Il s'arrêta quelques instants, les yeux dans le vague, pour réfléchir en mâchonnant sa branche de lunettes. La plupart des études sérieuses qu'il avait menées ces derniers temps lui avaient déjà démontré qu'il fallait accorder bien peu de crédit aux connaissances générales sur un sujet. Rien n'était aussi simple ni aussi évident que les non-initiés le croyaient. En était-il ainsi dans tous les domaines de la connaissance ? Dans ce cas, la simple idée du temps qu'il devrait passer à désapprendre avant de commencer à apprendre l'épuisait à l'avance. Il regarda les étagères de la salle en sous-sol : elles étaient remplies de milliers de livres. L'idée qu'il n'arriverait jamais à les lire tous était déprimante. Jamais il ne pourrait prendre connaissance de toutes les opinions, tous les faits, tous les points de vue renfermés dans ce seul étage... Sans compter tout ce que pouvaient offrir les bibliothèques de Princeton, Yale, Harvard, et autres hauts lieux du savoir, qu'il avait bien l'intention de fréquenter un jour pour en assimiler le contenu.

Il s'obligea à penser à autre chose, remit ses lunettes et relut ses notes.

Lucrèce Borgia semblait plus être la victime d'une mauvaise presse que le monstre décrit par la légende. Pas de bague à chaton rempli de poison destiné aux amants et invités, pas de banquets où, avant même le dessert, les cadavres s'empilaient comme les bûches d'un stère de bois. Non, la réputation de Lucrèce Borgia souffrait des racontars d'historiens rancuniers.

Duane regarda quelques-uns des ouvrages empilés à côté de lui. *L'Histoire de l'Italie* de Guicciardini, *Le Prince* et les *Discours* de Machiavel, plus quelques extraits de son histoire de Florence, les *Commentaires* bavards de Piccolomini (devenu le pape Pie II), l'ouvrage de Gregorovius sur Lucrèce Borgia, le *Liber Notarum* de Burchard, qui notait tous les jours les moindres événements de la cour pontificale à l'époque...

Mais pas un mot sur la cloche.

Puis, par acquit de conscience il regarda ce qu'il y avait sur Benvenuto Cellini, un des personnages historiques préférés de son père. Duane savait qu'il était né en 1500, huit ans après que Rodrigo Borgia fut devenu le pape Alexandre VI.

Cellini, en décrivant son emprisonnement au château Saint-Ange, un édifice massif construit par Hadrien plus de quatorze cents ans auparavant, puis fortifié et transformé en lieu de résidence par Alexandre VI, mentionnait effectivement la cloche :

> Je fus emprisonné dans une sinistre geôle située en contrebas du jardin, inondée d'eau et grouillante d'araignées et de vers venimeux. On me jeta un misérable matelas de paille, et quatre portes se refermèrent sur moi. On ne me donna même pas à manger...

Chaque jour, j'avais droit à une heure et demie de faible lumière pénétrant par une étroite meurtrière dans cette sombre caverne. Le reste du temps, l'obscurité était totale. Et cette cellule était considérée comme la plus hospitalière de toutes ! Par mes compagnons d'infortune, j'entendis parler des malheureux condamnés à passer leurs dernières années d'existence dans les plus immondes des puits, les prisons situées au fond du boyau vertical en haut duquel était suspendue la sinistre cloche du diabolique pape Borgia. Tout Rome savait que cette cloche, fondue dans un métal maléfique et consacrée par des pratiques maudites, était placée à cet endroit pour symboliser le pacte conclu entre le précédent pape et le Démon. Chacun d'entre nous, accroupi dans l'eau fangeuse et mangeant des détritus, savait que le glas de cette cloche annoncerait la fin du monde. J'avoue qu'à maintes occasions, ce tocsin eût été le bienvenu.

Duane prenait des notes. *De plus en plus curieux.* Cellini ne faisait pas d'autre allusion à la cloche, mais un passage précédent sur l'artiste Pinturicchio, contemporain du pape Borgia plutôt que de Cellini lui-même, semblait s'y rapporter.

« Sur l'ordre du pape » (Duane contrôla qu'il s'agissait bien d'Alexandre VI), « ce petit avorton sourd » (Duane retourna en arrière pour s'assurer que ces mots se rapportaient bien à Pinturicchio, peintre du pape), « aussi taré moralement que physiquement, entreprit de peindre les fresques qui donnent à la Tour des Borgia son caractère inquiétant, et particulièrement celles qui ornent la salle des Sept Mystères, tout au fond des appartements des Borgia... » D'après le guide du Vatican, c'était le pape Alexandre VI qui avait ajouté cette tour au palais. Une note dans un traité d'architecture de 1886 précisait que la Tour des Borgia avait été pourvue d'un clocher massif dans lequel seul le pape et ses bâtards avaient le droit de monter par un labyrinthe de couloirs et de portes toujours verrouillées.

Duane retourna aux écrits de Cellini :

Pinturicchio, sur l'ordre du souverain pontife, descendit dans la Cité Morte, sous la ville, afin d'y trouver inspiration et modèles pour les fresques des appartements des Borgia. A cet emplacement se trouvaient, non pas des catacombes chrétiennes avec leurs saints ossements, mais des excavations de la Rome païenne dans toute sa gloire. On dit que Pinturicchio emmena apprentis et élèves dans cette exploration souterraine. Qu'on imagine ce qui leur apparut à la lueur des torches : des tunnels encombrés des dépouilles des César, des chambres, des couloirs, des rues entières où avaient été ensevelis les morts de Rome, des avenues oubliées sous les ruelles herbeuses de notre ville... Imaginez la surprise de Pinturicchio lorsque, après avoir bravé des hordes de rats et de chauves-souris géantes, il leva sa torche pour éclairer les décorations païennes peintes là par des artistes morts depuis plus de quinze siècles.

Cet artiste maléfique apporta ces dessins païens dans les appartements du pape Borgia, dans sa Tour, et s'en servit pour orner les pièces les plus secrètes de ce pape monstrueux, couvrant ainsi les murs, les voûtes, les plafonds, et même la grosse cloche, le talisman, dit-on, de la famille, suspendue en haut de la Tour. De nos jours encore, ces peintures sont appelées « grotesques », car elles furent copiées dans les cavernes impies ou « grottes » des entrailles de Rome.

Oncle Art se pencha sur l'épaule du jeune garçon.
— Tu as bientôt fini ?
Il sursauta, remit ses lunettes, s'arracha un sourire.
— Presque...
Tandis que son oncle parcourait les rayons voisins, Duane feuilleta les autres volumes. Il trouva une dernière mention de la cloche, là encore en rapport avec le peintre Pinturicchio :

Dans la pièce menant de la salle des Sept Mystères

à l'escalier verrouillé que seul Borgia pouvait emprunter, le peintre avait reproduit l'essentiel des fresques enfouies et oubliées, étudiées à la lueur des torches sous l'eau ruisselant des voûtes. Ici, Pinturicchio avait peint sur tous les espaces disponibles des centaines de taureaux, certains disent des milliers.

Le plus étrange n'est pas l'apparition du taureau dans son œuvre ou dans ce lieu secret : le taureau était l'emblème de la famille Borgia et le bœuf bienveillant avait longtemps figuré dans les processions pontificales. Mais ces taureaux reproduits tout le long des tours et détours du chemin menant à l'escalier interdit n'étaient ni le noble emblème, ni le bœuf paisible. Répétée un nombre incalculable de fois sur les murs, les colonnes, les voûtes, apparaissait l'image, stylisée mais facile à reconnaître, du taureau d'Osiris, le dieu égyptien régnant sur le royaume des Morts...

Duane referma le livre et enleva ses lunettes. Son oncle s'approcha.

— Fini ?

— Oui...

— Alors, allons essayer le nouveau drive-in de McDonald, dans Memorial Drive. Les hamburgers coûtent vingt-cinq cents de plus, mais il paraît qu'ils sont fameux !

Duane, toujours perdu dans ses pensées, monta derrière son oncle l'escalier menant au rez-de-chaussée et retrouva la lumière du jour.

Les pas à l'extérieur de la Base 3 s'arrêtèrent sans qu'on les ait entendus s'éloigner. Mike, Dale et Lawrence s'accroupirent près du boyau d'entrée et attendirent, osant à peine respirer. Les bruits dans les bois étaient très nets : un écureuil un peu plus haut ; quelques cris de la bande de Chuck Sperling, assez éloignée maintenant, au sud de la carrière sans doute ; un croassement de corbeau au sommet des arbres vers le cimetière des Cavaliers ; mais pas un son ne venait du soldat embusqué, invisible, juste derrière la muraille de broussailles.

Dale se glissa à son précédent poste d'observation, mais il ne vit rien...

Puis soudain ils entendirent une succession de pas rapides dévalant le sentier, le bruissement de buissons agités, comme si quelqu'un cherchait l'entrée du tunnel. Dale retourna d'un bond près de l'entrée, Mike fit de même et se plaça de l'autre côté, bâton levé, prêt à bondir. Kevin Grumbacher apparut dans le refuge. Dale et Mike se regardèrent et laissèrent retomber d'un même geste leur bâton avec un *Ouf !* de soulagement.

— Vous alliez m'écraser la tête ?

— On croyait que c'était *eux*, expliqua Lawrence avec regret.

Il adorait les bagarres. Dale comprit que Mike et son frère n'avaient pas vu les brodequins et les bandes molletières de l'inconnu, et qu'ils avaient pris les pas entendus pour ceux de leurs adversaires.

— Tu es seul ?

Mike se mit à quatre pattes pour s'en assurer.

— Bien sûr, sinon je serais pas venu !

— Tu leur as pas parlé de la Base 3, au moins ? demanda Lawrence.

Kevin lui jeta un regard méprisant et s'adressa à Mike :

— Ils m'ont dit qu'ils m'accepteraient dans leur camp si je leur révélais nos cachettes. Mais je n'allais pas faire une chose pareille ! Alors, ce mollasson de Fussner m'a attaché les mains derrière le dos avec une corde à linge, et ils m'ont emmené avec eux comme si j'étais un esclave !

Il tendit les bras pour montrer les marques rouges sur ses poignets.

— Comment tu t'es sauvé ?

Kevin sourit de toutes ses dents, très content de lui, avec sa brosse raide et sa pomme d'Adam apparente.

— Quand ils se sont mis à vous courir après par ici, Fussner ne pouvait pas les suivre tout en me tirant, alors cette andouille m'a attaché à un arbre et il est parti en courant pour les rattraper. J'avais les doigts libres, alors j'ai juste reculé jusqu'à l'arbre et dénoué la corde.

— Bougez pas..., murmura Mike.

Il se glissa dans le tunnel sans toucher une seule branche. Les autres attendirent en silence pendant plusieurs minutes. Kevin se frottait les poignets, Lawrence mâchait un vieux bonbon trouvé dans une poche, et Dale attendait un cri, un bruit de lutte... un signe de la présence du type aperçu à travers les broussailles.

Mike revint.

— Ils sont partis, j'ai entendu leurs voix là-bas vers la 6. On dirait que Sperling et Digger rentrent chez eux...

— Ouais, confirma Kevin. Ils en avaient assez. Ils ont dit qu'ils avaient mieux à faire à la maison. Daysinger voulait rester, mais les Fussner suivent toujours Sperling.

— Parfait ! Il reste plus que Daysinger et McKown, ils vont sûrement se cacher dans le coin et attendre qu'on sorte.

Avec un morceau de bois, il traça une carte sur un coin de terre près de l'entrée.

— Connaissant Gerry, je suis sûr qu'il va retourner à la carrière. Là-bas, c'est pas les munitions qui manquent et il nous verra arriver, qu'on rentre par le pâturage de l'oncle de Dale ou par Gipsy Lane. Il va sûrement s'embusquer avec Bob sur les hauteurs, par là...

Il avait représenté les sentiers et le trou d'eau, et maintenant il dessinait un monticule à gauche du tas de gravier.

— Y a une espèce de creux au sommet de la plus haute butte, vous vous en souvenez ?

— On y a campé un été, non ? dit Dale.

Mike traça des lignes sur le sol pour figurer le sentier qui partait de la Base 3, montait sur la colline et traversait le bois et le pré derrière le cimetière avant de remonter près du tas de gravier où, à son avis, Daysinger et McKown les attendaient.

— Ils auront une vue dominante dans ces trois directions, expliqua-t-il en dessinant des flèches vers le sud, l'est et l'ouest. Mais si on reste bien sous les pins, on pourra grimper presque jusqu'en haut sans être vus.

Kevin fronça les sourcils.

— Les quinze derniers mètres seront à découvert, le sommet est complètement pelé.

— Exact. On devra être très silencieux mais, rappelez-vous, les ouvertures de ce petit fortin là-haut sont de l'autre côté. Si on fait pas de bruit, on sera sur eux avant même qu'ils sachent qu'on est dans le coin.

L'enthousiasme de Dale se réveilla.

— Et on pourra ramasser des mottes de terre en montant, ça nous fera des munitions.

Kevin fronçait toujours les sourcils.

— S'ils nous prennent à découvert, nous sommes cuits. C'était des *pierres* qu'ils lançaient ce matin !

— S'il le faut, on est aussi capables qu'eux de lancer des pierres ! rétorqua Mike. Qui vote pour ?

— Moi ! hurla Lawrence, le visage illuminé par cette perspective.

— Ouais, moi aussi..., dit Dale en contemplant la carte.

Mike avait élaboré son plan sans la moindre hésitation et chaque centimètre de l'itinéraire prévu entre la Base 3 et la butte utilisait un maximum de couvert. Cela faisait des années que Dale parcourait ces bois, mais il n'aurait jamais pensé à se servir du fossé d'irrigation qui traversait le champ derrière le cimetière.

— Oui, répéta-t-il. Allons-y !

Kevin haussa les épaules.

— Du moment qu'ils ne me refont pas prisonnier...

Mike sourit, fit le V de la victoire et plongea dans le tunnel. Aussi silencieusement que possible, les autres suivirent.

— Tu as l'air bien préoccupé, fiston, remarqua oncle Art en abordant la descente vers la Spoon River. Je peux t'aider ?

Duane hésita. Devrait-il raconter ça à oncle Art ? Mais pourquoi pas, après tout ? Il cherchait juste des renseignements sur Old Central.

Ils traversèrent la rivière. Duane jeta un coup d'œil sur l'eau sombre en dessous qui zigzaguait sous un dais de branches, puis il regarda à nouveau son oncle. Oui, *pourquoi pas ?*

Il lui parla des coupures de presse, de la cloche des Borgia et des textes de Cellini qu'il avait lus à la bibliothèque. Quand il eut fini, il se sentit étrangement fatigué et gêné, comme s'il venait d'avouer quelque chose de personnel et d'embarrassant, mais en même temps soulagé.

Oncle Art sifflota et laissa passer quelques instants avant de répondre, pianotant sur son volant. Ses yeux semblaient fixés sur autre chose que la route.

— Tu crois que cette cloche est encore ici ? finit-il par demander. Dans l'école ?

Duane tripota ses lunettes.

— Je ne sais pas, je n'en ai jamais entendu parler. Et toi ?

Oncle Art secoua la tête.

— Jamais depuis que j'habite la région. Remarque, je ne suis là que depuis la fin de la guerre, c'est la famille de ta mère qui était du coin. Mais quand même, si tout le monde connaissait l'existence de cette cloche, il me semble que quelqu'un y aurait fait allusion devant moi.

Ils avaient atteint le croisement de la 6 et de Jubilee College Road. Oncle Art habitait à quatre kilomètres sur la route non goudronnée, mais il devait ramener son neveu chez lui. Un peu plus loin, sur leur gauche, la taverne de L'Arbre noir apparaissait parmi les ormes et les chênes. Quelques pick-up étaient déjà garés sur le parking, bien que ce ne fût que le début de l'après-midi. Duane détourna la tête avant de pouvoir vérifier si le véhicule de son père se trouvait parmi eux.

— Ecoute, petit, je vais poser quelques questions en ville, à propos de cette cloche... demander à quelques vieux... et regarder dans ma bibliothèque si j'ai quelque chose là-dessus. D'accord ?

Le visage de Duane s'éclaira.

— Tu crois que tu as quelque chose ?

— Cette cloche ressemble plus à un mirage qu'à un carillon de fonte, et j'ai toujours été attiré par le pseudo-surnaturel. J'aime bien le démystifier. Je vais consulter quelques bouquins, Crowley, des types comme ça. Ça te va ?

— Génial !

C'était comme un poids en moins sur les épaules de Duane. Du coup, il trouva le courage de regarder en arrière avant que la taverne ne soit hors de vue : pas trace de la guimbarde du pater ! C'était peut-être un bon jour, en fin de compte.

En passant devant le cimetière, il aperçut plusieurs vélos appuyés contre la clôture du fond. Sans doute Dale et les autres. S'il demandait à son oncle de l'arrêter, il pourrait les retrouver dans le bois. Mais non, il n'avait pas fait grand-chose à la ferme aujourd'hui, il était temps de s'y mettre.

Le pater était à la maison. Il n'avait pas bu et travaillait dans le potager. Il avait le visage rouge et des ampoules aux mains, mais il était de bonne humeur, et oncle Art resta boire une bière avec son frère. Duane sirota un Coca en les écoutant plaisanter. Son oncle ne parla pas de la cloche.

Après le départ d'Art, Duane roula ses manches de chemise et sortit biner avec son père. Ils travaillèrent dans un silence amical pendant deux heures, puis allèrent se laver avant le dîner. Duane fit cuire du riz avec des hamburgers et prépara le café pendant que son père bricolait dans l'atelier. Durant le repas, ils parlèrent politique. Le pater raconta comment il avait participé à la campagne en faveur d'Adlai Stevenson, lors des élections précédentes.

— Je ne sais pas trop, pour ce Kennedy, dit-il. Je ne fais pas tellement confiance à un milliardaire. Ce serait bien qu'un catholique soit élu, pourtant, il y a tellement de discrimination dans ce pays.

Il raconta à Duane la campagne d'A. E. Smith en 1928, qui s'était soldée par un échec. Duane avait lu des choses là-dessus, mais il écouta et approuva, simplement heureux de parler avec son père sans que celui-ci s'en prenne à quelqu'un.

— Alors, tu vois, les chances d'un catholique sont plutôt minces, conclut-il.

Martin resta assis quelques minutes, hochant la tête d'un air approbateur, comme s'il repassait dans sa tête son argumentation et concluait qu'elle était sans faille, puis il se

196

leva pour débarrasser la table, rincer les assiettes sales sous le robinet et les empiler dans l'évier.

Duane jeta un coup d'œil dehors. Il était un peu plus de cinq heures, encore tôt, mais l'ombre du peuplier derrière la maison s'allongeait vers la fenêtre. S'efforçant de prendre un ton dégagé, il posa la question qu'il avait craint de poser tout l'après-midi :

— Tu sors, ce soir ?

Le pater s'arrêta de remplir l'évier. La vapeur d'eau avait embrumé ses verres de lunettes. Il les enleva et les essuya avec un pan de sa chemise, comme s'il réfléchissait à sa réponse.

— Je ne crois pas, répondit-il enfin. J'ai du travail à l'atelier et après, on pourrait peut-être finir cette partie d'échecs, non ?

Duane acquiesça.

— Je ferais mieux de m'y mettre, alors !

Il finit son café, posa sa tasse sur la paillasse, sortit, et ne s'autorisa à sourire qu'une fois dans la grange.

L'attaque surprise fut une réussite totale. Bien que les derniers dix mètres aient été plutôt angoissants : une reptation sans aucune protection si McKown ou Daysinger avaient regardé par-dessus leur rempart, Mike, Kevin, Dale et Lawrence, qui pourtant avait été pris d'un fou rire nerveux, étaient arrivés jusqu'en haut.

Au sommet, ils avaient surpris Gerry et Bob en train de scruter l'autre versant, avec une provision de mottes haute de deux mètres derrière eux.

Mike tira le premier, et toucha Bob McKown dans le dos, juste au-dessus de la taille. Cela déclencha aussitôt une bagarre à coups de motte, puis une lutte au corps à corps au sommet de la butte conique. Kevin, Daysinger et Dale dégringolèrent la pente, dérapant sur dix mètres, puis Kevin se releva et remonta vers le rempart et l'arsenal, mais McKown fit tomber sur lui une grêle de mottes, jusqu'à ce que Mike l'attaque à son tour par-derrière, et ce fut leur tour de rouler en bas de la pente dans un nuage de poussière.

Dale reçut une motte en pleine poitrine. Il s'assit par

terre, haletant, et il mit au moins trois minutes à récupérer. Puis Mike, en dévalant de nouveau la pente, heurta un caillou à demi enterré et se blessa au front. La coupure était superficielle, mais elle saigna de façon impressionnante.

Daysinger leva prudemment la tête au-dessus du sommet, juste à temps pour recevoir une motte dans la bouche, lancée de près. Il jura, battit en retraite presque jusqu'au pied du monticule, se tâta longuement la bouche pour s'assurer qu'il n'avait pas perdu de dent, puis s'essuya la lèvre inférieure et, le menton maculé de boue et de sang, revint à la charge.

Kevin était juste derrière Mike lorsque celui-ci, levant le bras pour lancer une motte de terre, lui envoya le coude en pleine figure. Il y eut un temps d'arrêt tandis que, au sommet, les autres combattants attendaient la suite. Kevin profita de cet accident pour faire le clown, louchant, tournoyant sur lui-même en chancelant jusqu'à ce que ses jambes le lâchent et qu'il tombe en arrière sur la pente, raide comme un cadavre. Les autres enfants éclatèrent de rire et marquèrent leur approbation par une volée de mottes.

Ce fut Lawrence qui perfectionna le jeu. Pendant un glorieux instant, il ne resta plus que lui au sommet de la butte. Il grimpa sur le rempart de terre et leva un bras au-dessus de la tête en criant :

— C'est moi le roi !

Il y eut un bref silence respectueux, suivi d'une salve de mottes. Quelques-unes l'atteignirent. Il réussissait toujours à détourner in extremis le visage, mais il finit par être touché dans le dos et aux jambes, comme par un tir de mitraillette qui fit voler sa casquette.

— Hé ! cria Dale en faisant signe aux autres qu'il réclamait un cessez-le-feu.

Lawrence ne bougeait plus et Dale savait que s'il se mettait à pleurer, cela signifierait qu'il avait vraiment très mal. Au milieu d'un nuage de poussière, il vit son petit frère tourner lestement sur lui-même et tomber la tête la première... mais pas tomber vraiment, plutôt se jeter dans les airs avec la grâce d'un danseur, faire une pirouette complète avant de retomber sur la pente et de rebondir, bras et jambes en croix, parfaitement détendu, puis rouler jusqu'en bas, jusqu'au bord de la carrière et s'arrêter, un bras alangui trempant dans l'eau.

Les garçons qui s'étaient écartés pour le laisser descendre la pente poussèrent des hurlements d'approbation. Lawrence se releva, brossa la poussière de ses vêtements et de ses cheveux et fit un salut théâtral.

A partir de cet instant, ils jouèrent à « mourir », se dressant tour à tour au sommet, tandis que les autres lançaient des mottes. Une fois touchés, ils « mouraient ».

La « mort » de Kevin fut incontestablement comique, quoique raide, comme un vieil acteur touché par une balle. Il s'arrangea même pour ne pas perdre sa casquette. Daysinger et McKown furent les meilleurs quant aux effets sonores, et se laissèrent tomber avec un maximum de hurlements, de grognements et de cris d'agonie. Mike tomba gracieusement et resta étendu sur le sol, une seconde volée de mottes ne réussit même pas à le décider à se relever tout de suite. Dale suscita l'approbation générale en étant le premier à « mourir » à plat ventre, toutefois il s'érafla le nez en creusant un long sillon avec la tête dans la terre meuble de la pente.

Mais ce fut encore Lawrence le meilleur. Sa dernière prouesse fut de reculer en chancelant et de rester hors de vue si longtemps que les autres commencèrent à se demander où était passé le maudit gamin, puis il réapparut au sommet, non pas en courant, mais en sautant. Dale sentit son cœur se serrer en voyant son petit frère voler dans le vide à dix mètres au-dessus de lui. Sa première idée fut : « Mon Dieu, il va se tuer ! » et la seconde : « Maman va me tuer ! »

Lawrence ne se tua pas. Il avait assez d'élan pour sauter dans l'eau, à cinq centimètres du bord, et éclabousser McKown et Kevin. Cette partie du trou d'eau était la moins profonde, à peine un mètre cinquante à cet endroit, mais Dale eut peur que son frère se noie, sa petite tête pointue plantée dans la vase. Il arrachait son tee-shirt avec la vague idée de sauter à son tour pour le sauver, bien que révulsé à la perspective de faire du bouche à bouche à ce petit monstre, quand Lawrence remonta à la surface, un large sourire découvrant ses dents de lapin. Cette fois, ils applaudirent.

Tous durent essayer ce que Kevin appela le « saut de la mort ». Quand arriva le tour de Dale, celui-ci ne s'exécuta qu'après trois faux départs et seulement parce que les autres le regardaient d'en bas. La mare était si loin ! Même pour un grand de septième avec de longues jambes et du souffle, il fallait prendre de la vitesse en montant l'autre versant, et avoir assez d'élan au moment de sauter du rempart pour avoir une chance de tomber dans l'eau. Dale (ni aucun des autres) n'aurait jamais tenté le coup si Lawrence ne leur avait pas démontré que c'était faisable, et malgré lui il éprouvait une certaine admiration pour le petit casse-cou. Il s'envola donc, plana quelques centièmes de secondes au niveau de la butte, au-dessus des têtes de ses amis, les yeux fixés sur la mare, si loin au-delà d'un vaste désert de boue durcie par le soleil. Puis la force de gravité parut se manifester à nouveau, et il se sentit tomber, battant des bras et des jambes, certain d'y arriver... puis absolument sûr de ne pas y arriver ! Il toucha l'eau tiède et verte à quelques centimètres du bord, s'enfonça, remonta d'un coup de pied et ressortit à la lumière, hurlant de joie sous les applaudissements de ses copains.

Kevin fut le dernier à essayer, après bien des hésitations, des toussotements, des délibérations avec lui-même. Il vérifia la direction du vent, relaça dix fois ses chaussures, augmenta un peu la pente de la « rampe de lancement » et s'élança finalement du sommet comme un boulet de canon, jambes bien jointes et se bouchant le nez d'une main, pour atteindre l'eau bien plus loin que les autres, à plus d'un mètre du rivage. Il avait été le seul à enlever son jean et son tee-shirt, ne gardant que son caleçon et ses tennis. Il refit surface avec un large sourire. Les autres applaudirent, poussèrent des hurlements et jetèrent ses vêtements à l'eau. Il sortit en grommelant et regarda à peine Lawrence sauter une dernière fois en faisant une cabriole.

Déjà mouillés, ils contournèrent le trou d'eau pour se

baigner du côté le plus profond, afin de plonger de la falaise. Ils n'avaient guère l'habitude de se baigner ici, la présence d'un grand nombre de mocassins d'eau et la méfiance des parents envers « la mare sans fond » de la carrière les convainquaient en général d'attendre qu'un adulte veuille bien les conduire en voiture à Hartley's Pond sur la route d'Oak Hill. La baignade de cette fin d'après-midi n'en fut que plus délectable. Ils se séchèrent ensuite sur le bord pendant presque une heure, puis changèrent d'équipe pour faire une partie de cache-cache dans les bois.

— Qui vient avec moi ? demanda Mike en regardant avec un sourire la bande vêtue de vêtements secs mais tout froissés.

Lawrence et McKown le suivirent. Dale, Gerry et Kevin leur accordèrent cinq minutes pour se cacher avant de se lancer à leur poursuite. Dale savait que ni Mike ni Lawrence n'utiliseraient une de leurs bases secrètes.

Ils jouèrent ainsi une bonne heure et demie, ne s'arrêtant que pour boire à la bouteille dont McKown s'était muni, et qu'il avait remplie au trou d'eau, bien que Kevin ne fût guère tenté par la couleur verdâtre du liquide. Enfin, ils revinrent tous ensemble. Leurs bicyclettes les attendaient là où ils les avaient laissées. Le soleil ressemblait à un globe rouge suspendu au-dessus des champs de maïs, l'air était lourd de pollen, de poussière, mais le ciel devenait translucide et bleuté.

— Le dernier arrivé à L'Arbre noir est une tapette ! cria Gerry Daysinger en démarrant avant les autres et en pédalant de toutes ses forces dans les ornières.

Les autres le suivirent avec de grands cris. Mike gagna la course. Ils se calmèrent en tournant vers Elm Haven, pédalant de front en deux groupes de trois. Lawrence lâcha son guidon et croisa les bras, les autres l'imitèrent et ils roulèrent silencieusement entre les murailles de maïs.

Dale ne jeta même pas un coup d'œil vers l'endroit où la clôture avait été réparée après la tentative d'assassinat contre Duane McBride. Des traces de roues étaient encore visibles dans le fossé, et le maïs était écrasé bien au-delà de la clôture, mais Dale préféra regarder la rangée d'arbres inondés de soleil derrière laquelle se cachait Elm Haven.

Il avait mal partout, des égratignures lui zébraient les bras et les jambes, son jean raidi par la transpiration le démangeait, il était las, déshydraté au point d'avoir les lèvres gercées et la migraine, et affamé car il n'avait rien mangé de consistant depuis son petit déjeuner, treize heures plus tôt... mais il se sentait merveilleusement bien ! L'impression cauchemardesque d'une menace de plus en plus palpable, qui l'obsédait depuis le dernier jour d'école, semblait s'être dissipée, la terreur provoquée par la rencontre avec C.J. et son fusil avait disparu. Heureusement que Mike et les autres avaient tacitement décidé de laisser tomber cette histoire de Tubby et d'Old Central. Enfin, les vacances étaient telles qu'elles devaient être.

Au carrefour, McKown et Daysinger levèrent le bras en signe d'adieu et continuèrent tout droit, pressés d'arriver chez eux. Mike, Dale, Kevin et Lawrence pédalèrent tranquillement dans l'ombre des vieux arbres.

Dale cria un joyeux « Au revoir ! » aux deux autres et, suivi de son frère, prit la direction de la maison. C'est ainsi que devaient se passer des vacances. C'est ainsi qu'elles allaient se passer.

S'il avait su combien il se trompait...

14

Le père de Duane resta sobre tout le reste de la semaine. Ce n'était pas tout à fait un record, mais le début des vacances du jeune garçon en fut d'autant plus heureux.

Le jeudi 9 juin, lendemain du voyage à Peoria, oncle Art appela et laissa un message : il s'occupait de la cloche de Duane, il ne fallait pas s'inquiéter, il finirait bien par découvrir quelque chose.

Il rappela plus tard dans l'après-midi et raconta à Duane

qu'il avait téléphoné au maire d'Elm Haven, mais ni lui ni personne d'autre ne semblait avoir jamais entendu parler d'une cloche. Il avait même interrogé à ce sujet Mlle Moon, la bibliothécaire, qui l'avait rappelé après avoir posé la question à sa mère. Cette dernière, selon sa fille, n'avait pas répondu, sinon d'un signe de tête négatif, mais la question paraissait l'avoir bouleversée. Il est vrai que, ces temps-ci, il en fallait peu pour la bouleverser, avait-elle ajouté.

Le pater revint un peu avant le dîner. Il était parti faire des courses. Duane s'était demandé avec appréhension si c'était vraiment bien là le but de sa sortie, mais son père rentra sans avoir bu et, tandis qu'ils rangeaient ensemble farine et boîtes de conserve, il lança :

— Oh ! Mme O'Rourke m'a dit qu'une de tes camarades de classe a été arrêtée hier !

Duane se retourna brusquement, une grosse boîte de fèves à la main.

— C'est vrai ?

Le pater confirma d'un signe de tête. Puis il se lécha les lèvres et se gratta la joue comme il le faisait lorsqu'il n'avait pas bu.

— Oui, une certaine Cordie. Mme O'Rourke m'a dit qu'elle était dans la classe au-dessus de celle de son fils. C'était ta classe, non ? ajouta-t-il en levant les yeux vers Duane.

Le garçon opina du chef.

— Quoi qu'il en soit, continua le pater, elle n'a pas été vraiment arrêtée. Barney l'a surprise en ville avec un fusil chargé. Il le lui a confisqué et l'a ramenée chez elle. Mais il n'a pas réussi à savoir ce qu'elle comptait faire avec, il a seulement compris que ça avait un rapport avec son frère Tubby.

Il se gratta la joue et parut surpris de découvrir qu'il ne s'était pas encore rasé.

— Ce n'est pas justement Tubby, le gosse qui a fait une fugue il y a deux semaines ?

— Si.

Duane se remit à vider le carton de boîtes de conserve.

— Tu n'aurais pas une idée de la raison pour laquelle sa sœur pisterait quelqu'un en ville avec un fusil chargé ?

Duane s'arrêta à nouveau.

— Qui est-ce qu'elle pistait ?

Son père haussa les épaules.

— Nellie O'Rourke a dit que le directeur – comment s'appelle-t-il déjà ? – ah, oui, Roon, a appelé Barney pour se plaindre qu'une fillette armée d'un fusil traînait autour de l'école et de chez lui. Mais pourquoi cette gosse ferait-elle ça ?

La curiosité du pater était éveillée, et il ne lâcherait pas son fils avant d'avoir obtenu une réponse. Duane, juché sur une chaise devant le placard, finit de ranger les conserves, puis il regarda son père pour répondre :

— Cordie est une brave fille, mais elle a toujours été un peu givrée !

Le pater resta un instant immobile avant de hocher la tête pour indiquer qu'il acceptait cette explication, puis il retourna à son atelier.

Le vendredi, Duane reprit à pied le chemin d'Oak Hill. Il partit à l'aube, afin d'être de retour pour midi, et relut les documents qu'il avait déjà parcourus à la lumière des renseignements glanés à la bibliothèque de Bradley, mais il n'en tira rien de plus. Toutefois, l'article du *New York Times* sur la réception donnée en l'honneur de la cloche était important, car c'était la seule preuve extérieure à Elm Haven de l'existence de la cloche. Mais il eut beau chercher, il ne put trouver aucune autre référence la concernant.

Il demanda à la bibliothécaire le numéro de téléphone des Ashley-Montague, sous prétexte qu'il ne pouvait pas finir son travail sans consulter les documents légués à cette famille par la Société historique. Mais Mme Frazier lui dit qu'elle l'ignorait – les riches étaient toujours sur liste rouge. Duane se rendit compte que du moins en ce qui concernait ces riches-là, elle ne se trompait pas.

— Ce n'est pas sain de faire du travail scolaire pendant les vacances, conclut-elle. Allez, va dehors (elle lui donna un petit coup de journal sur la tête), mets un vêtement plus

204

léger et va jouer. Vraiment, il faudrait qu'on t'habille encore comme un bébé !... Tu te rends compte, il fait presque quarante, aujourd'hui !

— Oui, madame.

Il remonta ses lunettes et sortit. Il arriva à la ferme juste à temps pour aider son père à charger quatre porcs et à les conduire au marché d'Oak Hill. En regardant défiler les champs qu'il avait mis quatre heures à traverser, il se promit de ne pas oublier dorénavant de s'informer des projets de son père avant de partir à pied.

Le samedi, le film au programme de la séance gratuite était *Hercule*, une œuvre déjà ancienne que M. Ashley-Montague avait récupérée dans l'un de ses drive-in de Peoria. Duane allait rarement à la séance gratuite, pour la même raison que son père et lui ne regardaient presque jamais la télévision : ils trouvaient les livres et les émissions de radio infiniment plus satisfaisants pour l'imagination que les films sur grand ou petit écran.

Mais Duane aimait bien les films italiens aux héros musclés, surtout à cause du doublage : les acteurs parlaient à toute vitesse et leurs bouches s'agitaient pendant plusieurs minutes, alors que la bande sonore en américain ne donnait à entendre que quelques brèves syllabes. Et puis, il avait lu quelque part que c'était un seul et unique vieux monsieur qui avait réalisé dans un studio à Rome tous les bruitages du film : bruits de pas, duels à l'épée, sabots des chevaux, éruptions volcaniques... enfin, absolument *tout*, et cette idée le ravissait.

Mais ce soir-là, il prit le chemin de la ville pour une autre raison : il voulait parler à M. Ashley-Montague, et la séance gratuite était le seul endroit où il lui serait possible d'entrer en contact avec lui.

Il aurait pu demander à son père de le conduire mais, dès la fin du repas, celui-ci était allé bricoler dans son atelier et Duane ne voulait pas tenter le diable en lui suggérant de passer devant la taverne de Carl. Le pater ne leva même pas les yeux quand il lui dit où il allait.

— Très bien ! Mais ne reviens pas à pied dans la nuit.

— OK ! répondit Duane en se demandant comment son père imaginait qu'il allait rentrer.

En fait, il n'eut pas à marcher longtemps. Il venait de passer devant la maison de l'oncle Henry de Dale quand un pick-up sortit de l'allée. C'était précisément oncle Henry et tante Lena.

— Où vas-tu, fiston ?

Oncle Henry appelait « fiston » tous les jeunes de sexe masculin de moins de quarante ans.

— En ville, monsieur.

— Tu vas à la séance gratuite ?

— Oui, monsieur.

— Alors, grimpe !

Tante Lena lui tint la porte pendant qu'il montait. Ils étaient serrés à l'intérieur.

— Je peux me mettre à l'arrière, suggéra Duane, conscient d'occuper à lui seul la moitié du siège.

— Mais non, mais non. C'est plus intime comme ça ! Accroche-toi !

La camionnette descendit la première colline, passa le creux avec un bruit de ferraille, puis remonta en direction du cimetière des Cavaliers.

— Tiens bien ta droite ! recommanda tante Lena.

Oncle Henry fit un hochement de tête approbateur et resta exactement où il se trouvait : en plein milieu de la route, une roue dans chacune des ornières creusées dans la poussière.

Il faisait un peu plus clair en haut de la colline, bien que le soleil fût couché depuis vingt minutes. La camionnette roula encore plus bruyamment sur la tôle ondulée du sommet, et replongea dans l'obscurité de la vallée. Sur le bas-côté, les broussailles couvertes de poussière avaient l'air de variétés mutantes albinos. Duane était bien content qu'on lui ait proposé de l'emmener.

Il regarda Henry et Lena Nyquist. Agés d'environ soixante-quinze ans, ils étaient en fait le grand-oncle et la grand-tante de Dale, du côté de sa mère, mais tout le comté de Crève Cœur les appelait oncle Henry et tante Lena. Epargnés, comme beaucoup de Scandinaves, par les ravages de l'âge, ils avaient encore belle allure. Les cheveux de Lena étaient blancs, mais longs et épais, et, malgré ses rides, son visage était resté rose et ferme, et ses yeux très vifs. Oncle Henry, quoiqu'un peu dégarni, avait conservé une mèche sur le front qui lui donnait une expression de gamin espiègle craignant d'avoir des ennuis avec les autorités. Duane savait par son père qu'il était un vieux gentleman distingué, mais qu'il ne dédaignait pas de raconter des histoires lestes en buvant une bière.

— Ce n'est pas là où tu as failli te faire écraser ? demanda oncle Henry en montrant d'un geste le champ de maïs où les dégâts étaient encore visibles.

— Si, monsieur.

— Garde tes mains sur le volant, je te prie, Henry, dit tante Lena.

— Ils ont trouvé le coupable ?

— Non, monsieur.

— Je parierais n'importe quoi que c'est ce va-nu-pieds de Karl Van Syke, continua oncle Henry avec un reniflement de mépris. Ce fils de... (il aperçut le regard de sa femme)... ce fils de chien n'a jamais été qu'un bon à rien. En tout cas, il est incapable de s'occuper d'une école ou d'entretenir un cimetière. De chez nous, on voit bien là-bas tout l'hiver et une bonne partie du printemps : Van Syke n'est jamais là ! L'endroit serait en friche si, tous les mois, St. Malachy n'envoyait pas quelqu'un y travailler.

Duane approuva de la tête.

— Allons, Henry, intervint Lena de sa voix douce, ce jeune homme n'a pas envie d'entendre tous tes racontars sur M. Van Syke. (Elle se tourna vers le garçon et posa sa main rêche sur sa joue.) Nous sommes désolés pour ton chien, Duane. Je me souviens avoir aidé ton père à le choisir parmi la portée de la chienne de Vira Wittaker, avant ta naissance. Le chiot était un cadeau pour ta mère.

Duane hocha la tête et fixa avec attention le terrain de sport comme s'il le voyait pour la première fois de sa vie.

Main Street était très animée ce soir-là. Les voitures étaient rangées en épi sur le parking, et les familles, munies de couvertures et de paniers, se dirigeaient vers le square.

Un groupe d'hommes étaient assis sur le trottoir devant la taverne. Ils parlaient fort et avaient des canettes de bière à la main. Oncle Henry fut obligé de se garer devant le supermarché, toutes les places plus proches étant déjà occupées. Il grommela qu'il détestait les chaises pliantes ; il préférait rester dans sa voiture et s'imaginer qu'il était dans un drive-in.

Duane les remercia et fila vers le square. Il était déjà trop tard pour qu'il puisse rester longtemps seul avec M. Ashley-Montague avant la projection, mais il tenait à lui parler, ne serait-ce que quelques instants.

Dale et Lawrence n'avaient pas prévu d'assister à la séance gratuite, mais leur père avait pris un samedi de congé, ce qui était exceptionnel, et il avait envie d'aller en famille au cinéma. Munis d'une couverture et d'un grand sac de pop-corn, ils partirent tous les quatre à pied dans le crépuscule.

Dale vit des chauves-souris voleter parmi les arbres, mais ce n'était que des chauves-souris. La frayeur du samedi précédent n'était plus qu'un vague cauchemar à demi oublié.

Il y avait plus de monde que d'habitude ce soir-là, et des couvertures étaient étalées sur tous les coins de pelouse à côté du kiosque et au pied de l'écran. Lawrence courut leur réserver une place près d'un vieux chêne. Dale chercha Mike du regard, puis se souvint qu'il gardait sa grand-mère, comme presque tous les samedis soir. Kevin et ses parents n'assistaient jamais à la séance gratuite : ils avaient une des deux télévisions en couleurs du bourg. L'autre appartenait aux parents de Chuck Sperling.

Il faisait nuit noire, le silence régnait, et tout le monde attendait le début du dessin animé. Soudain, Dale aperçut Duane qui montait les marches du kiosque. Il murmura quelques mots à ses parents, traversa le square, sautant par-dessus des jambes allongées et au moins un couple d'amoureux, et grimpa l'escalier du kiosque tacitement réservé à M. Ashley-Montague et à son projectionniste. Il

allait appeler son copain lorsqu'il le vit parler au millionnaire. Il s'appuya à la balustrade et tendit l'oreille.

— Et à quoi un tel ouvrage pourrait-il te servir ? Si
toutefois il existe..., demanda M. Ashley-Montague.

A son côté, un homme à nœud papillon venait de bran-
cher les haut-parleurs, et mettait en place la bobine du
dessin animé.

Duane n'était qu'une silhouette debout près du bienfai-
teur de la ville.

— Je vous l'ai dit, monsieur, je dois rédiger un essai sur
l'histoire d'Old Central.

— Mais tu es en vacances !

Il se tourna vers son assistant, fit un signe de tête et
l'écran tendu sur le mur du Parkside Cafe s'illumina. Les
chiffres de l'amorce apparurent, et la foule scanda le
compte à rebours. Le dessin animé était un *Tom et Jerry*.
L'assistant régla l'image et le son.

— S'il vous plaît, insista Duane en s'approchant de
M. Ashley-Montague, je prendrai bien soin de ces livres, je
vous le promets, et je vous les rendrai dès que j'aurai fini.
J'en ai juste besoin pour mettre un point final à mes recherches.

— Des recherches ! s'esclaffa-t-il. Mais quel âge as-tu ?
Quatorze ans ?

— J'aurai douze ans dans deux semaines.

— Douze ans ! A douze ans, on ne fait pas de recherches ! Va à la bibliothèque municipale, si tu veux des
renseignements.

— J'y suis déjà allé, monsieur.

Duane parlait poliment, mais sans déférence. Comme un
adulte à un autre.

— Je n'y ai pas trouvé ce que je cherchais, continua-t-il.
La responsable de la bibliothèque d'Oak Hill m'a dit que le
reste des documents de la Société historique vous avait été
légué. Mais il me semble qu'ils sont toujours propriété
publique, et tout ce que je demande, c'est d'être autorisé à
les consulter quelques heures pour y lire ce qui se rapporte
à Old Central.

M. Ashley-Montague croisa les bras et regarda l'écran sur

lequel Tom assommait Jerry, ou le contraire, Dale ne pouvait jamais se rappeler qui était qui.

— Et quel est précisément le sujet de ton travail ? demanda le millionnaire.

Duane parut prendre sa respiration :

— La cloche des Porsha...

Du moins est-ce ce que Dale crut entendre, car à ce moment-là la bande sonore du dessin animé produisit un vacarme épouvantable. M. Ashley-Montague bondit de sa chaise, saisit le bras de Duane, le lâcha et recula, comme gêné.

— Elle n'existe pas ! entendit Dale à travers les rafales de mitraillettes de la bande-son du film.

Duane répondit quelque chose, mais un pétard géant explosa sous le chat et ses mots furent couverts par le bruit. Même M. Ashley-Montague dut tendre l'oreille pour entendre la réponse du garçon.

— ... Il y avait effectivement une cloche, comprit Dale quand il put à nouveau percevoir leurs propos. Mais cela remonte à des dizaines d'années, avant la Première Guerre mondiale, je crois. C'était un faux, bien entendu. Mon grand-père s'était fait... rouler, devrait-on dire, abuser, tromper.

— Eh bien, c'est exactement le genre de renseignements dont j'ai besoin pour conclure mon travail. Sinon, je serai obligé d'écrire que l'endroit où se trouve la cloche reste un mystère.

M. Ashley-Montague arpentait le kiosque à côté du projecteur. Le dessin animé était terminé, et son assistant se dépêchait de mettre en route le documentaire. C'était un film produit par la XXth Century et présenté par Walter Cronkite, sur l'avancée du communisme dans le monde. Dale leva les yeux pour regarder le journaliste assis à son bureau. Le film était en noir et blanc, il l'avait vu à l'école l'année précédente. Une carte d'Europe et d'Asie se noircissait au fur et à mesure que s'étendait la menace communiste. Des flèches étaient fichées en Europe de l'Est, en Chine et dans d'autres lieux que Dale n'aurait su nommer.

— Il n'y a aucun mystère ! aboya M. Ashley-Montague à

l'adresse de Duane. Je me souviens maintenant... la cloche de mon grand-père a été décrochée et entreposée quelque part peu après le début du siècle. Elle ne sonnait même plus, me semble-t-il, à cause d'une fissure dans le bronze. Puis au début de la guerre on l'a fondue, et le métal a été utilisé à des fins militaires.

Il se tut, tourna le dos au garçon et s'assit sur une chaise pliante pour signifier qu'il considérait la conversation comme terminée.

— Ce serait parfait si je pouvais citer ce livre, et peut-être faire quelques photocopies pour mon travail, insista Duane.

M. Ashley-Montague poussa un soupir, qui n'avait rien à voir avec la progression du communisme dans le monde. Walter Cronkite tonitruait et faisait autant de bruit que Tom et Jerry.

— Ecoute-moi, mon garçon, il n'y a pas de livre. Ce que le Dr Priestmann m'a légué n'était qu'une masse de documents en vrac. Plusieurs cartons, pour autant que je me souvienne. Je peux t'assurer que je ne les ai pas conservés.

— Alors, pourriez-vous me dire à qui vous en avez fait don..., commença Duane.

— Je n'en ai *pas* fait don, rugit M. Ashley-Montague, je les ai bel et bien brûlés ! J'ai apporté mon soutien aux recherches de ce brave professeur, mais elles ne m'intéressaient pas. Je te certifie qu'aucun livre mystérieux ne pourra t'aider à conclure ton essai. Cite-moi si tu veux, mon garçon ! Cette cloche était un faux... un des nombreux objets bizarres que mes grands-parents ont rapportés de leur voyage en Europe. On l'a enlevée d'Old Central au début du siècle, entreposée... quelque part à Chicago, me semble-t-il... et fondue pour fabriquer des balles ou quelque chose de ce genre, lorsque, en 1917, notre pays est entré en guerre. Point final.

Le documentaire était terminé et l'assistant se hâtait d'installer la grosse bobine d'*Hercule*. M. Ashley-Montague avait parlé fort et plusieurs têtes se tournèrent vers le kiosque.

— Je voulais seulement..., reprit Duane.

— Il n'y a pas de « seulement » qui tienne, siffla le millionnaire. Cette conversation est terminée, jeune homme. Il n'y a plus de cloche. Point final.

D'un mouvement de main qui parut à Dale quelque peu efféminé, il désigna les marches du kiosque. Tandis que les spectateurs participaient activement au compte à rebours de l'amorce du film, un signe fit s'approcher l'assistant et Duane se retrouva nez à nez avec un gars d'un mètre quatre-vingts en train de rouler ses manches de chemise. Etait-ce un serviteur, un garde du corps, un employé d'un des cinémas appartenant à M. Ashley-Montague ? Duane n'en savait rien. Il haussa les épaules et partit, descendant les marches beaucoup plus tranquillement que ne l'eût fait Dale à sa place. Lui-même se savait invisible tout au fond du kiosque et dans l'ombre, mais il n'en franchit pas moins d'un saut la balustrade, atterrissant presque dans les bras d'oncle Henry et tante Lena.

Il voulut rattraper Duane, mais celui-ci avait quitté le square et descendait Broad Avenue, les mains dans les poches. Il se dirigeait sans aucun doute vers les ruines de la vieille demeure des Ashley, au bout de la rue.

Dale avait grandi et n'avait plus peur du noir, mais il n'avait guère envie d'aller traîner dans l'obscurité des vieux ormes là-bas. De plus, il entendait dans son dos la musique du film, et il avait bien l'intention de ne pas le rater.

Il retourna au square. Après tout, s'il ne parlait pas à Duane ce soir-là, il pourrait toujours le faire plus tard, dans quelques jours. Rien ne pressait. Ils étaient en vacances.

Duane suivit Broad Avenue en direction de l'ouest, trop agité pour prêter attention au film. La rue était très noire dans l'ombre des feuillages, et les lampadaires éclairaient à peine, avec toute cette végétation.

La vieille maison des Ashley-Montague se trouvait au bout du dernier chemin. Il contempla l'allée transformée en tunnel par les arbres qui la bordaient. Il ne restait plus grand-chose des bâtiments, à part les ruines noircies de quelques piliers, trois cheminées et des morceaux de poutres tombés dans une cave infestée de rats. Il faisait vraiment très noir, il n'y avait même pas de lucioles dans l'allée, et le bruit, les spectateurs, les lumières de la séance gratuite étaient déjà loin, et le paraissaient encore plus avec tous ces arbres et toutes ces feuilles.

Duane n'avait pas peur de l'obscurité, mais cette nuit-là, cette allée ne le tentait vraiment pas. Il prit une ruelle qui le ramena vers une des rues bordées de maisons neuves où habitait Chuck Sperling.

Derrière lui, dans l'obscurité du chemin, à l'endroit où la végétation était la plus dense, quelque chose remua, agita les branches, puis glissa le long d'un bassin depuis longtemps oublié parmi les herbes et les ruines.

15

Le temps, en ce dimanche 12 juin, était chaud et brumeux, avec une masse de nuages qui changeaient le ciel en couvercle gris. Il faisait trente degrés à 8 heures du matin, et plus de trente-cinq l'après-midi.

Comme son père s'était levé de bonne heure pour aller travailler dehors, Duane avait remis à plus tard sa lecture du *New York Times*.

Il arrachait les maïs parasites du champ de haricots derrière la grange, lorsqu'il vit une voiture tourner au coin de la route. Il pensa tout d'abord que c'était celle de son oncle, mais elle était plus petite. Puis il aperçut le gyrophare sur le toit. Il s'essuya le visage à un pan de sa chemise et s'avança. Ce n'était pas la voiture du policier, Barney, mais un véhicule marqué *Shérif du comté de Crève Cœur*. Un homme au visage osseux et tanné par la vie au grand air demanda :

— Est-ce que M. McBride est là, fiston ?

Duane acquiesça, alla jusqu'à la lisière du champ de haricots, mit deux doigts dans sa bouche et siffla. La lointaine silhouette de son père s'immobilisa, regarda dans la direction de son fils et s'approcha. Duane s'attendait presque à voir Witt sortir de la grange en traînant la patte.

Le shérif du comté, qui s'appelait Conway, était descendu de voiture maintenant. Très grand, environ un mètre quatre-vingt-cinq, avec son chapeau à larges bords, sa mâchoire carrée, son revolver à la ceinture, ses lunettes noires et ses bottes de cuir, il ressemblait à une publicité pour l'armée de terre. Seuls les cercles de transpiration sous ses aisselles gâchaient un peu ce bel effet.

— Il y a un problème ? demanda Duane, pensant que M. Ashley-Montague s'était plaint de lui.

Le millionnaire semblait furieux la veille au soir. Et quand, plus tard, Duane avait rejoint oncle Henry et tante Lena dans le kiosque, M. Ashley-Montague avait disparu.

— J'en ai bien peur, fiston...

La sueur lui dégoulinant du menton, Duane attendit l'arrivée de son père.

— Monsieur McBride ?

Le pater fit un signe de tête affirmatif et s'essuya le visage avec son mouchoir.

— Lui-même. Mais si c'est pour cette foutue histoire de téléphone, j'ai déjà dit à la compagnie Bell que...

— Non, monsieur, il s'agit d'un accident.

Le pater se figea comme si on l'avait frappé. Duane le vit hésiter une fraction de seconde, puis ce fut le choc de la certitude : une seule personne au monde pouvait avoir écrit son nom dans son agenda après la formule « En cas d'accident, prévenir ».

— Art ! Il est mort ?

— Oui, monsieur.

D'un même geste, Duane et le shérif remontèrent leurs lunettes sur leur nez.

— Comment ?

Les yeux du pater semblaient fixés sur l'horizon au-delà du champ. Ou sur le vide.

— Accident de voiture, il y a environ une heure.

— Où ça ?

— Jubilee College Road. Sur le pont de la Stone Creek. A trois kilomètres à peu près de...

214

— Je connais... Art et moi, on allait souvent se baigner là-bas.

Ses yeux semblèrent recouvrer la vue et il regarda Duane, comme s'il voulait dire ou faire quelque chose. Il y eut un instant de silence, puis il se retourna vers le shérif du comté.

— Où est-il ?

— Ils étaient en train de sortir le corps quand je suis parti. Je vous y emmène, si vous voulez.

Le pater acquiesça et monta dans l'automobile. Duane se hâta de s'installer à l'arrière.

C'est un cauchemar..., pensa le garçon tandis qu'ils passaient à toute allure devant la ferme d'oncle Henry et tante Lena. Puis ils gravirent la colline suivante à au moins cent trente kilomètres à l'heure. En bas de la descente, un cahot l'envoya presque se cogner la tête au plafond. *On va avoir un accident, nous aussi !*

L'automobile projetait des gravillons et de la poussière à dix mètres à la ronde. Tout le long de la route menant à la taverne, les arbres et l'herbe étaient blancs, comme recouverts de poussière de craie. C'était, bien sûr, à cause du passage des voitures, mais le feuillage et le ciel sans couleur lui rappelèrent la descente aux Enfers avec les Ombres qui attendent dans un néant gris, et ce passage de *L'Odyssée* où Ulysse descend chez les Morts afin d'y rencontrer sa mère et ses anciens compagnons d'armes. Son oncle le lui avait lu quand il était petit.

Duane compta les descentes, sachant que la Stone Creek coulait en bas de la quatrième. Ils entamèrent la dernière, puis le shérif freina à mort et se rangea sur le bas-côté gauche. La route était déserte. Il n'y avait pas un bruit dans cette vallée. Le grand silence d'un dimanche matin.

D'autres véhicules étaient garés près du pont de béton : une dépanneuse, la Chevrolet noire de Congden, une conduite intérieure familiale qu'il ne connaissait pas et un autre camion de remorquage d'épaves, celui d'Ernie, de la station Texaco. *Pas d'ambulance ! Aucune trace de la Cadillac... C'est peut-être une erreur !* Puis il aperçut les dégâts causés par l'accident : un grand morceau de ciment était arraché à l'autre extrémité du pont, et l'armature métallique était tordue vers le bas, comme une main désignant du doigt la rivière.

Le garçon s'approcha et se pencha par-dessus le parapet : Ernie était en bas, avec deux ou trois autres hommes, y compris Congden-face-de-rat. Et la Cadillac d'oncle Art. Il n'eut pas de mal à comprendre ce qui s'était passé. En traversant le pont à voie unique, oncle Art avait heurté de plein fouet le parapet avec l'avant gauche de la voiture, et le véhicule avait basculé dans le vide comme une toupie. Deux tonnes de ferraille et de verre s'étaient frayé un chemin le long de la pente, déracinant des arbustes et cassant un chêne dont le tronc faisait bien vingt centimètres de diamètre, avant de rencontrer un gros orme. Duane pouvait voir la grande entaille, longue d'au moins un mètre, d'où suintait la sève. Il se demanda vaguement si l'arbre survivrait...

Après ce second choc, qui avait embouti l'aile et la portière arrière droites, la Cadillac avait rebondi sur une dizaine de mètres jusqu'à ce qu'elle percute un rocher (là, le pare-brise avait éclaté, comme en témoignaient les débris de verre juste derrière) puis la force de gravité, ou une collision avec un autre arbre, avait envoyé l'épave rouler dans la rivière. Elle s'y trouvait encore, tête en bas. Il manquait la roue avant gauche, et les trois autres paraissaient nues, indécentes presque. Duane remarqua le bon état des pneus, oncle Art les surveillait toujours de près. Le châssis semblait propre et en bon état, sauf à l'endroit où une partie de l'essieu avait été arrachée.

L'une des portières était ouverte et quasiment pliée en deux. L'habitacle était rempli d'à peu près trente centimètres d'eau. Des morceaux de tôle, de métal chromé et de verre scintillaient sous les arbres, malgré le manque de lumière directe. Duane aperçut aussi une chaussette à carreaux dans l'herbe, un paquet de cigarettes près du rocher et des cartes routières dans les buissons.

— Ils ont emmené le corps, Bob ! cria Ernie sans lever les yeux du câble qu'il était en train de fixer. Donnie et M. Mercer sont partis avec le... Oh, bonjour, monsieur McBride !

Le pater se passa la langue sur les lèvres et demanda au shérif sans tourner la tête :

— Quand vous êtes arrivé, il était mort ?

Duane voyait la ligne de crête et les bois reflétés dans les lunettes noires de Conway.

— Oui, monsieur. Il était mort quand M. Carter a aperçu quelque chose en bas en traversant le pont, à peu près une demi-heure avant que j'arrive sur les lieux. M. Mercer – c'est le coroner du comté, vous savez –, il a dit que M. McBride, votre frère, a été tué sur le coup.

J. P. Congden remonta la pente en soufflant et en leur envoyant dans la figure des vapeurs de whisky.

— Désolé pour votre...

Le pater n'eut pas un regard pour lui et commença à descendre la pente abrupte, s'accrochant aux branches et dérapant dans les plaques de boue. Duane suivit. Le shérif du comté en fit autant en prenant soin de ne pas abîmer son pantalon d'uniforme bien repassé.

Le pater s'accroupit au bord de la rivière pour examiner l'intérieur de l'épave. Le toit avait été enfoncé et l'eau montait presque jusqu'au tableau de bord, qui était à l'envers, bien sûr. Duane remarqua que le gadget en forme de fusil laser avait été arraché. Le côté du passager était relativement intact, à peine touché par le toit enfoncé. Par contre, le siège du conducteur avait été repoussé au-delà de la banquette arrière. Il n'y avait plus de volant, mais la colonne de direction était toujours là, recouverte aux deux tiers d'eau. Une masse de métal tordu et des lambeaux de revêtement ignifugé remplissaient l'espace réservé au conducteur, comme le cadavre d'un robot assassiné.

Le shérif remonta les jambes de son pantalon et s'accroupit en faisant attention de ne pas mettre ses souliers bien cirés dans la boue.

— Hum... Après avoir perdu le contrôle de son véhicule, votre frère a heurté le parapet du pont et, comme vous le voyez, la violence du choc a dû le tuer sur-le-champ.

Le pater, les poignets appuyés sur les genoux, hocha la tête et regarda ses doigts comme s'il ne les reconnaissait pas.

— Où est-il ?

— M. Mercer l'a emmené à l'entreprise de pompes funèbres de M. Taylor. Il a... euh... un ou deux détails à régler,
ensuite, vous pourrez vous arranger avec M. Taylor.

Le pater secoua doucement la tête.

— Art ne voulait pas d'obsèques. Surtout pas organisées
par Taylor.

Conway remonta ses lunettes.

— Monsieur McBride, est-ce que votre frère buvait ?

Le pater se retourna et regarda le shérif pour la première
fois.

— Non, pas le dimanche matin.

Sa voix était monocorde, avec une intonation glacée
annonciatrice d'un éclat.

— Très bien, monsieur.

Ils durent tous reculer pour laisser Ernie remonter
l'épave. L'avant de la Cadillac se souleva, l'eau ruisselant
des fenêtres, et commença à pivoter lentement en direction
de la berge.

— Alors, il n'est pas impossible qu'il ait eu une crise
cardiaque, ou qu'une guêpe l'ait piqué... C'est une cause
fréquente de perte de contrôle d'un véhicule, vous savez.
Vous seriez surpris de savoir combien de gens...

— A combien roulait-il ? intervint Duane, étonné du son
de sa propre voix.

Le pater et le shérif se retournèrent pour le regarder.
Duane se vit, un petit gros tout pâle, dans les verres teintés.

— Cent dix ou cent vingt... J'ai seulement jeté un coup
d'œil sur les traces de freinage, je n'ai pas mesuré. Mais il
roulait vite...

— Mon frère ne commettait jamais d'excès de vitesse. Il
respectait scrupuleusement les limitations. D'ailleurs, je lui
ai souvent dit que c'était idiot !

Le shérif soutint un instant son regard, puis leva les yeux
vers le parapet brisé.

— Oui, eh bien, ce matin, il roulait vite. C'est pourquoi
nous devons vérifier s'il avait bu.

— Attention ! cria Ernie.

Tous trois reculèrent tandis que la Cadillac s'élevait à la

verticale au-dessus de l'eau. Une écrevisse en tomba, ainsi que d'autres cartes routières. Duane était déjà venu pêcher des écrevisses à cet endroit avec Dale et d'autres copains, quelques années auparavant.

— Serait-il possible qu'un autre véhicule l'ait obligé à quitter la route ? demanda-t-il.

Conway le regarda un long moment avant de répondre :

— Il n'y a pas le moindre indice, fiston. Et aucun accident n'a été signalé ce matin.

Le pater eut un reniflement de mépris. Duane s'approcha de la Cadillac qui tournait sur elle-même et montra une longue rayure rouge sur la porte avant gauche.

— Et ça, ça ne pourrait pas être une trace laissée par un véhicule qui aurait poussé la voiture de mon oncle contre le parapet ?

Conway s'approcha à son tour, le nez contre l'épave dégoulinante.

— Ça ne me paraît pas récent, fiston ! Mais on vérifiera...

Il recula, enfonça les mains dans sa ceinture et ajouta avec un petit rire :

— Mais tu sais, il n'y a pas beaucoup de véhicules qui pourraient forcer une automobile du poids de cette Cadillac à quitter la route.

— Un engin comme le camion d'équarrissage en serait capable, rétorqua Duane.

En levant les yeux, il vit le regard de Congden fixé sur lui.

— Partez de là, que je puisse finir de la remonter ! leur cria Ernie.

— Allez, viens ! dit le pater.

C'était les premiers mots qu'il adressait à Duane depuis l'arrivée du shérif à la ferme. Ils commencèrent à gravir la pente, et le pater eut un geste qu'il n'avait pas fait depuis cinq ans : il prit dans la sienne la main de son fils.

A leur retour, la ferme leur parut différente. Les nuages étaient en train de se dissiper et le soleil illuminait les champs. La maison et la grange avaient l'air fraîchement repeintes et le vieux pick-up garé dans l'allée brillait comme un sou neuf.

Duane attendit à la porte de la cuisine que le pater ait écouté les dernières recommandations du shérif. Le bruit de la voiture qui démarrait tira le jeune garçon de sa rêverie.

— Je vais en ville, dit le pater, reste ici jusqu'à mon retour.

Duane fit quelques pas en direction du pick-up.

— Je t'accompagne.

Son père lui posa doucement la main sur l'épaule.

— *Non*, Duanie. Je veux passer chez Taylor avant que ce foutu charognard commence à grimer Art. Et puis j'ai des questions à poser.

Duane voulut protester, puis il devina au regard de son père qu'il désirait être seul, qu'il avait besoin de solitude, ne serait-ce que pendant les quelques minutes du trajet jusqu'en ville. Il retourna s'asseoir sous la véranda.

Et si j'allais jeter un coup d'œil au maïs ?... Pas envie... Il se rendit compte qu'il mourait de faim et s'en sentit coupable. La gorge le brûlait encore plus que lors de la mort de Witt, et un gros poids se gonflait dans sa poitrine, menaçant de l'étouffer, néanmoins il avait faim. Mastiquant un sandwich au bacon, fromage et salade, il erra dans l'atelier du pater, cherchant vaguement le *New York Times*, tandis qu'une partie de son esprit revoyait la Cadillac déchiquetée, les morceaux de métal et de verre, la rayure rouge sur la portière. La lumière verte clignotait sur la machine à répondre au téléphone et il appuya machinalement sur le bouton.

« Martin ? Duane ? Pourquoi diable ne débranchez-vous pas cette satanée machine et ne répondez-vous pas vous-mêmes au téléphone ? »

Duane se figea, puis appuya sur le bouton de retour en arrière. Son cœur lui parut s'arrêter de battre, puis redémarrer avec un cahot douloureux. Il aspira une bouffée d'air.

« ... et ne répondez-vous pas vous-mêmes au téléphone ? Duane, c'est pour toi. J'ai trouvé ce que tu cherchais à propos de cette histoire de cloche. Tout simplement dans ma bibliothèque. Duane, c'est stupéfiant ! Incroyable, et plutôt inquiétant. J'ai demandé à une douzaine de vieux amis dans le bourg, mais personne ne se souvient d'une cloche. Enfin, peu importe... ce que dit le livre, c'est que... bon, je te le montrerai plutôt. Il est... 9 h 20. Je serai là avant 10 h 30. A tout à l'heure, petit ! »

Duane réécouta deux autres fois la bande, puis il éteignit la machine, trouva à tâtons une chaise derrière lui et s'assit lourdement. Le poids dans sa poitrine était trop énorme maintenant, et il se laissa aller. Les larmes roulèrent le long de ses joues, des sanglots muets le secouèrent. De temps en temps, il retirait ses lunettes, s'essuyait les yeux du dos de sa main et mordait dans son sandwich.

Bien plus tard, il se leva et retourna dans la cuisine.

Duane n'obtint aucune réponse en composant le numéro du bureau du shérif trouvé dans l'annuaire, mais il réussit en fin de compte à le joindre chez lui. Il avait oublié que c'était dimanche.

— Un livre ? Non, je n'ai pas vu de livre. C'est important, fiston ?

— Oui. Pour moi, oui.

— Ecoute, je n'ai pas vu de livre sur les lieux de l'accident, mais tout n'a pas encore été nettoyé. Et il n'est pas impossible qu'il soit resté dans l'épave.

— Où est-elle maintenant ? Chez Ernie ?

— Ouais. A moins qu'elle ne soit chez Congden.

— Chez Congden ? Et pourquoi serait-elle chez Congden ?

A l'autre bout du fil, le shérif du comté poussa un soupir gêné.

— Eh bien, J.P. est informé des accidents par sa radio, alors il s'arrange parfois avec Ernie. Il lui rachète l'épave et la vend à la casse d'Oak Hill. Du moins, c'est ce que nous supposons.

Comme tous les enfants d'Elm Haven, Duane avait entendu parler du trafic de véhicules volés, auquel on soupçonnait Congden de se livrer. Des pièces détachées récupérées sur des épaves devaient être fort utiles dans ce genre d'activité.

— Vous savez où Ernie l'a emmenée tout de suite après l'avoir enlevée ?

— Non. Mais probablement chez lui, parce qu'il devait ramener la dépanneuse. Et puis il est le seul à être ouvert aujourd'hui et sa femme n'aime pas servir à la pompe. Mais t'en fais pas, fiston, tous les objets personnels de ton oncle seront remis à ton père et à toi. Vous êtes ses plus proches parents, n'est-ce pas ?

— Oui...

— Allons, t'inquiète pas. S'il y avait un livre dans la voiture ou quoi que ce soit d'autre, tu le récupéreras. Je passerai moi-même chez Ernie demain matin. Ah, il se peut que je doive vérifier un détail ou deux pour mon rapport. Toi et ton père, vous serez chez vous ce soir ?

— Oui.

Lorsqu'il eut raccroché, la maison parut encore plus vide. Duane entendit le tic-tac de l'horloge au-dessus de la cuisinière et les vaches qui meuglaient dans le pâturage ouest. Les nuages étaient revenus et, malgré la chaleur, il n'y avait plus un rayon de soleil.

C'est en fin d'après-midi que Mme Stewart annonça à ses enfants la mort de l'oncle de Duane. Elle l'avait su par Mme Grumbacher, qui elle-même l'avait appris de Mme Sperling, une grande amie de Mme Taylor. Dale et son frère étaient alors absorbés dans le montage d'un modèle réduit. Les yeux de Lawrence se remplirent de larmes.

— Pauvre Duane ! s'écria-t-il. D'abord son chien, et maintenant son oncle.

Dale allongea une bourrade à son frère, sans trop savoir pourquoi d'ailleurs.

Il lui fallut du temps pour en trouver le courage, mais il finit par décrocher le téléphone. Il composa le numéro des McBride et laissa sonner deux fois. Il y eut un clic et l'étrange machine à répondre au téléphone se déclencha. Il reconnut la voix de Duane :

« Bonjour ! Nous ne pouvons pas vous répondre pour l'instant, mais tout ce que vous direz sera enregistré et nous vous rappellerons dès que nous le pourrons. S'il vous plaît, comptez jusqu'à trois et parlez. »

Dale compta jusqu'à trois et raccrocha, le rouge aux

joues. Parler à Duane maintenant, cela n'aurait déjà pas été facile, mais exprimer des condoléances à une machine dépassait ses forces. Il abandonna Lawrence à son montage et descendit à bicyclette jusqu'à chez Mike.

— Iiikee !

Dale sauta de son vélo et le laissa continuer sur sa lancée jusqu'à ce qu'il tombe dans l'herbe devant la maison de Mike.

— Kiaaiii !

La réponse venait du gros érable qui surplombait la rue. Dale retourna un peu en arrière et monta les quelques barreaux restant de l'échelle qui menait à la hutte perchée dans l'arbre, puis il continua à grimper de branche en branche jusqu'à la plate-forme secrète douze mètres plus haut. Mike était assis sur une fourche, adossé au tronc, jambes pendantes. Dale se hissa près de lui et s'assit sur les trois petites planches de la plate-forme. Puis il regarda en bas, mais la route était cachée par toutes les feuilles et il savait que du sol ils étaient invisibles.

— Salut. Je viens d'apprendre...

— Ouais, je viens de l'apprendre, moi aussi, j'allais venir t'en parler dans un petit moment. C'est toi qui connais le mieux Duane, après tout.

Dale approuva. Duane et lui étaient devenus copains en neuvième, en se découvrant un intérêt commun pour les fusées et les livres. Mais si Dale rêvait de fusées, Duane en avait déjà construites. Quant aux lectures, si celles de Dale étaient précoces (il avait lu *L'Île au trésor* et *Robinson Crusoe* à neuf ans), celles de Duane étaient incroyables. Mais ils étaient restés amis, ils passaient toutes les récréations ensemble et se voyaient plusieurs fois pendant les vacances. Dale pensait être la seule personne à qui Duane avait dit qu'il voulait devenir écrivain.

— Ça répond pas chez lui, dit-il. Je l'ai appelé.

Mike examina le brin d'herbe qu'il mâchonnait et le laissa tomber dans la masse des feuilles au-dessous de lui.

— Ouais. Maman a appelé cet après-midi, mais elle est tombée sur leur machine. Elle a l'intention d'aller leur porter à manger ce soir, avec d'autres dames. Ta mère ira sans doute aussi.

Dale acquiesça de nouveau. Un décès à Elm Haven, ou dans une des fermes avoisinantes, signifiait l'arrivée d'une troupe de femmes fondant comme des Walkyries sur la famille endeuillée pour apporter à manger. *C'est Duane qui m'a parlé des Walkyries...* Il ne se rappelait plus ce qu'elles faisaient, mais il savait qu'elles se manifestaient dès que quelqu'un mourait.

— J'ai vu son oncle qu'une ou deux fois. Il avait l'air tellement gentil. Intelligent, mais gentil. Pas susceptible comme son père.

— Le père de Duane est alcoolique.

Ce n'était ni un jugement ni une critique, juste un fait.

— Son oncle a... avait une barbe et des cheveux blancs. Je lui ai parlé un jour où j'étais allé jouer avec Duane à la ferme. Il était... vraiment très drôle.

Mike cueillit une feuille et commença à la dépouiller.

— J'ai entendu Mme Somerset dire à maman qu'il avait été déchiqueté par le truc du volant, c'est Mme Taylor qui lui a raconté. Son corps est trop abîmé pour qu'on l'expose. Il paraît que le père de Duane est venu voir M. Taylor et qu'il l'a menacé de lui percer un second trou du cul s'il touchait au corps de son frère.

Dale arracha une feuille lui aussi. « Lui percer un second trou du cul... » Il n'avait jamais entendu cette expression et il eut du mal à s'empêcher de sourire. Il faudrait qu'il pense à la ressortir. Puis il se souvint de quoi ils parlaient et toute trace de sourire disparut.

— Le père Cavanaugh est allé chez Taylor, continua Mike. Personne ne connaissait la religion de M. McBride, je veux dire l'oncle, mais le père lui a tout de même donné l'extrême-onction, au cas où.

— C'est quoi, ça ?

Il finit de massacrer sa feuille et en cueillit une autre. Des petites filles passèrent en gambadant sous l'arbre, à mille lieues de soupçonner que des gosses pouvaient bavarder douze mètres au-dessus d'elles.

— Les derniers sacrements, expliqua Mike.

Dale approuva, bien qu'il ne fût pas plus renseigné pour autant. Ces catholiques avaient des tas de rites bizarres qu'ils croyaient connus de tout le monde. Dale se souvenait qu'en neuvième, Gerry Daysinger s'était moqué du chapelet de Mike. Il tournait autour de lui après se l'être passé autour du cou en criant que Mike portait un collier de fille. Sans un mot, Mike lui avait envoyé son poing dans la figure et s'était assis sur sa poitrine pour récupérer le chapelet. Après ça, plus personne ne l'avait taquiné à ce sujet.

— Le père Cavanaugh était là quand le père de Duane est passé à l'entreprise de pompes funèbres. Il n'a rien voulu raconter. Il a seulement demandé à M. Taylor de ne pas poser ses griffes de vampire sur son frère et il a indiqué où envoyer le corps pour qu'il soit incinéré.

— Incinéré ?

— C'est quand on brûle le cadavre au lieu de l'enterrer.

— Je le sais bien, imbécile, je suis juste un peu surpris, c'est tout.

Et soulagé ! s'avoua-t-il. Depuis quinze minutes, une partie de son esprit se disait qu'il allait devoir assister à l'enterrement et s'asseoir près de Duane... Mais une incinération... cela voulait dire pas d'enterrement, n'est-ce pas ?

— Quand est-ce que ce sera ? Je veux dire, l'incinération ?

C'était un mot si définitif, si adulte. Mike haussa les épaules.

— Tu veux aller le voir ?

— Qui ça ?

Dale savait que Digger Taylor faisait parfois entrer ses copains en douce, pour leur montrer des cadavres. Chuck Sperling s'était même vanté d'avoir vu Mme Duggan morte, toute nue, pendant qu'on lui faisait la toilette funèbre.

— Duane, bien sûr ! Qui d'autre ça pourrait être, andouille !

Dale marmonna quelques mots, acheva de massacrer sa feuille d'érable, essuya à son jean sa main collante de sève, et tenta de distinguer le ciel au-dessus de son dais de feuilles.

— Il ne va pas tarder à faire nuit.

— Mais non, on a encore deux bonnes heures devant nous. C'est la semaine de l'année où les jours sont les plus longs. C'est juste parce que le ciel est couvert.

Dale pensa au long trajet à bicyclette jusqu'à la ferme... sur la route même où le camion d'équarrissage avait presque écrasé Duane. Et puis, il faudrait dire quelques mots à M. McBride, et aux autres personnes présentes. Qu'y avait-il de plus pénible qu'une visite de condoléances ?

— D'accord, allons-y !

Ils descendirent de leur perchoir, enfourchèrent leurs vélos et sortirent du bourg. Le ciel à l'est était presque noir, comme à l'approche d'un orage, et l'air était parfaitement calme. A mi-chemin, un camion apparut au milieu d'un nuage de poussière. Ils se rangèrent bien à droite, presque dans le fossé. C'était Duane et son père, roulant en sens inverse. Le véhicule ne s'arrêta pas.

Duane aperçut ses deux amis sur leurs vélos et se douta bien qu'ils allaient à la ferme. Il jeta un coup d'œil en arrière et les vit, les yeux fixés sur le pick-up, puis la poussière les engloutit. Il ne dit rien, et le pater ne les reconnut même pas.

Duane avait eu bien du mal à convaincre son père que le livre était assez important pour qu'ils aillent le chercher tout de suite. Il lui avait aussi fait écouter l'enregistrement de l'appel de son oncle. « Qu'est-ce que c'est que cette histoire ? » avait-il demandé. Duane avait hésité un instant à tout lui raconter, comme il l'avait fait avec son oncle. Mais le moment semblait vraiment mal choisi. Cette histoire de cloche des Borgia était un enfantillage, par rapport à la réalité de leur chagrin. Il s'était contenté d'expliquer que lui et son oncle essayaient de se documenter sur une cloche... un objet d'art rapporté d'Europe par les Ashley-Montague et apparemment oublié de tous. Il en avait parlé comme d'un jeu, une de ces folles entreprises dans lesquelles ils se lançaient de temps en temps, comme cette fois où ils avaient fabriqué des télescopes, ou bien l'automne où ils avaient décidé de construire une à une toutes les machines dont Leonard de Vinci avait dessiné les plans.

Le pater avait compris, mais il ne voyait pas pourquoi il était si urgent d'aller récupérer le livre dans l'épave le soir même. Duane savait que sa sobriété temporaire le faisait physiquement souffrir, et il savait aussi que, s'il le laissait mettre un pied chez Carl ou à L'Arbre noir, il ne le reverrait pas pendant des jours et des jours. Officiellement, les débits de boisson étaient fermés le dimanche, mais pour les bons clients, la porte de derrière restait toujours ouverte.

« Ecoute, on pourrait aller chercher le livre et au retour tu irais acheter une bouteille de vin ou quelque chose de ce genre, pour porter un toast à la mémoire d'oncle Art. »

Le pater l'avait fusillé du regard, puis il avait fini par se détendre. Il n'était pas homme à proposer des compromis, mais si on lui en offrait un qui lui convenait... En fait, il était tiraillé entre le désir de ne pas boire avant que tout soit réglé pour son frère, et le besoin impérieux de s'en jeter un derrière la cravate.

« D'accord. On va inspecter la Cadillac et j'achèterai quelque chose à boire. Tu pourras porter un toast avec moi. »

Duane avait acquiescé, bien que la seule chose au monde dont il eût vraiment peur – jusqu'à présent —, ce fût justement l'alcool. Il craignait que l'alcoolisme ne soit une tare héréditaire et qu'un seul verre suffise à faire naître en lui cette obsession qui gouvernait la vie de son père depuis trente ans. Ils étaient partis après un repas auquel ni l'un ni l'autre n'avait touché.

La station Texaco était fermée. Elle fermait à 16 heures le dimanche. Il y avait des épaves derrière, mais pas celle de la Cadillac. Duane raconta alors sa conversation au téléphone avec le shérif.

— Foutu voleur de salaud de capitaliste ! marmonna son père.

Old Central était dans l'ombre lorsqu'ils ressortirent de Second Avenue et tournèrent dans Depot Street. Duane aperçut les parents de Dale, assis sur leur véranda, et les vit changer d'attitude lorsqu'ils reconnurent le pick-up.

La Chevrolet noire de Congden n'était pas garée dans la cour, ni dans les ornières boueuses tenant lieu d'allée.

Le pater frappa à la porte, mais il n'obtint pas d'autre réponse que l'aboiement frénétique et caverneux d'un chien de grande taille. Duane suivit son père, qui contourna la maison et traversa un terrain vague jonché de ressorts, de boîtes de bière et d'un assortiment d'objets rouillés inidentifiables. Les carcasses de voitures se trouvaient derrière un petit appentis. Sur les huit, deux d'entre elles étaient sur cales et semblaient destinées à être un jour remontées. Les autres gisaient dans les broussailles comme des cadavres de métal. La Cadillac de l'oncle Art se trouvait tout près de l'appentis.

— N'entre pas dedans, avertit le pater d'une voix bizarre. Si tu vois ton livre, je te l'attraperai.

A nouveau sur ses roues, la voiture avait l'air encore plus abîmée. Le toit était enfoncé jusqu'au niveau des portières, et même de la droite on voyait bien que la collision avec le pont avait tordu le véhicule sur son axe. Le capot avait disparu, et Congden ou quelqu'un d'autre avait déjà étalé dans l'herbe certaines pièces du moteur. Duane fit le tour de la voiture.

— Papa !

Son père le rejoignit et eut un sursaut d'étonnement : les deux portières de gauche avaient été enlevées.

— Elles y étaient encore quand ils l'ont sortie de la rivière, dit Duane, j'ai même montré les traces de peinture rouge au shérif du comté.

— Oui, je m'en souviens.

Le pater trouva une barre de fer et commença à sonder les hautes herbes à la recherche des portières.

Duane s'accroupit pour regarder à l'intérieur par le trou où se trouvait autrefois la lunette arrière. Puis il ouvrit la portière arrière droite et se pencha vers ce qui restait de la banquette : des coussins déchirés, des ressorts, du tissu, des lambeaux de matériau isolant pendant du toit comme des stalactites, des morceaux de verre. Une odeur de sang et d'essence. Mais pas de livre.

Le pater revint près de lui.

— Pas trace des portières. Tu as trouvé ce que tu cherchais ?

Duane secoua la tête.

— On n'a plus qu'à retourner à l'endroit de l'accident !

— Sûrement pas ce soir !

Duane se détourna. Plus pesante encore que le chagrin aigu qu'il ressentait, une profonde détresse s'abattit sur ses épaules à la perspective d'une soirée en tête à tête avec le pater et sa bouteille. Le marché conclu était loin d'être une bonne affaire.

Duane tourna au coin de l'appentis et le chien fut sur lui avant même qu'il ait eu le temps de sortir les mains de ses poches.

Il ne se rendit pas tout de suite compte que c'était un chien, juste une masse noire et grondante. Puis le monstre bondit, des crocs brillèrent tout près de son visage et il tomba en arrière au milieu des ressorts et des morceaux de verre, à demi écrasé par le poids de l'animal. A cet instant précis, cloué au sol, les mains libres maintenant, mais éraflées et vides, il comprit ce que signifiait « attendre la mort ».

Le temps se figea, l'emprisonnant dans son immobilité. Seul l'énorme chien pouvait bouger, se dresser, gueule ouverte et crocs menaçants, pour lui sauter à la gorge.

Le pater s'interposa entre le monstre et son fils. Il balança sa barre de fer, qui toucha le doberman entre les côtes et l'envoya valser à trois mètres. L'animal poussa un hurlement semblable au grincement d'un levier de changement de vitesses.

— Debout, vite ! haleta le pater en s'accroupissant entre Duane et le chien, déjà sur pattes.

Duane se trouvait à genoux quand l'animal attaqua de nouveau. Cette fois, pour l'atteindre, le chien devait franchir l'obstacle que représentait le pater, et il y semblait bien décidé : il bondit avec un feulement qui glaça le gamin d'effroi.

Le pater tournoya sur lui-même, serra la barre de fer dans ses mains, attendit que le chien soit juste au-dessus de lui et frappa comme un batteur envoyant une balle longue. La barre de fer atteignit le doberman juste sous la mâchoire, lui rejetant la tête en arrière, et l'animal fit un double saut périlleux avant de s'écraser contre le mur de l'appentis et de glisser mollement sur le sol.

Duane se leva et s'approcha en chancelant du chien qui, cette fois, ne se releva pas. Son père le rejoignit et poussa du bout du pied la tête du monstre qui se balança comme un objet attaché à une ficelle. Il avait les yeux grands ouverts, déjà vitreux.

— Bon Dieu, balbutia Duane, sentant que s'il ne s'obligeait pas à plaisanter, il allait se laisser tomber par terre et se mettre à hurler, c'est Congden qui va en avoir une, de surprise !

— Qu'il aille se faire foutre, rétorqua froidement le pater.

Pour la première fois depuis la visite du shérif du comté, il semblait presque détendu.

— Reste près de moi ! ajouta-t-il.

Toujours armé de la barre de fer, il passa devant Duane, fit le tour de la maison et retourna cogner à la porte, toujours fermée. Pas de réponse.

— Tu entends quelque chose, toi ?

Le pater cessa de frapper et Duane secoua la tête.

— Ben moi non plus !

Le garçon comprit ce que voulait dire son père. De deux choses l'une : soit le chien enfermé à l'intérieur lors de leur arrivée avait soudain trouvé la mort dans la maison, soit c'était lui qui gisait maintenant à côté de l'appentis. Quelqu'un l'avait donc lâché !

Le pater retourna à la route et observa Depot Street des deux côtés. Il faisait presque noir sous les ormes, et le grondement à l'est annonçait l'orage.

— Viens, Duanie... On récupérera ton livre demain.

Ils étaient au château d'eau et Duane avait presque cessé de trembler lorsqu'il se souvint :

— Et ta bouteille ?

Cela ne lui faisait pas plaisir de rappeler à son père leur marché, mais il trouvait qu'il l'avait bien mérité.

— J'en ai rien à foutre ! On boira du Pepsi en l'honneur d'Art. De toute façon, c'est ce que toi et lui vous buviez tout le temps, n'est-ce pas ? On boira en son honneur, on parlera de lui, on va lui faire une vraie veillée funèbre. Puis on se couchera de bonne heure, parce que demain on aura des tas de choses à régler. D'accord ?

Duane approuva d'un signe de tête.

Jim Harlen revint chez lui le dimanche, une semaine jour pour jour après avoir été hospitalisé. Il avait le bras gauche emprisonné dans un plâtre encombrant, la tête et les côtes encore bandées, et il devait continuer à prendre des antalgiques. Pourtant, le docteur et sa mère avaient décrété qu'il pouvait sortir.

Harlen n'avait pas la moindre envie de rentrer chez lui.

Il ne se souvenait pas trop bien de son accident, mais quand même un peu plus qu'il ne voulait l'admettre : il savait qu'il était sorti, malgré la défense maternelle, pour aller à la séance gratuite et qu'il avait suivi la mère Faux-Derche. Il se rappelait aussi avoir décidé de grimper sur le mur de l'école pour glisser un œil à l'intérieur. Mais il avait tout oublié de sa chute et de ce qui l'avait provoquée.

Toutes les nuits à l'hôpital, il faisait des cauchemars, et il se réveillait le cœur battant et la tête en feu, s'accrochant aux barreaux métalliques du lit. Sa mère avait passé les premiers jours à son chevet, ensuite il avait vite appris à sonner, rien que pour avoir une grande personne dans sa chambre. Les infirmières, surtout la vieille Mme Carpenter, cédaient à son caprice et restaient avec lui, lui caressant les cheveux jusqu'à ce qu'il se rendorme.

Il n'avait pas le moindre souvenir des cauchemars qui l'arrachaient si brusquement au sommeil, mais il se rappelait *l'impression* qu'ils lui laissaient, et cela suffisait à lui donner la chair de poule et la nausée. La perspective de rentrer à la maison lui faisait le même effet.

Un ami de sa mère, qu'il ne connaissait pas, vint le chercher en voiture. Allongé à l'arrière et obligé de soulever sa tête des oreillers pour voir défiler le paysage, Harlen se sentait idiot et empoté.

Durant les quinze minutes du voyage, le ciel sembla s'assombrir de kilomètre en kilomètre.

— On dirait qu'il va pleuvoir, dit le petit ami de sa mère. Dieu sait si les récoltes en ont besoin !

Quel que soit le métier de ce crétin (Harlen avait déjà oublié le nom gazouillé par sa mère au moment des présentations, faites d'un ton détaché, comme si ce type était un vieil ami de la famille), il n'était pas fermier. Son automobile rutilante, ses mains blanches et son costume de tweed en étaient la preuve. Que les récoltes aient besoin d'eau ou de purin, le mec n'en savait rien et s'en fichait comme de sa première chemise.

Ils arrivèrent à Elm Haven à 18 heures (la mère d'Harlen était censée venir le chercher à 14 heures, mais elle était toujours en retard) et le mec fit tout un cirque pour aider le blessé à monter dans sa chambre, comme s'il avait eu une jambe cassée, et non un bras. Harlen dut toutefois reconnaître que l'effort fourni pour monter les marches avait suffi à lui donner le vertige. Il s'assit sur son lit, regarda sa chambre, soudain bizarre, étrangère, et ferma les yeux pour essayer de chasser sa migraine, tandis que sa mère redescendait chercher ses médicaments. Il entendit une conversation chuchotée, puis un long silence. Il n'eut aucun mal à imaginer le mec roulant une pelle à sa mère. Celle-ci devait lever un peu la jambe droite, son escarpin pendant au bout du pied, comme elle faisait toujours lorsqu'elle embrassait ses jules le soir, tandis que son fils les espionnait de la fenêtre de sa chambre.

La lumière jaunâtre filtrant par la fenêtre donnait à sa chambre une sinistre couleur de soufre. Il comprit soudain pourquoi il avait du mal à reconnaître sa chambre : sa mère y avait fait un grand ménage. Elle avait jeté des tas de vêtements, des illustrés, les soldats de plomb, les modèles réduits cassés, tout le bazar poussiéreux entassé sous le lit, et même toute une collection de vieux journaux pourtant ici depuis des années.

Le rouge aux joues, il se demanda si elle avait poussé le zèle jusqu'à nettoyer le placard de fond en comble, et trouvé les magazines porno. Il voulut se lever pour aller vérifier, mais les battements de ses tempes et le vertige le firent vite changer d'avis. Pour tout arranger, son bras lui faisait mal, comme tous les soirs. On lui avait mis une broche en métal ! Il ferma les yeux et imagina le chirurgien en train d'enfoncer un clou d'acier de la taille d'un rayon de bicyclette dans son humérus brisé.

Sa mère remonta, toute dégoulinante de bonne volonté et de joie à l'idée que son petit Jimmy chéri était de retour. Il remarqua son maquillage voyant et son parfum capiteux, bien différent de l'odeur fleurie et fraîche des infirmières.

— Allons, prends tes comprimés avant que j'aille préparer le dîner, pépia-t-elle.

Elle lui tendit le tube, et non le petit doseur dans lequel les infirmières mettaient la quantité prescrite. Il en profita pour avaler trois cachets de codéine au lieu d'un. *Que cette saleté de douleur fiche le camp !* Sa mère était bien trop occupée à papillonner dans sa chambre, tapotant ses oreillers et défaisant la valise rapportée de l'hôpital, pour le remarquer. Si elle avait décidé de lui faire une scène à cause des journaux porno, ce ne serait pas ce soir-là. Très bien. Qu'elle descende et laisse brûler le dîner (elle faisait la cuisine à peu près deux fois par an et c'était toujours un désastre) ! Le médicament commençait à faire son effet et il se sentait glisser dans cette agréable immensité tiède où il avait passé tant d'heures les premiers jours à l'hôpital, quand on lui donnait un antalgique plus puissant.

Il posa une question à sa mère.

— Quoi, mon chéri ?

Elle s'arrêta de suspendre la robe de chambre de son fils et Harlen s'aperçut qu'il avait la voix plutôt pâteuse. Il fit un deuxième essai.

— Mes copains sont venus ?

— Tes copains ? Oh oui, mon chéri. Ils étaient très inquiets et ils ont dit qu'ils souhaitaient que tu sois vite sur pied.

— Qui ça ?

— Pardon, mon chéri ?

— *Qui* ? aboya Harlen.

Puis, faisant un effort pour maîtriser sa voix, il répéta :

— Qui est venu ?

— Eh bien, tu as dit que ce gentil fils de fermier... Comment s'appelle-t-il déjà ?... Ah oui, Donald, il est venu te voir à l'hôpital la semaine dernière.

— Il s'appelle Duane. Et c'est pas un copain, juste un bouseux. Je veux dire, qui est venu ici ?

Sa mère fronça les sourcils et se frotta les mains l'une contre l'autre, comme elle le faisait lorsqu'elle se sentait embarrassée. Avec ce vernis à ongles rouge sang, ses doigts ressemblaient à des moignons, pensa-t-il.

— Qui ? répéta-t-il. O'Rourke ? Stewart ? Daysinger ? Grumbacher ?

Sa mère soupira.

— Comment veux-tu que je connaisse le nom de tous tes petits amis, Jimmy ? Ils m'ont téléphoné... du moins leur mère. Tout le monde se fait du souci pour toi, tu sais. Particulièrement cette gentille dame qui travaille au super-marché.

— Mme O'Rourke, soupira Harlen. Mais Mike et les autres sont pas venus, alors ?

Elle roula sous son bras son pyjama d'hôpital, comme si le laver eût été une priorité absolue, comme si, avant son accident, son linge sale n'avait pas traîné sur le sol de sa chambre pendant des semaines.

— Sûrement que si, mon chéri, mais j'ai été... très prise, bien sûr, entre tout ce temps passé à l'hôpital et... les autres choses dont il fallait que je m'occupe.

Harlen essaya de se tourner sur le côté, mais son plâtre, protubérance malcommode, lourde et raide, le gênait. Et puis la codéine commençait à faire de l'effet. Sa mère l'embrassa et il reconnut sur elle l'odeur de l'eau de Cologne du mec.

— Allons, dors maintenant, mon chéri.

Elle le borda comme un bébé, sauf que le plâtre n'entrait pas sous les couvertures, et elle dut les draper tout autour comme le tissu rouge autour de l'arbre de Noël.

Harlen flottait sur un nuage, débarrassé maintenant de toute douleur, et ce soudain bien-être lui donnait l'impression d'être plus vivant qu'il ne l'avait été de toute la semaine.

La nuit n'était pas encore tombée, il préférait s'endormir quand il faisait encore jour, c'était cette saloperie d'obscurité qu'il craignait. Il avait le temps de piquer un petit somme avant de se réveiller pour monter la garde, pour essayer de rester en alerte au cas où *ça* reviendrait. Mais ça *quoi*, au fait ?

Le calmant lui libérait l'esprit, comme si les barrières qui l'empêchaient de se souvenir de ce qu'il avait vu étaient prêtes à tomber, les rideaux prêts à s'ouvrir.

Il essaya de se retourner, le plâtre l'en empêcha. Il gémit un peu, sentant la douleur comme séparée de lui, roquet obstiné s'accrochant à sa manche.

Quel que soit le cauchemar qui, chaque nuit, le réveillait baigné de transpiration et le cœur battant la chamade, *il ne voulait surtout pas qu'il revienne.*

Que O'Rourke, Steward, Daysinger et les autres aillent se faire foutre ! Ce n'était pas des vrais copains, de toute façon. Il n'avait pas besoin d'eux. Il détestait cet horrible patelin avec ces horribles bouffis d'habitants et ces horribles gosses dégénérés.

Et l'école.

Jim Harlen sombra dans un sommeil agité. La lumière jaunâtre vira au rouge avant de s'assombrir, tandis que l'orage grondait, de plus en plus proche.

A l'autre extrémité de Depot Street, Dale et Lawrence, juchés sur la balustrade de leur véranda, regardaient les éclairs de chaleur illuminer le ciel, tandis que leurs parents prenaient le frais dans leurs fauteuils à bascule. A chaque éclair, Old Central surgissait à travers l'écran d'arbres, maquillée de bleu électrique. L'air était calme, le vent précédant l'orage ne s'était pas encore levé. Les éclairs zébraient l'horizon à l'est et au sud, brillant au-dessus des arbres comme de petites aurores boréales. Dale pensait aux histoires de son oncle Henry sur les barrages d'artillerie pendant la Première Guerre mondiale. Il avait fait la Seconde aussi, mais il n'en parlait jamais.

— Regarde, fit tout bas Lawrence en montrant du doigt la cour de l'école.

Dale se pencha pour mieux voir la direction indiquée par son frère. A l'éclair suivant, il aperçut le billon barrant le terrain de jeux. Depuis le début des vacances, quelques billons étaient apparus, comme si on allait installer des canalisations. Mais ni Dale ni aucun membre de sa famille n'avaient vu d'ouvrier travailler. Et pourquoi poserait-on des tuyaux dans une école promise à la démolition ?

— Viens, chuchota Dale.

Les deux enfants sautèrent sans bruit sur la pelouse.

— N'allez pas trop loin, cria leur mère, il va pleuvoir !

— Non, non...

Ils traversèrent en courant Depot Street, bondirent par-dessus les fossés herbeux servant de rigole d'évacuation après les orages, et filèrent sous les branches des grands ormes de l'autre côté de la route.

En regardant autour de lui, Dale remarqua pour la première fois que les gros arbres formaient une vraie barrière. Il n'était pas difficile d'atteindre le terrain de jeux, mais on avait l'impression de franchir des fortifications pour pénétrer dans un château-fort. Et ce soir-là, Old Central avait tout du donjon. Les fenêtres en chien-assis du toit reflétaient les éclairs, la pierre et la brique semblaient verdâtres dans cette lumière d'outre-tombe, et la voûte de la porte d'entrée faisait penser à une gueule noire.

— C'est là ! dit Lawrence.

Il s'était arrêté à deux mètres du billon qui traversait le terrain de jeux, exactement comme si on allait poser une grosse canalisation partant d'Old Central. Dale repéra l'endroit où il touchait le mur de l'école, près d'une fenêtre du sous-sol. Mais il s'arrêtait en plein milieu du terrain de jeux.

Dale jeta un coup d'œil derrière lui et calcula où il arriverait, si on le prolongeait tout droit ! Exactement à leur porte, à trente mètres d'ici.

Lawrence poussa un cri et fit un bond en arrière. Dale se retourna et dans la courte explosion de lumière d'un éclair, il vit le sol se soulever, des mottes de terre encore couvertes d'herbe éclater et la tranchée s'allonger d'un mètre, pour s'arrêter à moins de quatre-vingt-dix centimètres de leurs pieds.

Mike O'Rourke faisait manger sa grand-mère lorsque les premiers éclairs apparurent derrière les rideaux. Faire manger Memo n'avait rien d'agréable ! Son système digestif fonctionnait à peu près, sinon ils auraient été obligés de la faire hospitaliser, mais elle ne mangeait que de la nourriture passée au mixer ; et ne pouvait plus ouvrir et fermer la bouche toute seule. Elle avalait avec des hoquets et, naturellement, une bonne partie de la nourriture se retrouvait sur son menton et le grand bavoir qu'on lui nouait autour du cou.

Mais Mike accomplissait patiemment sa tâche en lui faisant la conversation (il lui parlait de son travail de livreur de journaux le dimanche, de la pluie qui menaçait, des derniers exploits de ses sœurs...) dans les longs intervalles entre chaque cuillerée.

Soudain, Memo écarquilla les yeux et commença à ciller très vite pour tenter de lui communiquer un message. Mike déplorait souvent qu'elle et sa famille n'aient pas appris le morse avant son attaque, mais qui aurait pu penser qu'ils en auraient un jour besoin ? Pourtant, cela aurait été si pratique, maintenant.

— Qu'est-ce qu'il y a, Memo ? chuchota le garçon en se penchant vers la vieille dame pour lui essuyer le menton.

Il jeta un coup d'œil en direction de la fenêtre, s'attendant presque à y voir une silhouette sombre, mais il ne vit que l'obscurité, puis le zigzag d'un éclair de chaleur illuminant les feuilles du tilleul.

— Il n'y a rien murmura-t-il en présentant à sa grand-mère une autre cuillerée de purée de carottes.

De toute évidence, il se trompait. Les clignements de paupières de Memo s'accélérèrent et les muscles de son cou se contractèrent si fort que Mike craignit de la voir régurgiter son dîner. Il se pencha tout près d'elle pour s'assurer qu'elle n'était pas en train d'étouffer, mais elle respirait normalement, en clignant frénétiquement des yeux. Et si c'était une autre attaque ? Si elle était en train de mourir ?

Mais il n'appela pas ses parents. La pesanteur précédant l'orage semblait l'avoir rendu amorphe, le figer sur sa chaise, la cuillère tendue en direction de la bouche de Memo.

Elle cessa de ciller et ses yeux s'exorbitèrent. Au même

instant, un grattement se fit entendre sous les lattes du parquet. Mike savait pourtant qu'il n'y avait là que le vide sanitaire. Il perçut un bruit de griffes qui égratignaient par en dessous le sol de la cuisine, puis se déplaçaient bien plus rapidement qu'un chat ou un chien sous le salon, sous le petit couloir, pour arriver sous le plancher du salon, maintenant chambre de Memo, sous les pieds de Mike et sous l'antique lit de cuivre où gisait la vieille femme.

Mike, le bras toujours tendu, baissa les yeux vers le tapis élimé. Le grincement était aussi fort que si quelqu'un, glissé sous la maison avec un grand couteau ou une tige de fer, cognait chaque entretoise soutenant les vieilles lattes. Puis le bruit devint martèlement, raclement, comme si ce même instrument était maintenant utilisé pour déchiqueter les planches sous ses pieds.

Pétrifié, Mike fixait le sol, la bouche ouverte, s'attendait à voir surgir il ne savait quoi... des doigts crochus émergeant soudain pour lui saisir la jambe. Memo avait fermé les yeux et serrait les paupières de toutes ses forces.

Soudain, le grattement cessa. Mike retrouva aussitôt sa voix.

— Maman ! Papa ! Peg ! hurla-t-il.

Sa main tenait toujours la cuiller, mais il tremblait comme une feuille.

Son père surgit de la salle de bains en face, bretelles pendantes et ventre à l'air. Sa mère sortit de leur chambre en enfilant sa robe de chambre, et un bruit de pas dans l'escalier annonça non pas Peg, mais Mary, qui s'appuya au chambranle de la porte pour voir ce qui se passait au salon. Les questions fusèrent.

— Qu'est-ce qui t'a fait hurler comme ça ? répéta son père en profitant d'un instant de silence.

Sidéré, Mike les regarda.

— Vous avez pas entendu ?

— Entendu quoi ? demanda sa mère, la voix toujours plus sèche qu'elle ne le voulait.

Mike regarda le sol. Il sentait une présence là-dessous, embusquée. Il jeta un coup d'œil à Memo. Elle était téta-

238

nisée de terreur, les paupières toujours étroitement fermées.

— Un bruit..., expliqua Mike, sentant immédiatement combien il était peu convaincant, un bruit terrible venu de sous la maison.

Son père secoua la tête et leva sa serviette pour s'essuyer les joues.

— Je n'ai rien entendu de la salle de bains. Ça doit être un de ces foutus... (il aperçut le froncement de sourcils de sa femme) un de ces satanés chats. Ou peut-être un putois, une fois de plus. Je vais aller voir avec une torche et le chasser à coups de balai !

— Non ! cria Mike bien trop fort.

Mary fit la grimace et ses parents le considérèrent avec étonnement.

— Je veux dire... il va pleuvoir... attendons demain, quand il fera jour. J'irai le sortir de là.

Mary remonta lourdement l'escalier et, lorsqu'elle entra dans sa chambre où la radio était allumée, Mike entendit du rock and roll. Son père retourna à ses ablutions et sa mère s'approcha, tapota la tête de Memo, effleura la joue de son fils et dit :

— Elle a l'air de s'être assoupie. Si tu veux monter te coucher, je vais attendre qu'elle se réveille pour continuer à la faire manger.

Mike déglutit péniblement, baissa son bras tremblant et l'appuya sur un genou plutôt flageolant. Il *sentait* une présence là-dessous, séparée de lui par un centimètre de bois et un vieux tapis, attendant dans l'obscurité qu'il quitte la pièce.

— Non, je m'en occupe...

Il lui sourit. Sa mère lui caressa la tête et retourna dans sa chambre.

Mike attendit. Au bout de quelques minutes, Memo ouvrit les yeux. Dehors, les éclairs de chaleur zébraient silencieusement le ciel.

16

Il ne plut pas le dimanche soir, ni le lundi, mais la journée fut grise et moite. Le père de Duane avait fixé l'incinération de son frère mercredi, à Peoria, et il restait pas mal de détails à régler. Il fallait aussi prévenir les gens. Au moins trois personnes – un vieux compagnon d'armes d'oncle Art, un cousin avec lequel il avait gardé des relations suivies et une ex-fiancée – insistèrent pour y assister, aussi décida-t-il qu'il y aurait une brève cérémonie à 15 heures, dans la seule entreprise funéraire de Peoria à faire des incinérations.

Le pater essaya presque toute la journée du lundi d'appeler J. P. Congden, mais celui-ci était toujours absent. Lorsque, dans l'après-midi, Barney vint annoncer à McBride qu'on avait porté plainte contre lui, Duane resta dans l'embrasure de la porte pour écouter.

— Martin, dit le policier, vous savez que J.P. raconte partout que vous avez tué son chien...

Le pater avait aussitôt montré les dents

— Ce maudit animal s'en prenait à mon fils. Un gros doberman avec un cerveau aussi microscopique que le zob de Congden !

Barney tourna et retourna son chapeau dans ses mains.

— J.P. prétend que le chien était à l'intérieur de la maison, c'est là qu'il aurait trouvé le cadavre. Quelqu'un serait entré chez lui par effraction pour le tuer.

Le pater cracha dans la poussière.

— Bon Dieu, vous savez bien que tout ça, c'est que des mensonges, à peu près comme les prétendues infractions au code de la route servant de prétexte à ses arrestations. Le chien était bien dans la maison quand nous avons frappé à la porte, et il y était encore quand mon gamin et moi avons tourné au coin de l'appentis après avoir examiné la Cadillac d'Art qui, entre parenthèses, ne devrait pas se trouver là. Un tiers n'a pas le droit d'acheter une épave avant que l'enquête sur l'accident soit close. Quoi qu'il en soit, ce monstre a attaqué Duane bien après que nous soyons entrés dans la cour de derrière, ce qui signifie que cet enculé de Congden l'a lâché en sachant pertinemment qu'il allait nous sauter à la gorge.

Barney regarda le fermier dans les yeux.

— Mais vous ne pouvez absolument pas prouver ce que vous avancez, n'est-ce pas ?

— Pourquoi croyez-vous qu'il vous a envoyé me voir ? Comment saurait-il que c'est moi qui ai tué son sale cabot ?

— Les voisins vous ont vus.

— Foutaises ! Mme Dumont est la plus proche voisine de Congden et elle est aveugle. La seule autre personne de ce quartier qui me connaisse de vue, c'est la mère de Jimmy, et elle est à Oak Hill avec son fils. De plus, j'avais parfaitement le droit d'entrer chez lui. Il a illégalement confisqué la voiture d'Art, et il en a arraché les portières pour cacher la vraie cause de l'accident.

— Qu'est-ce que vous racontez là ?

— Je parle des deux portières de gauche, sur lesquelles se trouvaient des indices se rapportant à l'accident. Des traces de peinture rouge... de la même couleur que celle du camion qui a tenté d'écraser mon fils il y a exactement une semaine.

Barney sortit son carnet de sa poche, écrivit quelques lignes au crayon et demanda.

— Vous en avez parlé au shérif Conway ?

— Bien sûr, que je lui en ai parlé ! rétorqua le pater en se frottant rageusement les joues.

Il était rasé de frais et l'absence de poils sur son visage semblait le déconcerter.

— Il a dit qu'il allait s'en occuper. Et il a vraiment intérêt à se remuer car s'il ne mène pas une enquête sérieuse, je porterai plainte non seulement contre Congden, mais contre lui.

— Vous croyez qu'il y avait un deuxième véhicule, alors ?

— Je suis convaincu que mon frère n'a pas franchi ce pont à cent vingt à l'heure sans y être forcé et contraint. Art respectait stupidement les limitations de vitesse, même sur des chemins infâmes comme Jubilee College Road. Je suis sûr qu'on l'a obligé à quitter la route.

Barney retourna à sa voiture.

— Je vais appeler Conway et lui dire que j'enquête de mon côté.

Cela étonna Duane. Il n'entrait pas dans les attributions de Barney d'enquêter sur les décès provoqués par des accidents de la circulation. Il voulait juste rendre service au pater.

— En attendant, ajouta-t-il, je vais dire à notre cher shérif que ses voisins ont dû faire erreur. Peut-être son chien est-il mort de mort naturelle. Cette saleté de bête s'en était déjà prise une ou deux fois à moi.

Il tendit la main à McBride.

— Je suis désolé pour Art, Martin.

Surpris, le pater serra la main du policier. Duane sortit et regarda à côté de son père l'automobile descendre le chemin. Le garçon sentait que s'il regardait son père, il verrait, pour la première fois depuis l'accident, des larmes briller dans ses yeux. Il s'abstint soigneusement de tourner la tête vers lui.

Plus tard dans la soirée, Duane et son père allèrent chez Art prendre un complet pour l'apporter le lendemain à l'entreprise funéraire de Peoria.

— Quelle idiotie ! marmonna le pater en chemin. Quand je pense qu'ils vont juste l'incinérer lui et le cercueil, il pourrait tout aussi bien être à poil ! Ça ne gênerait personne.

Duane reconnut le genre de remarque provoquée par une journée sans alcool, aussi bien que par le chagrin ou la mauvaise humeur. Son père n'était pas loin de son dernier record d'abstinence, deux ans auparavant.

Duane attendait avec impatience cette visite à la maison de son oncle. Il n'avait pas voulu insister pour chercher le livre dont Art lui avait parlé mais il savait que son père serait obligé d'aller là-bas avant les obsèques.

Il faisait nuit quand ils arrivèrent. Oncle Art habitait à plusieurs centaines de mètres du bord de la route, dans une petite maison de bardeaux blancs qu'il louait au fermier exploitant les champs environnants. Il se contentait de cultiver son potager à l'arrière de la maison. Le pater contempla quelques instants le jardin avant d'entrer, et Duane savait qu'il pensait qu'ils seraient obligés de venir l'entretenir. Dans quelques semaines, ils mangeraient les tomates dont Art raffolait.

La maison n'était pas fermée à clé. En entrant, Duane remonta ses lunettes sur son nez, le chagrin lui serrait la gorge. L'odeur du tabac d'oncle Art flottait encore dans la maison. A cet instant, il comprit combien brève est la vie, et éphémère la présence d'un être humain. Elle se réduit à si peu : l'odeur d'un tabac que cet être ne fumera plus jamais, quelques vêtements que d'autres porteront, les inévitables photographies, papiers officiels et lettres qui n'ont plus de sens pour personne. Un homme sur cette terre, découvrit-il avec un choc qui lui donna le vertige, ne laisse pas plus de traces qu'une main plongée dans l'eau.

— J'en ai juste pour une minute, marmonna le pater, attends-moi ici.

Ils avaient traversé la cuisine et se trouvaient dans la pénombre du bureau. Duane alluma. Son père disparut dans la chambre. L'enfant l'entendit ouvrir la porte du placard.

La maison d'oncle d'Art n'était pas grande. Elle se composait seulement d'une cuisine, d'un bureau (ex-salle à manger) et d'un petit salon où s'entassaient un vieux fauteuil en bois, des étagères chargées de livres, deux autres fauteuils de chaque côté d'une petite table, sur laquelle étaient posés un jeu d'échecs (Duane reconnut la partie commencée trois week-ends plus tôt) et un poste de télévision. La chambre, minuscule, se trouvait tout au bout.

Duane essaya de se concentrer. Art avait une fois avoué qu'il tenait un journal depuis 1941. Le livre dont il avait parlé au téléphone semblait irrémédiablement perdu, volé par Congden ou quelqu'un d'autre, mais il y avait peut-être fait allusion dans son journal.

Il alluma la lampe du bureau. Du sol au plafond, cette pièce était entièrement tapissée d'étagères chargées d'ouvrages, pour la plupart reliés. D'autres étagères, au milieu de la pièce, encadraient la grande planche sur tréteaux servant de table de travail. Sur celle-ci s'entassaient, outre le téléphone, des factures, des piles de lettres que Duane feuilleta rapidement, des coupures de presse de la rubrique *Échecs* de journaux de Chicago et New York, des revues, des dessins humoristiques découpés dans le *New Yorker*, une photographie encadrée de sa seconde épouse, un autre cadre avec un dessin de Leonard de Vinci d'une machine ressemblant à un hélicoptère, et des piles de feuilles volantes : listes de courses, adresses des membres du syndicat de l'usine Caterpillar, liste des lauréats du prix Nobel, et un tas d'autres choses, y compris un bocal contenant des billes et un autre des réglisses (que Duane pillait systématiquement). Pas de journal intime. Et la table n'avait pas de tiroir.

Duane regarda autour de lui. Il entendit le pater ouvrir et fermer les tiroirs de la chambre, sans doute à la recherche de chaussettes et de sous-vêtements. Il n'en avait plus pour longtemps.

Où oncle Art pouvait-il bien ranger son journal ? Dans la chambre ? Non, il n'était pas du genre à écrire au lit.

Il s'assit dans le vieux fauteuil et sentit combien le vernis des accoudoirs avait été usé par les bras de son oncle. *Il devait écrire quelques lignes tous les jours. Sans doute le soir, ici même...* Duane tendit la main gauche. *Oncle Art était gaucher...*

L'une des étagères les plus basses était juste à sa portée. Elle était large et supportait une douzaine de volumes sans titre, presque invisibles dans l'ombre de la table. Duane en tira un : c'était un cahier à reliure de cuir, en papier de bonne qualité d'environ cinq cents pages couvertes de lignes écrites à la main avec une plume à l'ancienne... d'une écriture illisible, ou plutôt indéchiffrable. Mais en haut d'une page, Duane n'eut aucun mal à lire ces chiffres : *19.3.57.*

Oncle Art disait souvent qu'il aimait bien la manière européenne d'écrire les dates, en précisant d'abord le jour, puis le mois, puis l'année. « Du plus petit au plus grand, avait-il expliqué un jour à Duane, alors âgé de six ans, c'est bien plus logique. »

Duane remit le cahier à sa place et prit celui qui se

trouvait le plus à gauche, le plus facile à atteindre. La première page était datée du *1.1.60* et la dernière du *11.6.60*. Oncle Art avait donc écrit quelque chose le samedi soir, mais rien le dimanche matin.

— On y va ?

Le pater était à la porte. Il portait d'une main un costume enveloppé de la cellophane du teinturier, et de l'autre un vieux sac de sport. Il s'avança dans la zone éclairée et montra de la tête le cahier que Duane avait machinalement refermé.

— C'est ça que Art voulait t'apporter ?

Duane n'hésita qu'une fraction de seconde.

— Je crois.

— Alors, prends-le.

Le pater passa dans la cuisine. Duane éteignit la lumière, songeant aux dix-huit années de réflexions personnelles contenues dans tous ces cahiers, et il se demanda s'il n'avait pas tort. Son oncle avait choisi d'écrire en un langage codé et si son neveu, champion du décryptage, arrivait à déchiffrer ce code, il lirait des choses qu'oncle Art n'avait pas voulu montrer, ni à lui, ni à personne d'autre.

Mais il avait bel et bien l'intention de me dire ce qu'il avait découvert, il avait l'air excité, sérieux, mais excité, et peut-être même un peu inquiet.

Duane s'empara du lourd cahier, sentant tout autour de lui la présence de son oncle à cause de l'odeur du tabac, des centaines de livres, du volume relié...

Il faisait maintenant complètement noir dans la pièce, et le garçon avait l'impression que le fantôme de son oncle l'incitait à prendre le livre, à s'asseoir là tout de suite et à le lire sous sa protection. Il s'attendait presque à sentir une main se poser sur sa nuque.

Sans hâte, il traversa la cuisine et rejoignit son père dans le pick-up.

Dale et Lawrence avaient passé toute la journée à jouer au ballon, en dépit des nuages menaçants et de l'humidité poisseuse. Lorsque l'heure du dîner arriva, ils étaient noirs de crasse. Les voyant arrivér par la fenêtre de la cuisine, leur mère leur ordonna d'entrer par-derrière et d'enlever tous leurs vêtements avant d'aller plus loin. Dale fut chargé d'aller les porter au fond de la cave, où était installée la machine à laver.

Dale détestait la cave, le seul endroit de la maison où il ne se sentait pas en sécurité. Mais, heureusement, on était en été et il n'était pas obligé de descendre tous les soirs après dîner charger la chaudière.

Les marches qui menaient à la cave avaient au moins soixante centimètres de haut, on les eût dites construites pour un géant. L'escalier descendait en colimaçon entre le mur extérieur et celui de la cuisine, et le sous-sol semblait bien plus bas qu'il ne l'était réellement. « Des escaliers de donjon », disait Lawrence.

L'ampoule en haut des marches n'éclairait presque pas la partie du couloir menant à la chaufferie. Il y en avait bien une autre derrière la chaudière, et une troisième au-dessus du tas de charbon, mais pour les allumer, il fallait tirer sur un cordon.

En passant, Dale jeta un coup d'œil à droite vers la cave à charbon. Elle n'avait pas vraiment de porte, juste une ouverture d'environ un mètre carré, avec une marche. Du sol au plafond, la petite pièce ne mesurait pas plus d'un mètre cinquante, et Dale savait combien il était fatigant pour son père de s'y tenir courbé à pelleter le charbon. Ce qu'il détestait le plus dans la cave à charbon, ce n'était pas le caractère pénible de sa tâche (bien qu'il eût tout l'hiver des cals aux mains) ni la poussière de charbon (même s'il en gardait encore le goût dans la bouche après s'être lavé les dents), mais le vide sanitaire qu'il y avait derrière : un étroit boyau plein de tuyaux et de toiles d'araignée, qui s'élargissait ensuite sous la pièce servant de bureau à son père et qui aboutissait sous la grande véranda. En pelletant le charbon, le jeune garçon entendait des souris et d'autres rongeurs plus gros courir là-dedans, et un soir, en se retournant brusquement, il avait vu de petits yeux rouges qui le regardaient. Les parents de Dale le complimentaient souvent de la vitesse avec laquelle il s'acquittait de sa tâche. Ces vingt minutes quotidiennes étaient le plus horrible moment de sa journée, et il pelletait à perdre haleine pour remonter plus vite.

Ce soir-là, la lumière de l'escalier projetait à peine une lueur dans la cave à charbon, et le boyau derrière était plongé dans l'obscurité la plus complète. Dale trouva le cordon de la première ampoule, cligna des yeux à la soudaine clarté, passa dans la chaufferie, contourna la chaudière, arriva dans l'espèce d'atelier où son père avait installé un établi, et tourna à nouveau à droite pour entrer dans la dernière pièce où se trouvaient machine à laver et séchoir à linge.

Pas plus que les autres, cette pièce n'avait de fenêtre, et le cordon-interrupteur pendait au milieu. Près du mur sud, une fosse circulaire d'un mètre de diamètre semblait s'enfoncer dans l'obscurité. Au-dessus était installée une grosse pompe qui, en théorie, fonctionnait en cas de risque d'inondation. Mais le sous-sol avait tout de même été inondé deux fois en quatre ans et demi, et M. Stewart avait dû une fois patauger dans soixante centimètres d'eau pour bricoler la pompe.

Dale jeta les vêtements sales dans la machine, éteignit et retraversa sans s'attarder l'atelier, la chaufferie et le couloir (sans prendre cette fois le temps de jeter un coup d'œil dans la cave à charbon), puis il gravit les dix hautes marches de l'escalier en colimaçon.

Gêné de se retrouver en caleçon dans la cuisine, il la traversa au pas de course. Lawrence pataugeait déjà dans la baignoire en faisant des bruits de bataille navale. Dale enfila un peignoir en éponge et s'allongea sur son lit pour lire un vieux magazine de science-fiction en attendant de prendre un bain à son tour.

Une fois seul en bas dans son coin bien éclairé du sous-sol, Duane n'eut pas besoin de plus de cinq minutes pour décrypter le code. Le journal d'oncle Art semblait rédigé en hindi, mais c'était tout simplement de l'anglais à l'envers, à lire dans un miroir. Le texte était écrit de droite à gauche, et les mots collés les uns aux autres afin que le système ne soit pas trop évident. Les lettres étaient reliées entre elles au sommet, ce qui donnait aux lignes une allure exotique, et il avait remplacé les points par des *f* à l'envers précédés de deux petits points, et les virgules par des *f* à l'envers précédés d'un seul point.

Duane vit que la page sur laquelle il était tombé parlait de problème à l'usine : un contremaître était soupçonné de piocher dans la caisse du syndicat. Venait ensuite le résumé d'une discussion politique entre lui et son frère. Duane parcourut rapidement le passage : il se souvenait de cette conversation où son père, complètement soûl, avait réclamé à grands cris la destitution du gouvernement. Il se hâta de tourner les pages pour arriver à la dernière.

11.6.60.
J'ai trouvé le passage sur la cloche dont parlait Duane ! Dans *Apocryphe : Supplément au Livre de la Loi* d'Aleister Crowley. J'aurais dû me douter que Crowley, qui se veut le mage de notre époque, savait quelque chose à ce sujet.

Passé une heure à hésiter sous la véranda. Au début, je pensais qu'il valait mieux n'en parler à personne, mais le petit Duane a travaillé dur pour élucider ce mystère, il a bien mérité de savoir. Je lui apporterai le livre demain, et nous lirons ensemble le passage sur les Borgia... vraiment bizarre. Par exemple :

« Alors que les Médicis préféraient l'intercession des animaux domestiques pour approcher le Monde magique, la famille Borgia eut, dit-on, durant ces siècles si productifs de la Renaissance (du moins du point de vue de l'art) un objet inanimé comme talisman.

« Selon la légende, la grande Stèle de la Révélation (ancien obélisque de métal enlevé au Ve ou au VIe siècle du sanctuaire d'Osiris en Egypte) fut longtemps à l'origine de la puissance de la famille Borja, de Valence en Espagne.

« En 1455, lorsqu'un des membres de cette très ancienne famille de nécromants fut élu pape – quelle ironie du sort, lorsqu'on pense que ce fut grâce aux pouvoirs occultes d'un symbole préchrétien ! –, son premier soin fut de faire fondre une énorme cloche. Il n'y a pratiquement aucun doute sur ce point : la cloche, qui arriva à Rome juste après la mort de ce pape, était en fait la Stèle de la Révélation, transformée en un objet plus acceptable pour les foules chrétiennes qui attendaient avec ferveur son arrivée.

« Cette cloche était, dit-on, bien plus que les traditionnels objets magiques conservés dans toutes les cours royales de l'époque, qu'elles fussent chrétiennes ou maures. Les Borja la considéraient comme " Celle qui dévore et engendre tout ". En Egypte, la Stèle de la Révélation était connue sous le nom de " couronne de mort ", et sa métamorphose prédite dans le *Livre des Abîmes*.

« A la différence des totems vivants qui ne jouent qu'un rôle d'intercesseurs, la Stèle, même réincarnée sous forme de cloche, exigeait des sacrifices humains. On raconte que, avant de se rendre à Rome pour le conclave de 1455 au cours duquel il fut, contrairement à tous les pronostics, élu pape, Don Alonso y Borja lui avait fait l'offrande d'un nouveau-né, sa première petite-fille.

« Mais Don Alonso, plus connu sous le nom de Calixte III, n'avait plus l'envie d'effectuer les sacrifices prescrits, à moins qu'il n'ait jugé que toute la puissance de la Stèle avait été utilisée à bon escient, pour assurer son accession au trône de saint Pierre. Toujours est-il que les immolations cessèrent. Le pape Calixte mourut. La cloche fut suspendue dans la tour du palais de son neveu, Rodrigo y Borja, cardinal de Rome, successeur de l'archevêque de Valence et premier héritier de la dynastie des Borgia.

« Mais, selon la légende, la Stèle déguisée en cloche n'en avait pas fini avec ses exigences. »

Après son bain, Dale remonta dans sa chambre. Lawrence était déjà couché ou, plus exactement, il était assis en tailleur au milieu de son lit, une étrange expression sur le visage.

— Qu'est-ce qui se passe ? demanda son grand frère.

Lawrence était si pâle qu'on aurait pu compter ses taches de rousseur.

— Je... je ne sais pas. Je suis entré pour allumer... j'ai entendu du bruit.

Dale soupira. Il n'avait pas oublié cette soirée, deux ou trois ans plus tôt, où ils étaient restés seuls devant la télévision pendant que leur mère faisait des courses. C'était une fin d'après-midi d'hiver et ils avaient regardé *La Vengeance de la momie*. Dès la fin du film, Lawrence avait commencé à « entendre du bruit » dans la cuisine... le pas lent et lourd de la momie du film. Dale avait autant paniqué que son petit frère. Entendant les « pas » approcher, il avait ouvert le vasistas et sauté dehors avec lui, en tee-shirt et chaussettes. A son retour, leur mère les avait trouvés en train de grelotter sous la véranda.

Mais à l'époque, Dale avait huit ans, et non onze.

— Qu'est-ce que tu as entendu ?

Lawrence regarda autour de lui.

— Chais pas !... J'ai pas vraiment *entendu*... j'ai plutôt *senti*... comme s'il y avait quelqu'un d'autre dans la chambre !

Avec un autre soupir, Dale jeta ses chaussettes sales dans le panier et éteignit le plafonnier.

La porte du placard était entrouverte, il la claqua au passage. Mais elle refusa de se fermer.

Pensant qu'une pantoufle ou autre chose la coinçait, il s'arrêta et poussa plus fort.

La porte se rouvrit. Quelque chose, à l'intérieur, essayait de sortir.

Dans son sous-sol, Duane s'essuya le visage avec un bandana. Il faisait toujours frais ici, mais ce soir, il transpirait beaucoup. Il venait de recopier à toute allure sur son carnet tous les renseignements intéressants et continua sa lecture :

« L'immolation de la première petite-fille du premier pape de la famille Borgia avait presque déclenché la reviviscence de la Stèle de la Révélation, maintenant métamorphosée en cloche. Toutefois, selon Ottaviano, les Borgia craignaient la puissance de leur talisman et ne voulaient pas être responsables de l'Apocalypse que provoquerait, selon la légende, son réveil complet.

« Selon *Le Livre de la Loi*, la Stèle de la Révélation donnait à ceux qui la servaient un immense pouvoir, mais, le jour où tous les sacrifices prescrits seraient accomplis, elle deviendrait le glas du dernier jour, le héraut de l'Apocalypse, qui suivrait son réveil de soixante ans, six mois et six jours.

« Rodrigo, second pape de la dynastie des Borgia, fit suspendre la cloche dans la tour qu'il avait fait ajouter au palais du Vatican. Là, dans la Torre Borgia, Alexandre (nom de pape de Rodrigo Borgia) préserva, dit-on, la Stèle de l'éveil grâce aux fresques d'un nain à demi fou, un artiste appelé Pinturicchio. Ces images " grotesques " (car copiées dans des grottes sous la ville de Rome) bridèrent le pouvoir maléfique de la Stèle, tout en permettant à la famille Borgia de bénéficier du pouvoir de son talisman.

« C'est du moins ce que pensait Alexandre. Mais on trouve aussi bien dans *Le Livre de la Loi* que dans les ouvrages secrets d'Ottaviano des allusions à l'influence de la Stèle sur la vie des Borgia. Des années plus tard, Alexandre la fit transporter dans l'impénétrable et massif Castel Sant'Angelo, mais, même reléguée dans ce sépulcre de pierres et d'ossements, elle continua d'exercer son emprise sur les hommes qui avaient tenté d'utiliser son pouvoir.

« Ottaviano décrivit à plusieurs reprises la folie qui s'empara et des Borgia et de Rome durant ces décennies : meurtres et intrigues atroces se succédèrent à un rythme effréné, même si l'on tient compte de la brutalité de cette époque, des créatures démoniaques hantèrent les catacombes, des monstruosités semi-humaines errèrent dans le Castel Sant'Angelo et les rues de la ville... Tous ces phénomènes étaient des manifestations de la domination exercée par la Stèle de la Révélation qui s'acheminait vers son réveil.

« Après la terrible mort d'Ottaviano, les récits concernant la Stèle deviennent plus vagues. On connaît l'histoire de la chute de la maison Borgia. Une génération plus tard, dit-on, le premier souci du premier pape de la famille Médicis fut d'éloigner la cloche de la Ville Sainte, puis de la faire fondre et d'enterrer le métal maléfique en terre consacrée, loin du Vatican.

« De nos jours, personne n'a la moindre idée du lieu où se trouve la Stèle de la Révélation, on ne sait même pas si elle existe encore. Toutefois, les traités de nécromancie mentionnent encore le pouvoir de " Celle qui dévore et engendre tout ". »

Duane repoussa le journal d'Oncle Art. Il entendait son père fourrager dans la cuisine en marmonnant. Puis la porte claqua, le pick-up démarra dans un grincement de levier de changement de vitesse et s'éloigna dans l'allée. La longue période d'abstinence du pater était terminée.

Duane ne savait pas s'il avait pris la direction de chez Carl ou de L'Arbre noir, mais une chose était certaine : il n'était pas près de le revoir.

Duane resta assis sous la lampe à contempler le cahier de son oncle et ses notes. Puis il alla mettre le crochet à la porte de la moustiquaire.

La porte du placard était en train de s'ouvrir lentement.

Dale s'arc-bouta, retint le battant qui révélait maintenant douze centimètres d'obscurité et se tourna vers Lawrence qui le regardait, les yeux exorbités.

— Aide-moi !

La poussée derrière la porte se renforça. Dale, en chaussettes, dérapa sur le plancher, et l'ouverture s'agrandit encore de quelques centimètres.

— Maman ! hurla Lawrence en sautant du lit pour aller aider son frère.

En appuyant leur épaule contre la porte, les deux enfants réussirent à la refermer de quelques centimètres.

— Maman ! hurlèrent-ils en chœur.

La porte se bloqua, ils sentirent comme un poids juste derrière, et elle recommença à s'ouvrir. Dale et Lawrence, la joue contre les planches, percevaient à travers le bois une pression terrible.

La porte s'entrebâilla de presque dix centimètres. Aucun bruit ne venait de l'intérieur du placard, mais à l'extérieur les deux garçons soufflaient, haletaient et, l'un en chaussettes et l'autre pieds nus, essayaient de ne pas glisser.

La porte s'ouvrit encore. L'ouverture mesurait bien trente centimètres maintenant et un courant d'air froid semblait en sortir.

— Mon Dieu !... j'en peux plus ! haleta Dale.

Sa cuisse gauche prenait appui contre la vieille commode, mais il n'arrivait pas à repousser la porte. La créature qui poussait là-dedans avait au moins autant de force qu'un homme adulte. La porte continua à s'ouvrir.

— Maman, hurla Lawrence, maman, au secours !

Il y eut une vague réponse venue de la véranda, mais Dale comprit qu'ils ne réussiraient jamais à résister assez longtemps à la terrible pression.

— Sauve-toi !

Lawrence le regarda, le visage terrifié, lâcha tout et bondit sur le lit.

Sans l'aide de son petit frère, Dale n'avait aucune chance de retenir la porte. La poussée continua. Il se laissa entraîner, sauta sur la commode et releva les jambes. La lampe et les livres qui s'y trouvaient s'écrasèrent sur le sol.

La porte cogna contre les genoux de Dale, Lawrence hurla.

Dale entendit les pas de sa mère dans l'escalier, elle demandait quelque chose mais, avant qu'il eût le temps d'ouvrir la bouche pour répondre, une bouffée d'air glacé passa, comme si l'on avait ouvert la porte d'une chambre froide, et une forme sortit du placard.

C'était quelque chose de bas et long – au moins un mètre vingt –, aussi dépourvu de substance qu'une ombre, mais bien plus noir. Une masse sombre glissant sur le sol comme un insecte qu'on vient de libérer d'un bocal, et munie de pattes semblables à des filaments s'agitant frénétiquement.

Un cadre avec une photo s'écrasa sur le sol.

— Maman ! hurlèrent en chœur les deux garçons.

En un éclair, la monstruosité noirâtre traversa la chambre. Elle aurait ressemblé à un cafard, si les cafards mesuraient plus d'un mètre de long et dix centimètres de haut et étaient faits de fumée noire. Des espèces de tentacules griffèrent le parquet.

— Maman !

L'horrible apparition se précipita sous le lit de Lawrence, qui sauta silencieusement sur celui de son frère, comme un acrobate sur un trampoline.

Leur mère apparut sur le seuil et regarda l'un après l'autre ses deux fils en train de hurler.

— Quelque chose... sorti du placard... parti là-dessous.

— Sous le lit... un truc noir... *énorme !*

Leur mère courut jusqu'au placard du couloir et revint armée d'un balai.

— Dehors ! cria-t-elle, et elle alluma le plafonnier.

Dale hésita une seconde avant de sauter par terre, de se faufiler derrière sa mère et de courir dans le couloir. Lawrence bondit du lit de Dale au sien, puis à la porte. Tous deux glissèrent sur le plancher et ce fut la rampe du palier qui les arrêta.

Dale risqua un coup d'œil dans la chambre. Sa mère, à quatre pattes, soulevait le bord du dessus-de-lit de Lawrence.

— Maman ! Non !

Il se précipita et tenta de la tirer en arrière. Elle lâcha le balai et saisit le bras de son aîné.

— Dale !... Dale !... Arrête !... Arrête, voyons !... Il n'y a rien là-dessous, regarde toi-même !

Sanglotant à demi, Dale se pencha. Il n'y avait rien sous le lit.

— C'est sans doute parti sous celui de Dale, remarqua Lawrence du seuil de la porte.

Dale toujours accroché à elle, Mme Stewart souleva le deuxième couvre-lit. Son fils faillit s'évanouir en la voyant se mettre à nouveau à quatre pattes et pousser le balai dans le noir.

— Vous voyez bien, dit-elle en se relevant et en brossant sa jupe. Il n'y a rien du tout. Qu'est-ce que vous avez cru voir ?

Ils répondirent tous les deux en même temps, et leurs descriptions étaient rien moins que convaincantes : quelque chose de gros, de noir, semblable à une ombre rampante, qui avait ouvert la porte du placard et s'était précipité sous le lit, une espèce de cafard géant.

— C'est peut-être retourné dans le placard, alors ? suggéra Lawrence.

Leur mère les regarda longuement, mais elle alla quand même ouvrir la porte du placard. Dale battit en retraite vers le couloir en la voyant remuer les vêtements sur les cintres, déplacer d'un coup de pied les chaussures et vérifier le bord de la porte. Le placard était vide.

Elle croisa les bras et attendit. Les garçons restèrent à l'entrée de la chambre, regardant avec appréhension le palier où s'ouvraient, toutes noires, la chambre d'amis et celle des parents, comme s'ils s'attendaient à en voir surgir une ombre.

— Vous vous êtes mutuellement fait peur, hein ?

Les deux garçons protestèrent et répétèrent leur description. Dale montra comment ils avaient tous deux essayé de retenir la porte du placard.

— Et cette bestiole a quand même réussi à sortir ? demanda leur mère avec un petit sourire.

Dale soupira. Lawrence le regarda, l'air de dire : *Elle est encore sous le lit, c'est juste qu'on ne la voit pas !*

— Maman, demanda Dale d'une voix aussi posée que possible, est-ce qu'on pourrait dormir dans ta chambre ce soir ? Dans nos duvets ?

Elle hésita un instant. Dale savait qu'elle pensait à cette histoire de momie... à moins que ce ne soit à l'épisode de l'été dernier : après avoir passé toute la soirée dehors près du terrain de sport à essayer d'entrer en contact télépathique avec des vaisseaux spatiaux transportant des extraterrestres, ils étaient soudain revenus à toutes jambes, terrifiés par les feux de position d'un avion traversant le ciel.

— Bon, d'accord ! Sortez les duvets et les lits de camp. Il ne me reste plus qu'à aller expliquer à Mme Somerset que mes deux grands fils ont interrompu notre conversation à cause d'un cafard géant !

Elle redescendit, les deux enfants sur ses talons. Ils la suivaient toujours, lorsqu'elle remonta, et ils la supplièrent de rester sur le seuil de leur chambre pendant qu'ils y prenaient duvets et lits de camp.

Elle refusa de laisser la lumière du couloir allumée. Les deux enfants retinrent leur souffle quand elle alla éteindre le plafonnier de leur chambre, mais elle ressortit indemne et laissa le balai près du lit en guise d'arme.

Dale pensa au fusil à pompe de son père, rangé dans le placard avec son petit *Savage* à canons superposés. Les cartouches se trouvaient dans le troisième tiroir de la commode en bois de cèdre de leurs parents. Le lit de camp de Dale était tout près du bord du lit de sa mère et, bien après que celle-ci se fut endormie, il sentait encore son frère éveillé, aussi tendu que lui. Quand la main de Lawrence saisit la sienne, il ne la repoussa pas. Il s'assura juste que c'était bien la main de son frère, et non pas celle d'un monstre sorti de l'obscurité sous le lit. Il la tint bien serrée jusqu'à ce que le sommeil l'emporte.

17

Le mercredi 15 juin, entre sa tournée de journaux et la messe, Mike trouva le temps d'inspecter le sous-sol de la maison.

Lorsqu'il retira le petit panneau de tôle qui bouchait

l'entrée du vide sanitaire, la lumière matinale était déjà chaude et le soleil assez haut pour que pêchers et ormes projettent une ombre nette.

Il avait apporté sa torche de scout et à présent, il éclairait le lugubre espace : des toiles d'araignées, un sol en terre battue, des piliers de bois soutenant le plancher, et encore et toujours des toiles d'araignées. Le vide sanitaire faisait moins de cinquante centimètres de haut et sentait l'urine de chat et la terre mouillée.

Mike essaya d'éviter les grosses toiles laiteuses qu'il savait tissées par des veuves noires, tandis qu'il se dirigeait à quatre pattes vers la façade de la maison. Pour y arriver, il devait passer sous la chambre de ses parents et le couloir. Il avait l'impression que l'obscurité s'étirait à l'infini et que la lueur derrière lui diminuait. Dans un soudain accès de panique, il se tortilla pour apercevoir le rectangle de lumière et s'assurer qu'il saurait retrouver la sortie. L'ouverture avait l'air tellement loin !

Quand il pensa être sous le salon (il voyait les pierres des fondations trois mètres devant lui), Mike s'arrêta, haletant. Son bras droit effleura une entretoise de bois sous le parquet, et sa main gauche était emberlificotée dans une toile d'araignée. La poussière montait autour de lui, dansait dans le faisceau de la lampe, saupoudrait ses cheveux et l'obligeait à fermer à demi les yeux.

Zut alors ! Je vais être propre pour servir la messe !

Il rampa vers la gauche et le rayon de sa torche éclaira le mur nord de la maison, à cinq mètres environ. Les pierres semblaient noires.

Merde ! Enfin, zut !... Qu'est-ce que je cherche, en fin de compte ? Il essaya de se déplacer en cercle, pour voir s'il y avait des traces sur le sol. Difficile à dire : la terre était ravinée par le ruissellement de l'eau et piétiné par des générations de chats O'Rourke, sans compter tous les autres petits animaux qui venaient se réfugier ici.

Ça devait être un chat ou un putois..., se dit-il, soulagé.

Puis il aperçut une ombre sur le sol, mais elle resta noire, même quand il l'éclaira. Un morceau de plastique, peut-être, ou un couvercle de bidon oublié par son père. Il rampa plus près et s'arrêta net.

C'était un trou rond d'environ soixante centimètres de diamètre, il aurait pu y entrer la tête la première. Mais vu l'odeur qui en montait, il ne risquait pas d'en avoir envie. Il cligna des yeux, tendit un peu le cou. La puanteur du tunnel évoquait celle d'un charnier.

Il ramassa une pierre, la lança dans le trou. Pas le moindre bruit. Haletant, le cœur battant si fort que Memo devait l'entendre de sa chambre, il essaya d'en éclairer l'intérieur. Il pensa tout d'abord que les parois étaient en argile rouge, puis il vit les stries, comme des cartilages sanguinolents, comme l'intérieur d'un boyau d'animal. *Comme le tunnel dans la cabane du cimetière !*

Mike recula précipitamment en se frayant un chemin à travers les toiles d'araignée et les crottes de chat. Il eut un instant de panique : il avait perdu de vue le rectangle de lumière. Quelqu'un avait bloqué l'entrée.

Non, la voilà !

Il rampa dans cette direction en se cognant la tête contre les lattes. Les toiles d'araignée lui balayaient le visage mais il s'en moquait. La torche était juste sous lui, pourtant elle n'éclairait rien du tout. Il eut l'impression qu'il y avait d'autres tunnels à gauche, sous la cuisine, mais il n'alla pas voir de plus près.

Une forme s'approcha de l'ouverture, cachant la lumière du jour. Il vit deux bras, deux jambes avec des sortes de bandes molletières.

La forme s'introduisit dans l'ouverture.

— Mikey ?

C'était la voix douce et innocente de sa petite sœur.

— Mikey, maman dit qu'il faut que tu partes si tu veux arriver à l'heure à l'église !

Mike faillit s'affaler sur la terre humide. Son bras droit tremblait trop pour le soutenir.

— OK, Kathy ! Recule que je puisse sortir.

Le cœur battant la chamade, Mike sortit et remit en place le panneau.

— Eh bien, tu es dans un drôle d'état ! remarqua Kathleen.

Mike se regarda. Il était couvert de poussière et de toiles d'araignée, ses deux coudes saignaient et il avait un goût de boue dans la bouche. Dans un élan de tendresse, il serra sa petite sœur contre lui. Elle lui rendit son étreinte, apparemment sans craindre de se salir elle aussi.

Plus de quarante personnes assistèrent à la cérémonie funèbre célébrée « dans la plus stricte intimité » à Peoria. Duane eut l'impression que son père était déçu par cette nombreuse assistance, comme s'il avait voulu être le seul à dire un dernier adieu à son frère. Mais l'avis de décès paru dans le journal de Peoria et quelques coups de fils donnés par le pater avaient fait venir des gens d'aussi loin que Chicago et Boston. Il y avait aussi quelques ouvriers de l'usine Caterpillar, et l'un d'eux pleura durant la cérémonie.

Plusieurs personnes insistèrent pour prononcer quelques mots : l'ouvrier, qui pleura à nouveau lorsqu'il prit la parole, leur cousine Carol de Chicago, et une femme séduisante d'une quarantaine d'années que le pater avait présentée comme « une amie d'oncle Art ». Duane se demandait combien de temps son oncle et elle avaient été amants.

Martin McBride fut le dernier à parler, et Duane trouva son éloge mortuaire extrêmement émouvant. Il ne fit aucune allusion à la possibilité d'une vie après la mort, ni à la récompense d'une vie bien remplie. Il évoqua simplement un être humain qui avait refusé d'adorer les idoles, et qui s'était appliqué à se comporter envers les autres en homme de bien. Il termina par un passage de Shakespeare, l'écrivain préféré de son frère. Duane s'était attendu au célèbre vers, dont Art eût apprécié l'ironie : « Que le chant des cohortes d'anges te conduise vers le repos... » Mais le choix de son père s'était porté sur le chant de Guidérius dans *Cymbeline* :

> *Ne crains plus la chaleur du soleil,*
> *Ni les rages des vents furieux :*
> *Tu as fini ta tâche en ce monde,*

Et tu es rentré chez toi ayant touché tes gages,
Garçons et filles chamarrés doivent tous
Devenir poussière comme les ramoneurs.

La voix du pater se brisa plusieurs fois, mais il continua et articula vigoureusement la fin :

Que nul exorciste ne te tourmente !
Que nulle magie ne t'ensorcelle !
Que les spectres sans sépulture te respectent !
Que rien de funeste ne t'approche !
Aie une fin tranquille
Et que ta tombe soit vénérée !

On entendit des sanglots. L'orateur, qui avait dit ces vers de mémoire, baissa la tête et retourna s'asseoir. Le chant de l'orgue s'éleva et lentement les gens se dispersèrent.

Seuls Duane et son père descendirent à l'étage inférieur assister à l'incinération.

Mike attendit que le père Cavanaugh l'invite au traditionnel petit déjeuner d'après la communion dominicale pour lui parler de ce qu'il avait vu sous la maison.

Gâteaux aux amandes et café, comme d'habitude. Il avait fallu à Mike plusieurs semaines pour faire admettre au père qu'à onze ans il pouvait boire du café, mais c'était un secret entre eux, comme le surnom de « Papemobile » donné à l'automobile du diocèse.

Mike mangea son gâteau tout en se demandant comment formuler sa question. Il ne se voyait pas en train de dire : *Mon père, j'ai un petit problème... une espèce de soldat mort creuse sous ma maison pour essayer d'atteindre ma grand-mère. L'Eglise pourrait-elle y faire quelque chose ?*

— Vous croyez au Mal ? finit-il par demander.

— Au Mal ? Tu veux dire au concept de Mal ?

— Je ne connais pas ce mot.

Lorsqu'il parlait avec le père Cavanaugh, il avait souvent l'impression d'être stupide.

— Le Mal en général, ou les mauvaises actions des

hommes ? Ou bien cette sorte de mal ? ajouta-t-il en lui montrant un journal.

Mike vit la photographie d'un certain Eichmann, emprisonné dans un endroit nommé Israël. Mais il n'avait jamais entendu parler de cet homme.

— Je crois que je veux dire le Mal en général, répondit-il.

Le père Cavanaugh plia le journal.

— Ah, la vieille question de l'incarnation du Mal ! Eh bien, tu sais ce qu'en dit l'Eglise.

Mike rougit et secoua la tête.

— Ttt... il va falloir que tu reviennes au catéchisme, Michael !

— Oui, mais que dit exactement l'Eglise sur le Mal ?

Le père sortit un paquet de Marlboro de sa poche de chemise, prit une cigarette, l'alluma, puis retira une miette de tabac collée au bout de sa langue.

— Eh bien, dit-il gravement, tu sais que l'Eglise admet l'existence du Mal sous la forme d'une entité séparée. (Il remarqua le regard interrogateur de son enfant de chœur.) Par exemple Satan, le diable.

— Ah oui...

Mike pensa à la puanteur montant du tunnel. Quel rapport avec Satan ? Ses préoccupations lui parurent soudain un peu puériles.

— Au cours des siècles, saint Thomas d'Aquin et d'autres théologiens se sont penchés sur ce problème, et ont essayé de concilier l'existence du Mal avec la toute-puissance de la Trinité telle qu'elle est décrite dans les Ecritures. Leurs réponses ne sont guère convaincantes, mais il n'en reste pas moins que le dogme de l'Eglise nous ordonne de croire en l'existence d'une force du Mal, douée d'un grand pouvoir et assistée d'émissaires. Tu vois ce que je veux dire, Michael ?

— Oui, plus ou moins. Alors, il pourrait y avoir des puissances du Mal, comme des anges à l'envers ?

Le père Cavanaugh soupira.

— Nous voici pas très loin des croyances médiévales, n'est-ce pas, Michael ? Mais, grosso modo, la réponse est oui, c'est ce que nous enseigne la tradition ecclésiastique.

— Quelles sortes de puissance du Mal, mon père ?

— Quelles sortes ? Eh bien, des démons, bien sûr. Et des incubes et des succubes. Dante en décrit de nombreuses familles et variétés, avec des noms comme Draghignazzo, qui veut dire : « Semblable à un gros dragon », ou Barbariccia, « A la barbe bouclée », et...

— Qui est Dante ? interrompit Mike, soulagé à l'idée de la présence d'un tel expert dans son entourage.

Le père soupira de nouveau et écrasa sa cigarette.

— J'avais oublié les failles du système éducatif de ce septième cercle de l'Enfer. Dante est un poète mort depuis environ six siècles. Mais, je crois que je me suis un peu éloigné de notre sujet...

Mike finit son café et lava soigneusement sa tasse dans l'évier.

— Et ces... ces démons, ils peuvent faire du mal ?

— Michael, ce sont des chimères sorties de l'esprit de personnes vivant à une période de profonde ignorance. Dès que les gens tombaient malades, ils accusaient les démons. Et le seul traitement connu, c'était l'application de sangsues.

— Ces trucs qui sucent le sang ? demanda Mike, horrifié.

— Exactement. Et les démons étaient considérés comme responsables des maladies, de la débilité mentale... (il hésita, comme s'il venait de se souvenir que Mike avait une petite sœur retardée), des apoplexies, du mauvais temps, de la folie, de tout ce qu'on ne savait pas expliquer. Or, on ne savait pratiquement rien expliquer à cette époque.

Mike retourna près de la table.

— Mais vous pensez qu'ils ont vraiment existé, ces démons ? qu'ils existent encore ? Vous croyez qu'ils peuvent encore s'en prendre aux gens ?

Le père Cavanaugh croisa les bras.

— Je pense que nous devons à l'Eglise un système théologique merveilleux, Michael. Mais il faut la considérer comme une drague gigantesque qui cherche de l'or au fond d'une rivière : certes, elle remonte beaucoup d'or, mais en même temps de la boue.

Mike fronça le sourcil. Il détestait que le père Cavanaugh

se mette à faire des comparaisons. Il appelait ça des métaphores, mais l'enfant considérait qu'il noyait le poisson.

— Alors, ils existent ou non ? insista-t-il.

Le père leva les mains.

— Peut-être pas au sens littéral, Michael, mais certainement en tant que symboles.

— S'ils existaient vraiment, s'obstina Michael, est-ce que les trucs d'église les arrêteraient, comme pour les vampires dans les films ?

— Des trucs d'église ? demanda le père avec un petit sourire.

— Vous savez bien... les crucifix, l'eau bénite, des trucs comme ça...

Le père souleva les sourcils d'un air interrogateur, mais Mike, préoccupé par sa question, ne le remarqua pas.

— Bien entendu. Si ces... trucs d'église marchent contre les vampires, ils marchent forcément contre les démons, non ?

Mike hocha la tête d'un air songeur. Il en savait assez pour le moment. Le père penserait qu'il débloquait s'il lui parlait du mystérieux soldat, après toutes ces histoires de démons et de vampires.

Le prêtre invita son enfant de chœur à un « dîner de célibataire » le surlendemain, ce qu'il faisait environ une fois par mois, mais Mike dut refuser car Dale lui avait proposé d'aller passer l'après-midi et la soirée à la ferme de son oncle Henry. Ils continueraient leurs fouilles à la recherche de « la caverne des bootleggers », qu'ils essayaient de découvrir depuis qu'ils se connaissaient. Mike n'était pas du tout convaincu de l'existence de cette grotte, mais il aimait bien jouer chez l'oncle Henry, et les repas à la ferme comportaient toujours, outre des steaks qu'il ne pourrait pas manger un vendredi, de délicieux légumes, frais cueillis au jardin.

L'enfant fit ses adieux, enfourcha son vélo et pédala comme un fou en direction de chez lui. Il voulait vite tondre la pelouse et terminer les autres corvées, pour avoir encore le temps de s'amuser cet après-midi.

En passant devant Old Central, il se souvint que Jim

Harlen était rentré chez lui, et se sentit coupable à l'idée que ni lui ni les autres ne lui avaient rendu visite. Il se rappela aussi que les obsèques de l'oncle de Duane avaient lieu ce jour-là.

Puis l'idée de la mort le fit songer à Memo, peut-être seule à la maison avec Kathleen, et il appuya plus fort sur les pédales.

Dale téléphona à Duane ce même soir, mais leur conversation fut brève et difficile. Le garçon paraissait épuisé, et quand Dale prononça quelques mots de réconfort, ils se sentirent aussi embarrassés l'un que l'autre.

Dale annonça toutefois à son ami qu'ils devaient tous se retrouver chez son oncle Henry le vendredi soir, et il insista jusqu'à ce que Duane accepte l'invitation.

En montant se coucher, Dale n'avait guère le moral.

— Tu crois que cette chose est encore là ? chuchota Lawrence un peu plus tard.

Ils n'avaient pas éteint la veilleuse.

— On a regardé, murmura Dale, tu sais bien qu'on n'a rien vu.

Devant les supplications de Lawrence pour qu'il lui tienne la main, Dale avait transigé en autorisant son petit frère à s'accrocher à sa manche de pyjama.

— Tu sais bien qu'on l'a vu...

— Maman a dit que c'était juste une ombre.

— Une ombre qui ouvre une porte de placard !

Dale frémit en se rappelant cette pression insistante, irrésistible, de la porte du placard qui s'ouvrait malgré tous ses efforts. La créature à l'intérieur avait tout bonnement refusé d'y rester enfermée.

— Je ne sais pas ce que c'était, dit-il d'une voix tendue, mais c'est parti maintenant.

— Non.

La voix de Lawrence était à peine audible.

— Comment tu le sais ?

— Je le sais...

— Alors, où c'est ?

— A l'affût.

— Où donc ?

Dale regarda l'autre lit et vit les yeux de son frère fixés sur lui. Sans les lunettes, ils étaient très grands et très noirs.

— C'est toujours sous le lit, murmura le petit d'une voix ensommeillée. (Dale lui prit la main.) A l'affût..., marmonna-t-il en s'endormant.

Dale regarda l'intervalle de vingt centimètres entre les deux lits. Ils avaient voulu les pousser côte à côte, mais leur mère avait protesté qu'elle ne pourrait plus passer l'aspirateur. Vingt centimètres, c'était assez petit pour se sentir proches, et trop étroit pour que quelque chose de gros puisse surgir entre eux.

Mais un bras pourrait passer entre nos deux lits. Ou une main griffue. Ou une tête au bout d'un long cou...

Il frissonna de nouveau. C'était stupide. Leur mère avait raison, ils avaient tout imaginé, comme les pas de la momie, comme les OVNI venant les enlever.

Oui, mais ça, on l'a vu !

Il ferma les yeux, et essaya de respirer sans bruit, afin de mieux entendre... au cas où la créature à l'affût se trahirait par un bruit.

18

Le jeudi, le pater dut retourner chez son frère chercher quelques papiers officiels, et Duane l'accompagna.

Son père était nerveux, irritable, de toute évidence tout près de se laisser aller à une biture de grande envergure. Il n'avait tenu le coup si longtemps que par amour pour son frère et pour ne pas se couvrir de honte devant sa famille.

Une partie de son anxiété venait aussi de son indécision vis-à-vis des cendres de son frère. Qu'en faire ? Il avait été horrifié lorsqu'on lui avait remis l'urne lourdement décorée, et ils l'avaient ramenée en voiture avec eux, comme un passager indésirable et muet.

Après dîner le mercredi soir, juste avant que Dale ne lui téléphone, Duane était discrètement allé en examiner le contenu. Son père était entré juste à ce moment-là.

— Ces trucs blancs qui ressemblent à des morceaux de craie, ce sont des os, avait-il remarqué en allumant sa pipe.

Duane avait remis le couvercle.

— On pourrait imaginer que si on brûlait un corps dans un four crématoire dont la température serait proche de celle du soleil, il ne resterait rien. Eh bien, on se trompe, c'est coriace, les os, avait ajouté le pater.

Les jambes soudain molles, Duane s'était laissé tomber dans un fauteuil placé devant la cheminée, mais qu'ils utilisaient rarement.

— Les souvenirs aussi, c'est coriace..., lança Duane, étonné de répondre par un tel cliché.

— Je n'ai pas la moindre idée de l'endroit où je pourrais répandre ses cendres. C'est une coutume plutôt barbare, quand on y réfléchit.

Duane contemplait l'urne.

— Je crois qu'on est censé les éparpiller dans un endroit qui comptait dans la vie du défunt, dit-il, presque à voix basse. Un endroit où il a été heureux.

— Hum... Tu sais qu'Art a laissé un testament, Duane. Mais il n'y a pas un mot sur l'endroit où il souhaitait qu'on disperse ses cendres.

Il téta sa pipe d'un air méditatif.

— L'idéal serait la grande salle de lecture de la bibliothèque de Bradley, dit Duane.

Le pater s'esclaffa.

— Ça plairait beaucoup à Art !

Il retira sa pipe de sa bouche et contempla longuement le vide devant lui.

— Tu n'aurais pas une autre idée ?

— Il aimait bien aller à la pêche au bord de la Spoon...

Sa gorge et son cœur se serrèrent soudain, alors il alla se chercher un verre d'eau à la cuisine. Quand il revint, la pipe du pater s'était éteinte et il en vidait les cendres dans la cheminée. *Les cendres...*

— Tu as raison, c'était probablement l'endroit qu'il préférait. J'allais pêcher là-bas avec lui avant même qu'il ne quitte Chicago pour s'installer ici, et il t'y emmenait souvent, n'est-ce pas ?

Duane acquiesça en buvant une gorgée d'eau pour se dispenser de répondre.

C'est à ce moment-là que Dale avait téléphoné. Quand Duane était revenu, le pater bricolait dans son atelier la cinquième version de sa « machine à apprendre ».

Duane et son père se rendirent à la rivière juste après le lever du soleil, à l'heure où les poissons remontent à la surface en provoquant de grands ronds dans l'eau. Duane regretta de ne pas avoir apporté sa canne à pêche.

Il n'y eut pas de cérémonie, le pater tint un instant l'urne contre lui, comme s'il hésitait soudain à se séparer de ce qu'elle contenait, puis, au moment où le soleil éclairait les cyprès et les aulnes, il dispersa les cendres au-dessus de l'eau, tapotant le fond du récipient jusqu'à ce qu'il soit bien vide.

Il restait effectivement des morceaux d'os, qui provoquèrent de petites éclaboussures en touchant l'eau, attirant des poissons-chats et au moins une perche, que Duane aperçut au bord de la rivière.

Tout d'abord, les cendres restèrent groupées à la surface de l'eau comme une mince pellicule grise qui descendit le courant et tourbillonna autour des souches. Puis, entraînée par le courant plus fort au centre, elle se désagrégea et se mélangea aux eaux de la rivière.

Duane s'était essuyé les mains et avait suivi le sentier abrupt jusqu'à la route. Tout en marchant derrière son père, il remarqua combien celui-ci avait maigri ces dernières semaines, et combien sa nuque était tannée et ridée. Avec ses joues non rasées couvertes de poils gris, son père avait l'air d'un vieillard.

La maison d'Art avait perdu son odeur de demeure habitée et sentait maintenant le moisi, l'humidité.

Tandis que le pater fouillait tiroirs et classeurs, Duane feuilleta discrètement les petits carnets de son oncle, et fit l'inventaire de la corbeille à papiers. Comme son neveu, oncle Art adorait prendre des notes et rédiger des fiches.

Duane décrocha le gros lot : une feuille de papier chiffonnée dans la corbeille, sous un emballage de cigare et d'autres débris. Elle semblait dater du samedi, veille de l'accident.

> 1) Cette satanée cloche des Borgia ou Stèle de la Révélation a survécu, en fin de compte.
>
> 2) 60 ans, 6 mois, 6 jours. En supposant que l'absurde et l'impossible soient devenus réalité, et que ce qui, d'après Duane, est en train d'arriver en ce moment signifie le réveil du maléfice après tous ces siècles, le sacrifice humain aurait eu lieu au début du siècle. Aux alentours du 1.1.1900. Vérifier à Elm Haven. Rechercher des gens âgés, susceptibles de se souvenir. Ne pas en parler à Duane avant d'avoir quelque chose de positif.
>
> 3) Crowley dit que la cloche, ou la Stèle, *utilisait* des gens. Et pouvait faire apparaître des « auxiliaires venus du monde des Forces Obscures ». Relire le passage concernant ces « créatures semi-humaines qui erraient dans les rues de Rome ».
>
> 4) Entrer en contact avec Ashley-Montague. Lui tirer les vers du nez.

Duane reprit sa respiration et plia le papier. Puis il alla sous la véranda, se laissa tomber sur une chaise et posa ses pieds sur la balustrade.

Quand il sortit de la maison, son père se figea, la main sur la porte de la moustiquaire, et Duane se rendit compte combien, dans cette attitude, à cet endroit, il avait dû lui rappeler son frère.

Ils fermèrent soigneusement la maison. Des semaines, des mois peut-être, passeraient avant qu'ils ne reviennent la vider. Duane ne jeta pas un seul regard en arrière en descendant l'allée.

Duane décida de s'adresser à Mme Moon. La mère de la bibliothécaire avait plus de quatre-vingts ans, et habitait depuis son mariage la maison à l'angle de Second Street et Depot Street. Il ne la connaissait pas très bien, il l'avait seulement rencontrée quelquefois lorsqu'elle se promenait le soir avec sa fille.

Par contre, il connaissait Mlle Moon de longue date : il n'avait que quatre ans lorsque son oncle Art l'avait emmené à la bibliothèque pour l'y abonner. Mlle Moon avait froncé les sourcils, secoué la tête et regardé le petit garçon joufflu. « Nous avons très peu de livres d'images, monsieur McBride. Nous préférons que les parents des... euh... des enfants qui ne savent pas encore très bien lire les empruntent sur leur propre abonnement. »

Oncle Art n'avait pas répondu. Il avait sorti un livre de l'étagère la plus proche et l'avait tendu à son neveu. « Vas-y. »

Et Duane avait commencé à lire à haute voix :

« Chapitre un. Ma naissance. Vais-je être le personnage principal de ma propre vie, ou bien ce rôle sera-t-il réservé à un autre ? Ces pages en décideront. Pour commencer ce récit par le commencement, je tiens à préciser que je naquis (m'a-t-on dit et je n'ai aucune raison de ne pas le croire) un samedi à minuit... »

— Très bien !

L'oncle Art avait remis le livre à sa place. Mlle Moon avait, de mauvaise grâce, rempli une carte de prêt au nom de Duane McBride. Et pendant des années, le gamin avait considéré ce petit carton comme un de ses plus chers trésors, bien que Mlle Moon l'ait toujours traité avec une froideur rancunière.

Quand, un an plus tard, parallèlement à la lecture des œuvres complètes de R.L. Stevenson et C.S. Forester, Duane s'était livré à une orgie de romans policiers racontant les aventures de la célèbre détective Nancy Drews, Mlle Moon lui avait fait remarquer qu'il s'agissait là de livres de filles et lui avait demandé, bien qu'elle connût la réponse, s'il avait une sœur.

Avec un large sourire, Duane avait remis ses lunettes,

répondu non, et emprunté ce jour-là uniquement des Nancy Drews. Après les avoir tous dévorés, il avait découvert les Edgar Rice Burroughs. Et il avait passé un été de rêve à traverser les steppes de Barsoom, les jungles de Vénus et surtout à s'élancer depuis la « terrasse sur la jungle » de lord Greystoke.

Il n'imaginait pas très bien cette « terrasse », mais il avait essayé de s'en arranger une dans les chênes près de la rivière. Witt, les oreilles dressées et l'œil interrogateur, le regardait se balancer de branche en branche et y déjeuner.

Aux vacances suivantes, Duane lisait Jane Austen, mais cette fois Mlle Moon n'avait fait aucune réflexion sur « les livres de filles ».

Dès qu'il eut fini son travail à la ferme, Duane partit pour le bourg. Comme le pater louait la majorité de ses terres à M. Johnson, et que chaque année il cultivait une plus petite superficie, il n'y avait pas trop à faire. Duane devait s'occuper du bétail et vérifier que les abreuvoirs étaient bien remplis, mais maintenant que les bêtes étaient aux champs, elles ne lui donnaient aucun souci. L'ingrate corvée d'épandage du fumier avait été terminée en mai, il n'avait plus à y penser. Il passa quelque temps à graisser le cultivateur à six rangs, tandis qu'à côté de la fosse, l'énorme moissonneuse-batteuse attendait le moment d'entrer en action. Le pater l'avait amenée là pour en bricoler une fois de plus le cueilleur à maïs. Il était toujours en train d'essayer d'améliorer, de transformer, d'adapter les machines jusqu'à ce qu'elles n'aient plus qu'une très faible ressemblance avec leur aspect d'origine.

La plupart des fermiers du coin tiraient une ramasseuse à maïs derrière leur tracteur, mais le pater avait acheté une vieille moissonneuse-batteuse et y avait monté huit rangs de becs cueilleurs. Dans les bonnes années, la récolte était plus rapide. En revanche, Martin McBride passait des heures et des heures à entretenir l'engin et à en améliorer les éléments assurant la cueillette, l'épluchage et l'égrenage. Duane se disait parfois que son père restait fermier pour le seul plaisir de bricoler ses machines agricoles.

Ce matin-là, il avait bien pensé à lui demander de le conduire au bourg, mais comme son père attendait impatiemment le vendredi soir pour se payer une sérieuse beuverie chez Carl ou à L'Arbre noir, ce n'était pas le moment de le faire aller en ville. Il partit donc à pied.

Quand il frappa à la porte de Mme Moon, la vieille dame s'approcha en boitillant, suivie d'un cortège de chats.

— Je vous connais, jeune homme ? demanda-t-elle d'une voix chevrotante et haut perchée.

— Oui, madame. Je m'appelle Duane McBride, j'ai accompagné une ou deux fois Dale Stewart et Mike O'Rourke, quand ils sont venus vous chercher pour votre promenade.

— Qu'est-ce que tu dis ?

Duane répéta plus fort.

— Ce n'est pas l'heure de ma promenade, je n'ai pas encore dîné ! rétorqua Mme Moon d'un ton un peu agressif.

L'escorte de chats rôdait autour des cannes de la vieille dame, se frottant contre ses jambes enflées et enveloppées de bandages couleur chair. Duane pensa au mystérieux soldat avec ses bandes molletières.

— Non, madame. Je voulais juste vous poser quelques questions.

— Des questions ?

Elle recula dans l'obscurité du couloir. La vieille maison était petite, et l'odeur laissait supposer qu'elle avait abrité des générations de chats qui avaient à tout jamais renoncé au monde extérieur.

— Oui madame, juste une ou deux...

— Et c'est à quel propos ?

Elle clignait des yeux dans sa direction, et Duane devina qu'elle ne distinguait sans doute qu'une vague forme sur le seuil de la porte. Il fit un pas en arrière... le mouvement du démarcheur malin, destiné à rassurer.

— Juste... sur autrefois. Je dois rédiger un devoir pour l'école, sur Elm Haven au début du siècle. J'ai pensé que vous pourriez peut-être me donner... enfin... me décrire l'atmosphère du bourg à cette époque.

— Te donner quoi ?

— Des renseignements... s'il vous plaît...

La vieille dame hésita, se retourna en s'appuyant sur ses cannes, puis entra dans une pièce, suivie de son cortège de chats, en laissant Duane sur le seuil. Il ne savait pas quoi faire.

— Allons, dit la voix dans la pénombre, ne reste pas planté là. Entre, je vais nous préparer du thé.

Duane s'assit, but du thé, mangea des gâteaux, posa des questions et écouta les histoires de Mme Moon sur son enfance, son père et Elm Haven au bon vieux temps. Tout en parlant, elle grignotait des biscuits confectionnés par sa fille et, régulièrement, des petits morceaux tombaient sur ses genoux. L'un après l'autre, les chats venaient lécher les miettes, tandis qu'elle les caressait distraitement.

— Et la cloche ? demanda-t-il enfin, une fois qu'il eut apprécié le degré de fiabilité de la mémoire de la vieille dame.

— Quelle cloche ?

Mme Moon s'arrêta de mâcher. Un chat sur ses genoux tendit le cou, comme s'il allait lui arracher le petit bout de gâteau qu'elle tenait encore entre ses doigts.

— Vous me parliez des curiosités du bourg, souffla Duane. Et la cloche dans le clocher de l'école ? Vous ne vous souvenez pas qu'on en ait parlé ?

Mme Moon eut l'air étonné.

— Une cloche... ? Quand y a-t-il eu une cloche là-haut ?

Duane soupira. Il nageait en plein brouillard.

— En 1896, articula-t-il lentement. C'est M. Ashley qui l'avait rapportée d'Europe.

Mme Moon eut un petit rire nerveux. Son dentier glissa et elle le repoussa du bout de la langue.

— Gros bêta ! Je suis née en 1896, comment pourrais-je me souvenir de ce qui s'est passé l'année de ma naissance ?

— Alors, vous ne vous souvenez pas de la cloche ? insista-t-il une dernière fois, prêt à ranger carnet et crayon.

— Mais si, bien sûr ! (Elle prit un autre biscuit.) C'était une si belle cloche ! Le père de M. Ashley l'avait ramenée d'Europe au cours d'un de ses voyages. Quand j'allais à l'école à Old Central, la cloche sonnait tous les jours à 8 h 15 et à 15 heures.

Duane ne pouvait en croire ses oreilles : c'était la *première* confirmation verbale de l'existence de la cloche. Les mains tremblantes, il ouvrit son carnet et se mit à écrire.

— Vous vous rappelez ce que cette cloche avait d'exceptionnel ?

— Oh, mon enfant ! A cette époque, tout ce qui concernait notre école et sa cloche était exceptionnel. Tous les vendredis, l'un d'entre nous... un des plus jeunes élèves... était choisi pour sonner la cloche le matin. Je l'ai fait une fois, je m'en souviens encore. Ah oui, c'était une cloche magnifique.

— Vous vous souvenez de ce qui lui est arrivé ?

— Oui... enfin, je veux dire, je ne sais pas trop...

Elle eut un regard étrange et posa le biscuit entamé sur ses genoux. Deux chats s'en emparèrent voracement, tandis qu'elle portait à sa bouche des doigts tremblants.

— M. Moon... mon Orville, je veux dire, pas mon père... M. Moon n'était pour rien dans ce qui est arrivé. En aucune façon.

Elle tapota du doigt le carnet de Duane.

— Allez, écris ça ! Ni Orville ni Père n'étaient présents quand s'est passée cette terrible affaire.

— Oui, madame. Mais qu'est-ce qui s'est passé exactement ?

Mme Moon agitait les deux mains, et les deux chats sautèrent de sur ses genoux.

— Eh bien, cette terrible affaire. Tu sais bien, cet horrible événement dont personne ne veut parler. Pourquoi tiens-tu à écrire cela dans ton carnet ? Tu as pourtant l'air d'un bien gentil garçon...

— Oui, madame.. (Duane osait à peine respirer.) Mais l'on m'a dit de noter absolument tout, et je vous serais très reconnaissant si vous pouviez m'aider un peu. De quelle terrible affaire parlez-vous ? Cela a un rapport avec la cloche ?

Mme Moon parut oublier sa présence. Les yeux fixés sur

l'ombre, elle répondit d'une voix à peine plus audible qu'un murmure :

— Non, bien sûr que non, pas avec la cloche. Quoique... c'est là qu'ils l'ont pendu, n'est-ce pas ?

— Qu'ils ont pendu qui ? chuchota Duane.

— Ce... monstre, bien sûr. Celui qui a tué et... (elle eut un petit hoquet et il vit des larmes rouler sur ses joues)... celui qui a tué et mangé la petite fille, acheva-t-elle d'une voix un peu plus ferme.

Duane s'arrêta d'écrire et la regarda fixement.

— Allez, écris ça, ordonna-t-elle en tendant l'index vers lui.

C'était bien Duane qu'elle regardait maintenant, les yeux fiévreux.

— Il est temps que quelqu'un l'écrive, continua-t-elle. Mais je veux que tu précises bien que ni Orville ni Père n'étaient présents... Ils n'étaient même pas dans le comté ce jour-là. Allez, écris ça tout de suite !

Et Duane prit en note tout ce qu'elle raconta, d'une voix qui lui faisait penser au froissement des pages d'un parchemin oublié.

19

Le lendemain matin, quand Dale alla chez Harlen pour l'inviter à passer l'après-midi à la ferme de son oncle Henry, il se rendit compte combien son copain avait souffert de la solitude. Sa mère n'était pas tout à fait sûre qu'il soit assez remis pour supporter une telle sortie, mais Dale avait apporté une invitation écrite pour elle, et elle céda aux supplications de son fils.

Le père de Dale revint vers 14 heures, et ils partirent tous pour la ferme à 15 h 30. Harlen, encore handicapé par son plâtre encombrant, et sa mère eurent droit au siège arrière.

274

Kevin, Mike, Dale et Lawrence s'entassèrent au fond et chantèrent à tue-tête tout le long du chemin.

Leurs hôtes avaient installé des fauteuils à l'ombre des arbres de la cour, et il y eut maints échanges de saluts et de nouvelles, tandis que Biff, le berger allemand d'oncle Henry, les gratifiait de sa danse de bienvenue. Puis les adultes s'installèrent au frais, et les enfants allèrent chercher des pelles dans la grange avant de se diriger vers le pâturage le plus éloigné de la maison. Ils prirent soin de marcher au rythme d'Harlen, ouvrirent les barrières au lieu de les escalader, et le blessé, dans l'ensemble, tint bien le coup.

Ils arrivèrent enfin à la lisière des bois, retrouvèrent, le long de la rivière, les traces de leurs fouilles des étés précédents, et se remirent à la recherche de la caverne des bootleggers.

A l'origine, cette caverne n'était qu'une légende, mais l'oncle Henry la leur avait racontée, et les enfants avaient pris son récit pour parole d'évangile.

Aux environs de 1920, à l'époque de la Prohibition, et avant que l'oncle Henry n'achète la ferme, le précédent propriétaire avait autorisé des vendeurs d'alcool clandestins à cacher leur gnôle dans une ancienne grotte au fin fond de ses terres. Celle-ci était devenue un entrepôt important, et on avait tracé un chemin d'accès. Puis on l'avait agrandie, et un véritable débit de boissons clandestin et souterrain s'y était ajouté. « Des tas de caïds s'y arrêtaient en revenant de Chicago... », leur avait dit l'oncle Henry.

La fin de l'histoire était très curieuse : peu de temps avant la fin de la Prohibition, la police fédérale avait fait une descente et les agents, plutôt que tout déménager, avaient préféré dynamiter l'entrée. La grotte s'était écroulée sur le stock d'alcool, le bar d'acajou, le piano, ainsi que sur les trois camions et la Ford modèle A garés dans les entrepôts. Puis les agents fédéraux avaient rasé le chemin d'accès et ses abords, afin que nul ne puisse jamais retrouver la caverne.

Dale et les autres étaient persuadés qu'en fait, seule l'entrée s'était effondrée. Le trésor n'était donc séparé du resté du monde que par deux ou trois mètres de terre, qu'il suffisait d'enlever... si toutefois l'on trouvait le bon endroit où creuser. La bande persévérait et, au fil des ans, le pâturage (réservé au taureau quand il y en avait un à la ferme) s'était mis à ressembler à un champ de bataille : Dale, Lawrence et leurs amis exploraient systématiquement tous les trous, les creux et les surplombs, certains à chaque fois d'être à deux doigts de découvrir l'entrée de la grotte.

Dale rêvait souvent à cette dernière pelletée qui laisserait apparaître la caverne obscure, avec peut-être une lampe à pétrole encore allumée, et leur enverrait en pleine figure une vieille odeur de tord-boyaux.

Duane arriva à la ferme vers six heures du soir, c'était son père qui l'avait déposé en allant à L'Arbre noir.

Il resta une demi-heure à parler avec les adultes avant de traverser la grange et de rejoindre le pâturage. Personne ne le remarqua, mais pour l'occasion il avait mis son pantalon de velours beige le plus neuf, avec la chemise de flanelle rouge que son oncle Art lui avait offerte pour Noël.

Il retrouva ses amis, sales et fatigués, agglutinés autour d'un trou d'un mètre cinquante à flanc de colline. La pente derrière eux était jonchée des grosses pierres qu'ils venaient d'extraire.

— Salut ! lança Duane en s'asseyant sur une des plus grosses pierres. Alors, vous pensez que vous l'avez découverte, cette fois ?

Les ombres s'allongeaient et cette partie de la colline n'était plus au soleil. Le cours d'eau n'était qu'un maigre ruisseau, dix mètres plus bas, juste derrière l'emplacement plat que Dale considérait comme le site de la route disparue.

— On a cru, un moment. Regarde... On a trouvé ce vieux bout de bois pourri derrière ce rocher.

— C'est une vieille souche ?

— Mais non ! s'écria Lawrence, furieux. C'est un des trucs en bois au-dessus de l'entrée !

— Un étai, expliqua Mike.

Duane hocha la tête et poussa du pied le morceau de bois.

— Vraiment ?

— Je leur ai dit qu'ils se foutaient le doigt dans l'œil, intervint gaiement Harlen.

Il n'avait pas l'air trop à l'aise et portait encore un bandeau au front, qui rappela à Duane le roman de Stephen Crane, *La Conquête du courage*. Mais il imaginait mal son copain en Henry Fleming.

— Tu as creusé, toi aussi ? lui demanda-t-il.

— Moi ? Jamais ! Mon boulot, ce sera de vendre la gnôle quand on la trouvera.

— Tu crois qu'elle sera encore bonne ?

— Hé, ça vieillit bien, ce truc, non ? Le vin et tout ça, plus c'est vieux, meilleur c'est.

Mike O'Rourke sourit.

— Le malheur, c'est qu'on est pas vraiment sûr que ce soit pareil pour l'alcool...

Duane entra dans le jeu :

— A mon avis, vous gagneriez plus d'argent en vendant les vieilles voitures qui sont là-dessous.

Quel mal y avait-il à rêver d'une caverne d'Ali-Baba enterrée sous quelques mètres de terre ? Ce n'était pas plus délirant que ses propres recherches de ces deux dernières semaines. Sauf que, il le savait maintenant, ses hypothèses n'avaient rien de délirant.

Il porta la main à sa poche de chemise puis se souvint : son carnet était resté à la maison, dans sa cachette, avec tous les autres.

— Ouais, intervint Dale. Ou alors on pourrait faire fortune rien qu'en faisant visiter la caverne. Oncle Henry dit qu'il y aurait juste à installer l'électricité. Il faudrait tout laisser tel quel.

— Bonne idée ! approuva Duane. Ah ! ta mère m'a dit que vous deviez rentrer à la maison. Les steaks sont sur le grill.

Ils hésitèrent un instant, tiraillés entre leur enthousiasme déjà un peu usé et leur faim grandissante. Celle-ci l'emporta. Ils revinrent d'un pas lent, les pelles sur l'épaule comme des fusils, bavardant et riant. Les vaches laitières rentrant à l'étable les regardèrent d'un air interrogateur en gardant leurs distances. Ils étaient encore à deux cents mètres de la dernière barrière lorsque la brise du soir leur apporta l'odeur des steaks en train de cuire.

Ils mangèrent dans le patio dallé bordant la façade est de la maison, tandis que l'ombre engloutissait petit à petit la lumière dorée du jardin. La fumée montait du barbecue qu'oncle Henry avait construit derrière la pompe.

En dépit des protestations de Mike l'assurant que du maïs, de la salade et un dessert lui suffisaient largement, tante Lena avait tenu à lui préparer deux poissons-chats panés et tout croustillants. Deux grands saladiers d'oignons accompagnaient les légumes cueillis une heure plus tôt dans le potager, et le lait, glacé et bien crémeux, venait de la laiterie de la ferme.

Pendant qu'ils mangeaient, la chaleur du jour se dissipa lentement. Une petite brise s'était levée, séchant l'humidité et faisant frissonner les branches au-dessus de la pelouse. De l'autre côté de la route, les immenses champs de maïs semblaient converser dans un langage inconnu et soyeux.

Les enfants dînèrent un peu à l'écart, assis sur les marches ou juchés sur les jardinières entourant le patio, tandis que les grands tenaient leur assiette en équilibre sur leurs genoux ou sur les larges accoudoirs des fauteuils. Oncle Henry avait sorti un tonneau de bière maison, et les chopes avaient été rafraîchies à l'avance dans le congélateur.

A la fin du repas, les garçons prirent leur dessert, tarte à la rhubarbe *et* gâteau au chocolat (les deux, pas « au choix »), et montèrent au « belvédère », au-dessus de l'atelier d'oncle Henry.

Les enfants adoraient le belvédère le soir et savaient que, tôt ou tard, les grandes personnes se décideraient à quitter le patio pour les y rejoindre. C'était une sorte de terrasse aussi grande qu'un court de tennis, formée de plusieurs plates-formes à différents niveaux avec des marches et des passages semblables à des coursives. De là, on avait une vue panoramique sur la route et les champs de M. Johnson à l'ouest, et au sud, sur l'entrée, la piscine construite par oncle Henry et même sur le cimetière, l'hiver, lorsque les arbres étaient dénudés. Du côté est, on était au niveau du fenil et on dominait l'étable et la grange. Dale avait toujours l'impression que, métamorphosé en chevalier du Moyen Age, il contemplait, non pas un labyrinthe de poulaillers, porcheries et réserves diverses, mais les remparts d'une forteresse.

Le belvédère était également meublé de ces fauteuils rustiques, étrangement confortables, fabriqués l'hiver par oncle Henry, mais les enfants préféraient les hamacs. Il y en avait trois sur la plate-forme la plus au sud. Deux d'entre eux avaient des supports métalliques, mais le troisième était fixé aux deux poteaux de bois qui soutenaient l'éclairage de l'entrée, cinq mètres plus bas.

Les premiers arrivés (Lawrence, Kevin et Mike) s'entassèrent dans ce hamac et se balancèrent hardiment au-dessus de la balustrade. Les mères détestaient les voir là-dedans et les pères n'arrêtaient pas de leur crier de faire attention, mais personne n'en était jamais tombé. Seul oncle Henry racontait que, s'y étant endormi un soir, il avait été réveillé en sursaut par Ben, le coq, et quand il avait voulu se diriger vers ce qu'il croyait être la salle de bains, il avait atterri sur des sacs de nourriture pour bétail entassés dans le pick-up garé juste en dessous.

Blottis dans leur hamac, les garçons se balancèrent, bavardèrent et oublièrent complètement qu'ils avaient projeté de retourner à leurs fouilles. D'ailleurs, il faisait trop sombre. Le ciel était encore bleuté, mais on distinguait déjà plusieurs étoiles et la rangée d'arbres derrière la mare n'était plus qu'une ligne noire. Les vers luisants commencèrent à scintiller et, au bord de l'eau, reinettes et grenouilles entonnèrent leur triste litanie. Des hirondelles voletaient, invisibles, dans la grange. Un hibou hulula au fond des bois.

L'approche de la nuit semblait avoir changé la conversation animée des grands en un murmure amical, et même le bavardage des enfants ralentit et finit par cesser. On n'entendait plus que le grincement des cordes du hamac et les bruits de la nuit. Le ciel se ponctuait rapidement d'étoiles. Oncle Henry avait éteint les lumières de l'entrée et n'avait pas encore allumé celles du belvédère. Dale n'avait aucun mal à s'imaginer sur la dunette d'un bateau de pirates croisant dans une mer exotique. De l'autre côté de la route, le froissement du maïs rappelait le murmure de l'eau sous une étrave de navire. Si seulement il avait un sextant ! Le soleil et l'énergie dispensée à creuser lui faisaient rougeoyer les joues et lui raidissaient les membres.

— Regardez, dit Mike à voix basse, un satellite !

Tous tordirent le cou pour regarder au-dessus d'eux. Le ciel s'était obscurci, et la Voix lactée était clairement visible dans cette plaine éloignée des lumières de la ville. Effectivement, un point brillant se déplaçait, trop lointain et trop petit pour être un feu de position d'avion.

— Sans doute *Echo*, dit Kevin de sa voix doctorale.

Il leur décrivit le gros réflecteur que les Etats-Unis allaient mettre en orbite pour réfléchir les ondes hertziennes autour du globe.

— Je ne crois pas qu'il soit déjà lancé, objecta Duane de ce ton dubitatif qu'il utilisait lorsqu'il était le seul à être au courant. Ce ne sera qu'en août, il me semble.

— Qu'est-ce que c'est, alors ?

Duane remonta ses lunettes sur son nez et scruta le ciel.

— Si c'est un satellite, ça doit être *Tiros*. *Echo* sera beaucoup plus brillant... aussi brillant qu'une de ces étoiles ! J'ai hâte de le voir.

— J'ai une idée ! s'exclama Duane. Revenons tous en août, on cherchera la grotte, et le soir on regardera *Echo* !

Les applaudissements furent unanimes.

— Regardez, il s'en va ! dit Lawrence.

La lumière du satellite s'estompait, ils le regardèrent en silence s'éloigner, puis Mike remarqua :

— Je me demande s'il y aura un jour des gens là-haut...

— Les Russes s'en occupent sérieusement, répondit Duane des profondeurs du hamac où il s'étalait seul.

Dale et Harlen occupaient le hamac opposé, mais ce fut Kevin qui répondit avec mépris :

— Pfeuh, les Russes ! On va les battre à plate couture !

— Je n'en suis pas si sûr... Ils nous ont bien eus avec leur Spoutnik, vous vous en souvenez ? remarqua Duane.

Dale n'avait pas oublié cette soirée d'octobre, trois ans auparavant. Il était sorti déposer la poubelle à la porte lorsque, son père ayant entendu à la radio que le satellite russe allait survoler la région, ses parents l'avaient rejoint. Lawrence, alors petit, dormait déjà. Ils avaient tous trois scruté le ciel jusqu'à ce qu'à travers les branches presque dénudées surgisse une minuscule lumière parmi les étoiles. « Je n'arrive pas à y croire ! » avait murmuré son père. Et Dale n'avait pas su déterminer si ce qu'il trouvait si incroyable était la présence de cet engin dans le ciel, ou le fait que cet exploit ait été accompli par les Russes.

Ils contemplèrent encore un moment le ciel, et ce fut Duane qui brisa le silence :

— Vous avez suivi Van Syke et les autres, en fin de compte ?

Mike et Dale échangèrent un coup d'œil. Dale se sentait aussi coupable que s'il avait rompu un serment.

— On a commencé, mais...

— Ça ne fait rien. De toute façon, ça ne pouvait pas nous mener bien loin. Mais j'ai quelque chose à vous dire. Est-ce qu'on peut se retrouver demain ? De jour, de préférence.

— A la Grotte ? proposa Harlen. Je...

Les huées l'interrompirent.

— Pas question que je remette les pieds là-bas, dit Kevin. Pourquoi pas le poulailler de Mike ?

— OK, dit Duane.

— Dix heures ? suggéra Dale.

A cette heure-là, les dessins animés qu'il regardait le samedi matin avec son frère étaient terminés.

— Non, un peu plus tard. J'ai du travail à la ferme le matin. Après déjeuner ? Une heure ?

Tous acceptèrent, sauf Harlen :

— J'ai autre chose à faire.

— Je n'en doute pas, se moqua Kevin. Aller faire signer ton plâtre par Michelle Staffney, par exemple ?

Cette fois, il fallut que les grandes personnes montent les rejoindre pour que cessent rires et bourrades.

Duane apprécia cette soirée et se félicita d'avoir remis à plus tard les révélations sur la cloche des Borgia (et surtout, de ne pas avoir raconté ce qu'il avait appris par Mme Moon). La conversation porta sur les étoiles, les voyages dans l'espace, la vie là-bas et, entre les discussions et la contemplation du ciel, le temps passa très vite. Dale fit part de leur désir de revenir plus tard pour voir *Écho*, et oncle Henry aussi bien que tante Lena jugèrent l'idée excellente. Kevin promit d'apporter un télescope et Duane proposa d'essayer celui qu'il avait fabriqué. Ils se séparèrent vers onze heures. Sûr que le pater ne serait pas là avant l'aube, Duane se préparait à rentrer à pied, mais le père de Dale insista pour le ramener aussi, et ce fut un véhicule bien chargé qui s'arrêta devant la ferme.

— C'est tout noir, remarqua Mme Stewart. Tu crois que ton père est déjà couché ?

— Je suppose..., répondit Duane en se reprochant d'avoir oublié de laisser une lampe allumée.

M. Stewart attendit pour redémarrer que Duane ait tourné l'interrupteur de la cuisine et fait signe du seuil de la porte. Le jeune garçon regarda les feux arrière de la voiture redescendre l'allée.

Conscient d'être en train de devenir complètement paranoïaque, il inspecta le rez-de-chaussée, et ferma à clé avant de se rendre dans son sous-sol. Il quitta sa tenue des dimanches et se doucha. Toutefois, au lieu de se mettre en pyjama, il enfila un vieux pantalon de velours, une chemise raccommodée, mais propre, et des pantoufles : il se sentait physiquement fatigué, mais l'esprit très alerte, et il avait l'intention de s'entraîner un peu à écrire. De toute façon, avec la porte fermée à clé, il était bien obligé d'attendre le retour de son père.

Il chercha sur son poste une station de Des Moines et se mit au travail... ou plutôt essaya, mais ses descriptions lui parurent puériles. Peut-être ferait-il mieux d'essayer d'écrire une histoire complète ? Non, il ne se sentait pas prêt. Il parcourut ses carnets, sur les pages desquels se succédaient essais, portraits de personnages, scènes d'action, imitations d'Hemingway, Mailer, Capote, Irwin

Shaw, ses auteurs favoris. Puis, avec un soupir, il rangea tout ça dans sa cachette et s'étendit sur son lit, les pieds sur la barre de cuivre du bout. Le lit était trop petit pour lui maintenant, il était obligé de dormir en chien de fusil ou en diagonale, mais il ne l'avait pas dit au pater car ils n'avaient guère les moyens d'en acheter un nouveau en ce moment. Il y en avait bien un autre au premier étage, mais c'était le lit conjugal, du temps de sa mère, et il n'osait pas le demander.

Il fixa le plafond et songea à Mme Moon, à la cloche, à ce réseau de faits, d'implications et de déductions menant à une conclusion purement et simplement incroyable. Oncle Art avait plus ou moins deviné. S'il avait découvert ce qui était arrivé en janvier 1900, qu'aurait-il pensé ?

Et les autres, dois-je leur en parler ? Ils ont le droit de savoir, après tout, ce qui se passe les concerne aussi...

Il s'assoupissait lorsqu'il entendit le pick-up rouler dans l'allée. A demi endormi, il se traîna jusqu'au rez-de-chaussée, traversa la cuisine et retira le crochet de la porte. Il était presque redescendu lorsqu'il se rendit compte que le moteur tournait toujours. Il remonta et alla à la porte. La camionnette était garée au milieu de la cour, tous phares allumés, la portière gauche grande ouverte. La cabine était éclairée, mais vide.

Un soudain grondement venu de la grange le fit reculer d'un pas. La moissonneuse-batteuse sortit bruyamment, précédée de ses dix mètres de becs cueilleurs, semblable à un bulldozer armé de couteaux. Il vit la lumière du lampadaire se refléter sur les cylindres cueilleurs et les chaînes d'amener : le pater n'avait pas remis les caches de protection.

Par contre, il a bien pensé à ouvrir la barrière ! se dit Duane en voyant le lourd engin entrer dans le champ de maïs. Il aperçut son père, une silhouette dans la cabine sans vitre.

Le pater était déjà rentré assez soûl pour maltraiter le camion, mais il n'avait jamais endommagé le matériel agricole. Une nouvelle moissonneuse-batteuse, ou même une autre ramasseuse à maïs à attacher au tracteur coûterait la peau des fesses !

Duane traversa la grange en courant et hurla de toutes

ses forces pour essayer de se faire entendre malgré le bruit. Peine perdue, l'engin coupa la première rangée et continua à avancer. Le maïs n'avait guère que quarante centimètres de haut et les épis n'étaient pas formés, mais la machine l'ignorait et broyait les tendres tiges.

L'air était lourd de poussière et de sève. L'engin tourna à droite, puis à gauche, et roula ensuite lourdement droit devant lui en taillant dans la future récolte une saignée de dix mètres de large. Duane courut après son père, agitant les bras et hurlant à pleins poumons. Mais le pater ne jeta pas un seul coup d'œil.

L'énorme machine avait parcouru presque deux cents mètres à l'intérieur du champ lorsqu'elle s'arrêta en cliquetant. Le moteur se tut. Son père devait pleurer de rage, écroulé sur le volant. Le garçon s'arrêta pour reprendre son souffle. Puis il repartit en courant vers la moissonneuse-batteuse maintenant silencieuse. Les phares étaient éteints, la porte ouverte, et la lumière intérieure ne marchait pas. Il s'approcha lentement, sentant sous ses pantoufles les tiges pointues du maïs cisaillé. Il se hissa sur la petite plate-forme à gauche de la cabine.

Personne.

Il regarda autour de lui. Le maïs n'était pas haut mais s'étendait sur presque un kilomètre dans toutes les directions, sauf du côté de la grange. La saignée derrière l'engin était très visible, même à la pâle clarté des étoiles, et le lampadaire de l'entrée semblait aussi inaccessible que la planète Mars.

Le cœur de Duane, dont les battements s'étaient déjà accélérés pendant la course, cogna encore plus fort dans sa poitrine. Il se pencha par-dessus le garde-fou de la plate-forme et regarda en bas, espérant vaguement apercevoir une silhouette noire dans le maïs, là où le pater serait tombé. Rien.

Les tiges étaient serrées, et maintenant que les feuilles avaient poussé, on ne distinguait plus les rangées. Encore quelques semaines, et le champ serait une seule masse compacte de maïs, plus haute que lui. Mais avec les tiges encore basses, il était incompréhensible qu'il ne pût pas repérer le pater. Il s'avança sur la plate-forme, essayant de voir aussi loin que possible.

— P'pa ?

Sa voix lui parut frêle. Il appela encore une fois. Aucune réponse, pas même un froissement de feuilles pour lui indiquer dans quelle direction son père se dirigeait. Entendant du bruit dans la cour de la ferme, il courut à l'arrière de l'engin. Le pick-up reculait derrière la maison. Il réapparut et descendit l'allée en marche arrière, tous phares éteints et la portière toujours béante. C'était comme un film défilant à l'envers. Duane commença à crier, puis il se rendit compte de l'inutilité de ses efforts et regarda en silence le pick-up s'engager sur la 6, toujours sans lumières.

Ce n'était pas le pater ! Cette pensée lui fit l'effet d'une douche glacée.

Il rentra dans la cabine, s'assit sur le siège. Mieux valait ramener cette saleté de truc dans la grange.

Pas de clé de contact. Il ferma les yeux, essaya de se souvenir de toutes les modifications apportées par le pater au système d'allumage, tira sur le démarreur. Rien. L'engin ne partirait pas sans la clé de contact accrochée d'habitude au mur de la grange.

Alors, allumons les phares. Cela viderait rapidement la batterie, mais le champ serait éclairé comme en plein jour sur une centaine de mètres. Rien non plus, il fallait mettre le contact.

Il ressortit de la cabine. La transpiration ruisselait sur son visage, et il s'obligea à respirer lentement et profondément pour se calmer. Le maïs qui paraissait si bas quelques heures plus tôt donnait maintenant l'impression d'être assez haut pour dissimuler n'importe quoi. Le seul chemin dégagé en direction de la maison était la saignée de dix mètres de large taillée par la moissonneuse-batteuse. L'enfant n'avait pas la moindre envie de s'y aventurer à pied.

Il se glissa sur le rebord métallique derrière la cabine et se hissa sur la trémie. Le couvercle grinça un peu sous son poids. Il se pencha, trouva une prise et grimpa sur le toit de la cabine. Vu du haut de quatre mètres, le champ avait l'air d'une masse noire qui s'étendait à l'infini.

Une légère brise se leva. Il frissonna et boutonna son col de chemise. *Je vais rester ici. Ils s'attendent à ce que je retourne à la ferme à pied, alors je ne vais pas bouger. Qui ça, « ils » ?*

Percevant un très faible bruissement dans le maïs, il se pencha. Quelque chose de long et large se déplaçait à travers les tiges, *glissait* à une quinzaine de mètres de lui avec un frôlement soyeux. Un léger mouvement des tiges en marquait le sillage qui *décrivait* un large cercle.

S'il avait été en mer, Duane aurait pensé à un dauphin nageant derrière un bateau, et ne laissant voir que l'éclat bref de son dos.

Le très faible espoir que ce soit le pater s'évanouit lorsqu'il remarqua que la chose se déplaçait bien plus vite qu'un homme. Un serpent monstrueux, peut-être, un animal au corps aussi gros que le sien, et long de plusieurs mètres.

Il eut un rire étranglé. *C'est du délire !*

L'étrange apparition décrivit un quart de cercle autour de la moissonneuse-batteuse, atteignit la saignée et, avec autant d'aisance qu'un poisson, fit demi-tour et repartit en sens inverse.

Le garçon entendit un autre frôlement sur sa gauche : une créature, tout aussi grande et tout aussi silencieuse, glissait dans le maïs de l'autre côté de la machine. A chaque fois que les monstrueux reptiles atteignaient la saignée, ils repartaient en sens inverse, trente centimètres plus près qu'au trajet précédent.

Merde ! Plus question de quitter la moissonneuse-batteuse ! S'il était reparti à pied, ces créatures glisseraient juste à côté de lui maintenant.

Je fais un cauchemar ! Il se reprit. C'était bien un cauchemar, mais il le vivait vraiment. Il tâta le métal froid du toit de la cabine, renifla l'odeur de l'air et de la terre humide... Aussi incroyable que cela puisse paraître, tout était bien réel. La pâle lueur des étoiles révélait la forme longue et fluide des limaces-serpents qui allaient et venaient en décrivant toujours des cercles.

Un jour qu'il pêchait dans la Spoon River avec son oncle, il avait attrapé une lamproie, une bestiole apparemment constituée en tout et pour tout d'une énorme gueule garnie d'innombrables rangées de dents, et d'un tube digestif rouge. Il en avait fait des cauchemars pendant un mois. Ces créatures qui patrouillaient dans le maïs, et dont seul le froissement des feuilles trahissait la présence, lui rappelaient fortement la lamproie.

Je n'ai plus qu'à rester là jusqu'à ce qu'il fasse jour. Et après ? Il n'est même pas minuit, ça fait cinq heures à tenir. Et ces choses partiront-elles à l'aube ? Sinon, je pourrai toujours monter sur le toit de la cabine et agiter ma chemise, il y aura bien quelqu'un qui finira par me voir de la 6...

Il descendit de la cabine à la trémie pour regarder derrière la machine. Rien à proximité. S'il percevait un mouvement près de l'engin, il serait sur le toit en un clin d'œil.

Il y eut un bruit dans l'allée, là-bas, très loin. Un bruit de moteur, mais toujours pas de phares.

Le pater... Il revient !

A l'instant même où il se rendait compte que ce n'était pas le bruit de moteur du pick-up, il vit le véhicule passer sous le lampadaire.

Rouge. Avec une benne à lattes de bois et une cabine rouillée.

Le camion d'équarrissage traversa la cour et entra prudemment dans le champ. Duane sauta sur le toit de la cabine et dut s'asseoir pour lutter contre une soudaine nausée. *Non, ce n'est pas possible !*

Le camion parcourut une centaine de mètres sur la saignée de maïs coupé, puis se plaça en diagonale, comme pour barrer le passage. Il était encore à environ cent mètres, mais Duane sentait déjà l'odeur de charogne et distinguait du mouvement à l'arrière.

Des formes pâles en descendirent et commencèrent à s'approcher sans hâte.

Merde ! Duane tapa du poing sur le toit de la cabine. Les silhouettes se détachaient sur la lumière du lampadaire, et il remarqua qu'elles avaient forme humaine. Mais elles se déplaçaient bizarrement, comme si elles chancelaient. Une, deux... il en compta six.

Il entra dans la cabine, chercha à tâtons la trousse à outils derrière le siège, enfonça un tournevis de dix centimètres dans sa ceinture et sortit le plus gros et plus lourd outil, une manivelle. Ainsi armé, il retourna sur la plate-forme.

Les lamproies tournaient plus près, à moins de dix mètres, et les six silhouettes s'approchaient par la saignée.

— Au secours ! Au secours ! hurla-t-il en direction de la maison d'oncle Henry, à plus d'un kilomètre de là. Au secours, je vous en supplie !

Il se tut, son cœur cognait si fort qu'il semblait prêt à jaillir de sa poitrine.

Me cacher dans la trémie ? Non, ça prendrait trop de temps d'ouvrir le panneau d'accès, et de toute façon ce n'est pas une cachette. Électrifier tout le bazar ?

Un sursaut d'espoir. Il s'agenouilla pour regarder sous le tableau de bord. Un écheveau de fils électriques entrait dans la colonne de direction, le pater les avait tous modifiés et réarrangés. Sans lumière, Duane ne pouvait voir la couleur de la gaine isolante, ni savoir quels fils étaient connectés au système d'allumage et quels autres au ventilateur ou aux phares. Il en tira quatre au hasard, arracha les gaines avec les dents et en connecta deux. Aucun résultat. Pas davantage au second essai. Il essayait une nouvelle combinaison lorsqu'il entendit des pas. Il se pencha pour jeter un coup d'œil. Les silhouettes humaines étaient à six mètres de la moissonneuse-batteuse.

Les deux plus proches semblaient être des hommes, le plus grand aurait pu être Van Syke. La troisième évoquait une femme en haillons, ou enveloppée dans un linceul dont des morceaux traînaient derrière elle. Il cilla en remarquant que la clarté des étoiles se reflétait sur des os, visibles par les déchirures du « vêtement ».

Trois autres formes approchaient dans le maïs, la plus proche était moins grande et coiffée d'un chapeau de brousse.

Six... au moins ! Duane sortit sur la plate-forme en brandissant la manivelle, enjamba la balustrade, sauta sur la coupe. Les huit rangs de becs cueilleurs luisaient d'un éclat froid, leurs chaînes d'amener et leurs rouleaux cueilleurs à demi enfoncés dans la terre, leur extrémité plantée dans les tiges à l'endroit où la machine s'était arrêtée.

Les marches de métal résonnèrent derrière lui, on montait sur la plate-forme. Une ombre s'approcha sur sa droite. La puanteur du camion d'équarrissage était plus forte que jamais.

Duane attendit que les lamproies arrivent en se croisant à l'extrémité de leur parcours en boucle, le plus loin possible de lui. *C'est le moment !*

Il sauta par-dessus les becs cueilleurs, écrasa des tiges en touchant le sol, fit un roulé-boulé avant de se relever, puis il courut à perdre haleine, le tournevis (qui lui avait écorché le ventre) et la manivelle serrés dans la main.

Les tiges crépitèrent lorsque les lamproies bifurquèrent soudain dans sa direction. Il entendit derrière lui d'autres pas sur les marches métalliques, d'autres tiges de maïs écrasées.

Il courut de toutes ses forces, plus vite qu'il l'avait jamais fait, plus vite qu'il s'en serait cru capable. La ligne d'arbres de Johnson se trouvait droit devant lui, les lucioles y scintillaient comme des yeux.

Quelque chose passa près de lui, un sillage dans le maïs serpenta juste devant. Il s'arrêta, chancela, fut à deux doigts de tomber.

La créature se tourna vers lui. Elle lui avait semblé plus basse que le maïs parce qu'elle était à demi enterrée dans la terre humide, comme un ver géant. L'avant remonta, des dents scintillèrent.

Exactement comme la lamproie !

Elle attaqua, comme un chien. Duane tourna sur lui-même à la façon d'un torero et abattit la manivelle avec assez de force pour lui fracasser le crâne.

Sauf qu'il n'y avait pas de crâne ! La manivelle rebondit sur une peau épaisse, gluante.

Comme si j'essayais d'assommer un câble ! eut le temps de penser le garçon, tandis que la monstrueuse mâchoire se renfonçait dans le sol et que le dos s'arquait, tel celui d'un serpent de mer.

Il entendit derrière lui un bruit de pas rapides.

Le soldat levait vers lui ses mains pâles. Duane tournoya et jeta la manivelle. L'homme en uniforme n'essaya même pas de l'esquiver. Le chapeau de brousse vola au sol, et Duane entendit le son sourd, écœurant, de la manivelle heurtant le crâne.

La silhouette ne s'arrêta pas, ne chancela pas. Bras tendus, semblable à un robot, le soldat continua d'avancer, ouvrant et refermant ses doigts comme des serres.

Quelqu'un d'autre s'approchait de l'autre côté, une troisième silhouette courait en avant pour lui barrer le chemin. Il y avait d'autres mouvements dans l'ombre.

Duane tira le tournevis de sa ceinture et s'accroupit en essayant de rester au niveau du maïs. Il sentit le sol bouger sous lui et sauta de côté.

Trop tard : le ver monstrueux avait refait surface. Il toucha la jambe gauche de Duane et replongea.

Duane roula dans le maïs, luttant pour se relever malgré les picotements de sa jambe, comme si on lui avait envoyé une décharge électrique. Chancelant, tenant toujours le tournevis comme un couteau, il s'appuya sur sa jambe droite et regarda l'autre : il manquait un morceau de chair. Il y avait un trou à son pantalon de velours, un autre à son mollet. Il pouvait même voir le muscle. A la lueur des étoiles, son sang semblait noir.

Toujours à cloche-pied, il tira son bandana de sa poche et l'attacha serré autour de sa jambe. Il s'occuperait de cela plus tard.

Il boitilla vers la ligne d'arbres, encore si loin. Un soudain remue-ménage dans les maïs le fit obliquer à gauche en direction de la route.

Trois formes l'attendaient, Duane voyait leurs dents luire dans le noir. Le soldat approchait, on l'aurait dit juché sur un chariot tiré par un câble. Bien droit, raide, remuant à peine les jambes, l'horrible automate avançait droit sur lui.

Duane n'essaya pas de courir. A l'instant où les doigts livides se tendaient vers son cou, il poussa un grognement menaçant et enfonça son tournevis dans le ventre vêtu de kaki. L'outil pénétra aussi facilement qu'un couteau dans une pastèque pourrie, et s'enfonça jusqu'au manche dans une substance molle.

Le garçon recula en chancelant : la forme sombre était toujours debout, et ses deux mains serraient son bras gauche comme un étau. Il les attaqua à coups de tournevis.

Un objet lourd s'abattit sur sa nuque, il tomba à terre, le sang de sa jambe gauche éclaboussa le maïs, ses lunettes volèrent au loin, il avait perdu ses deux pantoufles et ses pieds étaient pleins de boue. Une créature longue et humide glissa tout près de son visage puis disparut dans le sol. Il essaya de la frapper à coups de tournevis mais on le lui arracha.

Beaucoup de doigts s'accrochaient à présent à ses bras, ils étaient au moins quatre à le maintenir au sol. Une main osseuse lui enfonçait le visage dans la boue. Il la mordit, mâcha une chair qui avait un goût de poulet oublié au soleil pendant une semaine, cracha, sentit ses dents racler l'os. La main ne relâcha pas sa pression, il entraperçut un visage féminin rongé de lèpre et de pourriture.

C'est un cauchemar... Mais il savait bien qu'il ne rêvait pas. Quelque chose, mais pas le ver monstrueux, mâchait sa jambe indemne en grondant comme un chien enragé.

Witt, pensa-t-il, soudain submergé par le désespoir. *Au secours !*

Quelqu'un posa une lourde botte sur son visage, le lui enfonçant plus profondément dans la terre. Une tige de maïs cassé lui piqua le crâne. Il entendit un bruit semblable à celui d'un chat crachant une boule de poils.

Puis un autre bruit. Le monde grondait et tournoyait autour de lui. Mais, même au bord de l'évanouissement (que la partie lucide de son esprit savait provoquée autant par la peur et le choc que par la perte de sang), il reconnut ce grondement : on avait fait démarrer la moissonneuse-batteuse. Elle s'approchait de lui dans l'obscurité. Il entendait le bruit des tiges cisaillées, traînées entre les mâchoires des becs cueilleurs et les rouleaux. L'odeur de maïs fraîchement coupé couvrait en partie la puanteur de la charogne.

Il continua à se débattre, à tenter de se lever, à ruer, à mordre ou griffer les formes sombres qui l'écrasaient. La botte sur son visage appuya plus fort. Ses pommettes étaient sur le point d'éclater, mais il continua son combat fou.

Il y eut un mouvement rapide, la puanteur se déplaça, il aperçut des étoiles, puis le bruit et la masse de la moissonneuse-batteuse remplirent le monde.

A l'instant où la botte se retira de son front, Duane souleva la tête. On tirait sur ses jambes, une force irrésistible l'emportait, le retournait, l'entraînait dans un tourbillon qu'il sentait dans toutes les fibres de son corps. Mais, pendant une fraction de seconde, un bref instant, il fut libre : il vit les étoiles ; et il leva le visage vers elles en tournoyant, aspiré par l'obscurité qui rugissait tout autour de lui !

A Elm Haven, Mike O'Rourke dormait, assis près de la fenêtre sur un des fauteuils de la chambre de Memo, sa batte de base-ball sur les genoux. Un bruit brutal le tira du sommeil.

A l'extrémité sud du bourg, un incroyable vacarme réveilla brusquement Jim Harlen d'un cauchemar hanté par un visage derrière une fenêtre. Sa chambre était noire, sa bouche amère, et son bras lui faisait un mal de chien.

Kevin rêvait dans sa chambre impeccable, quand un son lointain, mais assourdissant et vibrant le fit s'asseoir dans son lit, haletant. Il tendit l'oreille, n'entendit que le bourdonnement du climatiseur. Puis cela recommença. Et une autre fois.

Dale s'éveilla en sursaut, exactement comme lorsque, en s'endormant, il rêvait qu'il tombait dans un trou. Son cœur cognait dans sa poitrine, il sentait qu'un terrible événement venait de se produire. Il entendit bouger dans le lit voisin et sentit les doigts de son petit frère le tirer par la manche de son pyjama.

— Qu'est-ce qui se passe ? bégaya le petit.

Dale repoussa les couvertures en se demandant ce qui pouvait l'avoir effrayé à ce point.

Puis cela recommença, un bruit terrible, profond, grave, qui résonnait dans sa tête. Il regarda Lawrence, le vit se boucher les oreilles et le regarder avec des yeux affolés.

Il l'entend, lui aussi...

Le bruit retentit de nouveau. Une cloche... plus sonore, plus grave, avec un plus grand pouvoir de résonance que toutes les cloches d'Elm Haven réunies. Le premier coup l'avait réveillé, le second retentit dans la moiteur de la nuit. Au troisième, Dale se raidit, se boucha les oreilles et s'enfonça sous les draps. Il s'attendait à entendre ses parents sortir en courant de leur chambre, les voisins s'interpeller, mais rien de tel ne se passa. Terrifiés, Lawrence et lui écoutèrent le bourdon qui semblait retentir dans leur chambre. Il sonna quatre coups, puis cinq, et continua impitoyablement jusqu'à douze.

20

Le samedi matin, Dale jouait au base-ball lorsque Chuck Sperling et Digger Taylor arrivèrent, juchés sur leurs bicyclettes de luxe.

— Hé, ton copain Duane est mort ! lui cria Chuck.

Dale le regarda sans comprendre.

— T'es cinglé..., finit-il par dire.

Sa bouche était soudain devenue sèche. Puis il pensa qu'il y avait un malentendu.

— Tu veux parler de l'oncle de Duane ?

— Non, je parle pas de son *oncle*, ça, c'était lundi dernier, non ? Je te parle de Duane McBride, il est aussi crevé qu'un chien écrasé.

Dale ouvrit la bouche et ne trouva rien à dire.

— Foutu menteur..., balbutia-t-il.

— Non, c'est vrai ! intervint Digger Taylor, le fils de l'entrepreneur des pompes funèbres.

Dale regarda Sperling comme pour le supplier d'arrêter la plaisanterie.

— C'est pas une blague, insista Chuck en lançant une balle en l'air et la rattrapant. Ils ont appelé le père de Digger à la ferme ce matin. Le gros Duane est tombé dans une moissonneuse-batteuse. Une moissonneuse-batteuse, t'imagines ? Il leur a fallu plus d'une heure pour sortir les morceaux coincés dans la machine. Ton père dit qu'il n'est pas question d'exposer le corps, hein, Digger ?

Taylor ne répondit pas, il regardait Dale d'un œil pâle et inexpressif.

— Tu vas retirer immédiatement ce que tu viens de dire.

Dale avait lâché batte et gant, et s'approchait de Sperling qui continuait nonchalamment à jouer avec sa balle.

Chuck s'arrêta et fronça le sourcil.

— Hé, qu'est-ce qui te prend, Stewart ? J'ai pensé que tu aurais envie de savoir.

— Retire ce que tu viens de dire ! répéta Dale.

Mais il n'attendit pas la réponse et fonça sur Chuck, chargeant tête la première. Sperling leva les bras, les abattit sur le cou de Dale, qui le frappa au ventre de toutes ses forces, trois ou quatre fois. Le garçon s'aplatit contre le grillage et Dale commença à lui marteler le visage. Le second coup fit jaillir le sang de son nez, le troisième lui cassa des dents. Dale avait le poing en sang mais il ne sentait pas la douleur. Sperling se roula en boule, pleurnichant et se protégeant le visage des avant-bras, les mains sur le crâne. Dale lui donna deux ou trois coups de pied.

Quand Sperling baissa les bras, Dale le saisit à la gorge, le releva contre la clôture, l'étouffant de la main gauche tandis que de l'autre il lui cognait le front, l'oreille, la bouche...

Il y eut des cris très loin. Des mains tirèrent Dale en arrière. Sperling prit son élan et gifla Dale, qui lui envoya un coup de poing dans l'œil gauche.

Dale sentit soudain une violente douleur dans les reins, une main lui attrapa le menton, le poussa en arrière.

Digger Taylor s'était interposé entre les deux combattants. Dale chargea et Digger le frappa une fois, très fort, au-dessus du plexus solaire. Dale s'abattit dans la pous-

294

sière, en proie à des haut-le-cœur, roula contre le grillage, essaya de se relever, mais il n'arrivait pas à reprendre son souffle.

Lawrence poussa un cri de guerre en déboulant, fit un bond de deux mètres et s'accrocha au dos de Digger qui, d'une bourrade l'envoya rouler dans la clôture. Lawrence rebondit et atterrit sur ses pieds, comme si le grillage était un tremplin vertical. Tête baissée, il se jeta sur Taylor qui recula en essayant de lui maintenir la tête. Tous deux butèrent dans Chuck Sperling, toujours gémissant, et ils tombèrent en tas. Barry Fussner s'approcha, fit le tour du groupe et lança un coup de pied maladroit qui passa bien au-dessus de la tête de Lawrence.

— Hé ! cria Kevin, s'en mêlant à son tour et repoussant Fussner d'une bourrade.

Barry essaya de lui donner un coup de pied, mais Kevin lui attrapa la jambe et le fit tomber en arrière dans la poussière. L'autre Fussner cria quelque chose et s'approcha prudemment, puis recula quand Kevin se retourna pour lui faire front. Bob McKown et Gerry Daysinger se contentaient de crier des encouragements et Tom Castanatti resta sur le terrain de sport.

Digger attrapa Lawrence par son tee-shirt, le jeta de l'autre côté du banc, ramassa Sperling et essaya d'atteindre à reculons leurs bicyclettes. Lawrence se releva, poings serrés, et Dale, toujours incapable de respirer mais bien décidé à ne pas se laisser arrêter par ce détail, quitta en chancelant l'appui du grillage pour faire deux pas en direction de Taylor et Sperling. Cette fois, il allait leur faire rentrer leurs mensonges dans la gorge.

De lourdes mains s'abattirent par-derrière sur ses épaules. Il tenta de se dégager, jura, rua pour se débarrasser de ce nouvel adversaire qui l'empêchait d'atteindre Sperling.

— Dale ! Arrête, Dale !

Son père le maintenait par la taille. Il croisa son regard et comprit, ses genoux fléchirent et seul le bras paternel l'empêcha de tomber.

Digger Taylor et Chuck Sperling repartirent sur leurs bicyclettes, Chuck pleurait et zigzaguait, essayant de pédaler tout en se tenant le ventre. Lawrence leur lança des pierres jusqu'à ce que son père lui ordonne de cesser.

Dale ne se rappelait pas comment il était rentré chez lui, peut-être son père l'avait-il soutenu, mais il se souvenait qu'il n'avait pas pleuré. Pas encore.

Mike s'habillait pour servir la messe quand il apprit la mort de Duane.

— Hé, t'as entendu parler du fils de fermier qui est mort ce matin ?

Mike se figea. Intuitivement, il savait déjà de quel fils de fermier il s'agissait. Mais il demanda tout de même :

— Duane McBride ?

— Oui, il paraît qu'il est tombé dans une machine agricole, très tôt ce matin. P'pa est pompier, il a été appelé là-bas. Ils ont rien pu faire, le gars était déjà mort... mais il leur a fallu un temps fou pour le sortir de la machine.

Mike se laissa tomber sur le banc le plus proche. Sa vue se brouilla, alors il mit sa tête entre ses genoux.

— T'es sûr que c'est Duane McBride ?

— Ouais ! Mon père connaît son père, il l'a vu à L'Arbre noir hier soir. Il dit que le gars devait conduire la moissonneuse-batteuse toute montée pour la récolte. Il devait être fou... récolter le maïs en juin ! Et il a dû tomber dans la partie coupante, tu sais, là où il y a les lames et tout ça... Mon père a rien voulu me dire, mais il a raconté à ma mère qu'ils ont pas pu le sortir en entier et que quand ils ont tiré sur le bras...

— Ça suffit, Rusty ! aboya le père Cavanaugh du seuil de la porte. File immédiatement préparer le vin et l'eau !

Dès que Rusty fut sorti, le père s'approcha de Mike et lui posa doucement la main sur l'épaule. Le garçon tremblait comme une feuille. Il se croisa les bras et serra les mains. En vain. Il ne pouvait pas arrêter de grelotter.

— Tu le connaissais, Michael ?

Il fit un signe de tête affirmatif.

— Un ami proche ?

Il haussa les épaules et acquiesça. Il tremblait encore plus fort.

— Il était catholique ?

Qu'est-ce que ça peut bien foutre ?

— Non, je ne crois pas. Il n'est jamais venu ici. D'ailleurs, je crois que lui et son père n'appartenaient à aucune Eglise.

— Ça ne fait rien, j'irai le voir quand même après la messe.

— Vous ne pouvez pas aller voir M. McBride, mon père, dit Rusty en rapportant les burettes, les flics l'ont emmené à Oak Hill, ils pensent que c'est peut-être lui qui a tué son fils.

— Tais-toi, Rusty ! Et attends-nous dehors !

Rusty ouvrit la bouche, regarda le père avec des grands yeux et entra en hâte dans l'église. Mike entendait les fidèles prendre place.

— Nous penserons à ton ami Duane en disant la messe, et nous demanderons pour lui la miséricorde divine, dit doucement le père en tapotant une dernière fois l'épaule de son enfant de chœur. Tu es prêt ?

Mike acquiesça. Il prit le haut crucifix posé contre le mur et suivit le prêtre qui se dirigeait d'un pas solennel vers l'autel.

En fin d'après-midi, M. Stewart monta parler à son fils. Dale était allongé sur son lit et écoutait les cris des jeunes enfants qui jouaient dans la rue. Des bruits heureux, et si loin.

— Comment te sens-tu, mon grand ?

— Ça va...

— Lawrence est en train de dîner, tu es sûr que tu ne veux pas descendre ?

— Non, merci.

Son père s'éclaircit la gorge et s'assit sur le lit de Lawrence. Dale, couché sur le dos, les bras sur le front, regardait les petites fentes du plafond. Il dressa l'oreille lorsque son père s'assit, s'attendant presque à percevoir un frôlement sous le lit. Mais il n'entendit que les bruits de l'extérieur qui entraient par la moustiquaire. La journée était grise et lourde d'humidité.

— J'ai appelé la police toute la journée, et j'ai fini par avoir quelqu'un.

Dale attendait la suite.

— C'est vrai, continua son père d'une voix rauque, il y a eu un terrible accident avec la machine à récolter le maïs. Duane... euh, Barney dit que ça s'est certainement passé très vite... ton ami n'a pas souffert...

Dale se raidit et se concentra sur les fentes du plafond.

— La police a passé la matinée à la ferme, reprit son père, devinant que, malgré l'horreur des faits, Dale voulait savoir. L'enquête suit son cours, mais ils sont certains que c'est un accident.

— Et... son... p... père ?

— Quoi ?

— Le père de Duane... Il a été arrêté ?

M. Stewart se frotta le menton.

— Qui t'a dit ça ?

— Mike est passé. C'est un gars d'ici qui lui a raconté. Il paraît que M. McBride a été accusé de meurtre.

Son père secoua la tête.

— La police l'a interrogé, c'est tout. Il a... il a bu jusque tard dans la nuit, et ce matin, il ne savait plus ce qu'il avait fait. Mais, selon le rapport de M. Digger et celui du coroner, Dale... tu veux vraiment que je t'explique ?

— *Oui*.

La voix de Dale était ferme.

— Eh bien, il y a certains indices qui permettent de déterminer depuis quand exactement... quelqu'un est mort. Tout d'abord, ils ont cru que l'accident avait eu lieu ce matin, après que Martin McBride était rentré chez lui... et s'était endormi.

— Ivre mort...

— Oui. Ils ont d'abord pensé que l'accident avait eu lieu ce matin, mais le coroner affirme que ça s'est passé cette nuit, aux alentours de minuit. Martin McBride est resté à L'Arbre noir bien après minuit, il y a plusieurs témoins. Barney dit aussi que le père de Duane est effondré...

Dale acquiesça de nouveau, c'était bien vers minuit que la

cloche avait sonné. Alors qu'il n'y avait aucune cloche de ce genre à Elm Haven.

— Je veux y aller.

Son père se pencha vers lui. Dale respira son odeur de savon et de tabac.

— A la ferme ? Je ne crois pas que ce soit très indiqué aujourd'hui. J'appellerai plus tard pour avoir des nouvelles de Martin McBride et savoir s'il y aura des obsèques. Puis nous irons lui apporter à manger, peut-être demain.

— Je veux y aller, répéta Dale.

Son père pensa qu'il parlait de l'enterrement, approuva de la tête, lui caressa le front et descendit.

Dale resta sur son lit à réfléchir. Il dut s'endormir parce que quand il rouvrit les yeux, sa chambre était sombre, les cris des enfants avaient fait place aux bruits de la nuit, et l'obscurité baignait les coins de la pièce. Il ne bougea pas, tendant l'oreille, attendant un frôlement venu de sous le lit de Lawrence, le tintement d'une cloche...

La pluie s'abattit sur la ville, un éclair illumina Depot Street et le clocher d'Old Central au-dessus des ormes. La brise passant à travers la moustiquaire était glacée. Dale frissonna, mais il ne se glissa pas entre les draps. Pas encore. Avant, il devait réfléchir.

Le lendemain, Mike et Dale sortirent de chez eux tout de suite après les services religieux de leurs églises respectives. En partant, Dale dit à sa mère qu'il allait retrouver Mike dans son poulailler. Il n'eut pas à pousser le cri de ralliement, Mike l'attendait sous le gros orme, vêtu d'une cape imperméable fournie par le *Peoria Journal-Star* pour distribuer les journaux par temps de pluie.

— Tu vas être trempé, remarqua-t-il quand Dale arrêta sa bicyclette à côté de lui.

Dale haussa les épaules, il n'avait même pas remarqué qu'il pleuvait à verse. La visière de sa casquette dégoulinait déjà.

— Allons-y !

La pluie tambourinait sur les feuilles de maïs. Laissant derrière eux le château d'eau, ils suivirent Jubilee College

Road, puis la 6. En haut de la colline sur laquelle se trouvait la maison d'oncle Henry, ils descendirent de vélo, dissimulèrent leurs engins dans les broussailles, et escaladèrent la clôture du bois de M. Johnson. Il pleuvait encore plus fort et Mike ronchonna parce que les bicyclettes seraient mouillées.

— Allons, viens ! murmura Dale.

En haut de la colline voisine, le cimetière, avec sa grille de fer forgé noire, se profilait sur le ciel gris. Les bois ruisselaient d'eau et les tennis de Dale étaient déjà trempées. S'accrochant aux arbustes et aux buissons, ils montèrent la pente glissante et sortirent du bois dans un long pâturage limitrophe de la propriété des McBride au sud. Mike ouvrit la marche en se dirigeant vers l'ouest. La ferme était tout juste visible au-delà de presque deux kilomètres de maïs ininterrompu. Le ciel gris était aussi bas qu'un plafond. Ils s'arrêtèrent à la clôture.

— On n'a pas le droit de faire ça ! objecta Mike.

Dale haussa les épaules.

— Je ne veux pas dire entrer sans permission, mais brouiller les indices sur le lieu d'un crime, ou quelque chose comme ça.

— Ils disent que c'est un accident, chuchota Dale, alors qu'il n'y avait pas un chat à un kilomètre à la ronde. Comment il peut y avoir lieu du crime s'il n'y a pas crime ?

— Tu sais très bien ce que je veux dire.

Mike rejeta son capuchon en arrière et examina le champ. Pas l'ombre d'une moissonneuse-batteuse. Pas signe de quoi que ce soit. Vue de loin, la grange des McBride ressemblait à n'importe quelle autre grange.

— Alors, on y va ou on n'y va pas ?

— On y va.

Mike remit son capuchon et ils escaladèrent la seconde clôture. Ils avançaient, presque pliés en deux. La route se trouvait à plusieurs centaines de mètres, mais dans le maïs encore bas ils avaient l'impression d'être très faciles à repérer. C'était comme de jouer au soldat, l'un d'eux progressait de quelques mètres en courant, s'accroupissait dans le maïs et faisait signe à l'autre de le rejoindre.

Ils avaient traversé plus de la moitié du champ quand ils tombèrent sur la saignée dans le maïs, une sorte de chemin biscornu tracé dans les cultures avec une tondeuse à gazon géante. Puis ils aperçurent le ruban de plastique jaune et parcoururent les vingt derniers mètres à quatre pattes.

— Mon Dieu ! chuchota Mike.

Sur le ruban jaune était imprimé en larges lettres noires : POLICE, PASSAGE INTERDIT. Le message se répétait indéfiniment tout autour d'un carré d'au moins cinquante mètres de côté. A l'intérieur de l'aire ainsi délimitée, la saignée dans le maïs se terminait brusquement et il y avait un espace très piétiné.

Dale s'arrêta un instant, puis franchit le ruban et s'approcha en hâte de l'endroit dévasté.

— Mon Dieu, répéta Mike.

Dale ne savait pas trop ce qu'il s'était attendu à trouver... la moissonneuse-batteuse arrêtée dans le champ, une silhouette humaine dessinée à la craie comme dans les films à la télé... mais il n'y avait que du maïs écrasé. Toutefois, on distinguait bien l'endroit où la machine avait fait demi-tour, où les roues avaient creusé de profondes ornières dans la boue. Cela faisait penser au champ où tous les ans au mois d'août se tenait la foire des Pionniers, parce que le sol paraissait avoir été piétiné par des milliers de personnes. Il vit des cigarettes parmi les tiges cassées et mouillées, un emballage de tabac à pipe, des morceaux de papier, quelques bouts de plastique. Il était difficile de situer l'emplacement de la moissonneuse-batteuse... le lieu exact de l'accident.

— Viens ici ! appela Mike.

Dale s'approcha, toujours courbé, au cas où M. McBride ou quelqu'un d'autre à la ferme regarderait dans cette direction. Il voyait le pick-up dans l'allée, mais la grange et la maison cachaient en grande partie la vue.

— Quoi ?

Mike montra du doigt le sol. Les maïs écrasés semblaient badigeonnés d'une peinture brun-rouge. La pluie avait dilué un peu la couleur, mais sous les tiges, elle était encore très nette.

Dale s'accroupit, toucha un plan de maïs brisé, regarda ses doigts. Il eut le temps de voir une faible trace rouge avant que la pluie ne le lave.

Est-ce que c'est le sang de Duane ? Il n'eut pas la force de s'attarder sur cette pensée. Il se leva et commença à suivre le cercle de maïs détruit, découvrant partout des dégâts. Il avait entendu son père raconter à sa mère que, d'après Barney, les pompiers avaient tellement piétiné l'endroit que la police d'Oak Hill avait été incapable de reconstituer ce qui s'était passé.

— Qu'est-ce qu'on cherche, au fait ? demanda Mike à voix basse. Y reste que des débris.

— Continuons. On le saura quand on le trouvera, répondit Dale.

Il sortit du périmètre délimité par la police et, toujours courbé, commença à explorer les rangées de maïs intact.

Il découvrit le trou au bout de cinq minutes, à moins de dix mètres de l'endroit dévasté. Ce n'était pas facile à voir sous les feuilles de maïs, mais il se tordit le pied dans quelque chose et se baissa pour regarder ce que c'était. Il fit signe à Mike qui arriva en courant, et tous deux s'agenouillèrent dans la boue.

— Regarde, chuchota Dale.

Il le mesura à l'aide de ses deux mains, pas tout à fait trente centimètres de diamètre. Mais tout autour, la terre semblait tassée et bizarre. Il enfonça la main dans le trou, mais Mike l'attrapa aussitôt et la tira en arrière.

— Non !

— Pourquoi pas ? Je voulais juste voir si c'était plus large à l'intérieur. Oui, c'est plus large, touche !

Mike secoua la tête.

— Les parois sont bizarres aussi, on dirait qu'elles sont vernies, et regarde les rainures tout autour...

Il leva la tête. Rien ne bougeait du côté de la ferme, pourtant il avait la nette impression d'être épié.

— Essayons de voir s'il y en a d'autres.

Ils en trouvèrent six. Le plus gros mesurait cinquante centimètres de diamètre, le plus petit était à peine plus grand qu'un trou de taupe. Ils ne paraissaient pas disposés de façon ordonnée, mais la plupart se trouvaient assez près de la ferme, de chaque côté de la saignée.

Dale voulait se glisser jusqu'à la grange pour voir si la machine s'y trouvait.

— Pourquoi donc ? Pourquoi tu veux faire ça ? demanda Mike en lui saisissant l'épaule pour l'obliger à se courber davantage.

Ils étaient trop près, ils pouvaient lire les numéros sur les étiquettes agrafées aux oreilles des vaches derrière la grange.

— Je veux, c'est tout... Il le faut..., souffla Dale.

Une porte claqua et les deux garçons se jetèrent à plat ventre dans la boue. Allongé entre deux rangées de maïs, Dale entendit un moteur démarrer et s'aperçut qu'il ne pleuvait presque plus. Il y avait encore un fin brouillard, mais l'averse avait cessé.

— Il a descendu l'allée. Mais je pense qu'il y a encore quelqu'un. Retournons dans les bois, murmura Mike.

— Juste un coup d'œil à la grange.

Dale fit un mouvement pour se lever, mais Mike le retint.

— J'ai déjà vu ça !

— Ça quoi ?

— Ces trous... ces tunnels...

— Où ça ?

Mike se détourna et commença à marcher, plié en deux, en direction du bois.

— Viens avec moi et je te le dirai.

Toujours baissé, il s'éloignait entre deux rangs de maïs. Dale hésita. Il était à moins de trente mètres de la grange. Le sentiment d'être observé était toujours aussi fort, mais son désir de voir la machine aussi. Ce n'était pas de la curiosité morbide, l'idée de voir les lames et les rouages qui avaient tué son copain lui soulevait le cœur, mais il fallait absolument qu'il sache... qu'il essaie de comprendre.

La pluie avait recommencé. Dale jeta un coup d'œil derrière lui, aperçut la pointe du capuchon de Mike au-dessus des maïs, et le suivit.

Ce n'était que partie remise.

21

Il plut, avec de rares accalmies, pendant trois semaines. Tous les matins, le soleil luttait contre les nuages, mais vers 10 heures une pluie fine commençait à tomber, et à midi il pleuvait à verse.

La séance gratuite fut annulée le 25 juin et le 2 juillet, bien que ce dernier samedi le ciel fût clair et la soirée douce. Le lendemain matin, la pluie recommença.

Autour d'Elm Haven, le sol absorbait voracement l'eau et en réclamait davantage. La terre noire devint encore plus noire. Dans cette partie de l'Illinois, en cette saison, le maïs arrivait à la taille, mais cette année-là, il montait déjà presque à hauteur d'épaules.

Le 4 juillet tombait un lundi et, même si les adultes avaient l'air d'apprécier les trois jours de congé, la fête fut un peu gâchée par la pluie : le défilé et le feu d'artifice furent annulés.

Dale et Lawrence regardèrent de leur véranda le violent orage qui remplaça les festivités nocturnes. Les éclairs illuminaient tout l'horizon, dessinant la silhouette des arbres et éclairant la masse sombre d'Old Central. Entre les éclairs, l'école paraissait continuer à luire, comme éclairée de l'intérieur par une pâle phosphorescence qui teintait la cour d'un blanc verdâtre, et auréolait les vieux ormes d'un halo d'électricité statique.

Dans le calme après la tempête, les millions d'arpents de maïs ceinturant la ville continuèrent à grandir, formant une masse verte qui changeait les petites routes en corridors bordés de murs, cachait l'horizon et paraissait absorber la lumière du jour.

Comme la moitié des familles du bourg, celle de Dale apporta à manger à M. McBride. Dale les accompagna. Le maïs semblait encore plus haut là-bas, l'allée menant à la ferme était presque un tunnel.

Personne n'ouvrit la porte les deux premières fois, bien que le pick-up fût garé dans la cour. A leur troisième visite,

M. McBride sortit, prit les plats tout en marmonnant une litanie de merci, et murmura quelques mots en réponse aux condoléances de M. et Mme Stewart.

Dale avait toujours trouvé que le père de Duane paraissait plus âgé que les autres parents, mais ce jour-là il fut horrifié par son apparence : ses rares cheveux étaient devenus blancs, ses yeux étaient enfoncés dans les orbites et injectés de sang, une de ses paupières restait à demi fermée, et des poils gris lui couvraient le bas du visage, le cou et le haut de la poitrine avant de disparaître sous un maillot de corps crasseux.

Sur le chemin du retour, les parents de Dale parlèrent tout bas d'une voix triste.

Personne ne connut les dispositions prises pour les obsèques de Duane. On raconta en ville que M. Taylor avait remis le corps à l'entreprise de Peoria qui s'était chargée de l'incinération d'Art McBride. Le garçon, disait-on, avait lui aussi été incinéré.

Personne ne savait ce que son père avait fait de ses cendres.

Parfois, Dale était persuadé que son ami n'était pas mort, que tout cela n'était qu'une machination, qu'il allait entendre au téléphone la voix posée : « J'ai des nouvelles. Rendez-vous à la Grotte. » Qu'est-ce que Duane voulait leur dire lors de cette réunion qui n'avait jamais eu lieu ? Comment, entre la ferme et la bibliothèque, son ami avait-il pu découvrir des renseignements sur Old Central ou sur Tubby ? Mais en quatre ans, il avait appris à ne pas le sous-estimer.

Depuis que Mike lui avait parlé des tunnels creusés au cimetière et sous sa maison, les deux garçons ne s'étaient pas souvent revus. Chacun d'eux semblait s'être retiré dans le cocon familial et le cercle magique des tâches quotidiennes, comme si cela pouvait les protéger de la menace confusément devinée.

Lawrence avait encore plus peur du noir. Il pleurnichait dans son sommeil et insistait pour garder allumée l'ampoule de quarante watts de leur lampe sur la commode, plutôt que la veilleuse. Quand il était endormi, leur mère venait éteindre, mais le petit garçon s'était réveillé plusieurs fois en hurlant.

Avant le départ du père des deux garçons pour une tournée d'une semaine dans l'Indiana et le nord du Kentucky, leur mère les conduisit chez le médecin, un réfugié hongrois qui, arrivé depuis seulement un an et demi, avait encore du mal avec l'anglais. Tous les enfants le détestaient : trop pingre pour acheter des seringues, il les stérilisait et s'en resservait jusqu'à ce que ses piqûres soient une vraie torture. Mme Stewart lui parla des frayeurs de ses deux fils et lui raconta que Dale avait un soir accusé des adultes d'avoir tué Duane et Tubby Cooke. Le docteur leur prescrivit une cure de travail musculaire et de grand air.

Les autres enfants se voyaient de temps en temps. Juste après le 4 juillet, Martin, Kevin, Dale et Lawrence passèrent quatre jours à jouer au Monopoly sous la véranda des Stewart. Ils n'arrêtaient que le soir, posaient des pierres sur les piles de billets de banque et les cartes, et continuaient le lendemain matin. Quand l'un d'eux était ruiné, le joueur malchanceux était autorisé à jouer en tant que « clochard » jusqu'à l'encaissement d'un prêt bancaire ou du loyer d'un terrain précédemment acheté. Avec la règle ainsi modifiée, le jeu pouvait durer indéfiniment. Dale ne rêva plus que de Monopoly, et il en fut soulagé.

Le cinquième jour, l'idiot de labrador des Grumbacher vint sous la véranda pendant le dîner, mélangea l'argent et grignota quatre cartes. Cela mit, par un tacite consensus, un terme à la partie, et pendant deux jours les gamins s'évitèrent.

Le 10 juillet, un dimanche qui, pour les enfants Stewart, n'en était pas un, car leur père était à Chicago au siège de sa compagnie, le sous-sol fut inondé.

Rien ne serait jamais plus comme avant.

Pendant deux jours, la mère de Dale s'accommoda de l'inondation en juchant les objets sur l'établi et en faisant fonctionner la pompe. Mais l'eau continuait à monter.

Le mardi matin, la pompe s'arrêta, et à midi il n'y avait plus d'électricité dans la maison.

En entendant sa mère l'appeler, Dale descendit. Les marches géantes menant au sous-sol s'enfonçaient dans une épaisse obscurité. Sa mère était sur l'avant-dernière, la jupe trempée, un foulard autour des cheveux, et paraissait au bord des larmes.

L'inondation avait déjà recouvert la première marche du bas, et clapotait comme une mer noire au bord de la seconde. Il devait bien y avoir soixante-quinze centimètres d'eau !

— Oh Dale, c'est tellement rageant, cette saloperie de pompe !

Dale ne l'avait jamais entendue employer de tels termes.

— Oh pardon, mon chéri, mais je n'arrive pas à la remettre en marche. L'eau monte au niveau de la machine à laver et il faut aller tout au fond remettre un fusible... oh, mon Dieu, si seulement ton père était là !

— Je vais y aller, maman ! se surprit-il à dire, alors que, même en temps normal, il détestait ce foutu sous-sol.

Quelque chose flottait à la surface de l'eau, peut-être un amas de toiles d'araignées, mais on aurait dit un rat noyé.

— Mets ton plus vieux jean, alors, et n'oublie pas ta torche !

Complètement éberlué, il monta se changer. L'impression d'être coupé des autres qu'il avait depuis la mort de Duane devint encore plus forte. Il regarda ses propres mains, comme si elles appartenaient à quelqu'un d'autre. *Moi, au sous-sol ? Dans le noir ?* Il enfila un vieux jean, dont il roula les jambes, et sa plus ancienne paire de tennis puis il alla chercher sa torche de boy-scout, l'essaya et redescendit en courant. Sa mère lui tendit le fusible.

— C'est juste au-dessus du séchoir, tout au fond...

— Je sais.

L'eau n'avait pas monté de façon visible mais léchait déjà la seconde marche. Le petit corridor menant à la chaufferie ressemblait à l'entrée d'une crypte inondée.

— Surtout, ne reste pas dans l'eau pour le mettre. Monte

sur le lavoir à côté, sèche-toi bien les mains et vérifie que la manette est sur *Stop*.

— Mais oui, maman...

Sans se donner le temps de réfléchir, sinon il aurait remonté les marches quatre à quatre et se serait sauvé par la porte de derrière, il descendit dans l'eau. Elle était glacée et lui arrivait au-dessus des genoux. Il eut presque aussitôt des crampes dans les orteils.

— Tout le système d'écoulement refoule, commenta sa mère.

Il éclaira les parois de parpaings. La lumière de la torche était bien faible, il aurait dû changer les piles.

Il dépassa sur sa droite l'ouverture de la cave à charbon, un rectangle noir dont le bas se trouvait juste au-dessus de l'eau. De l'eau noire clapotait autour et il y flottait des trucs sombres semblables à des excréments humains. *Du charbon ?* Il envoya un pâle rayon de lumière en direction de ce monstre tentaculaire qu'était la chaudière. L'eau n'atteignait pas tout à fait le niveau du foyer.

Un léger bruit sur sa droite le fit tourner sur lui-même et reculer contre le mur. Il éclaira la cave à charbon, c'était là-dedans que ça avait bougé, près du plafond, de l'autre côté. Il vit des petits points reflétant la lumière. *Mais non, pas des yeux ! Juste des tuyaux...*

Il tourna à gauche après la chaudière. L'eau semblait plus profonde par ici, pourtant il savait que c'était impossible. *Après tout, c'est peut-être possible. Si toutes les pièces du sous-sol sont un peu en pente, il se peut que celle du fond soit complètement inondée.*

— Tu y es ? cria sa mère.

— Presque ! répondit-il en hurlant, alors qu'il avait à peine parcouru la moitié du chemin.

La lumière de la torche sautillait à la surface de l'eau, éclairant des parties de la chaufferie, des tuyaux, un morceau de bois à la dérive, des tuyaux, du papier trempé roulé contre le mur, des tuyaux, la porte de l'atelier, qui était devenu un vide noir. L'eau lui arrivait presque en haut des cuisses. Il faudrait qu'il fasse attention dans la dernière pièce car la pompe était installée au-dessus d'un trou d'au moins un mètre de diamètre, un puits par où l'eau pompée dans la cave s'écoulait.

Un trou sans fond, comme les tunnels qu'a vus Mike, comme ceux de la ferme de Duane.

Lorsqu'il se rendit compte que le faisceau de sa torche tremblotait, il serra son poignet droit de sa main gauche. Il entra dans l'atelier, remarqua que les outils de son père, suspendus bien en ordre, n'étaient pas mouillés. Mais une petite boîte à outils fabriquée par Lawrence l'hiver dernier flottait sous l'établi.

— Tu veux que j'appelle M. Grumbacher ? cria sa mère.

Sa voix paraissait à des années-lumière, un faible enregistrement joué dans une pièce éloignée.

— Non, ça va !

Les pièces du sous-sol se succédaient en formant presque un S : l'escalier en bas, la chaufferie au milieu, l'atelier juste avant la boucle du haut et la buanderie tout en haut, retournant en direction de la cave à charbon et du vide sanitaire.

Faiblement éclairée par la torche la laverie semblait plus grande que lorsque la lumière électrique marchait. L'obscurité donnait l'illusion que le mur du fond avait été retiré et que s'étendaient là des kilomètres de noir, sous la maison, sous le jardin, sous la rue et la cour de l'école, jusqu'à l'école elle-même.

Il aperçut la pompe, dont le moteur, juché sur un grossier trépied, était juste au niveau de l'eau. Il la contourna prudemment pour s'approcher du lavoir, à côté de la machine à laver et du sèche-linge. Ce fut agréable de s'y hisser et de sortir les jambes de l'eau. Il grelottait. La lumière errait des poutres drapées de toiles d'araignées au labyrinthe de tuyaux au-dessus de lui. Mais au moins, le pire était passé. Dès qu'il aurait changé le fusible, tout serait éclairé, la pompe se remettrait à fonctionner et il pourrait repartir, mais pas dans le noir.

Les doigts gourds, il fouilla dans sa poche, faillit lâcher le fusible dans l'eau et le sortit avec précaution. La torche coincée sous le menton, il s'assura que le disjoncteur était bien sur *Stop* et retira la plaque de bakélite. Comme d'habitude, c'était le troisième fusible qui avait sauté. Sa mère lui cria des paroles inintelligibles de très loin, mais il était trop occupé pour répondre. Et s'il ouvrait la bouche, sa torche tomberait à l'eau. Il remit le fusible et rabattit la manette du disjoncteur.

La lumière, enfin ! Le mur du fond était toujours là, et une pile de linge sale attendait dans un panier au bord de la table. Un tas de bazar, que sa mère et lui avaient jeté sur le dessus des deux machines pour les protéger de la montée des eaux, cessa d'être un amas d'ombres menaçantes pour redevenir des vieux journaux, un fer à repasser, une balle que Lawrence disait avoir perdue, rien de plus que du bazar.

Sa mère lui cria encore quelque chose, et il l'entendit applaudir.

— Ça y est !

Il glissa la torche dans sa ceinture, roula un peu plus haut son pantalon trempé et sauta dans l'eau. Les cercles s'élargirent autour de lui comme le sillage d'un requin. Souriant de ses propres frayeurs, pensant déjà au récit qu'il en ferait à son père, il arrivait à la porte de l'atelier lorsqu'il entendit un *Click !* derrière lui. La lumière s'éteignit. Il eut aussitôt la chair de poule : quelqu'un avait abaissé la manette, il l'avait entendu.

Sa mère l'appela, un bruit lointain et vain.

Dale s'appliquait à respirer par la bouche, à ignorer les battements de son cœur, à écouter.

Il entendit un remous à quelques mètres de lui et sentit des vagues contre ses mollets nus. Il recula et se cogna au mur, des toiles d'araignées s'emmêlèrent dans ses cheveux, lui chatouillant le front, mais il n'y fit pas attention et chercha à tâtons sa torche. *Ce n'est pas le moment de la laisser tomber !*

Il appuya sur le déclic. Rien. L'obscurité la plus totale.

Il perçut une sorte de glissement dans l'eau, à un mètre de lui, comme le bruit d'un alligator quittant la berge. Il tapa sur le bout de la torche, la cogna contre sa cuisse, et une pâle lumière éclaira les poutres. Tenant la lampe devant lui comme une arme, il balaya la pièce : le sèche-linge là-bas, la

310

machine à laver, le lavoir, le mur du fond, la pompe muette, la boîte à fusibles, la manette abaissée en position *Stop*.

Il haletait. Il eut un soudain vertige, voulut fermer les yeux mais craignit de perdre l'équilibre et de tomber dans l'eau, ce liquide noir plein de créatures à l'affût.

Arrête, bon Dieu ! Arrête ça ! Il le pensait si fort qu'il crut un instant que c'était sa mère qui criait. *Allons, arrête ! Calme-toi, lavette !* Il respira à petits coups et continua à essayer de se calmer. Sans grand résultat. *La manette n'était pas bien remontée, elle est redescendue.*

Comment ça ? Je l'ai poussée à fond !

Mais non. Va la remonter !

Le faisceau lumineux pâlit et mourut. Il tapa sur la torche, elle se ralluma. Il devinait partout des rides et des mouvements à la surface de l'eau, comme si toute une génération d'araignées s'était donné le mot pour descendre des poutres. La lumière papillonnait, effleurant les objets, n'éclairant rien. Tout n'était partout qu'ombres menaçantes.

Il se traita de couard et avança d'un pas. L'eau s'agita. Il fit un autre pas, tapotant sa lampe à chaque fois que le faisceau faiblissait. L'eau lui montait maintenant plus haut que la ceinture.

Impossible !

C'est pourtant le cas, non ?

Attention au puits sous la pompe !

Il obliqua à gauche pour se rapprocher du mur. Il était désorienté maintenant, il ne savait plus trop dans quelle direction il allait. La lumière de sa torche était trop faible pour éclairer les murs ou la machine à laver ou le séchoir, et il craignait d'être en train de se diriger vers le fond de la pièce, là où le mur ne montait pas jusqu'au plafond et où, même quand il y avait de la lumière, de petits yeux rouges brillaient dans le vide sanitaire... *Arrête ça !*

Dale s'immobilisa, tapa sur le fond de sa torche et, pendant un instant, le faisceau lumineux resta intense et droit. Le lavoir était à dix pas à gauche, il allait effectivement dans la mauvaise direction. Trois pas de plus et il arrivait au puits. Il bifurqua en direction du lavoir. La torche s'éteignit et, avant d'avoir eu le temps de la cogner contre sa cuisse, il sentit autre chose lui toucher la jambe, une créature longue et froide qui donnait du museau comme un chien.

Il ne hurla pas. Il s'obligea à imaginer des journaux qui flottaient, ou bien la boîte à outils de Lawrence, il y avait beaucoup de possibilités. Le contact froid contre sa jambe diminua, revint plus fort. Il ne hurla pas, il tapa sur sa torche, appuya sur le déclic, revissa le verre, obtint une faible lueur, semblable à une bougie prête à s'éteindre.

Il se pencha et éclaira les alentours immédiats.

Le cadavre de Tubby Cooke flottait entre deux eaux. Il le reconnut aussitôt malgré sa nudité, la blancheur de sa peau et le gonflement du corps. Son visage avait deux fois le volume d'un visage humain et faisait penser à de la pâte à pain en train de lever, prête à faire des bulles. Il avait la bouche béante, les gencives noires et si rétrécies que molaires et incisives sortaient comme des crocs jaunis. Le cadavre naviguait lentement juste en dessous de la surface. On aurait dit qu'il était là depuis des semaines et qu'il allait y rester toujours. Une main flottait assez près de la surface pour que Dale puisse distinguer des doigts semblables à des boudins blancs qui, agités par le courant, bougeaient lentement.

Et, à soixante centimètres du visage de Dale, la créature qui avait été Tubby ouvrit les yeux.

22

Durant ces trois mornes semaines de pluie, Mike découvrit qui était le soldat, et comment lutter contre lui.

La mort de Duane l'avait bouleversé, alors qu'il ne s'était jamais considéré comme un de ses amis proches, contrairement à Dale. Après avoir redoublé le cours élémentaire, il en était venu à penser qu'il était tout le contraire de Duane :

tandis qu'il arrivait à peine à lire le journal qu'il distribuait tous les jours, Duane, lui, lisait et écrivait avec plus d'aisance que tous les adultes de sa connaissance, mis à part peut-être le père Cavanaugh. Il ne lui en avait d'ailleurs jamais voulu, de cette supériorité : ce n'était pas la faute de Duane s'il était brillant. Il le respectait, comme il respectait les athlètes, mais le gouffre entre eux était infiniment plus profond que la simple classe qui les séparait à l'école. Il lui enviait toutes les multiples possibilités qui étaient à sa portée, et il ne s'agissait pas de privilèges matériels, non (il savait bien que les McBride n'étaient guère plus riches que les O'Rourke), mais d'une richesse de compréhension et de perceptions dont ses conversations avec le père Cavanaugh lui avaient fait entrevoir l'existence. Il imaginait que Duane vivait dans ces hautes sphères de la pensée et écoutait, par l'intermédiaire de ses livres, les voix d'hommes morts depuis longtemps, comme il écoutait sur ses radios les programmes de nuit.

Après la mort de Duane, il éprouva un sentiment terrible, non seulement de vide, mais de déséquilibre. Depuis le jardin d'enfants, Duane et lui étaient en quelque sorte assis chacun à un bout d'une bascule. Et maintenant que le poids de l'autre enfant était parti, l'équilibre était détruit.

Des deux garçons, seul restait le plus stupide.

La pluie n'empêcha pas le soldat de se manifester, ni les grattements sous le plancher de continuer.

Mike ne manquait pas de bon sens : il avertit son père de la présence d'un drôle de type rôdant autour de la maison, et il lui parla même des tunnels dans le vide sanitaire.

M. O'Rourke était trop gros pour se glisser sous la maison, mais il y renvoya son fils muni d'une corde, pour mesurer la profondeur de ces tunnels, et de poison mêlé à tout un assortiment d'appâts, comme si quelque opossum géant s'était installé là-dessous.

Mike s'y faufila le cœur battant, mais il n'y avait plus aucune raison d'avoir peur : les trous avaient disparu.

Son père ne douta pas un instant qu'il disait la vérité lorsqu'il lui décrivit le rôdeur dans son drôle d'uniforme (son fils ne lui avait jamais menti de sa vie). Mais il pensa que c'était un voyou qui tournait autour d'une de ses filles. Et qu'est-ce que Mike aurait pu répondre à cela : que le mystérieux visiteur en voulait à Memo ? Après tout, peut-être était-ce vraiment un militaire que Peg ou Mary avaient rencontré à Peoria. Les deux filles protestèrent : ni l'une ni l'autre ne connaissait de soldat, à part Buzz Whittaker, parti à l'armée huit mois plus tôt. Mais il était à Kaiserlautern en Allemagne, comme en témoignaient les lettres de quasi-analphabète et les cartes postales en couleur que sa mère exhibait fièrement.

Il ne s'agissait donc pas de Buzz, que Mike connaissait et qui n'avait pas du tout le même visage que le soldat. D'ailleurs, à strictement parler, le soldat n'avait pas de visage.

Tard le soir de la fête nationale, Mike perçut un vague bruit au rez-de-chaussée et descendit pieds nus, batte de base-ball à la main. Il s'attendait à trouver Memo couchée en chien de fusil dans son lit, la lampe allumée et les papillons attirés par la flamme voletant contre la moustiquaire. Il la trouva bien ainsi, mais il vit aussi le soldat contre la fenêtre, le visage pressé au carreau.

Mike, pétrifié, le regarda.

Il pleuvait, la vitre était fermée, mais pas complètement : en bas, un petit espace laissait entrer l'odeur de la terre mouillée et des champs de maïs de l'autre côté de la route. Le soldat appuya son front contre la moustiquaire jusqu'à ce que celle-ci touche la vitre. Mike voyait l'eau dégouliner du rebord de son chapeau de brousse, et la lampe de Memo éclairait la chemise kaki mouillée et le ceinturon à boucle de cuivre.

Un chapeau de fantôme ne dégouline pas...

A présent, le visage du soldat n'était plus collé à la moustiquaire, mais à la vitre. Bouche bée, Mike s'avança entre Memo et l'apparition, sans même songer à brandir sa batte. Il était à moins d'un mètre de la silhouette à la fenêtre.

La dernière fois que Mike avait aperçu le soldat, il avait eu l'impression d'un visage luisant, graisseux, comme un moulage en cire molle. Maintenant, cette espèce de sain-doux filtrait *à travers* les mailles de la moustiquaire et s'aplatissait contre la vitre, semblable au pseudopode d'un escargot couleur chair.

Le soldat leva les mains et les pressa contre la mousti-quaire, les doigts et les paumes coulant à travers les mailles comme une bougie fondant à toute vitesse et se reformant contre la vitre en mains cireuses. Elles sortaient des manches kaki, liquide à demi figé descendant lentement vers le bas de la fenêtre. Mike vit le visage perdre puis reprendre forme, les yeux flottant dans cette masse indifférenciée comme des raisins secs sur une pâte à cake. La main descendit plus bas.

Vers l'ouverture ?

Le garçon hurla, et se précipita vers la fenêtre pour la fermer d'un coup de batte sur le haut du panneau vitré, juste au moment où dix doigts fondus atteignaient l'ouverture. Les mains et les bras, devenus filaments, tâtonnaient comme des tentacules à la recherche de l'interstice.

Mike entendit la voix de sa mère, puis son père se leva en faisant grincer le lit, Peg cria quelque chose depuis le premier étage, et Kathleen se mit à pleurer. Son père grommela quelques mots et descendit pieds nus.

Avec la vitesse d'un film défilant à l'envers, le visage et les doigts du soldat s'écartèrent brusquement de la vitre, retra-versèrent la moustiquaire et se reformèrent en un simula-cre de forme humaine. Mike poussa un autre cri, lâcha sa batte, se pencha en avant pour fermer le crochet mainte-nant le carreau et renversa ce faisant la lampe à pétrole placée sur la table. Le verre se brisa, mais le garçon put la ramasser avant que le pétrole coule sur le tapis et s'enflamme.

A cet instant, son père apparut à la porte et la forme à la fenêtre s'évanouit, les bras le long du corps, comme si elle était descendue par un monte-charge.

— Qu'est-ce qui se passe encore ? demanda-t-il avec irritation.

Sa mère courut vers Memo qui battait frénétiquement des paupières.

— Tu l'as vu ? cria Mike en approchant dangereusement des rideaux la lampe maintenant sans verre. Tu l'as vu ?

M. O'Rourke regarda d'un air furieux la lampe brisée, la table en désordre, la fenêtre fermée et la batte de base-ball sur le sol.

— Ça suffit comme ça, bon Dieu !

— Il essayait d'entrer, expliqua Mike.

Son père remonta la vitre et l'air frais leur fit du bien, tant la pièce empestait le pétrole et la peur.

— La moustiquaire était fermée avec la targette. C'est ce soldat qui a essayé de l'ouvrir, peut-être ? Je l'aurais entendu, tout de même !

Ses parents ayant tourné l'interrupteur en entrant, Mike éteignit la lampe à pétrole et, les mains tremblantes, la posa sur la table.

— Non, il est passé *à travers*...

Puis, se rendant compte combien ces mots étaient absurdes, il se tut.

Sa mère s'approcha de lui, lui prit les épaules, lui toucha le front.

— Tu es très chaud, mon chéri, tu as de la fièvre !

Il se sentait effectivement fiévreux. La pièce semblait tanguer et onduler autour de lui, son cœur cognait dans sa poitrine. Il regarda son père et expliqua d'une voix aussi ferme qu'il put :

— Papa, j'ai entendu du bruit, alors je suis descendu. Il... s'appuyait de toutes ses forces à la moustiquaire, elle était bombée, prête à lâcher. Je te jure que je dis la vérité...

M. O'Rourke regarda longuement son fils, puis il sortit sans un mot. Quand il revint, il avait enfilé un pantalon par-dessus son pyjama et mis de grosses chaussures.

— Reste là.

— Papa !

Il lui tendit la batte de base-ball.

La mère de Mike tapota les cheveux de Memo, fit remonter les filles et, en attendant, changea la taie d'oreiller de la vieille dame. Quelque chose bougea à l'extérieur, Mike recula. Son père était dehors, la torche à la main. Le rebord de la fenêtre lui arrivait presque à la poitrine, et pourtant il était bien plus grand que la créature rencontrée dans Jubilee College Road. Tout à l'heure, le soldat était peut-être monté sur quelque chose ? Ce qui expliquerait la manière dont il était descendu, presque à la verticale...

Cinq minutes plus tard, M. O'Rourke rentra par la porte de la cuisine. Quand Mike alla à sa rencontre dans le vestibule, son père le tira dans la cuisine.

— Pas d'empreintes, dit-il assez bas pour que sa femme et ses filles ne l'entendent pas. Pourtant, tout est boueux, Mike, cela fait des jours et des jours qu'il pleut. Mais il n'y a pas de traces sous la fenêtre, ni dans les plates-bandes, ni nulle part dans la cour.

Mike sentit les yeux lui brûler, comme lorsque, plus petit, il était sur le point d'éclater en sanglots. Sa poitrine lui faisait mal.

— Mais je l'ai vu réussit-il à articuler, la gorge serrée.

Son père l'observa attentivement.

— Tu es bien le seul ! Et à la fenêtre de Memo. Tu ne l'as jamais vu ailleurs, n'est-ce pas ?

— Il m'a suivi un soir sur la 6 et sur Jubilee College Road.

Il regretta aussitôt de ne pas avoir su tenir sa langue, ou alors il aurait dû en parler plus tôt.

— Il aurait pu être sur une échelle ou quelque chose, insista-t-il avec un accent désespéré.

— Pas de trous, pas de traces d'échelle. Rien.

M. O'Rourke posa sa grande main sur le front de son fils.

— Tu es brûlant !

Mike frissonna et reconnut les premiers symptômes de la grippe.

— Mais je n'ai pas inventé ce soldat, je l'ai bel et bien *vu !*

M. O'Rourke avait un large visage ouvert avec une mâchoire carrée et les restes d'un millier de taches de rousseur qu'il avait, au grand dam de ses filles, transmises à tous ses enfants. Il retint un sourire et ajouta :

— Je crois que tu as vu quelque chose, mais je suis sûr que tu t'es rendu malade à force de te priver de sommeil pour guetter ce voyeur.

Mike voulut protester. Ce n'était pas un voyeur qu'il guettait. Mais, mieux valait se taire.

317

— Allez, monte te coucher, ta mère va prendre ta température. Et moi, je vais installer un lit de camp dans la chambre de ta grand-mère et y dormir quelque temps. Je ne suis pas de nuit à la brasserie avant le début de la semaine prochaine.

Il posa la batte et, alla dans l'arrière-cuisine chercher quelque chose : le « fusil à écureuils » de Memo, une arme à canon court avec une crosse de pistolet.

— Et si ce soldat revient, il sera accueilli par autre chose qu'un coup de batte ! lança-t-il.

Mike avait le vertige, à la fois à cause du soulagement et de la fièvre qui lui faisait bourdonner les oreilles.

Il serra son père dans ses bras et se détourna avant de fondre en larmes.

Sa mère entra dans la cuisine et, les sourcils froncés mais pleine de sollicitude, l'aida à monter dans sa chambre.

Mike passa quatre jours au lit. Il eut à certains moments tant de fièvre qu'il rêvait qu'il s'éveillait et sortait d'un rêve. Il ne rêva pas du soldat ni de Duane, ni de tout ce qui le préoccupait, il rêva de St Malachy et du père Cavanaugh. Seulement, l'église était une vaste caverne, peuplée de silhouettes sombres rôdant au-delà du cercle de lumière projeté par les cierges de l'autel. En plus, dans son rêve, c'était le père Cavanaugh l'enfant de chœur, et il s'embrouillait dans les répons car il était terrifié par l'obscurité et ce qui s'y cachait, mais il savait aussi que tant que le père Michael O'Brian O'Rourke tiendrait l'hostie levée, et tant qu'il prononcerait les mots sacrés et magiques de la grand-messe, il n'y aurait rien à craindre.

Au-delà du cône de lumière, des monstres tournaient en rond, à l'affût.

Jim Harlen pensait que cette année, les vacances n'étaient pas de vraies vacances. Il avait commencé par se casser le bras et s'ouvrir le crâne (en plus, il ne se rappelait même plus comment — ce visage est juste un rêve, un cauchemar —), puis, quand il avait commencé à aller mieux, un des garçons de la bande s'était fait tuer, et depuis les autres restaient terrés chez eux comme des lapins dans leur terrier. Sans compter la pluie. Des jours et des jours de pluie.

La première semaine après sa sortie de l'hôpital, sa mère n'était pas sortie un seul soir. Elle se précipitait pour le servir dès qu'il avait faim ou soif et elle restait regarder la télévision à côté de lui. C'était presque comme autrefois, moins son père, bien sûr. Quand les Stewart l'avaient invitée avec lui chez l'oncle Henry, il s'était fait du souci : elle avait le chic pour trop boire, rire trop fort et se ridiculiser en public, mais en fin de compte la soirée s'était plutôt bien passée. Il n'avait pas beaucoup parlé, mais il avait apprécié la compagnie de ses copains et leurs histoires, même quand Duane McBride avait fait sa conférence sur les voyages interstellaires et un tas de trucs dont il n'avait rien à cirer. En fin de compte, ça avait été une bonne soirée... sauf qu'elle s'était terminée par la mort de l'un d'entre eux.

Depuis son accident et son séjour à l'hôpital, Harlen ne se faisait plus la même idée de la mort. Il l'avait vue de près, et il n'avait pas l'intention de s'en approcher à nouveau avant une bonne soixantaine d'années. Il reconnaissait que la mort de Duane l'avait secoué, mais n'était-ce pas le genre de merde à laquelle on doit s'attendre, lorsqu'on vit dans une ferme et qu'on bricole avec des tracteurs, des charrues et des saloperies comme ça ?

Maintenant, la mère d'Harlen avait cessé de passer ses soirées en sa compagnie, et s'était remise à râler quand il oubliait de faire son lit ou de rincer son bol. Il souffrait encore de maux de tête, mais le docteur lui avait enlevé son premier plâtre, et le second, même avec son bras en écharpe (qui, trouvait-il, lui donnait un air romantique susceptible de faire son petit effet sur Michelle Staffney s'il était invité à son anniversaire le 14), n'attendrissait guère sa mère. Peut-être avait-elle épuisé son stock de compassion. Il lui arrivait encore de se montrer gentille, ou de lui parler de cette voix douce et gênée qu'elle avait la première semaine, mais le plus souvent elle le grondait, ou retombait dans ce silence qui s'était depuis longtemps installé entre eux. Et le week-end, elle ne restait plus jamais là le soir.

Au début, elle avait payé Mona Shepard pour qu'elle vienne le garder, mais en fait c'était plutôt lui qui ne la quittait pas des yeux, dans l'espoir de jeter un coup d'œil sous ses jupes ou d'apercevoir ses nénés. Mona se fâchait parfois, mais la plupart du temps elle feignait de ne rien remarquer et l'envoyait au lit de bonne heure pour pouvoir faire venir son couilles molles de petit ami. Harlen détestait entendre les bruits qui lui parvenaient du salon, et encore plus l'effet que cela lui faisait. Et si O'Rourke avait raison, si cela rendait aveugle ? Il avait fini par menacer Mona de raconter ses petites séances haletantes sur le divan du salon, alors elle avait cessé de venir. Sa mère l'avait très mal pris, d'autant plus que personne d'autre n'était disponible. Les filles O'Rourke faisaient aussi du baby-sitting, mais cet été elles étaient trop occupées à gigoter à l'arrière des voitures avec leurs jules.

Harlen passait donc le plus clair de son temps tout seul. Parfois, il sortait à bicyclette, bien que le médecin le lui ait formellement interdit avant que le second plâtre ne soit enlevé. Complètement stupide ! Il n'y avait vraiment rien de difficile à faire du vélo en tenant le guidon d'une main, et même sans les mains, ils le faisaient tous dans leur Cyclo-Patrouille à la gomme. Avec le plâtre, c'était juste un petit peu plus délicat.

Le 9 juillet, malgré la défense expresse de sa mère, il avait décidé d'aller à la séance gratuite, mais, en fait de spectacle, il n'avait eu droit qu'à celui d'une ou deux familles de péquenots qui, comme lui, n'avaient pas été informées de l'annulation de la séance. Pour cause de mauvais temps, semblait-il. C'était le troisième samedi consécutif.

Pourtant, il ne faisait pas si mauvais que ça. L'orage quasi quotidien n'avait pas éclaté ce soir-là, et la lumière du soleil teintait d'un rouge chaud les grandes pelouses dont l'herbe poussait à vue d'œil. Harlen exécrait ces pelouses, elles étaient trop grandes, presque des prés, bien qu'elles soient tondues et bien entretenues. Il n'y avait pas de clôture et on ne voyait même pas où elles commençaient et où elles se terminaient. Il ne savait pas trop pourquoi il les détestait, mais il était certain que de vraies pelouses ne devaient pas être comme ça. D'ailleurs, elles n'étaient pas comme ça dans ses feuilletons télévisés préférés, *Naked City*, par exemple. A vrai dire, on ne voyait pas de pelouses du tout dans *Naked City*. Toutes les aventures qu'on voulait, mais pas de foutues pelouses.

Comme il n'y avait pas de cinéma, Harlen parcourut le bourg à bicyclette sans se préoccuper de la tombée de la nuit, jusqu'à ce que les chauves-souris commencent à zébrer le ciel en poussant des piaulements. Par habitude, il avait évité de s'approcher de l'école (c'était une des raisons pour lesquelles il allait rarement voir Dale ou les autres patates du quartier), mais dans le noir, même Main Street et Broad Avenue lui parurent inquiétantes.

Il tourna à gauche dans Church Street pour éviter la maison de Mme Fodder et accéléra dans les endroits sombres. Les maisons étaient petites et les réverbères plus espacés dans ce coin-là. Il passa devant la petite église brillamment éclairée où O'Rourke était toujours fourré, et hésita un instant avant de tourner dans West End Drive, une ruelle étroite et mal éclairée qui menait chez lui.

Il dépassa l'ancienne gare à toute allure (cet endroit lui avait toujours fichu la frousse) et tourna en dérapage contrôlé dans Depot Street, dont il apercevait les trois pâtés de maisons. Dans une vraie ville, il y en aurait eu sept ou huit, mais ici, ils étaient plus grands parce qu'il n'y avait pas assez de routes. La rue était un véritable tunnel de branches et de feuilles qui cachait plus qu'à demi les lumières et les entrées des maisons des Stewart et de Grumbacher.

Et l'école…

Il secoua la tête et entra en roue libre dans sa cour, s'arrêta près du garage et y appuya son vélo. *La Rambler n'est pas dans le garage, maman n'est pas encore rentrée…*

Toutes les lumières de la maison étaient allumées, telles qu'il les avait laissées. Il se dirigea vers la porte de derrière… et s'arrêta net, la main sur la poignée : une ombre bougeait dans sa chambre. Sa mère était rentrée !

La vieille bagnole avait dû tomber en panne, une fois de

plus, ou bien un de ses nouveaux jules l'avait ramenée parce qu'elle avait trop bu. Bon Dieu, qu'est-ce qu'il allait prendre ! Le mieux serait de dire que Dale et sa famille bien comme il faut étaient venus le chercher pour aller à la séance gratuite, elle ne devait pas savoir que celle-ci avait été annulée.

L'ombre passa de nouveau devant la lumière.

Qu'est-ce qu'elle fabrique à fouiner dans ma chambre ? Le rouge aux joues, il pensa aux nouveaux journaux qu'il avait achetés à Archie Kreck et cachés sous une latte du plancher. Elle avait trouvé les anciens pendant qu'il était à l'hôpital et les avait jetés, mais elle avait quand même attendu deux semaines pour l'engueuler. Ecarlate, et abattu à la perspective de la scène qui l'attendait, surtout si elle avait bu, il recula vers le garage. Il avait intérêt à se creuser la cervelle. *Je peux toujours dire que c'est Mona ou un de ses copains qui les a cachés là. Et si elle proteste, je parlerai à maman du préservatif que j'ai vu flotter dans la cuvette des toilettes la dernière fois qu'elle est venue me garder.*

L'histoire n'était pas parfaite, mais c'était mieux que rien. Il leva les yeux vers la fenêtre, essayant de voir si elle fouillait dans son placard.

Ce n'était pas sa mère !

La femme repassa devant le rectangle illuminé et il aperçut un vêtement pourri, un dos bossu, des mèches blanches sur un crâne trop petit.

En reculant, il heurta son vélo qui tomba dans un grand bruit de ferraille.

L'ombre éclipsa de nouveau la lumière de sa chambre, un visage se pressa contre le carreau et le regarda.

Le visage... qui me regarde... qui se tourne vers moi et me regarde...

Il tomba à genoux, vomit sur le trottoir, s'essuya la bouche à une manche, remonta sur sa selle en un clin d'œil et pédala comme un fou, fuyant la maison. L'ombre n'avait même pas eu le temps de s'éloigner de la fenêtre.

Il descendit Depot Street sans un regard en arrière, zigzaguant comme si on lui tirait dessus, et restant soigneusement dans la lumière des lampadaires. Il croisa

C. J. Congden, Archie Kreck et leur bande. Assis sur les capots des voitures garées dans la cour du shérif, ils lui crièrent des insanités. Mais Harlen ne ralentit pas, ne les regarda pas. Il s'arrêta au croisement de Broad Avenue. Old Central était juste devant lui, la maison de la mère Faux-Derche et de Mme Duggan à sa droite.

Le visage à la fenêtre. Des trous à la place des yeux. Des dents luisantes.

Dans ma chambre !

Harlen se pencha sur le guidon, haletant, essayant de se retenir de vomir. Un peu plus bas dans Depot Street, à l'endroit où les lampadaires de l'école scintillaient sous les ormes, la silhouette noire d'un camion vint à sa rencontre.

Le camion d'équarrissage ! Il l'avait reconnu à l'odeur.

Il continua vers le nord sur Broad Avenue. Les arbres, gigantesques dans ce coin, surplombaient toute la largeur de la rue, et il y régnait une profonde obscurité. Mais il y avait davantage d'entrées de maisons allumées et de lampadaires.

Il entendit le camion approcher du carrefour et changer de vitesse. Il monta sur le trottoir, cahotant sur les pavés, et se trouva devant l'entrée d'une maison. Il y avait de vieilles granges et des garages dans ce coin, et tous les terrains, non clôturés, se touchaient.

Il traversait, pensait-il, la propriété du docteur Staffney lorsqu'un chien s'en prit à lui, tirant sur sa chaîne, aboyant, les crocs brillant dans la lumière jaune de l'entrée.

Il vira à gauche, prit le passage cimenté derrière les granges et les garages, continua vers le nord. Derrière lui, le bruit du camion, dans Broad Avenue maintenant, arrivait presque à couvrir les aboiements furieux de tous les chiens du quartier. Il ne savait pas du tout où il allait...

Il devait vite trouver une idée...

Dale laissa tomber sa torche et courut dans l'eau qui lui arrivait toujours aux cuisses, appelant sa mère à grands cris. Il buta dans un mur, rebondit en arrière à demi étourdi, perdit l'équilibre, s'écroula dans l'eau noire et glacée, hurla encore en sentant, sous l'eau, quelque chose lui frôler le bras. Il réussit à se relever et, complètement désorienté, fit quelques pas dans l'obscurité presque absolue de la cave.

Et si je retournais vers la buanderie ? Vers le puits sous la pompe ?

Il s'en moquait, la seule chose qui lui importait était de ne pas rester dans ce noir où l'eau glacée couleur de pétrole tournoyait autour de ses jambes, à attendre tout simplement que cette monstrueuse horreur le trouve. Et si, sous l'eau, cette chose qui avait le visage de Tubby ouvrait encore plus grande sa bouche morte pour lui enfoncer ses longs crocs dans la jambe ?

Il buta contre un objet creux qui résonna et se coupa au front. *La chaudière ! Il faut la contourner par la droite. Le couloir est après la cave à charbon !* Il hurla de nouveau, entendit les cris de sa mère qui, dans ce labyrinthe plein d'échos, se mêlèrent aux siens. Derrière lui, il y eut le bruit de quelque chose qui se glissait dans l'eau. Il se retourna, ne vit rien, chancela en arrière, heurta un objet dur et retomba la tête la première dans l'infâme liquide, sentant son goût d'égout et de charbon se mélanger à celui de son sang dans sa bouche.

Des bras l'entourèrent, des mains le poussèrent vers le fond, puis le soulevèrent.

Il rua, griffa, se débattit de toutes ses forces. Son visage s'enfonça dans l'eau, puis fut remonté contre de la laine mouillée.

— Dale ! Arrête, Dale ! Calme-toi... C'est maman ! Dale !

Elle ne le gifla pas, mais ses mots eurent le même effet. Il se laissa aller, essayant de ne pas geindre, mais pensant à cette marée noire autour d'eux. *On va se faire piéger tous les deux.*

Sa mère l'aida à patauger dans le couloir. L'eau y était bien moins profonde. Il se mit à trembler violemment et elle le serra contre lui.

— Tout va bien, dit-elle, bien qu'elle tremblât autant que son fils en escaladant les marches trop hautes. Ça y est ! murmura-t-elle lorsqu'ils sortirent, non pas dans la cuisine, mais par la porte extérieure, dans la chaude lumière du soleil, comme deux survivants essayant de s'éloigner du lieu d'une catastrophe.

Aussi trempés et grelottants l'un que l'autre, ils s'affalèrent près du pommier sur la pelouse. Dale, à demi aveuglé par la lumière, n'arrivait pas à ouvrir les yeux. Les couleurs, la chaleur, l'éclat du monde lui semblaient irréels, un rêve après le cauchemar de l'obscurité et de cette chose morte dans l'eau. Il ferma les yeux et essaya de réfréner ses tremblements.

M. Grumbacher tondait sa pelouse, et Dale entendit le moteur s'arrêter, leur voisin lui crier quelque chose, demander s'il y avait un problème. Puis il s'avança à grandes enjambées et Dale essaya de s'expliquer sans passer pour un fou :

— Quelqu'un... non, quelque chose... sous l'... sous l'eau..., dit-il, furieux d'entendre ses dents claquer. Quel... quelque chose... a essayé de... de me prendre...

Sa mère le serra contre lui, plaisanta, mais il sentait dans sa voix qu'elle aussi était au bord des larmes. M. Grumbacher portait l'uniforme qu'il mettait le matin pour effectuer le ramassage du lait, ce qui, vu sa haute taille, lui donnait une allure très officielle. Kevin, de la porte de la belle maison, regardait avec curiosité la mère et le fils écroulés sous l'arbre, Dale avait maintenant une couverture sur les épaules, sa mère aussi. M. Grumbacher entra chez eux et allait descendre à la cave, quand Dale hurla malgré lui :

— Non !

Il essaya de sourire avant d'ajouter :

— S'il vous plaît, n'y allez pas !

M. Grumbacher regarda Kevin, lui fit signe de rentrer dans la maison, alluma une grosse torche électrique et referma la moustiquaire.

Ce truc est embusqué en bas, M. Grumbacher n'a pas une seule chance de s'en sortir !

Dale grelotta encore plus fort, se leva, laissant tomber la couverture. Sa mère lui prit le poignet, mais il se dégagea.

— Il faut que je lui montre où c'était... que je le prévienne de...

La moustiquaire se rouvrit et le père de Kevin sortit. Son

pantalon gris, toujours si bien repassé, était mouillé jusqu'au genou et ses chaussures faisaient *floc !* sur les dalles de l'allée. Il éteignit la torche. Il tenait quelque chose de long, blanc et mouillé à la main.

— Il est mort ? demanda la mère de Dale.

Question stupide, le cadavre était gonflé au point d'avoir doublé de taille.

M. Grumbacher acquiesça.

— Mais je ne pense pas qu'il se soit noyé, dit-il de cette voix douce mais assurée avec laquelle Dale l'avait si souvent entendu s'adresser à son fils. Il a dû manger du poison et flotter jusque dans la cave quand les égouts ont refoulé.

— C'est un de ceux de Mme Moon ? demanda encore Mme Stewart en se levant.

M. Grumbacher déposa le cadavre sur l'herbe près de l'entrée. Dale entendit un gargouillis et un peu d'eau coula entre les dents acérées. Il s'approcha, le poussa du bout du pied.

— Dale ! cria sa mère.

Il retira le pied.

— Ce n'est p... pas ce que j'ai vu ! C'est un chat, ça, protesta-t-il en essayant de maîtriser son tremblement et d'affermir sa voix.

— Il n'y a que ça en bas, à part une boîte à outils qui flotte dans l'atelier, et quelques débris. L'électricité est remise et la pompe fonctionne.

Dale jeta un coup d'œil à la maison. *Et cette manette abaissée sur Stop ?*

Kevin descendit le talus en se tenant les coudes, comme il le faisait lorsqu'il était un peu inquiet. Il regarda le visage blême de son ami, ses vêtements dégoulinants, ses cheveux trempés et se lécha les lèvres, prêt à lancer une remarque sarcastique. Puis il croisa le regard de son père et se contenta de hocher la tête. Il donna lui aussi un léger coup de pied dans le cadavre et un peu d'eau en sortit.

— Ça doit être un des chats de Mme Moon, dit Mme Stewart comme si la cause était entendue.

M. Grumbacher posa une main sur l'épaule de Dale.

— Ça ne m'étonne pas que tu aies un peu paniqué.

Marcher sur cette bestiole dans le noir, avec trente centimètres d'eau tout autour, n'importe qui aurait eu peur, fiston !

Dale eut envie de s'écarter et de lui répondre qu'il n'était pas son fiston et que ce n'était pas un chat crevé qui l'avait fait paniquer. Mais il se força à approuver de la tête.

Tubby est encore là-dedans !

— Allons nous changer, dit enfin sa mère, on reparlera de tout ça plus tard.

Dale acquiesça, fit un pas en direction de la porte de derrière et s'arrêta.

— On ne pourrait pas entrer par l'autre porte ?

Jim Harlen pédalait de toutes ses forces dans l'obscurité.

Les chiens aboyaient comme des fous d'un bout à l'autre du pâté de maisons, et il dut tendre l'oreille pour entendre le moteur du camion d'équarrissage, qui semblait stationné au croisement de Depot Street et Broad Avenue. *Pour me barrer le passage.*

La ruelle qu'il suivait était parallèle à Broad et Fifth Avenue et longeait les granges, les garages et les pelouses des maisons. Les parcelles étaient vastes, par ici, et les maisons entourées de buissons et d'arbres, la ruelle elle-même était surplombée d'un dais de feuillage. Les cachettes abondaient : granges avec leur fenil, garages, bosquets épais, le verger des Miller au bout à gauche, les maisons vides de Catton Drive...

C'est exactement ce qu'ils veulent que je fasse !

Harlen réfléchit. Il n'était pas tombé de la dernière pluie, quand même ! Il traversa un potager où il dut appuyer fort sur les pédales pour se sortir de la terre meuble, croisa un labrador qui fut si surpris par son apparition qu'il faillit s'étrangler avec sa chaîne avant de songer à aboyer, aperçut in extremis une corde à linge et se baissa un quart de seconde avant qu'elle ne le décapite, se pencha à gauche pour éviter un piquet, fut à deux doigts de tomber à cause de son bras en écharpe, se rattrapa et, après avoir contourné une vieille grange, descendit la longue allée de chez les

Staffney. Il s'arrêta à deux mètres du réverbère à gaz qui l'illuminait.

Au bout du pâté de maisons, un moteur s'emballa, et la silhouette sombre du camion, tous phares éteints, commença à s'approcher du tunnel d'arbres.

Jim sauta de son vélo, grimpa d'un bond les cinq marches qui menaient au perron du docteur et appuya de toutes ses forces sur la sonnette.

Le camion accéléra. Il était à moins de soixante mètres et roulait en biais, vers le côté de la route où se trouvait Harlen. La maison des Staffney était largement séparée de la rue par des ormes, une grande pelouse et des massifs de fleurs, mais le garçon aurait préféré des fossés anti-tanks et des douves.

Il tambourina sur la porte du poing droit tout en enfonçant la sonnette avec le coude de son bras plâtré. Ce fut Michelle Staffney qui lui ouvrit, vêtue d'une chemise de nuit. La lumière derrière elle dessinait sa silhouette, et nimbait d'or ses cheveux roux. En temps normal, Jim aurait traîné au maximum avant d'entrer afin de jouir du spectacle, mais là, il la bouscula pour se précipiter dans le vestibule illuminé.

— Jimmy ! Qu'est-ce que... Hé là ! bredouilla la fillette.

Elle ferma la porte et le fixa d'un air furibond. Harlen s'arrêta sous le lustre et regarda autour de lui. Il n'était venu que trois fois chez Michelle, toujours pour son anniversaire, le 14 juillet, que sa famille célébrait tous les ans avec faste, mais il se souvenait de vastes pièces, hautes de plafond et éclairées de grandes fenêtres. Bien trop nombreuses, ces fenêtres. Harlen se demandait s'il n'y avait pas à l'étage un réduit aveugle avec un tas de verrous, quand le docteur Staffney descendit l'escalier.

— Que puis-je pour vous, jeune homme ?

Jim prit son expression la plus pitoyable d'enfant perdu (ce ne lui fut pas trop difficile) et geignit :

— Ma mère est sortie, et quand je suis revenu de la séance gratuite, qui n'a pas eu lieu à cause du mauvais temps, il y avait une dame inconnue au premier étage, et des gens m'ont poursuivi avec un camion, et... vous ne pourriez pas m'aider, s'il vous plaît ?

La tête un peu penchée, Michelle ouvrit de grands yeux comme s'il était venu faire pipi sur le plancher. Son père, en costume trois-pièces, cravate et tout le bazar, regarda Harlen, mit ses lunettes, les retira, descendit l'escalier.

— Répète-moi ça !

L'enfant répéta, sans donner trop de précisions. Il y avait une inconnue chez lui. *(Inutile de spécifier qu'elle était morte et fouinait partout.)* Il était poursuivi par des types en camion. *(Peu importe que ce soit le camion d'équarrissage.)* Sa mère était partie faire une course importante à Peoria. *(Probablement se faire baiser, mais ce n'est pas la peine d'entrer dans les détails.)* Il était mort de peur. *(Ça, c'est vrai !)*

Mme Staffney arriva de la salle à manger. Harlen avait entendu C. J. Congden, Archie Kreck ou un de leur bande dire que si l'on voulait savoir à quoi ressemblerait une fille dans quelques années (nénés et tout), il n'y avait qu'à regarder sa mère. Michelle n'avait pas à s'inquiéter.

Elle accueillit chaleureusement Harlen, prétendant qu'elle se souvenait bien de lui. Jim savait que c'était impossible, il y avait bien trop d'enfants à ces anniversaires et il n'avait été invité que parce que toute la classe l'était. Mme Staffney lui proposa d'aller boire un chocolat chaud à la cuisine, pendant que son mari téléphonerait à la police.

Le docteur avait l'air un peu dubitatif, pour ne pas dire sceptique, mais il alla voir à la porte. Pas le moindre camion à l'horizon, bien entendu. Puis il téléphona à Barney. Ensuite, sa femme exigea qu'il ferme toutes les portes à clé en attendant l'arrivée du policier. Harlen était tout à fait d'accord, il aurait même été partisan de fermer aussi toutes ces grandes fenêtres, mais ces richards n'avaient apparemment pas la climatisation et il aurait vite fait trop chaud.

Il commença toutefois à retrouver peu à peu son sang-froid entre Mme Staffney qui lui réchauffait du veau en cocotte (il avait prétendu ne pas avoir dîné, bien qu'il eût fini un reste de spaghetti), le docteur qui lui posait pour la quatrième fois les mêmes questions, et Michelle qui le contemplait avec de grands yeux, mais il ne savait pas s'ils exprimaient une adoration admirative pour sa bravoure, ou le plus profond mépris pour sa conduite de parfait trouduc. D'ailleurs, pour l'instant, cela lui était bien égal..

Cette vieille femme dans ma chambre... Ce visage à la fenêtre qui me regardait... Il avait tout d'abord pensé à la mère Faux-Derche, puis il avait reconnu l'autre, Mme Duggan, celle qui était morte. *Mon cauchemar habituel. Le visage à la fenêtre. Et puis la chute...*

Il frissonna et Mme Staffney lui servit une part de gâteau.

Le docteur n'arrêtait pas de lui demander si sa mère faisait souvent des courses urgentes la nuit en le laissant seul à la maison. Ignorait-elle qu'un enfant de son âge n'était pas censé rester ainsi livré à lui-même ?

Harlen essaya de répondre, mais ce n'était pas facile : il avait la bouche pleine de gâteau, et ne voulait pas paraître rustre devant Michelle.

Barney arriva seulement trente-cinq minutes après qu'on l'eut appelé. Le record de l'année, se dit Harlen.

L'enfant répéta son récit. Sa panique était sincère, mais son histoire mieux racontée. Quand il arriva à la description du visage derrière la fenêtre, sa voix chevrota de façon tout à fait convaincante. En fait, il tremblait rétrospectivement en pensant qu'il avait failli remonter toute la ruelle et se cacher dans une des granges ou des maisons vides de Catton Drive. Dieu sait ce qui l'attendait *là-bas* !

Il avait les larmes aux yeux en terminant, mais il se retint bravement de pleurer. Pas devant Michelle Staffney ! C'était bien dommage qu'elle soit montée enfiler une robe de chambre pendant que sa mère préparait le chocolat.

Le policier ramena Jim chez lui. Le docteur avait insisté pour être du voyage, et il resta avec le garçon dans la voiture pendant que Barney fouillait la maison. Elle était exactement dans l'état dans lequel l'enfant l'avait laissée : lumières allumées et portes non fermées à clé. Le policier était passé par-derrière et avait même frappé avant d'entrer, alors qu'à sa place, Harlen serait entré en courant, à demi courbé et revolver prêt à tirer, comme les flics de *Naked City*. Or, Barney n'était même pas armé !

Tandis qu'il répondait aux questions du docteur sur les week-ends de sa mère, Harlen s'attendait à tout instant à entendre un cri de terreur.

Barney sortit et leur fit signe d'entrer.

— Pas trace d'effraction, dit-il du haut des marches de la véranda.

Harlen remarqua qu'il s'adressait au docteur, et non à lui.

— L'endroit semble plutôt en désordre, comme si on avait fouillé partout... C'est aussi l'impression que ça te fait, fiston, ou bien c'est toujours comme ça ? ajouta-t-il en se tournant cette fois vers Harlen.

Jim regarda la cuisine et la salle à manger d'un œil nouveau : des casseroles contenant un fond de graisse figée traînaient sur le réchaud ; des piles de vaisselle sale s'amoncelaient dans l'évier, sur la paillasse et même sur la table ; des vieux magazines, des boîtes et des papiers jonchaient le sol ; la poubelle débordait... Le salon n'était guère plus avenant. Harlen savait qu'il y avait un sofa sous tous ces papiers, ces plateaux vides de dîners-télé, ces vêtements et tout ce bazar, mais il se rendait compte que le flic et le toubib n'en étaient pas persuadés.

— Hé ben... Maman n'est pas vraiment une fée du logis...

Il se reprocha immédiatement le ton sur lequel il avait prononcé ces mots : il ne devait pas d'excuses à ces deux guignols !

— Tu crois qu'il manque quelque chose, Jimmy ? demanda Barney comme si son prénom venait juste de lui revenir.

Harlen détestait plus que tout qu'on l'appelle Jimmy. *Sauf quand c'est Michelle Staffney, comme tout à l'heure.*

Il secoua la tête et passa de pièce en pièce en rangeant discrètement quelques objets au passage.

— Eh ben... je ne vois rien qui manque, non. Mais j'en suis pas sûr.

Qu'est-ce qu'ils pourraient bien vouloir nous piquer ? La couverture chauffante de maman ? nos vieux plateaux de dîners-télé ? mes magazines pornos ? Harlen devint soudain écarlate à la pensée que Barney ou le FBI ou quelqu'un d'autre puisse décider de fouiller la maison de fond en comble, et les trouver sous la latte du plancher, dans son placard.

— La vieille dame était en haut, pas ici, remarqua-t-il d'une voix un peu plus agressive qu'il ne voulait.

— J'ai regardé aussi en haut. Il y a pas mal de pagaille, mais aucune trace de vol ou de vandalisme délibéré, ajouta-t-il à l'adresse du docteur.

Ils montèrent tous les trois, Harlen se sentait de plus en plus ridicule. Il imaginait très bien ce que ce chichiteux de docteur allait raconter à ses chichiteuses de femme et de fille en rentrant. Il réveillerait sans doute Michelle rien que pour lui interdire de fréquenter ce petit plouc d'Harlen. *Elle m'a appelé Jimmy.*

— Il ne manque rien ? lui cria Barney du palier, tandis qu'il jetait un coup d'œil dans la chambre de sa mère, puis dans la sienne.

Bon Dieu, elle aurait quand même pu faire son lit ou ramasser ses foutus Kleenex et ses magazines !

— Eh ben...

C'est sûr, le toubib va dire à sa femme et à Michelle que je suis un crétin fini, un demeuré total.

— Eh ben, je ne crois pas, ajouta-t-il. Vous avez fouillé les placards ?

— J'ai commencé par là, répondit Barney. Mais on peut encore regarder ensemble, si tu veux.

Harlen resta en retrait pendant que le docteur et le policier inspectaient les placards. *Ils font ça pour me faire plaisir. Mais, dès qu'ils auront tourné les talons, ce cadavre pourri sortira d'un coin et m'arrachera le cœur à coups de dents !*

Comme s'il lisait dans ses pensées, Barney proposa :

— Je vais attendre le retour de ta mère, fiston...

— Moi aussi, intervint le docteur. (Il échangea un regard avec le policier.) Tu sais quand elle doit rentrer, Jim ?

— Eh ben...

Il se mordit les lèvres. Encore un *Eh ben* et il allait chercher le revolver de son père pour se faire sauter la cervelle devant ces deux zigotos. *C'est vrai, il y a le revolver !*

P'pa l'a laissé à maman. Les rouages de sa cervelle se remirent à fonctionner.

— Allez, va te mettre en pyjama, fiston. Il y a du café ici ?

— Heuh, de l'instantané. (Il avait failli répéter *Eh ben.*) Sur la paillasse de la cuisine. En bas.

On vient de la traverser ensemble, crétin !

— Allez, fiston, va te mettre en pyjama, répéta le policier.

Barney redescendit avec le docteur. La maison était toute petite, on entendait tout ce qui s'y disait. Harlen pensait parfois que c'était une des raisons pour lesquelles son père était parti avec sa minette. Mais ce soir, il aurait aimé qu'elle soit encore plus petite : les deux hommes en bas auraient été plus près. Il sortit sur le palier pour demander :

— Vous avez regardé sous les lits ?

— Bien sûr. Et dans les coins. Il n'y a personne là-haut, je t'assure, ni en bas. Le toubib est allé faire un tour dans la cour et, dès qu'il sera rentré, j'irai inspecter le garage. Vous n'avez pas de cave, hein, fiston ?

— Eh ben...

Bon Dieu !

Barney retourna dans la cuisine. Harlen entendit le père de Michelle parler d'assistante sociale. Il entra dans sa chambre en regardant bien la porte, envoya d'un coup de pied ses tennis dans un coin, jeta ses chaussettes par terre, enleva son jean et son tee-shirt, puis il ramassa tout son linge et le jeta dans le placard, de loin. *C'est là qu'elle était, à côté de la fenêtre. Elle allait et venait dans ma chambre !*

Il s'assit au bord de son lit. Il était exactement 10 h 48 à son réveil. Encore tôt. Ces deux mecs allaient bien poireauter quatre ou cinq heures, si c'était comme les autres samedis soir. *Ils vont vraiment attendre jusqu'à ce qu'elle rentre ? S'ils s'en vont, je cours derrière la voiture du flic. Personne ne me fera rester seul ici ce soir ! Où est-ce qu'elle peut bien avoir foutu ce pétard ?*

Ce n'était pas un gros pistolet, mais il était en acier bleu et il avait l'air dangereux. Il y avait une boîte de balles aussi. Son père lui avait toujours défendu d'y toucher, mais il les rangeait dans son tiroir. Quand il avait pris la tangente avec sa minette, sa mère les avait cachés. *Où ça ?* Elle n'avait sûrement pas de permis de port d'armes, Barney allait tomber dessus et les jeter tous les deux en prison.

Il était en train d'enfiler son pantalon de pyjama lorsqu'il entendit la porte de derrière claquer. Le bruit le fit sursauter. Les deux hommes échangèrent quelques mots.

Il y eut un bruit de pas et Barney lui cria d'en bas :

— Tu veux une tasse de chocolat chaud avant de te coucher, fiston ?

Mme Staffney lui en avait déjà fait boire tellement que son estomac gargouillait, mais il accepta aussitôt.

— J'arrive tout de suite !

Il souleva son oreiller pour y prendre sa veste de pyjama. Elle était couverte d'une espèce de substance grise et gluante. Il s'essuya les mains à son pantalon et retira le dessus-de-lit.

Les draps avaient l'air badigeonnés d'un produit ressemblant à un mélange de morve et de sperme, comme une tranche de pain sur laquelle on aurait étalé à la louche une confiture grisâtre et visqueuse. La répugnante substance imbibait le tissu et séchait déjà un peu sur les bords. L'odeur... une serviette mouillée laissée à moisir trois ans dans une poubelle sur laquelle on aurait fait pisser une meute de chiens.

Harlen recula en chancelant, lâcha sa veste de pyjama, s'appuya au chambranle de la porte. Il allait vomir. Le plancher parut se soulever, tanguer comme un bateau sur une mer agitée. Il sortit et se pencha par-dessus la rampe branlante.

— Monsieur ? Barney ?

— Oui, fiston ?

Harlen regarda à nouveau sa chambre, s'attendant presque à ce que les draps soient redevenus propres, enfin du blanc un peu gris dont ils étaient ce matin, ça arrive souvent dans les films, lorsque les gars ont des hallucinations ou voient des mirages.

Le mucus gris luisait, presque blanc à la lumière.

— Oui ? répéta Barney.

Il avait le front ridé, comme s'il se faisait du souci, et

regardait amicalement l'enfant. Il ne se moquait pas de lui, en tout cas.

— Rien, j'arrive !

Il retourna dans sa chambre, défit le lit en évitant de toucher à cette saloperie, jeta draps et pyjama dans un coin du placard, prit dans le dernier tiroir de sa commode un autre pyjama trop juste pour lui mais propre, enfila sa vieille robe de chambre élimée, alla se laver les mains et descendit rejoindre les deux hommes.

Plus tard, il ne put s'expliquer pourquoi il avait préféré leur cacher cette preuve tangible de la visite de quelqu'un dans sa chambre. Peut-être savait-il déjà à ce moment-là que c'était à lui de s'en occuper. Ou peut-être était-ce parce qu'il trouvait gênant d'aborder certains sujets et que leur montrer son lit, c'eût été comme exhiber ses magazines porno.

Elle était là... C'était là.

Le chocolat était délicieux. Le docteur avait débarrassé la table de la cuisine, et ils restèrent tous les trois à bavarder jusque vers minuit et demi, heure à laquelle la mère d'Harlen rentra.

Jim monta alors dans sa chambre, alla chercher une autre couverture et se coucha sans draps. Il s'endormit aussitôt, souriant au son des voix irritées venues d'en bas.

Cela ressemblait tout à fait à l'époque où son père vivait encore avec eux.

23

Au moment où sa fièvre fut la plus forte, Mike rêva qu'il parlait à Duane McBride.

Duane n'avait pas l'air mort, il n'était pas déchiqueté en lambeaux comme on le disait dans le bourg, il ne titubait pas tel un zombie. C'était juste le Duane que Mike avait toujours connu, un garçon un peu balourd avec des gestes lents, en pantalon de velours et en chemise à carreaux. Même dans ce rêve, il remontait de temps en temps ses lunettes sur son nez.

Ils se trouvaient en un lieu inconnu de Mike, même si le paysage lui paraissait familier : un pâturage sur une colline, avec de hautes herbes. Mike ne savait pas trop ce qu'il faisait là mais, dès qu'il aperçut Duane, il le rejoignit sur un rocher au sommet d'une falaise. Son copain écrivait dans un carnet à spirales. Il leva les yeux quand Mike s'assit à côté de lui.

— Je suis désolé que tu sois malade, commença Duane en remontant ses lunettes sur son nez.

Il posa son carnet. Mike hocha la tête, il n'était pas très sûr de ce qu'il voulait dire, mais il le dit néanmoins :

— Je suis désolé que tu te sois fait tuer.

Duane haussa les épaules. Mike se mordit les lèvres, mais il ne put s'empêcher de demander :

— Ça fait mal ? De se faire tuer, je veux dire.

Duane mangeait une pomme. Il avala sa bouchée avant de répondre :

— Bien sûr que ça fait mal !

— Je suis désolé..., balbutia Mike, incapable de trouver autre chose.

— Tu as un gros problème avec ce soldat, dit Duane en offrant sa pomme à son copain pour qu'il y morde à son tour.

— Ouais.

— Les autres aussi ont des problèmes, tu sais.

— Ah bon ? Quels autres ?

Quelque part au-dessus d'eux, un engin mi-avion, mi-oiseau obscurcit la lumière du soleil.

— Tu sais bien, les autres.

C'était clair, il parlait de Dale, d'Harlen, peut-être aussi de Kevin.

— Si vous essayez chacun de lutter tout seul dans votre coin, vous finirez comme moi, avertit Duane en remontant à nouveau ses lunettes et en inspectant le paysage.

— Qu'est-ce qu'on peut faire ?

— Découvrez qui sont ces types. A commencer par le soldat.

Mike se leva et marcha au bord de la falaise. Il ne voyait plus le sommet de la colline, maintenant caché par le brouillard ou les nuages.

— Oui, mais comment s'y prendre ?

Duane soupira.

— Eh bien, à qui en veut cette chose ?

Mike ne trouva pas étrange qu'il qualifie le soldat de *chose*, c'était exactement le terme qui convenait.

— A Memo.

— Eh bien, demande à Memo !

— D'accord. Mais comment arriver à comprendre tout le reste ? Je veux dire... on n'est pas aussi intelligents que toi, tu sais.

Duane n'avait pas bougé, mais il se trouvait plus loin, maintenant. Et puis, ils n'étaient plus au sommet d'une falaise, mais dans une ville. Il faisait sombre, plutôt froid, l'hiver approchait. En fait, Duane devait être assis sur un banc, pas sur un rocher. Il paraissait attendre l'autobus et fronçait les sourcils, l'air irrité.

— Tu peux toujours me demander, lança-t-il.

Voyant que Mike ne comprenait pas, il ajouta :

— En plus, tu es intelligent.

Mike se mit à protester : il ne comprenait pas la moitié de ce qu'il lui racontait, il lisait au maximum un livre par an... mais Duane montait dans l'autobus. Sauf que ce n'était pas un autobus, plutôt une énorme machine agricole avec des fenêtres et une petite timonerie en haut, comme sur les images de bateaux naviguant sur le Mississippi. Mais la roue à aubes paraissait constituée, non pas de pales, mais de lames. Duane se pencha à la fenêtre.

— Tu es intelligent, cria-t-il, plus intelligent que tu ne le crois. En plus, tu as un énorme avantage.

— Lequel ?

Mike courait pour ne pas se laisser distancer par l'engin.

— Tu es *vivant* !

D'un seul coup, la rue fut vide.

Mike se réveilla. Il avait chaud et mal partout, son

pyjama et ses draps étaient trempés de sueur. Il avait l'impression que c'était le début de l'après-midi. La moustiquaire laissait passer un rayon de soleil et une faible brise. Il devait faire environ quarante degrés dans sa chambre, même avec le ventilateur du couloir. Il entendait sa mère ou une de ses sœurs passer l'aspirateur en bas. Il mourait de soif, mais il se sentait trop faible pour bouger, et il savait qu'il aurait beau appeler, personne ne l'entendrait avec le bruit de l'aspirateur. Il regarda dehors l'herbe de la pelouse.

Demande à Memo !

C'est exactement ce qu'il ferait dès qu'il se sentirait assez solide pour enfiler un jean et descendre l'escalier.

Toute la journée du lendemain dimanche, la mère d'Harlen fit la tête à son fils, comme si c'était lui qui lui avait fait des reproches, et non Barney et le docteur Staffney. Il régnait dans la maison une atmosphère tendue, comme du temps où ses parents se disputaient : une heure ou deux de scène, puis trois semaines de silence glacial.

Harlen s'en moquait. Si cela devait faire rester sa mère à la maison, et surtout, si sa présence empêchait le visage d'apparaître à la fenêtre, il était prêt à demander à Barney de venir la sermonner tous les deux jours.

— Ce n'est quand même pas comme si je *t'abandonnais*, lança-t-elle, alors qu'il se faisait chauffer de la soupe pour son déjeuner.

C'étaient les premiers mots qu'elle lui adressait depuis le début de la journée.

— Dieu sait que je passe assez de temps à me tuer au travail pour toi et pour entretenir la maison !

Harlen jeta un coup d'œil au salon. Les seules surfaces libres étaient celles que lui ou les deux hommes avaient dégagées la veille au soir. Barney avait lavé la vaisselle, et cela faisait un drôle d'effet de voir la paillasse vide dans la cuisine.

— Et ne me parle pas sur ce ton, je te prie ! continuat-elle.

Harlen la regarda : il n'avait pas ouvert la bouche.

— Tu sais très bien ce que je veux dire ! Ces deux types

qui se mêlent de me faire la morale, sur la façon dont je m'occupe de mon propre enfant ! Ils ont même parlé *d'abandon* !

Sa voix tremblait. Elle se tut pour allumer une cigarette ; sa main aussi tremblait. Elle éteignit l'allumette, exhala la fumée et tapota la paillasse de ses ongles vernis. Harlen regarda la marque de rouge à lèvres à l'extrémité de la cigarette. C'est cela qu'il haïssait le plus, ce rouge sur les mégots partout dans la maison. Ça le rendait fou, mais il ne comprenait pas pourquoi.

— Après tout, continua-t-elle d'une voix plus ferme, tu as quand même onze ans maintenant, tu es déjà presque un jeune homme. Moi, à ton âge, je m'occupais des trois petits derniers et je travaillais à mi-temps dans un restaurant de Princeville.

Harlen acquiesça : il connaissait la chanson.

— Quel toupet ils ont, ces imbéciles ! reprit-elle.

Harlen versa sa soupe dans une assiette et chercha une cuillère en attendant qu'elle refroidisse.

— Mais, maman, ils ne sont restés qu'à cause de cette folle dans la maison, ils avaient peur qu'elle revienne.

Elle refusa de se tourner, s'obstinant à lui présenter un dos raide. Ça aussi, il connaissait. Il goûta sa soupe. Encore trop chaude.

— Voyons, maman, il ne faut pas le prendre comme ça. Ils voulaient seulement dire que...

— Tu ne vas quand même pas m'expliquer ce qu'ils voulaient dire ! Je sais reconnaître une insulte quand j'en entends une. Mais ce qu'ils refusent de comprendre, c'est que tu as sûrement juste eu l'illusion de voir quelqu'un à ta fenêtre. Ils ne veulent pas admettre qu'à l'hôpital le docteur Armitage a dit que tu avais reçu un très sévère coup sur la tête, un truma...

— Un traumatisme crânien.

— Un choc très sérieux. Le docteur Armitage m'a prévenue que tu pouvais être pendant quelque temps sujet à des... ces machins... des hallucinations. Je veux dire, ce n'est pas comme si tu avais aperçu quelqu'un que tu *connaissais*, non ? Quelqu'un qui existe vraiment...

— Eh ben...

Sa mère hocha la tête, comme si elle avait obtenu gain de cause.

— Je voudrais bien savoir où ils étaient, ces deux messieurs, pendant que je restais vingt-quatre heures sur vingt-quatre près de toi à l'hôpital !

Harlen se concentra sur sa soupe, puis il alla jusqu'au réfrigérateur, mais l'unique carton de lait qu'il y trouva traînait là depuis très, très longtemps et il n'eut aucun désir de le prendre. Il se servit un verre d'eau au robinet.

— Tu as raison, maman, mais j'étais quand même bien content de te voir rentrer... Tu ne devais pas aller chez le coiffeur, aujourd'hui ?

— Si j'y allais, tu rappellerais aussitôt ce flic et il me coffrerait pour abandon d'enfant, rétorqua-t-elle d'une voix lourde de sarcasme.

— Allons, maman, il fait pas nuit. Je n'ai pas peur en plein jour. Elle ne reviendra pas dans la journée.

De ces trois affirmations, seule la première était vraie. La seconde était un mensonge éhonté, quant à la troisième... un vœu pieu.

Sa mère se passa la main sur les cheveux et éteignit sa cigarette dans l'évier.

— Très bien. Je serai de retour dans une heure, peut-être un peu plus. Tu as le numéro de téléphone du coiffeur, hein ?

— Ouais.

Il rinça son assiette à soupe et l'ajouta à la vaisselle sale du petit déjeuner. La voiture de sa mère descendit Depot Street. Harlen compta deux minutes (elle oubliait souvent quelque chose et revenait le chercher), puis, une fois certain qu'elle était bel et bien partie, il monta le cœur battant dans la chambre de sa mère.

Ce matin-là, alors qu'elle dormait encore, il avait rincé draps et taie d'oreiller dans la baignoire avant de les fourrer dans la machine à laver. Quant au pyjama, il l'avait jeté dans la poubelle à côté du garage. Il n'était pas question qu'il le remette jamais pour dormir.

Une fois là-haut, il explora systématiquement les tiroirs

de sa mère, passant les doigts dans ses sous-vêtements de soie, aussi ému que la première fois qu'il avait acheté un de ces magazine à C. J. Congden et l'avait rapporté à la maison.

Le revolver n'était pas dans la commode. Il fouilla la table de nuit, écartant des paquets de cigarettes vides et une boîte à peine entamée de préservatifs. Des bagues, des stylos à bille qui ne marchaient pas, des pochettes d'allumettes de différents restaurants et cabarets, des morceaux de papier ou des serviettes de table avec des noms de mecs, une espèce d'instrument pour se relaxer les muscles du dos, un livre de poche... Pas de revolver.

Il s'assit sur le lit et inventoria la pièce. Le placard ne contenait que des chaussures, des robes... Ah ! Il grimpa sur une chaise pour atteindre le fond de l'unique étagère, fouilla à tâtons derrière des boîtes à chapeaux et des chandails pliés. Soudain ses mains sentirent le froid du métal. Il tira une photo encadrée sur laquelle son père souriait, un bras autour des épaules de sa mère, un autre sur la tête d'un bambin de quatre ans dans lequel il se reconnut vaguement.

Il la jeta sur le lit et tâtonna sous le dernier vieux chandail. Une crosse bombée, un pontet de métal. Il sortit le revolver à deux mains en prenant bien soin de ne pas poser le doigt sur la gâchette. Il était surpris de son poids par rapport à sa taille. Les parties métalliques de l'arme étaient en acier bleu, le canon très court, pas plus de cinq centimètres, et la crosse d'un joli bois à nœuds gravé de croisillons. Cela ressemblait beaucoup à un pistolet d'enfant, une imitation de calibre 38 avec laquelle il avait joué lorsqu'il était petit. Mais celui-ci, c'était un *vrai* calibre 38.

Il sauta de la chaise et découvrit rapidement le moyen de regarder dans le chargeur. Il n'avait vraiment pas envie d'appliquer son œil contre le canon. Le trou était vide. Il lui fallut encore quelques instants avant de réussir à faire tourner le barillet : tous les trous étaient vides. Le garçon jura, fourrant le revolver dans sa ceinture, il sentit le froid de l'acier contre la chaleur de sa peau. Il fouilla toute l'étagère à la recherche des balles. Rien. Elle avait dû les jeter. Il rangea tant bien que mal toutes les affaires, remit la chaise à sa place, ressortit le revolver et resta là à le regarder. A quoi bon avoir ce truc s'il ne trouvait pas les balles ?

Il jeta à nouveau un coup d'œil sous le lit, chercha dans toute la chambre, même dans le coffre à couvertures en bois de cèdre. En vain. Il était pourtant certain d'avoir déjà vu une boîte de balles dans la maison. Il vérifia une dernière fois que son passage n'avait pas laissé de traces (pas évident, vu le désordre), puis redescendit.

Où est-ce que je pourrais bien acheter des munitions ? Est-ce qu'on en vend aux enfants ? Je me vois mal entrer chez Meyers ou Jensen pour demander des balles de calibre 38. Il ne. se rappelait pas en avoir vu au supermarché, et M. Meyers ne l'aimait pas. L'été dernier, il avait presque refusé de lui vendre des clous pour sa cabane. Alors des balles !

Harlen eut une dernière idée. Sa mère rangeait toute une collection de boissons alcoolisées dans un placard, mais elle gardait toujours une bouteille de réserve sur la dernière tablette du placard de la cuisine, au cas sans doute où on dévaliserait son stock. Là-haut, il y avait d'autres bouteilles et divers trucs.

Il grimpa sur la paillasse, tenant de sa main bandée le revolver à canon court. Il trouva deux bouteilles de vodka, un bocal plein de riz, un autre rempli de pois bizarres et un troisième au couvercle collé avec du ruban adhésif et à l'éclat vaguement métallique. Il le sortit à la lumière. Les balles étaient en vrac au fond du bocal. Il en compta au moins une trentaine. Il prit un couteau, coupa le papier collant et versa les balles sur la paillasse. Il était encore plus ému que le jour où il avait rapporté ses magazines porno.

Au bout de quelques instants, il comprit comment remplir les alvéoles, puis il fit tourner le barillet pour vérifier que l'arme était complètement chargée. Ensuite, il fourra les autres balles dans ses poches, remit le bocal à sa place, sortit par la porte de derrière et escalada la clôture en direction du verger, à la recherche d'un endroit où s'entraîner. Et d'une cible.

Memo ne dormait pas. Ses yeux étaient ouverts par moments, mais elle n'était pas vraiment présente. Mike était accroupi à son chevet. Sa mère était à la maison et on était le 10 juillet, le troisième dimanche en trois ans où Mike ne servait pas la messe. L'aspirateur fonctionnait au-dessus. Le garçon se pencha vers le lit, sentant que la vieille dame le suivait du regard. Une de ses mains s'accrochait au couvre-lit. On aurait dit des serres, avec des doigts noueux et des veines saillantes.

— Tu m'entends, Memo ? murmura-t-il.

Il se redressa, observa ses yeux.

Elle cilla une fois : Oui.

— Memo, chuchota-t-il, les lèvres sèches après ces jours de fièvre, tu as vu le soldat à la fenêtre ?

Un clignement.

— Tu l'avais déjà vu avant ?

Un clignement.

— Il te fait peur ?

Un clignement.

— Tu penses qu'il vient nous faire du mal ?

Un clignement.

— Tu crois que c'est la Mort ?

Elle cligna trois fois des yeux, ce qui, dans leur code, voulait dire : « Je ne sais pas », ou : « Je ne comprends pas. »

Mike prit sa respiration. Ces rêves, pendant qu'il avait la fièvre...

— Tu... tu l'as reconnu ?

Un clignement.

— C'est quelqu'un que tu connais ?

Un clignement.

— C'est quelqu'un que papa et maman connaissent ?

Deux clignements : Non.

— C'est quelqu'un que je connais ?

Deux clignements.

— Mais toi, tu le connais ?

Memo garda un instant les yeux clos. Parce qu'elle souffrait ou parce que ces questions l'exaspéraient ?

Il se sentait complètement ridicule, mais il ne savait pas

comment se renseigner autrement. Puis elle ouvrit les yeux et les referma aussitôt. *Un clignement.* Oui, elle le connaissait.

— C'est quelqu'un qui... qui est vivant ?

Deux clignements.

Cette réponse ne le surprit pas.

— Quelqu'un qui est mort, alors ?

Oui.

— Mais une vraie personne... je veux dire quelqu'un qui était en vie autrefois ?

Oui.

— Tu penses... tu penses que c'est un fantôme, Memo ?

Elle cilla trois fois. Puis s'arrêta, avant de ciller encore une fois.

— C'est quelqu'un que toi et grand-père vous connaissiez ?

Une pause, puis : *Oui.*

— Un ami ?

Pas de réponse. Ses yeux brûlants fixaient Mike, le suppliant de reformuler sa question.

— Un ami de grand-père ?

Non.

— Un ennemi de grand-père ?

Elle hésita, cilla une fois. La salive lui coulait de la bouche et du menton. Mike l'essuya avec la serviette posée sur la table de nuit.

— Alors, c'était un ennemi de grand-père et de toi ?

Non.

Mike était certain qu'elle avait cillé deux fois, mais il ne comprenait pas la réponse, puisqu'elle venait de dire que c'était un ennemi de grand-père.

L'aspirateur ne vrombissait plus là-haut, mais il entendait sa mère fredonner en époussetant la chambre des filles.

— Un ennemi de grand-père, mais pas ton ennemi ?

Oui.

— Le soldat était ton ami ?

Oui.

Très bien. Et maintenant ? Comment savoir qui avait été

cette personne et pourquoi elle s'en prenait maintenant à Memo ?

— Tu sais pourquoi il est revenu, Memo ?

Non.

— Mais tu as peur de lui ?

Question stupide, il connaissait la réponse.

Oui. Pause. *Oui.* Pause. *Oui.*

— Quand il était vivant, il te faisait peur ?

Oui.

— Est-ce que je pourrais découvrir qui il est ?

Oui. Oui.

Mike se leva et commença à arpenter la pièce. Une automobile passa dans First Avenue. L'odeur de l'herbe fraîchement tondue entrait par la fenêtre. Il remarqua avec un pincement de culpabilité que, pendant qu'il était malade, son père avait tondu la pelouse à sa place. Il revint s'accroupir à côté de Memo.

— Memo... est-ce que je peux regarder dans tes affaires ? Cela t'ennuierait si je regardais dans tes affaires ?

Elle ne pouvait pas répondre à une question formulée de deux manières contradictoires. Elle le regardait, attendant qu'il la repose.

— J'ai ta permission ?

Oui.

Le coffre de Memo se trouvait dans un coin de la pièce et il était strictement interdit à tous les enfants d'y toucher. Il contenait ses objets les plus personnels et les plus précieux, que sa fille conservait comme si la vieille dame devait encore s'en servir un jour.

Il fouilla sous les vêtements jusqu'à ce qu'il tombe sur une liasse de lettres, pour la plupart de son époux.

— Là-dedans, Memo ?

Non.

Il trouva une boîte de photographies sépia et les lui montra.

Oui.

Il les feuilleta rapidement. Sa mère était en train de faire le ménage dans la chambre des filles, ensuite elle irait dans la sienne. Il était censé se reposer en bas pendant qu'elle aérait la pièce et changeait les draps.

La boîte contenait bien une centaine de photographies : portraits ovales des membres de la famille ou de personnes inconnues ; photographies de leur grand-père quand il était jeune, grand et fort : devant sa moto, en compagnie de deux autres messieurs devant le bureau de tabac d'Oak Hill dont ils avaient été les propriétaires éphémères et malchanceux, avec Memo à l'Exposition universelle ; photos de la famille, clichés de pique-niques, de vacances, de moments paisibles sous la véranda ; portrait d'un bébé en robe blanche apparemment endormi sur un oreiller de soie — Mike comprit, horrifié, que c'était le frère jumeau de son père, mort à quelques semaines : la photo avait été prise *après* sa mort. Quelle affreuse coutume !

Il feuilleta plus vite. Memo, déjà plus âgée..., grand-père lançant des anneaux à la foire..., la famille du temps où Mike était bébé, avec ses sœurs aînées souriant à l'objectif...

Mike sursauta. Il tint la photographie dans son cadre de carton à bout de bras, comme si elle était contagieuse, et il laissa tomber toutes les autres dans la boîte. Le soldat le regardait d'un air martial. Le même uniforme kaki, les mêmes bandes molletières, le chapeau de brousse, le ceinturon...C'était lui, mais là, la figure n'était pas une ébauche tracée sur de la cire, c'était un visage humain avec de petits yeux braqués sur l'objectif, un sourire contraint, des lèvres pincées, des cheveux brillantinés peignés en arrière au-dessus des oreilles, un menton rond, un gros nez.

Mike retourna la photo et lut ces mots, tracés de la main de sa grand-mère d'une belle écriture ronde : *William Campbell Phillips, 9 novembre 1917.*

Il brandit la photo.

Oui.

— C'est lui alors, c'est vraiment lui ?

Oui.

— Y a-t-il autre chose dans le coffre, Memo ? Quelque chose qui m'en apprendrait plus sur lui ?

Il n'y croyait pas. Il voulait vite refermer le coffre avant que sa mère arrive.

Oui.

Il leva la boîte de photos.

Non.

Quoi d'autre, sinon ce petit cahier relié de cuir ? Il le prit, l'ouvrit au hasard. Une date : *janvier 1918*.

— Ton journal ? souffla-t-il.

Oui. Oui.

La vieille dame ferma les yeux et refusa de les ouvrir.

Mike rabattit le couvercle du coffre, glissa photo et cahier dans sa chemise, s'approcha du lit et se pencha, l'oreille tout près de la bouche de sa grand-mère. Elle avait le souffle court, sec.

Il lui caressa doucement les cheveux et alla sur le sofa « se reposer ».

En s'enfonçant dans le verger qui s'étendait derrière sa maison et celle de Congden, Jim Harlen trouva un arbre semblant offrir une bonne cible. Il recula d'une vingtaine de pas, leva le bras en le tenant droit et ferme, et appuya sur la détente.

Rien, ou plutôt si, le chien se souleva un peu et retomba. Il se demanda s'il n'y avait pas un cran de sécurité, mais il ne voyait aucun bouton ou machin, sauf celui qui permettait d'avoir accès au barillet. La détente était juste plus dure qu'il ne l'avait cru, sans compter que le fichu plâtre de son bras gauche avait tendance à le déséquilibrer.

Il s'accroupit, releva le chien avec le pouce, réajusta sa prise sur la crosse et visa l'arbre, en regrettant de n'avoir rien d'autre pour se repérer que ce minuscule bout de métal au bout du canon.

Le vacarme faillit lui faire lâcher l'arme. Comme le revolver était plutôt petit, il s'était attendu à une détonation et un recul faibles, dans le genre de ceux du 22 long rifle avec lequel, une fois de temps en temps, J. P. Congden condescendait à le laisser tirer. C'était loin d'être le cas.

Il avait encore le *Bang* dans les oreilles et les chiens du voisinage se mirent tous à aboyer. Il renifla une odeur qui devait être celle de la poudre, bien qu'elle n'eût guère de rapport avec celle des pétards de la fête nationale. Son poignet était tout endolori. Il alla voir le résultat.

Rien. Il n'avait même pas touché l'arbre. Il avait manqué un tronc de quarante centimètres de diamètre !

Cette fois, il ne s'éloigna que de quinze pas, arma soigneusement, visa encore plus attentivement, retint son souffle et tira.

Le revolver lui tomba de la main. Les chiens se remirent à aboyer. Il courut à l'arbre, s'attendant à trouver un trou en plein milieu du tronc. Rien. Il inspecta le sol à la recherche d'une marque de balle.

— Foutue saloperie !

Il recula de dix pas, visa, tira et, cette fois, égratigna l'écorce sur le bord, un mètre plus haut que l'endroit visé. *Alors que je ne suis qu'à trois mètres !* Les chiens hurlaient toujours comme des damnés, une porte claqua derrière les arbres.

Jim traversa la ligne de chemin de fer et s'éloigna du bourg en passant devant les silos abandonnés. Juste avant l'usine de suif, un triangle d'arbres et de buissons poussait dans un espace marécageux à côté de la voie ferrée, dont le talus pourrait arrêter les balles. Il avait négligé ce détail tout à l'heure. Il eut des sueurs froides en pensant qu'une de ses balles était peut-être allée se perdre dans un pâturage de l'autre côté de Catton Road... Quelle surprise pour les vaches !

Bien caché dans les buissons à cinq cents mètres de la décharge, Harlen rechargea le barillet et disposa en bas du talus des boîtes de conserve et des bouteilles trouvées le long du chemin. Puis il appuya la crosse contre sa cuisse pour relever le chien et commença à s'exercer.

Ce truc aurait raté un éléphant dans un couloir. Oh, il éjectait bien les balles (Harlen en avait mal aux oreilles et au poignet), mais elles n'atteignaient jamais l'endroit visé. Et dire qu'il semblait si facile aux héros de ses films favoris de faire mouche à quinze ou vingt mètres !

Quoi qu'il en soit, il s'aperçut qu'à moins de trois mètres il n'avait aucune chance de toucher la cible et que, même à cette distance, il lui fallait trois ou quatre essais pour y arriver.

Si je veux me servir de cette couillonnade contre quelqu'un, il faudra que je lui colle le canon sur la tête ou la poitrine pour ne pas le manquer !

Il avait tiré douze balles et en remettait six de plus, lorsqu'il entendit un léger bruit derrière lui. Il se retourna en levant le pistolet, mais le truc du barillet n'était pas fermé et toutes les balles, sauf deux, tombèrent dans l'herbe.

Cordie Cooke sortit du couvert des arbres. Elle portait un fusil à double canon aussi grand qu'elle, mais il était ouvert à la culasse. Harlen avait déjà vu des chasseurs porter leur arme comme ça. Elle le regarda en plissant ses petits yeux porcins.

J'avais oublié à quel point elle est moche ! pensa Harlen.

Son visage lui faisait penser à un flan avec des yeux en raisin sec, un nez en quartier de pomme et un mince filament de zeste d'orange en guise de bouche. Elle portait toujours la même robe, une espèce de sac grisâtre plus sale encore que lorsqu'elle la mettait pour aller à l'école, et de gros souliers marron avec des socquettes autrefois blanches. Ses petites dents pointues étaient de la même couleur crasseuse que ses chaussettes.

— Salut, Cordie ! dit-il en abaissant son revolver et en essayant de prendre l'air décontracté. Qu'est-ce qui se passe ?

Elle s'avança vers lui. Ses yeux étaient cachés par sa longue frange en dents de scie et il ne voyait même pas s'ils étaient ouverts.

— T'as fait tomber tes balles, dit-elle de cette voix monocorde et nasillarde que le garçon avait souvent imitée pour faire rire ses camarades.

Il lui fit un sourire gêné et se baissa pour les ramasser, mais il n'en trouva que deux.

— Y en a une autre à côté de ton pied gauche, et une autre en dessous !

Il les ramassa et, renonçant à recharger, enfonça le revolver dans la ceinture de son jean.

— Fais gaffe, tu vas te tirer dans la petite saucisse !

Harlen se sentit rougir jusqu'à la racine des cheveux. Il redressa l'écharpe qui soutenait son bras et regarda la fillette en fronçant les sourcils.

— Qu'est-ce que tu fous ici ?

Elle haussa les épaules et changea son fusil de bras.

— Je me demandais qui tirait par ici... J'ai pensé que C. J. Congden avait un nouveau pétard.

Harlen se rappela la dernière rencontre de Dale avec C. J. Congden.

— C'est pour ça que tu te balades avec ce bazooka ? demanda-t-il de son ton le plus ironique.

— Pas vraiment... J'ai pas peur de C. J. Congden, c'est les autres que je surveille.

— Quels autres ?

Elle plissa les yeux.

— Cette ordure de Roon, Van Syke, enfin, ceux qui ont pris Tubby.

— Tu crois qu'ils ont enlevé Tubby ?

La fillette tourna la tête vers le soleil et le talus du chemin de fer.

— Enlevé, mon œil ! Ils l'ont tué, oui !

— Tué !

Harlen sentit une main géante lui serrer le ventre et balbutia :

— Co... comment tu le sais ?

Elle haussa les épaules, appuya le fusil contre une souche pour se gratter une croûte au poignet, puis reprit son arme. Ses bras maigres et blancs ressemblaient à des flûtes.

— Je l'ai vu.

— Tu *as vu* le corps de ton frère ! souffla Harlen. Où ça ?

— A ma fenêtre.

Un visage à une fenêtre. Non, moi c'était la vieille... Mme Duggan.

— Tu rigoles !

Cordie le regarda. Elle avait des yeux couleur d'eau de vaisselle.

— Non, c'est vrai !

— Tu l'as vu à la fenêtre, chez toi ?

— A quelle autre fenêtre veux-tu que je l'aie vu, nique-douille ?

Harlen eut une brusque envie de lui envoyer son poing dans la figure, mais il hésita : elle avait un fusil.

— Pourquoi vous n'avez pas appelé la police ?

— Parce qu'ils seraient arrivés trop tard, il serait parti avant. En plus, on n'a pas le téléphone.

— Comment ça, il serait parti avant ?

Il faisait chaud, le soleil cognait dur, son tee-shirt lui collait aux épaules, et sous son plâtre, son bras le déman-geait. Mais il eut un long frisson. Cordie s'approcha tout près de lui et chuchota :

— Parce qu'il bougeait. Il était à une fenêtre, et après il a été sous la maison, là où les chiens se couchaient avant. Depuis, ils veulent plus y aller.

— Mais t'as pas dit qu'il était...

— Mort, je sais. Je pensais qu'ils l'avaient juste enlevé, mais quand je l'ai vu, j'ai bien compris qu'il était mort.

Elle examina la rangée de bouteilles et de boîtes de conserve : toutes les bouteilles étaient intactes, et deux boîtes seulement étaient percées d'un trou. Elle secoua la tête.

— Ma mère aussi, elle l'a vu, mais elle croit que c'est un fantôme. Elle pense que ce qu'il veut, c'est revenir chez nous.

— Tu crois que c'est vrai ?

Il reconnut à peine sa propre voix, tant elle était rauque.

— Non.

La fillette revint vers lui et le regarda de sous sa frange. Harlen sentait son odeur de torchon sale.

— C'était pas vraiment Tubby, il est mort. C'était juste son corps. Ils s'en servent d'une façon ou d'une autre. C'est après moi qu'il en a, à cause de ce que j'ai fait à Roon.

— Qu'est-ce que tu lui as fait ?

Le calibre 38 était lourd et froid contre son ventre. Il avait aperçu deux ronds de cuivre dans la culasse du fusil de Cordie. Elle se promenait avec un fusil chargé... et elle était complètement givrée ! Si elle le prenait pour cible, il n'était pas du tout sûr de pouvoir sortir son revolver à temps.

— Je lui ai tiré dessus, répondit-elle de cette même voix dénuée d'expression. Mais je l'ai pas tué, c'est bien dommage !

— T'as tiré sur Roon ? Le directeur ?

— Ouais.

Elle se pencha soudain vers lui, releva promptement son tee-shirt et s'empara d'un geste preste du revolver glissé dans sa ceinture de jean. Harlen, pris par surprise, n'eut pas le temps de l'en empêcher.

— Bon Dieu, où t'as dégotté ce truc ? demanda-t-elle en l'approchant de son nez comme pour en renifler le barillet.

— C'est à mon père.

— Un de mes oncles en avait un comme ça. Ces petits trucs ne valent pas un clou au-delà de six ou sept mètres.

Sans lâcher son fusil, elle pivota pour braquer le revolver sur la rangée de boîtes de conserve.

— Pan ! fit-elle.

Elle le lui rendit, crosse en avant.

— Je ne rigolais pas, tu sais, quand je t'ai dit de ne pas le mettre dans ton froc. Mon oncle a failli se faire sauter le zizi, un jour où il était soûl. Il l'a fourré comme ça dans son pantalon et il était encore armé. Mets-le dans ta poche revolver et rabats ton tee-shirt par-dessus.

Harlen obéit. C'était encombrant, mais il pourrait dégainer plus vite.

— Pourquoi t'as tiré sur Roon ?

— Oh, il y a quelques jours. Juste après le soir où Tubby a essayé de m'avoir. Je savais que c'était Roon qui l'avait lâché sur moi.

— Je ne te demande pas quand c'était, je te demande pourquoi.

Cordie secoua la tête, comme si elle avait l'impression de parler à un débile mental.

— Parce qu'il a tué mon frère et qu'il a envoyé son cadavre après moi, expliqua-t-elle patiemment. Il se passe de drôles de choses par ici, cet été. M'man le sait, p'pa aussi, mais il n'est pas là assez souvent pour y faire attention.

— Et tu l'as pas tué ?

Les arbres autour d'eux paraissaient soudain noirs et sinistres.

— Tué qui ?

— Roon.

— Ben non, répondit-elle avec un soupir. Il était trop loin. Les plombs ont éraflé l'aile de sa vieille Plymouth et lui ont égratigné le bras. Peut-être qu'il en a reçu aussi un dans le cul, mais j'en suis pas sûre.

— Où ça ?

— Dans le bras et dans le cul, répéta-t-elle, exaspérée.

— Non, je veux dire, où est-ce que t'as tiré sur lui ? En ville ?

Cordie s'assit sur le talus. Il pouvait voir sa petite culotte entre ses cuisses maigres et pâles. Harlen n'avait jamais imaginé qu'il puisse rester indifférent au spectacle d'une petite culotte de fille, surtout avec la fille dedans. C'était pourtant le cas. La petite culotte était aussi grise que les socquettes.

— Si j'y avais tiré dessus en ville, andouille, tu crois pas que j' serais au trou ?

Harlen acquiesça.

— Ça s'est passé devant l'usine de suif, pendant qu'il sortait de sa bagnole. J'aurais bien voulu tirer de plus près, mais j'aurais plus été cachée par les arbres. Il a fait un de ces bonds ! C'est pour ça que je crois bien l'avoir touché au cul. Et puis j'ai vu la doublure de sa manche de veston déchirée. Alors, il a sauté dans le camion et il est parti avec Van Syke. Mais j' suis presque sûre qu'ils m'ont vue.

— Quel camion ? demanda-t-il, mais il connaissait la réponse.

— Tu sais bien, soupira Cordie, ce foutu camion d'équarrissage.

Elle attrapa Harlen par le poignet et le tira. Il tomba à genoux à côté d'elle sur le talus. Quelque part dans le bois, un pivert commença son *toc-toc* ! Harlen entendit une automobile ou un camion dans Catton Road, à cinq cents mètres vers le sud-est.

— Ecoute, dit la fillette, toujours accrochée à son poignet, y faut pas avoir inventé la poudre pour comprendre que t'as vu quelque chose dans Old Central. C'est pour ça que t'es tombé et que tu t'es amoché. Et puis t'as peut-être vu autre chose...

Harlen hocha énergiquement la tête, mais elle n'en tint aucun compte.

— C'est eux aussi qui ont tué ton copain Duane... J' sais pas comment, mais j' suis certaine que c'est eux.

Elle détourna les yeux et son visage prit une drôle d'expression.

— C'est bizarre, j'ai toujours été dans la même classe que lui, depuis le jardin d'enfants, mais j' crois pas qu'il m'ait jamais dit un seul mot. Pourtant, je l'ai toujours trouvé sympathique. Il était souvent perdu dans ses pensées, mais j' lui en voulais pas. J' me disais que peut-être, un jour, on irait se promener ensemble, on parlerait et...

Elle revint sur terre, regarda fixement le poignet d'Harlen, le lâcha.

— Ecoute, t'es pas venu ici tirer avec le revolver de ton père parce que tu t'embêtais et que t'avais envie de prendre l'air. Tu crèves de peur. Et j' sais pourquoi.

Harlen aspira une bouffée d'air.

— Bon, répondit-il d'une voix rauque, alors, qu'est-ce qu'on fait ?

— On va aller voir tes copains, tous ceux qui ont vu des choses bizarres. On va s' mettre tous ensemble, et on va attaquer Roon et les autres... les morts et les vivants. Ils sont tous après nous !

— Et puis ?

Il était si près de la fillette qu'il voyait le duvet de sa lèvre supérieure.

— On va tuer les vivants ! Et les morts... on verra bien !

Elle mit brusquement la main sur sa braguette et serra, fort. Il bondit en arrière et envisagea sérieusement de lui tirer dessus pour lui faire lâcher prise. Aucune fille ne lui avait jamais fait ça.

— Tu veux la sortir, demanda-t-elle d'une voix mielleuse de séductrice hollywoodienne. Tu veux qu'on s' mette tout nus ? Y a personne.

Harlen se mordit la lèvre.

— Non, pas maintenant. Plus tard, peut-être...

Cordie soupira, haussa les épaules, se leva, reprit son fusil et ferma la culasse de son arme.

— D'ac ! Alors, on y va, on trouve tes copains et on démarre !

— Tout de suite ?

On tue les vivants... Et Barney qui avait l'air si compréhensif hier soir, quelle tête il fera quand il viendra me passer les menottes parce que j'aurai tué le directeur de l'école, le gardien, et Dieu sait qui d'autre ?

— Bien sûr, tout de suite. A quoi ça sert d'attendre ? Il va faire nuit bientôt, alors ils vont ressortir.

— D'accord !

Il se leva, épousseta son jean, enfonça un peu l'arme de son père dans sa poche revolver, et suivit Cordie le long de la voie ferrée en direction du bourg.

24

Il fallait absolument que Mike aille au cimetière, mais pour rien au monde il n'y serait allé seul. Il rappela à sa mère qu'ils n'avaient pas fleuri la tombe du grand-père depuis bien longtemps et lui suggéra qu'ils s'y rendent en famille le dimanche.

A chaque fois qu'il lisait le journal de Memo, qu'il dissimulait sous son édredon dès que sa mère entrait, il se sentait très indiscret. Mais l'idée venait de Memo, n'est-ce pas ?

Le journal de sa grand-mère était un gros cahier à reliure de cuir, qui allait de décembre 1916 à la fin de l'année 1919. Memo y avait écrit presque tous les jours, et en le lisant Mike apprit ce qu'il voulait savoir.

Le nom de William Campbell Phillips était mentionné dans le journal dès la fin de 1916. Il avait été un camarade de classe de Memo, et même plus : un amour de jeunesse.

Ils avaient terminé leurs études secondaires la même année, en 1904. Puis Memo était partie faire une école de commerce à Chicago (et y avait rencontré grand-père dans une laverie de Madison Street), tandis que William Campbell Phillips avait fréquenté Jubilee College, tout près, avant de devenir instituteur. Quand Memo, mariée et mère de famille, était revenue de Chicago en 1910, il enseignait à Old Central.

Mais, d'après les remarques prudentes de la jeune femme dans son journal, il n'avait pas renoncé à elle. Plusieurs fois, aux heures où son mari travaillait au silo, il était passé lui apporter des cadeaux, et il lui avait écrit des lettres. Bien que leur contenu ne fut pas précisé dans le journal, Mike pouvait l'imaginer. Certains passages du journal intéressèrent Mike au plus haut point :

29 juillet 1917

J'ai rencontré cet ignoble Phillips à la kermesse avec Katrina et Eloïse. Je me souvenais d'un William Campbell calme et doux, quoique peu bavard, scrutant le monde de ses yeux noirs et profonds. Mais il a changé, Katrina aussi l'a remarqué. Des mères d'élèves se sont plaintes de son irascibilité auprès du directeur : il bat les enfants au moindre petit écart de conduite. Je suis bien contente que le petit John ne soit pas encore en âge d'être dans sa classe.

Les avances de ce monsieur sont parfaitement déplaisantes. Aujourd'hui, il a tenu à engager la conversation, malgré mon déplaisir manifeste. Il y a des années, je lui ai dit que nous ne pourrions pas entretenir de relations amicales s'il persistait à se conduire de cette manière inconvenante. Il n'en a pas tenu compte.

Ryan a plutôt tendance à en rire. Les hommes de la ville considèrent William Campbell comme un inoffensif petit-garçon-à-sa-maman. Bien sûr, je n'ai jamais parlé à Ryan de ses lettres, que j'ai toutes brûlées.

Fin octobre de la même année, Memo évoquait à nouveau l'instituteur :

> Alors que les hommes prennent un repos bien mérité après la moisson, tout le bourg ne parle que de la décision de William Campbell Phillips d'aller se battre contre les Boches. Au début, personne ne l'a pris au sérieux, car il a presque trente ans, mais il est revenu hier de Peoria en uniforme. Katrina le trouve très beau ainsi, mais elle a ajouté que, selon certains bruits, il n'avait pas le choix, car il était sur le point de se faire renvoyer. Depuis que les parents du petit Catton ont écrit aux autorités pour se plaindre de sa sévérité excessive et des corrections qu'il administrait à ses élèves (Tommy Catton a effectivement été hospitalisé à Oak Hill, même si Phillips prétend que l'enfant est tombé dans l'escalier après avoir été gardé en retenue), d'autres parents se sont manifestés.
>
> Quoi qu'il en soit, sa décision est honorable. Ryan dit que s'il n'y avait pas John, Katherine et le petit Ryan, il s'engagerait tout de suite.

Puis, le 9 novembre 1917 :

> Phillips est venu aujourd'hui. Je ne dirai pas ce qui s'est passé, mais je serai éternellement reconnaissante au livreur de glace d'être arrivé quelques minutes après lui. Sinon...
>
> Il dit qu'il reviendra me chercher. Ce vil personnage refuse d'admettre le caractère inviolable des vœux du mariage, et les devoirs sacrés d'une mère envers ses enfants. Il ne mérite que mon mépris. Tout le monde s'extasie sur sa prestance en uniforme. Moi, je le trouve grotesque : un enfant déguisé. J'espère qu'il ne reviendra jamais.

Enfin, ces derniers mots au sujet du soldat, datés du 27 avril 1918 :

Aujourd'hui, presque toute la ville a assisté aux obsèques de William Campbell Phillips. Moi, je n'y suis pas allée, à cause de ma migraine.

Ryan raconte que l'armée voulait l'inhumer, avec les autres soldats tombés au combat, dans un cimetière américain en France, mais que sa mère a insisté pour faire rapatrier le corps.

Sa dernière lettre m'est parvenue après la nouvelle de sa mort. Il l'avait écrite pendant sa convalescence dans un hôpital français, ignorant que la grippe allait achever ce qu'avaient commencé les balles allemandes. Dans cette lettre, il disait que sa vie dans les tranchées l'avait encore affermi dans sa résolution, et que rien ni personne ne l'empêcheraient de venir chercher « ce qui est mien ». Eh bien, il en a bel et bien été empêché.

J'ai très mal à la tête, je dois me reposer. Plus jamais je ne parlerai de ce triste sire.

La tombe de grand-père se trouvait près de l'entrée du cimetière des Cavaliers, dans la troisième rangée à gauche de la grille.

Les O'Rourke déposèrent des fleurs et dirent silencieusement une prière. Puis, pendant que les autres arrachaient les mauvaises herbes et nettoyaient la tombe, Mike explora le cimetière. Il n'eut pas à chercher longtemps : il connaissait bien le cimetière, et les petits drapeaux apportés par les scouts à l'occasion de Memorial Day marquaient, quoique fanés et délavés par la pluie, l'emplacement des tombes des anciens combattants. Phillips était tout au fond. Le garçon lut cette inscription sur la plaque :

William Campbell Phillips
9 août 1888-3 mars 1918
Il mourut pour que vive la démocratie.

Le sol sur la tombe semblait avoir été récemment bêché, et il remarqua tout autour plusieurs creux circulaires d'une cinquantaine de centimètres de diamètre, près desquels la terre paraissait s'affaisser.

Ses parents l'appelaient du parking. Il courut les rejoindre.

Le père Cavanaugh fut content de revoir son enfant de chœur.

— Rusty n'arrive pas à faire les répons en latin, même quand il les a sous le nez. Vas-y, prends un autre biscuit !

Mike n'avait pas encore retrouvé son appétit, mais il se resservit.

— J'ai besoin d'aide, mon père. De votre aide !

— Bien sûr, Michael, tout ce que tu voudras.

Le garçon respira un grand coup avant de commencer son récit. Il avait pris sa décision pendant ses moments de lucidité entre deux poussées de fièvre, mais plus il parlait, moins il avait l'impression que son histoire tenait debout. Il continua néanmoins. Quand il eut fini, il y eut un bref silence et le père Cavanaugh le regarda fixement.

— Tu ne plaisantes pas, hein, Michael ? Tu n'essaierais pas de me jouer un tour ?

Mike le fixa sans un mot.

— Non, je ne pense pas... (Il laissa échapper un soupir.) Alors, tu crois que tu as vu le fantôme de ce soldat...

— Pas vraiment, protesta Mike avec véhémence. Je veux dire, je ne crois pas que ce soit un fantôme. J'ai vu la moustiquaire se courber sous sa pression. C'était... quelque chose de solide.

Le père Cavanaugh acquiesça sans quitter Mike des yeux.

— Mais ça ne peut pas être ce William Campbell...

— Phillips.

— Ça ne peut pas être lui après quarante-deux ans, donc ça ne peut être que son fantôme ou une sorte de manifestation immatérielle, d'accord ?

Ce fut au tour de Mike d'approuver.

— Et que veux-tu que je fasse, Michael ?

— Un exorcisme, mon père. J'ai lu un article là-dessus, et...

Le prêtre secoua la tête.

— Voyons, Michael, les exorcismes sont une pratique médiévale, une forme de magie censée chasser les démons qui possèdent les gens. Mais au Moyen Age, on pensait que les démons étaient responsables de tous les malheurs et de toutes les maladies. Tu ne penses quand même pas que... cette apparition, vue un soir où tu avais la fièvre, était un démon ?

Mike ne releva pas l'allusion à sa fièvre et ne lui parla pas de la première fois où il avait vu le soldat.

— Je ne sais pas. Tout ce que je sais, c'est qu'il en veut à ma grand-mère et que vous pouvez peut-être m'aider. Vous ne voulez pas venir avec moi au cimetière ?

Le père fronça les sourcils.

— Le cimetière des Cavaliers est terre consacrée, Michael. Je ne vois pas ce que je pourrais faire de plus. Les morts y reposent en paix.

— Mais un exorcisme...

— Un exorcisme est censé chasser les esprits maléfiques d'un corps ou d'un lieu dont ils ont pris possession. Tu ne veux pas dire que ta grand-mère, ou votre maison, sont possédées par l'esprit de ce soldat ?

Mike hésita.

— Non, bien sûr...

— Et les exorcismes s'utilisent contre toutes les forces du Mal, et non contre les âmes des morts. Tu sais que nous disons des prières pour nos morts, Michael. Tu ne crois quand même pas, comme les membres des tribus primitives, que les esprits des morts nous veulent du mal !

A court d'arguments, Mike hocha la tête.

— Alors, vous ne voulez pas venir avec moi au cimetière ?

Mike ne savait pas pourquoi il y attachait une telle importance, mais il y tenait.

— Mais si, tout de suite, si tu veux.

L'enfant jeta un coup d'œil à la fenêtre du presbytère. Il faisait presque nuit.

— Non, plutôt demain, mon père.

— Demain, je dois partir pour Peoria aussitôt après la

messe pour aller voir un ami jésuite. Mardi et mercredi, je retourne en retraite à St. Mary. Si ça peut attendre jeudi ?

Mike se mordit les lèvres. *Il y a encore un peu de lumière...*

— Allons-y maintenant, alors. Vous pouvez apporter quelque chose ?

Le père, qui enfilait son blouson, s'immobilisa.

— Qu'est-ce que tu veux dire ?

— Vous savez bien, un crucifix... ou, mieux encore, une hostie. Au cas où ce serait là-bas !

Le prêtre secoua la tête.

— Tu as vraiment été bouleversé par la mort de ton ami, n'est-ce pas, Michael ? Tu ne te croirais pas dans un film de vampires, par hasard ? Tu ne voudrais tout de même pas que je sorte le Corps de Notre Seigneur de son sanctuaire ?

— De l'eau bénite, alors ! J'ai apporté ça !

Il tira de sa poche une petite bouteille de plastique.

— Très bien, soupira le prêtre. Va chercher tes munitions pendant que je sors la Papemobile ! Nous ferions bien de nous dépêcher si nous voulons être là-bas avant l'arrivée des vampires, ajouta-t-il en riant.

Mais Mike ne l'entendit pas. Il était déjà à la porte et, la bouteille à la main, courait en direction de St. Malachy.

La veille, Mme Stewart avait appelé le Dr Viskes. Après avoir rapidement examiné Dale, et remarqué ses claquements de dents et son air terrifié, il avait protesté qu'il n'était pas un « zychologue pour enfants ». Puis il avait prescrit de la soupe chaude, et interdit les illustrés et la télé avant de repartir en grommelant.

La mère de l'enfant s'était affolée. Elle avait appelé des amis pour leur demander s'ils ne connaissaient pas un psychologue pour enfants à Oak Hill ou Peoria, et envoyé deux messages à l'hôtel de Chicago où séjournait son mari. Quant à Dale, il avait essayé de la rassurer dans la mesure du possible et de réprimer ses tremblements. Heureusement qu'il faisait grand jour !

— Je suis désolé, maman, expliqua-t-il de son lit, j'ai toujours eu peur du sous-sol. Et quand la lumière s'est à nouveau éteinte et que j'ai senti ce chat sous l'eau...

Il faisait de son mieux pour parler posément et donner l'impression d'être à la fois honteux, attristé et parfaitement sain d'esprit. Pas facile.

Sa mère finit par se calmer un peu, et lui apporta assez de soupe chaude pour noyer un autre chat. Kevin voulut monter lui dire bonjour, mais il lui fut répondu que son ami se reposait.

Au retour d'un après-midi passé chez des copains, Lawrence attendit que leur mère fût descendue pour chuchoter :

— Tu as vraiment vu quelque chose ? *Vraiment vraiment ?*

Dale hésita. Lawrence avait tous les travers exaspérants des frères cadets, mais on pouvait compter sur lui pour garder un secret.

— Ouais...

— Qu'est-ce que c'était ?

Lawrence s'approcha du lit de Dale en évitant soigneusement de mettre ses jambes trop près du sien. Même le jour, il se méfiait de la zone d'ombre là-dessous.

— Tubby Cooke !

Le seul fait de prononcer ce nom lui fit monter la terreur aux lèvres, comme une nausée.

— Il était mort, continua-t-il d'une voix presque imperceptible, mais il a ouvert les yeux !

Dès que Dale eut dit ces mots, il se félicita d'être resté vague devant sa mère et M. Grumbacher. S'il avait donné ce genre de détail, à l'heure actuelle, il serait dans une cellule capitonnée.

Lawrence se contenta d'acquiescer. Il croyait son frère sans aucune réserve.

— Il ne reviendra sans doute pas avant la nuit, on demandera à maman de laisser *toutes* les lumières allumées.

Si seulement c'était aussi simple, si tout cela pouvait se résoudre avec des lumières allumées !

Les lumières restèrent allumées toute la nuit, et les deux enfants s'organisèrent pour dormir et monter la garde à tour de rôle. Dale lut *Superman* en surveillant d'un œil les coins sombres. Vers 3 heures, il entendit un très faible bruit sous le lit de Lawrence, un léger froissement, comme un chaton qui s'éveillerait. Il s'assit et serra dans sa main la raquette de tennis dont il s'était armé, mais il n'y eut pas de second grattement. A l'approche de l'aube, quand, derrière la moustiquaire, les interstices entre les feuilles commencèrent à être moins noirs que les feuilles elles-mêmes, il s'abandonna au sommeil. Leur mère les réveilla vers huit heures pour aller à l'église, mais les trouva si fatigués qu'elle leur permit de rester au lit.

Le dimanche soir, après dîner, au moment où Mike O'Rourke et le père Cavanaugh roulaient vers le cimetière des Cavaliers, Dale et Lawrence, qui jouaient à la balle dans la cour, entendirent un faible *Iiikee*.

Ils se précipitèrent dans la rue et y trouvèrent Jim Harlen en compagnie de Cordie Cooke. Ces deux-là formaient un couple si incongru que Dale aurait éclaté de rire, si Harlen n'avait pas eu l'air aussi sinistre avec son écharpe noire et son bras dans le plâtre, et si Cordie Cooke n'avait pas tenu un fusil.

— Bon Dieu, s'écria Lawrence en désignant l'arme de la fillette, tu vas t'attirer de sérieux ennuis si tu te balades en ville avec ça !

— J'tai demandé de ramener ta fraise ? rétorqua Cordie.

Lawrence changea de couleur et serra les poings. Il allait charger lorsque Dale s'interposa et lui saisit les deux bras par derrière.

— Qu'est-ce qu'il y a ? demanda-t-il aux deux autres.

— Il se passe quelque chose, murmura Harlen.

Il fronça les sourcils en voyant Kevin descendre le talus de son allée. Celui-ci regarda Cordie, inspecta son fusil de haut en bas et de bas en haut, leva les sourcils jusqu'à sa coupe en brosse et attendit, les bras croisés.

— Kevin fait partie de notre bande, expliqua Dale.

— Il se passe quelque chose, répéta Harlen. Allons en discuter chez O'Rourke.

Dale approuva et lâcha son frère en lui ordonnant du regard de se tenir tranquille. Tous deux sortirent leurs bicyclettes, tandis que Kevin allait chercher la sienne.

Cordie était à pied, aussi les quatre garçons pédalèrent-ils doucement sur le trottoir à côté d'elle.

Dale aurait bien voulu qu'ils accélèrent avant qu'une grande personne passe en voiture et remarque le fusil. Mais comme on était dimanche soir, le tunnel de verdure de Depot Street était désert. On apercevait entre les feuilles les nuages rougis par les derniers rayons du soleil, mais sous les ormes il faisait presque noir. A l'extrémité de la route, les maïs étaient aussi grands qu'eux et formaient un haut mur vert.

Bien que sa bicyclette fût appuyée contre le mur de derrière, Mike ne répondit pas au signal. Des lumières s'allumèrent chez lui, et les enfants, dissimulés derrière les poiriers de son jardin, virent son père sortir en tenue de travail, monter dans sa voiture et s'éloigner. Avec des précautions de Sioux, ils s'installèrent dans le poulailler pour y attendre le retour de Mike.

Attention, voilà mon grand frère ! avait envie de crier Mike dans la Papemobile. Il n'avait pas de frère aîné pour le protéger ou le tirer des mauvais pas, c'était plutôt lui qui jouait ce rôle auprès des enfants plus jeunes, alors ce soir-là il appréciait beaucoup de pouvoir pour une fois se reposer sur quelqu'un.

Il craignait de se ridiculiser devant le père, mais il avait encore plus peur de la force mystérieuse qui envoyait le soldat la nuit derrière la fenêtre de Memo. En passant devant L'Arbre noir, fermé comme tous les dimanches soir, il serra dans sa main le petit flacon d'eau bénite enfoui dans sa poche de pantalon.

Le pied de la colline était presque plongé dans l'obscurité, mais le sommet était un peu plus clair : le soleil avait disparu, toutefois des nuages rouges et dorés naviguaient encore dans le ciel. Les pierres tombales, sur lesquelles se reflétait la lumière du soir, luisaient faiblement.

Le père Cavanaugh s'arrêta pour refermer la grille et lui montra, au fond du cimetière, la grande statue en bronze du Christ.

— Tu vois bien, Michael, cet endroit est un lieu de paix. Notre Seigneur veille sur les morts comme sur les vivants.

— Par ici, mon père...

Mike le guida à travers les longues allées. La brise s'était levée, elle agitait les feuilles des quelques arbres poussant le long de la clôture et les petits drapeaux flottant sur les tombes des anciens combattants. Celle du soldat était dans le même état que tout à l'heure, avec de la terre qui semblait fraîchement remuée.

Le père Cavanaugh se frotta le menton.

— C'est l'état de la tombe qui t'inquiète, Michael ?

— Ben... Oui...

— Ça ne veut rien dire. Quand elles sont anciennes, les tombes se tassent et le gardien y lance de la terre qu'il va prendre de l'autre côté de la clôture. Regarde, on a répandu des graines de gazon aussi. Dans deux semaines, l'herbe recouvrira tout.

Mike se rongea un ongle.

— C'est Karl Van Syke le gardien, vous savez...

— Ah oui ?

— Vous voulez bien bénir la tombe, mon père ?

Le prêtre fronça légèrement les sourcils.

— Un exorcisme, Michael ? (Il sourit.) J'ai bien peur que ce ne soit pas si facile, mon garçon. Il n'y a que très peu de prêtres qui savent les pratiquer. C'est un rituel presque oublié, Dieu merci ! Et même les exorcistes doivent d'abord obtenir la permission du Vatican et de leur archevêque.

— Oh, juste une bénédiction, insista l'enfant.

— Remarque, j'imagine que ce pauvre soldat a bien mérité une bénédiction supplémentaire !

Mike allait sortir son eau bénite, mais le prêtre avait déjà levé la main droite et, les doigts du milieu dressés, le pouce et l'auriculaire joints, il fit le geste qui, aux yeux de l'enfant, était extrêmement chargé de sens en articulant à mi-voix :

— *In nomine Patris, et Filii, et Spiritus Sancti, Amen.*

Mike lui tendit la bouteille, le père hocha la tête en souriant, mais il aspergea la tombe de quelques gouttes et refit le signe de la croix. Mike l'imita.

— Ça te va ?

Le garçon ne quittait pas la tombe des yeux. Pas de ruban de fumée à l'endroit où étaient tombées les gouttes d'eau bénite, pas de feulement sorti du sol. *J'ai rêvé, alors ?*

Tandis qu'ils revenaient lentement vers la voiture, le père Cavanaugh évoqua les coutumes funéraires d'autrefois.

— Mon père !

A quelques tombes de la clôture, Mike attrapa la manche du blouson du prêtre, s'arrêta et montra du doigt une zone d'ombre au milieu de trois genévriers qui poussaient en triangle.

Le soldat était là, sous les branches. La dernière lueur du crépuscule laissait deviner son chapeau de brousse, son ceinturon et les bandes molletières boueuses.

Une partie de Mike exultait, alors que les battements de son cœur s'accéléraient. *Je ne l'ai pas inventé, le père Cavanaugh peut le voir, lui aussi. Il existe vraiment !*

Le père, effectivement, voyait le soldat. Il se raidit un instant, puis se détendit, jeta un coup d'œil à Mike et eut un petit sourire.

— C'est vrai, Michael, j'aurais dû savoir que si quelqu'un jouait à un jeu stupide, ce ne pouvait pas être toi.

Le visage caché par l'ombre du chapeau à larges bords, le soldat ne bougea pas. Le père Cavanaugh fit trois pas vers lui en secouant le bras auquel Mike s'accrochait pour le retenir. Le garçon préféra rester à l'arrière.

— Fils, dit le prêtre d'une voix douce et persuasive, sors de là, viens nous parler...

Dans l'ombre, rien ne bougea, le soldat aurait pu être une statue de pierre grise.

— Fils, parlons un peu...

Le prêtre fit deux autres pas en direction de la silhouette sombre et s'arrêta à environ un mètre cinquante.

— Mon père ! cria Mike.

Le père Cavanaugh le regarda par-dessus son épaule et sourit.

— Quel que soit ce jeu, Michael, je crois...

Comme catapulté hors du bouquet d'arbres, le soldat bondit et son grondement rappela à Mike celui du chien enragé tué par Memo. Le prêtre mesurait trente centimètres de plus que le soldat, mais la silhouette vêtue de kaki s'accrocha à son dos, ses bras, ses jambes, et tous deux tombèrent au sol. Le père, surpris, eut un bref grognement tandis que le soldat continuait de gronder. Ils roulèrent sur l'herbe rase jusqu'à une vieille pierre tombale. Le soldat, à cheval sur le prêtre, lui serrait le cou de ses longs doigts. Celui-ci, la bouche et les yeux ouverts, tentait de crier mais n'émettait qu'une espèce de gargouillis.

Le soldat portait son chapeau rejeté en arrière et Mike voyait son visage lisse et cireux, et ses yeux semblables à des billes blanches. La créature ouvrit la bouche... non, il ne l'ouvrait pas, elle s'arrondissait comme un trou creusé dans l'argile, et Mike aperçut ses dents, plusieurs rangées de dents au bord d'une bouche dépourvue de lèvres.

— Michael !

Le père essayait de toutes ses forces d'empêcher les trop longs doigts du soldat de l'étouffer, mais il avait beau se tortiller et se démener, la petite silhouette kaki était solidement installée à califourchon sur lui, les genoux prenant appui sur l'herbe.

— Michael !

Le garçon réagit enfin. Il franchit en courant les trois mètres qui le séparaient des combattants et se jeta sur le soldat qu'il se mit à bourrer de coups de poing. Sous le tissu de la chemise, le dos de la créature se tordait et grouillait, l'enfant avait l'impression de frapper un sac plein d'anguilles. Il essaya un direct à la tête et fit voler le chapeau derrière une pierre tombale. Le crâne était chauve, d'un blanc rosé. Il cogna à nouveau, le soldat retira une main du cou du prêtre et repoussa le garçon en arrière. Le tee-shirt de Mike se détacha, l'enfant atterrit deux mètres plus loin, dans l'ombre des genévriers. Il roula, se releva et arracha une grosse branche du tronc le plus proche.

Le soldat baissait la tête vers le cou du père et ses joues se gonflèrent comme s'il allait cracher du tabac à priser. Le père avait dégagé sa main gauche et son gros poing martelait le visage et la poitrine de son assaillant. Mike pouvait voir l'impact des coups sur le front de la créature, mais les creux se comblaient aussitôt. Le visage du soldat se reformait, ses yeux blancs bougeaient et fixaient le prêtre d'un regard aigu.

Soudain, la bouche du monstre se plissa, s'allongea, se changea en une sorte d'entonnoir de chair. Le père Cavanaugh hurla : l'obscène appendice, de quinze, non, vingt centimètres de long, s'abaissait vers son cou.

Mike se précipita, planta fermement les pieds dans le sol, comme s'il attendait une balle sur le terrain de base-ball, et frappa de toutes ses forces. Il atteignit le soldat derrière l'oreille, avec un bruit sourd dont le cimetière renvoya l'écho.

Un instant, il crut avoir arraché la tête du monstre. Le crâne et la mâchoire du soldat s'étirèrent en un angle impossible et vinrent s'appuyer contre son épaule droite. Aucune colonne vertébrale ne pouvait se courber ainsi.

Des yeux blancs luirent entre les plis de chair tordue et se posèrent sur Mike. Plus rapide qu'un serpent, la forme kaki leva le bras gauche, saisit la branche, l'arracha au garçon et l'émietta comme quelqu'un brisant une allumette. Puis sa tête se remit d'aplomb, se reforma, le groin de lamproie s'allongea, et s'abaissa à nouveau vers sa victime.

— Mon Dieu ! hurla le prêtre.

Ses mots furent étouffés car le soldat lui vomit dessus. Mike recula, les yeux dilatés d'horreur en voyant l'immonde torrent couler du mufle de la créature. Une masse grouillante tomba sur le visage, le cou, la poitrine du prêtre, rebondit sur ses paupières fermées, se glissa par le col de la chemise vers sa poitrine, et quelques vers bruns roulèrent dans sa bouche ouverte.

Le père Cavanaugh crachota, s'efforçant d'esquiver cette marée d'asticots et de les recracher dans l'herbe. Mais le soldat se pencha encore plus près pour attirer avec ses doigts immenses le visage du prêtre vers lui, comme un amant tenant la tête de sa bien-aimée pour un baiser longtemps attendu. Les vers continuaient à se déverser de ses joues gonflées et de sa bouche en entonnoir.

Mike fit un pas et se figea, le cœur glacé d'une nouvelle horreur en voyant les bestioles brunes se tortiller sur la poitrine du père Cavanaugh, s'y enfoncer... puis disparaître dans sa chair. D'autres pénétrèrent dans ses joues et son cou. Le garçon hurla, chercha sa branche cassée, puis pensa à la bouteille dans sa poche. Saisissant le col de chemise en laine rugueuse, il vida la bouteille d'eau bénite dans le dos de la créature.

Il ne s'attendait pas à plus de réaction que lors de la bénédiction de la tombe. Il se trompait. L'eau bénite grésilla tel un acide brûlant une viande et une ligne de trous apparut sur le dos du soldat, comme s'il avait été abattu à la mitrailleuse. Il émit un bruit de crabe jeté dans l'eau bouillante, mi-sifflement mi-gargouillis, et se cambra tellement en arrière que le bout de son crâne cireux toucha presque le talon de ses bottes. Des bras sans os s'agitèrent et se tordirent comme des tentacules ; les doigts de vingt centimètres, fourchus maintenant, se crispèrent.

Mike bondit en arrière et jeta les dernières gouttes d'eau bénite sur le visage de la créature. Une forte odeur de soufre se répandit dans l'air, le devant de la vareuse s'enflamma, et le soldat s'enfuit en roulant sur lui-même à toute vitesse, corps et membres tordus dans des postures impossibles pour un être humain.

Le père Cavanaugh se laissa aller contre une pierre tombale, la poitrine secouée de hoquets. Mike suivit le soldat mais il s'arrêta près du triangle formé par les genévriers lorsqu'il s'aperçut qu'il n'avait plus d'eau bénite. Le soldat gratta dans l'obscurité, se coucha face et avant-bras contre le sol, et, se glissant sous les aiguilles des conifères, s'introduisit dans la terre aussi facilement que les vers étaient entrés dans la chair du père Cavanaugh. Vingt secondes plus tard, il avait disparu.

Mike s'approcha, vit un trou à bords striés, renifla sa puanteur d'égout et de viande avariée, puis le tunnel se referma sur lui-même en un simple creux de terre fraîchement remuée.

Le père avait réussi à se mettre à genoux et, prenant appui sur la pierre tombale, vomit jusqu'à ce que son estomac fût vide. Il avait des marques rouges sur les joues et la poitrine, mais il n'y avait plus trace des vers. Il avait, remarqua Mike, déchiré sa chemise en essayant de s'en débarrasser.

— Jésus, Jésus, Jésus..., répétait-il comme une litanie entre les haut-le-cœur et les halètements.

Mike respira un grand coup, s'approcha et l'entoura de son bras. Sanglotant, le prêtre se laissa relever et s'appuya sur lui. L'homme et l'enfant se dirigèrent à petits pas chancelants vers la porte du cimetière.

Il faisait tout à fait noir maintenant et la Papemobile n'était qu'une masse sombre derrière la grille de fer forgé. Mike pensait aux créatures qui glissaient dans les herbes derrière lui ou creusaient dans le sol sur lequel il marchait.

Il essaya de hâter le pas, car il avait du mal à supporter le contact du prêtre... Et si ces vers passaient de sa chair à la sienne ? Mais le père était incapable de se tenir debout.

Ils arrivèrent enfin au parking. Le garçon poussa le père Cavanaugh derrière le volant, fit en courant le tour du véhicule, grimpa à l'intérieur et verrouilla les portières. La clé était restée sur le contact, Mike la tourna, le moteur démarra aussitôt, puis il alluma les phares, illuminant les pierres tombales et le bosquet de genévriers. Mais la grande croix au bout du cimetière resta dans l'obscurité.

Le prêtre, qui n'avait toujours pas retrouvé son souffle, murmura quelque chose.

— Quoi ?

Mike aussi avait du mal à respirer. *Ces formes noires dans le cimetière... on dirait qu'elles bougent. Difficile d'en être sûr.*

— Tu vas... être... obligé... de conduire..., bégaya le père, et il s'effondra sur le siège.

Mike déverrouilla les deux portières, compta jusqu'à trois, courut du côté du conducteur, poussa le corps gémissant du prêtre, s'installa au volant et reverrouilla les portières. Effectivement, une forme bougeait près de la cabane au fond du cimetière.

L'enfant avait quelquefois conduit la voiture de son père, et un jour, le père Cavanaugh lui avait laissé le volant de la Papemobile sur une petite route de campagne. Il pouvait à peine voir au-dessus du haut tableau de bord et du capot, mais ses pieds atteignaient les pédales. Et, Dieu merci, le véhicule possédait un changement de vitesse automatique.

Il démarra, rejoignit la 6 sans se préoccuper de la circulation, faillit aller dans le fossé de l'autre côté et cala en freinant trop brusquement. Il sentit une forte odeur d'essence, mais le moteur repartit sans se faire prier.

Des ombres... Des ombres parmi les pierres tombales, et qui se dirigeaient vers la grille...

Il appuya sur l'accélérateur, projeta du gravier à dix mètres derrière lui, descendit à toute allure la colline, roula pied au plancher au-dessus de la Grotte, remonta jusqu'à L'Arbre noir, faillit manquer le tournant dans Jubilee College Road et ne ralentit qu'en s'apercevant qu'il passait devant le château d'eau à cent cinquante kilomètres à l'heure.

En revanche, il roula à une allure d'escargot dans les rues du bourg, certain de se faire arrêter par Barney ou quelqu'un d'autre, et le souhaitant presque. Le père Cavanaugh, grelottant et muet, gisait sur le siège avant.

Mike faillit fondre en larmes en se garant sous le lampadaire devant le presbytère. Il coupa le moteur et fit le tour du véhicule pour aider le prêtre à descendre. Celui-ci était blême, brûlant de fièvre, les yeux presque révulsés. Les marques sur sa poitrine et son cou ressemblaient à des cicatrices.

Mike tapa à la porte du presbytère, appela, priant le ciel que la gouvernante, Mme McCafferty, ait attendu le père. Les lumières de la véranda s'allumèrent et la petite femme sortit en tablier, le visage tout rouge.

— Mon Dieu ! s'exclama-t-elle en levant les bras au ciel. Que s'est-il...

Elle regarda Mike d'un air de reproche, comme si elle le soupçonnait d'avoir attaqué le prêtre.

— Il est tombé malade.

Elle regarda le père de plus près, hocha la tête et aida Mike à le monter dans sa chambre à l'étage. L'enfant trouva bizarre de voir une femme déshabiller le prêtre et lui enfiler une chemise de nuit de grand-père, mais il savait qu'elle était comme une mère pour lui.

Enfin le prêtre, geignant doucement, le visage luisant de transpiration, fut couché entre des draps propres. Mme McCafferty avait déjà pris sa température (plus de quarante), et elle lui rafraîchissait le visage à l'aide d'un linge humide.

— Qu'est-ce que c'est, ces rougeurs ? demanda-t-elle en effleurant un des demi-cercles sur la joue du malade.

Mike, trop bouleversé pour parler, haussa les épaules. Lorsqu'elle avait quitté la pièce pour aller chercher de l'eau, il avait relevé son tee-shirt pour vérifier qu'il n'avait pas de marques sur la poitrine, et examiné son visage et son cou dans le miroir. *Les vers sont entrés dans sa chair.* L'excitation du combat était retombée. A présent, il était pris de vertige et de nausée.

— Je vais appeler le docteur, dit Mme McCafferty. Pas ce Viskes, le docteur Staffney. Reste là, toi !

Ce n'était pas une question, mais un ordre. Elle voulait qu'il donne des informations au médecin.

Mike refusa d'un signe de tête. Il aurait bien voulu rester, mais il faisait noir et son père travaillait de nuit, cette semaine-là. Memo était seule à la maison avec sa fille et ses petites-filles. La gouvernante essaya en vain de le retenir. Le garçon tapota la main, maintenant froide et humide, du prêtre, et, les jambes en coton, descendit l'escalier.

Il avait parcouru la longueur d'un pâté de maisons lorsqu'il pensa à l'eau bénite. Haletant, presque en larmes, il retourna en courant au presbytère, le dépassa et s'introduisit par la petite porte latérale dans l'église. Il prit dans la sacristie un linge propre et entra dans le sanctuaire obscur.

Il commença par remplir sa bouteille de plastique au bénitier de l'entrée, puis, après une génuflexion, s'approcha de l'autel et s'agenouilla un instant, sachant qu'il se préparait à commettre un péché mortel. Seul le père Cavanaugh, prêtre ordonné, avait le droit de toucher à l'Eucharistie. Il dit dans sa tête un acte de contrition, monta les degrés de l'autel, prit dans le ciboire une hostie consacrée, refit une génuflexion, enveloppa l'hostie dans un linge et la mit dans sa poche.

Il courut tout le long du chemin.

En approchant de la porte de la cuisine, il entendit du bruit dans l'obscurité. Il s'arrêta, le cœur battant, sortit son flacon d'eau bénite, le déboucha d'un coup de pouce et le tint levé. On bougeait dans le poulailler.

— Allez, murmura-t-il en approchant, venez, je vous attends !

— Hé, O'Rourke, c'est à cette heure-ci que tu rentres chez toi !

C'était la voix d'Harlen. Quelqu'un alluma un briquet et Mike vit Jim, Kevin, Dale, Lawrence et Cordie Cooke. Même la présence de la fillette ne le surprit pas. Il entra dans la cabane.

— Tu vas pas nous croire quand on va te raconter ce qui nous est arrivé..., commença Dale Stewart d'une voix tendue.

Sachant bien qu'ils ne pouvaient pas le voir dans le noir, Mike eut un sourire amer.

— Essaie toujours !

25

Ce soir-là, ils restèrent plus d'une heure et demie à bavarder dans le poulailler. Chacun raconta son histoire, la règle étant de ne rien cacher des étranges événements survenus au cours des dernières semaines. Chaque récit était plus inquiétant que le précédent, et celui de Mike encore davantage que tous les autres réunis, mais personne n'émit le moindre doute ou ne traita qui que ce soit de cinglé.

— Bon, dit Cordie à la fin, maintenant on sait tous ce qui est arrivé aux autres. Quelqu'un a zigouillé mon frère et votre copain, et il essaie aussi de nous avoir tous. Alors, qu'est-ce qu'on fait ?

Ils répondirent tous en même temps, mais Kevin posa une bonne question :

— Comment ça se fait qu'aucun d'entre vous n'en ait parlé à ses parents ?

— Moi, j'ai dit à ton père qu'il y avait quelque chose de monstrueux dans notre sous-sol, répondit Dale.

— Il a trouvé un cadavre de chat.

— Je le sais bien, mais ce n'est pas ce que *j'ai vu !*

— Je te crois, mais pourquoi tu ne lui as pas dit ? Et pourquoi tu n'as pas expliqué à ta mère que tu avais vu Tubby Cooke ? Enfin, son cadavre... Excuse-moi, Cordie.

— Moi aussi, je l'ai vu, dit la fillette.

— Enfin, pourquoi tu n'as rien dit, Dale ? insista Kevin. Et toi, Harlen, pourquoi tu n'as pas montré à Barney et au Dr Staffney la preuve que tu n'avais pas rêvé ?

Jim hésita avant de répondre :

— Je crois que j'ai eu peur de passer pour un fou et de finir à l'asile ! Ça semblait complètement zinzin ! Comme j'ai juste dit que c'était une inconnue, ils m'ont pris au sérieux.

— Ouais, approuva Dale. Je me suis seulement un peu affolé dans notre sous-sol, et ma mère voulait déjà m'envoyer chez le psychologue pour enfants d'Oak Hill ! Alors, qu'est-ce qu'elle aurait fait si je lui avais raconté que...

— Moi, j'en ai parlé à ma mère, interrompit Cordie.

Il y eut un silence dans le poulailler sombre.

— Elle m'a crue, poursuivit-elle. Et le lendemain soir, elle aussi elle a vu le cadavre de Tubby se trimbaler dans notre cour.

— Qu'est-ce qu'elle a fait ? demanda Mike.

Cordie haussa les épaules.

— Qu'est-ce que tu veux qu'elle fasse ? Elle en a parlé au vieux, mais il lui a fichu une claque en lui disant de la fermer. Elle ne laisse plus sortir les petits le soir et elle barricade les portes. Qu'est-ce qu'elle peut faire de plus ? Elle croit que le fantôme de Tubby essaie de nous rejoindre. Maman a vécu dans le Sud étant petite, elle a entendu un tas d'histoires de nègres sur les revenants.

L'expression « histoire de nègres » fit un peu sourciller Dale. Il y eut un nouveau silence, puis Harlen remarqua :

— Regarde, O'Rourke, tu en as parlé à un adulte. Faut voir le résultat !

Mike soupira.

— Au moins, le père Cavanaugh sait ce qui se passe...

— Oui, s'il ne meurt pas rongé de l'intérieur par tous ces vers !

— Ta gueule !

Mike se leva et fit quelques pas dans le poulailler avant d'ajouter :

— Je vois ce que vous voulez dire... Mon père m'a cru quand je lui ai dit qu'il y avait un type qui nous espionnait par la fenêtre. Mais si maintenant je lui disais que c'est un ex-petit ami de Memo tout droit sorti du cimetière, il penserait que je suis tombé sur la tête et il ne me croirait plus.

— Alors, il nous faut des preuves, déclara Lawrence.

Tous les regards se tournèrent en direction du petit garçon qui, après avoir décrit la créature sortie du placard et disparue sous son lit, avait écouté les autres sans souffler mot.

— Qu'est-ce qu'on sait, en fin de compte ? demanda Kevin de sa voix doctorale.

— Que tu es un enfoiré ! répliqua Harlen.

— Ta gueule, Harlen, il a raison, intervint Mike. Voyons contre qui on se bat ?

— Contre ton soldat, commença Dale. A moins que tu ne l'aies tué avec ton eau sainte.

— De l'eau bénite. Peuh... il n'est pas mort... je veux dire pas anéanti. Ça se voyait bien. Il est encore là à rôder quelque part.

Mike regarda par la fenêtre en direction de sa maison.

— Tout va bien, dit doucement Dale, ta mère et tes sœurs ne sont pas encore couchées, ta grand-mère n'a rien à craindre.

Mike acquiesça.

— Bon, d'accord, contre le soldat, dit-il.

— Et contre cette ordure de Roon, ajouta Cordie.

— Tu es sûre que Roon est de la partie ? demanda Harlen du fond du sofa.

— Ouais.

Il n'y avait pas à discuter.

— Le soldat et Roon, reprit Mike. Qui d'autre ?

— Van Syke, répondit Dale. Duane était presque sûr que c'était lui qui avait essayé de l'écraser avec le camion.

— Peut-être que c'est lui qui l'a eu, cette nuit-là, suggéra Harlen.

Dale eut un reniflement attristé.

— Roon, le soldat, Van Syke, reprit Mike. Et puis ?

— La mère Faux-Derche et la vieille Duggan, répondit Harlen d'une voix tendue.

— Duggan est plutôt comme Tubby, non ? intervint Kevin. Un... une sorte d'outil qu'ils utilisent. On ne sait pas pour la Fodder...

— Je les ai vues ensemble, insista Harlen.

Mike fit quelques pas avant de déclarer :

— D'accord, la mère Faux-Derche fait partie de cette bande, ou bien elle les aide.

— Quelle différence ? demanda Kevin.

— Ta gueule ! répliqua Mike en continuant son va-et-vient. Nous avons donc le soldat, Van Syke, Roon, la chose qui ressemble à Mme Duggan, la mère Faux-Derche... Qui est-ce qu'on oublie ?

— Terence, murmura Cordie d'une voix à peine audible.

— Qui ça ? demandèrent cinq voix.

— Terence Mulready Cooke. Tubby.

— Juste. Ça fait donc six, récapitula Mike. Qui d'autre ?

— Congden ? proposa Dale.

Mike s'immobilisa.

— Le shérif ou C.J. ?

— Pfeuh ! Peut-être les deux !

— Je ne pense pas, objecta Harlen, du moins en ce qui concerne C.J., il est bien trop bête. Et son vieux traîne avec Van Syke, mais je crois pas qu'il soit impliqué dans ce qui se passe.

— On va tout de même les mettre sur la liste jusqu'à ce qu'on sache. Bon, ça fait au moins sept. Quelques-uns sont humains. D'autres sont...

— ... des morts, des espèces de zombies qu'ils utilisent, continua Dale.

— Seigneur, murmura Harlen. Et si Duane McBride revenait comme Tubby ? Si son cadavre allait gratter à nos fenêtres ?

— Impossible, articula Dale d'une voix rauque, son père l'a fait incinérer.

— Tu en es certain ? demanda Kevin.

— Oui...

Mike revint au centre du cercle et s'accroupit.

— Alors, qu'est-ce qu'on peut faire ? murmura-t-il.

Dale rompit le silence qui suivit cette question :

— Je crois que Duane avait découvert pas mal de choses, c'est pour ça qu'il voulait qu'on se voie ce samedi-là.

Harlen s'éclaircit la gorge.

— Mais il est...

— Oui, mais rappelez-vous, il était toujours en train de griffonner.

Mike claqua des doigts et s'écria :

— Ses carnets bien sûr, mais comment les récupérer ?

— Allons-y tout de suite, proposa Cordie, il n'est même pas 10 heures !

Tous refusèrent d'y aller le soir même pour des motifs parfaitement valables : Mike devait veiller sur Memo ; la mère d'Harlen allait le scalper s'il rentrait tard alors qu'il l'avait obligée à rester à la maison, le couvre-feu était sonné depuis longtemps chez Kevin, et Dale était encore considéré comme malade. Mais personne ne donna la véritable raison de ce refus unanime : il faisait nuit.

— Bande de trouillards ! lança dédaigneusement Cordie.

— On ira demain matin tôt, à 8 heures au plus tard, dit Dale.

— Tous ? demanda Harlen.

— Pourquoi pas ? Il se peut qu'ils hésitent à nous attaquer s'ils nous voient ensemble. Jusqu'à maintenant, ils s'en sont toujours pris à nous lorsque nous étions seuls. Regardez Duane.

— A moins qu'ils n'attendent de nous trouver tous ensemble pour nous avoir d'un seul coup !

Ce fut Mike qui trancha :

— Allons-y tous ensemble demain matin, mais un seul entrera dans la ferme. Les autres monteront la garde et interviendront si besoin est.

Le trajet jusqu'à la ferme les inquiétait aussi un peu, mais Mike proposa une stratégie au cas où le camion d'équarrissage surgirait : ils se diviseraient en deux groupes et s'enfuiraient dans les champs de chaque côté de la route.

— Duane était dans un champ, objecta Harlen, ils l'ont eu quand même.

Mais personne ne fit de meilleure proposition.

Cordie se racla la gorge et cracha sur le sol.

— Il y a encore autre chose...

— Quoi donc ?

— Je veux dire, une autre créature. Peut-être plus d'une, d'ailleurs...

— Quelle foutue ânerie es-tu encore en train de nous raconter, Cooke ? demanda Harlen.

Cordie remua un peu dans son fauteuil, et les deux canons de son fusil se trouvèrent comme par hasard pointés sur le garçon.

— Un peu de respect, hein ! Je veux dire... j'ai vu autre chose... quelque chose de long qui se déplaçait sur le sol près de la maison.

— Le soldat a disparu dans le sol, remarqua Mike.

— Ouais... ce truc était bien plus long qu'une personne... un peu comme un serpent...

— Sous le sol ? demanda Harlen.

— Ouais.

— Ces trous..., murmura Dale.

La possibilité qu'il y ait encore autre chose, une créature jamais vue, lui soulevait le cœur.

— C'est peut-être le truc qu'on a vu disparaître sous mon lit, suggéra Lawrence.

A ce moment-là, Dale commença à se sentir mal : comme si la conversation se déroulait très loin de lui, comme s'il écoutait à la porte d'un asile d'aliénés... dont il était l'un des pensionnaires.

— Alors, c'est décidé, conclut Mike. Rendez-vous demain pour aller ensemble chez Duane. On verra bien s'il a laissé des notes qui peuvent nous être utiles.

Aucun d'entre eux ne voulait rentrer seul dans le noir. Ils partirent donc tous ensemble, jusqu'à ce qu'un par un ils soient obligés de courir vers les lumières de leur véranda et de leur maison. A la fin, seule Cordie retourna chez elle dans l'obscurité.

De peur de se laisser distancer par les autres, Mike pédalait de toutes ses forces. Il avait beau être tôt, la journée était déjà chaude, le ciel sans nuages et de petits mirages vibraient sur le long ruban de route devant eux.

Mike était fatigué. Dès que sa mère s'était endormie, il était descendu voir Memo et avait passé la majeure partie de la nuit auprès d'elle. Il avait aspergé d'eau bénite le rebord de la fenêtre mais il n'était pas sûr qu'après évaporation le procédé reste efficace. Quoi qu'il en soit, cette nuit-là, personne n'était venu. Il n'avait été réveillé qu'une fois, par un bruit sous la maison, qui pouvait être un grincement normal dans une vieille bâtisse. Les cigales et les criquets n'avaient pas interrompu leur concert, et Mike s'était souvenu qu'avant la venue du soldat l'autre nuit, le silence était absolu.

Bâillant à se décrocher la mâchoire, il avait effectué sa tournée de journaux, puis il était passé au presbytère prendre des nouvelles du père avant la messe. Mais ce jour-là, il n'y avait pas eu d'office. Mme McCafferty avait fait signe au garçon de se taire et l'avait entraîné sur les marches de derrière pour lui parler sans témoin. Le prêtre était très malade. Le Dr Staffney avait prescrit un repos total et, s'il n'allait pas mieux le lendemain, il faudrait l'hospitaliser. Pour l'instant, avait expliqué la gouvernante, le prêtre de St. Bonaventure à Oak Hill avait accepté de venir dire la messe le mercredi matin. Mike serait gentil d'avertir les paroissiens.

Mike avait insisté pour voir le prêtre : c'était extrêmement urgent et important. Mais Mme McCafferty ne s'était pas laissé attendrir. Peut-être le soir, s'il se sentait mieux.

Mike était resté à l'église assez longtemps pour avertir la demi-douzaine de paroissiens âgés et pour faire le plein d'eau bénite (il avait apporté sa gourde), puis il avait rejoint les autres.

La perspective d'aller à la ferme des McBride ne l'enthousiasmait pas du tout, car il allait devoir passer près du cimetière. Mais par ce grand soleil et en présence des quatre autres, il lui était difficile de refuser. En outre, il était fort probable que Dale ait raison : Duane avait sûrement laissé des informations qui les aideraient.

A l'entrée du chemin menant à la ferme, les enfants cachèrent les bicyclettes dans un champ et continuèrent à pied jusqu'à la dernière rangée de maïs d'où, cachés derrière les tiges, ils observèrent la ferme. La maison était silencieuse. Ils ne virent pas le pick-up de M. McBride, et la grange renfermant la moissonneuse-batteuse et les autres outils agricoles était fermée par une chaîne et un gros cadenas.

— Il doit être parti boire un coup, chuchota Harlen.

Le trajet à bicyclette et la marche accroupi dans le maïs semblaient l'avoir épuisé. Il était blanc comme un linge, transpirait à grosses gouttes et grattait son plâtre toutes les deux minutes. Il faisait encore plus chaud maintenant.

— J'en jurerais pas, chuchota Mike. Tu me les prêtes ? ajouta-t-il en tendant la main vers Kevin qui avait apporté des jumelles.

— J'ai soif ! siffla Harlen, et il prit la gourde accrochée à l'épaule de Mike.

O'Rourke le repoussa.

— Lawrence a une bouteille d'eau, demande-lui !

— Egoïste !

Il fit signe à Lawrence, mais Dale lui passa sa propre gourde.

— Je ne vois rien, dit Mike en rendant les jumelles à Kevin. Mais il y a de fortes chances pour qu'il soit à l'intérieur.

Dale récupéra sa bouteille et but une gorgée avant de déclarer :

— J'y vais !

— On y va tous ! protesta Mike.

— Non. Il vaut mieux que j'y aille seul. Et s'il y a un problème, je veux que vous soyez prêts à venir à mon secours.

— Compte sur moi ! murmura Harlen en sortant un petit pistolet des profondeurs de son écharpe.

— Waou ! s'extasia Dale. C'est un vrai ?

— Chouette ! murmura Lawrence en se penchant vers l'arme.

— Range ça ! ordonna Mike.

Harlen protesta :

— Fous-moi la paix !

Mais il rangea son arme.

— Bien sûr que c'est un vrai ! D'ailleurs, on devrait tous avoir un truc comme ça, ajouta-t-il. Les autres ne considèrent pas ça comme un jeu, apparemment...

— On en reparlera, répondit Mike. Vas-y, Dale, on monte la garde.

Dale trouva bien longs les trente mètres qui séparaient le champ de la maison. Il ne voyait le pick-up nulle part, mais il avait l'impression d'être observé.

Il frappa à la porte de derrière, comme il l'avait fait à chacune de ses visites à Duane. Il s'attendait presque à entendre Witt aboyer et à voir Duane sortir à son tour, en remontant son pantalon de velours et ses lunettes...

Personne ne répondit. La porte n'était pas fermée à clé. Le garçon hésita un instant, puis ouvrit la porte de la moustiquaire qui grinça abominablement.

La cuisine était sombre mais chaude, d'une chaleur qui semblait remplir tout l'espace. Elle sentait le renfermé et les ordures. La paillasse et l'évier étaient encombré d'assiettes sales, la table n'avait pas été débarrassée depuis des jours et des jours.

Dale traversa la pièce sur la pointe des pieds. La maison était silencieuse et avait un air d'abandon qui renforça son impression première : M. McBride n'était pas chez lui. Il s'arrêta pour jeter un coup d'œil à la salle à manger avant de descendre dans le sous-sol de Duane.

Une forme sombre, assise sur une chaise près de la table de la salle à manger devenue établi, tenait quelque chose. Dale aperçut un canon de fusil pointé dans sa direction. L'enfant s'immobilisa, le cœur battant.

— Qu'est-ce que tu veux, gamin ?

C'était la voix de M. McBride — une voix lente, pâteuse, dépourvue de toute intonation —, mais c'était bien la sienne.

— Je vous demande pardon, réussit-il à articuler, je pensais que vous étiez sorti... Je veux dire... j'ai frappé...

Maintenant que ses yeux s'étaient habitués à l'obscurité, il reconnaissait bien M. McBride, en maillot de corps et pantalon de toile, les épaules tombantes, comme chargées d'un lourd fardeau.

Des bouteilles s'entassaient sur la table et sur le sol. L'arme était un fusil à pompe, et le canon ne tremblait pas.

— Qu'est-ce que tu veux, gamin ?

Dale envisagea un ou deux mensonges et y renonça.

— Je suis venu voir si Duane avait laissé un carnet.

— Pourquoi ?

— Je crois que Duane savait quelque chose qui pourrait nous aider à découvrir qui... qui l'a tué.

— Qui ça, nous ?

— Moi et d'autres garçons... ses copains..., réussit-il à articuler.

Il distinguait clairement le visage de son interlocuteur maintenant. Il était dans un triste état, bien pire que lorsque sa famille était venue lui apporter à manger deux semaines plus tôt. Les poils gris le faisaient ressembler à un vieillard, avec des joues, un nez couperosés et des yeux presque invisibles tant ils étaient enfoncés dans leurs orbites. Il empestait le whisky et la transpiration.

— Tu crois que quelqu'un a tué mon Duane ? demanda-t-il d'un ton de défi, le fusil toujours braqué sur le visage de son visiteur.

— Ouais...

Dale avait l'impression que d'un instant à l'autre ses genoux allaient cesser de le porter. M. McBride abaissa son arme.

— A part moi, tu es bien le seul à penser ça, gamin ! (Il prit une des bouteilles sur la table et avala une rasade.) Je l'ai dit à cet enfoiré de Barney, à la police d'Oak Hill, au shérif... enfin, à tous ceux qui voulaient bien m'écouter. Sauf qu'en fait, personne voulait m'écouter.

Il leva la bouteille, la vida, la jeta sur le sol, rota et continua :

— J' leur ai dit de demander à cette ordure de Congden... Il a volé la voiture d'Art et il a enlevé les portières pour qu'on voie pas les traces de peinture rouge.

Dale ne voyait pas du tout de quoi parlait McBride, mais il n'avait pas l'intention de l'interrompre pour poser des questions.

— J' leur ai dit de demander à Congden qui a tué mon garçon... (Il fouilla parmi les bouteilles, finit par en trouver une pas tout à fait vide et but une lampée.) J' leur ai dit que Congden aurait des révélations à leur faire sur la mort de mon garçon... Y ont répondu que Duane avait l'esprit dérangé par l'accident d'Art... Tu sais que mon frère est mort, gamin ?

— Oui, m'sieur.

— L'ont tué, lui aussi. Lui en premier. Après ils ont tué mon garçon, ils ont tué mon Duane.

Il leva le fusil, comme s'il avait oublié qu'il était posé sur ses genoux, le tapota et regarda Dale en plissant les yeux.

— Comment tu t'appelles, gamin ?

— Dale.

— Ah oui, tu es déjà venu ici jouer avec Duanie, hein ? Et toi, tu sais qui a tué mon garçon ?

Il l'appelait Duanie ?

— Non, monsieur.

J'en suis pas sûr. Pas tant que je n'ai pas vu les carnets de Duane.

M. McBride vida un autre fond de bouteille.

— J' leur ai dit d'aller demander à ce foutu Congden, ce shérif à la noix ! Mais personne n'a rencontré Congden depuis le jour de la mort de mon garçon, et ils voient pas ce que j' pourrais avoir à leur dire sur Duane. Parce qu'ils pensent que c'est *moi* qui ai tué cette ordure, ces foutus crétins de salauds !

Il chercha sur la table, renversa quelques bouteilles, mais elles étaient toutes vides. Il se leva, tituba jusqu'au sofa contre le mur, fit tomber les objets qui l'encombraient et s'affala dessus, le fusil en travers des genoux.

— Mais j'aurais dû le tuer ! J'aurais dû l'obliger à dire ce qu'il avait fait à Art et à mon garçon, et puis après le tuer ! (Il s'assit d'un bond.) Qu'est-ce que tu as dit que tu voulais, déjà ? Duane n'est pas là...

Dale sentit un frisson lui parcourir le dos.

— Oui, m'sieur, je le sais bien. Je suis venu chercher un carnet de Duane, ou peut-être plusieurs. Il y avait quelque chose pour moi, dedans.

M. McBride hocha la tête et s'accrocha au dossier du sofa pour éviter de tomber.

— Non. Il écrivait juste des idées pour ses histoires, dans ses carnets. C'était ni pour toi ni pour moi...

Il posa la tête sur le bras du sofa et murmura :

— J'aurais peut-être pas dû refuser de prévenir les gens pour ses obsèques. Ça a été si facile d'oublier qu'il avait ses copains.

— Oui, m'sieur.

— Je savais pas trop où répandre ses cendres, poursuivit-il d'une voix de somnambule. On appelle ça des cendres, mais il y a encore des bouts d'os, dedans. Tu savais ça, toi, gamin ?

— Non, m'sieur.

— Alors, j'en ai répandu une partie dans la rivière, avec celles d'Art... Duanie aurait été d'accord, je pense... Et puis j'ai dispersé le reste dans le champ où il jouait avec Witt. Là où on a enterré le chien.

McBride ouvrit les yeux et regarda fixement Dale.

— Tu crois que j'ai eu tort de les mettre à deux endroits différents, gamin ?

Dale déglutit. Il avait la gorge si serrée qu'il arrivait à peine à articuler :

— Non, m'sieur.

— Moi non plus !

Le voyant refermer les yeux, Dale insista.

— Je peux les voir, m'sieur ?

— Quoi, gamin ?

La voix était lointaine, endormie.

— Les carnets de Duane, ceux dont on parlait.

— Pas pu les trouver, bafouilla McBride sans ouvrir les yeux. J'ai cherché en bas... partout... j'ai pas pu trouver les carnets de mon Duane... La foutue porte de la Cadillac non plus !

Dale attendit une minute, entendit la respiration de l'ivrogne devenir un ronflement et fit un pas vers l'escalier. McBride arma son fusil.

— Va t'en, gamin, marmonna-t-il. Sors d'ici !

Dale jeta un coup d'œil à cet escalier, si près de lui.

— Oui, m'sieur.

Il sortit par la porte de la cuisine, descendit l'allée sur une trentaine de mètres, plongea derrière les ormes et entra dans le champ. Il ne pensait pas que McBride s'était donné la peine d'aller à la cuisine pour le regarder partir. Il coupa à travers le maïs et finit par tomber sur Mike et les autres.

— Seigneur, siffla Harlen, qu'est-ce que tu fabriquais ?

Dale le leur raconta. Mike soupira et s'allongea sur le dos pour regarder le ciel.

— C'est râpé pour aujourd'hui, alors. Il n'ira sûrement pas en ville avant ce soir, maintenant.

— Non, c'est pas râpé, j'y retourne, dit Dale.

La fenêtre était moins large que Dale ne l'avait imaginé et, en s'introduisant dans le sous-sol, il déchira son tee-shirt et s'érafla le dos.

L'établi de fortune sous la fenêtre (la maison en semblait pleine) grinça sous son poids lorsqu'il y posa le pied.

En bas, il faisait bien plus frais que dehors, et ça sentait comme dans tous les sous-sols : de faibles relents de moisi, de détergent, d'égout, de sciure de bois, de ciment et d'ozone, sans doute à cause des radios et des pièces d'appareils électriques posées sur toutes les surfaces disponibles.

Dale était déjà descendu dans l'antre de Duane et savait qu'il était arrivé dans la partie où se trouvaient la douche et la laverie. La « chambre » de Duane était située près de l'escalier. *C'est bien ma chance ! Le plus près de son père et le plus loin de la petite fenêtre !*

Il traversa la pièce du fond sur la pointe des pieds et s'arrêta près de la porte ouverte en bas des marches pour écouter. Pas un bruit ne venait d'en haut ou des escaliers. Il aurait quand même préféré que cette fichue porte soit fermée.

Il faisait plus sombre dans la « chambre » de Duane : elle n'avait pas de fenêtre. *Un vrai piège à rats !* Entre l'ampoule centrale munie d'un cordon, la lampe de chevet et la lampe à contrepoids au-dessus de la grande table près du lit, ce n'étaient pas les lumières qui manquaient. Mais Dale ne pouvait en allumer aucune, car la lumière se serait vue d'en haut. *Il ne verra rien, s'il dort ! Mais s'il ne dort pas il la verra, et il a un fusil… Le moindre bruit peut attirer son attention.*

Le souffle court, Dale se blottit près du lit pour attendre que ses yeux s'habituent à l'obscurité presque totale. *Et si quelque chose sort de dessous le lit ? un bras blanc… ? Duane ! Duane avec le visage gonflé et livide, comme Tubby, ou bien tout déchiqueté, comme l'a raconté Digger ?*

Il s'obligea à chasser ce genre de pensées. Le lit était fait et, sa vue s'étant adaptée, il distinguait même les raies en relief du dessus-de-lit.

Il y avait des livres partout : sur des étagères de fortune, sur le cosy, sur le bureau, des cartons pleins de volumes sous le bureau, et même une rangée de livres de poche sur le rebord en ciment qui courait tout autour de la pièce.

Les postes de radio étaient presque aussi nombreux, depuis le minuscule poste à transistors jusqu'à un vieux meuble radio à peine moins haut que Dale, entre le lit et la table.

Dale commença à inspecter les étagères et les cartons. Il se souvenait bien des carnets de Duane, toujours à spirale, parfois aussi grands que des cahiers, mais le plus souvent d'un format plus petit. Ils devaient bien être quelque part.

Sur le bureau se trouvaient plusieurs blocs-notes, des

tasses pleines de crayons et de stylos, une rame de papier pour machine à écrire et une vieille Smith-Corona. Mais pas de carnets. Dale se glissa sans bruit jusqu'au lit, passa la main sous le matelas, secoua les oreillers. Rien.

Il ouvrit le placard et reconnut au toucher les chemises de flanelle et plusieurs pantalons. Il se sentait de plus en plus coupable de fouiller dans les affaires de son ami mort, quand son genou effleura une des tables basses près du lit. Une pile de livres tomba sur le sol et Dale, pétrifié, arrêta de respirer.

— Qui est là ?

La voix de McBride, toujours pâteuse et confuse, semblait venir du haut de l'escalier.

— Qui est là, bon Dieu ?

Au-dessus de sa tête, des pas pesants allèrent de la salle à manger à l'étroit couloir puis à la cuisine d'où partait l'escalier. Dale regarda le long sous-sol au bout duquel brillait la petite fenêtre. Il n'aurait pas le temps d'y arriver, encore moins de l'escalader pour sortir.

McBride venait de se réveiller d'un court somme d'ivrogne et avait sans doute complètement oublié la visite de Dale. Pour lui, le garçon ne serait qu'une forme sombre dans le sous-sol obscur. Dale avait déjà le dos qui le démangeait en pensant à la décharge de plomb qui allait lui transpercer la moelle épinière.

Des pas dans le couloir au-dessus de lui.

— Je descends, bon Dieu ! Je t'aurai, va !

Des pas sur les premières marches.

Sous le lit ? Non, ce sera le premier endroit où il regardera. Il lui restait à peu près dix secondes.

Dale se souvint soudain de leurs jeux avec le meuble-radio du poulailler de Mike. McBride était déjà au milieu de l'escalier quand il bondit par-dessus le lit, écarta le meuble-radio du mur et se glissa dedans. Il le repoussa juste au moment où le père de Duane arriva en bas des marches.

— Je te vois, bon Dieu ! s'écria férocement le malheureux. Tu crois que tu vas m'avoir comme t'as eu mon frère et mon garçon, hein ?

Il tituba jusqu'au centre de la pièce. Une corde à linge

était tendue par là, quelque chose la heurta et la fit vibrer (le canon du fusil, peut-être), puis des jurons accompagnèrent les efforts de McBride pour l'arracher.

— Sors de là, crapule !

Le meuble-radio n'était pas aussi creux que celui du poulailler de Mike, mais il y avait assez de place pour que Dale puisse se recroqueviller au fond. Il se cacha le visage dans les mains, essayant de ne faire aucun bruit, imaginant le fusil braqué sur lui à moins de deux mètres.

— Je te vois ! cria le père de son copain.

Mais les pas s'éloignèrent vers une autre partie du sous-sol.

— Je sais qu'il y a quelqu'un, bon Dieu ! Sors d'ici tout de suite !

Il ne peut pas me voir ! Quelque chose de pointu lui entrait dans le dos, et une espèce d'étagère à l'intérieur lui écrasait l'épaule. Mais il n'allait certainement pas bouger d'un millimètre pour améliorer sa position.

Les pas revinrent vers la « chambre », lentement, semblables à ceux d'un guetteur, du mur le plus éloigné jusqu'au pied de l'escalier en passant par le placard, puis vers le bureau, à moins d'un mètre du meuble-radio.

McBride se baissa lourdement, releva le dessus-de-lit, passa le canon du fusil sous le lit. Puis il se leva, touchant presque le meuble-radio, assez près pour que Dale reconnaisse son odeur. *Et s'il sent la mienne ?*

Il y eut un long silence, si profond que Dale était sûr que ce pauvre homme à demi fou entendait son cœur battre derrière la mince paroi du meuble-radio. Il faillit pousser un cri en entendant McBride demander d'une voix cassée :

— Duanie ? Duanie, c'est toi, fiston ?

Après une éternité, les pas lourds, encore plus lourds maintenant, retournèrent vers l'escalier, s'arrêtèrent, remontèrent les marches. Un fracas de verre cassé retentit dans la salle à manger, des bouteilles éclatèrent sur le sol. Des pas, de nouveau... La porte de la cuisine claqua et, un instant plus tard, un moteur toussa derrière la maison, des pneus crissèrent sur le gravier, le pick-up tourna dans l'allée.

Dale attendit encore quatre ou cinq minutes, le dos et le cou presque paralysés par les crampes, mais il voulait être sûr que le silence n'était pas un piège. Enfin, il repoussa le meuble-radio et sortit à quatre pattes en frottant son épaule endolorie.

Toujours à quatre pattes, il s'arrêta près du lit et tira davantage le meuble-radio. Il y avait juste assez de lumière pour qu'il puisse apercevoir les carnets à spirale empilés sur l'étagère, plusieurs douzaines de carnets. En se penchant par-dessus le lit ou la table, il était très facile de les glisser là.

Dale enleva son tee-shirt pour en envelopper sa découverte et ressortit par la petite fenêtre. Il aurait été plus simple de monter les escaliers et de sortir par la porte de la cuisine, mais il n'était pas certain que McBride soit parti loin.

Il se dirigeait vers l'endroit où il avait laissé les autres quand une demi-douzaine de bras sortirent du maïs et l'attirèrent vers eux. Il trébucha. Une main crasseuse lui couvrit la bouche.

— Seigneur, chuchota Mike, on pensait qu'il t'avait tué. Lâche-le, Harlen !

Jim retira sa main. Dale cracha et essuya sa lèvre couverte de sang.

— Pourquoi tu as fait ça, espèce d'enfoiré ?

Harlen lui lança un regard furibond mais ne répondit pas.

— Tu les as ! s'écria Lawrence en ramassant le paquet de carnets.

Les enfants commencèrent à les feuilleter.

— Merde ! cria Harlen.

— Dis donc, fit Kevin en regardant Dale, tu comprends ça, toi ?

Dale secoua la tête. Les carnets étaient couverts d'étranges signes, de griffonnages avec des boucles, des tirets, des enjolivures diverses. C'était soit un code indéchiffrable, soit du martien.

— On est baisés ! dit Harlen. Allez, rentrons.

— Attendez ! lança Mike en examinant un des carnets avec un petit sourire. Ça me rappelle quelque chose !

— Tu sais lire ça ? demanda Lawrence, émerveillé.

— Non... je ne sais pas le lire, mais je *connais*.

Dale se pencha.

— Tu peux déchiffrer ce code ?

— C'est pas un code. Mon idiote de sœur, Peggy, a suivi un cours de ce truc, c'est de la sténo, vous savez bien, l'écriture rapide dont se servent les secrétaires.

Les autres poussèrent un *Hourrah !* et des cris de joie. Kevin fut le premier à revenir sur terre et à leur dire de se taire. Ils rangèrent les carnets dans le sac à dos de Lawrence avec autant de précautions que s'ils manipulaient des œufs, puis ils coururent à demi courbés jusqu'à leurs bicyclettes.

Bien avant d'arriver à Jubilee College Road, Dale, malgré son hâle, sentait déjà le soleil lui brûler le cou et les bras. Au loin, le château d'eau tremblotait comme si la ville entière n'était qu'une illusion, un mirage sur le point de disparaître.

Ils étaient à mi-chemin lorsque, derrière eux, un nuage de poussière s'éleva de la route : un camion se rapprochait à vive allure.

Mike fit un geste. Harlen, Kevin et lui traversèrent la route, les autres restèrent du même côté. Ils passèrent le fossé, laissèrent tomber leurs vélos et se tinrent prêts à sauter dans le champ par-dessus la clôture.

Le camion ralentit, la cabine sombre paraissait vibrer dans la chaleur de la route. Le conducteur les regarda d'un air intrigué, s'arrêta, recula.

— Qu'est-ce que vous fabriquez ici ? demanda le père de Kevin du haut de la cabine de son camion de laitier. Qu'est-ce que vous avez encore inventé ?

La longue citerne d'acier inoxydable brillait d'un éclat presque insoutenable. Kevin eut un sourire contraint et esquissa un geste en direction du bourg.

— Du vélo, c'est tout !

Son père regarda en clignant les yeux les enfants perchés sur la clôture, comme des hirondelles prêtes à s'envoler vers des cieux plus cléments.

— Dépêche-toi de rentrer, je voudrais que tu m'aides à nettoyer la citerne, et cet après-midi ta mère compte sur toi pour désherber le jardin.

Kevin fit le salut militaire.

— Bien, mon commandant !

Son père fronça les sourcils, passa en première, et le camion disparut dans un nuage de poussière. Les garçons attendirent quelques instants sur la route, cramponnés à leurs bicyclettes, avant de remonter en selle. Dale se demanda si les autres aussi avaient les jambes en coton. Ils passèrent au poulailler, puis se dispersèrent pour aller déjeuner et accomplir leurs tâches respectives.

Ce fut Mike qui garda les carnets. Sa sœur avait conservé ses manuels de sténo : il promit de les trouver et de commencer à déchiffrer le code de Duane. Il passa voir Memo, trouva les livres de Peg dans sa chambre, à côté de son idiot de journal intime, et les emporta dans le poulailler.

Dale le rejoignit après le repas, et tous deux commencèrent par vérifier qu'il s'agissait bien de sténo. Ils essayèrent de déchiffrer une ligne ou deux, ce qui leur parut assez difficile au début, puis ils s'habituèrent. Les signes de Duane n'étaient pas exactement semblables à ceux du manuel, mais pas trop différents non plus. Mike retourna chez lui chercher un bloc-notes, des crayons et ils travaillèrent en silence.

Six heures plus tard, quand Mme O'Rourke appela son fils pour le dîner, Mike et Dale étaient toujours attelés à la tâche.

26

Le soir même, après dîner, pendant ce long crépuscule durant lequel décroissaient lentement chaleur et lumière, les garçons se retrouvèrent dans le poulailler pour parler des carnets de Duane.

— Où est la fille ? demanda Mike.

Jim Harlen haussa les épaules.

— Je suis allé voir à leur baraque...

— Tout seul ! s'exclama Lawrence.

Harlen regarda fixement le petit garçon avant de répondre :

— Je suis allé là-bas cet après-midi, mais il n'y avait plus personne.

— Peut-être qu'ils étaient allés faire des courses...

Jim hocha la tête. Il avait l'air pâle et fragile dans la pénombre, avec son bras dans le plâtre.

— Non, c'était vide, avec des saletés un peu partout... des vieux journaux, des meubles cassés, une hache... comme si la famille avait fourré toutes ses affaires dans un camion et était partie.

— Pas si bête..., commenta rêveusement Mike. Ecoutez !

Il commença à lire les passages des carnets de Duane en rapport avec ce qui les préoccupait. Les quatre autres écoutèrent pendant presque une heure. Quand Mike fut trop enroué pour continuer, Dale prit la suite. Il avait déjà tout lu, car Mike et lui avaient comparé le fruit de leurs efforts à mesure qu'ils décodaient, mais entendre tout ceci exprimé à haute voix, même par lui-même, le glaçait.

— Jésus ! murmura Harlen après la lecture du passage sur la cloche des Borgia et l'oncle de Duane. Bon Dieu de merde !

Kevin croisa les bras. Il faisait bien noir maintenant et son tee-shirt était si blanc qu'il semblait phosphorescent.

— Alors, cette cloche était là-haut tout le temps qu'on était à l'école... ? Toutes ces années ?

— M. Ashley-Montague a prétendu qu'elle avait été enlevée et fondue, objecta Dale. C'est dans un des carnets, et je l'ai moi-même entendu le dire à Duane à la dernière séance gratuite, le mois dernier.

— Il y a si longtemps qu'il n'y en a pas eu, geignit Lawrence.

— Tais-toi ! Bon... je vais sauter quelques pages... voilà... c'est quand Duane a parlé avec Mme Moon... le jour où nous sommes allés chez Oncle Henry, le jour où...

— ... Duane a été tué, murmura Mike.

— Ouais. Écoutez :

17 juin.

Je suis allé voir Mme Emma Moon. Elle se souvient de la cloche ! A parlé d'un événement terrible. Dit que son Orville n'y a pas assisté... Un événement terrible, en rapport avec la cloche. Hiver 1889-1890. Disparition d'enfants du bourg... et d'un fils de fermier aussi, pense-t-elle. M. Ashley (tout court, c'était avant que les familles s'allient) offrit une récompense de mille dollars. Pas le moindre indice.

Puis, en janvier... Mme Moon est sûre et certaine que c'était en janvier, en 1890, découverte du cadavre d'une fille de onze ans disparue juste avant Noël : Sarah L. Campbell.

Consulté encore les archives. Rien dans les journaux, pourquoi ?

Mme Moon en est certaine... Sarah L. Campbell. Ne veut pas en parler, mais j'ai continué à poser des questions. Fille tuée, probablement violée, décapitée et en partie dévorée. Mme Moon en est sûre.

Arrestation d'un Noir, un « homme de couleur » qui dormait à la belle étoile derrière l'usine de suif. Constitution d'un commando. Elle dit qu'Orville, son mari, n'en faisait pas partie, qu'il n'était même pas dans le comté, car il était allé acheter des chevaux à Galesburg (vérifier plus tard son métier). Quatre jours de voyage.

Ku Klux Klan puissant à Elm Haven en ce temps-là. Mme Moon avoue que son mari allait aux réunions, comme presque tous les hommes du bourg... mais il ne participait pas aux expéditions punitives. En outre, absent, « parti acheter des chevaux ».

Les autres hommes du bourg, conduit par M. Ashley (celui qui avait ramené la cloche) et son fils, âgé de vingt et un ans, traînèrent le Noir jusqu'à Old Central. Mme Moon ne connaît pas son nom. Un vagabond.

Simulacre de jugement (façon KKK ?). Condamnation et pendaison immédiate, à la cloche.

Mme Moon se souvient avoir entendu sonner la

cloche cette nuit-là, son mari (censé être à Galesburg !) lui a dit que c'était parce que le Noir se balançait en se débattant. (Remarque : en cas de pendaison normale, on fait tomber l'homme pour qu'il se brise le cou et meure. Ici, il s'est balancé longtemps...)

Dans le clocher ? Mme Moon ne sait pas. Pense que oui. Ou bien au-dessus de l'escalier.

Mais il y a eu pire... Refuse d'abord de me dire quoi, je dois insister.

Le pire, c'est qu'ils ont laissé le cadavre du Noir pendu à la cloche, ils se sont contentés de murer le clocher.

Pour quelle raison ? Elle l'ignore. Son Orville ne le savait pas non plus. Mais M. Ashley tenait à le laisser là.

Vérifier auprès d'Ashley-Montague, entrer chez lui, voir les livres de la Société historique qu'il a confisqués.

Mme Moon en larmes. Pourquoi ? Puis elle dit qu'il y a eu encore pire.

J'attends. Ses biscuits sont immangeables. J'attends encore. C'est à ses chats qu'elle paraît s'adresser maintenant, pas à moi, mais elle le dit...

Le pire — pire que la pendaison —, c'est que deux mois après l'exécution du Noir, un autre enfant a disparu.

Celui qu'ils avaient pendu n'était pas le coupable.

— Ça continue encore, dit Dale, mais c'est toujours sur la même histoire. Dans les dernières pages, Duane raconte qu'il cherche un moyen d'entrer en contact avec M. Ashley-Montague dans l'espoir d'obtenir de lui davantage de renseignements.

Les cinq garçons se regardèrent.

— La cloche des Borgia, chuchota Kevin. Bon sang !

— Bon Dieu de foutu bon sang de bon sang ! murmura Harlen. Ça marche encore... Cette cloche est encore dangereuse.

Mike s'accroupit et ramassa les carnets avec révérence.

— Tu crois que tout tourne autour de la cloche ? demanda-t-il à Dale.

Le garçon acquiesça.

— Tu crois que Roon, Van Syke et la mère Faux-Derche sont mêlés à ça parce qu'ils font partie du personnel de l'école ?

— Oui, répondit Dale. Je ne sais pas pourquoi ni comment, mais je le crois, effectivement.

Harlen passa les doigts entre son écharpe et son plâtre. Il en sortit le revolver à canon court. Mike fit un signe de tête approbateur et demanda :

— Dale ? Il y a des armes, chez toi, non ?

Dale jeta un coup d'œil à son petit frère avant de répondre :

— Oui, p'pa a un fusil à plomb et j'ai le Savage.

— Le machin avec lequel il te laisse tirer les grives ?

— Oui, il sera à moi pour de bon quand j'aurai douze ans.

— C'est un fusil mixte, non ?

— Oui, calibre 40 en bas, 22 en haut.

— Une seule cartouche dans chaque canon, hein ? dit Mike d'une voix monocorde, presque distraite.

— Ouais. Faut l'ouvrir pour le recharger.

— Tu peux le prendre ?

Dale hésita.

— Papa me tuerait si je le prenais sans sa permission, sans qu'il soit là...

Il regarda par la porte ouverte les lucioles près des pommiers.

— Oui, reprit-il, je peux le prendre.

— Bien. Et toi, Kevin, tu as une arme ?

— Non. Enfin, mon père a son automatique d'officier, calibre 45. Mais il le range dans le tiroir de son bureau, le dernier, fermé à clef.

— Tu arriverais à le sortir ?

Kevin se mit à arpenter le poulailler en se frottant les joues.

— Tu te rends compte, c'est son pistolet d'officier, une

sorte de trophée offert par ses hommes. Il a fait la Seconde Guerre mondiale et...

Il s'immobilisa et ajouta :

— Tu crois que les armes pourront faire quelque chose contre ce qui a tué Duane ?

Mike était accroupi dans la pénombre, comme un animal prêt à bondir, mais si son corps était tendu, il parlait d'une façon posée.

— Je ne sais pas, répondit-il d'une voix à peine audible, presque couverte par le bourdonnement des insectes dans le jardin. Mais je pense que Roon et Van Syke trempent là-dedans, et rien ne prouve qu'on ne puisse pas se défendre contre eux. Tu peux le prendre, oui ou non ?

— Oui, répondit Kevin après trois secondes de silence.

— Tu as des balles ?

— Oui, mon père les range dans le même tiroir.

— Nous cacherons ça ici pour nous en servir en cas de besoin. J'ai une idée...

— Et toi, demanda Dale, ton père ne chasse pas, n'est-ce pas ?

— Non, mais il y a le fusil à écureuils de Memo.

— Qu'est-ce que c'est que ça ?

Mike écarta ses mains d'environ quarante-cinq centimètres.

— Vous savez, le pétard de ce cow-boy, Wyatt Earp ?

— Le Buntline Special ? s'écria Kevin. Ta grand-mère a un Buntline Special ?

— Pas vraiment, mais ça y ressemble. C'est mon grand-père qui lui avait fait fabriquer à Chicago, il y a une quarantaine d'années. Un calibre 40, comme celui de Dale, mais avec un truc de pistolet.

— Une poignée, précisa Kevin.

— C'est ça. Le canon fait environ trente centimètres de long, et il y a une jolie poignée en bois. Memo appelait ça son « fusil à écureuils », mais je crois que grand-père lui avait acheté parce que le quartier qu'ils habitaient... Cicero... était vraiment dangereux à l'époque.

Kevin siffla entre ses dents.

— Tu parles ! cette sorte d'arme est absolument interdite. C'est un fusil à canon scié, voilà ce que c'est. Ton grand-père faisait partie de la bande d'Al Capone ?

— La ferme, Grumbacher ! OK, on ramène les armes et autant de munitions que possible. Et on s'arrange pour que les parents ne sachent pas que c'est nous qui les avons. On pourrait les cacher...

— ... dans le meuble-radio, suggéra Dale.

Mike se retourna et, malgré la pénombre, les autres le virent sourire.

— D'ac ! Bon, va falloir se remuer, maintenant. Qui veut aller parler à Mme Moon ?

Les garçons s'agitèrent mais ne répondirent pas. Enfin, Lawrence se décida :

— Moi !

— Non, répondit doucement Mike. On a besoin de toi pour une autre tâche importante.

— Quoi donc ? (Il donna un coup de pied dans une boîte de conserve qui traînait par terre.) Je ne suis pas comme vous, moi, je n'ai pas de pétards !

— Tu es trop pe..., commença Dale.

Mike lui envoya un coup de coude et se tourna vers Lawrence.

— Si tu en as besoin, tu te serviras du fusil à canons superposés de Dale. Tu as déjà tiré avec ?

— Oui, plein de fois... enfin, deux ou trois.

— Parfait ! Mais en attendant il nous faut quelqu'un de très rapide pour retrouver Roon et nous prévenir à toute allure en vélo.

Lawrence acquiesça. Il n'était pas dupe, mais il ne se sentait pas en position de force.

— C'est moi qui irai parler à Mme Moon, poursuivit Mike. Je la connais assez bien parce que je l'ai accompagnée de temps en temps dans ses promenades, et j'ai souvent tondu sa pelouse. Je verrai bien si je peux tirer d'elle des renseignements qu'elle n'aurait pas donnés à Duane.

Ils restèrent ensemble quelques minutes de plus. Ils n'avaient plus rien à se dire, mais ils n'étaient pas pressés de rentrer chez eux dans le noir.

— Qu'est-ce que tu vas faire, si le soldat vient cette nuit ? demanda Harlen à Mike.

— Je prendrai le fusil à écureuils, mais je vais d'abord essayer l'eau bénite. (Il claqua des doigts : il venait d'avoir une idée.) Je vais vous en procurer aussi ! Trouvez tous une bouteille ou quelque chose pour la mettre.

Kevin croisa les bras.

— Pourquoi il n'y aurait que l'eau bénite des catholiques qui marcherait ? On pourrait essayer mes trucs luthériens ou bien le bazar presbytérien de Dale.

— Mes trucs presbytériens ne sont pas du bazar ! protesta Dale.

— Vous avez de l'eau bénite, vous aussi ? demanda Mike avec curiosité.

Les trois garçons firent non de la tête.

— Il n'y a que les catholiques pour avoir des machins bizarres comme ça, patate ! lança Harlen.

Mike haussa les épaules.

— Ça a marché contre le soldat. Du moins l'eau bénite..., je n'ai pas encore essayé les hosties. Vous n'avez pas une sorte de pain pour la communion, vous aussi ? demanda-t-il à Kevin et Dale.

— Si, répondirent-ils en chœur.

— On pourrait en prendre ! suggéra Dale en regardant son frère.

— Mais comment ?

Dale réfléchit un instant.

— Tu as raison, c'est plus facile de voler le fusil à canons superposés que tout ce qui touche à la communion. OK. Puisqu'on sait que ton eau bénite marche, apporte-nous-en.

— On pourrait en remplir des ballons, suggéra Harlen, et les bombarder avec. Ils se recroquevilleraient peut-être, comme des escargots dans le sel !

Les autres ne surent pas s'il fallait ou non prendre cela au sérieux. La séance fut levée, avec consigne de réfléchir à tout ça jusqu'au lendemain.

Mike distribua ses journaux en un temps record et arriva au presbytère à 7 heures du matin. Mme McCafferty s'y trouvait déjà.

— Il dort, murmura-t-elle en lui ouvrant la porte. Le Dr Powell lui a donné un somnifère.

— Qui est le Dr Powell ?

Le petit bout de femme se tordait les mains.

— Un médecin de Peoria qui est venu avec le Dr Staffney hier soir.

— C'est si grave que ça ?

Mike n'avait pas oublié ce grouillement de vers bruns qui avaient ruisselé du mufle en forme d'entonnoir, avant de s'enfoncer dans la chair du prêtre.

Mme McCafferty porta la main à la bouche pour étouffer ses sanglots.

— Ils ne savent même pas ce qu'il a ! J'ai entendu le Dr Powell dire au Dr Staffney que si la fièvre ne baissait pas aujourd'hui, il faudrait le transférer à St. Francis.

— A St. Francis ? chuchota Mike en jetant un coup d'œil en direction de l'escalier. Ils l'emmèneraient jusqu'à Peoria ?

— Ils ont un poumon d'acier, là-bas, murmura la vieille dame. J'ai passé toute la nuit à dire mon rosaire, et à supplier la Sainte-Vierge d'aider ce pauvre jeune homme...

— Je peux monter le voir ?

— Oh, non ! Ils ont peur que ce soit contagieux. Personne n'a le droit de pénétrer dans sa chambre, sauf moi et les médecins.

— Mais j'étais avec lui quand il est tombé malade ! insista Mike.

Il n'osa pas lui faire remarquer qu'en le laissant entrer dans la maison et en lui parlant, elle l'avait déjà exposé à une éventuelle contagion. D'ailleurs, il ne croyait pas que les vers puissent sauter d'une personne sur l'autre comme des puces, mais cette idée suffisait à lui soulever le cœur.

— Je vous en prie, la supplia-t-il avec son expression d'enfant de chœur angélique, je n'entrerai pas dans sa chambre, je jetterai juste un coup d'œil du palier.

Elle se laissa attendrir et le conduisit à la porte, qu'elle ouvrit en prenant bien soin de ne pas la faire grincer.

La puanteur qui s'échappa de la pièce le fit reculer. Exactement l'odeur du camion d'équarrissage ou de l'intérieur des mystérieux tunnels. En pire. Mike porta la main à son nez et à sa bouche.

— Je n'ouvre pas la fenêtre, il a tellement grelotté ces deux dernières nuits..., s'excusa Mme McCafferty.

— Ça... ça s..., balbutia Mike, presque sur le point de vomir.

— Ah, tu veux dire les médicaments ? Je lui change son linge tous les jours, tu sais. C'est cette petite odeur de médicaments qui te gêne ?

Ça, une odeur de médicaments ? Jamais. A moins qu'ils soient préparés à base de cadavres faisandés ou qu'on considère comme des médicaments le sang et la viande pourris depuis des semaines. Il regarda Mme McCafferty : de toute évidence, elle ne sentait rien. *C'est tout dans ma tête, alors ?* Il s'approcha, les mains toujours sur le visage, clignant des yeux dans la pénombre et s'attendant à trouver sur le lit un cadavre en décomposition.

Le père avait l'air très mal en point, mais il n'était pas un cadavre en décomposition. Pas tout à fait. Pourtant, il était de toute évidence très très malade : il avait les yeux fermés, profondément enfoncés dans leurs orbites et cerclés de cernes noirs ; les lèvres exsangues et craquelées comme s'il avait passé des jours et des jours dans le désert ; le teint rougi par une forte fièvre ; les cheveux collés et emmêlés ; les mains à demi fermées sur la poitrine comme des griffes. Sa bouche était grande ouverte, et un mince filet de salive coulait sur son col de pyjama. Sa respiration était si rocailleuse qu'il paraissait avoir des cailloux dans la gorge.

— Ça suffit maintenant !

Mme McCafferty repoussa Mike vers les escaliers. Effectivement, cela suffisait.

Le garçon pédala si vite vers la maison de Mme Moon que le vent lui fit monter les larmes aux yeux.

Mme Moon était morte.

Mike avait commencé à s'en douter quand, après avoir frappé à la porte, il n'avait obtenu aucune réponse. Le pressentiment s'était changé en certitude lorsque, en entrant dans le petit salon sombre, il n'avait pas été aussitôt entouré d'une meute de chats.

Mlle Moon, qui partageait un étage d'une vieille maison de Broad Avenue avec Mme Grossaint, l'institutrice du cours préparatoire, venait tous les matins prendre son petit déjeuner avec sa mère aux alentours de 8 heures. Il n'était pas tout à fait 7 h 30.

Mike alla de pièce en pièce, le cœur soulevé par la nausée, comme au presbytère. *Arrête de te faire des idées... Elle est juste allée se promener avec ses chats !* Il savait pertinemment qu'aucun chat ne sortait jamais du petit pavillon. *OK, alors, ils se sont tous sauvés cette nuit, et elle est partie à leur recherche. A moins que sa fille ne l'ait décidée à entrer à la maison de retraite d'Oak Hill.*

C'étaient des réponses logiques à ses questions, mais Mike savait bien que ce n'étaient pas les bonnes.

Il la trouva sur le petit palier en haut de l'escalier. Le premier étage du pavillon n'était guère spacieux : il ne comportait qu'une chambre et une minuscule salle de bains. Le palier était à peine assez grand pour y loger le maigre cadavre de la vieille dame.

Mike s'accroupit sur la dernière marche pour l'examiner avec un mélange d'horreur, de tristesse et de curiosité. A part son grand-père, plusieurs années auparavant, il n'avait jamais vu de mort... sauf le soldat, bien sûr.

Elle avait dû mourir plusieurs heures auparavant, car ses membres étaient rigides. Le bras gauche était accroché à la rampe, comme si, une fois tombée, elle avait tenté de se relever. Son bras droit était dressé, et de la main droite elle semblait griffer l'air... ou chasser quelque horrible apparition.

Elle avait les yeux ouverts, et Mike se dit que les centaines de cadavres qu'il avait vus jusqu'alors à la télévision (chez Dale, en général) avaient toujours les yeux fermés. Ceux de Mme Moon, par contre, étaient presque exorbités, avec des pupilles vitreuses. Ses taches de vieillesse ressortaient sur son visage livide. Elle avait le cou raide, les muscles tendus sous la peau, étirés même, on les eût dit prêts à casser. Elle portait une robe de chambre matelassée rose, d'où sortaient deux jambes osseuses, bien droites. Elle semblait être tombée les jambes raides, comme un acteur comique dans un film muet. Une de ses pantoufles roses bordées de cygne avait glissé, laissant voir les ongles des orteils vernis du même rose. Son pied noueux n'en paraissait que plus étrange.

Mike se pencha, effleura la main gauche de Mme Moon et recula brusquement. La morte était glacée, malgré la chaleur d'étuve qui régnait dans la petite maison. Il s'obligea à regarder le pire : l'expression de son visage.

Sa bouche était grande ouverte, elle était peut-être morte en hurlant. Son dentier avait glissé et pendait : une rangée de carrés de résine brillants qui paraissaient tombés d'une autre planète. Les traits de son visage exprimaient la plus intense terreur.

Mike se détourna et descendit les marches sur le derrière, trop bouleversé pour tenir sur ses jambes. Il ne flottait qu'un faible relent de pourriture, comme dans une voiture fermée où on aurait oublié des fleurs fanées. Rien d'aussi violent qu'au presbytère.

Et si ce qui l'a tuée est encore dans la maison... s'il attend là-haut derrière la porte ?

Mike ne partit pas à toutes jambes, il en aurait été incapable. Il fut obligé de rester un instant assis pour reprendre ses esprits. Ses oreilles bourdonnaient, comme si les grillons s'étaient mis à chanter en plein jour, et de petites taches blanches dansaient devant ses yeux. Il s'enfouit la tête entre les genoux en se frottant les joues.

Et Mlle Moon qui va bientôt arriver. Elle va trouver sa mère comme ça !

Mike n'avait jamais beaucoup aimé la bibliothécaire acariâtre, qui lui avait un jour demandé pourquoi, s'il était nul au point de redoubler, il fréquentait encore la bibliothèque. Mike lui avait rétorqué qu'il accompagnait des amis (ce qui, ce jour-là, était vrai), mais la remarque l'avait profondément blessé.

N'empêche, personne ne mérite de découvrir sa mère dans un état pareil.

Que faire ? S'il avait eu l'intelligence de Duane, ou seulement celle de Dale, il aurait trouvé un moyen futé de détective en herbe pour relever des indices. Il était persuadé que la même... entité... qui avait tué Duane et son oncle avait assassiné Mme Moon. Mais tout ce qui lui vint à l'esprit fut de s'éclaircir la gorge et d'appeler :

— Minou, Minou, Minou ! Viens, Minou.

Il n'y eut pas un mouvement, ni dans la chambre ni dans la salle de bains, dont les portes étaient entrebâillées, ni dans la cuisine au fond du couloir.

Les jambes flageolantes, il s'obligea à remonter l'escalier et à regarder une dernière fois Mme Moon. Elle était encore plus petite vue sous cet angle. Il faudrait peut-être retirer ce dentier. Mais si cette mâchoire de tortue se refermait soudain, sa main resterait prisonnière de la bouche du cadavre, les yeux morts lui feraient un clin d'œil et le regarderaient...

Arrête ça, enfoiré ! Quand Mike se laissait aller à utiliser un vocabulaire plus que familier, c'était Harlen qui lui soufflait les mots adéquats. Et à cet instant, il lui conseillait de se tirer de cette foutue baraque.

Il leva la main droite, ainsi qu'il avait vu le père Cavanaugh le faire un millier de fois, et d'un signe de croix bénit le corps de la vieille dame. Il savait bien qu'elle n'était pas catholique, mais s'il avait su comment s'y prendre, il lui aurait administré sur-le-champ l'extrême-onction.

Il se contenta d'une courte prière silencieuse, puis s'approcha de la porte entrebâillée de la chambre. L'ouverture lui permettait juste de passer la tête sans toucher au chambranle.

Les chats étaient tous là : un tas de petits cadavres déchiquetés posés sur le lit soigneusement fait, quelques-uns empalés sur trois des quatre montants de cuivre. Les têtes de plusieurs autres étaient alignées sur la coiffeuse, à côté des brosses à cheveux, des parfums et des lotions. Un chat roux qui, Mike s'en souvenait, était le favori de Mme Moon, était pendu à la chaîne du lustre. Il avait un œil bleu et un œil jaune, et tous deux fixaient Mike à chaque fois que le cadavre tournait silencieusement sur lui-même.

L'enfant redescendit les escaliers quatre à quatre. Il était presque à la porte de derrière lorsqu'il s'arrêta, la gorge déchirée par une forte envie de vomir. *Je ne peux pas laisser Mlle Moon découvrir ça !* Elle allait arriver d'une minute à l'autre.

Le meuble ancien contre le mur du salon était une sorte de secrétaire, dans lequel Mike trouva du papier bleu lavande. Il saisit un vieux porte-plume, le trempa dans un encrier et écrivit en énormes majuscules : N'ENTREZ PAS ! APPELEZ LA POLICE !

Il n'était pas sûr qu'essuyer le porte-plume et le couvercle de l'encrier suffise à enlever ses empreintes, alors il les fourra dans sa poche, glissa le papier dans le cadre de la moustiquaire — impossible de ne pas le remarquer en arrivant à la porte —, bondit par-dessus les azalées, les iris, la haie, et se retrouva dans la ruelle derrière la maison des Somerset. Il courut chez lui, en remerciant le ciel pour les épaisses frondaisons qui transformaient ce chemin en un véritable tunnel.

Il grimpa tout en haut du gros érable ombrageant Depot Street devant chez lui, et, tremblant de tous ses membres, s'assit parmi les feuilles. Il sentit le porte-plume lui entrer dans la cuisse et se félicita d'avoir eu la présence d'esprit de le glisser dans sa poche avec la plume à l'extérieur, sinon il aurait une énorme tache sur son jean. Il imaginait le titre à la une dans le *Peoria Journal-Star* : « Un assassin stupide se dénonce lui-même par une tache d'encre. » Il enfonça le porte-plume et le couvercle de l'encrier dans une fissure du tronc et les recouvrit de feuilles arrachées aux branches voisines.

Peut-être les découvrirait-on à l'automne, quand les feuilles tomberaient, mais il s'en occuperait le moment venu. *Si nous sommes encore en vie à ce moment-là !*

Il s'appuya à une branche et essaya de réfléchir. Tout d'abord, il s'efforça seulement de chasser de son esprit les terribles images de cette superbe matinée d'été, mais il comprit qu'il n'y parviendrait pas. La respiration enfiévrée du père Cavanaugh, la bouche édentée de Mme Moon resteraient toujours gravées dans sa mémoire. Alors, pour ne pas recommencer à trembler de peur, il essaya de mettre sur pied un plan.

Il resta presque trois heures perché dans son arbre. A un moment, il entendit des automobiles s'arrêter plus haut dans la rue, une sirène de police (bruit rare à Elm Haven) et des voix : on avait découvert Mme Moon. Profondément absorbé dans ses pensées, il n'y prêta guère attention.

En fin de matinée, il descendit enfin de son perchoir, enfourcha sa bicyclette et alla chez Dale. Les deux enfants Stewart étaient stupéfaits et bouleversés par la nouvelle de la mort de Mme Moon.

Si on l'avait simplement retrouvée morte, on n'aurait jamais pensé à un meurtre. Mais le carnage des chats mettait le bourg en effervescence. Mike hocha tristement la tête. Duane McBride était mort, son oncle aussi, et tout le monde avait accepté la version de l'accident, alors que le massacre de quelques chats allait terroriser la population pendant des semaines et même des mois, et personne n'oublierait plus de fermer les portes à clé. Mais pour lui, la mort de Mme Moon s'estompait déjà dans le lointain, elle se fondait dans la nuée menaçante qui, depuis le début des vacances, pesait sur Memo, sur lui et sur les autres. Un nuage de plus dans un ciel déjà bien sombre.

— Venez, dit-il à Dale et à Lawrence en les poussant vers leurs vélos. Allons chercher Kevin et Harlen, et trouvons-nous un endroit bien isolé. Je veux vous parler de quelque chose.

Tandis qu'ils roulaient vers la maison d'Harlen, Mike ne put s'empêcher de jeter un coup d'œil à Old Central. La vieille école paraissait encore plus grande et plus laide que dans son souvenir, avec ses secrets bien enfermés à l'intérieur où, maintenant que toutes les ouvertures étaient condamnées, il faisait toujours noir, même quand, dehors, le soleil brillait de tout son éclat.

Il savait bien que cette saleté d'école le guettait.

27

Ils trouvèrent un endroit sûr où discuter : le centre du terrain de sports. Mike parla bien une dizaine de minutes tandis que les autres le regardaient avec de grands yeux. Ils ne posèrent aucune question sur le cadavre de Mme Moon, ne protestèrent pas lorsqu'il leur dit que, s'ils n'agissaient pas, ils seraient bientôt eux aussi des cadavres, et ils n'élevèrent aucune objection quand il annonça en gros ce qu'ils allaient devoir faire :

— Est-ce qu'on peut y arriver avant dimanche matin ? demanda enfin Dale.

Leurs bicyclettes étaient posées les unes sur les autres contre la butte du lanceur, et il n'y avait personne à cinq mètres à la ronde.

— Ouais. Du moins je pense, répondit Mike.

— Pas question d'aller camper jeudi soir, en tout cas, objecta Harlen.

Les autres se regardèrent. On était mardi, pourquoi se préoccuper de jeudi soir ?

— Pourquoi pas ? demanda Kevin.

— Parce que ce jour-là, je suis invité à la soirée d'anniversaire de Michelle Staffney. Et je tiens à y aller !

Lawrence prit un air écœuré et les autres parurent soulagés.

— Tu parles d'une affaire ! rétorqua Dale. Nous sommes tous invités. La moitié des enfants de ce patelin sont invités, comme tous les 14 juillet. Il n'y a pas de quoi en faire tout un plat !

Dale n'exagérait pas : la soirée d'anniversaire de Michelle Staffney était une sorte de fête de la Saint-Jean pour les enfants d'Elm Haven. Elle se terminait par un feu d'artifice tiré aux alentours de 22 heures, au cours duquel le docteur ne manquait jamais d'annoncer qu'en même temps que l'anniversaire de Michelle, ils célébraient la prise de la Bastille. Tous les gosses poussaient alors des *Hourrah !* enthousiastes, bien qu'aucun d'entre eux ne sût ce qu'était la prise de la Bastille. Qu'importait, du moment qu'il y avait du gâteau, des jus de fruits et un feu d'artifice ?

— Je n'en fais pas un plat, je tiens à y aller, c'est tout !

Mike coupa court à la discussion :

— OK, pas de problème. On ira camper demain, mercredi. On sera débarrassés et on sera prêts pour la séance gratuite de samedi.

Lawrence avait l'air dubitatif.

— Comment vous pouvez être sûrs qu'elle sera pas encore annulée ?

Mike soupira, s'accroupit et les autres se serrèrent autour de lui.

— On s'en assurera auprès de M. Ashley-Montague quand on ira le voir. Si on campe demain soir, ça va nous prendre presque toute la journée, plus la matinée de jeudi. Et on veut être prêts samedi soir pour ce qu'on va faire dimanche. Cela signifie qu'il faut aller voir M. Ashley-Montague soit cet après-midi, soit jeudi après-midi. Et jeudi soir, il y a la fête d'anniversaire de Michelle Staffney ! ajouta-t-il en lançant un regard ironique à Harlen.

Dale sortit sa casquette de base-ball de sa poche et la mit sur sa tête.

— Pourquoi si tôt ? demanda-t-il.

Mike lui avait dit que ce serait à lui d'aller voir M. Ashley-Montague.

— Réfléchis. On peut rien faire tant qu'on est pas sûrs. Ce richard pourra peut-être nous dire si on se trompe ou non.

Dale ne paraissait pas convaincu.

— Et s'il refuse ?

— Alors, la nuit où on ira camper nous renseignera. Mais ce serait mieux de savoir avant.

Dale frotta son cou ruisselant de transpiration et laissa son regard errer en direction du château d'eau et des champs, derrière. Le maïs était plus grand qu'eux maintenant et formait une muraille verte marquant la limite du bourg.

— Tu viens avec moi ? demanda-t-il à Mike. Chez M. Ashley-Montague, je veux dire.

— Non, je vais chercher ce type dont je vous ai parlé. Je voudrais qu'il me donne des détails sur ce que Mme Moon a raconté. Et il se peut aussi que le père Cavanaugh ait besoin de moi.

— J'irai avec toi, proposa Kevin.

Dale se sentit aussitôt un peu plus optimiste, mais Mike n'était pas d'accord :

— Non, pas toi. Il faut que tu t'occupes du camion-citerne de ton père, et que tu organises tout ce qu'on a décidé de faire.

— Mais je n'ai pas besoin de toucher au camion avant le week-end..., commença Kevin.

— Si ! dit Mike d'un ton coupant court à toute discussion, il faut que tous les jours à partir d'aujourd'hui tu te charges de tout l'entretien, au lieu de seulement aider. Si tu le fais plusieurs jours d'affilée, samedi ton père trouvera ça normal.

Kevin approuva de la tête, et Dale retomba dans son humeur morose.

— J'irai, moi, proposa Harlen.

Dale regarda le frêle garçon aux épaules étroites, encombré par son plâtre et son écharpe, et ne se sentit guère plus optimiste.

— Moi aussi ! dit Lawrence.

— C'est hors de question, répondit Dale, jouant les grands frères. Tu es notre éclaireur. Comment on saura où est le camion d'équarrissage si tu ne le cherches pas ?

— Et merde !

— Je n'aime pas trop ce projet de camping, objecta Kevin de son ton d'homme d'affaires. Tous ensemble, comme ça...

— C'est pour ça que je crois que ça va marcher. Cela fait un moment que nous ne nous sommes pas retrouvés tous ensemble loin de notre famille, expliqua Mike en traçant du bout du doigt des signes dans la poussière. Et peut-être que nous n'aurons pas besoin d'aller camper, ça dépendra des renseignements que Dale et Jim obtiendront de M. Ashley-Montague.

Dale regardait d'un air anxieux les champs de maïs.

— Le problème, c'est comment aller à Peoria. Ma mère ne voudra pas nous emmener. D'ailleurs, même si elle acceptait, la vieille Buick n'arriverait pas jusque-là, et mon père ne rentre de tournée que dimanche.

Kevin mâchait un chewing-gum. Il se retourna pour cracher par-dessus son épaule.

— Nous, on va très rarement à Peoria. Au moment de Thanksgiving, pour voir le défilé, c'est tout. Je ne crois pas que tu veuilles attendre si longtemps, hein ?

— Je viens juste de réussir à empêcher ma mère d'être toujours fourrée à Peoria, ajouta Harlen. Si je lui demandais de m'emmener à la baraque d'un mec plein aux as sur Grand View Drive, elle m'arracherait probablement les yeux.

— Ouais, mais peut-être qu'elle te conduirait quand même après ? suggéra Mike.

Harlen lui lança un regard noir.

— Hé, mon petit Mike, ton père bosse à la brasserie Pabst, non ? Il ne nous emmènerait pas, Dale et moi ?

— Pas de problème, si vous voulez partir d'ici à 20 h 30 ce soir. Et la brasserie se trouve à des kilomètres de Grand View Drive, il faudra faire tout le chemin à pied dans le noir, parler à M. Ashley-Montague au milieu de la nuit, et attendre 7 heures du matin pour revenir avec mon père.

Harlen haussa les épaules. Puis son visage s'éclaira et il claqua des doigts.

— J'ai une idée ! Combien d'argent tu as, Dale ?

— En tout ?

— Je ne veux pas parler des actions de ta tante Millie et des louis d'or de ton oncle Paul, patate, je veux dire l'argent dont tu peux disposer immédiatement.

— Environ vingt-neuf dollars. Mais l'autobus ne passe que le vendredi et il nous laisserait à...

Harlen secoua la tête, l'air content de lui.

— Je ne parle pas de l'autobus, je pense à un taxi pour nous tout seuls. Avec vingt-neuf dollars, ça devrait marcher... Tiens, j'en mettrai un de ma poche, pour arriver à trente. On peut y aller aujourd'hui. Tout de suite même.

Le cœur de Dale battit plus vite. Il n'avait pas la moindre

envie de faire la connaissance de M. Ashley-Montague et Peoria lui semblait à des années-lumière.

— Maintenant ? Tu plaisantes ?

— Pas du tout.

Dale regarda Mike et lut dans ses yeux : *Vas-y !*

— Très bien. Et toi, fit-il en appuyant son poing sur la poitrine de son frère, tu restes à la maison avec maman, sauf si Mike veut t'envoyer en reconnaissance quelque part.

Harlen roulait déjà en direction de First Avenue. Dale regarda les autres.

— Tout ça, c'est complètement cinglé !

Personne ne le contredit.

Il enfourcha son vélo et appuya sur les pédales pour rattraper Harlen.

Quand Harlen lui dit où ils allaient, Dale arrêta net son vélo.

— Congden ? Tu plaisantes ?

Il était réellement et profondément horrifié. Il revoyait encore le trou noir du 22 long rifle que le voyou de la ville lui avait braqué sur la figure.

— Pas question ! ajouta-t-il en faisant demi-tour.

Harlen lui saisit le poignet.

— Ecoute-moi, Dale. Personne n'acceptera de nous conduire jusqu'à Grand View Drive sans poser de questions. Nos parents vont nous prendre pour des cinglés, et il n'y a pas d'autocar avant vendredi. Tu connais quelqu'un d'autre qui a un permis, toi ?

— Peg, la sœur de Mike...

— Tu parles, elle l'a raté quatre fois ! Sa famille ne la laisse jamais toucher à la voiture. En plus, les O'Rourke n'en ont qu'une, et le père de Mike s'en sert pour aller travailler. Si tu t'imagines qu'il va lui prêter !

— Je trouverai bien un moyen...

— Ouais...

Harlen croisa les bras et, assis sur la barre de son vélo, lança avec un regard froid :

— Tu serais pas un peu lopette sur les bords, toi ?

410

Dale sentit la colère monter en lui, mais s'accrocha à son guidon en s'obligeant à rester calme.

— Réfléchis, reprit Harlen, il faut y aller aujourd'hui et on connaît personne d'autre. Congden est si stupide qu'il le fera pour du fric sans poser de questions. Et, hormis en F-86, c'est sans doute la manière la plus rapide d'aller à Peoria !

La vérité de cette dernière remarque fit trembler Dale.

— Son père ne le laisse pas conduire...

— On n'a vu son père nulle part ces derniers temps, rétorqua Harlen en se balançant d'avant en arrière sur sa selle. On dit que lui, Van Syke, Daysinger et quelques autres lèche-culs sont partis faire la bringue à Chicago, avec du fric extorqué à une pauvre andouille de touriste pour un soi-disant excès de vitesse. De toute façon, le bolide de J.P. est toujours là, et son fils crâne au volant du matin au soir.

Dale tâta dans sa poche l'argent de sa tirelire : c'était tout ce qu'il possédait à part les actions de tante Millie et les louis d'or d'oncle Paul, qu'il n'était pas question de monnayer.

— D'accord, soupira-t-il.

Il fit demi-tour et commença à pédaler dans Depot Street aussi lentement que s'il se rendait à sa propre exécution.

— Comment se fait-il qu'un trouduc aussi bête que Congden ait passé son permis si Peg O'Rourke n'y est pas arrivée ? demanda-t-il.

Harlen attendit qu'ils soient en vue de la maison du shérif (et de son fils vautré sur la Chevrolet) pour répondre entre ses dents :

— Qui t'a dit qu'il avait le permis ?

C. J. Congden les regardait avec une expression de totale incrédulité. L'adolescent boutonneux s'appuyait nonchalamment à l'aile gauche de la Chevrolet de son père. Il portait, comme à l'accoutumée, un jean crasseux, des bottes de chantier et un blouson de cuir noir. Il tenait une bière à la main, et une cigarette pendait au coin de ses lèvres.

— Qu'est-ce que vous me voulez, espèces de petits merdeux ?

— Que tu nous conduises à Peoria.

— Et combien vous payez ?

Harlen regarda Dale d'un air un peu exaspéré, comme pour dire : *Je te l'avais bien dit qu'on aurait affaire à une cervelle en fromage mou, non ?*

— Quinze dollars, répondit-il.

— Allez vous faire foutre ! ricana l'adolescent en avalant une longue gorgée de bière.

— On pourrait peut-être aller jusqu'à dix-huit...

— Vingt-cinq. A prendre ou à laisser, rétorqua Congden en faisant tomber sa cendre de cigarette.

Harlen hocha la tête en feignant de trouver cette somme astronomique, regarda Dale et battit des bras comme s'il renonçait à marchander.

— Bon... d'accord !

Congden parut surpris.

— Payables *d'avance !* dit-il d'un ton qui montrait qu'il avait piqué l'expression dans les films de gangsters.

— La moitié tout de suite, la moitié quand le travail sera fait ! rétorqua Harlen sur le même ton, à la Humphrey Bogart.

A travers sa fumée de cigarette, Congden lui lança un regard noir, mais comme les tueurs à gage acceptaient toujours cet arrangement, il n'avait plus qu'à s'incliner.

— Filez-moi la première moitié tout de suite !

Dale obtempéra et compta douze dollars cinquante : ses pauvres économies...

— Montez !

Congden éteignit sa cigarette, cracha, remonta son pantalon et hurla en direction des deux garçons qui s'installaient à l'arrière.

— Vous vous croyez dans un taxi ? Qu'un de vous deux vienne à l'avant, et qu' ça saute !

Dale attendit qu'Harlen se dévoue, mais Jim agita son bras en écharpe comme pour dire : *Ça prend de la place, ce truc !*, et Dale, à contrecœur, grimpa dans la voiture.

C.J. jeta sa boîte de bière par terre, monta dans la Chevrolet, claqua la porte, tourna la clé et fit ronfler le puissant moteur.

— T'es sûr que ton père te laisse la conduire ? demanda Harlen de la relative sécurité du siège arrière.

— Ferme ta gueule avant que je te flanque une torgnole ! cria Congden, puis il démarra en trombe en éclaboussant de gravillons la façade de la maison.

Il tourna avec un grand crissement de pneus à angle droit dans Depot Street, et continua à accélérer jusqu'à Broad Avenue. Il dérapa dans le virage et roula plusieurs mètres sur le mauvais côté de la route avant de reprendre le contrôle de son engin. Le compteur indiquait plus de cent à l'heure au niveau de Church Street, et Congden dut freiner à mort pour s'arrêter à l'intersection de Broad Avenue et de Main Street. Il sortit de sa manche roulée un paquet de cigarettes, réussit à en extraire une du bout des lèvres, et l'alluma à l'allume-cigares de la Chevrolet en débouchant dans Hard Road sous le nez d'un semi-remorque.

Dale ferma les yeux en entendant les coups de klaxon indignés, auxquels Congden répondit par un geste obscène dans le rétroviseur avant de changer de vitesse. Le panneau devant Park Cafe indiquait une vitesse limite de quarante kilomètres à l'heure, Congden le dépassa allègrement à plus de quatre-vingt-dix, et il continua à accélérer. Ils sortirent bientôt du bourg, roulant de plus en plus vite dans le rugissement des deux pots de la Chevrolet, renvoyé en écho par les murailles de maïs de chaque côté de la route.

Les trente kilomètres de route sinueuse menant à la grand-route 150A n'avaient pas été prévus pour des vitesses de cet ordre, même du temps où elle était neuve et sans nids-de-poule ni rapiéçages de goudron. La Chevrolet approchait de la vallée de la Spoon. Elle parut décoller en passant le sommet de la colline, puis elle retomba lourdement. Dale vit Congden loucher encore plus que d'habitude à travers le nuage de fumée de sa cigarette, et la voiture zigzagua un certain temps d'un bord à l'autre de la route avant qu'il en reprenne le contrôle.

Si un autre véhicule était arrivé en face, on serait tous morts ! Même si cette équipée se termine bien, Harlen ne coupera pas à sa raclée.

Soudain, Congden freina et arrêta la Chevrolet sur le bord de la route à l'entrée du pont. Ils avaient parcouru un tiers du chemin jusqu'à Peoria.

— Descends ! dit-il à Dale.

— Mais, pourquoi...

Le voyou le poussa violemment dehors, lui cognant la tête contre la portière.

— Allez, dégage, espèce de crétin !

Dale descendit, lança un regard implorant à Harlen, mais celui-ci, plongé dans une étude attentive du tissu du siège, aurait tout aussi bien pu être un étranger.

Congden ne s'occupa pas d'Harlen. Il repoussa Dale, l'obligeant à reculer presque au bord du garde-fou. La route surplombait la vallée, et ils se trouvaient à la hauteur du sommet des chênes et des saules qui poussaient sur les berges de la Spoon. La rivière coulait dix mètres plus bas.

Dale recula, se cogna les mollets au garde-fou et serra les poings de rage. Il était terrorisé.

— Qu'est-ce que tu..., commença-t-il.

Congden sortit de sa poche un couteau à cran d'arrêt. La lame, d'environ vingt centimètres, brillait au soleil.

— Ta gueule ! Et aboule le reste du fric !

— Va te faire foutre ! rétorqua Dale en serrant les poings. *C'est moi qui ai dit ça ?*

Congden réagit au quart de tour. Il écarta les bras minces de Dale, repoussa le garçon en arrière, au risque de le faire basculer par-dessus le parapet, et lui mit la lame du couteau sous le menton.

— Foutu crétin, siffla-t-il, ses dents jaunes à quelques centimètres du visage de Dale. J'avais seulement l'intention de te faucher tes petites économies et de te laisser rentrer à pied, mais tu sais ce que je vais faire, maintenant, espèce de minus ?

Dale ne pouvait pas hocher la tête, la lame lui aurait tranché la chair sous le menton. Congden sourit méchamment.

— Tu vois ce truc en bas ? demanda-t-il en désignant de sa main libre le cylindre de tôle où menait la passerelle construite sur la droite du parapet. Eh bien, pour t'apprendre à me répondre avec ce toupet, je vais t'emmener sur ce foutu machin là-bas et te jeter la tête la première dans la flotte. Qu'est-ce que t'en penses, minable ?

Dale n'en pensait guère de bien, mais la lame appuyée contre son menton l'empêchait de répondre. Il respirait les remugles de transpiration et de bière émanant de Congden, et il voyait bien que le voyou ne plaisantait pas. Sans bouger la tête, il jeta un coup d'œil à la petite tour de tôle nichée sur un pilier de dix mètres de haut, à la passerelle... à la rivière en bas...

Congden abaissa la lame, mais saisit Dale par la peau du cou et le poussa sur le bas-côté de la route, sur le pont, en direction de la passerelle. Pas une voiture en vue, pas une ferme dans le coin.

Le plan de Dale était simple : s'il avait une chance de se sauver, il la saisirait. Sinon, lorsque, comme c'était probable, Congden le pousserait sur la passerelle, il lui sauterait dessus pour qu'ils tombent tous les deux à l'eau. La Spoon n'était pas très profonde, même au printemps, et encore moins en juillet, mais il n'avait pas le choix. Il arriverait peut-être à tomber sur le trouduc et à l'enfoncer dans la boue.

Congden le poussa sur le pont sans relâcher sa prise. Il s'était arrangé pour transférer l'argent de Dale dans sa propre poche. Ils atteignirent la passerelle. Avec un ricanement, le voyou approcha son couteau de l'œil gauche du garçon.

— Lâche-le ! dit Harlen.

Il était sorti de voiture, mais ne s'était pas approché. Sa voix était aussi calme qu'à l'accoutumée.

— Va te faire foutre ! ricana Congden, ça va être bientôt ton tour, pignouf ! Crois pas que...

Il jeta un coup d'œil à Harlen et se figea, le couteau toujours à la main. Jim était debout près de la portière arrière ouverte, son plâtre et son bras en écharpe le faisant paraître aussi vulnérable que jamais, mais le pistolet en acier bleu dans sa main droite avait l'air plutôt dangereux.

— Lâche-le, Congden ! répéta-t-il.

Le voyou ne lui accorda qu'un bref regard. Il passa un

bras autour du cou de Dale, fit pivoter sa victime pour s'en faire un bouclier et leva le couteau.

Encore une scène de cinoche ! pensa Dale. *Ce pauvre mec pense que sa vie se déroule dans un film de série B...*

— Pauvre minable, tu ne pourrais même pas atteindre une grange à cette distance avec ce truc, hurla Congden en postillonnant. Vas-y, tire, foutu pignouf ! Allez, vas-y !

Il tenait Dale devant lui, et celui-ci aurait bien aimé lui envoyer un coup de pied dans les couilles, ou au moins dans les mollets, mais il n'y arriverait jamais. Le voyou était assez grand pour le soulever de terre en le tirant par la peau du cou, et l'enfant devait se mettre sur la pointe des pieds pour éviter d'être étranglé. *Harlen va tirer, c'est sûr !... Et c'est moi qui vais écoper !*

Mais Jim se contenta de regarder le revolver.

— Tu veux vraiment que je tire ? demanda-t-il d'un ton innocent.

Congden écumait de rage.

— Allez, vas-y, petit couillon, sale merdeux, j'en ai rien à foutre.

Harlen haussa les épaules, leva le revolver à canon court, visa la Chevrolet et appuya sur la gâchette. La détonation retentit dans toute la vallée.

Congden perdit la tête. Il poussa Dale de côté et courut sur le pont, bavant et hurlant des obscénités.

Harlen fit un pas en avant, braqua le revolver sur le parebrise de la grosse voiture et cria :

— Stop !

Congden s'arrêta net, dérapant si fort que ses talons ferrés envoyèrent des étincelles. Il était encore à dix pas d'Harlen.

— Je te tuerai ! grinça-t-il, les dents serrées.

— Peut-être, mais avant que t'y arrives, la voiture de ton père aura cinq autres jolis trous.

Il déplaça sa mire en direction du capot. Congden recula comme si l'arme avait été braquée sur lui.

— Hé, s'il te plaît, Jimmy, j'ai pas..., supplia-t-il d'une voix encore plus immonde que son habituel ton de brute furieuse.

— Ta gueule ! Et toi, Dale, magne-toi un peu, tu veux ?

Dale sortit de sa rêverie et se magna plus qu'un peu. En faisant un large détour pour éviter Congden transformé en statue, il alla se placer derrière Harlen, près de la portière ouverte.

— Jette ton couteau par-dessus le parapet ! ordonna Harlen. Et tout de suite ! ajouta-t-il comme le voyou essayait de parler.

Congden lança son couteau dans les arbres bordant la rivière.

Harlen fit signe à Dale de monter à l'arrière.

— Et si on repartait ? suggéra Jim poliment. On reste tous les deux à l'arrière. A la moindre merde de ta part, ne serait-ce qu'un autre excès de vitesse, j'ajoute quelques trous à la banquette de ton père. Peut-être même quelques perforations décoratives au tableau de bord, ajouta-t-il en s'installant à côté de Dale, puis il ferma la portière.

Congden se glissa derrière le volant. Il essaya de sauver la face en allumant une cigarette, mais sa main et sa bouche tremblaient.

— J' te ferai la peau un jour ou l'autre, tu sais ! dit-il en le regardant dans le rétroviseur.

Il avait presque retrouvé sa voix de brute et ne tremblait plus que légèrement.

— Je vous attendrai tous les deux quelque part, et je vous descendrai...

Harlen soupira et braqua son revolver sur le rétroviseur bordé de fourrure synthétique.

— Ferme-la et conduis, dit-il.

La porte du presbytère était ouverte et Mme McCafferty n'était pas dans les environs à garder douves et ponts-levis. Mike monta sur la pointe des pieds à la chambre du père Cavanaugh. Un bruit de voix le fit se plaquer contre le mur pour s'approcher de la porte ouverte.

— Si la fièvre et les vomissements continuent, disait le Dr Staffney, nous allons être obligés de l'emmener à St. Francis et de le mettre sous perfusion pour éviter la déshydratation.

Une autre voix d'homme, inconnue de Mike, sans doute celle du Dr Powell, répondit :

— Je ne tiens pas à lui faire faire soixante kilomètres dans cet état. Commençons les perfusions sur place, sous la surveillance d'une infirmière et de sa gouvernante.

Il y eut un silence de quelques instants, puis le Dr Staffney s'écria :

— Attention, Charles !

Mike jeta un coup d'œil dans la chambre, juste au moment où les hoquets commençaient. Il vit le docteur inconnu tenir, très maladroitement — il ne devait pas être habitué à ce genre de tâche —, un bassin dans lequel le père Cavanaugh, les yeux clos et le visage aussi blanc que ses oreillers, vomissait violemment.

— Seigneur, remarqua le Dr. Powell d'une voix où perçaient le dégoût mais aussi la curiosité professionnelle, ses vomissures ont toujours eu cette consistance ?

Mike se pencha pour mieux voir. Le père Cavanaugh, la tête ballante sur les oreillers, le haricot presque contre la joue, laissait couler de sa bouche une matière brune plus solide que liquide, une masse de mucosités partiellement digérées. Le récipient était plein, cependant le prêtre ne semblait pas près de s'arrêter. Le Dr Staffney répondit à une autre question de son collègue, mais Mike ne l'entendit pas. Accroupi contre le mur, il luttait contre le vertige et les nausées.

Un peu plus tard, il redescendit sur la pointe des pieds l'escalier et retrouva avec soulagement l'air du dehors, malgré la chaleur torride de cette journée.

Les rues étaient vides. Il traversa la ville en évitant les endroits d'où on pouvait le voir du grand magasin d'alimentation, afin que sa mère n'en profite pas pour lui confier quelque tâche urgente. Pour le moment, il avait à faire.

Mink Harper était l'ivrogne du bourg. Mike le connaissait, comme tous les gosses d'Elm Haven, car le clochard, s'il agaçait les adultes avec son incessante mendicité, ne demandait jamais rien aux enfants. Il était toujours très aimable avec eux, toujours prêt à leur faire la conversation, et à leur raconter comment progressait son éternelle et vaine quête d'un trésor enterré.

Mink n'avait pas d'adresse fixe. L'été, il faisait souvent la sieste sous le kiosque à musique, avant d'aller, à la fraîche, s'allonger sur un des bancs du square. Il disposait d'une place de choix pour la séance gratuite, et ne voyait jamais d'inconvénient à ce que des gamins se glissent à quatre pattes sous le kiosque pour regarder le film avec lui à travers le treillage cassé.

L'hiver, Mink était moins facile à trouver. On disait qu'il dormait dans l'ancienne usine de suif ou dans un appentis derrière le magasin de tracteurs, de l'autre côté du square. Parfois aussi des familles au cœur généreux, comme les Whittaker ou les Staffney, l'autorisaient à dormir dans leur grange, et même à venir de temps en temps chercher un repas chaud à la cuisine. Mais Mink se souciait de ses repas comme d'une guigne : ce qui le tracassait, c'était de savoir d'où lui viendrait sa prochaine bouteille.

Personne ne semblait connaître son âge, mais depuis au moins trois générations, les mères le citaient en contre-exemple à leurs enfants. Son statut de pochard-clochard de la ville, même si certains lui confiaient parfois des petits travaux, le rendait quasiment invisible aux yeux de la plupart des gens. Du point de vue de Mike, c'était un atout.

Un problème se posait cependant : qu'est-ce qu'il allait bien pouvoir offrir à Mink ? Il n'avait même pas une boîte de bière car Mme O'Rourke, bien que son mari fût employé à la brasserie Pabst, et préférât à toute autre distraction une soirée passée à lever le coude avec les copains, ne tolérait pas chez elle la moindre goutte d'alcool.

Mike s'arrêta pour réfléchir devant le salon de coiffure, entre la Fifth Avenue et la ligne de chemin de fer. S'il avait eu deux sous d'intelligence, il aurait demandé à Harlen de lui procurer une bonne bouteille avant de partir avec Dale... D'après lui, sa mère en avait toujours des tas à la maison et elle ne remarquait rien quand il y en avait une qui disparaissait... Mais maintenant, Harlen était dans la nature avec Dale, et leur chef sans peur et sans reproche était bel et bien coincé. Même s'il trouvait Mink, il n'obtiendrait rien de lui sans un petit cadeau.

Il laissa passer un camion avant de traverser Hard Road et tourna dans une ruelle passant derrière la taverne de Carl. Il appuya son vélo contre le mur de brique et s'approcha de la porte de derrière, toujours ouverte. Il entendait le rire d'une demi-douzaine de clients dans la salle de devant et le ronronnement du ventilateur. La plupart des hommes de la ville avaient signé une pétition pour demander au patron d'acheter un climatiseur, mais celui-ci avait éclaté de rire et demandé s'ils le prenaient pour un politicien. Sa bière, oui, il la gardait au frais, et tous ceux qui avaient trop chaud chez lui n'avaient qu'à aller à L'Arbre noir.

Mike recula précipitamment en entendant un bruit de chasse d'eau, puis regarda de nouveau à l'intérieur. Il y avait trois portes : deux menaient aux toilettes, pour hommes et pour dames, et la troisième, sur laquelle on pouvait lire : *Défense d'entrer*, était celle de la cave. Le garçon le savait car, pour se faire un peu d'argent de poche, il avait une fois ou deux aidé Don à décharger des cartons d'alcool.

Il entra à pas de loup, ouvrit la porte et la referma le plus doucement possible derrière lui. Il descendit et s'arrêta au bas des marches pour regarder les piles de cartons et les grands barils de métal plus au fond. Il y avait de hautes étagères au-delà d'une demi-cloison de brique, et Mike se rappelait vaguement qu'on y rangeait le vin. Il traversa sur la pointe des pieds la première cave. La seconde n'était pas exactement une cave à vins (du moins ne ressemblait-elle pas à celles que Dale lui avait décrites d'après ses lectures, avec des bouteilles couvertes de poussière couchées dans des petits paniers bien alignés), c'était juste un endroit où Don entreposait ses cartons de bouteilles.

Mike avança dans le noir vers la droite, trouva à tâtons les cartons, l'oreille à l'affût d'un bruit de porte ou de pas sur l'escalier, respirant le riche parfum de houblon et de malt émanant de la bière. Une toile d'araignée lui effleura le visage et il agita fiévreusement les mains pour la balayer. *Pas étonnant que Dale déteste les caves !*

Il trouva un carton déjà ouvert sur une des étagères, saisit une bouteille par le goulot et hésita. S'il la prenait, pour la première fois de sa vie il s'emparerait délibérément du bien d'autrui. De tous les péchés, le vol lui avait toujours paru le plus ignoble, un voleur était à ses yeux le plus méprisable des êtres. Et puis, il lui faudrait confesser ce péché. Il rougit rien qu'en imaginant la scène : à genoux dans le confessionnal dont la petite grille lui permettrait d'apercevoir le profil du père Cavanaugh, il chuchoterait : « Pardonnez-moi, mon père, parce que j'ai péché... », puis il préciserait à quand remontait sa dernière confession et il commencerait... Et soudain, la tête penchée du prêtre retomberait contre la grille, il verrait les yeux morts, et de la bouche en forme d'entonnoir pressée contre le bois coulerait un flot grouillant de vers bruns qui tomberaient sur les mains jointes de Mike, sur ses genoux...

Il prit la bouteille et partit à toutes jambes.

Le square du kiosque à musique était ombragé mais chaud.

Il y avait quelqu'un ou quelque chose sous le grand kiosque à colonnade. Mike s'accroupit devant un des trous du treillis et regarda. Un mètre environ séparait le plancher du kiosque du cercle de ciment servant de fondations, mais il ne s'agissait pas à proprement parler d'un vide sanitaire. Mike aurait pu, en baissant la tête, s'y tenir debout. Il ne s'y risqua pas. Il essaya juste de distinguer la masse sombre à l'autre bout.

Cordie dit que d'autres créatures ont aidé à tuer Duane... des créatures qui s'enfoncent dans le sol.

Il résista à la tentation d'enfourcher son vélo et de repartir à toute allure. La masse sombre à l'autre bout de l'espace sous le kiosque ressemblait à un être humain enveloppé d'un imperméable en haillons (cela faisait six ans qu'été comme hiver, Mink en portait un de ce genre), et surtout, Mike sentait, par-dessus l'odeur d'humus et de pourri, des relents de crasse, de vin aigre et d'urine qui ne pouvaient provenir que de Mink.

— Qui est là ? demanda une voix rauque et grasseyante.

— C'est moi... Mike.

— Quel Mike ? gronda le vieil homme, comme un somnambule soudain réveillé. Mike Gernold ? Je croyais que t'avais été tué à Bataan...

— Non, Mike O'Rourke. Vous ne vous souvenez pas de moi ? On a travaillé ensemble chez Mme Duggan, l'été dernier. Vous avez taillé les haies pendant que je tondais la pelouse.

Mike se glissa par le trou du treillis. Il faisait noir là-dessous, mais bien moins que dans la cave de la taverne. De petits losanges de lumière effleuraient le sol du côté ouest, et à présent le garçon distinguait le visage du clochard, avec ses yeux larmoyants, son nez rouge, ses joues hérissées de poils gris et sa bouche édentée. Il songea à la description de M. McBride que Dale lui avait faite.

— Mike O'Rourke, grommela Mink d'un ton ahuri en mâchonnant le nom comme s'il s'agissait d'un morceau de viande coriace. Ah, oui, le fils de Johnny O'Rourke...

— C'est ça.

Mike s'approcha un peu, puis s'arrêta, soucieux de ne pas donner à Mink l'impression d'envahir son territoire : le vieil alcolo était ici chez lui, entouré de son imperméable froissé, de son matelas de journaux, de son bidon d'alcool à brûler et d'un tas de bouteilles vides.

— Qu'est-ce que tu veux, gamin ?

La voix du pochard était distraite, bien différente de l'habituelle jovialité dont il faisait preuve vis-à-vis des enfants. *Je dois être trop grand maintenant, Mink s'entend mieux avec les enfants plus petits...*

— Je vous ai apporté quelque chose, Mink, dit-il en sortant de derrière son dos la bouteille volée.

Il n'avait pas pris le temps de lire l'étiquette, et ici il faisait trop sombre. *Si j'avais pris du détergent dans ce cartons ? Quoique... Pas sûr que Mink remarque la différence !*

Les yeux injectés de sang papillonnèrent en apercevant le cadeau de Mike.

— Tu as apporté ça pour moi ?

— Ouais, dit-il en ramenant la bouteille vers lui et en se sentant vaguement coupable, comme s'il taquinait méchamment un jeune chiot. Mais je veux quelque chose en échange.

422

— Et merde ! C'est toujours pareil ! OK, gamin, qu'est-ce que tu veux ? Que le vieux Mink aille t'acheter un paquet de clopes ? ou une bière à la taverne ?

— Pas exactement, répondit Mike en s'agenouillant au niveau du vieil homme. Je vous offre le vin si vous me donnez un renseignement.

Mink tendit le cou en lorgnant le garçon.

— Quoi ? demanda-t-il d'une voix soupçonneuse.

— Parlez-moi du Noir qui a été pendu à Old Central en 1900, juste après le jour de l'an, murmura Mike.

Il s'attendait à ce que le vieil ivrogne lui rétorque qu'il ne se souvenait plus de cette histoire (et en buvant, il s'était certes détruit assez de cellules du cerveau pour que cela soit plausible), ou bien qu'il n'était pas au bourg à ce moment-là, ou encore qu'il ne voulait pas en parler... mais il y eut juste un petit silence, seulement brisé par la respiration rauque du clochard. Puis celui-ci tendit les deux mains comme pour prendre un bébé.

— D'accord.

Mike lui donna la bouteille. Le vieil homme s'évertua quelques instants à l'ouvrir en grommelant :

— Qu'est-ce que c'est que ce truc ? Un bouchon, ou quoi ?

Puis il y eut un *Pop !* Quelque chose heurta le plafond au-dessus de Mike qui se jeta de côté sur le sol, tandis que Mink riait de son rire quinteux.

— Bon Dieu, gamin, tu sais ce que tu m'as apporté ? Du champagne ! Du vrai pétillant de Guy Lombardo.

Mike ne put deviner d'après sa voix si le breuvage lui plaisait ou non. Mais il devait l'aimer, car après une première gorgée méfiante, il se mit à boire avec application.

Et, entre les goulées et les petits rots polis, il raconta.

Dale et Harlen regardèrent à travers la haute grille de fer forgé la noble demeure de M. Ashley-Montague. Dale n'avait jamais vu de maison aussi luxueuse. Un vrai manoir à pignons et tourelles, perché sur la falaise dominant l'Illinois et entouré d'hectares de pelouses et de bois.

Il y avait un interphone sur la colonne de brique à gauche

de la grille. Dale sortit de la Chevrolet et la contourna par l'arrière. L'air chaud dans la voiture lui avait râpé les joues comme du papier de verre, mais maintenant la chaleur lourde et moite était encore pire. Il abaissa la visière de sa casquette et regarda derrière lui en clignant des yeux la route brillante tachetée par les ombres des feuilles.

C'était la première fois qu'il voyait Grand View Drive. Tout le monde dans la région avait entendu parler de l'avenue qui serpentait sur les falaises au nord de Peoria et des demeures princières des quelques millionnaires du coin, mais la famille de Dale n'y était jamais venue. Les voyages en ville avaient plutôt pour but le centre ville (du moins ce qui en tenait lieu), ou le centre commercial Sherwood (qui comportait neuf magasins), ou encore l'unique McDonald de la ville, sur la route de Sheridan.

Dale, qui avait toujours vécu dans la plaine entre Peoria et Chicago, et qui était impressionné par tout relief un peu plus important que les modestes collines du cimetière des Cavaliers ou de Jubilee College Road, trouvait étrange cette route abrupte et tortueuse. Et les propriétés protégées des regards par une végétation touffue, et dont les plus imposantes étaient, comme celle de M. Ashley-Montague, perchées sur la falaise, lui semblaient tout droit sorties d'un roman.

Harlen lui cria quelque chose du fond de la voiture et Dale s'aperçut que cela faisait un moment qu'il était planté là comme un idiot. En fait, il avait peur. En s'approchant de la petite plaque percée de trous de l'interphone, il sentit sa nuque se raidir et son estomac se nouer. Il n'avait aucune idée de la manière dont on se servait de cet engin, mais soudain il entendit :

— Que désirez-vous, jeune homme ?

C'était une voix d'homme, avec ce léger accent et cette diction précise qui, pour Dale, caractérisaient les acteurs britanniques. Le garçon regarda autour de lui. Pas de caméra sur la colonne ou la grille. Comment savaient-ils qui il était ? Y avait-il sur le toit des guetteurs armés de jumelles ?

— Que désirez-vous ? répéta la voix.

— Eh ben..., bafouilla Dale, la bouche sèche, voir M. Ashley-Montague.

Il comprit, dès qu'il eut prononcé ces mots, l'inanité de sa question.

— M. Ashley-Montague est occupé, répondit la voix. Ces messieurs ont-ils affaire ici, ou dois-je appeler la police ?

Ce type nous voit tous les trois !

— Euh... non... je veux dire, je désire vraiment parler à M. Ashley-Montague.

— C'est à quel sujet ? rétorqua la boîte noire.

La grille de fer forgé était si large et si haute qu'il semblait impossible qu'elle puisse jamais s'ouvrir.

Dale jeta un regard éperdu à Harlen. Celui-ci tenait toujours son revolver à la main, mais plus bas que le siège arrière et, il fallait l'espérer, hors du champ de la caméra ou du périscope ou du truc dont se servait ce type à la voix d'acteur britannique. *Seigneur, et si les flics arrivent ?*

Congden se pencha vers la portière et cria en direction de l'interphone :

— Hé, ces foutus salauds sont en train de braquer un pétard sur ma bagnole !

Dale se plaqua contre le micro. Le type derrière la boîte noire avait-il entendu ? En tout cas, il ne répondit pas. Tout, grille, arbres, collines, pelouse, ciel couleur d'airain, semblait attendre la réponse de Dale. *Pourquoi j'ai pas préparé mon baratin pendant ce voyage de cinglés ?*

— Dites à.... euh... dites à M. Ashley-Montague que je suis ici à cause de la cloche des Borgia, finit-il par articuler. Et que je voudrais lui parler de toute urgence.

— Un instant, je vous prie, répondit la voix.

Dale cligna des yeux pour chasser la sueur qui ruisselait de son front et pensa à la scène du *Magicien d'Oz* où le type à la porte de la Cité d'Emeraude fait attendre Dorothée et ses compagnons.

— M. Ashley-Montague est occupé, dit enfin la voix, et il ne veut pas être dérangé.

— Hé, cria Dale en tapant sur l'interphone, dites-lui que c'est important, que je dois absolument le voir... que je viens de loin et...

La boîte resta muette. La grille resta close. Pas un mouvement sur l'immense pelouse entre la grille et la maison.

Dale recula et suivit du regard le mur de brique séparant Grand View Drive du parc des Ashley-Montague. Il ne semblait pas impossible de l'escalader si Harlen lui donnait un coup de main, mais après ? Des hordes de bergers allemands traverseraient le parc, des hommes cachés dans les arbres braqueraient sur eux leurs fusils de chasse, les flics arriveraient et trouveraient Harlen et son revolver.

Seigneur ! Et maman qui croit que je joue au base-ball ou dans le poulailler de Mike ! Quand la police de Peoria l'appellera pour lui annoncer que je suis arrêté pour effraction, port d'armes illégal et tentative d'enlèvement !... Non, c'est Harlen qui écopera pour le revolver !

Dale colla son visage contre le micro, criant sans même savoir si le système était en marche, ou si le type à l'autre bout était retourné à ses mystérieuses occupations dans la Cité d'Emeraude.

— Ecoutez-moi, bon Dieu ! Dites à M. Ashley-Montague que je sais tout sur la cloche des Borgia et sur le Noir qu'ils y ont pendu... et sur les enfants tués, autrefois et maintenant. Dites-lui... que mon ami est mort à cause de la cloche que son grand-père a... et que... oh, merde !

Dale, à bout de souffle, s'assit sur le trottoir. Pas un mot ne sortit de la boîte noire, mais il entendit un léger bourdonnement, un déclic, et la grille s'ouvrit.

Ce ne fut pas un acteur britannique qui fit entrer Dale : le petit homme silencieux ressemblait davantage à M. Taylor, le croque-mort.

Harlen resta dans la voiture. Il était évident que s'ils entraient tous les deux, rien n'empêcherait Congden de leur fausser compagnie, ni de les tuer à la première occasion. Seule la présence tangible du calibre 38 braqué sur la tempe imaginaire de la Chevrolet garantissait sa coopération... pour l'instant !

— Vas-y tout seul, dit Harlen en remuant à peine les lèvres. Mais ne reste pas pour le thé ou le dîner. Trouve ce que tu veux savoir et mets les bouts !

Quand Dale était descendu de voiture, Congden avait

menacé d'appeler la police, mais Harlen avait trouvé le moyen de l'en dissuader. « Ne te gêne pas. J'ai encore dix-huit balles dans ma poche et ton tas de ferraille sera un vrai gruyère avant l'arrivée des flics. Et quand ils seront là, je leur dirai que c'est toi qui nous as kidnappés. Dale et moi, on n'a jamais comparu devant le tribunal des mineurs, ce n'est pas comme quelqu'un que je connais ! »

Dale suivit le type en complet sombre, un majordome ou un secrétaire, à travers une enfilade de pièces. Chacune d'elles était aussi vaste que le premier étage de la maison des Stewart. Enfin, il ouvrit une porte à double battant et fit signe à Dale d'entrer dans ce qui devait être le bureau, ou la bibliothèque. Les murs étaient lambrissés d'acajou et une infinité d'étagères y étaient encastrées jusqu'à une sorte de mezzanine bordée d'une rampe de cuivre. Puis encore de l'acajou, et des étagères jusqu'au plafond. Le mur en face de la porte n'était qu'une gigantesque baie vitrée qui inondait de lumière le vaste bureau derrière lequel était assis M. Ashley-Montague. Le millionnaire semblait tout petit derrière cet énorme meuble, avec ses épaules étroites, son costume gris, ses lunettes et son nœud papillon.

Il ne se leva pas en voyant approcher le garçon.

— Qu'est-ce que tu veux ?

Dale prit sa respiration. Maintenant qu'il avait réussi à entrer, il n'avait plus peur et se sentait à peine intimidé.

— Je vous l'ai dit. Mon ami a été tué, et je crois que cela a un rapport avec la cloche que votre grand-père a fait installer dans l'école.

— C'est complètement absurde, répondit sèchement M. Ashley-Montague. Cette cloche était juste une curiosité que les Italiens ont vendue à mon grand-père en le persuadant de sa valeur historique. Mais comme je l'ai dit à ton petit camarade, il s'agissait d'un faux et elle n'existe plus depuis longtemps, elle a été détruite il y a quarante ans.

Dale hocha la tête.

— Elle est toujours là-haut... et elle pèse sur la destinée des gens comme elle a pesé sur celle des Borgia. Ce « petit camarade » dont vous parlez s'appelait Duane McBride, et il est mort. Comme les enfants tués il y a soixante ans, comme ce Noir que votre grand-père a fait pendre à la cloche !

La voix de Dale, forte, nette, assurée, sonnait à ses oreilles comme la bande-son d'un film.

— Je n'ai jamais entendu parler de toutes ces balivernes. Mais je suis désolé pour l'accident qui est arrivé à ton ami. Bien sûr, je l'ai appris par les journaux.

— Ce n'était pas un accident. Des types qui ont trop traîné autour de cette cloche l'ont tué. Et il y a d'autres créatures... des créatures qui sortent la nuit.

Le petit homme tout maigre se leva.

— Quelles créatures ? articula-t-il d'une voix à peine audible.

Dale haussa les épaules. Il vaudrait mieux qu'il en dise le moins possible, mais comment persuader cet homme qu'ils savaient qu'il se passait quelque chose ? *Et s'il y avait une porte dérobée dans cette bibliothèque ? Si elle s'ouvrait pour laisser Van Syke et Roon se glisser sans bruit derrière moi, suivis d'autres créatures sorties de l'ombre ?*

Dale résista à la tentation de regarder derrière lui. *Et si Harlen, en ne me voyant pas revenir, partait sans moi ? C'est ce que je ferais, à sa place !*

— Eh bien, par exemple, un soldat tué pendant la Grande Guerre. Un certain William Campbell Phillips, pour être précis. Et puis une institutrice morte d'un cancer a soudain réapparu... et d'autres créatures, sous le sol...

Même pour lui, toutes ces histoires paraissaient complètement insensées. Heureusement qu'il s'était arrêté avant de parler de l'ombre qui était sortie du placard et avait disparu sous le lit de son petit frère. *Je n'ai rien vu de tout ça, j'ai pris les histoires d'Harlen et de Mike pour argent comptant. Moi, j'ai juste vu les trous dans le sol. Et si ce type appelle l'asile d'aliénés... ils vont m'enfermer dans une cellule capitonnée avant même que maman s'aperçoive que je suis en retard pour le dîner !*

Mais non, Dale croyait Mike, et puis il avait lu les carnets de Duane.

M. Ashley-Montague parut se recroqueviller dans son fauteuil à haut dossier.

— Mon Dieu, mon Dieu..., balbutia-t-il en se penchant comme s'il allait cacher son visage dans ses mains.

Mais il se reprit. Il se contenta de retirer ses lunettes et de les essuyer avec son mouchoir.

— Qu'est-ce que tu veux, alors ?

— Je veux comprendre ce qui se passe. Je veux consulter les livres que cet historien... M. Priestmann... a écrits. Je veux que vous me disiez tout ce que vous savez sur la cloche et son pouvoir. Et surtout, je veux savoir comment on peut arrêter tout ça.

28

Le treillage du côté ouest du kiosque à musique découpait sur le sol la lumière en losanges brillants qui, petit à petit, s'approchaient de Mike et de Mink. Le vieil homme alternait longues gorgées de champagne, silences pensifs et monologues bredouillés d'une voix pâteuse.

— C'était pendant cet hiver glacial, au tout début de l'année, au début du siècle aussi... j'étais tout gosse à l'époque, pas plus grand que toi en fait. Quel âge as-tu ? Douze ans ? onze ?... Ouais, c'est à peu près l'âge que j'avais quand ils ont pendu le nègre.

« J'allais plus à l'école... la plupart d'entre nous, on la quittait dès qu'on était plus obligés d'y rester... juste le temps d'apprendre à lire, à écrire notre nom, à compter un peu... C'était tout ce qu'un homme devait savoir, en ce temps-là. Et mon père avait besoin de tous ses fils à la ferme... Alors Old Central n'était plus mon école quand ils y ont pendu le nègre.

« Des gosses ont disparu cette année-là, on a beaucoup parlé de la petite Campbell, parce qu'ils avaient retrouvé le cadavre, et que la famille était riche et tout ça, mais y en a trois ou quatres autres qui sont jamais revenus chez eux après avoir été traîner dehors cet hiver-là. Je me souviens d'un petit polack, Stefan Strnbsky, il s'appelait... son père était venu travailler à la ligne de chemin de fer, et puis il était resté au bourg. Stefan et moi, on avait été chercher nos pères au bistrot quelques semaines avant Noël, j'ai trouvé le mien et je l'ai ramené avec mon frère dans la carriole, mais Stefan... on l'a jamais revu. La dernière fois que je l'ai aperçu, il tirait le seau dans lequel il rapportait la bière de sa mère autour des tas de neige qu'y avait dans Main Street...

« Quelqu'un a tué Stefan, et les jumeaux Myers, et puis aussi Machintruc, ce petit rital qui habitait là où il y a la décharge maintenant. Mais on a parlé seulement de la petite Campbell, parce qu'elle était la nièce du docteur, et tout ça.

« Quand son cousin, le jeune Billy Phillips, il est venu à la taverne... pas chez Carl, ça n'existait pas encore... enfin quand ce merdeux s'est amené un soir en disant qu'il y avait un nègre à côté du chemin de fer qui avait le jupon de sa cousine dans son barda... eh ben, j' peux te dire que la salle s'est vidée en moins de trente secondes. Oh, moi aussi, j'ai galopé pour pas me laisser distancer par mon père, je m'en souviens bien... et on a trouvé M. Ashley assis dans sa limousine, un fusil de chasse sur les genoux (celui avec lequel il s'est fait sauter la cervelle quelques années plus tard), comme s'il attendait que nous. " Venez, les gars, qu'il a crié, il faut que justice soit faite ! "

« Et toute la foule s'est mise à crier et à hurler... comme toutes les foules, quoi ! Une foule, ça n'a pas plus de cervelle qu'un chien aux trousses d'une femelle en chaleur, hein, gamin ?... Et puis on est tous partis, et en un rien de temps on est arrivés au bout de la ville, là où la ligne de chemin de fer coupe derrière l'usine de suif. Le nègre avait allumé un feu et il se faisait griller un poisson. Il a juste levé les yeux et tous les hommes lui ont sauté dessus. Y avait bien deux autres nègres avec lui... ils allaient jamais tout seuls en ce temps-là, et ils avaient pas le droit d'entrer dans le bourg la nuit, bien sûr... mais ses copains, ils ont rien fait pour le défendre, ils se sont sauvés la queue entre les jambes.

« Le nègre avait un gros sac de marin, les hommes l'ont ouvert et c'était vrai... y avait bien le jupon de la petite

Campbell dedans, il était tout couvert de sang et... d'autre chose, gamin, tu sauras ça quand tu seras plus grand.

« Alors, ils l'ont traîné jusqu'à l'école, c'était le centre du bourg à cette époque, c'était là que se tenaient les réunions municipales, c'était là qu'on votait, qu'on organisait les kermesses. Donc, ils ont emmené le nègre là-bas. J' me souviens, j'étais à la porte quand ils ont sonné la cloche pour avertir tout le monde qu'y se passait quelque chose d'important. J'ai même fait une bataille de boules de neige avec Lester Collins, Merriweather Whittaker et un tas d'autres, en attendant.

« Mais la nuit est tombée, et il s'est mis à faire sacrément froid, cet hiver-là était plus froid qu'un boisseau de tétons de sorcières, la ville était coupée du monde, tu sais, on pouvait plus passer à cause des routes gelées et des congères. On pouvait même pas aller à Oak Hill. Le train passait, mais pas tous les jours. A cette époque de l'année, on restait parfois des semaines sans en voir un, avec les congères là-haut, près de l'usine de suif. Ils avaient pas de chasse-neige, en ce temps-là. On vivait en vase clos, comme qui dirait.

« Quand on a eu trop froid, on est rentrés. Mais le procès... ils ont appelé ça un procès... était déjà presque fini. Ç'avait pas duré plus d'une heure. Y avait même pas de juge. Le juge Ashley avait pris sa retraite de bonne heure et il était un peu piqué, mais ils ont quand même appelé ça un procès. M. Ashley, il avait bien l'air d'un juge, d'ailleurs, avec son costume gris, sa cravate en soie, et son huit-reflets qu'il quittait jamais... mais bien sûr, il l'avait pas sur la tête pour faire le juge !

« Enfin, Billy Phillips finissait juste d'expliquer comment, en rentrant chez lui, il s'était presque fait choper par le nègre... le type lui avait couru après en disant qu'il allait le tuer et le manger, comme la petite fille... et Billy... bon Dieu, c'était le plus grand menteur que j'aie jamais rencontré... Quand on était en classe ensemble, ce petit salopard faisait l'école buissonnière et après il venait raconter qu'il était resté chez lui pour aider sa mère (elle était toujours souffrante d'une chose ou d'une autre), ou bien il disait qu'il avait été malade, alors qu'on savait tous qu'il était allé à la pêche, ou trousser les filles... Enfin, Billy a raconté qu'il avait réussi à échapper au nègre, mais qu'après il l'avait espionné quand il avait installé son campement, et il l'avait vu sortir le jupon de la petite Campbell (c'était sa cousine, j' te l'ai déjà dit, hein ?). Il le tripotait à côté de son feu de camp. Il avait couru en ville prévenir les hommes à la taverne... Un autre type, ça devait être Clement Daysinger, maintenant que j'y repense, lui, il a déclaré qu'il avait vu le nègre rôder autour de la maison du Dr Campbell avant Noël, à peu près à l'époque de la disparition de la petite. Y avait plus pensé, mais soi-disant que maintenant ça lui revenait, et même que le nègre se comportait d'une façon bizarre. Après Clement, y en a eu d'autres qui se sont souvenus d'avoir vu le nègre traîner par là-bas, eux aussi.

« Alors le juge Ashley a frappé sur la table avec son Colt, comme si c'était ce truc... le marteau... et il a dit au nègre : " As-tu quelque chose à dire pour ta défense ? "

« Le nègre a regardé tout le monde d'un air furieux, mais il a pas répondu. Remarque, ses grosses lèvres étaient toutes fendues et gonflées, parce que quelques types lui avaient tapé sur la gueule, mais j' pense qu'il aurait pu parler quand même s'il avait voulu... Mais y voulait pas, sans doute ! Alors le juge Ashley — tout le monde le considérait comme un vrai juge maintenant —, il a retapé avec son colt sur la table. Ils ont traîné le nègre dans le hall et Ashley a dit : " Tu es coupable, devant Dieu et devant les hommes. Je te condamne à être pendu par le cou jusqu'à ce que mort s'ensuive. Que Dieu ait pitié de ton âme ! "

« Les hommes sont tous restés là sans bouger pendant une bonne minute, puis le juge a crié quelque chose, et le vieux Carl Fodder, il a empoigné le nègre et bientôt ils étaient toute une bande à le traîner devant les classes des petits, puis dans le grand escalier sous le vitrail... Nous, les gosses, on regardait... Après, on les a suivis, pendant qu'ils montaient jusqu'à l'étage des classes secondaires. C'est là que Carl, ou Clement, ou un autre, lui a enfilé un sac noir sur la tête... après ils l'ont tiré sur les dernières marches, tu sais celles où on peut plus aller... et ils l'ont emmené sur la petite passerelle qui fait le tour du clocher, à l'intérieur... mais on la voit plus... j'ai travaillé avec Karl Van Syke, et avant avec Miller, à l'entretien de l'école pendant quarante ans, alors je sais de quoi je parle... On la voit plus, mais autrefois une petite passerelle faisait le tour du clocher à l'intérieur et en se penchant, on pouvait voir jusqu'en bas, comme trois rangées de balcons montant jusqu'à cette grosse cloche ancienne que M. Ashley avait rapportée d'Europe.

« Enfin, on était tous là, sur ces balcons, celui du rez-de-chaussée était plein d'hommes. Il y avait des femmes aussi, je me rappelle avoir reconnu Emma, la mère de Sally Moon, avec son trouillard de mari, Orville. Tous les deux, ils étaient excités comme des puces. Tout le monde regardait le juge Ashley et les quelques autres qui étaient autour du nègre dans le clocher.

« Moi, j'croyais qu'y voulaient seulement lui faire peur, au nègre... lui mettre la corde au cou pour l'effrayer et le faire avouer... mais c'était pas ça du tout. Oh, non !... Le juge Ashley a emprunté le couteau d'un des types et il a coupé cette satanée corde qui pendait jusqu'au rez-de-chaussée. J'me souviens... J'me suis penché par-dessus la rampe, juste comme la corde tombait, avec des gens qui s'écartaient pour qu'elle leur tombe pas dessus. Après y se sont de nouveau rapprochés, les yeux fixés sur le nègre. Et alors le juge a fait un drôle de truc, j'aurais dû m'y attendre quand il a coupé la corde, mais j'ai pas compris. Ils tripotaient la cagoule sur sa tête, alors j'me suis dit qu'ils allaient lui enlever pour lui faire peur, pour qu'il s'imagine en train de se balancer au-dessus des gens, ou quelque chose comme ça...

« Mais non, en fait, ils ont pris un bout de la corde, et ils l'ont passé autour du cou du nègre, toujours avec la cagoule sur la tête, puis le juge Ashley a fait un signe, et ils se sont débrouillés pour le mettre debout sur la petite balustrade qui bordait la passerelle... et alors, gamin, y sont restés immobiles... la foule était silencieuse, trois cents personnes, et t'aurais entendu une mouche voler... Tous les hommes, toutes les femmes, tous les enfants, moi comme les autres, on regardait là-haut le nègre vaciller au bord du vide, le visage caché par la satanée cagoule noire, les mains attachées derrière le dos, seulement retenu par les hommes qui lui serraient les bras.

« Puis quelqu'un, le juge, je suppose... mais il faisait pas très clair là-haut et je regardais le nègre, comme tout le monde..., quelqu'un l'a poussé un bon coup.

« Il s'est débattu, bien sûr. La chute était pas assez violente pour lui briser le cou, comme dans une vraie pendaison. Il s'est vraiment débattu autant qu'il pouvait, tout en se balançant d'un bord à l'autre du clocher et en faisant des bruits bizarres. Il devait s'étrangler sous la cagoule. Je l'entendais bien chaque fois qu'il passait de mon côté, ses pieds étaient à peine à un mètre au-dessus de ma tête. Il a perdu une chaussure et il avait un trou à sa chaussette, avec son gros orteil qui sortait. Coony Daysinger a même essayé de le toucher, mais pas pour l'arrêter, non, juste comme on veut toucher un phénomène à la foire, après le nègre s'est pissé dessus et tous les gens en bas se sont écartés en vitesse. Puis il a arrêté de se débattre, mais il a continué à se balancer, et Coony, il a retiré sa main, et personne d'autre a essayé de l'attraper.

« Mais tu sais le plus étrange, gamin ? Quand on a poussé le nègre, la cloche s'est mise à sonner, bon, c'était normal. Et elle a continué tout le temps qu'il s'est balancé en se débattant et en s'étranglant... personne a trouvé ça bizarre, parce que bien sûr, avec tous les mouvements du nègre, n'importe quelle cloche aurait carillonné... mais tu sais ce qui s'est passé après, gamin ? Une fois qu'ils ont eu coupé la corde et descendu le cadavre pour l'emmener je n' sais où, cette satanée cloche a continué à sonner, je crois que le foutu truc a sonné toute la nuit, et même le lendemain, comme si le nègre s'y balançait encore. On a dit que la pendaison avait dû la déséquilibrer ou la dérégler. Mais j' peux te dire que ça faisait un drôle d'effet cette nuit-là quand je suis sorti du bourg pour retourner chez nous, avec l'air glacé, la neige, l'odeur de whisky du vieux, le bruit des sabots sur la glace, la terre toute gelée en dessous, et Elm Haven qui, derrière nous, n'était plus que quelques arbres et quelques nuages de fumée luisant sous la lune... et puis cette satanée cloche qui carillonnait... Hé, t'aurais pas une autre bouteille de ce délicieux champagne, gamin, celle-là est kaput ! »

— Comme tu vois, ta soi-disant légende de la cloche des Borgia est aussi fausse que les prétendus certificats d'authenticité qui convainquirent mon grand-père de l'acheter. Il n'y a pas de légende, mais rien qu'une vieille cloche grossièrement façonnée, vendue à un Américain trop crédule, conclut M. Dennis Ashley-Montague.

Un rayon de soleil tombait des carreaux en losange sur la lourde table de chêne et illuminait d'un halo ses rares cheveux.

— Je ne vous crois pas ! rétorqua Dale.

Le millionnaire lui lança un regard noir et croisa les bras, peu accoutumé sans doute à être contredit par un enfant de onze ans.

— Ah bon ? Et que crois-tu donc, jeune homme ? Que cette cloche est la cause de phénomènes surnaturels ? Tu ne serais pas un peu trop grand maintenant pour prêter foi à des contes de bonnes femmes ?

Dale ignora la question. Il pensait à Harlen dehors, qui devait toujours braquer son calibre 38 sur la Chevrolet. Il n'avait pas beaucoup de temps devant lui.

— Vous avez dit à Duane McBride que la cloche avait été détruite...

M. Ashley-Montague fronça les sourcils.

— Je ne me souviens pas avoir évoqué ce point.

Mais sa voix manquait de conviction, peut-être se doutait-il que leur discussion avait eu des témoins.

— Très bien, concéda-t-il, il se peut qu'il me l'ait demandé. La cloche a effectivement été fondue durant la Grande Guerre pour qu'on puisse en récupérer le métal.

— Et le Noir ? insista Dale.

Le petit homme eut un mince sourire. Dale connaissait l'adjectif « condescendant », il qualifiait parfaitement ce sourire.

— De quel Noir veux-tu parler, jeune homme ?

— De celui qui a été pendu dans Old Central. A la cloche.

M. Ashley-Montague hocha lentement la tête.

— Il y a effectivement eu un malheureux incident impliquant un homme de couleur au début du siècle, mais je t'assure que personne n'a été pendu, et certainement pas à la cloche de l'école d'Elm Haven.

— OK, dit Dale en s'asseyant sur une chaise à haut dossier de l'autre côté de la table et en croisant nonchalamment les bras, comme s'il avait tout son temps. Racontez-moi ce qui s'est passé.

M. Ashley-Montague soupira, regarda sa chaise en se demandant s'il allait s'asseoir, puis se mit à marcher de long en large. Derrière lui, Dale aperçut une longue péniche remontant l'Illinois.

— Je ne sais pas grand-chose là-dessus, je n'étais pas né à cette époque. Mon père avait presque la trentaine, mais il n'était pas encore marié... Je ne sais que ce que j'ai entendu raconter dans la famille... Mon père est mort en 1928, peu de temps après ma naissance, alors je n'ai pas eu l'occasion de vérifier auprès de lui l'authenticité de certains détails. D'ailleurs, le Dr Priestmann n'a pas mentionné cet incident dans son histoire du comté.

« D'après ce que j'ai pu apprendre, il y eut des troubles à ce moment-là, dans cette partie du comté. Un ou deux enfants disparurent, semble-t-il, bien qu'il soit tout à fait possible qu'ils aient fugué. La vie à la ferme était très dure à cette époque, et il n'était pas rare qu'un enfant préfère la fuite à une vie de forçat au sein de sa famille. Quoi qu'il en soit, une fillette — la fille du docteur du bourg, je crois — fut, elle, retrouvée. Et il semblerait qu'elle eût été... euh... brutalisée, puis assassinée. Peu après, on apporta à plusieurs personnalités du bourg, y compris à mon grand-père qui avait l'honneur d'être un juge à la retraite, l'irréfragable preuve qu'un nègre vagabond avait commis ce crime.

— Quelle preuve ?

M. Ashley-Montague s'immobilisa.

— Irréfragable ? C'est un mot compliqué, hein ? Ça veut dire...

— Je sais ce que signifie « irréfragable », rétorqua Dale

436

en se mordant les lèvres pour ne pas ajouter « patate ! ». (Il commençait à penser et parler comme Harlen.) Cela veut dire « impossible à nier ». Je veux dire : quelle sorte de preuve ?

Le millionnaire ramassa sur son bureau un coupe-papier à lame recourbée, et en tapota nerveusement le bout de la table. *Et s'il appelait son majordome et me faisait jeter dehors ?*

— Quelle importance ? continua-t-il en recommençant à arpenter la pièce et en tapotant au passage la table avec le coupe-papier. Je crois me rappeler qu'il s'agissait d'un vêtement de la fillette. Peut-être aussi de l'arme du crime. Quoi qu'il en soit, c'était une preuve irré... indéniable.

— Alors, ils l'ont pendu ?

Congden doit commencer à avoir des fourmis dans les jambes !

M. Ashley-Montague lança à Dale un regard furibond, toutefois un peu adouci par l'épaisseur de ses verres de lunettes.

— Mais enfin, je te l'ai déjà dit, personne ne fut pendu ! Ils ont constitué une sorte de tribunal... peut-être même a-t-il siégé à l'école, bien que ce ne soit pas du tout la procédure habituelle, et des gens de la ville, que des citoyens respectés, d'ailleurs, ont servi *ipso facto* de jurés. Tu sais ce que c'est ?

— Ouais.

Il avait deviné le sens *d'ipso facto* d'après le contexte.

— Et mon grand-père n'était pas, comme tu le sous-entends, jeune homme, le chef d'une foule vengeresse, mais au contraire l'incarnation de la loi et de la modération. Peut-être y avait-il dans le nombre des gens qui voulaient châtier ce Noir sur-le-champ... Je n'en sais rien, mon père ne me l'a jamais dit... mais mon grand-père insista au contraire pour que l'homme fût conduit à Oak Hill et remis entre les mains des autorités compétentes... au bureau du shérif, si tu préfères.

— Et c'est ce qui s'est passé ?

M. Ashley-Montague arrêta son va-et-vient pour répondre :

— Non... C'est là qu'eut lieu la tragédie qui a lourdement pesé sur la conscience de mon père et de mon grand-père. Il semble que lors du trajet vers Oak Hill, le Noir, bien qu'il eût des menottes aux mains et des fers aux pieds, ait réussi à s'enfuir et à se réfugier dans un marais près de la route, à l'endroit où se trouve maintenant la propriété des Whittaker. Les hommes de l'escorte ne purent le rattraper car le sol ne pouvait pas supporter leur poids. Il mourut noyé, étouffé plutôt, car c'était de la boue.

— Mais je croyais que c'était en hiver, en janvier !

M. Ashley-Montague haussa les épaules.

— Un brusque réchauffement de la température, sans doute ! Il se peut que... c'est probable même... que l'accusé soit passé à travers la glace... les brusques redoux ne sont pas rares par ici, en hiver.

Dale ne put qu'acquiescer.

— Pourrais-je emprunter l'histoire du comté écrite par M. Priestmann ?

M. Ashley-Montague parut trouver cette requête présomptueuse, mais il croisa les bras et demanda :

— Et ensuite, tu me laisseras me remettre au travail ?

— Bien sûr...

Je me demande ce que va dire Mike quand je vais lui raconter cette discussion inutile !... Et J. C. Congden qui veut me faire la peau ! Tout ça, pour gagner quoi ?

— Attends-moi ici, dit le millionnaire.

Il monta le petit escalier qui menait à la mezzanine et, allant d'une rangée de livres à l'autre, examina les titres.

En s'approchant des livres placés en face de la table, Dale se trouva juste au-dessous de la mezzanine, et commença à examiner les volumes à portée de main d'une personne qui serait assise au bureau : il aimait ranger ses livres préférés dans un endroit facilement accessible, peut-être en était-il de même pour le maître des lieux.

— Où es-tu ? demanda d'en haut M. Ashley-Montague.

— J'admire votre vue de la rivière, répondit Dale en parcourant du regard les rangées de vieux ouvrages à reliure de cuir.

La plupart portaient des titres latins, et même ceux qui

étaient en anglais n'évoquaient pas grand-chose pour lui. De plus, la poussière de ces vénérables grimoires lui donnait envie d'éternuer. Il passa machinalement le doigt sur les livres, ce qui lui permit de remarquer un mince volume qui dépassait un peu.

Il ne comprenait pas les signes gravés sur le dos, mais quand il le prit, il lut sur la couverture un sous-titre : *Le Livre de la Loi*. Puis, quatre mots : *Scire, Audere, Velle, Tacere*.

Duane, lui, comprenait le latin, et même un peu de grec, seulement, il n'était plus là...

— Ah, le voici ! s'exclama M. Ashley-Montague, juste au-dessus de lui.

Des pas retentirent en direction de l'escalier sur la mezzanine. Dale sortit le livre, aperçut des signets parmi les pages et, par pure bravade, glissa le petit ouvrage dans son jean, côté dos, et tira sur son tee-shirt pour le cacher.

— Jeune homme ? appela M. Ashley-Montague, lorsque ses chaussures bien cirées et son revers de pantalon gris apparurent sur les marches.

Dale écarta rapidement les autres livres pour combler l'emplacement vide, fit trois pas de loup en direction de la fenêtre et se tourna à demi vers le millionnaire, le regard fixé sur la baie vitrée où s'encadrait le grandiose panorama. M. Ashley-Montague, un peu essoufflé, s'approcha et lui tendit l'ouvrage de M. Priestmann.

— Voilà ! Un recueil des remarques et des photographies non classées, c'est tout ce que le Dr Priestmann m'a fait parvenir. Je ne vois vraiment pas ce que tu espères y trouver : il n'y mentionne ni la cloche, ni le triste épisode du Noir. Mais tu peux l'emporter chez toi pour le consulter si tu me promets de me le renvoyer par la poste... et en aussi bon état, n'est-ce pas ?

— Bien sûr.

Dale en prenant le lourd document sentit le petit livre volé, sans doute visible sous son tee-shirt maintenant glisser vers le fond de son pantalon.

— Excusez-moi de vous avoir dérangé...

Après un bref signe de tête, M. Ashley-Montague

retourna s'installer à sa table de travail, tandis que Dale se dirigeait vers la porte en s'efforçant de garder discrètement le dos au mur.

— Tu trouveras bien la sortie, n'est-ce pas ? ajouta le millionnaire, déjà plongé dans ses papiers.

— Euh...

Dale se disait que, pour sortir, il serait bien obligé de se retourner et qu'alors on verrait le livre... Ça entrait dans la catégorie des vols avec préméditation, non ?

— Euh, en fait, je n'en suis pas sûr, monsieur.

Il y avait une clochette sur la table.

Il va sonner pour demander à son majordome de me reconduire, et ils seront deux à voir le livre volé !... A moins de profiter de l'entrée de l'autre pour remonter un peu mon pantalon et tirer sur mon tee-shirt.

— Par ici, dit M. Ashley-Montague d'un ton exaspéré.

Il passa devant lui et sortit d'un bon pas. Dale se dépêcha de le suivre, regardant à peine les pièces traversées, trop occupé à remonter son pantalon et à tirer sur son tee-shirt. Ils étaient presque arrivés à l'entrée quand le bruit d'un poste de télévision installé dans un petit salon ouvrant sur le vestibule les fit tous deux se retourner : une foule de gens applaudissaient un speaker à un meeting, et l'écho des cris enthousiastes emplissait la pièce. Dale aperçut un visage sur les centaines de bannières brandies par la foule. *Tous avec JFK !* disaient certaines, et d'autres : *Kennedy en 1960 !* Le portrait était celui d'un homme sympathique, aux dents très blanches et à l'épaisse chevelure châtain.

M. Ashley-Montague hocha la tête et renifla avec dédain. Le majordome, qui s'était approché, attendait au garde-à-vous les ordres de son maître.

— J'espère que tu n'as plus rien à me demander, dit M. Ashley-Montague, tandis que le garçon passait la porte à reculons et s'arrêtait en haut du perron.

Du siège arrière de la Chevrolet, Harlen cria quelque chose.

— Ah, une dernière question, fit Dale qui, ébloui par la lumière, faillit trébucher en descendant les marches. (Il

440

devait bien continuer à parler pour justifier sa démarche bizarre.) Qu'y a-t-il à la séance gratuite, samedi prochain ?

M. Ashley-Montague leva les yeux au ciel, puis lança un coup d'œil interrogateur à son majordome.

— Un film avec Vincent Price, Monsieur, me semble-t-il, *La Chute de la maison Usher*.

— Chouette ! s'écria Dale, maintenant presque arrivé, toujours à reculons, à la voiture. Et encore merci ! cria-t-il, tandis qu'Harlen lui ouvrait la portière.

— Allez, démarre ! ajouta-t-il à l'adresse de Congden.

L'adolescent ricana, jeta sa cigarette dans le gazon bien entretenu et enfonça la pédale de l'accélérateur.

Mike en avait assez d'être là-dessous : la pénombre, l'odeur d'humus et la puanteur émanant de Mink s'unissaient pour lui donner un terrible sentiment d'oppression et de catastrophe imminente, comme si le vieux clochard et lui-même, allongés dans un grand cercueil, attendaient d'un moment à l'autre l'arrivée des fossoyeurs. Mais Mink n'avait terminé ni son récit ni une autre bouteille extirpée d'un tas de journaux.

— Ça aurait dû être fini, après la pendaison du nègre et tout ça, mais en fait, rien n'était comme les apparences l'avaient laissé croire, disait Mink.

Il but une longue goulée, toussa, s'essuya le menton et regarda fixement Mike. Il avait les yeux injectés de sang.

— L'été suivant, d'autres enfants ont disparu.

Mike s'assit d'un bond. Mink but un coup et sourit brièvement, satisfait de l'attention passionnée de son auditeur. Un sourire fugitif : il ne lui restait que trois dents, et aucune n'était digne d'être montrée.

— Ouais... L'été suivant... l'été 1900. D'autres gosses ont disparu. L'un d'eux, c'était mon vieux copain Merriweather Whittaker. On a dit que personne ne l'avait jamais retrouvé, mais un jour que je me baladais dans Gipsy Lane, environ deux ans plus tard, un peu plus, sans doute, parce que j'étais avec une fille, j'avais l'intention de faire connaissance avec sa culotte, si tu vois ce que je veux dire, surtout qu'à l'époque, les filles ne portaient pas de pantalon, hein, alors tu comprends ?

Mink but une autre gorgée, essuya d'une main crasseuse son front crasseux, et fronça les sourcils.

— Où est-ce que j'en étais ?

— Vous vous promeniez dans Gipsy Lane...

— Ah oui... Enfin, ma jeune amie était pas trop intéressée par mon projet... Alors, elle imaginait que je l'avais amenée là pourquoi ? Pas pour cueillir des pâquerettes, quand même ! Enfin, elle est partie rejoindre sa copine... on était pourtant censés pique-niquer, pour autant que je me souvienne... Du coup, j'ai commencé à arracher de l'herbe et à jeter des mottes de terre contre un arbre... tu sais ce que c'est quand ta zigounette est excitée et que tu n'as rien pour la calmer... Mais en tirant sur une touffe d'herbe, je suis tombé sur un os, un bon Dieu d'os tout blanc, à la place des racines. Puis sur un tas d'autres, des os humains en plus... y compris un petit crâne de la taille de celui de Merriweather. Le satané truc était coupé en deux et creusé, comme si quelqu'un avait sorti la cervelle pour son dessert.

Mink but une dernière gorgée et lança la bouteille dans le noir. Il se frotta les joues et reprit plus bas, presque sur un ton confidentiel :

— Le shérif m'a assuré que c'était des os de vache... Mon œil ! Je sais quand même voir la différence entre des os de vache et des os humains... Il a essayé de me faire croire que j'avais jamais vu le crâne et tout ça. Mais je les ai bel et bien vus, et je sais aussi que cette partie de Gipsy Lane descendait jusqu'à la rivière et qu'il aurait pas été bien difficile d'y emmener Merriweather, de lui faire ce qu'ils lui avaient fait, et d'enterrer rapidement les os sur place. Mais y a pas que... que les satanés ossements de Merriweather, tu sais. Quelques années plus tard, je buvais un coup avec Billy Phillips avant qu'il parte à la guerre...

— William Campbell Phillips ?

Mink le regarda d'un air étonné.

— Bien sûr, William Campbell Phillips ! Qui tu crois que c'était, Billy Phillips, le cousin de la petite Campbell qui a été assassinée ? Billy a toujours été un crapaud pleurnichard, toujours en train de gémir pour trouver un moyen de pas travailler et de se précipiter dans les jupes de sa mère dès qu'il avait des ennuis. Je t'assure que j'ai failli tomber raide en apprenant qu'il s'était engagé. Où j'en étais, gamin ?

— Vous buviez un coup avec Billy Phillips...

— Ah ouais, Billy Phillips et moi, on levait un peu le coude avant son départ pour l'Europe. Normalement, Billy daignait pas boire avec nous... c'était un intellectuel, lui, il faisait la classe à une bande de petits morveux, mais à l'entendre, on aurait cru qu'il enseignait à Harvard... Enfin, pour en revenir à ce que j' te racontais, lui et moi, on était à L'Arbre noir pour fêter son départ, lui en uniforme et tout ça, et après quelques verres, ce petit salopard est devenu presque humain avec moi. Il s'est mis à raconter quelle peau de vache c'était sa mère, comment elle l'empêchait de s'amuser, et qu'elle avait tenu à l'envoyer à l'université et tout, au lieu de le laisser épouser la femme qu'il aimait...

— Il a dit qui c'était ? interrompit Mike.

Mink se passa la langue sur les lèvres.

— Hein ? Non, j' crois pas. Non, j' suis sûr qu'il a nommé personne... probablement un de ces bas-bleus bien convenables avec qui il traînait... Où est-ce que j'en étais ?

— Vous buviez un coup avec Billy...

— OK, ouais. Moi et Billy, on s'en est envoyé quelques-uns derrière la cravate la veille de son départ pour la France... il y a laissé sa peau, d'ailleurs, il est mort de pneumonie ou un truc comme ça... Une fois qu'il a été un peu beurré, il m'a dit : « Mink — on m'appelait déjà Mink à l'époque —, Mink, qu'il a dit, tu sais, cette petite fille et son jupon, et ce présumé assassinat... » Billy utilisait toujours des mots rares comme « présumé », en pensant sans doute qu'il était le seul à les connaître.

— Et qu'est-ce qu'il a dit sur le jupon, alors ? intervint Mike.

— Hein ? Oh, il a dit : « Mink, le jupon n'était pas dans les affaires du nègre, et le nègre l'avait jamais vu. C'est le juge Ashley qui m'a donné un dollar en argent pour que j'aille le mettre dans son sac ! » Tu comprends, Billy, quand il était seulement un petit morveux, il avait pensé que le juge savait que le nègre avait tué la gosse mais qu'il avait pas de preuve, alors il avait besoin de l'aide de Billy pour l'attraper. Mais quand Billy a grandi et qu'il est allé étudier pour se mettre un peu de plomb dans la cervelle, il a fini par se poser la question que n'importe quelle tête de bûche de polack se serait posée : comment le juge s'était procuré le sous-vêtement de la petite fille ?

Mike se pencha.

— Vous lui avez demandé ?

— Hein ? Non, j' crois pas, ou si je l'ai fait, j' me souviens plus de sa réponse. Par contre, Billy m'a dit — ça, j' m'en souviens — qu'il avait intérêt à quitter la ville, maintenant que les autres savaient qu'il marchait plus avec eux.

— Avec qui ? chuchota Mike.

— Comment est-ce que je le saurais, gamin ? aboya Mink.

Il se pencha vers Mike, lui envoyant dans la figure une bouffée de relents de vin.

— C'était y a cinquante ans, tu sais ! Tu me prends pour une bon Dieu de machine à enregistrer, ou quoi ?

Mike regarda le petit rectangle brillant qui était au loin l'entrée de cette tanière. Le bruit des enfants jouant dans le square s'était tu depuis longtemps, et il n'y avait plus de circulation dans la rue.

— Vous ne vous rappelez pas autre chose sur Old Central, ou sur la cloche ?

Le visage à quelques centimètres de Mike, Mink exhiba de nouveau ses trois dents.

— J'ai jamais plus entendu parler de cette cloche... jusqu'au mois dernier, quand elle m'a réveillé d'un profond sommeil bien au sec dans mon petit chez-moi... Mais je sais une chose...

— Quoi donc ?

Mike avait beaucoup de mal à résister à l'envie de s'écarter du regard fixe et de l'haleine de Mink.

— Je sais que quand le vieux Ashley s'est collé le double canon de son fusil de chasse dans la bouche, juste un an après la fin de la guerre, il a rendu un fier service à tout le monde. Ils ont brûlé sa maison aussi. Son fils est venu de chez lui à Peoria, où le petit-fils du vieux venait de naître, et il a trouvé son père... le juge, je veux dire, allongé par terre... il venait de se faire sauter la cervelle. Tout le monde pense que l'incendie de la maison a été un accident, ou bien que c'est le juge qui a fait ça. C'est pas vrai... je me trouvais dans la cabane du jardinier avec une des servantes quand j'ai vu arriver la voiture de M. Ashley jeune (il se faisait appeler Ashley-Montague, depuis qu'il avait épousé cette aristo de Venise). Je l'ai vu entrer et ressortir aussitôt en sanglotant et en maudissant le ciel. Puis il a arrosé la maison de pétrole. Un des domestiques a bien essayé de l'en empêcher... Autrefois, ils étaient bien plus nombreux, là-dedans, mais beaucoup avaient été renvoyés au moment de la récession, après la guerre... Il n'y avait pas moyen de l'arrêter. Il a jeté du pétrole partout, puis il a mis le feu et il est resté là à regarder ça brûler. Après ça, il n'est plus jamais revenu avec sa femme et l'enfant. Juste pour leur bon Dieu de séance gratuite, c'est tout.

Mike hocha la tête, remercia Mink et fila vers l'ouverture, impatient de retrouver la lumière du jour. Juste avant de sortir, le corps à l'extérieur mais la tête encore sous le kiosque, il posa une dernière question :

— Mink, qu'est-ce qu'il criait ?

— Qu'est-ce que tu veux dire, gamin ?

Le vieil homme semblait avoir oublié leur conversation.

— Le fils du juge... Quand il a brûlé la maison, qu'est-ce qu'il criait ?

Les trois dents jaunes du clochard luirent dans l'ombre.

— Oh, il criait qu'ils ne l'auraient pas... non, par Dieu, ils ne l'auraient pas !

Mike retint sa respiration.

— Il n'a pas dit qui c'était, « ils » ?

Mink fronça les sourcils, pinça les lèvres, absorbé dans ses pensées, puis grimaça.

— Ouais, il l'a dit, maintenant je m'en souviens. Il a appelé le type par son nom.

— Le type ?

— Ouais, comme des iris, la fleur... Il n'arrêtait pas de

445

répéter : « Non, Ziris, tu m'auras pas ! » De la façon dont il le disait, j'ai pensé que ça devait être un nom irlandais, quelque chose comme O'Ziris.

— Merci, Mink.

Mike se releva. Sa chemise était collée à son corps, et il essuya une goutte de transpiration au bout de son nez. Il avait les cheveux humides et les jambes flageolantes.

Il récupéra son vélo, traversa Hard Road en remarquant combien les ombres s'allongeaient et remonta lentement Broad Avenue sous le dais des feuilles. Il songeait aux carnets de Duane et à la lente traduction qu'il en avait faite avec Dale. Les passages recopiés par leur ami dans le journal de son oncle avaient été les plus difficiles à comprendre, et ils avaient dû vérifier un mot à plusieurs reprises. Puis Dale s'était souvenu l'avoir rencontré dans un livre sur l'Egypte : Osiris.

29

Le lendemain, le mercredi 13 juillet, Dale, Lawrence, Harlen et Kevin partirent camper aussitôt après le déjeuner. La mère d'Harlen avait un peu hésité avant de lui accorder la permission, mais lorsque, selon les mots de son fils, elle avait compris que son absence lui permettrait de voir son type, elle avait cédé.

Ils avaient prévu d'emmener un tas de matériel qu'ils eurent du mal à installer sur leurs vélos. Et, une fois arrimés, sacs de couchage, provisions, ustensiles divers, tentes et sacs à dos alourdirent tellement leurs bicyclettes qu'ils durent rouler en danseuse jusque chez l'oncle Henry.

Il y avait bien des bois le long de la ligne de chemin de fer au nord-ouest de la ville, mais ils étaient trop près de la décharge, et trop peu touffus, pour qu'on puisse y camper. Les vrais bois commençaient derrière le cimetière, à deux kilomètres à l'est de la ferme d'oncle Henry et au nord de la carrière de Billy Goat Mountain, tout près de l'endroit où, quelque cinquante ans auparavant, Mink Harper avait découvert le long de Gipsy Lane les ossements de Merriweather Whittaker.

La veille au soir, les enfants avaient tenu un conseil de guerre de presque trois heures, au cours duquel ils avaient rendu compte des progrès de leurs enquêtes respectives et peaufiné leur plan, jusqu'à ce que le *Keviiiin !* de Mme Grumbacher lève la séance.

Le livre que Dale avait volé à M. Ashley-Montague (un acte auquel lui-même n'arrivait pas à croire) contenait plein de phrases en langues étrangères, de descriptions de rituels incompréhensibles, d'explications complexes sur des déités et anti-déités aux noms imprononçables, et beaucoup d'expressions ambiguës dont l'interprétation requérait des connaissances cabalistiques. « Ça valait vraiment pas le coup de risquer de te faire prendre pour ça ! » avait décrété Harlen.

Mais Dale était certain que quelque part dans ces pages imprimées en petits caractères, on évoquait Osiris ou la Stèle de la Révélation que Duane mentionnait dans ses carnets. Et il avait emporté le livre avec lui afin de le lire sous la tente... un poids de plus à traîner.

Les quatre garçons avaient pris la route non sans quelque appréhension, et s'étaient retournés à chaque bruit de moteur. Mais le camion d'équarrissage ne s'était pas montré. La seule agression qu'ils avaient subie, c'est la grimace d'une petite fille qui leur avait tiré la langue de l'arrière d'une vieille DeSoto surchargée.

Ils se reposèrent à l'ombre du patio d'oncle Henry, tandis que tante Lena leur préparait de la citronnade, et passèrent quelque temps à discuter du meilleur emplacement où monter leurs tentes. Tante Lena trouvait que le pâturage serait agréable, avec une jolie vue sur la rivière et les collines avoisinantes, mais les garçons tenaient à camper dans les bois.

— Où est Michael O'Rourke ? demanda-t-elle.

— Oh, il avait quelque chose à faire en ville, à l'église ou un truc comme ça, mentit Jim Harlen, il va nous rejoindre plus tard.

Ils laissèrent leurs bicyclettes à la ferme, et partirent à pied aux environs de trois heures.

A trois heures et demie, ils avaient déjà traversé la rivière près de la grotte des contrebandiers, et escaladé la clôture de barbelés limitant au sud la propriété d'oncle Henry. Les grands bois commençaient presque aussitôt. Il y faisait plus frais, bien que les feuillages ne fussent pas assez épais pour empêcher le soleil de pénétrer par endroits.

Ils descendirent sur les fesses la pente abrupte du ravin au nord du cimetière, traversèrent une coupe de bois à quelques centaines de mètres de la Base 3, et continuèrent vers l'est en suivant à flanc de colline un chemin pour le bétail. A chaque fois qu'ils arrivaient à une clairière, ils prenaient soin de rester sous le couvert des arbres.

A intervalles réguliers, ils s'arrêtaient, posaient leur équipement, se dispersaient en éventail, comme Mike le leur avait recommandé, et attendaient quelques longues minutes en faisant le moins de bruit possible. Puis ils reprenaient leur matériel et continuaient à s'enfoncer dans les bois. A part une vache égarée lors de leur troisième halte, ils ne remarquèrent aucun signe d'une autre présence que la leur.

Ils avaient fait semblant de discuter de l'endroit où planter leurs tentes, mais en réalité l'emplacement avait été choisi la veille au soir. Ils creusèrent un trou pour le feu de camp et montèrent deux petites canadiennes (l'une appartenait au père de Kevin, l'autre était un vestige du passé de M. Stewart) au bord d'un bosquet, dans une clairière située à environ cinq cents mètres au nord de la carrière, et à quatre cents mètres au nord-est du cimetière. A cent cinquante mètres à l'ouest, Gipsy Lane coupait les bois selon un axe nord-sud.

La clairière se trouvait sur un terrain presque plat, limité au nord par une pente abrupte au bas de laquelle coulait un affluent de la rivière. L'herbe, déjà couleur de blé mûr, ne montait pas tout à fait aux genoux, et les sauterelles y pullulaient. Les grands bois commençaient à moins de sept mètres en direction du sud et de l'est, et à vingt mètres à l'ouest.

En temps normal, ils auraient joué à Robin des Bois ou à cache-cache jusqu'à l'heure de dîner. Mais ce jour-là, ils préférèrent paresser dans le campement, ou bavarder à la limite des arbres. Ils essayèrent de s'allonger sous les tentes, mais il y faisait trop chaud, et les vieux duvets empruntés aux parents étaient moins confortables que l'herbe.

Dale feuilleta son livre volé. Le nom d'Osiris y était effectivement mentionné, mais, bien que le texte fût en anglais, du moins en grande partie, pour Dale, c'était du chinois. On y parlait du dieu commandant des légions de non-morts, de prédictions et de châtiments, mais le garçon ne comprenait rien du tout à ce qu'il lisait.

Le ciel entre les feuilles resta bleu, aucun orage ne les obligea à retourner dare-dare chez oncle Henry. Dans leur plan, ils avaient prévu une solution pour tous les problèmes, excepté pour la pluie. En cas d'averse, la visibilité serait devenue trop mauvaise, et ils auraient eu trop de mal à entendre ce qui se passait autour d'eux : la fuite aurait été la seule conduite raisonnable.

Ils dînèrent tôt, dévorant d'abord toutes les friandises qu'ils avaient apportées, puis ils allumèrent un feu pour faire cuire des saucisses. Il leur fallut du temps pour trouver des branches à peu près droites sur lesquelles les enfiler, et encore plus pour en affûter les extrémités. Et à chaque fois qu'Harlen entendait l'expression « petite saucisse », il pouffait de rire, jusqu'à ce que Dale finisse par dire :

— Arrête, sinon, on va te renvoyer au jardin d'enfants !

Harlen essaya de se justifier, commença à parler de Cordie Cooke, puis il renonça.

Il faisait encore chaud vers sept heures, et Lawrence voulait descendre à la carrière piquer une tête dans l'eau. Les autres s'y opposèrent, et lui rappelèrent qu'ils avaient un programme à respecter. A sept heures et demie, Harlen voulut faire griller les marshmallows, mais les autres insistèrent pour attendre la nuit. C'était toujours ainsi qu'on faisait.

Kevin était déjà prêt à se glisser dans son sac de couchage

vers huit heures, mais l'ombre du soir venait juste d'atteindre la clairière, et il faisait encore assez clair, même sous les arbres.

A huit heures quarante, le ciel s'était obscurci et on ne pouvait plus distinguer les feuilles. Les bois devinrent noirs. Le silence se fit sur la 6. En tendant l'oreille, les enfants purent percevoir le claquement métallique des couvercles se rabattant sur les mangeoires automatiques des porcs d'oncle Henry, mais c'était un son lointain et ténu, qui s'éteignit avec les derniers rayons de lumière.

Enfin, il fit tout à fait noir. Pourtant, bien que ce fût le plein été, ils eurent l'impression que la nuit était tombée d'un seul coup.

Dale jeta de petites branches sur le feu, des braises montèrent dans la nuit. Les garçons se rapprochèrent l'un de l'autre, le visage éclairé par les flammes. Ils essayèrent de chanter, mais le cœur n'y était pas. Et quand Harlen suggéra de raconter des histoires de fantôme, les autres le regardèrent si méchamment qu'il se tut.

Il y avait dans l'air une sorte d'attente, de vigilance. Des animaux s'éveillaient, sans doute prêts à partir dans la nuit à la recherche de viande fraîche. Les garçons enfilèrent des sweat-shirts et de vieux chandails, ajoutèrent du bois au feu et se rapprochèrent presque au point de se toucher.

Le feu crépitait, craquait, transformant leurs visages en masques démoniaques. Bientôt, sa clarté orange fut la seule lumière de leur monde.

Ce soir-là, le plus dur pour Mike, c'était de ne pas s'endormir.

Il avait passé une partie de la nuit précédente dans le vieux fauteuil de la chambre de Memo, avec une bouteille d'eau bénite dans une main et un mouchoir renfermant l'hostie dans l'autre. Vers trois heures du matin, quand sa mère était descendue voir Memo, elle avait grondé son fils et l'avait envoyé au lit. Mais Mike avait laissé l'hostie sur le rebord de la fenêtre avant de monter dans sa chambre.

Le matin, après sa distribution de journaux, le jeune garçon était passé au presbytère. Mme McCafferty était folle d'anxiété. Les docteurs avaient décidé de transférer le malade à l'hôpital St. Francis de Peoria, mais quand l'ambulance était arrivée le mardi soir, le père Cavanaugh avait disparu.

Tandis que Mike et les autres conféraient dans le poulailler et essayaient de déchiffrer quelques passages du mystérieux livre volé par Dale, la gouvernante, aidée de plusieurs paroissiens, avait cherché en vain le prêtre dans tout le bourg.

« Je suis prête à jurer sur mon rosaire que le pauvre était bien trop malade pour soulever la tête, à plus forte raison pour partir tout seul, avait-elle dit à Mike en s'essuyant les yeux à son tablier.

— Il est peut-être retourné chez lui..., avait suggéré l'enfant de chœur, sans y croire un instant.

— Chez lui ? A Chicago ? Mais comment ? s'était écriée la gouvernante. La voiture du diocèse est toujours au garage, et l'autobus Galesburg-Chicago ne passera pas avant demain. »

Mike avait promis de la prévenir aussitôt s'il apprenait quelque chose, puis il s'était préparé dans la sacristie à servir la messe dite par le curé d'Oak Hill.

En rentrant chez lui, il avait fait jurer à sa mère de bien veiller sur Memo la nuit suivante, puisque lui-même allait camper. Mais juste avant de la quitter, il avait tout de même aspergé d'eau bénite le sol et la fenêtre de la chambre de sa grand-mère, et placé des morceaux d'hostie au coin de la moustiquaire et au pied du lit. Etre obligé de la laisser seule toute une nuit était un des aspects les plus inquiétants de leur plan.

Ensuite, il avait préparé son sac à dos, et il était parti avant même que les autres garçons n'aient démarré. La tension du trajet jusqu'à la 6 lui avait un peu remis les idées en place, mais le manque de sommeil lui faisait bourdonner les oreilles, et il se sentait la tête lourde.

Lui n'était pas allé jusqu'à la ferme d'oncle Henry. Il avait ouvert une barrière à bétail juste derrière le cimetière, et longé la clôture pour cacher son vélo dans un bosquet de sapins au-dessus du ravin. Puis, revenant sur ses pas, il avait attendu l'arrivée de ses copains, qui n'avaient fait leur apparition qu'une demi-heure plus tard. Il avait poussé un *Ouf !* de soulagement en les voyant.

Il était resté dans les bois tout le temps que Dale et les autres avaient passé à la ferme d'oncle Henry. Mais avec les jumelles qu'il avait empruntées à son père, il les avait vus se gorger de citronnade, pendant que lui crevait de chaud dans les buissons !

Ensuite, il les avait suivis dans les bois en restant au moins à quinze mètres en arrière, et en se déplaçant parallèlement à eux (c'était facile, puisqu'il savait où ils allaient). Il portait un polo vert et un vieux pantalon de coton beige, discrets dans cette végétation, mais il aurait préféré une vraie tenue de camouflage : si on le repérait, tout leur plan tombait à l'eau.

Il secoua de nouveau la tête pour lutter contre le sommeil.

Il avait choisi son poste d'observation au sommet d'une pente abrupte, à moins de vingt mètres de l'endroit où campaient les autres. L'emplacement était parfait : deux rochers le dissimulaient, mais un interstice lui permettait d'avoir une vue plongeante sur le camp et la clairière ; et juste derrière lui, trois gros arbres très serrés le protégeaient d'une approche à revers. En plus, à l'aide d'une branche, il avait creusé une petite tranchée pour lui et ses affaires. S'il s'y cachait, on ne pouvait absolument pas le voir d'en bas, et il avait pris la précaution supplémentaire de camoufler le site avec des branchages.

Il sortit son matériel : une bouteille d'eau et une autre d'eau bénite, celle-ci soigneusement marquée pour éviter toute confusion, même dans le noir ; des sandwichs, les jumelles, une hostie enveloppée dans un mouchoir et, enfin, le fusil à écureuils de Memo.

Il comprenait maintenant pourquoi cette arme était interdite : avec son canon de vingt-cinq centimètres et sa poignée revolver en noyer, cela semblait effectivement l'engin idéal pour un gangster de Chicago décidé à transformer un rival en passoire.

Il ouvrit la culasse, renifla l'odeur de graisse du canon, et souleva l'arme afin que les derniers rayons du jour éclairent l'intérieur. Il avait trouvé des cartouches dans la boîte, à côté du fusil, mais elles paraissaient vraiment trop vieilles. Alors, prenant son courage à deux mains, il était allé en acheter une autre boîte chez M. Meyers.

« Je ne savais pas que ton père était chasseur, avait remarqué le quincaillier.

— Vous avez raison, il ne chasse pas, mais il en a assez de voir les corneilles tout dévorer dans le jardin. »

Mike posa la boîte de cartouches neuves devant lui, en introduisit une dans la culasse, referma le fusil et regarda par le viseur les autres garçons autour du feu de camp, à une vingtaine de mètres de lui. C'était beaucoup trop loin pour tirer, il le savait. Même l'arme à canons superposés de Dale ne toucherait pas grand-chose à cette distance, et le fusil à canon scié serait tout à fait inefficace. Mais, de plus près, les dégâts seraient terribles avec les plombs de 6 qu'il avait achetés.

Les buissons, au sud de l'endroit où ses copains avaient monté leurs tentes, rendaient une approche silencieuse impossible, et *toute* approche très risquée. Au nord, Mike était perché en haut de la pente derrière laquelle coulait le ruisseau : le traverser sans bruit ne serait pas facile non plus. Cela laissait deux possibilités d'approche : une par l'est, où les arbres s'espaçaient, une autre par l'ouest, en traversant la clairière. De la hauteur sur laquelle il se trouvait, il voyait clairement dans ces deux directions, mais la lumière déclinait.

Les voix de ses amis bavardant autour du feu lui parvenaient plus étouffées. L'air était humide, et Mike s'aperçut que ses mains glissaient sur la crosse. Il chercha la boîte de cartouches, en fourra deux de plus dans sa poche de chemise, d'autres dans sa poche de pantalon, et rangea le reste dans son sac à dos. Puis il mit le cran de sécurité et posa l'arme sur les aiguilles de pin à côté de lui. En s'efforçant de respirer calmement, il mangea un des sandwichs au beurre de cacahuète et à la confiture qu'il s'était préparés à la hâte avant de partir. L'odeur des saucisses cuisant dans la clairière lui avait donné faim.

Ses amis allèrent se coucher peu de temps après la nuit tombée. Mike avait enfilé un sweat-shirt noir et troqué son pantalon beige contre un pantalon sombre. A présent, assis dans l'obscurité, les yeux grands ouverts, il guettait tout bruit suspect, le bourdonnement des insectes et le coassement des grenouilles formant le fond sonore, et tout mouvement autre que le balancement des branches. Rien à signaler.

Il regarda Lawrence et Dale s'installer près du feu dans leur petite canadienne ouverte. A la lueur vacillante des braises, il distinguait les bosses formées par leurs pieds dans les sacs de couchage. Harlen et Kevin entrèrent dans la seconde tente, à quelques mètres à gauche, un peu plus loin du feu. Ils se couchèrent tête-bêche. Les chaussures d'Harlen sortaient du sac de couchage.

Mike se frotta les yeux et scruta plus attentivement l'obscurité en évitant de fixer le feu. Il espérait que les quatre autres avaient bien suivi ses intructions. *Mais qui a décidé que c'était moi le chef ?*

Le plus dur, c'était de rester éveillé. Il avait failli s'endormir plusieurs fois, mais sa tête retombant contre sa poitrine l'avait fait sursauter. Il s'installa dans une position moins confortable, près de la fissure entre les deux rochers, un bras sous lui. Ainsi, s'il s'assoupissait, le poids de son corps sur son bras le réveillerait. Malgré cette précaution, il somnolait à demi lorsqu'il se rendit compte que quelqu'un s'approchait de la clairière.

En fait, deux formes venant de l'ouest se déplaçaient avec la lenteur et l'attention de chasseurs traquant du gibier en terrain boisé.

Mike sentit son cœur battre si fort qu'il en eut mal à la poitrine et que la tête lui tourna. Il empoigna son fusil et retira le cran de sécurité. Ses doigts étaient humides et étrangement gourds.

Les deux silhouettes étaient tout près du camp maintenant, à environ sept mètres, et restaient immobiles, presque invisibles dans l'ombre. Seul, un faible reflet trahissait leur présence. Ils tenaient quelque chose... une arme ? La lumière des étoiles fit briller du métal, et Mike reconnut des haches.

Sa respiration s'accéléra, s'arrêta, reprit. Il s'obligea à ne pas se concentrer exclusivement sur les deux hommes (c'étaient bien des hommes, grands, avec de longues jambes et vêtus de couleurs sombres) et à faire attention en même temps à ce qui se passait autour de lui : tous leurs préparatifs seraient parfaitement vains si quelqu'un s'approchait de lui par-derrière.

Tout semblait calme de son côté, mais il perçut un mouvement derrière les tentes : un autre homme, au moins un, approchait, aussi doucement que les deux autres, mais plus bruyamment. Il était moins grand et avait du mal à éviter de faire craquer les branches sèches sous ses pieds. Mais si Mike n'avait pas su quels côtés surveiller particulièrement, il ne les aurait ni vus ni entendus.

Une brise se leva, agitant les branches, et les deux silhouettes dans la clairière profitèrent du bruissement des feuilles pour faire cinq pas de plus en direction du camp. Mike secoua violemment la tête, essayant de distinguer réalité et cauchemar. Il se sentait si fatigué...

Les trois hommes convergeaient sur le camp maintenant. Ils n'étaient plus très loin du feu. Mike vit briller du métal : le troisième homme aussi était armé d'une hache. A moins que ce ne soit un fusil.

Mais non, ils ne veulent pas faire de bruit...

Ses mains tremblaient quand il allongea les bras par-dessus les rochers pour viser l'une des deux silhouettes.

Tire, vas-y ! Mais non, il faut que je sois sûr... Ces types pourraient être des fermiers venus faire du bois... A minuit ? Il n'y croyait pas un instant, mais pourtant il ne tira pas. L'idée de prendre pour cible un être humain le faisait trembler encore davantage. Il appuya plus fort les bras sur le plat du rocher et serra les dents.

Les deux premiers hommes firent silencieusement le tour du feu presque mort. Les braises n'éclairaient que des vêtements sombres et de grosses bottes. Les visages étaient cachés par les visières des casquettes rabattues sur le nez.

Pas un bruit ne provenait des tentes. Mais Mike voyait

toujours les bosses à l'endroit des pieds de Dale et de Lawrence, la casquette de Kev, les chaussures d'Harlen.

Le troisième homme s'approcha entre les arbres et s'arrêta tout près de la tente de Kevin.

Mike avait du mal à se retenir de hurler, de se lever, de tirer en l'air avec son fusil. Mais il ne bougea pas : il fallait qu'il sache. *J'aurais dû choisir un poste d'observation plus près du camp... me procurer une arme plus efficace... je suis mal préparé, c'est un plan mal ficelé...*

Il s'obligea à concentrer toute son attention sur les trois hommes. Deux d'entre eux se trouvaient à côté de la tente de Dale et Lawrence, l'autre près de celle de Kevin et Harlen.

Pas un seul mot ne fut échangé, ils semblaient attendre que les enfants se réveillent et viennent se joindre à eux. Pendant un instant de vertige, Mike eut l'impression que le temps était suspendu, que tout allait rester ainsi toute la nuit : des silhouettes muettes et immobiles, des tentes silencieuses, un feu s'éteignant lentement jusqu'à ce que règne l'obscurité totale.

Soudain les deux hommes avancèrent d'un pas, balancèrent leurs haches et les abattirent sur la tente et les sacs de couchage en dessous. Une fraction de seconde plus tard, le troisième fit tomber la sienne sur la casquette de Kev.

L'attaque fut si brutale et si féroce qu'elle prit Mike totalement au dépourvu. Il ouvrit la bouche, le souffle coupé.

Les deux hommes les plus proches relevèrent leurs haches et les abattirent une autre fois. Mike entendit les lames traverser la toile, les duvets et ce qui s'y trouvait, puis s'enfoncer dans la terre. Ils levèrent leurs haches une troisième fois. Derrière eux, le petit gros en faisait autant avec des *Han !* sauvages. Mike vit une des chaussures d'Harlen s'envoler et atterrir près du feu, avec à l'intérieur un morceau de chaussette (ou d'autre chose) rouge.

Les hommes ahanaient, grognaient et grondaient comme des bêtes. Mike releva le chien de son fusil et appuya sur la détente. L'éclair du coup de feu l'aveugla, le recul faillit lui faire lâcher son arme.

Haletant, il vit les deux hommes se tourner dans sa

direction. Il chercha d'autres munitions. Mais elles étaient dans sa poche de chemise, sous son sweat-shirt. Il s'agenouilla, trouva une autre cartouche dans sa poche de pantalon, ouvrit la culasse et essaya de retirer la douille : elle était coincée. Puis ses ongles trouvèrent un appui sur le bord de cuivre. Il se brûla les doigts en la retirant, en enfonça une autre et referma la culasse.

Un des hommes avait sauté par-dessus le feu et s'avançait dans sa direction. Le second était figé sur place, la hache levée. Le troisième gronda quelque chose et continua à s'acharner sur ce qui restait de la tente et des sacs de couchage éventrés d'Harlen et Kevin.

Le premier homme se précipita vers Mike dans un grand piétinement de bottes. L'enfant leva son fusil et tira. La déflagration fut monumentale. Mike se jeta à terre, sortit la cartouche brûlée et en introduisit une autre. Quand il se releva, l'homme avait disparu — soit il était tombé dans les broussailles, soit il s'était enfui. Les deux autres semblaient pétrifiés dans la clarté du feu.

Alors, tout ne fut plus que bruit et fureur. Des flammes sortirent du bois à moins de dix mètres du camp, un autre fusil rugit. Le troisième homme parut tiré en arrière par des fils invisibles, sa hache vola en l'air, tournoya, tomba en plein dans le feu et lui-même roula dans les hautes herbes. Puis des coups de revolver prirent le relais, un automatique de calibre 45, que Mike reconnut à son rythme de tir : trois coups de feu, arrêt, trois coups de feu... Un autre revolver se joignit à lui, crachant les balles aussi vite que le tireur pouvait appuyer sur la détente. Ensuite, ce fut le claquement sec du calibre 22, puis un autre fusil à plomb.

Le troisième homme s'élança droit sur Mike. Celui-ci se leva, attendit que le bruit des pas fût à six mètres et lui tira en plein dans le front avec le fusil de Memo. La casquette de l'homme, à moins que ce ne fût une partie de son crâne, s'envola derrière lui. La silhouette lança sa hache en direction de Mike, s'effondra en griffant et gémissant dans les broussailles, et glissa dans un grand fracas de branches brisées jusqu'en bas de la pente du ravin. Un gros insecte passa alors tout près de l'oreille de Mike, et il l'esquiva juste à l'instant où la hache, dans une pluie d'étincelles, frappait le rocher.

Mike rechargea, leva son fusil, le fit lentement pivoter, les deux mains sur la poignée revolver, respirant par la bouche. Il avait relevé le chien et posé le doigt sur la détente, lorsqu'il s'aperçut que la clairière était vide, à part les tentes éventrées et le feu de camp presque mort. *Il est temps de passer à la manœuvre suivante !*

— Allez-y ! hurla-t-il.

Il se baissa, ramassant au passage son sac à dos, et courut en direction du nord-ouest entre la clairière et le bord du ravin. Il sentit ses épaules et sa tête briser les branches dans lesquelles il se heurtait, quelque chose lui fit une longue griffure à la joue, et il arriva au premier point de ralliement : le tronc tombé à l'endroit où le sentier longeait de plus près le ravin.

Il s'écarta un peu, leva son arme.

Des pas se firent entendre à sa droite, il siffla une fois. La silhouette en train de courir siffla deux fois et continua à courir. Mike lui tapa sur l'épaule.

Deux autres silhouettes répondirent par deux coups de sifflet et passèrent dans le cliquetis de leurs sacs à dos. Mike leur tapa sur l'épaule.

Une autre forme apparut dans l'obscurité, Mike siffla. Pas de réponse, il braqua son fusil sur la forme sombre qui venait vers lui.

— C'est moi ! haleta Jim Harlen.

En lui tapant sur l'épaule, Mike sentit l'écharpe soutenant le bras plâtré. Il s'accroupit derrière un gros tronc et attendit une minute, le fusil à écureuils en position de tir. Ce fut une très longue minute. Puis il reprit le sentier, plié en deux, le sac à dos sur l'épaule gauche et le fusil dans la main droite, en jetant des coups d'œil tout autour de lui. Il avait l'impression d'avoir fait des kilomètres, alors qu'il n'avait parcouru que quelques centaines de mètres.

Il y eut un coup de sifflet assourdi devant lui, à sa gauche. Il siffla trois fois en réponse. Une main lui tapa sur l'épaule au passage, et il entrevit le calibre 45 du père de Kevin. Puis il trouva le raccourci, le tournant à peine esquissé du sentier, et s'aplatit sans se soucier des orties dans les grandes herbes. Il siffla un coup, laissa Kevin le dépasser et ne repartit qu'après l'avoir couvert pendant quarante-cinq secondes. Enfin il descendit à son tour la pente en essayant de faire le moins de bruit possible sur la terre meuble et l'humus.

Pendant un instant, il ne put retrouver l'entrée secrète dans cette masse de branches et de broussailles, puis il la reconnut et se glissa à l'intérieur de la Base 3. Un éclair de lampe de poche l'éblouit brièvement. Les quatre autres chuchotaient, surexcités, euphoriques et effrayés à la fois.

— Chut ! siffla Mike.

Il prit la petite lampe de la main de Kevin et éclaira un à un tous les visages en chuchotant à l'oreille de chacun :

— Tout va bien ?

Tout allait bien pour tout le monde. Ils étaient là tous les cinq, et rien qu'eux.

— Ecartez-vous, murmura-t-il.

Ils s'écartèrent vers la circonférence du cercle, toujours aux aguets, et Kevin avec son automatique chargé et prêt à tirer, alla se placer à gauche de l'entrée.

Mike aspergea le sol et les branches d'eau bénite. Il n'avait encore jamais vu de créatures sortir des trous dans le sol, mais le jour n'était pas près de se lever. Ils écoutèrent les bruits de la nuit.

Ils entendirent l'appel d'un hibou. Le chœur des criquets et des grenouilles (que les coups de feu avaient fait taire) reprit, plus faible maintenant qu'ils se trouvaient à mi-pente. Au loin, une automobile ou un petit camion roulait sur la 6.

Après trente minutes d'écoute silencieuse, ils se regroupèrent près de l'entrée. L'envie de bavarder était passée, mais l'un après l'autre ils chuchotèrent, tête contre tête, pour qu'on ne puisse pas les entendre de l'extérieur.

— Et dire que je ne pouvais pas croire qu'ils allaient le faire pour de bon !

— Vous avez vu ma godasse ? répéta plusieurs fois Harlen. Coupée en deux juste à l'endroit où j'avais fourré le sweat-shirt !

— Tout est en charpie, murmura Kevin, ma casquette, tout ce que j'avais mis dans le duvet.

Petit à petit, Mike parvint à leur tirer un rapport cohérent. Ils avaient scrupuleusement exécuté le plan mis au point la veille. Le pire moment, d'après Dale, ç'avait été d'attendre dans l'obscurité en faisant griller saucisses et marshmallows, comme autour de n'importe quel feu de camp. Puis ils s'étaient installés dans les tentes, et avaient bourré leurs duvets de vêtements avant de rejoindre leurs positions respectives.

— Moi, j'étais couché sur une fourmilière, geignit Harlen.

Sa réflexion fut accueillie par des rires étouffés et Mike ordonna le silence. Il avait prévu les positions de chacun de façon à ce qu'ils ne risquent pas de se tirer les uns sur les autres, mais Kevin avoua que dans l'excitation du moment, après avoir vu les inconnus hacher menu ce qu'ils croyaient être des enfants, il avait tiré en direction de Mike. Celui-ci haussa les épaules mais effectivement il se souvenait qu'un « gros insecte » était passé près de son oreille au moment où l'un des hommes avait jeté sa hache dans sa direction.

— OK, conclut-il en mettant les bras sur les épaules de ses copains et en les rapprochant de lui. On est fixés maintenant ! Mais c'est loin d'être fini... On ne peut pas partir avant le jour, et il y a encore des heures à attendre. Ils sont peut-être allés chercher des renforts... qui ne seraient pas nécessairement humains !

Il se tut, les laissant méditer ses paroles. Il n'avait pas l'intention de les pétrifier de terreur, il voulait juste les persuader de rester sur leurs gardes.

— Mais je ne pense pas que ça se passera comme ça, ajouta-t-il, sa tête contre celles de Dale et de Kevin, comme des joueurs de rugby lors d'une mêlée. Je crois qu'on leur en a fait voir, et qu'ils sont partis pour la nuit. Demain matin, on fouillera le campement, on récupérera ce qu'on pourra et on filera... Qui a apporté une couverture ?

Ils en avaient prévu cinq pour la nuit dans la Base 3, mais ils n'en retrouvèrent que trois. Mike sortit un autre blouson et désigna des veilleurs pour les différents quarts (Kevin avait une montre à cadran phosphorescent). Il prit le premier avec Dale et ordonna aux autres de dormir. Plus un mot ! Mais lui et Dale, accroupis de chaque côté de l'entrée, parlèrent encore un petit moment à voix très basse.

30

Jamais nuit n'avait paru aussi longue à Dale. Au début, sa terreur se tempérait d'euphorie, mais après le premier tour de garde en compagnie de Mike, seule resta la terreur. Le garçon avait déjà eu peur dans sa vie, très peur même, l'hiver dans la cave à charbon. Et il n'y avait pas si longtemps, il avait été terrorisé par le rond noir du fusil de C. J. Congden, sans parler du cadavre flottant dans l'eau du sous-sol qui l'avait glacé d'épouvante. Mais ce qu'il ressentait à présent allait bien au-delà. Il avait l'impression de ne plus pouvoir se fier à rien : le sol allait s'ouvrir pour l'engloutir... des créatures le guettaient sous la terre... derrière la légère barrière de branchages, d'autres êtres nés de la nuit l'attendaient, avec des yeux morts mais brillants, et si aucun souffle ne s'échappait de leur poitrine, de leur gorge sortait un râle d'impatience...

Oui, ce fut une longue nuit.

Dès les premières lueurs de l'aube, ils étaient déjà tous réveillés. A cinq heures trente, les couvertures étaient roulées et ils remontaient le sentier. Mike marchait en tête, à trente pas, et leur faisait signe d'avancer ou de s'arrêter. A une centaine de mètres du camp, ils se mirent de front et, courbés dans l'herbe haute, s'approchèrent lentement d'arbre en arbre, de buisson en buisson.

Ils arrivèrent enfin en vue des tentes, toujours écroulées. Dale s'était presque attendu à tout retrouver en parfait état, comme si la violence de la nuit n'avait été qu'un cauchemar collectif. Mais, même de loin, ils pouvaient voir que les tentes étaient bel et bien effondrées, les toiles déchirées, les vêtements éparpillés et une hache noircie était à demi enfoncée dans le feu, juste à côté de la chaussure gauche de Harlen.

Leur approche fut prudente : Mike passa par le nord, Dale par le sud, pour former un demi-cercle. Dale était certain que la première chose qu'ils découvriraient serait les cadavres : un dans la clairière où Mike avait touché un des hommes, un autre au bord du ravin. Mais pas de cadavres. Par contre, du sang dans la clairière à l'endroit où l'homme abattu par Mike aurait dû se trouver, du sang sur les rochers et les buissons du ravin, du sang encore sur la pente opposée de la petite vallée, près de la clôture.

— On en a quand même descendu deux ! s'écria Harlen.

Mais sa forfanterie sonnait faux à la lumière du jour, avec le sang qui se transformait en simples taches brunes sur les broussailles et les souches. Il y en avait beaucoup, et, en pensant qu'ils avaient tiré sur des êtres humains, Dale se mit à trembler de tout son corps... jusqu'à ce qu'il revît ces mêmes êtres humains lever, puis abattre leur hache sur les tentes où lui et ses copains étaient censés dormir.

Ils entrèrent dans la clairière, pressés de récupérer ce qui était récupérable et de quitter les lieux.

— C'est mon père qui va être content ! remarqua Kevin en pliant les lambeaux de sa tente.

— Et ma mère, donc ! ajouta Harlen en regardant les autres à travers les trous de sa couverture lacérée. Toi, au moins, tu peux dire que le vent a emporté ta tente sur une clôture de barbelés, mais moi, qu'est-ce que je vais raconter ? Que j'ai fait un rêve bandant et que j'ai massacré ma couverture dans mes élans amoureux ?

— C'est quoi, un rêve ban... ? demanda Lawrence.

— C'est rien, c'est rien, répondit Dale. Ramassons tout ce que nous pouvons et filons.

Une fois sortis du bois, Dale prêta le Savage à son petit frère, mais garda dans sa poche les munitions. Lorsqu'on l'avait portée pendant une heure, l'arme paraissait lourde, pourtant elle était courte et plus légère que beaucoup de fusils. La nuit précédente, Dale avait beaucoup regretté de ne pas avoir apporté le fusil à pompe de son père, même s'il était encombrant. Cela avait failli le rendre fou d'avoir à chaque fois à ouvrir la culasse pour recharger. Il se souvenait de Lawrence regardant les yeux écarquillés Kevin et Harlen en train de tirer, appuyés sur un genou. Et il avait encore dans les oreilles la toux sèche du calibre 45 de l'un, la détonation impressionnante du petit calibre 38 de l'autre.

On a vraiment fait ça ?

Eh oui, comme en témoignaient les trente minutes passées à ramasser les cartouches et les balles perdues pour les enterrer à quinze mètres du campement. Ils y avaient joint les duvets, trop abîmés pour qu'ils puissent les rapporter chez eux. Mike récupéra sa bicyclette au passage, mais ils ne rangèrent pas leurs armes avant d'avoir franchi la clôture, et d'être presque en vue de la ferme d'oncle Henry.

Tante Lena leur proposa un petit déjeuner, mais ils n'avaient pas le temps : oncle Henry allait en ville, et ils se dépêchèrent de jeter leurs vélos à l'arrière du camion et d'y grimper.

Ils avaient appréhendé le long trajet de retour, mais ils l'effectuèrent en quelques minutes, dans un nuage de poussière. Il y avait encore de la rosée sur le maïs et les herbes des bas-côtés.

— Regardez ! s'exclama Lawrence en passant devant la taverne de L'Arbre noir.

Le cabaret était fermé et ils ne virent même pas la voiture du cabaretier. Mais sous les arbres, tout au fond du parking... un camion. Dale aperçut une tache rouge, et une plate-forme entourée de planches se distinguait vaguement parmi les arbres.

— C'est le camion d'équarrissage, non ? cria Kevin pardessus le bruit du pick-up.

Ils arrivaient au croisement de Jubilee College Road et le camion rouge n'avait pas bougé.

— Possible..., répondit négligemment Mike.

Dale agrippa le rebord du camion d'oncle Henry pour maîtriser ses tremblements. Il serrait tellement fort que ses avant-bras lui faisaient mal. Ce n'était pas difficile à imaginer : cinq garçons fatigués par une nuit blanche montant, haletants et courbés sur leur guidon, la longue côte... Puis, précédée de la puanteur des cadavres en décomposition, cette monstruosité rouge surgie de nulle part dans un ronflement de moteur et un grincement de levier de vitesse fonçant sur eux dans un nuage de gravillons et de poussière. Les fossés étaient profonds, par ici, et les clôtures les séparant des bois plutôt hautes. Auraient-ils eu le temps de descendre de vélo et de se réfugier parmi les arbres ? Et si Van Syke était armé ? Ou bien s'il avait voulu les obliger à s'enfuir dans les bois... en direction de Gipsy Lane, justement ?

A cet instant précis, sur cette route bordée d'une muraille de maïs et déjà écrasée par la chaleur, Dale sut que là-bas dans les bois, on les avait attendus, et on les attendait encore. Ce n'était que grâce à la proposition de son oncle que leur expédition se soldait par un succès mitigé, et non par un désastre total.

Dale regarda Mike, en face de lui. Ses yeux gris étaient voilés de fatigue, mais Dale devina qu'il avait compris, lui aussi. Il aurait voulu lui poser la main sur l'épaule, lui murmurer que ça n'était pas grave, qu'il n'avait pas pu tout prévoir... mais ses bras tremblaient si fort qu'il n'osait pas lâcher le camion. Et surtout il savait que si, c'était grave. Cette erreur aurait pu leur coûter la vie en ce glorieux matin de juillet.

Qui était en embuscade, là-bas dans les bois ? Mme Duggan, morte depuis huit mois... ? Tubby Cooke, tout blanc et tout gonflé... ? Les longues créatures rampant sous terre, attendant gueule ouverte sous un mince tapis d'humus et de feuilles... ? Le soldat, tel que Mike le leur avait décrit, avec son visage qui s'allongeait comme une gueule de lamproie hérissée de dents ?

Ils entrèrent en ville sans un mot et firent un geste d'adieu fatigué à oncle Henry, lorsque celui-ci les déposa un par un devant chez eux.

La nuit tomba un peu plus tôt que la veille, une différence presque imperceptible, mais suffisante pour rappeler à un observateur attentif que les jours avaient déjà commencé à raccourcir.

Le coucher de soleil fut d'une grande beauté ce soir-là, comme souvent dans cette région, bien que la plupart de ses habitants y soient presque trop habitués pour le remarquer, un long moment de sérénité durant lequel le soleil plana comme un ballon rouge au-dessus de la ligne d'horizon, embrasant tout le ciel. Le crépuscule apporta une promesse de fraîcheur, et l'approche inévitable de la nuit menaçante.

Mike avait eu l'intention de faire un somme dans la journée (il était si fatigué qu'il avait la voix enrouée et les paupières irritées), mais il eut trop à faire : pendant la nuit, des « vandales » avaient arraché la moustiquaire de la fenêtre de Memo. Lorsqu'elle avait entendu du bruit, Mme O'Rourke s'était précipitée dans la chambre : le vent éparpillait les photos et les papiers posés sur la table de la vieille dame, les rideaux se gonflaient comme des voiles, c'est tout ce qu'elle avait remarqué. Memo ne semblait pas blessée, mais elle était si agitée qu'elle clignait frénétiquement des yeux sans pouvoir répondre aux questions.

Mme O'Rourke, en voyant les folles craintes de son fils se réaliser, avait pris peur. Elle avait téléphoné à son mari à la brasserie et appelé Barney, qui était venu en pleine nuit. Le policier avait déclaré en se grattant la tête qu'effectivement il y avait cet été-là un problème de vandalisme dans la région, puis il avait demandé à Mme O'Rourke si Michael ou une de ses filles avaient eu des mots avec C. J. Congden ou Archie Kreck. Mme O'Rourke avait répondu avec indignation que ses filles n'avaient pas le droit d'adresser la parole à ces voyous, et que Mike les avait toujours ignorés. Et si cela avait un rapport avec ce qui horrifiait toute la ville : le massacre des chats de Mme Moon ?

Barney s'était gratté la tête une deuxième fois et avait promis de multiplier ses rondes dans le quartier, puis il était retourné à ses affaires. Le père de Mike avait rappelé pour annoncer qu'il avait réussi à changer de service avec un collègue : à partir de dimanche, il ne serait plus de nuit avant la rentrée.

Mike avait réparé la moustiquaire et l'avait remise en

place, mais le loquet du rebord de la fenêtre était arraché, et le cadre entourant le grillage, cassé en deux endroits. En effectuant ce travail, il avait remarqué une substance gluante, de la texture et de la couleur de la morve un peu séchée. Le grillage déchiré la rendait difficile à voir, mais elle était bel et bien là. Il l'effleura et frissonna.

Un jour où il était allé pêcher avec son père dans un affluent de la Spoon, il devait avoir huit ou neuf ans à l'époque, il avait attrapé une anguille. Ces poissons étaient rares, même dans l'Illinois, et l'enfant n'en avait jamais vu. En apercevant le long corps sinueux semblable à celui d'un serpent, il avait pensé à un mocassin d'eau et s'était enfui en courant, oubliant qu'il se trouvait dans une barque. Son père l'avait rattrapé in extremis, puis avait ramené la bestiole accrochée à l'hameçon en ordonnant à son fils de tenir l'épuisette. Le petit garçon était à la fois fasciné et révulsé par l'anguille, dont le corps reptilien, presque préhistorique, luisait, ondulait avec un mouvement liquide, comme une créature extraterrestre. Le poisson était recouvert d'une couche de liquide visqueux, une sorte de mucus sécrété par l'animal, et les longues mâchoires étaient garnies de dents aussi acérées que des lames.

Le père de Mike avait attaché l'épuisette le long du bateau, afin de garder l'anguille en vie jusqu'au pont où les attendait la voiture. Tout le temps du lent retour à la rame, Mike n'avait pu penser qu'à cette créature de cauchemar qui ondulait juste en dessous de la surface de l'eau. Mais, en remontant le bateau sur la berge, ils avaient découvert qu'elle avait réussi à se glisser à travers les mailles du filet. L'épuisette était enduite d'une espèce de gélatine, comme si la peau et la chair de l'animal étaient composées d'une matière semi-liquide.

Une matière tout à fait semblable à l'espèce de mucus sur la moustiquaire. Mike la nettoya entièrement à l'alcool à brûler, recolla et réagrafa le cadre du mieux qu'il put, remplaça les parties déchirées du fin grillage et remonta le tout en ajoutant deux targettes, une en haut et une en bas.

Il retrouva le morceau d'hostie sous la fenêtre dans le jardin. Le soldat avait dû s'en approcher en pleine nuit, ses

466

doigts avaient certainement coulé entre les mailles de la moustiquaire, son long mufle s'était tourné vers Memo comme une lamproie attirée par un poisson particulièrement appétissant... Avait-il été arrêté par l'hostie et l'eau bénite ? Et si le visiteur n'était pas le soldat mais une autre créature qui serait venue chercher sa grand-mère en pleine nuit... ?

Mike faillit fondre en larmes : son plan si bien préparé avait été à deux doigts de se terminer en débâcle. Il avait aperçu le camion d'équarrissage parmi les arbres derrière la taverne, il en avait reconnu l'odeur. Et si, comme c'était prévu, ses copains et lui étaient revenus en ville à bicyclette, cette puanteur aurait été d'ici peu celle de leurs cadavres.

Alors il comprit : c'était dans une véritable guerre que lui et ses copains étaient engagés, une guerre semblable à celle à laquelle son père avait participé, mais pire, car il n'y avait ni ligne de front ni abri, et l'ennemi était maître de la nuit.

Après déjeuner, il fit un saut à St. Malachy. On était toujours sans nouvelles du père Cavanaugh. Les autorités du diocèse avaient prévenu la police, mais Mme McCafferty lui dit que tout le monde semblait persuadé que le père était retourné chez lui à Chicago. A l'idée que le jeune prêtre, si malade et fiévreux, soit en train d'errer quelque part dans une gare routière, la gouvernante se remit à pleurer. Mike lui assura que c'était impossible, le père ne pouvait pas être parti chez lui.

Il passa chez Harlen chercher une bouteille de vin (de la « piquette », mais sa mère ne s'apercevrait même pas de la disparition), la mit dans un sac en papier et retourna au kiosque à musique. Il n'espérait guère obtenir de Mink d'autres renseignements intéressants, mais il trouvait que le vieux clochard avait bien mérité un petit cadeau supplémentaire. Et puis, parler à un homme qui avait été témoin d'événements qui pesaient à présent si lourdement sur sa destinée pourrait lui apporter un certain réconfort.

Mink avait disparu. Ses bouteilles, ses journaux, son manteau en haillons étaient éparpillés sur le sol, et on eût dit qu'un typhon très localisé s'était acharné sur son antre. Le sol était percé de cinq trous ronds d'environ cinquante centimètres de diamètre et bordés de rouge, comme si on avait commencé à forer pour trouver du pétrole.

Pourquoi toujours imaginer le pire ? se morigéna-t-il. *Quelqu'un lui a peut-être confié un petit boulot... ou bien il boit un pot quelque part avec ses copains...*

Mais il ne réussit pas à se convaincre. Que s'était-il passé là-dessous cette nuit ? Mink avait dû se réveiller d'un sommeil d'ivrogne et voir la terre se soulever, renifler une odeur de charnier et découvrir devant lui l'abomination cachée depuis presque soixante-dix ans. Il avait dû sautiller pour esquiver une grande créature blanchâtre et menaçante, surgie de terre comme l'anguille était sortie de l'eau, claquant des mâchoires et cherchant sa proie d'un regard aveugle.

Le dernier trou était à moins d'un mètre de l'entrée, et suffisamment éclairé pour que le garçon pût distinguer clairement les parois formées de cartilages et de tendons rouge sang. Il régnait sous le kiosque une puanteur de charogne mêlée à de faibles effluves rappelant l'odeur de Mink.

Mike jeta sa bouteille à l'intérieur. Elle atterrit debout au milieu des bouteilles vides, telle une pierre tombale en miniature. Il s'enfuit et traversa Main Street comme une flèche, sous le nez d'un semi-remorque qui klaxonna furieusement.

Il n'avait pas l'intention d'assister à la soirée d'anniversaire de Michelle Staffney. Vu les circonstances, y songer lui semblait absurde, mais Dale vint le voir et insista : il serait plus sage de rester tous ensemble ce soir-là.

— Ça finira à dix heures, après le feu d'artifice, mais tu pourras rentrer avant si tu veux.

Mike réfléchit. Sa mère et ses sœurs ne se couchaient jamais avant dix heures, et rien n'arriverait si peu de temps après la tombée du jour. Du moins, rien ne s'était jamais passé à ce moment-là, le soldat, ou qui que ce soit d'autre, préférait la fin de la nuit.

— Allons, viens, il y aura des lumières partout, une foule de gens... en plus, ça nous fera du bien de nous amuser un peu !

— Et Lawrence ?

— Il ne veut pas aller chez une idiote de fille, d'ailleurs, il n'est pas invité. Mais maman lui a promis une partie de Monopoly jusqu'à mon retour.

— On ne pourra pas emporter nos armes à la soirée...

Dale sourit.

— Harlen sera armé, on pourra toujours lui demander son petit pistolet si on en a besoin. On ne peut quand même pas rester jusqu'à dimanche matin à attendre sans rien faire.

Mike grommela quelque chose.

— Alors tu viens, hein ?

— On verra !

La soirée d'anniversaire de Michelle Staffney commençait à 19 heures, mais une heure et demie plus tard des parents accompagnaient encore leurs enfants.

Comme chaque année, la grande maison et son vaste jardin avaient été transformés en parc de conte de fées, avec des guirlandes d'ampoules de couleur et de lampions qui allaient de l'entrée aux arbres, des arbres aux tables chargées de chips, de friandises et de boissons, et des tables à la grange tout au fond de la propriété. Des enfants couraient en tous sens, d'autres jouaient aux fléchettes et au hula-hoop, gravitaient autour du barbecue où le docteur, aidé de deux autres messieurs, faisait cuire et distribuait à la chaîne hot dogs et hamburgers, ou bien s'attardaient près des tables recouvertes de nappes en plastique à carreaux rouges et blancs.

La musique du tourne-disque sur la véranda de devant attirait beaucoup de petites filles, qui s'asseyaient dans la balancelle, se juchaient sur la balustrade et pouffaient de rire.

Les premiers enfants arrivés avaient docilement montré leur invitation mais, une fois qu'ils furent cinquante ou soixante, la soirée d'anniversaire de Michelle Staffney devint, comme à l'accoutumée, une sorte de fête pour tous les gamins du coin, à laquelle venaient aussi bien les frères et sœurs des amis de l'héroïne du jour, que des enfants de fermiers auxquels elle n'avait jamais parlé. Toutefois, au grand dam des filles agglutinées sous la véranda, les grandes personnes mirent à la porte quelques élèves de l'école secondaire. Même C. J. Congden et son acolyte firent une apparition dans la rue, passant lentement en Chevrolet, mais ils ne s'arrêtèrent pas : deux ans plus tôt, le Dr Staffney n'avait pas hésité à appeler les gendarmes pour se débarrasser de Congden et de sa bande.

A la tombée de la nuit, la fête battait son plein. Les filles dansaient, essayaient les figures de rock enseignées par les parents ou les grandes sœurs, quelques-unes imitèrent Elvis, jusqu'à ce qu'un adulte leur enjoigne de bien se tenir. Les garçons les plus hardis s'étaient joints à elles, jouant les malins, les bousculant, et faisant tout pour les serrer de près sans aller jusqu'à danser avec elles.

Dale et Mike étaient arrivés ensemble et avaient été parmi les premiers à faire la queue devant le barbecue. Dale avait mangé en faisant tourner un hula-hoop, et ils erraient maintenant dans la foule, se sentant déphasés dans ce bruit et cette agitation. Mike arborait d'énormes poches sous les yeux.

Harlen et Kevin les rejoignirent.

— Je viens de voir quelque chose qui nous serait bien utile ! cria Kevin en hurlant pour se faire entendre.

Mike et Dale demandèrent en chœur :

— C'est quoi ?

Ils s'étaient promis de faire attention à ce qu'ils se diraient en public, mais le bruit était tel qu'ils pouvaient à peine s'entendre eux-mêmes.

— Venez voir !

Dans un coin de la cour, Chuck Sperling et Digger Taylor faisaient une démonstration de talkie-walkie devant deux groupes de jeunes enfants fascinés.

— C'est des vrais ? demanda Mike.

— Quoi ?

— C'est... des... vrais ? répéta Mike en criant dans l'oreille de Kevin.

Kevin acquiesça en continuant à aspirer bruyamment un Coca. Les boissons gazeuses n'étaient pas tolérées chez lui.

— Ouais... Le père de Chuck les a achetés au prix de gros.

— Quelle portée ?

— A peu près mille huit cents mètres, d'après Digger. C'est assez court pour ne pas avoir besoin de permis, mais assez long pour être de vrais talkies-walkies.

— Ouais... Ça nous aurait été bien utile. D'ailleurs, ça pourrait encore nous servir, dit Mike. Et si on essayait de s'en procurer un avant dimanche...

Harlen s'approcha, avec un drôle de sourire tordu. Mike remarqua qu'il avait mis ses plus beaux atours : un pantalon de laine sombre bien trop chaud pour la saison, une chemise bleue, un nœud papillon et une écharpe propre en soie noire pour soutenir son plâtre.

— Tu les veux ? J' peux me débrouiller.

Mike se pencha vers lui, renifla.

— Seigneur, Jim, tu as bu du whisky ou quoi ?

Harlen se redressa d'un air vexé mais continua à sourire.

— Juste un petit remontant, articula-t-il. C'est toi qui m'as donné l'idée, mon vieux, en venant chercher ce vin.

Mike hocha la tête.

— Tu as apporté... l'autre truc ?

— Quel autre truc ? Des fleurs pour l'hôtesse ? Mon paquet de petits machins en caoutchouc... pour ma rencontre avec la demoiselle ?

Dale allongea le bras et tapa d'un coup sec l'écharpe et le plâtre de Harlen.

— Non, ça, patate !

Jim ouvrit de grands yeux innocents.

— Oh, ça !

Il fit un geste pour sortir le calibre 38, mais Mike repoussa précipitamment l'arme entre le plâtre et l'écharpe.

— Tu es bourré, Jim !... Montre ce truc, et le Dr Staffney te videra avant même que tu aperçoives la femme de ta vie.

Harlen joignit les mains et s'inclina gracieusement.

— Bien, Sahib !

Il se redressa trop rapidement et vacilla un instant avant de retrouver son équilibre.

— Alors, tu les veux, oui ou non ? continua-t-il.

— Quoi donc ?

Mike, les bras croisés, surveillait la rue.

— Les radios ! Si tu les veux, tu les auras, dis-le, c'est tout.

— D'ac !

Harlen fit un autre salut oriental, et recula dans la foule en manquant de faire tomber un petit de sept ans qui s'apprêtait à lancer une fléchette.

Il était tard, plus de neuf heures. Mike s'apprêtait à rentrer chez lui tout seul si Dale et Kevin préféraient rester, quand Michelle Staffney vint lui parler alors qu'il finissait d'engouffrer son troisième hot-dog.

— Salut, Mike !

Mike marmonna quelque chose la bouche pleine, engloutit sa dernière bouchée et recommença, sans plus de succès.

— Ça fait longtemps qu'on ne s'est pas vus, hein ?... depuis... qu'on n'est plus dans la même classe et tout ça...

— Tu veux dire depuis que j'ai redoublé, réussit-il à articuler.

Mike avait avalé presque tout sans s'étrangler, mais il n'osait pas ouvrir la bouche de peur de crachoter des miettes.

— Oui, c'est ça, répondit Michelle d'un air de sainte-nitouche. Je crois que nos conversations me manquent.

— Ouais...

Il ne voyait pas du tout ce à quoi elle faisait allusion, ils avaient été dans la même classe à partir du cours préparatoire, mais il ne se souvenait pas d'avoir parlé à Michelle plus d'une ou deux fois, et encore... peut-être lui avait-il crié quelquefois *Par ici !* sur le terrain de sport, ou un truc de ce genre.

— Ouais..., répéta-t-il.

— Tu sais, murmura-t-elle en s'approchant de lui, nos conversations sur la religion.

— Ouais...

Mike avala sa dernière bouchée de hot-dog et souhaita désespérément trouver quelque chose à boire. Maintenant, il se souvenait d'avoir dit à la fillette au cours élémentaire (ils jouaient alors sur des balançoires voisines) que ça faisait un drôle d'effet d'être catholique quand la plupart des autres enfants ne l'étaient pas.

— Ouais, répéta-t-il pour la troisième fois.

La fillette était très belle ce soir (*ravissante*, pensa-t-il) dans sa robe de mousseline vert pâle, toute gonflée comme un machintruc de ballerine, mais moins courte, et ses longs cheveux roux étaient retenus par un bandeau vert. Elle avait les yeux verts, de très longues jambes. Il la trouvait... changée... depuis ces derniers mois, ou peut-être même ces dernières semaines. Son corsage était plus... plus rond, et ses jambes différentes, ses hanches aussi. Et quand elle leva le bras pour arranger son bandeau, il remarqua de fins pointillés au creux de son aisselle. *Elle se rase là, comme Peg et Mary ? Et les jambes aussi ?*

Michelle venait de lui dire quelque chose.

— Pardon ?

— Je disais que je voudrais te parler, un peu plus tard... J'ai quelque chose d'important à te dire...

— Bien sûr ! Quand ?

Il s'attendait à une réponse du genre : « Le mois prochain... »

— Disons, dans une demi-heure. Dans la grange ?

Elle désigna du geste le grand bâtiment au fond de la cour. Mike se retourna, regarda la grange, cligna des yeux et hocha la tête comme s'il la découvrait pour la première fois.

— Ouais...

Michelle s'était déjà éloignée, circulant gracieusement parmi la foule. *Peut-être qu'elle va tous les inviter dans la grange ?*

Mais il ne le croyait pas vraiment. Il retourna vers le barbecue ; il n'avait plus du tout envie de partir maintenant. Sa mère et ses sœurs étaient encore debout, elles veillaient sur Memo. Si seulement Harlen avait apporté du whisky, ou du vin, plutôt que ce pétard grotesque !

Comme la plupart des garçons d'Elm Haven, Mike en pinçait pour Michelle Staffney depuis... depuis toujours. Mais à la différence des autres et, peut-être parce qu'il avait redoublé et donc, dans son esprit, démérité aux yeux de tous, il n'était pas obsédé par elle. Il était plus facile de l'ignorer quand on ne la voyait pas tous les jours.

Mais maintenant...

Pauvre Harlen ! se dit-il avec un petit pincement au cœur en pensant au nœud papillon. Puis : *Qu'il aille se faire foutre !*

Comme Mike n'avait pas de montre, il passa la demi-heure suivante auprès de Kevin, dont il levait de temps en temps le poignet pour regarder l'heure. Il aperçut Donna Lou Perry et son amie Sandy dans un groupe de filles sur la pelouse, et il eut envie d'aller lui parler, de lui présenter des excuses pour la partie de base-ball « torse nu contre tee-shirt » du mois dernier, mais elle riait et bavardait avec ses amies, et il ne lui restait plus que huit minutes.

La grange ne faisait pas partie du territoire ouvert aux invités, et le grand portail était cadenassé, mais il y avait une petite porte sur le côté, dans l'ombre d'un gros chêne. Mike souleva le crochet et entra.

— Michelle ?

Cela sentait la paille et le bois surchauffés par le soleil. Il allait appeler une autre fois quand il pensa que c'était une farce : Michelle n'avait pas la moindre intention de lui parler, elle le taquinait sans doute, comme ce pauvre idiot d'Harlen.

Et maintenant ce pauvre idiot de Mike !

Il s'apprêtait à ressortir lorsqu'il entendit la douce voix de Michelle.

— Ici, en haut !

D'abord, il ne vit pas d'où la fillette lui parlait, puis il aperçut une échelle qui devait mener à un grenier à foin. Le plafond de la grange se perdait dans l'ombre, dix mètres plus haut.

— Monte, bêta !

Mike grimpa à l'échelle en serrant dans sa main le petit flacon d'eau bénite glissé dans sa poche avant de partir. *Hé, c'est un flacon d'eau bénite que tu as dans ton froc, ou bien tu es vraiment content de la voir ?*

Le fenil était sombre et jonché de paille, mais une faible lumière provenait d'une porte ménagée dans la cloison

474

séparant la vieille grange du garage, au-dessus duquel le Dr Staffney avait aménagé une petite pièce. Michelle, appuyée au chambranle de la porte, lui souriait.

— Entre ! dit-elle timidement en reculant pour le laisser passer. C'est mon cabinet secret.

Les lumières de la fête entraient par deux petites fenêtres, et formaient autour de ses cheveux un halo lumineux. Mike entra, plus intéressé par la chaude proximité de la fillette que par la petite pièce sous le toit, meublée d'un bureau, de quelques vieilles chaises et d'un sofa.

— Tu sais pourquoi ce mois est très important pour moi, Mikey ?

Mikey ?

— Euh. Parce que c'est ton anniversaire ?

— Eh oui...

La fillette s'approcha. Mike sentait son odeur de savonnette parfumée et de shampooing. La peau pâle de ses bras était un peu rosie par la lueur des ampoules colorées dans les branches au-dessus de l'arbre, dehors.

— Le douzième anniversaire, c'est important, chuchotat-elle, mais il y a autre chose qui arrive à une fille, et qui est encore plus important, si tu comprends ce que je veux dire...

— Bien sûr.

Il ne voyait pas du tout où elle voulait en venir. Elle fit un pas en arrière et posa son index sur ses lèvres, comme si elle se demandait si elle allait oui ou non lui confier un secret.

— Tu sais que tu m'as toujours plu, Mike ?

— Euh... non...

— C'est vrai, pourtant. Tu te rappelles quand on était au cours préparatoire, on jouait au papa et à la maman ?

Mike avait un vague souvenir d'avoir joué avec les filles au début de sa scolarité, mais il avait vite appris que ça ne se faisait pas.

— Bien sûr ! répondit-il avec un enthousiasme feint.

Elle pivota sur elle-même, comme une danseuse.

— Et moi, je te plais, Mikey ?

— Bien sûr !

Qu'était-il censé répondre ? *Tu ressembles à un crapaud !*

Non, il la trouvait jolie, il aimait son parfum, la chaude émotion de se trouver en sa compagnie, si différente de l'angoissante tension de ces derniers jours.

— Ouais, tu me plais...

Michelle hocha la tête comme s'il avait prononcé le mot magique, puis recula, s'arrêta devant la fenêtre et ordonna :

— Ferme les yeux !

Mike n'hésita qu'un instant. Il y eut un froissement et Michelle murmura :

— Voilà !

Mike ouvrit les yeux et crut recevoir un coup de poing en plein plexus solaire : Michelle Staffney avait retiré sa robe de fête et ne portait plus qu'un soutien-gorge et un petit slip blancs. Jamais de sa vie le garçon ne l'avait regardée avec une telle attention : les épaules pâles, les taches de rousseur dorées sur les bras et le décolleté, le léger renflement du sein au-dessus du soutien-gorge, le diadème de cheveux laissant filtrer la lumière, les longs cils contre la joue... Il serra les dents en remarquant la courbe de la hanche, la rondeur de la cuisse, les minces chevilles avec les petites socquettes blanches...

Elle s'approcha de lui, et il vit qu'elle rougissait.

— Mikey... j'ai pensé... que nous pourrions... tu sais... juste nous regarder..., murmura-t-elle très bas.

Elle s'approcha plus près, il aurait pu la prendre dans ses bras s'ils avaient accepté de lui obéir. Elle posa sa main fraîche contre la joue brûlante de Mike.

— Quoi ? demanda-t-il d'une voix trop forte.

— Je viens de te le dire... Si tu enlèves ta chemise, j'enlèverai autre chose.

Avec l'impression de se regarder agir sur un écran, il passa sa chemise par-dessus sa tête et la jeta sur le sofa derrière lui, réussit à passer les bras autour de Michelle et tourna légèrement le dos à la lumière, le visage à deux mètres de l'autre fenêtre.

Sur la pelouse, des invités chantaient.

— A mon tour...

Il pensait que la fillette allait enlever ses chaussettes mais, en un geste qui lui coupa le souffle tant il était érotique et féminin, elle décrocha l'agrafe de son soutien-gorge, qui tomba à leurs pieds. Mike ne put s'empêcher de baisser les yeux. Ses seins étaient très blancs, avec des mamelons encore tout petits au milieu de l'aréole rose.

La fillette, soudain intimidée, mit un bras sur sa poitrine et tendit son visage vers Mike. Avec un coup au cœur, celui-ci devina qu'elle allait l'embrasser. Elle lui effleura les lèvres, se retira légèrement, le regarda d'un air interrogateur, et l'embrassa de nouveau. Mike la serra contre lui, sentit son excitation monter, se demandant si elle la remarquait aussi, mais il ne bougea pas. Il pensa à la confession, à l'ombre du confessionnal, aux questions posées d'une voix douce. Il ressentait le même émoi que lors de ses péchés solitaires, mais ce n'était pas du tout pareil. Ce feu qui l'enflammait tandis que le baiser se prolongeait... son excitation, son érection douloureuse contre le caleçon et le jean raide, le désir de Michelle, communiqué par de très faibles mouvements de ses hanches et de son bassin... tout ceci appartenait à un monde différent de celui des péchés et des fantasmes avoués dans le confessionnal.

Ils tombèrent à genoux, s'arrangèrent pour s'allonger sur les coussins du sofa sans que jamais leurs lèvres se séparent. Quand elles se désunirent, Mike sentit le souffle de Michelle dans son oreille droite, et s'émerveilla de la perfection avec laquelle la courbe de sa joue s'encastrait contre son propre cou. Il perçut le goût de ses cheveux sur ses lèvres, l'écarta doucement et ouvrit un instant les yeux.

Tout près de lui, à moins d'un mètre, le père Cavanaugh le regardait avec des yeux morts, à travers l'étroite fenêtre encastrée dans le mur.

Il eut un sursaut et recula, se cognant contre le sofa. Le visage livide et les épaules noires du père paraissaient flotter derrière la vitre. Il avait la bouche grande ouverte, la mâchoire inférieure pendante, comme celle des cadavres dont personne n'a pensé à attacher le menton. Des filets de salive coulaient de ses lèvres, ses joues et son front étaient tavelés de ce que Mike prit d'abord pour des cicatrices, mais c'était des petits trous ronds, d'un bon centimètre de diamètre. Ses cheveux se dressaient en un buisson emmêlé, ses lèvres noires se retroussaient sur de grandes dents. Il avait les yeux ouverts, mais aveugles, d'un blanc laiteux, et ses paupières battaient follement, comme celles d'un épileptique en pleine crise.

Pendant un instant, il se dit que quelqu'un avait, à l'aide d'un fil de fer autour du cou, pendu le cadavre du prêtre dans les arbres, mais la mâchoire remua lentement de haut en bas et il entendit un bruit de cailloux roulant dans une boîte fermée. Les doigts crochus griffèrent le carreau.

Michelle entendit aussi le grattement. Elle s'écarta et, se couvrant la poitrine de ses bras, se retourna. Elle dut apercevoir quelque chose à l'instant où la figure et les épaules noires du cadavre descendirent, comme mues par un monte-charge. Mike posa la main sur la bouche de la fillette pour l'empêcher de crier.

— Qu... quoi ! balbutia-t-elle dès qu'il la lâcha.

— Rhabille-toi, murmura Mike, en se demandant si les battements de cœur qu'il entendait étaient les siens ou ceux de la fillette.

Il y eut un second grattement, mais tous deux dégringolaient déjà l'échelle.

— Qu'est-ce que c'était ? chuchota Michelle en arrivant à la porte.

Elle arrangeait les bretelles de sa robe de fête en pleurant sans bruit.

— Quelqu'un nous espionnait...

Il chercha du regard une arme, une fourche par exemple, ou une bêche, mais il n'y avait sur les murs nus que quelques vieilles courroies de cuir.

Obéissant à une impulsion soudaine, il se pencha, embrassa doucement la fillette, puis ouvrit la porte. Ils sortirent de l'ombre du chêne.

Personne ne remarqua leur retour.

31

Dale commençait à se lasser de la fête. Il allait rentrer chez lui tout seul quand il vit Mike et Michelle Staffney tourner le coin de la maison.

Cela faisait d'ailleurs plusieurs minutes que le docteur cherchait sa fille dans la foule : il venait d'acheter un appareil photo Polaroïd, et voulait prendre des photographies avant le feu d'artifice.

A un moment, Dale était passé devant la fenêtre d'un petit bureau où était allumé un poste de télévision que personne ne regardait. L'écran montrait une foule de gens sous des bannières étoilées. Depuis sa visite chez M. Ashley-Montague, Dale s'intéressait assez aux informations pour savoir que ce soir-là se tenait l'avant-dernière réunion de la Convention du parti démocrate. Il s'était approché du poste juste à temps pour entendre que le sénateur Kennedy était bien placé pour être désigné par son parti comme candidat à la présidence.

Lorsqu'il s'était détourné de la télévision, Michelle et Mike sortaient de l'ombre du grand chêne. La fillette entra en courant dans la maison, suivie d'un cortège d'amies. Mike regardait autour de lui d'un air égaré. Dale s'approcha de lui.

— Hé, ça va ?

Ça n'avait pas du tout l'air d'aller. Mike était blême, et des gouttelettes de transpiration perlaient sur son front et sa lèvre supérieure.

— Où est Harlen ?

Dale lui montra du doigt un groupe d'enfants attroupés autour de Jim. Celui-ci racontait à ses auditeurs fascinés son terrible accident, et les circonstances (un pari) qui l'avaient amené à grimper sur le toit d'Old Central jusqu'à ce qu'une rafale de vent l'envoie valdinguer sur une benne à ordures.

Mike s'approcha à grands pas, empoigna Harlen par le bras et l'entraîna à l'écart.

— Hé, qu'est-ce que tu...

— Donne-le-moi ! aboya Mike d'un ton sur lequel Dale ne l'avait jamais entendu parler. Allez, dépêche-toi !

— Te donner quoi ? commença Jim, bien décidé à ne pas se laisser commander de cette façon.

Mike tapa sur le bras en écharpe, assez fort pour faire grimacer son ami de douleur, et claqua des doigts.

— Allez, donne !

À cet instant, ni Dale, ni aucun garçon de sa connaissance, et Jim moins que quiconque, eût osé désobéir à Mike O'Rourke. Même un adulte eût obtempéré. Harlen jeta un coup d'œil autour de lui, extirpa son calibre 38 et le tendit à son ami.

Mike vérifia rapidement qu'il était chargé, le tint à bout de bras, la main pendant nonchalamment contre le corps (l'arme était presque invisible, à moins de savoir qu'il en portait une) et se dirigea d'un air décidé vers la grange. Dale échangea un regard perplexe avec Harlen, puis tous deux lui emboîtèrent le pas, fendant la foule des enfants qui couraient vers le jardin où le Dr Staffney prenait des photos avec sa boîte magique, tandis que d'autres adultes installaient les fusées du feu d'artifice.

Mike fit le tour de la grange sans sortir de l'ombre. Il avançait presque collé au mur, la main droite levée. Le canon court luisait à la lumière des lampes multicolores. En entendant Harlen et Dale s'approcher, il se tourna, revolver braqué sur eux, et leur fit signe de se planquer contre le mur. Il atteignit l'extrémité de la grange, contourna quelques buissons, s'accroupit pour regarder dessous, puis pivota sur lui-même, l'arme pointée sur la ruelle. Dale regarda Harlen en pensant au récit qu'il leur avait fait de sa fuite éperdue, dans cette même ruelle, devant le camion d'équarrissage. *Qu'est-ce que Mike a bien pu voir ?*

Ils arrivèrent à l'arrière de la grange. Le lampadaire dans la ruelle semblait encore accentuer l'impression d'obscurité dans ce coin, la masse ténébreuse des feuilles, les silhouettes noires sur le fond très sombre des bâtiments et des appentis. Mike tenait toujours son pistolet braqué, le corps un peu de biais, comme prêt à tirer en direction de la ruelle, mais il regardait le bouquet d'arbres derrière la grange des Staffney.

Dale ne remarqua pas tout de suite les traces irrégulières qui montaient le long du mur jusqu'à la petite fenêtre, environ sept mètres plus haut. On aurait dit qu'un installateur de lignes téléphoniques avait utilisé ses chaussures cloutées pour creuser de petits éclats dans la paroi de bois. Dale regarda Mike.

— Tu as vu quelqu'un...

— Chut ! souffla Mike.

Puis il traversa la ruelle en direction d'un buisson de framboisiers.

Dale sentit le parfum des fruits écrasés... puis autre chose... une odeur âcre d'animal.

Mike leur fit signe de reculer et leva le pistolet, le bras solidement tendu devant lui. Dale entendit le *Clic !* du chien qu'il relevait.

Il y avait une vague tache de blanc par là, la forme blême d'un visage entre les branches. Soudain un grondement rauque s'éleva, qui ne pouvait sortir que de la poitrine d'une créature de taille imposante.

— Bon Dieu, chuchota Harlen, tire ! *Tire donc !*

Mike continuait à braquer son arme dans cette direction, sans dévier d'un millimètre, le pouce toujours sur la détente. Un visage blanc et une masse sombre, trop grande et trop trapue pour être celle d'un être humain, sortit du buisson de framboisiers et s'approcha. Mike ne tirait toujours pas. Le grognement redoubla, des griffes raclèrent le gravier de la ruelle, des crocs étincelèrent dans la pénombre. Mike s'appuya solidement sur ses jambes et attendit.

— Couchés, maudits chiens ! dit une voix geignarde.

— Cordie ! s'écria Mike, et il baissa son arme.

Dale voyait maintenant que les crocs et les silhouettes sombres qui encadraient la fillette appartenaient à deux très gros chiens, un doberman et une espèce de berger allemand, retenus par deux courtes laisses, des lanières de cuir, plutôt.

— Qu'est-ce que tu fabriques ici ? demanda Mike tout en surveillant la ruelle.

— Je pourrais te poser la même question ! répondit-elle d'un ton acide.

— T'aurais pas vu quelqu'un, par ici ? poursuivit Mike, quelqu'un de... très bizarre ?

Cordie poussa un petit hennissement, qui pouvait être un rire, et les deux chiens la regardèrent aussitôt en retroussant les babines.

— En ce moment, y a des tas de gens bizarres dans ce coin la nuit. Tu penses à quelqu'un de précis ?

Mike se tourna et, s'adressant en même temps à Dale et Harlen, expliqua :

— J'étais là-haut (il montra la fenêtre) et j'ai vu quelque chose à travers la vitre. Quelqu'un plutôt. Quelqu'un de très... bizarre.

Dale regarda la fenêtre. *Il était là-haut avec Michelle ?* L'idée lui serra le cœur. Mais Harlen n'avait pas l'air de comprendre, lui ne les avait pas vus sortir de la pénombre.

— J' viens juste d'arriver, répondit Cordie. J' suis venue avec Belzébuth et Lucifer pour voir qui était à cette soirée huppée, cette année.

Harlen s'approcha et regarda les chiens.

— Belzébuth et Lucifer ?

Ils grognèrent, et le garçon recula précipitamment de quelques pas.

— Je pensais que tu avais déménagé, dit Dale, on croyait que ta famille était partie.

Le sac informe qui lui servait de robe s'agita de bas en haut, comme si elle haussait les épaules. Les chiens cessèrent de s'intéresser à Jim pour se concentrer sur leur maîtresse.

— P'pa a mis les bouts, dit-elle d'une voix dépourvue d'expression. Y pouvait pas supporter ces créatures de la nuit, il a jamais valu un clou dans les moments de crise. Alors, m'man avec les jumeaux, ma grande sœur Maureen et son bon à rien de petit copain, ils sont tous partis chez notre cousin Sook à Oak Hill.

— Et toi, où tu vis, alors ? demanda Mike.

Cordie le regarda avec étonnement, comme outrée qu'il

puisse la croire assez stupide pour répondre à une telle question.

— En lieu sûr, répondit-elle sèchement. Pourquoi tu braques la petite pétoire de Jimmy sur moi ? Tu m'as prise pour une de ces créatures de la nuit ?

— Les créatures de la nuit ? répéta Mike. Tu les as vues ?

Elle hennit de nouveau :

— Pourquoi tu crois que p'pa a filé, et que m'man et les autres ont abandonné la maison, hein ? Ces maudites saloperies se ramenaient presque toutes les nuits, et même le jour.

— C'était Tubby ? demanda Dale, l'estomac noué.

Cette forme pâle sous l'eau, avec des yeux qui s'ouvraient comme ceux d'une poupée...

— Tubby et ce foutu soldat, et puis aussi la vieille bonne femme morte et quelques autres. Des gosses, on dirait, mais y reste pas grand-chose d'eux, juste des haillons sur des os.

Dale hocha la tête. La façon dont Cordie parlait de cette démente spirale d'événements lui donnait envie de se mettre à rire, et de ne plus s'arrêter.

Mike leva la main gauche et effleura l'épaule de la fillette. Les chiens grognèrent et elle sursauta.

— On aurait dû aller te voir, dit-il gentiment. On a essayé de comprendre ce qui se passait et on s'est beaucoup activés, mais on aurait dû aussi penser à toi...

Cordie releva brusquement la tête.

— Penser à moi ? marmonna-t-elle d'une voix rauque. Quelle imbécilité tu racontes encore, O'Rourke ?

— Où est ton fusil ? demanda Harlen.

— Ces chiens, c'est bien mieux qu'un fusil. Je l'ai toujours, mais si une de ces créatures essaie encore de m'avoir, c'est les chiens que je lâche !

— Ils s'en sont pris à toi aussi, alors ? questionna Mike.

Cordie cracha dans les hautes herbes.

— Avant-hier soir, Belzébuth a arraché la main gauche de cette créature qui ressemble à Tubby. Elle grattait pour entrer.

— Où ça ? dit Harlen sans cesser de surveiller la ruelle, la tête remuant de droite à gauche comme une aiguille de métronome.

— Vous voulez pas que j' vous montre quelque chose d'encore plus bizarre que votre type là-haut à la fenêtre ? proposa-t-elle sans répondre à Harlen.

Non, merci bien ! pensa Dale, sans oser le dire. Quant à Harlen, il était trop occupé à surveiller la zone d'ombre pour répondre.

— Où ça ? dit Mike.

— C'est pas loin... mais bien sûr, si vous préférez retourner à la soirée de Miss Culotte-de-Soie, libre à vous !

Et si ce n'était pas Cordie qui était là, avec nous ? se demanda soudain Dale. *S'ils l'avaient eue, elle aussi ?... Mais elle ressemble à Cordie... elle parle comme elle... et elle a la même odeur aussi...*

— Qu'est-ce que tu veux dire par « pas loin » ? insista Mike.

Il s'était arrêté à une trentaine de mètres de la grange des Staffney, juste avant l'unique lampadaire de la ruelle. Des chiens aboyaient dans presque tous les jardins, mais Belzébuth et Lucifer ne leur manifestaient qu'un aristocratique dédain.

— Dans l'ancienne coopérative...

Elle se trouvait à cinq cents mètres à peine de chez les Staffney, en continuant la ruelle jusqu'à Catton Road, puis à gauche en direction de la voie ferrée. Les silos étaient désaffectés depuis qu'au début des années cinquante, la compagnie de chemin de fer avait réduit le trafic sur cette ligne.

— J'y vais pas, intervint Harlen. Pas question !

Dans une des maisons voisines, un petit chien à peine plus gros que la tête d'un des molosses de Cordie tirait sur sa chaîne.

— Qu'est-ce qu'il y a là-bas ? demanda Mike en remettant son pistolet dans la ceinture de son jean.

Cordie commença à parler, puis s'arrêta, comme haletante.

— Il faut le voir... j' comprends pas ce que ça veut dire, mais je sais que vous me croirez pas si vous le voyez pas !

Mike se retourna pour regarder la propriété des Staffney, illuminée, animée, bruyante.

— On n'a pas de lumière !

Cordie tira d'une poche de sa robe une grosse torche métallique et l'alluma. Un puissant faisceau éclaira les branches à quinze mètres au-dessus d'eux. Elle éteignit.

— Allons-y, alors ! décida Mike.

Dale le suivit dans la flaque de lumière jaune du lampadaire, mais Harlen s'arrêta.

— J' veux pas aller là-bas !

Mike haussa les épaules.

— Alors, retourne chez Michelle, je te rapporterai ton pistolet plus tard.

Il continua d'avancer en compagnie de Dale, Cordie et les deux chiens. Harlen courut pour les rattraper.

— J' veux pas m'en séparer ce soir !

Il ne voulait surtout pas, pensa Dale, retourner seul dans le noir jusque chez les Staffney.

Au bout de la ruelle, ils tournèrent dans Catton Road. Elle n'était pas éclairée. Le maïs, un peu plus loin, s'agitait sous la brise. A la suite de Cordie et de ses chiens, ils tournèrent à gauche en direction de la voie de chemin de fer et de la ligne sombre des arbres.

Les cadavres étaient suspendus à des crocs de boucher.

Le portail du silo à grains avait l'air solidement fermé par une chaîne et un gros cadenas, mais Cordie leur montra que la barre de métal le retenant s'enlevait facilement des montants de bois pourris.

Les chiens refusèrent d'entrer. Ils gémirent, tirèrent sur leurs laisses, roulèrent des yeux blancs.

— Ils préfèrent sauter sur les morts qui se baladent, expliqua Cordie en les attachant à un montant de bois à côté de la porte. Ce qu'y a là-dedans leur plaît pas, ils aiment pas l'odeur.

Dale non plus.

Le vaste bâtiment faisait trente ou quarante mètres de long, et était aussi haut qu'une maison de deux étages avec une forêt de poutrelles de bois et d'acier s'entrecroisant au plafond. La rangée de crocs descendait de ces poutres.

Cordie illumina de sa torche les corps dépouillés, tandis que les trois garçons, la chemise relevée sur le nez et la bouche, avançaient lentement. La puanteur leur piquait les yeux, et l'air résonnait du bourdonnement des mouches.

Quand Dale aperçut les carcasses, il pensa d'abord qu'il s'agissait de cadavres d'êtres humains. Puis il reconnut un mouton... un veau attaché par les pattes de derrière et pendu la tête en bas, la gueule fendue d'un sourire obscène, et encore un mouton, un gros chien, un veau plus gros encore. Il y avait au moins vingt carcasses pendues au-dessus d'une longue auge faite de bidons de deux cents litres coupés en deux.

Cordie s'approcha du veau et posa la main sur le cou tranché d'un coup net.

— Vous voyez ce qu'ils font ? J' crois qu'ils les accrochent là-haut avant de leur trancher la gorge... Le sang suit la pente... (elle accompagnait du geste ses explications)... après il passe dans ce tuyau... et il sort par cette gouttière, comme ça ils peuvent faire le plein sans avoir à transporter des seaux dehors.

— Faire le plein ? répéta Dale.

Soudain il comprit ce qu'elle voulait dire. Quelqu'un avait utilisé l'auge pour transporter du sang dehors. Où ça ? Où l'emmenaient-ils ensuite ?

La puanteur de la chair en décomposition, l'odeur fade du sang et les bourdonnements d'un million de mouches lui firent soudain tourner la tête. Il tituba jusqu'à la fenêtre, tira sur le vieux loquet, releva la vitre et respira avidement l'air frais. Les arbres sombres serraient de près le bâtiment et la lumière des étoiles se reflétait sur les rails.

— Y a longtemps que tu connais cet endroit ? demanda Mike à Cordie d'une voix curieusement dépourvue d'expression.

La fillette haussa les épaules et éclaira les poutres.

— Quelques jours. Une créature a chopé mon troisième chien l'autre nuit, alors j'ai suivi les traces de sang.

Harlen essayait de se servir de son bras en écharpe pour

se cacher le bas du visage qui, au-dessus de la soie noire, était verdâtre.

— Tu connais cet endroit depuis plusieurs jours, et t'en as parlé à personne ?

Cordie tourna le faisceau de la lampe dans sa direction.

— Et à qui veux-tu que j'en parle ? Au directeur de notre ex-école, peut-être, ou à cette patate de Barney ? ou à Congden, hein ?

Harlen tourna la tête pour ne pas être ébloui par la lumière.

— Ce serait toujours mieux que d'en parler à personne, nom de Dieu !

Cordie balaya avec sa lampe la rangée de carcasses, éclairant d'abord les côtes et la chair, puis l'auge rouillée et tapissée de sang figé. Dans le faisceau lumineux, il paraissait noir et épais comme de la mélasse. Il y avait tellement de mouches sur l'auge que la tôle semblait bouger.

— Je vous l'ai bien dit, non ? C'est ce que j'ai trouvé ici aujourd'hui qui m'a décidé à vous en parler.

Arrivée au bout de la rangée de carcasses, au fond de l'entrepôt, elle dirigea sa torche vers le haut.

— Bon Dieu de merde ! éructa Harlen en reculant d'un bond.

Mike, depuis qu'il avait passé la porte, tenait son pistolet à la main, le long de son corps. Il se leva et s'avança.

L'homme accroché là-haut avait été attaché comme les animaux, les jambes liées par un fil de fer passé dans un vieux croc de boucher. Au premier coup d'œil, son corps ressemblait à celui des moutons et des veaux : nu, les côtes bien visibles sous la chair blanche, la gorge si nettement tranchée que la tête était presque détachée du corps. En regardant le cou, Dale pensa à une mâchoire de requin, avec de petits morceaux de cartilage pointus en guise de dents. Il y avait tant de sang sous le menton qu'on aurait dit que quelqu'un avait vidé sur lui des quantités de pots de peinture rouge.

Cordie s'approcha de l'auge et, la lampe toujours braquée sur le cadavre, le saisit par les cheveux et lui releva la tête.

— Jésus ! souffla Dale.

Sa jambe droite se mit à trembler et il posa une main sur sa cuisse pour la maintenir.

— Congden, murmura Mike, je comprends pourquoi tu pouvais pas l'avertir.

Cordie grogna et laissa retomber la tête.

— Il vient d'arriver, il n'était pas là hier. Et venez voir ça !

Les garçons s'approchèrent en traînant les pieds. Harlen tenait toujours son bras en écharpe contre son visage. Mike gardait son fusil braqué, et Dale sentait que ses jambes allaient le lâcher d'un instant à l'autre. Ils s'alignèrent le long de l'auge comme des buveurs assoiffés devant un bar.

— Regardez !

Cordie empoigna de nouveau les cheveux de Congden et tira jusqu'à ce que le cadavre soit en pleine lumière.

— Vous voyez ?

La bouche de l'homme était grande ouverte, comme figée pendant qu'il hurlait. Un œil était fermé, l'autre les regardait. Le visage était maculé de sang coagulé, mais il présentait une autre particularité : ses tempes étaient tavelées de petits trous, et son cuir chevelu pendait comme si des Indiens avaient commencé à le scalper avant de changer d'avis.

— Les épaules aussi, dit Cordie de ce ton neutre, presque professionnel, que devait avoir le père de Digger ou un médecin légiste lors d'une autopsie. Regardez ses épaules !

Dale aperçut les trous, les coupures, comme si quelque bourreau s'était acharné à y enfoncer une petite lame acérée parfaitement ronde. Ce n'était pas assez pour le tuer, mais cela avait dû être très douloureux. Mike fut le premier à comprendre.

— Un fusil à plomb, expliqua-t-il en regardant les autres. C'est le bord de la rafale de plombs.

Dale se souvint : un des hommes avait couru vers l'endroit où Mike était caché... le vacarme du fusil à écureuils... la casquette du type était tombée et avait roulé sur le sol.

Pris à nouveau de nausée, il retourna à la fenêtre, et s'accrocha au rebord poussiéreux pour ne pas tomber. Des mouches entrèrent en bourdonnant.

Cordie lâcha le cadavre.

— Je me demande si c'est sa bande qui a fait le coup, ou s'il y a quelqu'un d'autre qui combat ces créatures...

— Sortons, dit Mike d'une voix soudain chevrotante, on a à parler.

Dale regardait les arbres noirs dehors en respirant lentement et profondément, et en essayant d'habituer ses yeux à l'obscurité, lorsque des lumières et des détonations jaillirent de la nuit. Mike arracha la torche à Cordie, l'éteignit et se mit en position de tir, sur un genou, pistolet levé. Harlen essaya de partir en courant, mais buta dans l'auge et faillit y tomber. Son bras indemne s'enfonça dans le sang coagulé, et des milliers de mouches s'envolèrent.

L'entrepôt fut tout à coup illuminé d'éclairs aveuglants venus de l'extérieur, blancs, puis rouge vif, puis verts.

Cordie fut la seule des quatre à ne pas bouger, la figure toute plissée lorsque aveuglée, elle clignait des yeux. Dehors, ses deux chiens s'en donnaient à cœur joie.

— Ah, merde ! marmonna Harlen en s'essuyant le bras sur son jean, où le sang laissait de grandes traces brunes.

Les explosions au-dehors se firent plus rapprochées et plus violentes.

— C'est juste le satané feu d'artifice de Michelle Staffney !

Avec un soupir de soulagement, tous se détendirent. Dale se mit à quatre pattes, se tourna vers l'intérieur et regarda les carcasses apparaître, disparaître, changer de couleur au hasard des fusées, vertes et rouges, toutes rouges, bleues, bleues et rouges, vertes, rouges, rouges, rouges...

Il savait qu'il regardait un spectacle qu'il n'arriverait jamais à oublier... mais qu'il chercherait jusqu'à la fin de ses jours à effacer.

Sans échanger un seul mot, ils sortirent de l'entrepôt. Après avoir remis en place barre métallique et cadenas, s'enfonçant dans la nuit, ils reprirent le chemin de la ville.

32

Le vendredi 15 juillet fut un jour sans lever de soleil. Les nuages étaient bas, lourds, et à l'aube le ciel devint simplement gris. Le plafond resta bas toute la journée, mais l'orage n'éclata pas malgré la chaleur moite et suffocante.

A 10 heures, les garçons réunis sur la pelouse en pente de Kevin observaient Old Central à la jumelle et discutaient à voix basse.

— J'aimerais bien voir ça, moi aussi, dit Kevin d'un air un peu dubitatif.

— Te prive pas, mais sans moi, rétorqua Harlen. Y a peut-être d'autres cadavres maintenant, et ils pourraient ajouter le tien à leur collection.

— Personne n'y va, point final, marmonna Mike sans quitter des yeux les fenêtres condamnées de la vieille école.

— Je voudrais bien savoir à quoi leur sert le sang, remarqua Lawrence qui, allongé la tête en bas sur la pelouse, mâchonnait une tige de trèfle.

Personne ne se hasarda à proposer une réponse.

— Peu importe à quoi ça leur sert, répondit enfin Mike. Le fait est que... cette chose matérialisée sous forme de cloche... exige des sacrifices humains. Elle se nourrit de souffrance et de peur. Lis-leur ce passage dans le livre que tu as emprunté à Ashley-Montague, Dale.

— Emprunté ? ricana Harlen. Moi, j'appelle ça volé !

— Vas-y, Dale, insista Mike.

Dale feuilleta le livre.

— « La mort est le couronnement de tout, lut-il. Ainsi le dit *Le Livre de la Loi*. *Agape* égale quatre-vingt-treize. Sept, un et huit égalent *Stèle* six six six, ainsi le dit l'Apocalypse de la Kabbale... »

— Non, l'autre passage, dit Mike en abaissant ses jumelles et en se frottant les yeux. Le truc sur la Stèle de la Révélation.

— Mais c'est une sorte de poème...

— Lis-le quand même !

Il s'exécuta, d'une voix monocorde, comme une psal-
modie :

> « *La Stèle est Mère et Père du Mage,*
> *La Stèle est Bouche et Anus de l'Abîme,*
> *La Stèle est Cœur et Foie d'Osiris.*
> *Au dernier Equinoxe,*
> *Le trône d'Osiris sera à l'est,*
> *Le trône d'Horus sera à l'ouest*
> *Et les jours ainsi seront comptés.*
> *La Stèle exigera le sacrifice*
> *de gâteaux, de parfums, de scarabées,*
> *Et le sang des innocents.*
> *La Stèle le rendra*
> *A ceux qui la servent.*
> *Et lors du Réveil des Derniers Jours,*
> *La Stèle sera créée*
> *De deux éléments : la terre et l'air,*
> *Et ne pourra être détruite*
> *Que par les deux autres.*
> *Car la Stèle est Père et Mère du Mage,*
> *Car la Stèle est Bouche et Anus de l'Abîme.* »

Les enfants, assis en cercle, restèrent un instant silencieux.

— C'est quoi, un anus ? demanda finalement Lawrence.

— C'est toi par exemple ! dit Harlen.

— C'est une planète, corrigea Dale. Comme Uranus, tu
sais bien ?

Lawrence approuva gravement.

— C'est quoi, les deux autres trucs, les deux éléments,
ceux qui pourraient détruire cette saloperie ? demanda
Harlen.

— La terre, l'air, le feu et l'eau, expliqua Kevin. C'est les
quatre éléments. Les Grecs, et d'autres mecs avant eux,
pensaient qu'ils étaient à l'origine de tout l'univers. Si la
terre et l'air ont créé cette chose, le feu et l'eau peuvent la
détruire.

— C'est la seule fois où on mentionne la Stèle de la

Révélation dans tout le livre, d'après ce que Dale et moi on en a lu, précisa Mike.

— Et il n'y a que les notes de Duane qui parlent d'un rapport entre la Stèle et tout ça, remarqua Harlen.

— Non, les notes de Duane, mais aussi les notes de son oncle Art ! Et ils sont morts tous les deux.

Kevin jeta un coup d'œil à sa montre.

— Bon, et ça nous mène où tout ça ?

— Répète-nous ce que tu nous as expliqué l'autre jour, à propos du camion de ton père, demanda Mike en s'allongeant sur le talus.

— C'est un camion-citerne d'une capacité de huit mille litres, commença-t-il comme s'il récitait une leçon. La citerne proprement dite est entièrement en acier inoxydable. Papa s'en sert tous les matins, sauf le dimanche, pour collecter le lait des fermes des environs. Il part tôt, vers 4 heures et demie, et il a deux circuits, qu'il fait chacun un jour sur deux. Il est responsable du transport jusqu'à l'usine, mais aussi de la collecte : il doit prélever un échantillon du lait, vérifier sa qualité et le pomper lui-même.

« Le camion est équipé d'une pompe centrifugeuse qui tourne à mille huit cents tours minute. Cela prend une minute pour faire passer trois cents litres de lait du réservoir de la ferme à la citerne du camion. Il a besoin d'une prise 230 volts, mais toutes les exploitations laitières en ont une. La pompe se trouve à l'arrière du camion, un peu comme sur une voiture de pompiers.

« Je l'accompagne parfois dans la tournée, mais comme il ne rentre pas avant deux heures de l'après-midi et que j'ai souvent des choses à faire, je nettoie seulement la citerne, je lave aussi le camion et je fais le plein pour gagner mon argent de poche.

— Montre-nous la pompe à essence.

Ils contournèrent la maison derrière laquelle M. Grumbacher avait édifié un large hangar de tôle pour garer son camion. Entre le garage et la maison, l'allée s'élargissait suffisamment pour permettre une manœuvre. La pompe à essence se trouvait à la sortie du hangar. Dale avait toujours envié son voisin d'avoir sa propre pompe à essence.

— C'est la laiterie qui l'a en partie financée, expliqua Kevin. La station Texaco n'est pas ouverte assez tôt le matin ni pendant le week-end, et ils ne voulaient pas qu'il soit obligé d'aller faire le plein à Oak Hill.

— Redis-nous combien contient la cuve en dessous ?

— Cinq mille litres.

Mike se frotta la lèvre inférieure.

— Moins que la citerne, alors ?

— Oui.

— Et il y a un cadenas à la pompe.

— Ouais, mais p'pa range la clé dans le tiroir droit de son bureau, et il ne le ferme pas à clé.

Mike acquiesça et attendit la suite.

— Le couvercle de la cuve à carburant est là. Il y a un cadenas aussi, mais c'est la même clé que pour la pompe.

Les garçons restèrent quelques instants silencieux. Mike marchait de long en large, faisant doucement crisser les graviers sous ses tennis.

— Je crois que tout est paré alors..., dit-il d'une voix manquant un peu de conviction.

— Mais pourquoi attendre dimanche matin ? demanda Dale. Pourquoi pas samedi ? ou aujourd'hui ?

Mike se passa la main dans les cheveux.

— Le dimanche, c'est le seul jour où le père de Kevin ne fait pas sa tournée. Il y a trop de monde l'après-midi, par ici... Il faudra agir de bonne heure. Je crois que le mieux, c'est juste après le lever du soleil. A moins que vous préfériez faire ça de nuit...

Dale, Kevin, Lawrence et Harlen se regardèrent, mais ne répondirent pas.

— En plus, continua Mike, dimanche me semble... un jour adéquat. (Il les regarda un à un, comme un sergent encourageant ses hommes.) Entre-temps, on se prépare.

Harlen claqua des doigts et s'écria soudain :

— J'avais oublié, j'ai une surprise pour vous, les gars !

Ils le suivirent jusqu'à l'entrée où il avait abandonné son vélo. Un sac à provisions était suspendu au guidon, il en sortit deux talkies-walkies.

— Tu as dit que ça pourrait nous être utile, dit-il à Mike.

— Waouh !

Mike en prit un, appuya sur le bouton, il y eut un grésillement.

— Comment t'as fait pour que Sperling te les prête ?

Harlen haussa les épaules.

— Je suis retourné à la soirée hier soir. Tout le monde était dehors en train de manger le gâteau d'anniversaire, et Sperling avait laissé ça sur une table. Un type qui surveille pas mieux ses affaires n'a pas vraiment envie de les garder ! En plus, c'est juste un emprunt...

— Enfin... ! soupira Mike en regardant s'il y avait des piles.

— J'en ai mis des neuves. Ce truc marche plutôt bien jusqu'à quinze cents mètres, je l'ai essayé avec maman ce matin.

Kevin fronça les sourcils.

— Et où elle croit que tu as eu ça ?

— Un prix à la tombola hier soir... une grande soirée chez les riches... des beaux prix...

— On les essaie ? dit Lawrence en prenant un des talkies-walkies et en enfourchant son vélo.

Un instant plus tard, il avait disparu. Les garçons s'allongèrent sur l'herbe.

— Base d'opérations à Commando rouge, dit Mike dans l'appareil. Où êtes-vous ? Terminé.

La voix de Lawrence était métallique et clairement audible malgré les grésillements.

— Je suis juste devant chez toi, Mike, je vois même ta mère !

Harlen s'empara de l'autre talkie-walkie.

— Dis « Terminé ». Terminé.

— Terminé-terminé ?

— Non, juste « Terminé ».

— Pourquoi ?

— Tu le dis quand tu as fini de parler pour qu'on sache que tu as fini. Terminé.

— Terminé, haleta Lawrence.

Il devait pédaler de toutes ses forces.

— Non, patate, dis autre chose, puis dis « Terminé ».

494

— Tu m'enquiquines, Harlen ! Terminé.

Mike reprit l'appareil.

— Où tu es ?

La voix de Lawrence faiblissait :

— Je viens de passer le square, je descends Broad Avenue. (Silence.) Terminé.

— Ça fait presque deux kilomètres. Pas mal du tout. Tu peux revenir maintenant, Commando rouge.

— Nom de Dieu ! s'écria le petit garçon dans l'appareil.

Dale prit le talkie-walkie.

— Ne jure pas, bon Dieu ! Qu'est-ce qui ne va pas ?

La voix de Lawrence était toute fluette, comme s'il chuchotait :

— Hé... je viens de tomber sur le camion d'équarrissage !

Il leur fallut moins de trente minutes pour remplir d'essence les bouteilles de Coca-cola. Dale avait fourni les chiffons.

— Et la jauge de la pompe ? demanda Mike. Ton père vérifie pas sa consommation ?

— Si, mais comme c'est moi qui fais le plein, c'est moi qui marque. Il ne verra rien... Et puis, on n'en a pas pris beaucoup..., ajouta-t-il, l'air pourtant pas très fier de lui.

Dale et Lawrence posèrent avec précaution les bouteilles de Coca-cola dans un casier à bouteilles de lait.

— Voilà ! Regardez..., dit Mike.

Il dessina Main Street, puis la partie sud de Broad Avenue, après le square. Puis, avec une brindille, il esquissa l'allée circulaire de l'ancienne demeure des Ashley-Montague.

— Tu es vraiment sûr que le camion était là-bas ? Que c'était bien le camion d'équarrissage ?

Lawrence eut l'air indigné.

— Sûr et certain !

— Sous les arbres ? Dans l'ancien verger derrière la maison ?

— Ouais, recouvert avec des branches, un filet, des feuilles, comme les trucs des soldats !

— Camouflé, tu veux dire ? suggéra Dale.

Son petit frère approuva vigoureusement.

— OK, continua Mike. Maintenant, on sait où ils le cachent. C'est assez logique, dans un sens. La question, c'est de savoir si on est tous d'accord pour s'en occuper aujourd'hui.

— On a déjà voté, non ? rétorqua sèchement Harlen.

— Oui, mais c'est quand même risqué, vous savez.

Kevin s'accroupit et ramassa une poignée de gravillons qu'il laissa couler entre ses doigts.

— A mon avis, ce serait encore plus risqué de rien faire. Si on agit dimanche, on veut pas que le camion d'équarrissage vienne tout fiche en l'air.

— Lui ou les créatures dans le sol, dit Mike.

— Ça, on n'y peut rien. Si le camion est éliminé, ça fait toujours un élément en moins contre nous.

— En plus, murmura Dale, Van Syke a essayé d'écraser Duane avec son foutu camion. Et il était sans doute là aussi quand on l'a tué.

Mike se gratta le front avec sa brindille.

— D'accord, on a voté et on est tous d'accord, alors on y va maintenant. Mais reste à savoir qui et où : qui va servir d'appât, et où les autres vont attendre.

Les quatre garçons se penchèrent sur le plan de la ville schématiquement dessiné par Mike. Harlen posa sa main valide sur le rond représentant les ruines de la demeure des Ashley-Montague.

— Pourquoi pas ici ? La maison est déjà complètement brûlée.

Mike se servit de la branche pour creuser le petit rond.

— Ouais, ça va si le camion est vide. Mais s'il fait ce qu'on le croit capable de faire ?

— On peut s'en tirer, là-bas, dit Harlen.

— Tu crois ? demanda Mike en regardant son copain dans les yeux. Il y a des arbres devant, et un verger derrière, mais est-ce qu'on pourra être sur place à temps ? Et comment on y va ?... Par la voie de chemin de fer ? On a un tas de matériel à transporter. En plus, les ruines sont au bout de la ville, à deux pas de la caserne des pompiers. Et il y a en a toujours deux ou trois qui taillent une bavette devant la porte.

— Où alors ? demanda Dale. Il faut aussi penser à ceux qui vont servir d'appâts.

Mike se rongeait l'ongle du pouce.

— Ouais... Il nous faut un endroit assez retiré pour que Van Syke se manifeste. Mais assez près de la ville pour pouvoir facilement s'y réfugier si ça tourne mal.

— L'Arbre noir ? proposa Kevin.

Dale et Mike hochèrent vigoureusement la tête.

— Trop loin, objecta Mike.

— Et le château d'eau ? suggéra Lawrence. On pourrait y arriver par le terrain de sport, et couper par la rangée d'arbres.

Mike réfléchit.

— On serait trop longtemps à découvert. Et en cas de retraite, il faudrait traverser le terrain de sport, le camion n'aurait aucun mal à nous rattraper.

Les enfants se penchèrent à nouveau sur le schéma. Il faisait encore plus lourd.

— Et à l'ouest de la ville, alors ? Vers Grange Hall ? proposa Harlen.

— Non... non... Les appâts seraient obligés de prendre Hard Road, et il n'y a ni bas-côtés ni fossés. Le camion les aurait, observa Mike.

Harlen soupira et s'essuya le visage.

— Ben, on en revient à mon idée de la maison en ruines...

— Attendez ! s'écria Mike. Et pourquoi pas le silo à grains ? C'est assez près pour que les appâts aient une bonne chance d'y arriver.

— Mais c'est *chez eux* ! protesta Dale, horrifié à l'idée de retourner là-bas.

Mike, les yeux brillants d'enthousiasme, insista :

— Ouais, mais ça leur donnerait confiance pour essayer de nous avoir, pour poursuivre les appâts. En plus, on a plusieurs façons de battre en retraite s'il le faut. La route en terre de ce côté de la voie ferrée..., précisa-t-il en dessinant rapidement sur le sol, Catton Road ici... La vieille route de la décharge... et même les bois ou la voie de chemin de fer, si on est obligés d'abandonner les vélos.

— Le camion peut rouler sur les rails, il a des roues assez écartées, objecta Kevin.

— Avec les traverses, ce serait pas du gâteau ! protesta Harlen.

— Il a bien foncé sur une clôture et roulé dans un champ de maïs pour poursuivre Duane ! argumenta Kevin.

Mike fixait son schéma comme s'il pouvait trouver un meilleur plan en se concentrant davantage.

— Quelqu'un a encore une idée ? demanda-t-il.

Il n'y eut pas d'autres propositions. D'un revers de main, il effaça son dessin.

— OK. Quatre d'entre nous vont aller s'installer là-bas et un autre servira d'appât. Moi par exemple, proposa-t-il.

Lawrence secoua la tête.

— Pas question ! C'est moi qui les ai trouvés, c'est moi qui serai l'appât !

— Sois pas stupide, aboya Mike, tu as un tout petit vélo, tu pourrais même pas semer un gars en fauteuil roulant !

Lawrence serra les poings.

— J'aurais aucun mal à dépasser ce tas de ferraille rouillé que tu appelles une bicyclette, O'Rourke !

Mike soupira, hocha la tête.

— Il a raison, dit Dale, ton vélo n'est pas assez rapide. Seulement ça ne devrait pas être lui, ce sera moi. J'ai le vélo le plus neuf. En plus, on a besoin de toi en embuscade, tu es un bien meilleur lanceur que moi.

Mike réfléchit longuement avant d'approuver :

— Bon, d'accord. Mais s'il n'y a personne dans le camion quand tu arrives à la maison, tu le signales avec le talkie-walkie, on débarque, et tant pis pour la caserne des pompiers.

Harlen leva le doigt comme en classe.

— Je pense que c'est moi qui devrais y aller, dit-il d'une voix assez ferme, mais pas tout à fait. Vous avez deux mains pour lancer, j'en ai qu'une, expliqua-t-il. Servir d'appât est encore ce que je peux faire de mieux.

Kevin ricana.

— Celui qui fera l'appât aura bien besoin de ses deux mains, crois-moi. Tu seras mieux à attendre avec nous.

Mike eut l'air amusé.

— Et toi, tu n'as pas envie d'être un héros, Kev ?

Kevin Grumbacher hocha la tête et répondit gravement :

— J'aurai mon tour dimanche.

— Si jamais on vit jusque-là, murmura Dale.

— Un instant, intervint Harlen, on prend l'artillerie ?

Mike hésita.

— Ouais... mais on s'en sert que si on est obligés. Les silos sont pas loin de la ville, quelqu'un pourrait entendre les coups de feu et appeler Barney.

— Pfeuh ! Dans ce quartier, on pensera que ce sont des mecs qui tirent sur des rats dans la décharge, tu sais.

— Ce qui n'est pas si loin de la vérité, ironisa Mike. Alors, on y va ?

Lawrence se manifesta de nouveau :

— Oui, mais c'est moi l'appât. Dale peut venir avec moi s'il veut, mais c'est moi qui ai découvert le camion et j'y retourne ! Y a pas à discuter.

Harlen ricana :

— Qu'est-ce que tu fais sinon, minus ? Tu retiens ta respiration jusqu'à ce que tu étouffes ? Tu dis à ta maman qu'on veut pas te laisser y aller ?

Le petit garçon croisa les bras, les regarda et leur fit un large sourire tranquille.

33

Dale et Lawrence traversèrent Main Street et s'arrêtèrent en dérapage contrôlé sur le parking le long du square. Dale passa la bandoulière du talkie-walkie par-dessus sa tête, et mit l'appareil en marche. Ils avaient donné quinze minutes à Mike, Kevin et Harlen pour prendre position.

— Commando rouge à Patrouille de choc. On est au square. Terminé.

— Reçu, Commando rouge. On est à nos postes.

— Terminé, répondit Mike d'une voix faible et brouillée par les parasites.

Lawrence était prêt à partir, penché sur son guidon et souriant comme un débile, mais Dale avait encore une question :

— Mike, dit-il en abandonnant déjà leur code, ils risquent de voir les appareils.

— Ouais, on n'y peut rien. Mais surtout, fais attention que Sperling ne les voie pas !

Dale se retourna avec inquiétude avant de comprendre que Mike plaisantait. *Ha, ha, très drôle !*

— Commando rouge ?

— Oui ?

— Tâche de ne parler dans le talkie-walkie que quand le camion ne peut pas te voir. Le reste du temps, garde-le en bandoulière, ils ne le remarqueront sûrement pas.

— Reçu, répondit Dale.

Dale regrettait de ne pas être armé. Ils avaient décidé de ne pas prendre le Savage, mais la Patrouille de choc disposait du calibre 38 d'Harlen, du gros 45 du père de Kev et du fusil de la grand-mère de Mike.

— On y va ! dit-il à son petit frère.

Il repassa le talkie-walkie par-dessus son épaule et descendit Broad Avenue, Lawrence à son côté sur son petit vélo. En approchant de la rue dans laquelle habitait Sperling, Dale demanda :

— Tu l'aurais vraiment dit à maman ?

— Bien sûr. C'est moi qui l'ai découvert, c'est *mon* camion. Pas question de me laisser derrière !

— C'est à l'arrière du camion, avec toutes les carcasses, que tu vas finir, si tu fais pas exactement ce que je te dis, compris ?

Le petit haussa les épaules.

Ils s'arrêtèrent à l'entrée de l'allée en fer à cheval de la maison des Ashley-Montague.

— On ne peut pas le voir d'ici, chuchota Lawrence. Il faut faire le tour de la maison.

— Un instant !

Dale prit le talkie-walkie.

— Patrouille de choc à vous. Terminé.

Mike répondit au troisième appel.

— Nous prenons l'allée, dit Dale.

Ils pédalèrent lentement en restant au milieu de l'allée pour éviter les broussailles et les branches. Soudain Dale s'arrêta et se dissimula derrière un arbre. Lawrence l'imita.

— Patrouille de choc, Patrouille de choc, ici Commando rouge.

— On t'écoute, Commando rouge.

— Je le vois, juste à l'endroit où le môme a dit qu'il serait.

Lawrence donna une bourrade à son frère.

— N'éteins pas, dit Mike, et laisse pendre l'appareil, je veux voir si on peut t'entendre, comme ça.

Dale obéit :

— Essai. Un, deux, trois...

Il releva le boîtier de plastique gris.

— Parfait, Commando rouge, je t'entends. Parle fort quand tu veux qu'on t'entende. On est prêts, là. Et vous ?

— Nous aussi.

Dale sentait la tension accumulée dans son corps. Ses mains pétrissaient son guidon.

— Souviens-toi, ajouta Mike d'une voix rauque, prends pas de risques. Je crois pas qu'il va essayer de vous avoir en ville et en plein jour, mais s'il vous coupe la route, entrez dans un magasin ou un truc de ce genre, compris ?

— Ouais.

— Et n'approchez pas trop du camion, même s'il n'y a aucune réaction, insista Mike, bien qu'il leur ait déjà fait toutes ces recommandations. Après, retournez au square. Traînez pas dans ce coin.

— Reçu.

Il laissa retomber le talkie-walkie.

— On y va ! dit-il d'une voix forte.

Lawrence était un peu en tête. Ils remontèrent la dernière

partie de l'allée et prirent un chemin plus étroit derrière les ruines.

Garé entre un hangar rouillé et une serre aux vitres cassées, recouvert d'un vieux filet et de branchages, le camion d'équarrissage était presque invisible. Il avait l'air abandonné dans la lumière fade de cette journée lugubre, et le pare-brise ne reflétait que le ciel gris.

Lawrence descendit de vélo et regarda son frère. Dale se retourna pour vérifier qu'il n'y avait personne en vue.

— Vas-y !

Ce n'étaient pas les projectiles qui manquaient par ici, car l'allée avait autrefois été dallée. Lawrence lança à quinze mètres un petit caillou gros comme le poing, avec suffisamment de précision pour qu'il aille rebondir sur le capot. La seconde pierre atteignit l'aile.

— Pas de réaction, dit Dale assez fort pour que le talkie-walkie transmette le message.

Il jeta lui aussi une pierre, et manqua sa cible. Son second tir fut meilleur : le caillou atterrit sur le filet de camouflage. L'odeur des animaux en décomposition était très violente maintenant.

Le troisième caillou, jeté de main de maître par Lawrence, toucha la barre métallique séparant les deux parties du pare-brise, et la troisième, un silex plat et dur, cassa le phare droit. Le camion était silencieux, rien ne bougeait autour de lui. Lawrence s'impatientait presque.

— Je ne crois pas que..., commença Dale.

Mais soudain le starter du camion d'équarrissage grinça, le moteur rugit, et l'engin sortit dans un bruit de ferraille, traversant l'espace entre les bâtiments, faisant voler en tous sens branchages et lambeaux de filets.

— File ! hurla Dale.

Il laissa tomber sa pierre et sauta sur son vélo. Son pied gauche manqua la pédale et il faillit se retrouver à califourchon sur la barre du milieu. Mais il se rattrapa, fut à deux doigts de passer par-dessus le guidon, baissa la tête et pédala en danseuse de toutes ses forces. A trois mètres devant lui, Lawrence en faisait autant. Sans un regard en arrière, les deux enfants descendirent la longue allée bordée de broussailles. A moins de quinze mètres, le rugissement et la puanteur du camion d'équarrissage leur léchaient les talons comme un raz de marée.

— Harlen, passe-moi les briquets ! demanda Mike.

Ils étaient allongés derrière la vieille enseigne de la coopérative, sur le toit de tôle du silo, à cinq ou six mètres au-dessus du quai de chargement. Kevin était de l'autre côté du chemin, à plat ventre sur le toit de l'entrepôt. Harlen avait été chargé d'apporter les briquets et les avait vérifiés avant d'entrer dans Catton Road. Il tapota ses poches et ouvrit des yeux ronds.

— Je crois bien que...

Mike saisit sa chemise et le souleva à demi.

— C'est pas le moment de faire le con, Jim !

Harlen sortit cinq briquets, tous pleins à ras bord. Son père en faisait collection et ils traînaient depuis trois ans au fond d'un tiroir.

Mike en lança deux à Kevin, en mit un dans sa poche et s'accroupit derrière l'enseigne. Soudain le talkie-walkie crachota et la voix de Dale retentit :

— Il est à nos trousses !

Le camion d'équarrissage était plus rapide qu'ils ne l'avaient imaginé. A grand renfort de vrombissements de moteur et de grincements de levier de vitesse, il faillit les rattraper avant qu'ils atteignent Main Street. Les grandes cours de chaque côté de la route ne menaient qu'au talus de chemin de fer et à des champs de maïs. Quant à la rue de Sperling, c'était un cul-de-sac.

Dale rattrapa Lawrence, le dépassa et, quand il jeta un coup d'œil derrière lui, il vit se rapprocher la cabine rouge et la calandre rouillée du camion. Alors il tourna à droite et s'engouffra dans le square du kiosque à musique en faisant cliqueter le garde-boue avant de sa bicyclette. Les deux garçons passèrent chacun d'un côté du monument aux morts, se frayèrent un chemin entre les bancs du square et s'arrêtèrent sur le trottoir devant Parkside Cafe et la Taverne de Carl.

Dale, tête baissée sur son guidon et coudes relevés, fronça les sourcils. Ça ne se passait pas du tout comme ils l'avaient prévu : ils étaient censés attirer le camion sur Broad Avenue en direction du nord, or en continuant sur Main Street, c'était l'engin qui les obligeait à se diriger vers l'est.

— Viens ! cria-t-il à Lawrence.

Les deux bicyclettes sautèrent le rebord du trottoir, débouchèrent sous le nez d'un camion qui klaxonna et se retrouvèrent de l'autre côté de la rue, toujours en direction de l'est, mais tout près de l'intersection de Third Avenue.

Le camion d'équarrissage était à cinquante mètres derrière eux et roulait bien à soixante à l'heure. Dale aperçut un mouvement derrière le pare-brise, et le camion fit une embardée pour se mettre au milieu de la route. Van Syke, ou qui que ce soit au volant de ce foutu engin, se moque éperdument qu'il y ait ou non des témoins. Il ne se gênera pas pour nous écraser en pleine ville !

Ils passèrent un fossé d'évacuation d'eau, grimpèrent sur le trottoir de Third Avenue et continuèrent, vers le nord maintenant. Un vieillard avec une canne leur cria quelque chose qu'ils n'entendirent pas.

Le camion d'équarrissage tourna derrière eux dans Third Avenue.

Encore un pâté de maisons, et ils passeraient devant la maison où logeait Roon, puis devant Old Central, deux endroits que Dale n'avait aucune envie de revoir. Mais un instant, il pensa traverser le terrain de jeux de l'école jusqu'à Depot Street et leur maison. Leur mère verrait alors ce dément qui les poursuivait avec son camion et appellerait Barney.

— A gauche ! cria Dale.

Lawrence tourna dans Church Street pour rejoindre Broad Avenue. Le camion atteignit le croisement vingt mètres derrière eux et dut ralentir pour laisser passer une camionnette. Dale reprit la tête, remonta Broad Avenue vers le nord, et dépassa la bibliothèque. Ils étaient presque devant chez Mme Fodder quand Dale, jetant un coup d'œil par-dessus son épaule, s'aperçut que le véhicule ne les suivait plus. Il ne l'avait pas vu tourner dans Church Street.

— Merde !

Il pila et son vélo fit presque un tête-à-queue. Lawrence s'arrêta à côté de lui et ils regardèrent en direction de Church Street.

Le camion d'équarrissage sortit d'une ruelle à huit mètres derrière eux, surgissant aussi sournoisement qu'un chat des hortensias bordant la façade nord de la maison de la mère Faux-Derche.

Lawrence fut le premier en selle, il traversa l'avenue et prit la rue de la poste. Dale suivit et signala leur position sur le talkie-walkie, mais il n'entendit aucune réponse de Mike ou d'un autre.

Le camion d'équarrissage traversa aussi l'avenue et les poursuivit dans la ruelle, son pare-chocs avant à moins de dix mètres de la roue arrière de Dale. Avec un *hourra* !, Lawrence tourna à gauche dans la cour de Mme Andyll, baissa la tête pour passer sous une corde à linge, laissa des traces de pneus dans le potager, et fit jaillir une averse de gravillons en descendant l'allée de Mme Andyll en direction de Church Street.

On va semer le camion, mais on va encore vers le sud, la mauvaise direction ! pensa Dale.

En fait, ils ne le semèrent pas du tout. Le camion les suivit. Ses grosses roues arrachèrent des mottes de terre et de gazon du jardin de Mme Andyll, la cabine arracha la corde à linge, et l'engin continua, décoré de draps et de robes à fleurs.

Dans Church Street, ils tournèrent à droite et roulèrent en danseuse. Le camion accéléra à mort derrière eux. Un de ses phares était allumé. Juste avant St. Malachy, ils coupèrent entre une maison et un garage, tandis que le monstre roulait à toute allure dans la rue longeant la ligne de chemin de fer. Ensuite, les deux garçons remontèrent Fifth Avenue jusqu'à Depot Street. Ils étaient à bout de souffle maintenant. Le sursaut d'énergie provoqué par la peur s'estompait. *Et on n'est même pas à mi-chemin !*

Le camion d'équarrissage arriva presque avant eux à

l'intersection de Depot Street et de Fifth Avenue. Dale l'aperçut, traversa la rue et s'engouffra dans la ruelle qui passait derrière la propriété des Staffney. *C'est là que Mike a vu son ami le prêtre jeudi soir... Et s'il surgit devant moi et attrape mon guidon ?*

Il se retourna pour regarder Lawrence. L'enfant avait le visage écarlate, les cheveux aussi mouillés que s'il sortait de la douche, mais il croisa le regard de son frère et lui fit un grand sourire.

Le camion suivait toujours. En traversant la cour de la dernière maison avant Catton Road, Dale hurla leur position dans le talkie-walkie. S'ils s'en tiraient, ce serait de justesse. *Et si le soldat ou une autre de ces créatures sort tout d'un coup des arbres, avec un groin s'étirant en entonnoir, comme l'a décrit Mike ?*

— Fonce ! cria-t-il à Lawrence.

Ils tournèrent dans la clairière où le silo et les entrepôts abandonnés surgissaient des broussailles. Dale jeta un coup d'œil derrière lui et aperçut le camion d'équarrissage arrêté : on aurait dit un gros chien féroce sachant sa proie acculée, mais restant néanmoins prudent.

Lawrence reprit la tête, comme prévu, suivant à toute vitesse le chemin entre le silo, avec son enseigne délavée sur le toit, et le grand entrepôt. Ce passage avait été aménagé pour que les véhicules puissent peser, charger et décharger leur marchandise. Il était assez large pour le camion d'équarrissage mais tout juste.

L'engin restait cependant immobile.

Dale s'arrêta à l'entrée du décrochement menant à la bascule et attendit, une jambe à terre et l'autre sur la barre centrale de son vélo. Haletant, il regardait le camion à vingt mètres de lui. *Et si Van Syke est armé ?*

Le moteur vrombit. Dale sentait la puanteur du chargement et distinguait les pattes raidies de quelques vaches et d'un cheval dépassant de la plate-forme, et aussi les bras rouges et poilus du chauffeur. Mais le camion ne bougea pas.

Il attend peut-être des renforts ? Et s'il avait une radio ? S'il était en train d'appeler Roon et les autres ?

Dale descendit de vélo. Il sentait la présence de ses amis derrière lui. *Enfin s'ils sont là ! — Peut-être qu'ils se sont déjà fait avoir... et Lawrence aussi... et que je suis piégé comme un rat !*

Il leva le bras droit et fit un geste obscène en direction du chauffeur.

Le camion d'équarrissage bondit en avant dans un nuage de poussière et de graviers.

Dale n'eut pas le temps de remonter sur son vélo. Il le poussa de côté, et s'enfuit à toutes jambes entre le silo et l'entrepôt. Il n'avait pas atteint l'extrémité du bâtiment lorsqu'il entendit derrière lui le rugissement du moteur.

Le briquet s'alluma du premier coup et enflamma les chiffons imbibés d'essence, puis Mike se leva pour lancer la bouteille de Coca pleine de carburant sur le toit de la cabine du camion. Ce qu'il vit, lorque l'engin passa sous ses yeux, le fit hésiter une fraction de seconde, du coup son cocktail Molotov manqua la cabine et atterrit sur la plate-forme. L'arrière du véhicule contenait non seulement des cadavres d'animaux mais aussi des restes humains qui semblaient avoir été récemment déterrés de quelque tombe : de la terre, des haillons noircis, et de la chair sombre desséchée de laquelle sortaient des os d'un blanc brillant.

Mike lança une autre bouteille, Harlen l'imita une seconde plus tard et tous deux regardèrent Kevin se lever et jeter la sienne du toit de l'entrepôt.

Le cocktail Molotov de Mike éclata à l'arrière du camion, enflammant le ventre gonflé d'une vache, la viande desséchée d'un cheval et les haillons recouvrant plusieurs cadavres humains. Celui d'Harlen toucha l'arrière de la cabine qui fut aspergée d'essence, mais elle ne prit pas feu. La bouteille lancée par Kevin atteignit l'aile avant gauche et explosa en une boule de flammes.

Dale bondit sur le côté quand il arriva au coin de l'entrepôt et faillit heurter de plein fouet Lawrence, toujours à vélo. Son petit frère semblait avoir l'intention de retourner sur le chemin, mais le camion d'équarrissage apparut soudain l'arrière en flammes, la roue avant gauche

arrosant le sol de flammèches et de fragments de caoutchouc fondu.

Mike et Harlen sortirent chacun une bouteille du sac de
marin et coururent le long du toit du silo en approchant les
briquets des chiffons trempés d'essence.

Le camion d'équarrissage dérapa sur le gravier de
l'entrée arrière de la coopérative et fit plusieurs tours sur
lui-même. Il était bel et bien coincé. Devant lui, les bois
formaient une barrière infranchissable. A gauche, un entassement d'anciens rails et de vieilles traverses, haut de deux
mètres, barrait sur quinze mètres l'accès à la petite rivière.
A droite, un fossé en ciment de deux mètres de large,
séparait la cour du silo du talus de chemin de fer.

Pendant un instant, Mike pensa que le camion allait
tenter de franchir cette tranchée, mais au dernier moment
le conducteur freina et tourna à gauche, faisant ainsi un
demi-tour complet. Les deux roues arrière tournèrent un
peu à vide, puis le camion revint droit sur Dale et Lawrence.

— Filez ! Dégagez !

Mike, Harlen et Kevin hurlaient leurs conseils, mais les
deux garçons n'en avaient pas besoin. Le vélo de Lawrence
monta dans un bruit de ferraille sur une des rampes de
chargement, et Dale le suivit un instant plus tard. Ils disparurent sous le toit sur lequel Kevin, bouteille et briquet à la
main, attendait le moment propice. Le camion apparut, les
flammes du pare-chocs et de la roue un peu moins hautes.

Mike devina ce qu'allait faire Van Syke une seconde avant
que le pare-chocs en feu ne heurte la première colonne
soutenant le toit sur lequel il était perché avec Harlen. Jim
cria quelque chose, tous deux allumèrent les mèches, et
jetèrent les cocktails Molotov, puis le toit s'effondra avec
eux et ils se retrouvèrent en bas dans un nuage de poussière.

La bouteille d'Harlen explosa sur le capot ; une seconde
plus tard, celle de Kevin toucha l'arrière de la cabine et
enflamma l'essence dont elle était déjà aspergée. Kevin,
préparant une troisième bouteille, courut vers l'avant de
l'entrepôt.

Le moteur du camion d'équarrissage ronfla et le véhicule
recula à toute vitesse sur l'étroit chemin. Van Syke avait

apparemment l'intention d'écraser Mike et Harlen affalés dans les gravats. Il heurta violemment tôles et bois, pliant devant lui de grands pans du toit effondré, mais les poteaux cassés étaient profondément enfoncés dans le ciment, et barraient la route au camion.

En plus, les décombres du toit bloquaient le chemin.

Mike se releva en chancelant, prit Harlen sous un bras et son sac de marin de l'autre, et s'approcha du quai de chargement à l'instant où le camion reculait.

La partie gauche du pare-brise était en miettes. Mike aperçut un râtelier à fusils et un bras musclé se tendant dans cette direction, juste au moment où Dale et Lawrence arrivaient devant l'entrepôt.

— Couchez-vous ! hurla-t-il.

Dale tira son frère et sauta derrière une pile de palettes, une fraction de seconde avant que ne retentissent deux coups de feu... puis un troisième. Une vitre poussiéreuse, au-dessus des enfants, vola en éclats.

Mike avait perdu son briquet, mais il en avait gardé un en réserve dans sa poche. Il alluma la mèche et jeta la bouteille de Coca sur la calandre du camion, à dix mètres de lui. Elle tomba tout près, roula sous la cabine et explosa, entourant de flammes le moteur et les roues avant. Il tira Harlen à l'abri. Une seconde plus tard, le fusil sortait du pare-brise cassé et tirait deux coups. Un coin du vieil entrepôt s'effrita.

Kevin jeta une autre bouteille sur le marchepied droit et encore une autre dans le tas de cadavres qui brûlaient à l'arrière de l'engin.

Le camion recula, fit demi-tour et redescendit le chemin, suivi d'une traînée de flammes. Au bout, il tourna à gauche, et non à droite en direction de la ville.

— On l'a eu ! On l'a eu ! exulta Harlen en faisant des bonds partout.

— Pas encore ! dit Mike, et il courut, chargé de son sac, chercher son vélo caché derrière le silo.

C'est seulement à ce moment-là qu'il se rendit compte que le camion avait mis le feu aux parois de bois du silo et aux pans du toit effondré. Les flammes léchaient déjà l'entrepôt, où la sciure accumulée depuis des années et le bois bien sec s'enflammaient plus vite que de l'essence.

Dale courut récupérer sa bicyclette que le camion avait, par miracle, manqué à chacun de ses passages. Il redressa juste son guidon et sauta en selle après avoir pris de l'élan. Lawrence le dépassa à toute vitesse, à la poursuite du camion. Mike, Kevin et Harlen enfourchèrent aussi leurs vélos et suivirent, passant devant un autre silo qui brûlait déjà jusqu'au premier étage.

— Coupons à travers bois ! cria Mike.

Il s'attendait à voir le camion d'équarrissage tourner à gauche dans Dump Road, le long de la ligne de chemin de fer en direction de l'ancienne gare de marchandises et de la ville, mais, en sortant des broussailles, ils l'aperçurent, auréolé de flammes et d'un nuage de fumée noire, à une centaine de mètres devant eux, roulant tout droit vers la décharge.

Les garçons baissèrent la tête et pédalèrent comme des forcenés. Leurs vélos dérapaient ou cahotaient sur les ornières et les pierres.

Mike était en tête, il rattrapa le camion d'équarrissage à l'endroit où avaient habité les Cooke et une autre famille de miséreux. Les deux baraques paraissaient abandonnées.

Quand il arriva au niveau du camion, Mike se débrouilla pour sortir une bouteille, la maintenir contre le guidon de la main gauche et extirper son briquet de sa poche.

Le canon du fusil apparut à la vitre du conducteur.

Mike freina et dérapa, pour se placer derrière le camion.

Puis il le dépassa sur la droite quand le véhicule aborda la dernière centaine de mètres avant la décharge. Dale, Lawrence, Harlen et Kevin le suivaient en file indienne.

Mike entrevit pour la seconde fois le long visage de Van Syke. L'homme ricanait d'un air démoniaque à travers les flammes et la fumée qui s'échappaient du capot. Puis le fusil réapparut, et Mike lança sa bouteille déjà enflammée par la vitre du passager.

L'explosion fit tomber ce qui restait du pare-brise. La chaleur obligea Mike à ralentir et à se laisser doubler. Ce qu'il vit alors faillit le faire tomber de vélo dans le fossé.

La carcasse de la vache ou celle du cheval, ou les deux, gonflées de méthane et d'autres gaz produits par la décomposition, explosèrent, projetant dans les bois de chaque côté une averse de flammes et de morceaux de viande putréfiée.

Mais ce n'est pas cela qui l'étonna le plus. Les formes brunes, pourries, autrefois humaines, semblaient, à mesure que les flammes les engloutissaient, se tordre et lutter convulsivement. Ces morts arrachés à quelque cimetière essayaient de s'agenouiller, de se lever, mais comme ils n'avaient plus ni muscles, ni tendons ni os, ils se débattaient, s'arc-boutaient avant de retomber dans les bras les uns des autres, tandis que s'embrasait tout entier le monceau de cadavres.

Le camion en flammes ne ralentit même pas devant la barrière marquant l'entrée de la décharge. Les planches se brisèrent avec un claquement sec semblable à un coup de feu, puis le gros camion cahota sur les ornières et les amoncellements de détritus, avec les cinq bicyclettes à ses trousses.

Il pénétra au cœur de l'amas d'ordures : vieux pneus, canapés éventrés, carcasses de voitures rouillées et déchets ménagers à demi décomposés, avant de bifurquer vers la gauche et de s'arrêter au bord d'un talus de quinze mètres, dans la partie du ravin que les ordures n'avaient pas encore remplie. Les enfants pilèrent dix mètres derrière, attendant que le camion se retourne contre eux. Mais il ne bougea pas. La cabine et l'arrière étaient maintenant enveloppés de flammes.

— Personne peut survivre à ça, chuchota Kevin, bouche bée.

Comme si le conducteur avait entendu, la portière en feu s'ouvrit soudain et Karl Van Syke descendit, le visage taché de suie et de sueur, les bras rougis, la bouche fendue d'un large sourire. Il tenait un fusil à lunette entre ses grosses mains.

Les enfants posèrent pied à terre et parcoururent du regard les alentours, qui n'offraient pas le moindre refuge immédiat. Le premier champ de maïs était à trente ou

511

quarante mètres, l'entrée de la décharge et les bois derrière à une bonne centaine.

— Couchez-vous ! hurla Mike en laissant tomber son vélo devant lui.

Il s'aplatit au pied d'une petite butte d'immondices. Les quatre autres se jetèrent à plat ventre et rampèrent en direction du moindre objet, pneu ou bidon rouillé, pouvant offrir quelque protection. Harlen avait son calibre 38 à la main, mais il était trop loin pour tirer. Van Syke avança de deux pas et épaula, visant soigneusement Mike.

Personne n'avait remarqué la petite silhouette entourée de deux chiens qui venait d'apparaître sur le plus gros tas d'ordures. Elle lâcha les chiens et dit doucement :

— Chope-le !

Quand Van Syke regarda à gauche, le doberman Belzébuth n'était plus qu'à quelques mètres de lui. Il braqua son arme et tira, mais le molosse avait déjà bondi. Il planta ses crocs dans sa poitrine et le repoussa, toujours accroché à lui, dans la cabine embrasée. Le deuxième chien, Lucifer, suivit, grondant et essayant de mordre les jambes de Van Syke.

Mike sortit de son sac le fusil de Memo, Kevin tira de sa ceinture le calibre 45, et les cinq enfants coururent vers le camion, tandis que Cordie descendait du tas de déchets.

En se débattant, Van Syke se coinça la jambe dans la vitre à moitié ouverte de la portière et la claqua sur lui et le chien. Cordie et Mike se précipitèrent, mais à cet instant le réservoir du véhicule prit feu, envoyant vingt-cinq mètres plus haut un parfait champignon de flammes. Mike et la fillette, soufflés par l'explosion, se retrouvèrent par terre. Le bâtard de berger allemand atterrit, brûlé et hurlant, à leurs pieds, mais Belzébuth était toujours dans la cabine. Dale et Lawrence empoignèrent Mike et Cordie pour les tirer en arrière tout en regardant les deux silhouettes noires qui continuaient à lutter dans un tourbillon de flammes orange.

Puis soudain, tout mouvement cessa et le camion continua de flamber, remplissant la décharge de la puanteur du caoutchouc brûlé et d'une autre odeur, bien pire.

Les six enfants, pétrifiés, durent reculer à cause de la

terrible chaleur, mais ils ne pouvaient détacher leur regard de ce spectacle. Une sirène retentit derrière les bois, aux alentours du silo. Une autre résonna dans Dump Road.

Cordie pleurait et serrait dans ses bras son chien survivant. Il avait perdu presque tous ses poils.

— Vous avez trouvé ma cachette, hein ? dit-elle entre deux sanglots. Vous pouviez pas me fiche la paix ?

Harlen commença à protester : comment auraient-ils pu se douter qu'elle s'était réfugiée dans cette décharge pourrie ! Mais Mike l'interrompit d'un geste.

— Il y a une autre sortie ? Il faut filer avant l'arrivée des pompiers...

Cordie montra le maïs.

— Si vous suivez la voie de chemin de fer, on vous verra. Mais en coupant par le champ des Meehan, vous tomberez sur la route d'Oak Hill à huit cents mètres, à peu près.

Ils coururent à la clôture de barbelés et l'escaladèrent après avoir jeté leurs vélos par-dessus.

— Tu viens pas avec nous ? cria Dale à Cordie.

Les sirènes se rapprochaient. La fillette, qui portait toujours son gros chien, avait grimpé sur une colline de déchets.

— Non... Grouillez-vous !

Elle se retourna et cracha en direction de l'énorme bûcher qu'était devenu le camion d'équarrissage.

— Au moins, cette ordure a fini par crever ! s'écria-t-elle.

Puis elle disparut derrière les buttes de détritus et de vieux pneus.

Les garçons s'enfoncèrent dans le maïs juste un instant avant que la première voiture de pompiers, suivie d'un cortège d'autres véhicules, ne passe sur ce qui restait de la barrière.

Ils eurent beaucoup de mal à pousser leurs vélos sur presque un kilomètre de terre humide, entre des rangées d'épis haut de deux mètres espacées de trente centimètres, mais ils en vinrent à bout.

Lorsqu'ils arrivèrent sur la route d'Oak Hill, la fumée montait toujours, noire et épaisse, de la décharge.

34

Le soleil venait de se coucher, ce même vendredi soir, et Mike somnolait dans le fauteuil de la chambre de Memo, quand sa sœur Peg vint lui dire que le père Cavanaugh l'attendait sous la véranda.

Après avoir quitté la décharge, les garçons avaient mis une bonne heure à rentrer chez eux. Ils s'étaient arrêtés chez Harlen pour s'asperger mutuellement au tuyau d'arrosage, dans l'espoir de débarrasser leurs vêtements de cette horrible odeur de caoutchouc brûlé et de chair carbonisée.

L'explosion du camion avait presque entièrement grillé les sourcils de Mike. Il s'était contenté de hausser les épaules en disant qu'il n'y pouvait rien, mais Harlen les lui avait redessinés avec le crayon à sourcils de sa mère. Kevin avait essayé de plaisanter sur les talents de maquilleuse d'Harlen, mais personne n'avait le cœur à rire.

Une fois passée l'euphorie de la victoire, ils s'étaient rétrospectivement sentis très secoués par ce qui s'était passé. Tous, même Lawrence, avaient été pris d'une crise de tremblements, et Kevin s'était deux fois éloigné dans les broussailles pour aller vomir. Le défilé de voitures et de camions fonçant en direction de la décharge n'avait pas calmé leur tension nerveuse, au contraire. De plus, certaines images les obsédaient, comme la lutte de l'homme et du chien au sein de ce bûcher qu'était devenu le camion, ils entendaient encore leurs hurlements d'agonie, indiscernables les uns des autres, et ils avaient l'impression d'être imprégnés par l'odeur de chair brûlée...

— N'attendons pas, dit Harlen, les lèvres blanches, allons tout de suite cramer cette foutue école !

— Impossible, rétorqua Kevin, dont les taches de rousseur ressortaient encore davantage sur son visage livide, le camion-citerne reste à la laiterie jusqu'à six heures le vendredi, c'est le jour de l'inventaire.

— Ce soir, alors, insista Harlen.

Mike se regardait dans le miroir au-dessus de l'évier et s'entraînait à froncer ses sourcils peints.

— Vous voulez vraiment faire ça à la nuit tombée ? demanda-t-il.

Cette perspective les réduisit au silence.

— Alors, demain, reprit Harlen. Au grand jour...

Kevin avait démonté le calibre 45 de son père, et il était en train de le nettoyer. Il leva les yeux.

— Papa ne rentrera pas avant quatre heures. Et après, je dois laver le camion et faire le plein.

Harlen tapa du poing sur la table.

— Eh bien on se passera de ton camion ! Servons-nous de nos cocktails machinchouettes.

— Des cocktails Molotov, précisa Mike, toujours devant l'évier. Vous savez quelle épaisseur ont les murs d'Old Central ?

— Au moins trente centimètres, suggéra Dale, assis mollement à la table, trop épuisé pour boire son verre de limonade.

— Plutôt soixante, rectifia Mike. Cette satanée baraque est une véritable forteresse, avec plus de pierres et de briques que de bois. Et puis, vu que les fenêtres sont condamnées, on devra pénétrer à l'intérieur pour jeter les cocktails Molotov. Vous avez envie de faire ça ? Même en plein jour, vous avez vraiment envie d'entrer là-dedans ?

Personne ne souffla mot.

— Tenons-nous-en à dimanche matin, conclut Mike en s'asseyant sur la paillasse. Juste après l'aube, mais avant que les gens partent à l'église. Avec la citerne et des tuyaux, comme prévu.

— Le problème, c'est que d'ici à dimanche matin, il y a encore deux nuits, murmura Lawrence, exprimant tout haut ce que les autres pensaient.

Le jour gris laissait place à un pâle crépuscule lorsque Mike s'assoupit dans la chambre de Memo. Son père travaillait de nuit pour la dernière fois, et sa mère était au lit avec une de ses migraines. Kathleen et Bonnie, après leur bain dans le baquet de cuivre de la cuisine, étaient en haut et s'apprêtaient à aller se coucher. Mary était sortie et Peggy lisait un magazine dans la salle de séjour.

Soudain, un coup frappé à la porte fit s'agiter Mike dans son sommeil.

Un instant plus tard, Peg arriva dans la chambre de Memo et annonça :

— Mike... le père Cavanaugh est ici... il veut te parler, il dit que c'est important.

Mike se réveilla en sursaut et s'accrocha aux accoudoirs du fauteuil pour ne pas tomber. Memo avait les yeux clos et Mike pouvait juste distinguer un faible battement à la base de son cou.

— Le père Cavanaugh ?

Pendant une fraction de seconde, il fut si désorienté qu'il pensa que tout ceci n'était qu'un cauchemar.

— Le père Cavanaugh ?

Il se réveilla tout à fait.

— Il... il t'a parlé ?

— Je viens de te le dire ! Réveille-toi, marmotte !

Pris de panique, Mike regarda autour de lui. Le fusil à écureuils se trouvait dans le sac de marin à ses pieds, avec le pistolet à eau, deux cocktails Molotov et des morceaux d'hostie soigneusement enveloppés dans un torchon propre. Un flacon d'eau bénite était posé sur le rebord de la fenêtre, à côté d'un des petits coffrets à bijoux de Memo contenant un autre fragment d'hostie.

— Tu l'as pas fait entrer ?

— Il a dit qu'il préférait attendre dehors. Qu'est-ce que t'as ? Ça ne va pas ?

— Le père Cavanaugh vient d'être malade...

Mike jeta un coup d'œil dehors, il faisait nuit noire.

— Et alors, t'as peur de la contagion ? demanda Peggy avec mépris.

— Comment est-il ?

Mike s'approcha de la porte de la chambre. De là, il voyait la salle de séjour, où une lampe était allumée, mais pas la porte-moustiquaire de devant. Personne, à part les représentants de commerce, n'entraient jamais par là.

— Plutôt pâle, on dirait, répondit-elle en se rongeant les

516

ongles. Mais l'ampoule de la véranda est grillée et il fait noir. Ecoute, tu veux que j'aille lui dire que maman a la migraine ?

— Surtout pas ! s'écria-t-il en la tirant brutalement dans la pièce. Reste là, et veille sur Memo. Ne sors pas, quoi qu'il arrive, tu entends ?

— Voyons, Michael..., protesta la jeune fille en élevant la voix.

— Je suis sérieux ! l'interrompit-il d'un ton capable de réduire au silence même une sœur aînée.

Il la poussa dans le fauteuil.

— Ne sors pas avant que je revienne, compris ?

Peg se frottait le bras.

— Bon, répondit-elle d'une voix tremblante, mais...

Mike s'empara du pistolet à eau, l'enfonça dans sa ceinture, sous sa chemise, posa le morceau d'hostie enveloppé d'un torchon sur le lit de sa grand-mère et sortit.

— Salut, Michael !

Le père Cavanaugh était assis sur un des fauteuils d'osier de la véranda.

— Assieds-toi, ajouta-t-il en montrant la balancelle.

Mike laissa la porte se refermer derrière lui, mais il n'approcha pas de la balancelle. Il ne voulait pas s'éloigner de l'entrée de la maison.

Ce n'est pas le père Cavanaugh.

Cet homme lui ressemblait pourtant, et il portait la même veste noire à col blanc. La véranda n'était éclairée que par la lumière filtrant à travers les rideaux, mais si le visage du prêtre était pâle, blême même, on n'y voyait plus aucune trace de cicatrices. *Il était suspendu à l'extérieur de la fenêtre de Michelle, mais comment ?*

— Je vous croyais malade, dit Mike d'une voix tendue.

— Je ne le suis plus, Michael, répondit-il avec un petit sourire. Je ne me suis jamais aussi bien porté.

En l'entendant parler, Mike sentit ses cheveux se hérisser sur sa nuque : c'était bien la voix du prêtre, mais quelque chose n'allait pas, comme si on avait enfoncé un enregistrement de sa voix dans le ventre de l'apparition pour le diffuser ensuite à l'aide d'un haut-parleur implanté dans sa gorge.

— Allez-vous-en ! murmura Mike.

La copie du père Cavanaugh hocha la tête.

— Non, pas avant que nous ayons parlé, Michael... que nous nous soyons mis d'accord.

Mike serra les lèvres sans répondre. Le père Cavanaugh soupira, s'installa dans la balancelle et tapota le fauteuil maintenant vide.

— Allons, viens t'asseoir, mon garçon, il faut que nous parlions...

— De quoi ?

Mike se déplaça de façon à garder le dos contre la façade de la maison, à côté de la fenêtre éclairée. Le champ de maïs de l'autre côté de la rue formait comme un mur noir. Quelques lucioles scintillaient dans le jardin.

Le père Cavanaugh *(mais ce n'est pas lui !)* fit un geste de ses mains pâles. Mike n'avait jamais remarqué combien elles étaient longues.

— Très bien, Mike. Je suis venu offrir, à toi et tes amis... comment pourrions-nous appeler ça ? Une trêve.

— Quelle sorte de trêve ?

Il faisait si noir maintenant que le vêtement du prêtre se confondait avec la nuit, on ne voyait plus que ses mains, son visage et le cercle blanc de son col.

— Une trêve qui vous permettra de rester en vie... Peut-être.

Mike fit un bruit destiné à passer pour un rire.

— Pourquoi accepterions-nous une trêve ? Vous avez vu ce qui est arrivé à votre copain Van Syke ?

Le visage au-dessus de la balancelle ouvrit la bouche et un rire en sortit... si toutefois on pouvait appeler ainsi ce bruit de pierres entrechoquées dans sa gorge.

— Mon pauvre Michael, dit-il doucement, ce que vous avez fait aujourd'hui n'a aucune importance. Notre copain, comme tu l'appelles, devait être... euh... mis à la retraite ce soir, de toute façon.

Mike serra les poings.

— Comme vous avez mis à la retraite le père de C. J. Congden ?

— Tout à fait... Il ne nous était plus utile... Il a... euh... un autre rôle à jouer.

Mike se pencha en avant.

— Qui êtes-vous vraiment ?

Encore un raclement de pierres.

— Mon pauvre Michael... Toutes les explications du monde ne te permettraient même pas d'entrevoir la complexité de la situation dans laquelle tu te trouves impliqué. Essayer de t'expliquer serait comme enseigner le catéchisme à un chien ou un chat.

— Essayez toujours...

— Non, dit sèchement le visage blanc.

La voix morte n'essayait plus de faire la conversation maintenant.

— Sache seulement, continua-t-il, que si toi et tes amis acceptez notre offre d'une trêve, vous avez une chance de voir l'automne.

— C'est qui, ce « nous » que vous représentez, un tas de cadavres et une cloche ?

— Allons, Michael...

Le visage blanc s'approcha de lui. Michael jeta un coup d'œil à gauche : une forme de la taille du soldat sortait du champ de maïs de l'autre côté de la rue et commençait à glisser en direction de la pelouse près de la chambre de Memo.

— Rappelez-le ! ordonna-t-il en sortant son pistolet à eau.

Le père Cavanaugh sourit. Il claqua des doigts, et le soldat, de cette même démarche glissante, alla se poster à dix mètres, sous le tilleul. Le sourire du père s'élargit, devint si large que sa figure avait l'air prête à se fendre en deux. Dans sa bouche, Mike aperçut plusieurs rangées de dents qui descendaient jusqu'au fond de sa gorge. Une voix sortit de son ventre, sans que le visiteur se donne même la peine de feindre de remuer les lèvres.

— Tu te rends maintenant, sale connard de petit minable, ou bien ton cœur va bientôt fuser de ta poitrine... On t'arrachera les couilles avec les dents, et on les fera manger à nos serviteurs... Et puis on t'extirpera les yeux de leurs orbites, comme on l'a fait à ton immonde copain !

— Duane..., murmura Mike.

Son cœur manqua un battement, et repartit. Il sentait son abdomen et son cou raidis par la tension.

Le soldat se remit à glisser parmi les ombres de la pelouse en direction de la fenêtre de Memo.

— Eh oui..., siffla le père Cavanaugh en faisant un pas vers Mike.

Il agita les doigts et son visage commença à fondre, semblait-il. La chair ondulait sous la peau ; les cartilages se déplaçaient ; le long nez et le menton se joignaient pour former le groin qu'avait le soldat du cimetière. *Quand ils ont tué le père Cavanaugh !*

Mike ne voyait pas encore les vers, mais le visage ressemblait maintenant plus à un entonnoir qu'à une figure humaine. L'immonde créature fit un autre pas, leva les mains.

— Allez vous faire foutre ! cria Mike en appuyant sur la gâchette du pistolet à eau.

L'apparition parut un instant surprise, recula, rit. Mike tira une autre giclée. *Ça ne marche pas !*

Une fois, une maîtresse, Mme Shrives, au cours d'une expérience consistant à faire tomber quelques gouttes d'acide chlorhydrique sur une orange, avait accidentellement renversé sa bouteille d'acide, inondant l'orange et le tapis sur lequel était posé le matériel.

Les mêmes sifflements, les mêmes grésillements émanaient maintenant du visage et des vêtements du père Cavanaugh. La chair blanche du groin se ratatina, comme si la peau était brûlée par l'eau bénite. La paupière gauche se recroquevilla complètement, et l'œil grésilla en regardant Mike. De grands trous apparurent dans la veste noire, laissant échapper de l'intérieur une puanteur de cadavre. Le père hurla exactement comme le chien de Cordie quelques heures auparavant, abaissa son visage déformé et se précipita sur le garçon.

Mike l'esquiva et l'aspergea d'une autre giclée d'eau

bénite. De la fumée s'éleva du dos qui crépitait et brûlait. Ses sœurs Peggy, Bonnie et Kathleen criaient à l'intérieur de la maison, et la voix de sa mère, toujours au fond de son lit, lui parvenait beaucoup plus faiblement.

— Restez dans les chambres ! hurla-t-il en sautant sur la pelouse.

Le soldat avait arraché la moustiquaire du cadre et se penchait par la fenêtre, ses doigts griffant le bois.

Mike s'approcha en courant et lui vida le reste de l'eau bénite sur la nuque.

La créature ne cria pas. Mais une odeur pire encore que celle du camion d'équarrissage s'en dégagea. Le soldat se jeta sur le sol meuble de la plate-bande sous la fenêtre et s'enfonça à quatre pattes dans les buissons en direction de l'obscurité.

Mike se retourna juste au moment où l'ignoble copie du père Cavanaugh sautait du haut des marches pour l'attaquer. Il passa sous ses longs bras, lâcha le pistolet à eau vide et saisit, sur le rebord de la fenêtre, le coffret à bijoux de Memo.

A travers le rideau, il vit Peg, debout dans la chambre, la main sur la bouche.

— Mike, qu'est-ce...

Les longs doigts crochus du pseudo-prêtre s'abattirent sur son épaule et le tirèrent en arrière, loin de la lumière. Puis il serra l'enfant contre lui. Mike sentit alors la puanteur de son visage et devina ce qui grouillait sous cette peau fendue et dans cette trompe immonde. Le père Cavanaugh se pencha en avant, son long groin cartilagineux palpitant au-dessus de Mike.

Mais le garçon ne s'attarda pas sur ce spectacle. Il ouvrit le coffret, sortit le morceau d'hostie consacrée et l'appliqua sur l'obscène ouverture, d'où les vers risquaient de jaillir d'un moment à l'autre.

Mike avait une fois tiré avec un calibre 12 sur une pastèque posée au sommet d'un pilier à moins de trois mètres. Ce qu'il vit à cet instant fut bien pire : le groin et le reste de la figure du prêtre semblèrent exploser en mille morceaux de chair d'un blanc malade qui allèrent s'écraser contre la façade de la maison et les feuilles du tilleul. Cette fois, il entendit un petit cri, sorti sans aucun doute du ventre de l'apparition. Mike laissa tomber l'hostie, tandis que son agresseur reculait en chancelant, les doigts collés sur ce qui restait de son visage.

Le garçon fit un bond en arrière en voyant des vers de dix centimètres se tortiller dans l'herbe. Par terre, l'hostie semblait luire d'un éclat bleu-vert. Des bouts de chair du père Cavanaugh se ratatinaient en grésillant, comme des escargots sortis de leur coquille et aspergés de sel.

Peggy hurlait dans la chambre. Mike retourna en chancelant sous la véranda. Sa mère, de grands cernes sous les yeux et un gant de toilette mouillé sur le front, apparut à la porte et tous deux regardèrent la silhouette du père courir d'un pas incertain vers Fifth Avenue, les mains toujours sur le visage.

— Mike, que..., commença-t-elle d'une voix douloureuse.

A cet instant, des phares éclairèrent la forme titubante sortant de l'ombre du tilleul.

Malgré le panneau qui, trente mètres plus haut, limitait la vitesse à cinquante kilomètres heure, les automobiles ralentissaient rarement en entrant en ville par Fifth Avenue. Ce pick-up roulait à environ cent kilomètres à l'heure.

Plié en deux par la douleur, le père Cavanaugh se jeta droit sur lui. En entendant le crissement des freins, il retira les mains de son visage à la dernière seconde. La calandre du véhicule le heurta de plein fouet. Son corps disparut sous le camion, qui le traîna sur une cinquantaine de mètres.

A l'intérieur de la maison, Peg hurla encore, et la mère de Mike passa un bras autour des épaules de son fils, comme pour le protéger du spectacle.

Lorsqu'ils sortirent voir de plus près ce qui s'était passé, les Somerset, les Miller et les Meyers étaient déjà dehors. La sirène, que Barney n'utilisait quasiment jamais, hurlait à un ou deux pâtés de maisons, et le conducteur du pick-up, à genoux sur le trottoir, les mains sur les joues, regardait sous le véhicule ce qui restait du prêtre et répétait d'une voix brisée :

— Je ne l'ai pas vu... Il s'est précipité sous ma voiture...

Bien qu'il fût encore en état de choc, Mike finit par le reconnaître : c'était M. McBride.

Le garçon se détourna et s'éloigna de la foule bavarde. En marchant vers sa maison, il se mordit profondément le pouce. Il avait peur, s'il se laissait aller, d'éclater de rire ou de fondre en larmes, et il n'était pas certain ensuite de pouvoir s'arrêter.

35

Le samedi 16 juillet fut aussi sombre que peut l'être un jour d'été dans l'Illinois. Les lampadaires d'Elm Haven, qui se réglaient automatiquement en fonction de la luminosité, s'éteignirent à 5 h 30 pour se rallumer deux heures plus tard.

M. Meyers ouvrit sa quincaillerie à 9 heures et fut surpris de trouver devant sa porte quatre garçons : les petits Stewart, le fils de Ken Grumbacher et un autre gosse avec un bras en écharpe. Ils lui achetèrent des pistolets à eau, trois chacun, après avoir pris le temps de choisir les jouets de meilleure qualité avec les plus grands réservoirs. M. Meyers trouva cela bizarre... mais en cet an de grâce 1960, tout lui semblait bizarre. Les choses étaient plus normales quand il avait ouvert son magasin dans les années vingt, à l'époque où les trains passaient tous les jours et où les gens se conduisaient encore en personnes civilisées.

Les garçons partirent à 9 h 30, sans un mot d'adieu, après avoir rangé leurs achats dans des sacs de marin.

Ce même samedi, Mike fut interrogé à plusieurs reprises, d'abord par Barney, puis par le shérif du comté, et même par la brigade mobile qui envoya deux de ses agents dans une longue voiture brune.

Ces temps-ci, Barney et le shérif s'étaient heurtés à bien des énigmes : les accidents dont Art McBride et Duane avaient été victimes en des circonstances quelque peu mystérieuses ; la mort, naturelle, de Mme Moon au milieu de ses chats massacrés ; la découverte, dans le silo, du juge de paix Congden, dont le cadavre carbonisé était presque, mais pas tout à fait impossible à identifier, et à qui, selon le coroner, on avait tranché la gorge ; la récupération dans la cabine de l'épave du camion d'équarrissage d'un corps (non identifiable directement, mais que l'on reconnut grâce à une dent en or) ; les restes d'un chien inconnu, trouvés également dans le camion...

La rumeur avait déjà trouvé un motif à l'assassinat de Congden : une altercation entre lui et Van Syke, sans doute à propos du partage des sommes acquises grâce aux escroqueries perpétrées par Congden, un règlement de comptes, un meurtre sauvage. Puis, lorsque Van Syke avait arrosé le silo d'essence avant d'y mettre le feu, l'incendie accidentel du camion, la fuite du criminel n'osant pas abandonner son véhicule sur le lieu du crime de peur d'être démasqué, l'explosion du réservoir...

Le samedi midi, tout était clair pour les habitants d'Elm Haven, sauf le cadavre du chien : Van Syke détestait ces bêtes, et personne ne l'avait jamais vu en tolérer un auprès de lui, à plus forte raison dans son camion. Mais Mme Whittaker, alors dans le salon de coiffure de Church Street, tira la conclusion qui s'imposait : le molosse de Congden ayant disparu quelques semaines plus tôt, il était évident qu'il avait été kidnappé par ce bon à rien de Van Syke.

Comme cela faisait des dizaines d'années qu'il n'y avait pas eu de véritable meurtre à Elm Haven, les habitants étaient à la fois bouleversés et enchantés. Surtout enchantés, d'ailleurs, maintenant que l'on savait qui était responsable du carnage des chats de la vieille Mme Moon.

Il fut plus difficile de faire entrer dans ce brillant canevas le décès par accident du père Cavanaugh. Mme McCafferty avoua à Mme Somerset (qui le raconta plus tard au téléphone à Mme Sperling) que le prêtre lui avait souvent paru un peu bizarre : il ironisait parfois sur sa vocation, et il allait jusqu'à appeler « Papemobile » le véhicule du diocèse. Lors de la kermesse de l'église baptiste, Mme Meyers, présidente du club des dames de confession luthérienne, chuchota à Mme Meehan qu'il y avait des cas de démence dans la famille du père Cavanaugh... d'ailleurs, il était d'ascendance écossaise et irlandaise, c'était tout dire ! De plus, on savait aussi que les autorités ecclésiastiques de Chicago l'avaient exilé à Elm Haven à la suite de certains comportements étranges : il avait dû jouer les voyeurs, entrer par effraction dans les maisons, et probablement tuer les chats pour pratiquer quelque sinistre rituel catholique. Mme Whittaker demanda à Mme Staffney si les catholiques n'utilisaient pas des chats noirs pour certaines cérémonies secrètes, et celle-ci, devant Mme Taylor, avoua qu'en effet on disait qu'autrefois... En échange, l'épouse du croque-mort raconta que le visage du jeune prêtre avait été « écrabouillé et épluché » par la calandre du pick-up de M. McBride, et que le père Cavanaugh était « le plus mort de tous les morts dont son mari ait jamais eu le solennel devoir de s'occuper ».

L'évêque en personne appela le samedi matin de Peoria, pour ordonner au croque-mort d'envoyer le corps tel quel à Chicago, afin qu'il soit remis à la famille. Ce qui n'empêcha pas M. Taylor d'ajouter à sa facture des frais de maquillage, puisqu' « il était impossible de le présenter ainsi aux siens, avec un visage tout explosé de l'intérieur ! », selon les mots du spécialiste, rapportés par son épouse à Mme Whittaker.

Quoi qu'il en soit, tout le monde était sûr que le mystère était résolu : Karl Van Syke dont, semblait-il, tous s'étaient toujours méfiés avait assassiné le pauvre shérif à la suite d'une sordide querelle d'intérêts. Et le père Cavanaugh, que tous les protestants, et un bon nombre de catholiques, avaient toujours trouvé excessif, avait eu une crise de folie, et il était venu attaquer son enfant de chœur Mike O'Rourke avant de se jeter sous un camion.

Les habitants du bourg caquetèrent, les lignes télépho-

525

niques grésillèrent, tout le monde se fit un plaisir d'avancer des hypothèses, tout en surveillant du coin de l'œil les nuages noirs qui s'amoncelaient au-dessus des champs de maïs.

Le shérif du comté ne fut pas aussi facilement convaincu que tout était résolu. Après déjeuner, il revint interroger Mike pour la troisième fois depuis la veille au soir.

— Le père Cavanaugh a parlé à ta sœur ?

— Oui, m'sieur. Elle m'a dit que le père voulait me voir... que c'était important.

Mike savait très bien que le shérif avait aussi interrogé Peggy à deux reprises.

— Il lui a dit de quoi il s'agissait ?

— Non, m'sieur, je ne crois pas. Vous feriez mieux de le lui demander.

— Hum..., fit-il en parcourant ses notes, qu'il prenait dans un petit carnet à spirale.

Comme ceux de Duane.

— Répète-moi ce qu'il t'a raconté !

— Eh bien, m'sieur, comme je vous l'ai déjà dit, je n'ai pas compris grand-chose. Cela ressemblait aux paroles de quelqu'un qui délire. Les phrases et les mots avaient un sens, mais ça n'allait pas ensemble.

— Donne-moi un exemple, fiston...

Mike se mordit la lèvre. Duane lui avait une fois expliqué que la plupart des criminels se coupent et démolissent leurs alibis, en voulant en faire trop. Les innocents, avait précisé Duane, restent bien plus vagues.

— Eh bien... Je crois qu'il a plusieurs fois parlé de péché... Il a dit que nous avions péché et que nous devions être châtiés. Mais je crois qu'il parlait plus des gens en général que de nous deux.

Le shérif acquiesça et écrivit quelques mots.

— Et c'est à ce moment-là qu'il a commencé à crier ?

— Oui, m'sieur.

— Ta sœur a dit qu'elle vous a entendus parler ensemble. Si tu ne comprenais pas ce que disait le père Cavanaugh, pourquoi tu lui as répondu ?

Mike résista à l'envie d'essuyer la sueur qui perlait à sa lèvre supérieure.

— J'ai dû lui demander comment il allait... Je veux dire, la dernière fois que je l'avais vu, mardi, quand Mme Mc-Cafferty m'a laissé monter un instant, il était très malade.

— Et il t'a répondu qu'il était guéri ?

— Non, m'sieur, il s'est mis à crier que le jour du Jugement dernier approchait...

— Puis il est sorti de la véranda en courant et il s'en est pris à la fenêtre de la chambre de ta grand-mère, c'est ça ?

— Oui, m'sieur.

Le shérif se gratta le menton. Quelque chose le tracassait encore.

— Et son visage, fiston ?

— Son visage ?

Tiens, une nouvelle question.

— Oui... Tu ne l'as pas trouvé bizarre ? Blessé ou déformé d'une manière ou d'une autre ?

— Non, m'sieur, je ne crois pas. J'ai juste vu qu'il était très pâle. Mais il ne faisait vraiment pas clair.

— Tu n'as pas vu de cicatrices, de lésions ?

— Qu'est-ce que c'est, des lésions, m'sieur ?

— Des égratignures profondes, des plaies.

— Non, m'sieur.

Le shérif soupira et fouilla dans un petit sac.

— C'est à toi, ça, fiston ?

Il lui montra le pistolet à eau. La première impulsion du garçon fut de nier, mais il répondit :

— Oui, m'sieur.

— C'est ce que ta sœur nous a dit aussi. Tu n'es pas un peu grand pour jouer avec un pistolet à eau ?

Mike haussa les épaules et arbora un air gêné.

— Tu l'avais avec toi sous la véranda hier soir, quand tu as parlé au père Cavanaugh ?

— Non.

— Tu en es sûr ?

— Oui, m'sieur.

— On l'a trouvé sous la fenêtre.

Il repoussa son chapeau en arrière et sourit, pour la

première fois depuis le début de l'interrogatoire, avant d'ajouter :

— Je dois devenir paranoïaque en vieillissant. J'ai demandé au laboratoire de la police d'Oak Hill d'analyser le contenu du réservoir. De l'eau, rien que de l'eau.

Mike rendit à l'homme son sourire.

— Tiens, fiston, reprends ton jouet... Il n'y a pas autre chose que tu pourrais m'apprendre ? D'où vient ceci, par exemple ? fit-il en montrant le chapeau de brousse du soldat.

— Je ne sais pas, m'sieur. Peut-être que c'était dans les buissons, le père Cavanaugh le portait quand il a arraché la moustiquaire.

— C'est ce même chapeau que tu as déclaré avoir vu sur un soldat qui vous espionnait il y a quelque temps ?

— Sans doute, m'sieur, mais je n'en suis pas sûr.

— C'est le même genre ?

— Oui, m'sieur.

— Mais les autres fois où tu as vu ce voyeur dans votre jardin, tu n'as pas reconnu le prêtre ?

Le shérif semblait surveiller attentivement les réactions de l'enfant.

— Non, m'sieur, répondit enfin Mike. Avant, j'aurais dit que ce n'était pas le père Cavanaugh... Il semblait plus petit... Mais il faisait nuit, et je regardais à travers les rideaux... C'est tout ce que je peux vous dire, m'sieur.

Le shérif déplia ses longues jambes pour se lever et donna une tape amicale sur l'épaule de Mike.

— Ça ne fait rien, va, fiston ! Merci de tes renseignements. Je suis désolé que tu aies été témoin de ce drame hier soir. On ne saura sans doute jamais ce qui s'est passé avec ce monsieur... le père Cavanaugh, je veux dire, mais je doute qu'il ait eu l'intention d'agir ainsi... Que ce soit à cause de cette fièvre dont parlent les docteurs ou bien d'autre chose, je pense qu'il n'avait plus toute sa tête.

— C'est ce que je crois aussi, répondit tristement Mike en raccompagnant le shérif à la porte.

M. et Mme O'Rourke attendaient leur fils sous la véranda, et tous trois firent des signes d'adieu lorsque la voiture du shérif du comté de Creve Cœur tourna dans First Avenue.

— Finissons-en cet après-midi, déclara Harlen une heure plus tard, lors d'une conférence au sommet dans l'érable.

Ils étaient tous là, sauf Cordie. Harlen et Dale étaient allés la chercher à la décharge le matin même, mais ils n'avaient pas trouvé trace de la fillette, à part quelques vieilles couvertures dans une cabane de tôle, près du talus de la voie ferrée.

Mike soupira, trop fatigué pour discuter, et ce fut Dale qui répondit :

— Jim, on a déjà ressassé tout ça !

Kevin feuilletait un vieil illustré. Il le posa pour expliquer encore une fois :

— On est bien obligés d'attendre demain matin : je ne peux pas voler le camion-citerne de papa juste sous son nez. Il faut qu'il croie que quelqu'un d'autre l'a pris pour arroser Old Central d'essence.

Harlen eut un reniflement de mépris.

— Et qui ? Tous les suspects crèvent à tour de rôle. On vit la semaine la plus merdique de toute l'histoire d'Elm Haven, et on va bien découvrir à un moment ou à un autre qu'on est dans le coup !

— Pas si tu fermes ta grande gueule, rétorqua Dale.

— Et c'est toi qui vas m'y obliger, Stewart ?

Les deux garçons s'affrontèrent du regard, comme deux coqs en colère. Mike intervint :

— Du calme, hein ! Une chose est sûre : on ne va pas passer la nuit chacun dans son coin pour qu'ils nous descendent un par un.

— Bien vu ! ricana Harlen en s'appuyant à une branche. Restons groupés, comme ça, ils nous auront tous d'un seul coup !

Mike secoua la tête.

— En deux équipes. Mes parents veulent bien que j'aille dormir chez Dale et Lawrence, ils pensent que j'ai besoin de me détendre, après hier soir.

Les enfants ne relevèrent pas.

— Harlen, tu pourras t'arranger pour passer la nuit chez Kevin ?

— Ouais.

— Bien. Comme ça, on pourra garder le contact, avec les talkies-walkies.

Dale arracha une feuille à une branche et dit en commençant à la déchiqueter :

— Bonne idée. Et dès qu'il fait jour, on remplit la citerne et on arrose l'école. D'accord ?

— Exactement, approuva Mike.

— Grumbacher, tu es sûr de savoir conduire le camion ?

Kevin souleva les sourcils.

— Je te l'ai déjà dit, non ?

— Ouais, mais je veux pas de surprise demain matin.

— T'en fais pas. Mon père me laisse de temps en temps le volant sur les petites routes. Je sais passer les vitesses, mes pieds atteignent les pédales, je peux l'amener jusqu'à l'école sans problème.

— Sors-le en douceur, il faudrait pas réveiller tes parents.

— Leur chambre est en contrebas par rapport à l'allée, et la climatisation marche, ça aidera.

Lawrence, qui n'avait encore rien dit jusque-là, demanda soudain :

— Et vous croyez que ce machin dans l'école va se contenter d'attendre qu'on lui tombe dessus ? Que ça ne va pas se défendre ?

— Ça s'est déjà défendu, répondit Mike, mais les alliés commencent peut-être à se faire rares.

— On n'a pas pu trouver Roon, objecta Harlen en grattant son plâtre (on devait lui enlever d'ici quelques jours et les démangeaisons le rendaient fou).

— D'après sa propriétaire, il est en vacances dans le Minnesota, expliqua Kevin.

Ce fut un chœur de *Ah ! Ah !* sarcastiques.

— Et le soldat traîne encore quelque part dans la nature...

— Sans compter la mère Faux-Derche et sa copine, les trucs qui s'enterrent, et puis Tubby !

— Avec une main en moins, ricana Dale, il nous fera pas de gestes obscènes !

Personne ne trouva la plaisanterie drôle.

— Ça fait sept, dit Lawrence qui avait compté sur ses doigts. Mais nous, on n'est que cinq.

— Plus Cordie... de temps en temps.

— Je compte pas les filles, rétorqua dignement Lawrence. Ils sont sept, plus la satanée cloche, et nous seulement cinq.

— Ouais, répondit Mike, mais on a une arme secrète.

Il tira de sa ceinture son pistolet à eau et éclaboussa le visage du petit, qui crachota.

— Hé, ne la gaspille pas !

— T'en fais pas, c'est pas de l'eau bénite, je la garde pour plus tard.

— Tu as l'autre truc, l'espèce de pain ?

— L'hostie ? Non... j'ai pas pu m'en procurer, l'église est fermée. Heureusement que j'avais pris tout le reste de l'eau bénite.

— Mais il y a le morceau que tu as laissé auprès de ta grand-mère, lui rappela Dale.

— Pas question ! Ça, ça reste à côté de Memo. P'pa est à la maison ce soir, mais je veux pas courir de risques.

Dale allait dire quelque chose, mais le *Keviiin !* de Mme Grumbacher retentit et ils descendirent en hâte de l'érable.

— A tout à l'heure, alors ! cria Dale à son ami en courant chez lui avec Lawrence.

36

Assis à l'arrière de sa limousine, M. Dennis Ashley-Montague regarda pendant tout le trajet jusqu'à Elm Haven les murailles de maïs défiler sous ses yeux.

Tyler, son majordome-chauffeur-garde du corps, ne disait pas un mot, et M. Ashley-Montague n'avait aucune raison de rompre le silence. Les vitres fumées du véhicule donnaient au paysage des couleurs de fin du monde, aussi ne remarqua-t-il guère le ciel noir et la lumière jaunâtre baignant champs et bois.

Main Street était moins animée que de coutume, et quand le millionnaire descendit de sa limousine devant le square du kiosque à musique, l'obscurité pesant sur la ville lui tomba sur les épaules comme un manteau. Ce soir-là, une poignée de spectateurs seulement regardèrent Tyler sortir le gros projecteur. Quelques véhicules étaient garés en diagonale devant le square, mais l'assistance était une des plus maigres qu'on ait jamais vues en dix-neuf ans de séances gratuites.

Dennis Ashley-Montague retourna s'asseoir à l'arrière de sa voiture, ferma les portières et se versa un verre de l'excellent whisky écossais qu'il gardait dans le petit bar encastré dans la cloison le séparant du chauffeur.

Il avait été très tenté de ne pas venir ce soir-là et d'en finir une fois pour toutes avec ces séances gratuites, mais c'était une tradition familiale tellement ancienne, et ce rôle de philanthrope éclairé vis-à-vis de ce troupeau de rustauds donnait un certain sens à sa vie. Et puis, il voulait parler aux garçons.

Il les connaissait tous de vue depuis longtemps, avec leurs petites figures crasseuses tournées vers l'écran, leurs joues gonflées de pop-corn ou de chewing-gum, mais il ne les avait jamais vraiment regardés jusqu'au soir où le costaud qui, selon son ami, avait été assassiné, était venu dans le kiosque lui poser des questions. Puis cet étonnant gamin avait surgi à sa porte au début de la semaine... et avait eu le toupet de lui voler un exemplaire relié de la traduction de Crowley du *Livre de la Loi*.

M. Ashley-Montague n'avait pas trouvé dans cet ouvrage quoi que ce soit de nature à aider les enfants, si la Stèle de la Révélation de son grand-père était vraiment en train de se réveiller. Si c'était le cas, il n'existait rien qui puisse sauver quiconque y compris lui.

Il ne vit pas les garçons qu'il cherchait. Il aperçut bien le fils de ce Sperling qui avait eu l'audace de lui demander un prêt, ainsi que l'autre gamin au visage plat et aux muscles puissants, Machin Taylor, dont le grand-père avait, lui, obtenu des avantages financiers du vieux Ashley en échange de quelques trous de mémoire, à l'époque du scandale. Mais il y avait peu d'enfants et peu de familles ce soir-là. Peut-être craignaient-ils une tornade.

M. Ashley-Montague observa le ciel, et remarqua le silence des oiseaux et l'absence de bourdonnements d'insectes. Pas un souffle d'air non plus, et même l'obscurité paraissait jaunâtre. Il alluma une cigarette, et s'appuya à la balustrade du kiosque en se demandant où chercher refuge si la sirène annonçait soudain l'approche d'une tornade. Il ne serait *persona grata* dans aucune des maisons du bourg, et il n'était pas question de s'approcher de la cave à vins, encore intacte, de la demeure de son grand-père : les ouvriers chargés de débroussailler le site y avaient trouvé, l'automne dernier, de bien étranges tunnels creusés dans le roc. Non, le mieux en cas d'avis de tornade ou d'orage exceptionnellement violent serait encore de retourner à la voiture, et de rentrer chez lui. Les tornades pouvaient réduire en petit bois des bourgs comme Elm Haven, mais une puissante et luxueuse automobile n'avait rien à craindre. Et Grand View Drive avait toujours été épargné.

Il fit un signe de tête à Tyler. Celui-ci engagea l'amorce du premier dessin animé et alluma le projecteur. Quelques spectateurs applaudirent sans enthousiasme. Tom et Jerry commencèrent à se poursuivre dans une maison bleu-rouge-jaune, tandis que le millionnaire allumait un cigare en regardant bouillonner les cieux.

— Ça sent la tornade, tu ne trouves pas ? remarqua Dale en contemplant Second Avenue de la véranda de sa maison.

Il y avait peu de circulation dans Hard Road, et les rares véhicules roulaient lentement, tous phares allumés.

— Je ne sais pas trop..., dit Mike.

Ils avaient tous déjà vu des tornades. Ce phénomène météorologique, le fléau du Middle West, était la hantise de leurs parents, mais il y avait maintenant plusieurs jours que ces gros nuages noirs s'amoncelaient au sud. Le paysage crépusculaire semblait ce soir un négatif du jour, avec les champs et les toits éclairés par les derniers rayons jaunes, et le ciel aussi sombre que la gueule d'un gouffre.

Mike leva le talkie-walkie et appuya sur le bouton. Deux *click*. Kevin était à l'écoute.

— On peut parler ? demanda Mike à voix basse, sans se préoccuper des codes et des rites.

— Oui...

— On va rentrer se coucher... A moins que vous n'ayez envie d'aller à la séance gratuite !

— Ha, ha ! intervint Harlen, qui avait dû saisir l'appareil.

— Vous êtes bien bordés dans votre dodo, vous deux ? demanda Dale en se penchant vers le transmetteur.

— Très drôle ! On regarde la télé en bas. Les méchants viennent d'enlever Miss Kitty.

— Comme chaque semaine... On ferait mieux de leur laisser et...

— J'ai la clé, pour demain matin, interrompit Kevin d'une voix basse et tendue.

Mike soupira.

— Reçu... Faites de beaux rêves... mais vérifiez que vous avez bien des piles neuves, et laissez l'appareil en marche toute la nuit.

— Reçu.

Les trois garçons montèrent dans leur chambre. Mme Stewart avait installé un lit de camp sous la fenêtre. Elle comprenait bien que Mike ait besoin de se changer les idées après le terrible accident dont il avait été témoin la veille, et sa présence ne la dérangeait pas le moins du monde. Son mari serait à la maison en début d'après-midi, et ils pourraient peut-être aller pique-niquer tous ensemble au bord de la Spoon ou de l'Illinois.

Dale, Lawrence et Mike enfilèrent leurs pyjamas. Ils auraient préféré dormir tout habillés, mais Mme Stewart monterait certainement voir si tout le monde dormait, et son fils ne voulait pas d'histoires. Ils préparèrent leurs

534

vêtements, et Dale mit le réveil à sonner pour 4 h 30. En le remontant, il remarqua que sa main tremblait.

Ils s'allongèrent, regardèrent des illustrés et bavardèrent de tout, sauf de ce qui les préoccupait.

— Si seulement on avait pu aller à la séance gratuite, déplora Lawrence, ils passent un nouveau film avec Vincent Price, *La Chute de la maison Usser*.

— *Usher*, corrigea Dale, c'est tiré d'Edgar A. Poe.

Duane lui avait parlé des histoires et des poèmes de cet écrivain. Il regarda les carnets de son ami, attachés par un élastique.

Le téléphone sonna en bas. Ils entendirent, sans pouvoir distinguer les mots, Mme Stewart répondre. Mike posa son illustré. Il portait un vieux tee-shirt bleu en guise de veste de pyjama.

— N'empêche que j'aurais bien aimé voir ce film, insista Lawrence.

— Et après on serait rentrés à la maison dans le noir ? demanda Mike. Ta mère n'a pas voulu qu'on y aille à cause de la tornade, et je ne crois pas que ce soit une nuit idéale pour se promener dans les rues.

Ils entendirent des pas dans l'escalier et Mike jeta un coup d'œil à son sac de marin, mais Dale dit :

— C'est maman...

Elle s'arrêta sur le seuil de la porte : une charmante jeune femme dans sa robe d'été blanche.

— C'était tante Lena, expliqua-t-elle. Oncle Henry a encore mal au dos, il a fait un faux mouvement en voulant enlever des piquets dans une pâture... et maintenant il est complètement coincé. Le docteur a prescrit des antalgiques, mais tu sais combien Lena déteste conduire. Elle voudrait que je lui apporte les médicaments.

— Mais la pharmacie est fermée à cette heure-ci.

— J'ai appelé M. Aikins, il va descendre ouvrir pour me les donner.

Dale voulut protester, mais Mike fit un signe de tête en direction du talkie-walkie sur le sol à côté d'eux. Dale comprit : s'ils l'accompagnaient, ils ne pourraient pas garder le contact avec Kevin et Harlen, comme ils l'avaient promis.

— Nous, on bouge pas.

— Vous êtes sûrs ?

Dale sourit et montra son illustré.

— Certains. On a à manger, à boire, et des illustrés. Qu'est-ce qu'on peut désirer de plus ?

— Très bien ! Je serai partie une vingtaine de minutes. Appelez à la ferme si vous avez besoin de moi.

Elle regarda sa montre et ajouta :

— Il est presque onze heures... Il sera temps d'éteindre d'ici peu.

Ils l'entendirent s'affairer en bas, claquer la porte de derrière et faire démarrer la vieille voiture. Dale se leva pour la regarder descendre Second Avenue en direction de la pharmacie.

— Je n'aime pas trop ça, remarqua Mike.

Dale haussa les épaules.

— Tu crois que la cloche s'est métamorphosée en piquet pour blesser oncle Henry ? Que tout ça est une manœuvre ?

— Je n'aime pas ça, c'est tout.

Mike se leva et enfila ses chaussures.

— Je crois qu'on ferait mieux de mettre les verrous en bas.

Dale réfléchit. Drôle d'idée : ils ne le faisaient que lorsqu'ils partaient en vacances.

— Ouais... j'y vais.

— Ne bouge pas, dit Mike avec un signe de tête en direction de Lawrence, trop absorbé par son illustré pour remarquer quoi que ce soit. Je reviens tout de suite.

Il prit son sac de marin et descendit. Dale l'entendit tirer les verrous de la porte de devant et marcher dans le couloir de la cuisine. Ils seraient obligés de guetter le retour de sa mère pour aller ouvrir en vitesse avant qu'elle n'atteigne la porte.

Il s'allongea et vit les éclairs silencieux zébrer l'horizon au sud et l'ombre des feuilles de l'orme devant l'une des fenêtres.

— Regarde-moi ça ! s'écria Lawrence en montrant à son frère une page de son illustré.

Dale, un peu assoupi, tendit la main pour le prendre, mais le manqua. Le journal tomba sur le sol. Lawrence le ramassa entre les deux lits.

— Je l'ai !

Une main et un bras blancs surgirent de sous le lit et saisirent son poignet.

— Hé là !

Arraché au lit, le petit atterrit lourdement sur le plancher. Le bras commença à le tirer.

Dale n'eut pas le temps d'appeler. Il attrapa les jambes de son petit frère et s'y cramponna, mais l'enfant semblait tiré par une force inexorable. Dale sortit du lit, draps et couvertures entortillés autour des jambes.

Lawrence poussa un grand cri lorsque sa tête disparut sous le lit, puis ses épaules. Dale fit de son mieux pour s'accrocher et le ramener vers lui, mais c'était comme s'il y avait quatre ou cinq grandes personnes là-dessous. Il avait peur de le couper en deux, s'il continuait.

Haletant, il sauta entre les deux lits et repoussa d'un coup de pied son propre lit. Il faisait très sombre là-dessous... mais ce n'était pas une obscurité normale, plutôt des ténèbres profondes, un brouillard d'un noir d'encre bouillonnant comme les nuages de l'orage qui s'annonçait.

Deux grands bras blancs sortaient de cette obscurité et tiraient Lawrence. L'enfant poussa un second hurlement, qui s'interrompit lorsque sa tête disparut au milieu du brouillard noir. Puis ses épaules.

— Mike ! hurla Dale d'une voix aiguë. Monte vite !

Il se maudissait de n'avoir pas eu le réflexe d'attraper son sac de marin contenant le fusil et les pistolets à eau... Mais de toute façon, il n'aurait pas eu le temps de s'en servir.

Lawrence avait déjà presque disparu, seules ses jambes sortaient encore de l'obscurité. *Seigneur ! Il est aspiré dans le plancher ! Et s'il était dévoré au fur et à mesure ?* Mais les jambes s'agitaient, son frère était encore en vie.

— Mike !

Dale sentit le brouillard noir tournoyer autour de lui,

traversé de vrilles et de tentacules fluides et glacés. A l'endroit où ils effleuraient sa peau, cela le piquait comme si on lui avait appliqué de la neige carbonique.

— Mike !

Une des mains blanches lâcha Lawrence et enserra le visage de Dale entre des doigts d'au moins vingt centimètres de long. Le garçon fit un bond en arrière, lâcha les chevilles de son petit frère, et le regarda disparaître dans les ténèbres.

Puis il n'y eut plus que le brouillard noir qui se rétractait et les immenses mains qui s'éloignaient à reculons, comme celles d'un plombier descendant dans un trou d'égout.

Dale se jeta sous le lit, tâtonnant au hasard. Ses mains et ses poignets devinrent aussitôt gourds de froid, tandis que l'obscurité semblait se replier sur elle-même en rentrant ses tentacules comme une anémone de mer. Seul restait un trou d'un noir profond : un vide à l'emplacement du plancher.

Dale retira ses mains à l'instant où il vit le cercle se rétracter, se fermant en un piège qui lui aurait coupé les doigts s'il les y avait laissés.

— Qu'est-ce qu'il y a ? cria Mike en déboulant dans la chambre avec son sac d'une main et le fusil à écureuils de l'autre.

Dale, debout, s'efforçait en vain de retenir ses sanglots, bégayait, montrait du doigt le lit.

Mike se jeta à genoux, passa le canon du fusil sur les lattes du plancher. Dale se laissa tomber à quatre pattes et tapa le sol de ses poings.

— Merde de merde de merde de merde !

Il n'y avait plus rien là-dessous, à part le plancher, des moutons et l'illustré de Lawrence. Un cri perçant monta du sous-sol.

— Lawrence ! cria Dale, et il se précipita sur le palier.

— Attends ! fit Mike en lui saisissant le bras et en ramassant de l'autre main le sac de Dale. Monte ton satané Savage !

— Pas le temps ! Lawrence... ! haleta Dale entre deux sanglots.

Il essaya de se libérer. Un autre cri, plus lointain, retentit. Mike laissa tomber le sac et secoua Dale à deux mains.

— Monte le Savage, j' te dis ! C'est exactement ça qu'ils veulent, que tu paniques... que tu partes sans arme... Réfléchis, voyons !

Dale, tremblant de tous ses membres, monta le fusil et ferma la culasse. Mike enfonça dans sa ceinture deux pistolets à eau chargés d'eau bénite, jeta à Dale sa boîte de cartouches et mit le talkie-walkie en bandoulière.

— OK, on descend.

Les cris s'étaient tus. Ils descendirent les marches quatre à quatre, traversèrent le vestibule et la cuisine, et dévalèrent les escaliers du sous-sol.

37

— Tu veux qu'on vous rejoigne ? demanda Kevin dans le talkie-walkie.

Harlen et Kevin étaient prêts, tout habillés dans la chambre de Kevin.

— Non, restez où vous êtes jusqu'à ce qu'on vous appelle, répondit Mike en haut des marches. Si on a besoin de vous, on appuiera deux fois sur le bouton.

— Compris !

Au même instant, toutes les lumières de la maison des Stewart s'éteignirent. Mike posa son sac sur les marches de la cuisine et en sortit sa torche. Dale alla chercher la sienne en haut de l'escalier du sous-sol. La cuisine et tout le reste de la maison étaient plongés dans l'obscurité. Le sous-sol était encore plus noir, et quelque chose y grattait.

Dale glissa une cartouche de 410, laissant vide le canon de calibre 22, et plaça le sélecteur de canon sur la position *fusil à plomb*. Il balaya d'un coup de lampe les parpaings au tournant de l'escalier. En bas, les grattements continuaient.

— Allons-y !

Mike suivit, le fusil à écureuils d'une main et la torche de l'autre. Les deux garçons sautèrent d'un bond les deux dernières marches démesurées de l'escalier. Après l'inondation, l'endroit sentait le moisi et le renfermé, et devant eux des tuyaux sortaient, telle une chevelure de Gorgone, de la massive chaudière. Le grattement, un bruit de petites pierres entrechoquées, provenait de l'étroite ouverture à droite. La cave à charbon.

Ils aperçurent une faible lueur dans le vide sanitaire, sous le devant de la maison et la véranda. Ce n'était pas une lumière, mais une pâle phosphorescence verdâtre, pas tellement différente de celle de la montre de Kevin. Dale s'approcha et éclaira.

A sept ou huit mètres, à l'endroit où le vide sanitaire était normalement fermé par le mur soutenant l'extrémité de la véranda, le faisceau de la lampe fit scintiller les parois striées d'un trou de cinquante centimètres de diamètre, parfaitement rond, c'est de là que venait la répugnante lueur verdâtre.

Dale posa ses affaires sur le rebord du mur, s'introduisit dans le vide sanitaire sans se soucier des toiles d'araignée qui lui balayaient la figure, et commença à ramper en direction du tunnel. Mais son copain lui saisit les chevilles.

— Lâche-moi, je vais le chercher !

Mike ne perdit pas de temps à discuter : il le tira en arrière.

— Lâche-moi ! cria Dale en essayant de se dégager, je vais le chercher, j' te dis !

Mike l'attrapa aux épaules, lui mit la main sur la bouche et le plaqua contre le mur.

— Ecoute-moi, bon Dieu ! Nous irons tous le chercher. Mais là, tu fais exactement ce qu'ils veulent qu'on fasse : descendre dans le tunnel ou bien nous précipiter à l'endroit où ils emmènent Lawrence.

— Où ça ? haleta Dale.

Mike l'avait lâché mais il sentait encore sur sa joue la pression de ses doigts.

— Droit devant nous !

Dale suivit dans sa tête la direction du tunnel... de l'autre côté du mur... sous la rue... le terrain de sport...

— Old Central ! Alors, Lawrence est peut-être encore vivant ?

— C'est bien possible. Mais ils n'ont encore jamais enlevé personne à notre connaissance. Peut-être qu'ils le veulent vivant... sans doute pour nous obliger à le suivre !

Il appuya sur le bouton du talkie-walkie.

— Kevin et Harlen, rendez-vous à la pompe à essence avec tout votre matériel dans trois minutes. On s'habille et on arrive.

Dale se retourna et éclaira de nouveau le tunnel.

— D'accord, on va le chercher par l'école.

— Ouais, fit Mike en remontant l'escalier au pas de course. Toi et Harlen, vous vous débrouillez pour entrer dans l'école, pendant que Kevin fait ce qu'il a à faire. Moi, je prends le tunnel.

Une fois dans la chambre, ils enfilèrent jeans et chaussures sans se préoccuper des détails comme les sous-vêtements ou les chaussettes.

— Mais, tu viens de dire qu'ils s'attendent justement à nous voir suivre le tunnel ou entrer dans l'école...

— Ils s'attendent à l'un ou à l'autre, peut-être pas aux deux en même temps.

— Pourquoi ce serait toi qui suivrais le tunnel ? C'est mon frère qu'ils viennent d'enlever.

— Ouais, répondit-il avec un soupir las, mais j'ai plus l'expérience que toi de ces créatures.

Pendant que Tyler projetait les dessins animés et le documentaire, M. Ashley-Montague sirota un second whisky dans sa voiture, mais il descendit quand commença le grand film : c'était une nouveauté qui faisait recette dans les cinémas de Peoria : *La Chute de la maison Usher*, de Roger Corman, avec bien sûr Vincent Price dans le rôle de Roderick Usher. C'était un bon film, pour un film d'horreur, et M. Ashley-Montague appréciait particulièrement l'utilisation des rouges et des noirs, ainsi que les éclairs menaçants qui semblaient mettre en relief chaque pierre de la sinistre demeure.

Lorsque l'orage éclata, la première bobine était déjà terminée. A présent, Vincent Price-Roderick Usher et un jeune invité portaient le cercueil de la sœur de Roderick sous les voûtes drapées de toiles d'araignées du caveau familial.

Le premier coup de tonnerre roula longuement au-dessus des champs de maïs, un grondement sourd devenant de plus en plus aigu.

— Ne devrions-nous pas arrêter la projection, Monsieur ? cria Tyler.

La majordome-chauffeur-garde du corps tenait sa casquette de peur que le vent ne la lui arrache. Il ne restait plus que quatre ou cinq spectateurs, réfugiés dans leur voiture, ou sous les arbres du square.

M. Ashley-Montague regarda l'écran. Le cercueil vibrait, et des ongles griffaient l'intérieur du couvercle de bronze. Quatre étages au-dessus, l'ouïe surhumaine de Roderick Usher lui permettait d'entendre chaque grincement. Avec un long frisson, le héros se boucha les oreilles et cria quelque chose qui fut couvert par le roulement du tonnerre.

— Non, ce n'est pas fini, laissons-le tourner.

Tyler remonta le col de sa veste d'un air désapprobateur.

— Dennisss..., susurra une voix sortie des buissons au pied du kiosque, Dennisss...

M. Ashley-Montague fronça les sourcils et s'approcha de la balustrade. Il ne vit personne. D'ailleurs, avec l'obscurité et la folle agitation des branches fouettées par le vent, c'eût été difficile.

— Qui est là ? demanda-t-il sèchement.

Il ne voyait pas qui, à Elm Haven, pourrait avoir l'audace de l'appeler par son prénom.

— Dennisss...

M. Ashley-Montague n'avait pas la moindre intention de descendre. Il se tourna et claqua des doigts en direction de son domestique.

— Il y a quelqu'un qui se moque de nous ! Allez voir qui c'est, et sortez-le de là !

542

Tyler hocha la tête et descendit promptement les marches. Il était plus âgé qu'il n'en avait l'air, et avait participé à la Seconde Guerre mondiale en tant que chef de commando, parachuté avec ses hommes derrière les lignes japonaises, en Birmanie et ailleurs, pour y fomenter des troubles. Après la guerre, sa famille avait connu des revers financiers, mais c'était surtout son expérience qui avait décidé M. Ashley-Montague à le prendre à son service en tant que secrétaire personnel et garde du corps.

Le grand écran ondulait et se ridait à mesure que les bourrasques l'écartaient du mur du Parkside Cafe. Vincent Price criait à qui voulait l'entendre que sa sœur était encore vivante, oui, *vivante !* Le jeune homme empoigna une lanterne et courut au caveau.

Au-dessus du square, le premier éclair illumina violemment le bourg tout entier. M. Ashley-Montague fut ébloui quelques secondes. Le bruit du tonnerre était assourdissant. Les derniers spectateurs partirent en courant, ou démarrèrent en trombe, seule resta sur le parking la limousine du millionnaire. En s'approchant de l'escalier du kiosque, il sentit les premières gouttes d'eau glacée lui effleurer les joues.

— Tyler, remontez !... Chargez l'équipement et...

Puis il aperçut à la clarté d'un éclair la montre-bracelet de Tyler, une Rolex en or. Elle était bien au poignet de son secrétaire, entre les buissons et le kiosque, sur le sol... mais il n'y avait plus de bras au bout du poignet. A la base du kiosque, le treillis paraissait arraché à coups de pied, ou de dents. Des bruits venaient de ce trou.

M. Ashley-Montague recula jusqu'à la balustrade du kiosque et ouvrit la bouche pour hurler. Mais il était seul. Main Street était aussi déserte qu'à 3 heures du matin. Il essaya de crier quand même, malgré le feu roulant continu du tonnerre. Il regarda la limousine garée à quelques mètres. Les branches s'agitaient violemment et l'une d'elles, arrachée par une rafale, tomba avec un grand craquement sur un banc du square.

C'est ça qu'ils veulent ! Que j'aille me réfugier dans ma voiture !

543

Il resta assis là où il se trouvait, il serait trempé, et après ? L'orage finirait bien par passer, et tôt ou tard la police ou le shérif s'arrêteraient en faisant leur ronde, intrigués par ce projecteur marchant sous la pluie.

Sur l'écran, une femme au visage blafard et aux ongles sanglants, vêtue d'une robe de mariée en haillons, s'avança vers le passage secret. Vincent Price poussa un cri.

Les lattes sous M. Ashley-Montague se bombèrent soudain, et se brisèrent avec un bruit aussi violent que celui du tonnerre. Le millionnaire eut juste le temps de pousser lui aussi un cri, avant que la gueule de la lamproie, armée de dents de douze centimètres de long, ne se referme sur ses jambes et ne l'entraîne vers le trou dans le treillis.

Sur l'écran, la maison Usher, pourtant filmée en plan panoramique sur fond d'éclairs, était beaucoup moins impressionnante que le Parkside Cafe sur lequel se déchaînait l'orage.

— Voilà ce que nous allons faire, expliqua Mike.

Ils étaient réunis autour de la pompe à essence à côté du garage du camion-citerne. Les portes étaient grandes ouvertes et la pompe déverrouillée. Dale, qui remplissait des bouteilles de Coca, leva les yeux.

— Dale et Harlen vont entrer par l'école. Vous savez comment faire ?

— Oui, je connais un chemin, répondit Harlen.

— OK. Commencez par le sous-sol, j'essaierai de vous y rejoindre. Si je me retrouve ailleurs dans le bâtiment, je ferai un *Iiikee !* Sinon, fouillez toute l'école sans moi.

— Qui prend les talkies-walkies ? demanda Harlen.

Il avait retiré son écharpe, de sorte que ses deux bras étaient libres, bien que le gauche, encore dans un plâtre léger, lui parût tout bizarre.

Mike lui tendit un des récepteurs.

— Toi et Kevin. Kev, tu sais ce que t'as à faire ?

Le garçon hocha affirmativement la tête, puis ajouta :

— Mais tu veux vraiment que je remplisse entièrement la citerne, au lieu d'y mettre seulement les huit cents litres prévus ?

544

Mike acquiesça. Puis il enfonça dans sa ceinture les pistolets à eau et se remplit les poches de cartouches de calibre 410.

— Mais pourquoi ? Tu voulais juste arroser les portes et fenêtres.

— Ça marchera pas, ça...

Il ouvrit le fusil de sa grand-mère, vérifia qu'il était chargé et le referma.

— Je veux que la citerne soit pleine et, si besoin est, on la rentrera en enfonçant la porte, expliqua-t-il en désignant d'un geste de tête la cour de l'école.

Le vent s'était levé et les éclairs zébraient le ciel. Les ormes autour du terrain de jeux agitaient leurs branches comme des bras de paralytiques.

— Et comment tu crois qu'on va réussir à faire ça ? Il y a quatre ou cinq marches pour arriver au porche. Même s'il est assez large pour le camion, il ne pourra jamais monter les marches.

— Dale et Harlen, vous vous souvenez de ces grosses planches qu'ils ont entassées près du bac à ordures quand ils ont changé la porte de l'autre entrée, l'an dernier ?

— Bien sûr, je les ai manquées de peu il y a quelques semaines !

— OK... Placez-les sur les marches avant que Kevin monte... Une sorte de rampe.

— « Une sorte de rampe » ! l'imita Kevin en regardant le camion (quatre tonnes !) de son père... Tu rêves, ma parole ?

— Allons-y ! les pressa Dale en descendant déjà la pente en direction de l'école.

— Allons-y ! cria-t-il encore aux autres restés en arrière.

Sa mère n'était pas rentrée, et toutes les lumières du quartier étaient éteintes. Seule l'école luisait de ce même éclat malsain qui éclairait l'intérieur des nuages.

Mike tapa sur l'épaule d'Harlen et de Kevin, puis courut vers la maison voisine. Dale, arrêté de l'autre côté de la rue, regardait son ami. Mike entendit qu'il lui criait quelque chose, mais un roulement de tonnerre couvrit ses paroles.

C'était peut-être « Bonne chance ! », à moins que ce ne soit « Au revoir ! ».

Il lui fit signe et descendit dans le sous-sol des Stewart.

Dale attendit un instant Harlen, puis il alla le chercher.

— Tu viens, oui ou non ?

Harlen furetait dans le garage des Grumbacher.

— Kevin a dit qu'il y avait des cordes par ici... Ah, voilà !

Il prit deux gros rouleaux de corde accrochés au mur, les passa sur son épaule et en travers de sa poitrine comme une bandoulière. Sans plus se soucier de lui, Dale courut vers l'école : c'était quelque part là-dedans qu'était Lawrence.

— Pourquoi tu tiens à t'encombrer de cette satanée corde ? demanda-t-il sèchement, quand Harlen, déjà haletant, le rejoignit.

— Si on entre dans cette foutue école, je veux avoir un moyen de m'en sortir un peu moins casse-gueule que la dernière fois... Regarde !

Les billons des créatures rampantes s'allongeaient partout maintenant, s'incurvant, se croisant, découpant en figures géométriques désordonnées les trois hectares du terrain de jeux.

Dale fixa sa torche de boy-scout à sa ceinture. Il tenait un pistolet à eau dans la main gauche, et dans la droite le fusil à canons superposés.

— Tu l'as rempli avec l'eau magique de Mike ?

— De l'eau bénite. Oui... allons-y !

Ils durent lutter contre les rafales de vent. Le ciel était un chaudron de sorcière où bouillonnaient des nuages noirs traversés d'éclairs verdâtres, et le tonnerre une violente canonnade.

— S'il se met à pleuvoir, ça va foutre par terre tout le travail de Kevin !

Dale ne répondit pas. Ils passèrent devant le portail, sous les fenêtres condamnées. Le vent avait arraché les planches protégeant le vitrail au-dessus de l'entrée, mais c'était beaucoup trop haut pour eux. Toujours en courant, ils tournèrent au coin du bâtiment, dépassèrent la benne à ordures dans laquelle Jim, inconscient, avait gî des heures.

— Voilà les planches ! Prends-en une avec moi, on va la mettre sur les marches, comme a dit Mike.

— Fous-moi la paix et montre-moi ton chemin pour entrer là-dedans ! répondit Dale.

Harlen s'arrêta net.

— Ecoute, c'est peut-être important...

— Montre-moi, je te dis !

Sans le faire exprès, Dale avait levé son fusil, de sorte que le canon se trouvait plus ou moins pointé sur Harlen. Le petit pistolet de celui-ci était passé dans sa ceinture, sous les ridicules rouleaux de corde.

— Ecoute, Dale... je sais que t'es fou d'inquiétude pour ton frère... et les ordres des autres, je m'en fous en général comme de ma première chemise. Mais Mike avait sûrement une raison. Allons, aide-moi à transporter quelques planches et je te montre comment entrer.

Dale avait envie de hurler de rage. Mais il abaissa son fusil, le posa contre le mur, et souleva une des extrémités des longues planches. Plusieurs douzaines de ces grosses lattes avaient été empilées là quand le porche avait été restauré l'automne dernier, et depuis elles pourrissaient au même endroit, gorgées d'eau.

Il fallut cinq minutes pour porter huit de ces satanés trucs jusqu'à l'entrée principale, et les installer sur l'escalier.

— Mike est fou, ces machins ne supporteraient même pas le poids d'un vélo, maugréa Dale.

Harlen haussa les épaules.

— On a dit qu'on le ferait, on l'a fait. Allons-y maintenant !

Ce n'était pas de gaieté de cœur que Dale avait abandonné son fusil debout contre le mur. Il le retrouva avec soulagement.

Sauf quand les éclairs illuminaient le paysage comme des flashes éblouissants, il faisait très noir autour de l'école. Tous les lampadaires des environs étaient éteints, mais les étages supérieurs du bâtiment semblaient auréolés d'une lueur verdâtre.

— Par ici...

Les fenêtres du sous-sol étaient non seulement condamnées par des planches, mais aussi grillagées. Harlen s'arrêta devant la plus proche de l'angle sud-ouest, arracha les planches et finit d'enfoncer à coups de pied le grillage déjà abîmé.

— C'est Gerry Daysinger et moi qui avons démoli ce grillage, un jour où on s'embêtait à la récré. Donne-moi un coup de main !

Dale appuya le fusil contre le mur et aida son copain à écarter le grillage.

— Une seconde !

Harlen s'assit par terre, se pencha en avant, tira le grillage et cassa la vitre à coups de pied.

— Après toi, mon cher !

Dale empoigna son arme et se laissa glisser dans l'obscurité. Ses pieds rencontrèrent un tuyau d'où il sauta un mètre cinquante plus bas. Harlen le suivit. Les éclairs permettaient d'apercevoir une foule de tuyaux, d'énormes joints les reliant les uns aux autres, les pattes rouges d'un établi et beaucoup de noir.

Dale détacha sa torche de sa ceinture, et remit le pistolet à eau dans son pantalon.

— Allume, pour l'amour du ciel ! murmura Harlen d'une voix blanche.

Dale obéit. Ils étaient dans la chaufferie, une masse de tuyaux rampaient au-dessus d'eux, et de chaque côté d'énormes chaudières baignées d'ombre se dressaient comme des fours crématoires. D'autres ombres s'allongeaient sous les tuyaux, entre les poutres. Et au-delà de la porte ouvrant sur le couloir du sous-sol, la pénombre devenait obscurité totale.

— Allons-y !

Dale tenait sa torche juste au-dessus du canon du Savage. Il regrettait de ne pas s'être également muni de cartouches de calibre 22.

Il s'enfonça dans l'obscurité, Harlen sur les talons.

— Saloperie de merde !

Kevin ne jurait presque jamais, mais tout allait mal. Les autres l'avaient laissé seul, et il s'évertuait à détruire l'outil de travail de son père. Il en était malade. L'idée de se servir de la pompe servant à aspirer le lait pour remplir d'essence la citerne d'acier inoxydable lui brisait le cœur : il aurait beau ensuite nettoyer le tuyau à fond, il y resterait toujours assez d'essence pour gâter le goût du lait. Et mieux valait ne pas penser aux conséquences pour la citerne elle-même.

En plus, il avait un grave problème : l'électricité ne fonctionnait pas, et l'arrêt de la climatisation réveillerait tôt ou tard ses parents, surtout avec un orage de cette violence. Son père dormait du sommeil du juste, mais sa mère était souvent réveillée par le tonnerre. Heureusement que leur chambre était en bas, à côté du salon.

Et puis il allait être obligé de sortir le camion du garage en roue libre : il avait bien la clef de contact, mais sans le ronronnement des climatiseurs, le bruit du moteur réveillerait son père. L'orage devenait de plus en plus violent, mais pas au point de couvrir un ronflement de moteur. Par chance, l'allée était en pente, alors le camion, une fois au point mort, avait doucement descendu les trois ou quatre mètres qui le séparaient de la pompe à essence. Il l'avait déjà branchée quand il se souvint : pas d'électricité. *Il ne manquait plus que ça !*

Son père avait un générateur à fuel au fond du garage, mais il était encore plus bruyant que le camion. Seulement, comment faire autrement ? Le générateur toussa deux fois, puis démarra, et la porte de la maison ne s'ouvrit pas en trombe pour laisser apparaître son père en robe de chambre, crachant des flammes par les narines. Pas encore...

Le tuyau se déroula tout seul, et lui rappela les descriptions que lui avaient faites ses copains. Mais pour le moment, il préférait ne pas y penser. Il abaissa la commande de la pompe, et le tuyau se raidit quand elle commença à fonctionner. Il ferma les yeux en entendant le carburant gargouiller et gicler contre les parois de la citerne si bien lavée et désinfectée. *Pardon, les enfants, pendant quelque temps, votre lait va avoir un arrière-goût de Shell !*

Quelle que soit la manière dont tout cela se terminerait, son père allait lui briser les os. Il se mettait rarement en colère, mais lorsque cela arrivait, il bouillonnait d'une rage teutonne qui terrifiait sa femme, et tous ceux qui se trouvaient alors dans les parages.

Kevin battit des paupières pour chasser la poussière et les gravillons soulevés par le vent. Dale et Harlen n'étaient plus dans la cour de l'école, Mike avait disparu dans le sous-sol des Stewart, et Kevin se sentit soudain très seul.

Trois cents litres à la minute. Il y a au moins quatre mille litres d'essence dans la fosse, la moitié de la capacité de la citerne. Quoi ? Quinze minutes ! Papa va se réveiller avant !

Il y avait six minutes que le transfert s'effectuait. Le tuyau glougloutait, le générateur pétaradait et l'orage approchait de son paroxysme, lorsqu'il regarda en direction de l'école et vit le sol du terrain de sport onduler. Exactement comme le sillage de deux requins, avec leur nageoire fendant l'eau. Sauf que ce n'était pas la mer, mais un terrain de jeux à la terre bien tassée. Deux billons se dirigeaient droit sur la route et le camion-citerne, progressant comme des taupes géantes dans sa direction. A toute vitesse.

38

Au bout d'une dizaine de mètres, Mike trouva plus facile de ramper dans le tunnel, car il s'évasait. A présent, il mesurait bien soixante à quatre-vingts centimètres de large. Les parois striées étaient dures, faites de terre tassée mélangée à une substance grisâtre ressemblant à de la colle pour modèles réduits. Cela lui rappelait les traces laissées par un tracteur après une période de sécheresse. Seulement ça risquait de continuer sur des centaines de mètres, voire des kilomètres.

Il oublia bientôt l'odeur nauséabonde. Les parois rougeâtres et annelées évoquaient un gigantesque boyau descendant jusqu'aux enfers : il chassa vite cette idée. Il avait de plus en plus mal aux coudes et aux genoux, mais après quelques *Je vous salue Marie* et quelques *Notre-Père*, il sentit moins la douleur. Il regrettait tout de même de ne pas avoir apporté le morceau d'hostie laissé auprès de Memo.

Il sentait le tunnel s'incurver vers la gauche, puis vers la droite, et remarqua que par moments, il montait très près de la surface ou au contraire s'en éloignait.

Pour l'instant, il avait l'impression d'être assez profond. Il avait déjà croisé deux autres tunnels, dont l'un s'enfonçait presque à la verticale à gauche. Il s'était arrêté, les avait éclairés, avait écouté, et avait continué dans celui qui lui semblait le plus récent, où l'odeur était la plus forte.

Il s'attendait à chaque tournant à buter contre le cadavre de Lawrence, des fragments de chair collés aux os... ou pire. Au moins s'il retrouvait l'enfant vivant, son expédition souterraine ne serait pas vaine. Seulement... comment revenir ? Il ne serait jamais capable de retrouver son chemin là-dessous, il y avait eu trop de tournants. D'ailleurs, il était déjà complètement désorienté.

Il continua à suivre le tunnel principal (ou celui qu'il considérait comme tel), le jean déchiré et les genoux en sang. Il tira de sa ceinture le pistolet à eau qui fuyait le plus, et le coinça sous son menton : mieux valait un cou dégoulinant que d'avoir l'air incontinent. Pour combattre les monstres, il ne devait pas se sentir ridicule.

Le tunnel tourna une nouvelle fois à droite et commença à descendre en pente raide. Mike dut freiner des coudes.

Avant de voir quoi que ce soit, il devina qu'il s'approchait de quelque chose : le sol commença à trembler. Cela lui rappela une soirée d'été où, après avoir assisté à un match de base-ball, Dale et lui étaient allés se promener au clair de lune au bord de la voie ferrée. Ils avaient perçu des vibrations sous leurs semelles et, en collant l'oreille contre un rail, ils avaient physiquement perçu l'arrivée de l'express Galesburg-Peoria.

Mais là, les trépidations, bien plus violentes maintenant, se transmettaient, à travers ses mains et ses genoux, à sa colonne vertébrale et le faisaient claquer des dents. Et les secousses étaient accompagnées d'une terrible pestilence.

Je ferais peut-être bien d'éteindre ma torche ? Bof, quel

intérêts ? Ces créatures me voient certainement, alors autant que je les voie aussi !

Il s'accroupit pour mettre sa torche sous son menton, son pistolet à eau dans sa main gauche et le fusil à écureuils dans sa main droite. Puis, comme cette arme se rechargeait, il sortit quatre cartouches qu'il enroula dans sa manche de tee-shirt, à portée de main.

Pendant quelques instants, les vibrations lui parvinrent de plusieurs côtés à la fois : devant lui, au-dessus de lui, derrière lui. Affolé, il imagina que la créature allait surgir dans son dos et l'attaquer par-derrière avant qu'il n'ait le temps de se retourner pour tirer. Sa panique augmenta, et les trépidations se firent plus fortes, plus localisées.

C'est devant moi ! Il s'allongea à plat ventre et attendit.

La créature apparut à un tournant du tunnel, à peut-être quatre mètres devant lui, et elle était pire que tout ce que Mike avait pu imaginer. C'était un mutant d'anguille ou de lamproie avec une bouche gloutonne garnie d'une infinité de dents descendant jusqu'au tube digestif qui lui tenait lieu de corps, ou de ver gigantesque avec un corps annelé, ou d'un mollusque quelconque pourvu de petits appendices tremblotants... de petits doigts bordant la gueule, ou plutôt de courts tentacules, à moins que ce ne soient des lèvres découpées en dents de scie... d'ailleurs, quelle importance ?

La torche éclairait un corps de chair gris-rose assez transparente pour laisser voir les vaisseaux sanguins. Pas d'yeux, mais des dents, et encore des dents, jusqu'au gosier rouge, assez semblable aux tunnels.

La monstruosité fit halte, les lèvres tentaculaires se tordirent, la gueule de lamproie se gonfla et s'approcha à toute vitesse.

Mike commença par le pistolet à eau *(Sainte Marie, mère de Dieu...),* vit l'eau retomber en jet, entendit grésiller la chair rose, comprit que la créature était trop massive pour que de l'eau bénite, ou même du vitriol, puisse la détruire ou même la déranger sérieusement. Comme elle continuait droit sur lui, il n'avait pas le temps de reculer. Il épaula le fusil à écureuils et tira.

L'éclair l'aveugla, la déflagration l'assourdit. Il ouvrit la culasse, jeta la cartouche vide, en prit une autre dans sa manche, l'enfonça d'un coup sec, referma et, les yeux fermés, tira de nouveau.

La lamproie s'arrêta... elle ne pouvait pas ne pas s'être arrêtée, sinon elle l'aurait déjà avalé. Le faisceau de la torche éclairait tout de travers. Mike rechargea et visa en redressant la torche de la main droite. Effectivement, elle attendait, à moins de deux mètres. Sa mâchoire circulaire était fracassée en plusieurs endroits, et un liquide verdâtre suintait de son grand corps. Elle avait l'air plus étonnée que blessée, plus curieuse qu'effrayée.

— Va te faire foutre ! hurla Mike entre deux *Je vous salue Marie*.

Il tira, rechargea, rampa plus près, tira. Il lui restait au moins dix cartouches. Il se tortilla pour en sortir une de sa poche. La lamproie recula au-delà du coude du tunnel. Toujours jurant, criant, à peine cohérent, il la suivit aussi vite qu'il put en rampant sur ses coudes et ses genoux en sang.

— Où on est ? chuchota Dale.

Ils venaient de quitter la chaufferie par un petit couloir qui, après plusieurs tournants, débouchait dans un plus grand, et ils se trouvaient de nouveau dans un étroit passage au plafond barré d'énormes tuyaux. Les corridors du sous-sol étaient encombrés de matériel scolaire : pupitres empilés, cartons, tableaux cassés... et des toiles d'araignée, beaucoup, beaucoup de toiles d'araignée.

— Aucune idée...

Les deux garçons portaient chacun une torche, dont le faisceau voltigeait sur les murs comme un insecte affolé.

— Cette partie du sous-sol était le domaine de Van Syke, personne n'y venait jamais.

Exact.

Le couloir était étroit, le plafond bas, et il y avait partout des petites portes et des panneaux d'accès aux murs porteurs. Les tuyaux ruisselaient d'humidité. Cet endroit était un labyrinthe... Jamais ils ne trouveraient le chemin des lavabos !

Ils prirent un autre tournant. Le pouce de Dale, posé depuis de longues minutes sur la gâchette du pistolet à canons superposés, était tout ankylosé, il avait peur de se tirer dans le pied d'un instant à l'autre. Harlen marchait bras tendus, sa torche dans sa main sortant du plâtre, son calibre 38 dans l'autre, d'une démarche saccadée qui rappelait une girouette dans un ouragan.

Le sous-sol d'Old Central était loin d'être silencieux. On y entendait des grincements, des crissements, des grattements, les tuyaux transmettaient des échos caverneux et des aspirations répétées, semblables à l'haleine d'une énorme gueule au-dessus d'eux. Les murs épais semblaient se contracter et se dilater légèrement, comme si une main géante les pressait et les relâchait.

Dale tourna un autre coin et balaya devant lui avec sa lampe, le Savage au niveau de l'épaule malgré la crampe de son bras droit.

Il se trouvait dans le couloir central du sous-sol, et les escaliers devaient être à une vingtaine de mètres devant... Enfin, peut-être.

Des stalactites grises pendaient des tuyaux, les murs étaient recouverts d'une mince pellicule d'huile verdâtre. Il y avait sur le sol des monticules couleur de cendre, peut-être des stalagmites en train de se former, à moins que ce ne soit des chandelles géantes fondues.

— Merde alors ! chuchota Harlen, stupéfait de voir les parois percées de tant de trous de tailles différentes.

Quelques-uns avaient une trentaine de centimètres de diamètre, d'autres béaient presque du plancher au plafond. Des tunnels partaient du couloir central et s'enfonçaient sous le sol du terrain de jeux. Une faible phosphorescence en émanait, et si les deux garçons avaient éteint leurs torches, ils auraient vu clair dans cet endroit pourtant dépourvu de fenêtre. Ils s'en gardèrent bien.

— Regarde !

Harlen poussa la porte marquée *garcons*. A l'intérieur de ce qui avait été leurs lavabos, les cloisons métalliques avaient été arrachées et tordues comme si elles avaient été en papier d'aluminium. Les sièges des toilettes et les urinoirs avaient été soulevés presque jusqu'au plafond, leurs tuyauteries pendant sous eux.

La longue pièce était presque pleine de stalactites grises, de monticules de cire verte palpitant lentement, de fils d'un matériau semblable à des toiles d'araignée en chair imberbe.

L'ouverture ronde dans le mur de gauche mesurait au moins deux mètres cinquante de diamètre, et il en sortait une odeur de terre humide, de pourriture. Autour d'eux, une douzaine de tunnels s'ouvraient dans les murs, le plafond, le sol.

— Partons murmura Harlen.

— Mike a dit de l'attendre ici !

— Mike ne viendra peut-être jamais, siffla Harlen. Trouvons ton frère et foutons le camp !

Dale n'hésita qu'un instant.

L'accès à l'escalier était autrefois fermé par une porte battante. L'un des battants avait été arraché de sa charnière et pendait tout de travers. Dale s'y appuya et éclaira l'escalier. Un liquide sombre coulait lentement le long des marches, entre les monticules gris et le glaçage cireux et brillant des murs. Il passait sous les portes et formait une mare autour des chaussures des deux enfants.

Dale prit sa respiration et monta en direction du palier du rez-de-chaussée, ses tennis faisant *Floc !* à chaque pas.

Le liquide était d'un rouge brunâtre, trop épais pour être de l'eau ou même du sang. Il faisait plutôt penser à de l'huile de graissage ou à du liquide pour boîtes de vitesse, et son odeur rappelait un peu celle de l'urine de chat. Il eut la vision d'un chat géant, haut de trois étages, accroupi au-dessus d'eux, et il ricana nerveusement.

— Mike nous retrouvera bien..., murmura-t-il, mais à cette seconde, il ne croyait même pas que Mike puisse être encore vivant.

Deux longs pâtés de maisons plus loin, de l'autre côté de Main Street maintenant déserte, le square du kiosque à musique était vide, mis à part la limousine garée sur le parking. Le projecteur continuait à tourner, car il était branché sur le réseau des sapeurs-pompiers.

Le kiosque était silencieux, et on ne pouvait voir le grand trou dans le plancher que d'un certain angle. Une grosse branche était tombée sur les haut-parleurs, les écrasant et changeant l'œuvre de Roger Corman en un film muet. L'écran avait été en partie arraché du mur du Parkside Cafe, et le grand carré de toile battait contre la paroi. Sur l'écran, un homme et une femme luttaient dans ce qui semblait être un souterrain. Dans la pièce au-dessus, un candélabre renversé mit le feu à un rideau de velours rouge. Les flammes montèrent aussitôt jusqu'au plafond. La femme ouvrit la bouche pour hurler, mais on n'entendait que l'écran claquant au vent et l'orage qui rugissait.

Un long semi-remorque descendit Hard Road. Ses flancs métalliques étaient fouettés par l'ouragan, et les essuie-glaces marchaient bien qu'il ne plût pas. Il ne ralentit pas en passant devant le panneau de limitation de vitesse.

En direction du sud, les éclairs illuminaient un mur noir qui s'approchait d'Elm Haven à la vitesse d'un cheval au galop. Mais il n'y avait personne pour le voir. Sur l'écran follement agité et le mur blanc du café, les flammes dévorant la maison des Usher semblaient brûler en trois dimensions.

Kevin sauta sur le pare-chocs arrière, attrapa son talkie-walkie et appuya à fond sur le bouton. Pas de réponse.

— Hé, Dale... Hé, y a quelque chose qui vient par ici ! hurla-t-il dans le micro.

La seule réponse fut un grésillement et des parasites faisant écho aux éclairs.

Effectivement, des créatures venaient dans sa direction. Soudain le double sillage, après avoir traversé le terrain de jeux, s'enfonça sous l'asphalte de Depot Street.

Comme des requins en train de plonger !

Tenant le Colt 45 de son père à deux mains, il le chargea, posa le pouce sur la détente, et attendit que les espèces de lamproies émergent de son côté de la rue. Pendant une minute ou plus, rien ne se passa. Il n'y eut pas un son... du moins aucun bruit audible par-dessus le vacarme de l'orage et le gargouillis ininterrompu de la pompe.

Kevin tenait l'automatique à deux mains. Il abaissa doucement le chien avant de se tirer dans les pieds, regarda la pompe et le tuyau : tout allait bien de ce côté. Il pensa qu'il valait mieux rester sur le camion.

L'une des lamproies fit surface deux mètres à droite du camion, l'autre émergea de sous l'allée en projetant une averse de gravillons. Elles avaient un long corps annelé, et lorsque la première passa près de Kevin, il aperçut sa gueule avec les tentacules frémissants et le conduit digestif garni de dents.

Il leva le pistolet au moment où la créature disparut sous le sol. Il releva le chien, mais ne tira pas... ses bras tremblaient trop. Celle de l'allée plongea à droite, ressortit en brassant d'autres gravillons et passa sous le tuyau. *Et si elle enfonce la cuve à carburant ?*

Kevin grimpa tout en haut du camion et cria désespérément dans son talkie-walkie :

— Dale ! Harlen !... Quelqu'un !... Au secours !... Venez !

En guise de réponse, il n'y eut qu'un silence entrecoupé de grésillements.

Il avança vers la cabine, et se pencha pour ouvrir de l'extérieur la portière du côté du passager, dans l'espoir de s'abriter du vent.

La lamproie fit surface à un mètre cinquante à droite de la cabine et attaqua, tentacules frémissants et gueule ouverte en un entonnoir d'un diamètre plus grand que celui de son corps. Elle heurta la portière, avec une violence qui fit osciller le lourd véhicule.

Kevin avait lâché la portière et roulé de l'autre côté du toit de la cabine, bouche ouverte, prêt à hurler, mais muet. Il chancela, s'agrippa au métal lisse du toit, tomba, mais s'arrangea pour s'accrocher à la partie supérieure de la portière ouverte et atterrir lourdement sur le marchepied.

La seconde lamproie émergea à cinq mètres, et fonça dans l'herbe en envoyant des mottes de gazon voler en l'air. Il la vit arriver, sauta sur le capot du camion, essayant de trouver une prise. Elle se jeta sur la portière du conducteur avec la même furie aveugle que la première, puis recula, arc-bouta le dos et leva la gueule comme un cobra avant de frapper encore. Kevin s'étala les bras en croix sur le capot. La première lamproie avait reculé et replongé sous le gravier. A présent, elle ressortait pour taper de toutes ses forces dans la portière droite. La vitre se cassa, et la lourde porte se bomba vers l'intérieur.

A l'instant même où la première lamproie reculait, et avant que la seconde n'attaque, Kevin se mit debout sur le capot et escalada le toit pour sauter sur la citerne, plus haute. Il dérapa mais ses mains eurent le temps d'agripper la vanne au milieu de la citerne. Ses jambes pendaient dans le vide. Trois mètres de lamproie surgirent du sol et se précipitèrent sur ses pieds, tentacules frémissants. Le garçonnet eut le temps de respirer la puanteur de charnier qui s'échappait de la gorge de la créature, puis, accroché par les bras, il balança les jambes comme un cow-boy de rodéo et les remonta.

— Chope-le ! cria une voix au-dessus des hurlements du vent.

Kevin regarda par-dessus la citerne. Cordie Cooke était debout près du garage. Le vent collait contre son corps sa robe informe, et l'agitait comme un drapeau derrière elle. Ses cheveux grossièrement tailladés étaient rejetés en arrière par la bourrasque.

Cordie lâcha le gros chien, qui se précipita sur la lamproie de l'autre côté du camion. Kevin leva les jambes pour esquiver la chose annelée qui se souleva et frappa de nouveau, avant de retomber, à moins de dix centimètres de ses pieds, en laissant une traînée de mucus sur la citerne d'acier inoxydable. Le chien gronda, sauta sur la première lamproie, et atterrit sur son dos annelé, qui se courba et s'enterra. Puis il se précipita sur la lamproie qui réapparaissait un peu plus loin dans l'allée.

— Viens ! hurla Kevin.

Cordie descendit la pente en courant et sauta sur le pare-chocs arrière. Elle serait tombée si Kevin ne lui avait pas attrapé le poignet pour la tirer. La première lamproie revint et se cogna la gueule dans le camion, à trente centimètres de la jambe nue de la fillette, se courba en bas du pare-chocs et recommença à tourner en rond, le chien grondant et lui mordant frénétiquement le dos. La seconde lamproie tournait toujours autour d'eux en rétrécissant ses cercles.

— Monte ! haleta Kevin en la tirant sur la citerne.

Les bras tendus pour conserver leur équilibre, ils chancelèrent, une jambe de chaque côté de la vanne sur le toit de la citerne.

La première lamproie se cambra soudain, et la partie antérieure de son corps se retourna en boucle plus vite que ne frappe un serpent. Le chien eut le temps de pousser un seul cri avant de disparaître dans la gueule béante. Le corps de la créature se contracta, la gueule se rouvrit, le chien n'était plus qu'un petit tas sanglant près du monstre, qui replongea dans le gravier.

— Lucifer ! gémit Cordie.

Elle sanglotait sans bruit.

— Attention !

La seconde lamproie revenait à la charge.

Ils passèrent du côté droit de la citerne. La gueule s'éleva à un mètre cinquante et toucha cette fois le sommet de la citerne près de la vanne. Kevin et Cordie regardèrent l'autre lamproie décrire des cercles et se rapprocher. La pompe tournait toujours, remplissant d'essence la citerne. Dressant la tête, les deux lamproies convergèrent vers les enfants.

39

Harlen sur les talons, Dale monta l'escalier du rez-de-chaussée et s'arrêta sur le palier pour éclairer autour de lui. Du liquide sombre coulait toujours le long des marches, et des traînées de la substance cireuse aperçue au sous-sol s'accumulaient au pied des murs et de la rampe. Les deux garçons restèrent au centre des marches, armes en position de tir.

Il y avait autrefois une porte à deux battants en haut de l'escalier, mais elle était complètement arrachée de ses gonds. Dale s'arrêta, examina l'épais liquide noirâtre s'infiltrant sous le bois fendu, puis se pencha et éclaira le grand hall d'entrée d'Old Central.

La lumière se refléta sur une forêt de piliers et de murs ruisselant de cette espèce de chitine. Il ne se souvenait pas de ces piliers. Harlen murmura quelque chose et Dale se retourna.

— Quoi ?

— J'ai dit, articula Harlen, qu'il y a quelque chose qui bouge, en bas.

— C'est peut-être Mike...

— Ça m'étonnerait, écoute !

Il entendit des grincements, des raclements, des frottements, comme si un gros engin mou s'avançait en poussant devant lui les vieux pupitres, les tableaux cassés et autres détritus.

— Continuons !

Il sentit qu'Harlen le suivait, mais il ne se retourna pas. Il était bien trop occupé à contempler le spectacle.

L'intérieur d'Old Central ne ressemblait en rien à l'établissement qu'ils avaient quitté quelques semaines plus tôt. Le sol était couvert d'une épaisse couche de cette mélasse dans laquelle ils enfonçaient jusqu'aux chevilles. Les murs étaient tapissés d'une mince pellicule d'un matériau rosâtre, un peu nacré, qui rappelait à Dale la peau nue et tremblotante d'une portée de rats nouveau-nés. Cette substance, qui paraissait vivante, coulait des rampes, pendait en de gigantesques toiles d'araignées des portraits de George Washington et Abraham Lincoln, ruisselait en écheveaux des patères et du vestiaire, s'accrochait aux poignées des portes, dégoulinait en énormes encadrements de chair palpitante des fenêtres murées, et s'élevait vers la mezzanine et les escaliers en un amas de mèches et de ruisselets semblables à du fromage fondu.

Au-dessus d'eux, le cauchemar devenait monstrueux.

Dale, voyant le faisceau de la lampe d'Harlen rejoindre le sien, leva la tête. Les balcons du premier et du deuxième étage étaient presque entièrement recouverts de filaments gris et roses. A mesure qu'ils s'élevaient, ils devenaient plus épais, brisant l'espace noir de voûtes et de croisées d'ogives, comme les arcs-boutants de couleur chair d'une cathédrale dessinée par un dément.

Des stalactites et des stalagmites de résine grisâtre envahissaient les moindres recoins, coulant des lustres éteints, montant des balustrades et des rampes, suspendus en travers du puits central comme des cordes à linge de chair et de tissu cartilagineux, où était accrochée une immonde lessive : des rangées de ce qui ressemblait à des sacs à œufs palpitants. Le faisceau lumineux s'arrêta sur l'un d'eux, et Dale discerna à l'intérieur une vingtaine de silhouettes mouvantes. Le sac tout entier battait comme un grand cœur enfilé sur un fil sanglant. Il y en avait des douzaines.

D'autres ombres bougeaient sur la mezzanine, et du liquide suintait du grand vitrail. Mais Dale, les yeux fixés sur le clocher, ne voyait rien d'autre.

Au-dessus du palier du deuxième étage, celui de l'école secondaire, condamné depuis de nombreuses années, on avait arraché les larges lattes formant le plancher du clocher, et c'était de là que provenait la lueur. Non, pas exactement une lueur, pensa Dale en regardant bouche bée cette pulsation luminescente. Le simulacre de lumière projeté par les minces filaments de chair remplissait le clocher et enveloppait quelque chose qui rougeoyait au milieu, et qu'il n'aurait pu décrire : une araignée peut-être (on y devinait un grand nombre de pattes et d'yeux), ou un germe (il avait vu à la ferme d'oncle Henry l'œil rouge et le cœur à demi formé d'un poussin dans un œuf fertilisé), ou un visage, ou encore un cœur géant... Mais même quinze mètres en dessous, Dale savait que ce qu'il regardait avec un sentiment grandissant d'impuissance et de désespoir n'était rien de tout cela.

Harlen lui tira le bras et, à contrecœur, Dale détourna les yeux.

Le rez-de-chaussée, loin de la répugnante lueur du clocher, était très sombre : un labyrinthe peuplé d'ombres. L'une de celles-ci bougea et sortit des vestiaires des petits du cours préparatoire, qui n'étaient plus qu'un tunnel frangé de toiles d'araignée de chair.

Les bras tremblants, Dale épaula son fusil et visa le pâle visage flottant sur une ombre de corps.

M. Roon s'arrêta à trois mètres d'eux. Son complet noir se fondait dans l'obscurité, son visage et ses mains miroitaient dans le faisceau de la torche d'Harlen. Il y avait des bruits derrière lui, et d'autres encore, plus sourds, au sous-sol.

Le directeur affichait le plus large sourire que les enfants lui aient jamais vu.

— Bienvenue ! dit-il en clignant des yeux comme un hibou, jetez un coup d'œil là-haut, voulez-vous ?

Répugnant à quitter Roon des yeux, Dale regarda une fraction de seconde dans la direction indiquée. Mais ce qu'il aperçut lui fit oublier le directeur, et il abaissa son fusil afin de mieux diriger le faisceau de sa lampe.

Lawrence était là-haut.

Mike devait reconnaître que son expédition dans le tunnel n'était pas une de ses plus brillantes manœuvres. Ses mains et ses genoux saignaient abondamment, son dos lui faisait mal, il était perdu et avait l'impression d'être là-dessous depuis des heures, il avait fait faux bond à ses copains, les lamproies allaient revenir, il n'avait presque plus de munitions, la pile de sa torche commençait à faiblir, et il venait de se découvrir claustrophobe.

A part ça, tout va bien !

Il y avait tellement d'intersections et de tournants dans ce tunnel qu'il ne pouvait pas ne pas s'être perdu. Au début, il n'avait pas eu de mal à reconnaître le tunnel principal : la terre y était plus tassée et exhalait encore l'odeur de la lamproie. Mais maintenant, il en était de même pour tous les tunnels. Ce dernier quart d'heure, il avait dû choisir une direction une douzaine de fois, et il était certain de s'être trompé quelque part. Il avait sans doute dépassé le silo brûlé maintenant, il allait donc sûrement plein nord.

— Foutue saloperie !

Honteux, il ajouta un petit *Acte de contrition* à son chapelet de *Je vous salue Marie* et de *Notre-Père*.

L'espèce de lamproie avait failli l'avoir deux fois. La première, il ne l'avait pas entendue approcher, et s'était tortillé dans l'étroit boyau pour arriver à diriger dans la bonne direction le faisceau de sa lampe et le fusil de Memo. En tirant son premier coup de feu, il avait vu les filaments entourant la gueule de la créature onduler vers lui, comme des algues blanches et charnues. A son second coup de feu, la lamproie s'était enterrée dans le sol. Il lui avait pourtant tiré dessus une troisième fois, dans le dos, ce qui avait été à peu près aussi efficace qu'une poignée de graviers contre un blindage.

Une minute plus tard, la bestiole ou sa sœur jumelle avait surgi du plafond du tunnel, à un mètre de son visage. Il avait jeté le pistolet à eau dans la gueule palpitante et vu clairement, lorsqu'elle s'était tournée vers lui, le gosier bardé de dents. Il avait tiré, rechargé, tiré, rechargé. Et la créature avait disparu. Pris de panique, il avait continué d'avancer en surveillant le plafond et le sol du tunnel sous ses mains, et en s'attendant à voir émerger d'un instant à l'autre une gueule qui l'emporterait.

Elle réapparut effectivement quelques mètres devant lui, mais se réenterra aussitôt. Elle semblait épouvantée par quelque chose à la surface du sol, et le tunnel empestait l'essence. Pendant une fraction de seconde, Mike s'arrêta net, bouleversé par ce que cela signifiait. *Seigneur, ça ne peut être que la citerne de Kev ! Si seulement j'avais un des talkies walkies ! Mais, est-ce qu'ils fonctionneraient sous terre ?*

Duane ou Kevin auraient pu lui donner la réponse, mais Duane était mort, et il n'était pas impossible que Kevin ait subi le même sort.

Mike continua sa reptation. Son corps était devenu un simple organe chargé de transmettre à son cerveau des signaux de douleur. Il faisait frais là-dessous, il aurait été si bon de se rouler en boule et de s'endormir en laissant sa dernière pile s'user, son dernier rayon de lumière s'éteindre... de sombrer dans un sommeil sans rêves. Toutefois, il persévéra, le fusil à écureuils chargé, mais enfoncé dans sa ceinture le long de sa jambe droite. Ses mains laissaient de larges empreintes sanglantes sur le sol dur et ondulé.

Soudain, il entendit derrière lui un vacarme plus fort que lors des précédentes charges de la lamproie. On aurait dit qu'il y en avait deux et qu'elles déboulaient à toute vitesse, si l'on en jugeait par l'augmentation des trépidations et du bruit.

Il accéléra, la torche entre les dents, son crâne heurtant le plafond du tunnel. Les chocs et les frottements derrière lui étaient très violents, et il pouvait sentir l'infâme odeur de la créature : une odeur de détritus avariés et de cadavres en décomposition... et une autre odeur aussi, pénétrante et âcre.

Il lança un coup d'œil derrière et aperçut dans le tournant une vive lumière. En se projetant en avant, il perdit sans le remarquer un des pistolets à eau. La torche s'éteignit et il la jeta. Le tunnel, plus large maintenant, était illuminé par le passage de la lamproie. Quelque chose de gros, de bruyant, remplissait le tunnel derrière lui, il en sentait la chaleur brûlante.

Le sol s'effondra sous lui, et Mike dégringola, glissa, essaya de s'accrocher à des cailloux et des pierres. Il se trouvait dans une sorte de grotte, aussi sombre que le tunnel, mais bien plus large. Il sortit à tâtons le fusil à écureuils et releva le chien tout en essayant de freiner sa descente avec les jambes. Il finit par s'arrêter contre une paroi verticale.

La lumière venue du tunnel devint éblouissante, la terre trembla, et la lamproie apparut soudain, gueule et tentacules palpitant frénétiquement. Son corps rougeoyant passa à toute allure devant Mike, comme un train de marchandises grillant une petite gare, à cinquante centimètres des pieds du jeune garçon qui essayait en vain de s'enfoncer dans la muraille.

La créature fonçait droit devant elle, et elle disparut dans les ténèbres en laissant derrière elle une traînée d'humeur visqueuse et de chair brûlée, avant que Mike ne remarque deux éléments nouveaux. Un : il ne se trouvait plus dans le tunnel, cette caverne était en fait l'ex-lavabo des *garcons*. Deux : la lamproie était en feu.

Kevin et Cordie prirent la fuite chacun dans une direction différente en dérapant sur la paroi lisse de la citerne. Les lamproies chargèrent au milieu, là où s'étaient tenus les enfants, puis elles redescendirent sur le sol en grinçant des dents contre le métal. Une des créatures frôla le tuyau en passant et le sortit de la bouche de la cuve. De l'essence se mit bientôt à couler sur la pente herbeuse.

— Merde !

Kevin alla jeter un coup d'œil dans la citerne. Elle était plus qu'à moitié pleine, mais ce n'était pas suffisant.

Les lamproies tournaient autour d'eux dans le sol meuble de la pelouse, leur épine dorsale rose et grise cambrée comme celle du monstre du Loch Ness. Kevin entendit claquer une porte et se demanda si ce n'était pas son père ou sa mère de l'autre côté de la maison. Il espérait que non : deux pas en direction de la pelouse leur feraient découvrir les lamproies, et quatre le camion arrêté dans l'allée.

— Reste là ! cria-t-il en se laissant glisser le long de la paroi de la citerne.

Il prit son élan sur le rebord métallique au-dessus du pare-chocs arrière gauche pour sauter le plus loin possible. Il atterrit sur les mains tout près de l'extrémité du tuyau qui maintenant n'aspirait plus que de l'air, et s'approcha de l'ouverture de la cuve.

— Attention !

Il tourna la tête et vit les deux lamproies se précipiter vers lui, fonçant à la vitesse d'un homme en pleine course. Il se jeta derrière le camion en balayant instinctivement le sol de son tuyau. Mais le mouvement de sa main droite sur la commande de remplissage fut délibéré : la première lamproie était à deux mètres de ses pieds lorsque le tuyau se mit à cracher au lieu d'aspirer, et l'essence jaillit de la citerne dans la gueule grande ouverte de la lamproie. Elle plongea vers le gravier. Kevin lui arrosa le dos à mesure qu'elle s'enfouissait dans le sol et imbiba généreusement le trou.

La seconde avait obliqué vers la droite en décrivant un cercle et elle arrivait droit sur lui. Cordie poussa un cri et le garçon envoya à cinq mètres un puissant jet d'essence, qui aspergea toute la partie antérieure de la créature.

Une forte odeur d'essence l'avertit du retour de la première derrière lui. Il bondit sur le pare-chocs arrière et le monstre s'en prit au pneu gauche. Il l'arrosa abondamment ainsi que le trou où elle disparut.

Entouré de vapeurs d'essence, Kevin se hissa jusqu'aux commandes de remplissage, tendit le bras pour les inverser de nouveau et prit le risque de courir jusqu'à l'ouverture de la cuve pour y remettre le tuyau. L'essence recommença à couler dans la citerne. *Plus que trois ou quatre minutes... peut-être moins...*

Il s'élança d'un bond en espérant atterrir sur le camion. Il y avait plus d'un mètre cinquante, et il savait bien que c'était trop loin, mais il voyait sous le véhicule la bosse formée par le dos de la lamproie. Ses pieds effleurèrent le métal, glissèrent, il se cogna douloureusement le genou et essaya en vain de s'accrocher à la citerne. Dans un instant, il allait retomber en arrière, juste sous le nez de la monstruosité qui le chargeait. Accrochée d'une main à la vanne, Cordie se pencha et lui saisit le poignet. Le poids du garçon faillit la faire tomber elle aussi.

— Allons, Grumbacher, grimpe, bon Dieu ! grommela-t-elle.

Kevin appuya les genoux contre l'acier lisse, trouva une prise sur le pneu attaqué par la lamproie et grimpa juste comme le monstre surgissait près de la roue.

Essoufflé, la respiration rauque, il s'affala sur la citerne. Si elles se levaient sur leur queue et visaient haut, les lamproies ne les manqueraient pas. Pendant quelques instants, il fut trop épuisé et trop secoué pour bouger.

— Elles sont imprégnées d'essence, haleta-t-il enfin, il ne reste plus qu'à allumer.

Cordie, assise en tailleur, regardait les créatures décrire des cercles autour d'eux.

— Génial ! Tu as du feu ?

Kevin tapota ses poches à la recherche du briquet de son

père. Toujours accroché à la vanne, il s'affaissa sur lui-même.

— Dans mon sac, répondit-il en montrant le sac de marin soigneusement posé sur la pompe à essence, à trois mètres d'eux.

Le faisceau de la lampe de poche d'Harlen rejoignit celui de la torche de Dale.

A presque quinze mètres au-dessus d'eux, perché sur la balustrade du second étage, Lawrence était assis sur une chaise de bois dont deux pieds se balançaient au-dessus du vide. Le petit garçon semblait attaché à son siège, mais les liens étaient d'épais écheveaux de ces filaments semblables à des tendons arrachés. Un écheveau, passé derrière sa tête, lui servait de bâillon, et un autre, plus gros, formait un nœud coulant autour de son cou et montait dans le clocher, dans le sac à œufs palpitant là-haut.

La chaise vacillait sur la rampe drapée de filaments. Quelqu'un se tenait derrière le siège, des bras blancs la maintenaient, pas trop solidement, semblait-il.

— Posez vos armes ! ordonna M. Roon d'une voix aussi impérative qu'un claquement de fouet. Tout de suite !

— Vous allez nous tuer, articula Dale, les lèvres soudain glacées.

Il s'obligea à descendre le faisceau de sa lampe sur le directeur. Derrière lui, dans les vestiaires du cours préparatoire, remuaient d'autres silhouettes de la taille d'un homme.

M. Roon sourit.

— Peut-être... Mais si vous ne posez pas vos armes à l'instant même, nous le pendons immédiatement. Le Maître appréciera une offrande de plus.

Dale jeta un autre coup d'œil au-dessus de lui. Le palier du second étage paraissait à des kilomètres. Lawrence, les yeux écarquillés, se tortillait désespérément, essayant sans doute de se libérer. Son grand frère lui cria de ne pas bouger.

— N'obéis pas ! chuchota Harlen en levant son calibre 38 vers le visage de Roon. Descends ce fils de pute !

Le cœur de Dale battait si fort dans ses oreilles qu'il entendait à peine son ami.

— Il le tuera, sinon, c'est sûr !

— C'est *nous* qu'il va tuer, siffla Harlen. Non !

Mais Dale avait déjà posé le Savage sur le sol.

Roon s'approcha, presque à portée de main.

— Ton arme, toi aussi ! aboya-t-il. Tout de suite.

Harlen se figea, jura, leva les yeux vers Lawrence et posa son pistolet sur le sol gluant.

— Les jouets aussi, ordonna-t-il en montrant d'un geste impatient les pistolets à eau à leur ceinture.

Dale commença à retirer l'arme en plastique et, à la dernière minute, dirigea le canon vers Roon. Un long jet d'eau atteignit le directeur en pleine figure. Celui-ci secoua lentement la tête, sortit un mouchoir de la poche de son veston, se sécha le visage et retira calmement ses lunettes pour les essuyer.

— Nigaud, va ! Le Maître a passé mille ans au centre de ces croyances, il a gardé d'anciennes habitudes... mais nous, on ne vient pas tous du pays du papisme. (Il remit ses lunettes.) Tu n'y crois pas non plus, à cette eau miraculeusement transformée, hein ?

Il sourit et, sans préavis, gifla violemment Dale au visage. La bague à son doigt fit une profonde estafilade sur la joue, et la mâchoire du garçon.

Harlen esquissa un geste pour récupérer son arme, mais l'homme en complet noir fut plus rapide et le frappa au visage, avec une telle force que la cage d'escalier renvoya l'écho du coup. Harlen tomba sur les genoux, et Roon ramassa le pistolet.

Dale essuya le sang sur sa joue et aperçut le soldat glissant dans la pénombre sous le vitrail. Une autre silhouette, plus grande, plus sombre, se déplaçait sur la mezzanine de la bibliothèque. A travers les murs épais et les fenêtres condamnées, le grondement du tonnerre était juste perceptible.

M. Roon appuya sa large main sur le visage de Dale, le pouce et l'index enfoncés dans ses joues juste sous les yeux.

— Pose ton espèce de radio... doucement... bien.

Il empoigna la nuque du garçon et le poussa en avant, l'obligeant à enjamber le fusil, le pistolet à eau et le talkie-walkie à demi enfoncés dans l'épais sirop recouvrant le sol. Il tira Harlen de l'autre main, écrasa le pistolet à eau et envoya d'un coup de pied le talkie-walkie vers le sous-sol.

Trébuchant, la nuque serrée comme dans un étau, les deux enfants furent traînés jusqu'au premier étage.

40

— J'y arriverai jamais ! gémit Kevin au-dessus du vacarme de l'orage.

Il n'y avait pas plus de cinq mètres entre l'arrière du camion et la pompe sur laquelle se trouvait son sac, mais les lamproies rétrécissaient leurs cercles à chaque passage, et il avait vu avec quelle rapidité elles pouvaient se déplacer.

Les joues pâles de Cordie étaient éclairées par chaque éclair. Elle eut un mince sourire.

— Non, sauf si je fais... comment on appelle ça ?... diversion.

Avant que Kevin eût le temps de répondre, elle se laissa glisser de l'autre côté du camion, sauta sur le gravier de l'allée et descendit la pente à toutes jambes. Les lamproies virèrent à gauche et accélérèrent derrière elle, comme des requins flairant l'odeur du sang dans l'eau.

Kevin se laissa à son tour glisser de la citerne, sauta par-dessus le pare-chocs arrière gauche, saisit son sac et retourna au camion au moment où la pompe commençait à aspirer de l'air : la cuve était vide. Au lieu de grimper à l'arrière, il fit le tour du véhicule, attrapa le talkie-walkie et bondit dans la cabine. En bas, Cordie avait atteint l'asphalte de Depot Street deux mètres avant la première lamproie, qui plongea profondément, tandis que la fillette trébuchait au milieu de la route, s'arrêtait, sautillait sur place, agitant les bras en direction de Kevin. Les roulements de tonnerre couvraient ses paroles.

Pas bête ! pensa-t-il, mais à cet instant une des lamproies jaillit de l'autre côté de la rue et, poussée par son élan, glissa sur la surface goudronnée comme un dauphin apprivoisé sortant d'un bassin de ciment mouillé. Cordie bondit, échappa de quelques centimètres et tomba lourdement sur le sol, ruant pour esquiver le monstre. La lamproie dépassait bien de cinq mètres de son trou maintenant.

Kevin sortit de son sac le briquet et la clé de contact. Le moteur démarra aussitôt. L'espace d'un instant, le garçon pensa à toute l'essence répandue autour de lui, aux quelque quatre mille litres en train de gargouiller dans la citerne pas fermée derrière lui, aux gouttes qui s'écoulaient encore du tuyau... et à l'étincelle de l'allumage, au milieu de tout ça. *Tant pis !... Si ça saute, je le saurai jamais !*

Cordie rampait sur le dos, à reculons, fuyant la créature qui se tordait à sa poursuite, la gueule ouverte au point de faire le double du diamètre de son corps.

Kevin passa en première, et descendit l'allée. En passant sur le corps de la lamproie, le véhicule vibra comme s'il avait touché un gigantesque câble de téléphone. Puis le garçon ouvrit la portière, sortit du camion et tira Cordie, tandis que la lamproie rentrait lourdement dans son trou, comme un tuyau rangé sur un enrouleur.

Kevin, briquet à la main, regarda la chose : la flamme du briquet ne durerait pas assez longtemps, dans ce vent, pour y mettre le feu.

Cordie arracha une longue bande du bas de sa robe et la lui tendit. Il s'accroupit et roula le morceau de tissu en boule en s'abritant du vent derrière la portière du camion. De l'essence avait déjà coulé sur la robe de Cordie, le lambeau de toile s'enflamma au second essai.

S'éloignant en hâte du camion, Kevin lança sa mèche improvisée dans la gueule de la lamproie qui, sentant un objet s'approcher, commit l'erreur de le saisir entre ses mâchoires. Tout l'avant de l'animal prit feu, et une flamme bleue fila à toute vitesse le long du corps annelé.

L'essence répandue sur la route s'enflamma avec un *Whoosh !* et une langue de feu courut en direction de l'arrière du véhicule. Cordie n'attendit pas que le camion explose. Dès que Kevin était descendu, elle s'était glissée derrière le volant. Elle appuya sur l'accélérateur et éloigna le camion-citerne de la flaque d'essence sur la route.

Kevin cria, courut le long du véhicule et se hissa sur le marche-pied du côté du passager. La portière était enfoncée et coincée, mais il entra la tête la première par la fenêtre.

— Tourne... à... gauche ! haleta-t-il.

La fillette était juste assez grande pour atteindre les pédales sans lâcher le volant. En fait elle se tenait quasiment debout. Le camion, en première, ronflait et vibrait.

Le talkie-walkie grésilla. C'était Mike.

— Mike, commença Kevin, qu'est-ce que tu fabri...

— Kev !

La voix de Mike était pressante, et il entendait derrière lui, au milieu des grésillements, des cris et des coups de feu.

— Fais tout sauter, Kev ! Maintenant ! Fais sauter cette maudite école !

— Mais, il faut d'abord que vous sortiez ! hurla Kevin dans l'appareil.

Ils prirent le tournant à gauche sur les chapeaux de roues et continuèrent en direction d'Old Central, cahotant sur les pierres et les rebords de trottoir. A dix mètres devant eux, une lamproie surgit du sol pour leur barrer la route.

— Fais tout sauter, Kev ! hurla Mike d'une voix presque démente. Tout de suite, tu m'entends ?

Puis il y eut un silence, comme si l'appareil avait été détruit. Cordie regarda Kevin, jeta un coup d'œil à la créature ondulant devant eux, hocha la tête, grimaça un sourire et enfonça la pédale de l'accélérateur.

Roon traîna Dale et Harlen en haut de l'escalier qui ressemblait maintenant à une cascade de cire fondue, sous le vitrail tapissé de moisissures. Sans s'arrêter à la mezzanine de l'ancienne bibliothèque, ils arrivèrent au palier du premier étage et devant leur ancienne classe. La porte était réduite de moitié et à demi cachée par de longues touffes de poils noirs germant du mur. Roon jeta à l'intérieur les deux enfants, que son traitement brutal avait amenés au bord de l'évanouissement.

Les rangées de pupitres étaient toujours à leur place, le bureau de l'institutrice se trouvait encore là où Mme Fodder l'avait installé et le portrait de George Washington était accroché au même endroit. Mais tout le reste était méconnaissable. Un épais tapis de moisissures, poussées des lattes du plancher, recouvrait les pupitres comme une draperie d'un bleu verdâtre. Sous la plupart des pupitres, il y avait des monticules où se devinaient l'arrondi de têtes d'enfants cachés sous leur couverture, les angles des épaules, le luisant de l'os à l'endroit où les doigts sortaient de l'édredon de mousse bleue.

Dale faillit s'étrangler en respirant l'odeur de la pièce. Il essaya de retenir son souffle, mais au bout d'un moment, il fut bien obligé de respirer les miasmes de la putréfaction.

On voyait à peine les éclairs entre les filaments qui couvraient les fenêtres, remplissaient presque tout l'espace entre les pupitres et le haut plafond, et s'accrochaient aux murs en bouquets buboniques. Ils semblaient tous faits de ce tissu musculaire vivant. Des veines et des artères circulaient sous leur surface luisante, translucide. Par endroits, une masse molle et fibreuse remuait au milieu d'un tendon plus large et quelque chose leur faisait un clin d'œil.

Mme Fodder et Mme Duggan, assises bien droites au bureau, étaient bien réveillées et parfaitement mortes. Mme Duggan avait passé huit mois dans la tombe : cela se voyait. Une petite bestiole rapide bougeait au coin de son œil gauche. Mme Fodder semblait être entrée dans cette pièce encore en vie peu de temps auparavant, mais ses yeux étaient glauques et des écheveaux de filaments sortaient de son corps à une douzaine d'emplacements, la reliant à son siège, au bureau, au mur et aux monstrueuses toiles d'araignée. Lorsque Dale et Harlen entrèrent, ses doigts s'agitèrent. La classe commençait.

Harlen eut un hoquet et esquissa un mouvement pour s'enfuir.

Karl Van Syke apparut à travers la tenture de filaments qui faisait office de porte et, pendant un instant, Dale pensa que le Noir dont Mme Moon avait raconté la pendaison était revenu. Van Syke était noir, sauf deux billes complètement blanches à la place des yeux, mais sa couleur n'était pas une caractéristique raciale : sa peau et sa chair étaient calcinées au point de le transformer en une caricature écailleuse et desséchée d'être humain. Son menton et sa mâchoire inférieure avaient disparu, ainsi que la majeure partie des muscles de ses bras et de ses jambes, ses doigts étaient devenus des griffes recourbées, rappelant une sculpture semi-abstraite taillée dans du charbon. De pâles liquides suintaient de son corps. Il tourna la tête vers les deux enfants et parut renifler l'air comme un chien retrouvant une piste.

Dale empoigna Harlen, et ils reculèrent jusqu'à la première rangée de pupitres. Une forme bougea sous l'édredon de mousse dans leur dos.

Tubby Cooke se leva de derrière un pupitre du dernier rang. Les doigts gonflés de son unique main se tordaient comme de gigantesques vers blancs.

M. Roon entra.

— Vous pouvez vous asseoir !

Les yeux écarquillés, sentant sa raison lui échapper, Dale s'approcha de sa place de l'an dernier et s'y assit. Harlen s'installa à la sienne, au premier rang, où les institutrices pouvaient garder un œil sur lui.

— Vous voyez bien, murmura Roon, le Maître récompense ceux qui obéissent à ses ordres. (Il étendit sa main pâle vers Van Syke qui continuait à flairer l'air et à tâtonner devant lui avec ses doigts crochus.) La mort n'existe pas pour ceux qui servent le Maître.

Le directeur fit quelques pas en direction du bureau derrière lequel siégeaient les deux institutrices. Le soldat et ce qui avait dû être Mink Harper entrèrent, portant la chaise sur laquelle Lawrence, toujours ligoté par des ligaments de chair, était assis, la tête rejetée en arrière et les paupières papillonnantes.

Dale esquissa un mouvement pour se lever, mais Van Syke se tourna vers lui, humant l'air comme un aveugle. La forme blanche de ce qui avait été Tubby se plaça dans l'ombre, derrière Dale.

— Nous voici prêts à commencer, reprit M. Roon en

ouvrant sa montre de gousset et en adressant un large sourire aux deux garçons.

— Je suppose que je pourrais vous expliquer... vous parler de l'Ère nouvelle qui commence... vous montrer combien vos petites manœuvres nous ont en fin de compte peu gênés... vous informer plus en détail de la façon dont vous servirez le Maître sous votre nouvelle forme. (Il ferma sa montre, la rangea.) Mais, à quoi bon ? Le jeu est terminé, vous n'avez plus aucun rôle à jouer. Adieu !

Roon fit un signe de tête et le soldat s'avança, les jambes raides, en levant lentement les bras. Jusqu'à présent, Dale avait évité de poser les yeux sur lui et les autres horreurs de la classe, il se décida à le regarder ; sa figure n'était même plus un simulacre de visage humain : le long groin ressemblait à un cratère laissé après l'implosion du crâne. De petites bêtes s'agitaient dans les plaies et déchirures non refermées.

Le soldat glissa comme un patineur vers Harlen, tandis que Van Syke s'approchait à tâtons. M. Roon et la forme déchiquetée surmontée d'une partie du visage de Mink Harper allèrent se placer devant la porte. Un grincement et de faibles gémissements parurent émaner du mur et du plancher, les toiles de filaments et les nodosités semblèrent plus roses, un liquide suinta du plafond en longues traînées gluantes.

— Foutue saloperie ! dit Harlen en quittant son pupitre et en reculant pour se rapprocher de Dale. Je savais bien que je détestais l'école ! ajouta-t-il, les lèvres tremblantes.

Ils bondirent ensemble par-dessus la rangée de pupitres, pataugeant dans les monticules de moisissures en direction du fond de la pièce. Le soldat glissa sans un geste vers leur droite. Tubby Cooke enfonça son visage dans les algues et disparut dessous, comme un bébé se cachant sous son édredon. Dale et Harlen sautèrent de pupitre en pupitre, baissant la tête pour éviter les sacs à œufs pendant autour d'eux. La moisissure s'agglutinait en longues traînées sur leur jean et leurs tennis.

M. Roon claqua des doigts avec impatience, et toute

l'école sembla retenir son souffle, tandis que Van Syke et le soldat enjambaient la première rangée de pupitres.

Un coup de feu retentit en bas.

En suivant le couloir du sous-sol, Mike avait fait ses comptes : une torche brisée, un pistolet à eau plein perdu, un autre cassé, un pantalon fendu au genou et trempé devant et derrière (d'eau bénite). Le seul avantage : un vampire hésiterait à mordre un tel arrière-train.

Bien que le sous-sol fût dépourvu de fenêtres, il voyait à peu près clair grâce à la phosphorescence des murs et à la lamproie qui finissait de se carboniser dans le couloir. Elle avait l'air morte, sa chair était calcinée en maints endroits, des cendres rougeoyaient à l'emplacement des boyaux, et sa gueule avait cessé de s'ouvrir et de se fermer.

Une fois ses pertes inventoriées, Mike passa à la colonne crédit : le fusil de Memo chargé, plus quatre cartouches, le reste ayant été soit utilisé, soit perdu lors de sa sortie précipitée du tunnel. Et une assez bonne forme physique, si l'on négligeait les meurtrissures, les écorchures et les tremblements. Il enjamba les débris de la porte du rez-de-chaussée et entra dans Old Central. Il inventoria rapidement les changements survenus dans la vieille école en quelques semaines et jeta un bref coup d'œil sur le sac à œufs palpitant, grouillant d'yeux et de jambes, suspendu au-dessus de lui dans le clocher. Il venait de poser le pied sur le Savage à canons superposés de Dale, quand un mouvement dans la pénombre figea son geste.

Une silhouette, sortie de la classe du cours élémentaire de Mme Gessler, se dirigeait vers lui en poussant de petits miaulements, presque couverts par les grincements et les gémissements du bâtiment sous les coups de boutoir de la tornade. Mike mit un genou à terre, ramassa le Savage et le coinça sous son bras gauche en épaulant le fusil à écureuils.

Le père Cavanaugh sortit de l'obscurité. On eût dit qu'il essayait de parler, mais il n'avait plus de lèvres. Même dans cette faible lumière, Mike distinguait les grands points avec lesquels M. Taylor avait cousu ensemble ses gencives. Il sembla à Mike que l'abominable apparition essayait de prononcer son nom : « Michael... »

Le garçon n'attendit pas qu'il soit à moins de trois mètres, il mit en joue et tira en plein visage.

La déflagration et ses échos furent épouvantables. Les restes du prêtre tombèrent en arrière sur le sol visqueux, son corps roula contre la rampe, tandis que des morceaux de son crâne étaient projetés dans une autre direction. Pratiquement décapité, il roula sur les mains et continua à ramper vers le garçon.

Parfaitement calme maintenant, agissant comme en état second, tandis que son esprit s'occupait d'autre chose, Mike appuya le canon du Savage sur le dos de la créature qui avait vaguement l'apparence du prêtre, et tira. L'obscène image de son ami se tordit sur le sol collant, la colonne vertébrale brisée.

Mike recula, prit dans sa poche deux de ses quatre dernières cartouches rechargea les deux armes. Son pied heurta un objet en plastique : il reconnut l'un des talkies-walkies. Il le prit, essuya les traînées gluantes et appuya sur le bouton. L'appareil grésilla. Il appela Kevin qui répondit au troisième appel. *Merci, mon Dieu !*

— Fais tout sauter, Kev ! hurla-t-il dans l'appareil. Maintenant ! Fais sauter cette maudite école !

Il répétait son ordre lorsque Dale cria au premier étage. Préférant les fusils au talkie-walkie, il lâcha l'appareil et grimpa quatre à quatre les escaliers.

Les toiles d'araignée, les nodosités et même les murs vibraient et tremblaient autour de lui, comme si l'école était un organisme vivant sur le point de s'éveiller. Mike trébucha, tituba sur l'escalier glissant, reprit son équilibre et bondit sur le palier du premier étage. La lumière au-dessus de lui devenait d'instant en instant plus rougeoyante.

— Mike, ici !

Le cri de Dale lui parvint de derrière un rideau de fibres noirâtres... là où se trouvait autrefois la porte de la classe de Mme Fodder. Un grondement en sortait, comme si elle était occupée par une meute de molosses affamés. Mike savait que s'il hésitait une seconde il n'aurait plus le courage d'entrer. Il releva le chien de ses deux armes et chargea.

41

La lamproie allait atteindre avant eux la porte de l'école. Cordie Cooke faisait pourtant de son mieux pour diriger le camion-citerne droit sur le porche, à environ quarante mètres, mais l'un des pneus arrière crissait comme si le caoutchouc était en train de se déchirer en lambeaux, et l'arrière du lourd véhicule patinait. Kevin trépignait, tapait sur le tableau de bord, essayait de recontacter Mike et encourageait Cordie.

La lamproie arriva à l'aire de gravillons devant les marches, plongea une dernière fois et ressortit devant le camion qui dévalait les dix derniers mètres. Kevin aperçut les minces planches jetées, sans doute par Dale et Harlen, sur les marches et sut immédiatement qu'elles ne supporteraient pas une seconde le poids du camion. Il fallait se tirer de là en vitesse, ce serait le choc dans quelques secondes.

La portière du passager était coincée.

Kevin n'insista pas. Il se glissa derrière Cordie, la poussa contre le volant et tira sur la poignée de l'autre portière.

— Qu'est-ce que tu fab...

— Saute ! Saute, bon Dieu ! hurla-t-il en la bourrant de coups de poing.

Le camion dévia vers la gauche, mais ils saisirent tous deux le volant et le redressèrent. La lamproie surgit devant eux comme un polichinelle géant. Cordie donna un coup de pied à la porte et ils tombèrent ensemble, touchant le sol avec assez de violence pour que Kevin se casse une dent et le poignet. La fillette geignit et roula évanouie dans l'herbe. Le camion entra en collision avec la lamproie à soixante kilomètres à l'heure, et la gueule de la créature s'enfonça dans le pare-brise comme un javelot.

Kevin s'assit sur le gravier et courba le dos sous l'effet de la douleur lorsque, en s'appuyant sur son poignet, il le sentit lâcher. Puis il rampa sur les genoux et l'autre main en direction de Cordie. Il commençait à la tirer en arrière, quand le camion et la lamproie emmêlés heurtèrent l'entrée.

Toutefois, les deux enfants n'avaient pas réussi à provoquer une collision de plein fouet. Le pare-chocs gauche buta dans la rampe de ciment et la cabine s'écrasa de côté, tandis que les deux premières marches arrêtaient le camion. Le reste de la cabine retomba sur la lamproie, et les quatre tonnes du camion-citerne chargé se dressèrent presque à la verticale.

La citerne d'acier inoxydable percuta le mur et, le chambranle de la porte, et se froissa sous l'impact comme une boîte de bière géante, projetant à vingt mètres en l'air des fragments de contreplaqué et de bois vermoulu. Le corps de la lamproie fut arraché de son trou comme celui d'un serpent par un coyote, et Kevin aperçut le cadavre annelé complètement aplati contre la porte.

Une forte odeur d'essence emplit l'air.

Kevin tira Cordie sur dix ou quinze mètres en direction des ormes. Il ne savait pas du tout ce qu'il avait fait du calibre 45 de son père ni de son briquet en or.

Le briquet !

Il s'arrêta net, se retourna et s'effondra dans l'herbe, sans se soucier d'éventuelles lamproies.

Ça n'a pas explosé ! Il voyait l'essence couler en minces filets le long de la citerne, il distinguait les éclaboussures sombres sur les murs et ce qui restait de la porte, il entendait le gargouillis, il sentait l'odeur. Mais l'école n'avait pas explosé !

C'était trop injuste, à la fin ! Dans tous les films, les voitures tombaient du haut des falaises et explosaient dans un buisson de flammes, juste parce que le metteur en scène aimait les effets pyrotechniques. Et lui qui venait de détruire cinquante mille dollars, le gagne-pain de son père, et de projeter avec un grand crash quatre mille litres

d'essence dans une école aussi inflammable que de l'ama-
dou... rien ! Pas même une étincelle, une flammèche.

Il tira Cordie plus loin, appuya contre un orme la fillette
inconsciente et peut-être même morte, arracha un autre
morceau de tissu à ses haillons et retourna là-bas, titubant
comme un ivrogne, sans savoir comment il allait trouver du
feu ou s'arranger pour produire une flamme, ni comment il
s'en tirerait s'il arrivait à enflammer la citerne. Il aurait bien
une idée...

En entendant Mike monter, Dale et Harlen lui crièrent de
prendre garde. Les deux enfants sautaient de pupitre en
pupitre pour essayer d'échapper à Van Syke et au soldat qui
avaient du mal à se déplacer dans cette jungle verdâtre, avec
tous ces vieux cadavres sous les sièges. Mais la masse
informe qui avait été Tubby guettait ses camarades, et de
son unique main essayait de les saisir à tâtons.

Roon et Mink Harper, postés de chaque côté de la porte
sautèrent sur Mike dès qu'il déboula. Roon fut très rapide et
fit dévier le canon du fusil à l'instant où Mike appuyait sur
la gâchette. Au lieu de lui éclater le visage, le coup creva un
des sacs à œufs suspendus au plafond, qui déversa tout son
contenu de tendons et de filaments.

Mink Harper fut plus lent. Il saisit le poignet droit de
Mike et ce qui lui restait de visage commença à s'allonger en
entonnoir, mais l'enfant avait eu le temps de lui enfoncer le
canon dans le ventre et d'appuyer sur la détente. Le corps de
Mink parut l'éviter et alla se draper dans l'un des cordages
palpitant entre le lustre et le portrait de Washington.

M. Roon gronda, arracha sans effort apparent le fusil à
Mike, lui envoya dans la figure un grand coup de pied que le
garçon ne réussit pas à esquiver, et abaissa le canon en
direction du visage de l'enfant maintenant étourdi.

— Non ! hurla Dale.

Harlen et Dale n'étaient qu'à quelques pas de Van Syke,
mais Dale le bouscula. Avant de tomber, il heurta l'épaule de
Roon puis l'encadrement de la porte, tandis que retentissait
le coup de feu. Mme Duggan reçut la balle en pleine poitrine, l'impact la projeta contre le tableau noir. S'accro-

chant de ses doigts tremblants, elle essaya d'atteindre le bureau.

Le cadavre de Mme Fodder se leva, paupières papillonnantes sur des yeux blancs, et s'approcha de Lawrence qui, revenu à lui, essayait de se débarrasser de ses liens.

Roon attrapa Dale par sa chemise et le releva.

— Maudit gamin ! lui souffla-t-il au visage.

Puis il le lança la tête la première sur le palier et le suivit, tandis que la silhouette sombre de Van Syke s'approcha de Mike.

Jim Harlen avait sauté sur la première rangée de pupitres pour venir en aide à son copain, mais les gros rouleaux de corde toujours à son épaule lui firent perdre l'équilibre. Il essaya de se rattraper à une toile de filaments, mais ne réussit qu'à l'entraîner dans sa chute. Elle était tiède et suintante.

Harlen cria une insulte au soldat qui se penchait vers lui par-dessus un pupitre.

Du palier, Dale aperçut son petit frère qui essayait de se libérer, puis Roon fut sur lui à nouveau, le souleva en le tenant à la gorge et le porta à bout de bras au-dessus de la rampe. Il sentit ses talons cogner dessus et découvrit sous lui les dix mètres du puits de l'escalier. Il avait beau ruer, griffer, Roon semblait ne pas sentir la douleur et resserrait ses doigts autour du cou de l'enfant. Dale perçut une masse d'obscurité qui fondait sur lui, son champ de vision se rétrécit en une entrée de tunnel, puis le bâtiment entier trembla.

Roon recula sans le lâcher, le palier tangua et roula comme un radeau sur une mer agitée, et ils tombèrent ensemble sur le vieux plancher tandis que l'air s'emplissait d'une violente odeur d'essence.

Bien qu'étourdi et encore sous le choc, Kevin s'approcha de l'épave du camion-citerne en essayant de raisonner de façon scientifique.

Question numéro un : Avec tout le raffut de la collision entre le camion et l'école, pourquoi n'y avait-il pas une âme en vue ? Il leva les yeux vers les éclairs, s'arrêta pour écouter le grondement incessant du tonnerre et hocha sagement la tête. Question numéro un résolue.

Question numéro deux : Comment se procurer une étincelle pour mettre le feu à l'essence ? Le briquet de son père aurait parfaitement joué ce rôle, mais il l'avait perdu quelque part. Alors, du silex contre du métal ? Il tâta machinalement ses poches. Pas de silex, pas de métal. *Et si je tapais avec un caillou contre la citerne jusqu'à ce que ça fasse des étincelles ?* Mais quelque chose semblait clocher dans cette idée. Il la mit de côté en tant que solution éventuelle.

Il s'approcha de quelques mètres, pataugeant nu-pieds dans les mares d'essence. *Nu-pieds ?* Il regarda avec étonnement ses orteils. Il avait dû perdre ses chaussures en sautant. L'essence était froide et piquait ses égratignures. Son poignet droit commençait à enfler et, au bout, sa main pendait bizarrement.

Scien-ti-fi-que-ment ! Il recula de quelques pas et s'assit dans un endroit relativement sec pour réfléchir à tout ça. Il avait besoin d'une flamme ou d'une étincelle. Où les trouver ?

Il regarda le ciel, mais l'orage ne comprit pas : aucun éclair ne vint frapper la citerne. *Peut-être plus tard.*

Une étincelle électrique, alors ? Pourquoi ne pas retourner à la cabine et mettre le contact ? La batterie n'était peut-être pas morte. D'après l'odeur, une simple étincelle suffirait.

Non, impossible. Même à cette distance, il voyait bien que la cabine était complètement écrasée et tordue sous le poids de la citerne. Et sans doute pleine de lamproie en bouillie.

Kevin fronça les sourcils. S'il faisait un petit somme, juste quelques minutes, il trouverait peut-être la réponse après ? Ce pavé était bien tentant. Il repoussa une pierre brillante et appuya la tête sur le sol. *Bizarre, cette pierre...*

Il se rassit, attendit que l'éclair suivant illumine la nuit et ramassa l'automatique de son père. La crosse était cassée et l'acier tout égratigné.

Il essuya le sang dans ses yeux et considéra la citerne. *Pourquoi est-ce que j'ai fait ça au camion de papa ?* La réponse pouvait attendre. D'abord une flamme, ou une étincelle.

Il tourna et retourna le calibre 45 entre ses mains, s'assura que le canon n'était pas bouché, enleva un maximum de poussière. Il ne pourrait pas le remettre dans le coffre à souvenirs de son père sans que celui-ci remarque qu'il lui était arrivé quelque chose.

Il leva le revolver, l'abaissa. L'avait-il chargé ? Il lui semblait se souvenir que non. Quand ils allaient s'entraîner ensemble, son père insistait toujours sur ce point : on ne transporte jamais une arme chargée et armée.

Il plaça le pistolet entre ses genoux et l'ouvrit de la main gauche. Une cartouche s'éjecta et roula sur le pavé, l'ogive de plomb clairement visible. Flûte ! Il l'avait chargé. Combien de balles lui restait-il ? Voyons... un chargeur de sept, moins une... Le calcul était trop compliqué pour lui en ce moment. Peut-être plus tard.

Il leva le pistolet de la main gauche, visa la citerne. Avec tous ces éclairs, il n'était pas facile de viser juste. *Allons, c'est pratiquement un éléphant dans un couloir !* C'était loin, quand même.

Il essaya de se lever mais, se sentant pris de vertige, se rassit lourdement. OK, il tirerait d'ici.

Il se souvint de relever le cran de sécurité et visa soigneusement. Est-ce que l'impact d'une balle provoque une étincelle ou une flamme ? Il avait oublié. Enfin, il n'y avait pas trente-six moyens de le savoir.

Le recul lui fit mal au poignet. Il abaissa l'arme, regarda la citerne. Pas de flamme, pas d'étincelle. L'avait-il manquée ? Il tira deux autres coups de feu. Rien.

Combien de balles encore ? Deux ou trois. Au moins.

Il visa soigneusement le cercle d'acier inoxydable et appuya lentement sur la détente, comme le lui avait appris son père. Il y eut un petit bruit de marteau heurtant une chaudière, et Kevin eut un sourire triomphant... qui se changea en froncement de sourcils.

Pas de feu, pas de flamme, pas d'explosion.

Combien de coups lui restait-il ? Il devrait peut-être retirer le chargeur pour compter ? Non, mieux valait compter les douilles éjectées. Il en aperçut deux ou trois. N'en avait-il pas tiré plus ?

Bon, il devait y en avoir encore au moins deux, peut-être davangage.

Il leva le bras, tremblant maintenant, et tira. Dès qu'il eut appuyé sur la détente, il sut qu'il avait tiré si haut qu'il n'avait même pas touché la façade de l'école, à plus forte raison la citerne.

Pourquoi je fais ça ? Il ne s'en souvenait plus, mais il savait que c'était important, que cela avait un rapport avec ses copains.

Il se laissa rouler sur le ventre, l'automatique reposant sur son poignet blessé, et appuya sur la détente, s'attendant presque au *click !* du percuteur retombant sur un chargeur vide.

Il y eut un recul, un bref éclair juste sous la vanne en haut, et trois mille deux cents litres d'essence s'embrasèrent.

Roon venait de se lever quand l'explosion émietta la rampe et envoya un massif champignon de flammes dans la cage d'escalier. Le directeur recula presque calmement en regardant d'un air détaché les dix centimètres de tige de fer qui sortaient de sa poitrine comme un épieu. Il en approcha la main, mais ne chercha pas à la retirer. Il s'appuya contre le mur et s'assit lentement.

Dale s'était laissé rouler sur le plancher, la tête cachée par ses bras. Ce qui restait de la rampe d'escalier était en feu, les étagères de la mezzanine flambaient, le vitrail de l'escalier avait fondu et coulait, le palier du premier étage tout entier se carbonisait et fumait sous lui. Deux mètres plus loin, les jambes de pantalon de Roon commencèrent à charbonner et les semelles de ses souliers devinrent molles et informes. A gauche, les toiles de filaments roses se liquéfiaient comme des cordes à linge dans un immeuble en feu, et leur sifflement ressemblait à des cris aigus.

Dale entra en trébuchant dans la classe. Elle brûlait.

L'explosion avait fait tomber tout le monde, morts et vivants, mais Harlen avait aidé Mike à se relever et tous deux arrachaient les liens de Lawrence. Dale prit le temps de ramasser sur le sol le fusil à écureuils, et les aida à retirer les écheveaux de filaments qui entouraient le cou et les bras de son petit frère. Lawrence avait encore des fragments collés un peu partout, mais il était capable de se tenir debout et de parler. Pleurant et riant à la fois, il passa un bras autour du cou de Dale et un autre autour de Mike.

— Plus tard ! cria Harlen en montrant du doigt les pupitres en feu.

Le soldat et Van Syke s'étaient relevés, et Tubby était quelque part là-dessous.

Mike essuya ses yeux couverts de sueur et de sang, arracha le fusil à écureuils des mains de Dale et le chargea.

— Allez-y, je vous couvre !

Dale conduisit, en le portant à demi, son frère sur le palier. Roon n'était plus là. Le bord du palier était une haie de flammes où tombaient en grésillant filaments et sacs à œufs. Dale et Harlen, soutenant Lawrence entre eux deux, s'approchèrent des escaliers. Les marches et la mezzanine étaient devenus un bûcher de dix mètres de haut.

— Montons ! ordonna Dale.

Mike sortit à reculons de la classe et les rejoignit. Ils grimpèrent en hâte jusqu'au palier suivant, puis jusqu'au deuxième étage, depuis si longtemps condamné. Des sifflements et des cris sortaient des classes soi-disant vides de l'école secondaire, des pièces qui depuis des dizaines d'années étaient abandonnées aux ténèbres et aux toiles d'araignée. Les enfants n'avaient pas l'intention de s'attarder pour voir ce qui s'y passait.

— En haut !

C'était Mike, cette fois, qui montrait du doigt les étroites marches du clocher. Les planches fumaient et noircissaient sous leurs pieds. Ils arrivèrent au petit passage bordant l'intérieur du clocher. Les lattes étaient à demi pourries et, lorsque Dale se pencha, il vit les flammes surgir du plancher vingt mètres plus bas.

Il s'abstint de réitérer l'expérience, et tourna les yeux vers la chose qui pendait au centre du clocher.

Le sac translucide en forme de bulbe avait peut-être eu autrefois l'allure d'une cloche... mais peu importait.

Ce qu'il voyait les regardait aussi, avec un millier d'yeux et de bouches palpitantes. Dale perçut la surprise outragée de l'entité ainsi matérialisée, la totale incrédulité que puissent s'achever, en ce grotesque carnaval, dix mille ans de domination silencieuse... et surtout sa rage et son pouvoir.

Tu peux encore me servir ! L'Ère des Ténèbres peut encore commencer...

Dale, Lawrence et Harlen avaient les yeux rivés sur la chose. Une incroyable chaleur les enveloppait, non pas celle des flammes, mais un élan de pur bonheur à la pensée de pouvoir servir le Maître et, qui sait ?... le sauver.

Ensemble, leurs jambes parallèles comme un être gouverné par un seul esprit, les trois garçons firent deux pas en direction du bord du passage et du Maître. Mike épaula le fusil à écureuils de Memo et tira dans l'oothèque, presque à bout portant. Celui-ci se rompit et son contenu dégoulina en sifflant dans les flammes.

Il poussa ses amis en arrière et brisa à coups de crosse les jalousies de bois fermant les côtés du clocher.

Cordie revint à elle à temps pour tirer loin du camion en flammes le petit Grumbacher évanoui. Ses vêtements étaient noirs, ses sourcils brûlés, et il paraissait flotter dans un lointain néant.

Elle l'installa près des ormes, et le gifla jusqu'à ce qu'il ouvre les yeux. Ils regardèrent ensemble quatre petites silhouettes grimper sur le toit de l'école en feu.

— Et merde ! J'ai déjà vu cette scène au cinoche !

Harlen était debout au bord du toit avec les autres, agrippés aux prises qu'ils avaient pu trouver. Trois étages jusqu'au gravier bien tassé et aux allées dallées de la cour en dessous...

— Regarde le bon côté des choses, haleta Dale, cramponné à Lawrence, lui-même accroché à un trou de la taille du poing dans le toit. Tes cordes vont te servir, au moins.

Harlen avait déroulé la première. Elle était noircie par endroits et n'avait pas l'air solide du tout. La seconde n'était guère mieux.

— Ouais, mais comment ?

— Oh ! Oh ! dit Mike qui, agrippé à un coin de cheminée, surveillait leurs arrières.

Derrière eux, une petite silhouette se débattait pour se glisser comme eux entre les jalousies du clocher.

— C'est le soldat ? Van Syke ? demanda Dale.

— Je pense pas, répondit Mike, ça doit être Roon. Les autres ne peuvent sans doute plus agir, maintenant que le Maître est mort, ils n'étaient que les éléments d'un organisme.

Les garçons regardèrent la forme sombre disparaître derrière un pignon. Elle se déplaçait rapidement.

Mike se retourna et dit d'une voix calme :

— Si tu as décidé d'utiliser ta corde, je crois que c'est le moment !

Harlen avait fait un nœud coulant et tenait la corde comme un lasso.

— Si je l'accrochais à une branche, on n'aurait qu'à se laisser glisser...

Dale, Mike et Lawrence considérèrent les branches de l'orme, à dix bons mètres d'eux : elles étaient bien trop minces pour supporter leur poids. Derrière eux, la silhouette réapparut sur le faîte du toit et descendit vers le pignon sud. La chaleur émanant du brasier qu'était devenue l'aile nord était terrible. Le clocher s'enflamma.

— Hé ! Regardez ! dit Lawrence.

A trois ou quatre kilomètres, une tornade illuminée par les violents éclairs tourbillonnait, son entonnoir montant et descendant comme un yo-yo. Pendant une longue seconde, ils la contemplèrent, bouche bée. *Par ici !* supplia Dale. Faisant la sourde oreille, la tornade monta, plongea derrière des arbres et des champs, toucha le sol quelque part au-delà du bourg et continua vers le nord. Une averse de brindilles et de feuilles s'abattit sur eux, et ils durent se cramponner de toutes leurs forces pour ne pas tomber.

— Donne-moi ça !

Mike prit la corde, refit le nœud, la passa autour d'une grande cheminée et descendit au bord du toit pour nouer rapidement et solidement l'autre corde. Il éprouva la soli-

586

dité de son nœud et jeta l'extrémité par-dessus le rebord du toit.

— A toi l'honneur ! dit-il à Dale.

Ils entendaient de l'autre côté du pignon des pas maladroits et des grattements. Dale ne discuta ni n'hésita. Il passa la jambe par-dessus la gouttière, entoura la corde de ses jambes, regarda, ne vit rien, et commença à descendre en se balançant légèrement. Harlen aida Lawrence à s'accrocher à son tour et les deux frères poursuivirent leur descente, Dale, plus lourd, freinant celle de son petit frère. Leurs mains les brûlaient.

— A toi ! dit Mike, qui surveillait le toit.

Roon n'était pas encore en vue.

— Mon bras...

Mike acquiesça et s'approcha du bord. Dale et Lawrence, huit mètres plus bas, continuaient à descendre lentement. La corde ne devait pas aller jusqu'au sol, mais d'ici, Mike ne voyait pas quelle longueur il manquait.

— On va descendre ensemble.

Il se leva, mit les bras d'Harlen autour de lui.

— Accroche-toi à moi, je m'occupe de la corde.

Roon apparut en haut du pignon fumant, marchant à quatre pattes comme une araignée éclopée. Le morceau de balustre d'escalier sortait toujours de sa poitrine. Il haletait, la bouche grande ouverte.

— Tiens-toi bien ! recommanda Mike en enjambant la gouttière.

Le toit était brûlant et fumait : le feu avait atteint les combles. La cheminée autour de laquelle était attachée la corde devait être brûlante, elle aussi, se dit Mike.

— On n'y arrivera jamais ! souffla Harlen.

— Mais si !

Jusqu'où descendrons-nous avant que Roon atteigne le bord du toit ?... Il n'a qu'à couper la corde !

Sous eux, Dale et Lawrence avaient atteint l'extrémité de la corde. Ils se trouvaient au niveau du haut des fenêtres du premier étage, à au moins cinq mètres du sol.

— C'est facile, murmura Lawrence, vas-y !

Ils lâchèrent la corde en même temps et, atterrirent sur le

sable sous le toboggan de l'aire de jeu en un impeccable roulé-boulé. Ils se relevèrent, jambes tremblantes, et reculèrent loin des flammes qui jaillissaient des portes et fenêtres. Dale mit la main en visière devant ses yeux, et regarda les deux autres, dessinés en noir sur la brique éclairée. Ils étaient à mi-chemin, soit à une dizaine de mètres du sol. Harlen s'accrochait à mort aux épaules de Mike.

— Vite ! Vite ! crièrent les deux frères en voyant une silhouette apparaître au bord du toit.

Mike leva les yeux, entoura la corde de ses jambes et de ses bras, et cria à Harlen :

— Tiens bon !

Puis il laissa la corde filer entre ses paumes.

Dale et Lawrence, horrifiés, virent Roon hésiter au bord du toit, jeter un coup d'œil aux flammes montant maintenant du pignon lui-même, puis se passer rapidement la corde autour du poignet. Semblable à une araignée noire, il enjamba la gouttière et commença à descendre au-dessus de Mike et Harlen.

— Oh, merde ! murmura Lawrence.

Dale tendit le bras et hurla quelque chose à Mike. Au-dessus du surplomb du toit, invisible pour Mike et Roon, la toiture venait de s'embraser en mille flammes courtes. Le grand pignon sud s'effondra sur lui-même en une averse d'étincelles. La vieille cheminée resta debout un instant de plus, comme une tour de brique suspendue dans un jet de feu, et s'écroula.

— Lâchez ! crièrent ensemble Dale et Lawrence.

Mike et Harlen tombèrent de six ou sept mètres, touchèrent le sol, roulèrent dans le sable.

Au-dessus d'eux, la silhouette de Roon fut soudain tirée vers le haut, tandis que la corde se resserrait autour de son poignet. Il tendit l'autre bras, heurta le rebord du toit, fut entraîné plus haut et disparut dans le brasier, tel un insecte jeté dans les flammes d'un feu de camp.

Dale et Lawrence se précipitèrent, bras levés pour se protéger de la chaleur, et traînèrent Mike et Harlen à l'autre bout de la cour dans le fossé longeant School Street. Kevin

588

et Cordie décrivirent un large cercle autour du brasier pour les rejoindre.

Tout à coup, les lampadaires et les lumières des maisons du bourg s'allumèrent. Les enfants se serrèrent les uns contre les autres. Cordie déchira les derniers lambeaux de sa robe pour en bander les mains ensanglantées de Mike. Ils se regardèrent : trois ramoneurs en haillons, Kevin nu-pieds et en sang, Cordie en combinaison grisâtre... Lawrence pouffa de rire, et tous en firent autant, à grand renfort de claques dans le dos. Puis, comme leur rire se calmait avant de se changer en larmes, Mike tira Kevin tout près de lui et murmura entre les quintes de toux provoquées par toute la fumée avalée :

— Tu as entendu quelqu'un voler le camion de ton père... Tu nous a appelés sur le petit talkie-walkie, on a essayé de le récupérer. On croit avoir vu Roon au volant. Après il a heurté l'école, et l'incendie s'est déclaré.

— Mais non, dit Kevin d'un ton morne en se frottant le front, ça s'est pas passé comme ça !

— *Kevin !*

Mike attrapa d'une main ensanglantée le haut du tee-shirt de son copain et le secoua violemment. Les yeux de Kevin parurent s'éveiller.

— Vouii..., répondit-il lentement. Quelqu'un a essayé de voler le camion-citerne de p'pa, et j'ai essayé de l'en empêcher.

— On n'a pas pu le rattraper..., intervint Dale.

— Et le feu s'est déclaré, continua Lawrence.

Il regarda le brasier en clignant des yeux. Le toit était complètement effondré, le clocher n'existait plus, les fenêtres avaient toutes brûlé, et les murs étaient en train de s'écrouler.

— Et pour un beau feu, c'est un beau feu ! s'écria le gamin.

— On sait pas comment ni pourquoi, reprit Mike en toussant et en se laissant aller en arrière dans l'herbe. Après on a essayé de sortir le type du camion, c'est pour ça qu'on est dans cet état. On sait rien d'autre.

Deux sirènes commencèrent à gémir, celle de la sécurité

civile installée sur le toit de la banque : elle lançait (trop tard) un avis de tornade ; et celle des pompiers, plus aiguë et plus puissante. Des phares s'approchèrent dans Second Avenue et Depot Street, des moteurs puissants vrombirent, des gens apparurent sur les trottoirs et aux carrefours.

Se soutenant les uns les autres, les six enfants, dont les ombres, dans la lumière des gigantesques flammes du brasier, s'allongeaient sur le terrain de jeux, s'éloignèrent pour rentrer chez eux.

42

Le vendredi 12 août 1960, le satellite de communication *Echo* fut lancé avec succès du cap Canaveral.

Dans l'après-midi, Dale, Lawrence, Kevin, Harlen et Mike allèrent à bicyclette chez oncle Henry et tante Lena. Puis ils marchèrent jusqu'au pâturage du fond, et passèrent des heures à essayer de trouver la caverne des bootleggers. La chaleur était écrasante.

Cordie Cooke arriva peu avant le dîner et les regarda s'affairer. Sa famille avait réintégré son ancienne maison près de la décharge, et les enfants du bourg avaient remarqué que ces derniers temps la fillette fréquentait beaucoup Mike et sa bande, et ils en faisaient des gorges chaudes.

Les fouilles avançaient lentement. Il y avait deux semaines qu'Harlen avait été déplâtré, et seulement huit jours que le petit plâtre autour du poignet de Kevin avait été enlevé. Tous, sauf Harlen, avaient encore des croûtes sur les paumes et maniaient leurs outils avec précaution.

Et puis, à l'heure du dîner (la voiture des Stewart venait de s'arrêter dans l'allée de la ferme et de klaxonner), Mike ouvrit avec sa bêche une brèche dans un trou sombre.

Un air rance et froid sortit de la fente. Lawrence, toujours optimiste, avait apporté sa torche. Ils élargirent le trou et éclairèrent l'intérieur.

C'était bien plus qu'un trou de taupe. Un boyau d'entrée jonché de bouteilles vides et de détritus divers débouchait sur un espace plus large dans lequel ils aperçurent du bois sombre, une caisse ou le comptoir d'un bar. Un objet courbe était de toute évidence un pneu, peut-être une des roues de la Ford A ensevelie ici, comme l'avait toujours assuré oncle Henry.

Les enfants se mirent aussitôt à déblayer, jetant pierres et mottes de terre vers le ruisseau. Soudain, ils se turent et s'arrêtèrent. Cordie, assise à l'ombre sur l'autre rive, leva les yeux. Son jean neuf, acheté chez Meyers, paraissait raide et luisant.

— C'est bien vrai..., murmura Mike en enfonçant sa pelle dans le sol. Mais rien ne presse, hein ?

Kevin s'appuya sur sa bêche et passa la main dans ses cheveux en brosse. La petite cicatrice de sa tempe était blanche, presque invisible.

— Non... Je ne vois pas pourquoi on se dépêcherait. C'est là depuis trente ans, ça peut bien attendre !

Dale renchérit :

— Oncle Henry aimerait pas trop voir débarquer tous ces gens, ces journalistes, ces touristes... Pas pour le moment, tant que son dos n'est pas tout à fait guéri, et tout ça...

Harlen se croisa les bras et déclara :

— Oh, il peut y en avoir pour de l'argent, là-dedans !

Lawrence haussa les épaules et eut un sourire tordu. Lui qui avait creusé avec acharnement pour élargir le tunnel repoussait à présent la terre à l'intérieur. Il s'arrêta un instant pour donner son opinion :

— Tu ne comprends pas, Jim ? Ce sera toujours ici, ça va pas s'envoler, tu sais. Si ce qu'il y a là-dessous a de la valeur maintenant, pense à ce que ça vaudra quand on reviendra le chercher dans trois ou quatre ans ! Ce sera notre secret... Rien qu'à nous !

Ils rebouchèrent le tunnel avec autant d'énergie et d'enthousiasme qu'ils en avaient manifesté pour le chercher. Ils le remplirent de terre, la tassèrent, redescendirent au bord de la rivière prendre les lourdes pierres, les remontèrent pour les remettre en place, renforcèrent les mottes de gazon et traînèrent même à son emplacement originel une souche qu'ils avaient eu beaucoup de mal à déplacer.

Puis ils reculèrent pour admirer le fruit de leurs efforts. Pour le moment, on voyait que la terre avait été creusée, mais d'ici une semaine ou deux, tout aurait repoussé. Et à l'automne, il ne resterait aucune trace de leurs fouilles.

Ensuite, ils prirent la direction de la ferme. Mike s'arrêta sur le sentier et regarda Cordie, toujours assise sur le talus opposé.

— Tu viens ?

— Les gars, quand Dieu a manqué de pièces détachées pour vous faire intelligents, il vous a faits franchement débiles !

Dans l'ombre projetée par la colline, ils attendirent qu'elle traverse le ruisseau sur un tronc couché et les rattrape.

L'enquête concernant les étranges événements de la semaine du 10 au 16 juillet avait été menée tambour battant pendant plusieurs semaines. A présent, elle poursuivait son cours, mais de façon plus discrète et avec un moins grand sentiment d'urgence.

L'élément le plus important se trouva être l'inexplicable disparition de M. Ashley-Montague. Quand, le soir de l'incendie, longtemps après minuit, on avait retrouvé la limousine abandonnée devant le square du kiosque à musique, le projecteur installé pour la séance gratuite éclairait toujours un rectangle blanc sur le mur du Parkside Cafe.

Les hommes du shérif et la police municipale d'Oak Hill organisèrent des recherches auxquelles se joignit bientôt le FBI. Pendant plusieurs semaines, on put voir dans les rues d'Elm Haven les agents de la police fédérale (en complet noir, cravate sombre et chaussures bien cirées) boire du Pepsi chez Carl ou à L'Arbre noir en essayant de se fondre dans le décor. Mais ils dressaient l'oreille aux moindres cancans du bourg.

592

Et ce n'était pas ce qui manquait.

Des milliers de théories fleurirent pour expliquer le vol du camion-citerne de Ken Grumbacher (délit dont le responsable était presque certainement M. Roon, ancien directeur d'Old Central), l'incendie, l'enlèvement sacrilège de plusieurs cadavres dans l'entreprise de pompes funèbres Taylor et la disparition du richissime protecteur du bourg. Selon la rumeur, les os trouvés dans les ruines de l'école ne pouvaient pas être seulement ceux de Roon et des cadavres kidnappés : il y en avait assez pour laisser supposer qu'on y faisait encore classe au moment de l'incendie.

Quelques jours plus tard, le bruit courut chez le coiffeur et l'esthéticienne que l'expertise avait démontré l'extrême ancienneté de ces ossements, et d'autres théories virent le jour, concernant l'étrange comportement de Karl Van Syke, feu le gardien du cimetière et de l'école. Mme Whittaker, dont le cousin travaillait dans la police à Oak Hill, savait de source sûre qu'on avait retrouvé la dent en or de Van Syke dans un crâne calciné au milieu des ruines.

Dix jours après l'incendie, alors que les engins des démolisseurs venaient d'arriver pour abattre les derniers pans de briques noircies et que les bulldozers commençaient à pousser des gravats dans le sous-sol étonnamment profond d'Old Central, la nouvelle circula au Parkside Cafe, et sur toutes les lignes téléphoniques, que l'enquête venait de progresser d'un grand pas. Quatre jours, semblait-il, avant l'incendie du silo, et cinq avant celui d'Old Central et la disparition de M. Ashley-Montague, on avait aperçu dans Grand View Drive, à proximité de la demeure du millionnaire, la Chevrolet noire, modèle 1957, du shérif Congden. Un mandat de recherche avait été lancé contre M. Caspar Jonathan (C.J.) Congden, à qui le FBI désirait poser quelques questions.

Jim Harlen fut sans doute le dernier à avoir croisé C.J. à Elm Haven. En effet, le jour où la rumeur se répandit qu'on recherchait l'adolescent pour l'interroger, il l'avait vu foncer comme un fou au volant de la Chevrolet vers 10 heures du matin. Personne ne le revit.

Kevin raconta à la police, aux hommes du shérif, aux

agents du FBI et à son père, que lui et Harlen, réveillés par le bruit du générateur, s'étaient précipités dehors juste à temps pour voir le camion-citerne démarrer. Ni l'un ni l'autre ne comprenaient pourquoi le chauffeur avait soudain bifurqué vers Old Central.

Plusieurs jours après l'incendie, le shérif trouva dans l'épave du camion-citerne des balles de calibre 45. Kevin dut alors avouer qu'en voyant quelqu'un voler le camion il était rentré dans la maison prendre le revolver de son père et qu'il avait tiré quelques coups. Il ne pensait pas que le conducteur ait pu perdre le contrôle de son véhicule pour cette raison, mais il ne pouvait l'assurer. Ken Grumbacher passa un savon à son fils, l'accusant de s'être conduit de façon irresponsable, et il lui interdit de sortir pendant une semaine. Mais, en parlant à ses collègues lors de la pause-café ou du remplissage de sa nouvelle citerne, il semblait plutôt fier du comportement héroïque de son fiston. Le camion-citerne était convenablement assuré.

Tous les autres enfants (sauf Cordie Cooke, qui disparut complètement dans la nuit tandis que toute la ville admirait les efforts des pompiers, et que personne ne revit pendant plus d'une semaine) furent interrogés par leur famille et par la police.

Les parents de Mike et des petits Stewart furent horrifiés d'apprendre que leurs rejetons s'étaient brûlés et égratignés en essayant d'ouvrir, avant qu'il n'explose, la portière coincée du camion-citerne. Tout cela pour tenter de sauver la vie d'un chauffeur dont on n'était même pas sûr de l'identité ! Jim Harlen passa la nuit du samedi au dimanche chez Barney et quand, le lendemain, sa mère revint de Peoria, elle aussi se montra bouleversée et impressionnée par les exploits de son fils.

La grand-mère de Mike ne mourut pas. Son état commença au contraire à s'améliorer et, au milieu du mois d'août, elle pouvait murmurer quelques mots et remuer le bras droit. M. et Mme O'Rourke demandèrent au Dr Staffney de les aider à trouver des spécialistes susceptibles de la mettre sur le chemin d'une complète guérison.

La semaine qui suivit l'incendie, les garçons se remirent

à jouer assidûment au base-ball, parfois dix à douze heures d'affilée. Mike alla voir Donna Lou, s'excusa de l'incident du mois précédent, et lui demanda de revenir dans leur équipe. Elle lui claqua la porte au nez, mais son amie Sandy Whittaker vint jouer avec eux le lendemain, et bientôt, les plus sportives des filles du bourg se joignirent à elle. Michelle Staffney se révéla un joueur de troisième base tout à fait honorable.

Cordie Cooke ne jouait pas au base-ball, mais elle allait se promener avec les garçons ou leur tenait compagnie lors de leurs parties de Monopoly les jours de pluie, ou bien lorsqu'ils trônaient dans le poulailler. Quant à son frère Tubby, le bureau du shérif et les gendarmes mobiles le déclarèrent officiellement fugueur.

Mme Grumbacher, une fois le fait établi que M. Cooke était parti pour de bon, voulut aider la famille Cooke, et plusieurs autres dames du Comité de charité des églises luthériennes vinrent lui apporter de la nourriture et des vêtements.

Le père Dinmen ne venait dire la messe à St. Malachy que deux fois par semaine, le mercredi et le samedi. Mike continua à la servir, mais il envisageait d'abandonner à la rentrée.

Les jours passèrent. Le maïs continua à pousser. Les enfants faisaient encore des cauchemars de temps à autre, mais ils étaient nettement moins horribles qu'auparavant. Chaque jour, les nuits devenaient un peu plus longues, mais elles semblaient bien plus courtes qu'avant l'incendie.

M. et Mme Stewart étaient venus manger des steaks chez oncle Henry avec les O'Rourke et les Grumbacher. La mère d'Harlen arriva plus tard, avec un dénommé Cooper qu'elle voyait « régulièrement ». Il était grand, parlait peu et ressemblait légèrement à l'acteur Gary Cooper, à part ses dents de devant, un peu de travers. C'était peut-être la raison pour laquelle il souriait rarement. Lors de sa dernière visite, il avait offert à Harlen un gant de base-ball, et l'avait gratifié d'un timide sourire en lui serrant la main. Jim ne savait pas encore quoi en penser.

Les enfants prirent leur repas sur le belvédère, et arrosèrent leur steak de lait frais et de limonade. Après dîner, tandis que les grandes personnes bavardaient dans le patio, ils grimpèrent dans les hamacs et contemplèrent les étoiles. Puis Dale profita d'une pause dans leur discussion à propos de la vie sur les autres planètes (les enfants allaient-ils à l'école là-bas ?) pour annoncer :

— Je suis allé voir M. McBride, hier...

Mike mit les mains derrière la tête, et se balança si fort que son hamac vola au-dessus de la balustrade de la terrasse.

— Je croyais qu'il était parti à Chicago, ou un truc comme ça...

— C'est exact, il va aller s'installer chez sa sœur. Il est déjà parti en fait, je l'ai vu juste avant son départ. La ferme est vide, maintenant.

Les cinq garçons et la fillette restèrent quelques instants silencieux. Près de l'horizon, une étoile filante zébra sans bruit le ciel.

— De quoi vous avez parlé ? demanda enfin Mike.

— De tout.

Harlen, dans le hamac, renouait son lacet.

— Il t'a cru ?

— Oui... Il m'a donné tous les carnets de Duane, même les vieux, il a écrit plein de trucs.

Il y eut un autre moment de silence. Les grandes personnes parlaient à mi-voix, et leur conversation se fondait dans le chant des grillons et les coassements des grenouilles dans la mare.

— Il y a une chose dont je suis sûr, dit Mike, c'est que je serai pas fermier quand je serai grand. Trop dur. Travailler en plein air, OK. Sur un chantier, ça va. Mais pas fermier.

— Moi non plus, répondit Kevin en mâchonnant un radis. Ecole d'ingénierie... dans le nucléaire... ou dans un sous-marin, peut-être...

Harlen passa une jambe par-dessus le hamac pour le balancer.

— Moi, je veux un métier qui rapporte gros. Dans l'immobilier... ou la banque. Bill est banquier.

— Bill ?

— Oui, Bill Cooper... ou bien je serai bootlegger !

— L'alcool n'est plus interdit, objecta Kevin.

Harlen eut un sourire tordu.

— Ouais, mais y a encore des tas de choses qui le sont. Les gens sont toujours prêts à payer des sommes astronomiques pour ce qui les démolit.

— Moi, je serai joueur de base-ball professionnel, déclara Lawrence, assis sur la balustrade. Comme Yogi Berra.

— Ah, ha ! Bien sûr !

Cordie était aussi perchée sur la balustrade, les yeux levés vers le ciel, mais elle regarda Dale.

— Qu'est-ce que tu seras, toi ?

— Ecrivain, murmura-t-il.

Tous les yeux se tournèrent vers lui. Il n'avait jamais évoqué cette possibilité. Gêné, il sortit de sa poche un des carnets de Duane.

— Vous devriez lire ça... vraiment !... Duane a passé des heures... des années... à décrire les gens, comment ils marchent, à raconter ce qu'ils disent...

Il s'arrêta, se trouvant ridicule, puis décidant qu'il s'en moquait, il poursuivit :

— C'est... on dirait qu'il a toujours su ce qu'il voulait être, et combien de temps il lui faudrait pour se sentir prêt... des années de travail et d'exercices avant de seulement essayer de se lancer dans une histoire... c'est tout là-dedans... dans tous ses carnets.

Harlen le regarda d'un air dubitatif.

— Et tu vas écrire les livres de Duane, ceux qu'il aurait écrits ?

— Non, murmura Dale. J'écrirai mes propres histoires. Mais je n'oublierai pas Duane, et j'essaierai de prendre exemple sur lui... pour apprendre à écrire...

— Tu vas vraiment écrire sur des vrais trucs ? Sur ce qui est arrivé pour de bon ? demanda Lawrence.

Dale, embarrassé, voulut clore le sujet.

— Si je le fais, compte sur moi pour décrire tes oreilles en feuilles de chou et ta petite cervelle de moineau...

— Regardez ! s'écria Cordie en montrant du doigt le ciel.

Ils levèrent les yeux et contemplèrent en silence le satellite *Echo* traversant la nuit. Même les adultes se turent pour regarder la petite braise qui avançait au milieu des étoiles.

— Bon sang..., murmura Lawrence.

— Il est drôlement haut, hein ? chuchota Cordie, dont le visage semblait soudain doux et heureux à la lueur des étoiles.

— Exactement à l'endroit et à la date où Duane nous avait dit qu'il serait, remarqua Mike.

Dale reposa la tête dans le hamac. Il n'ignorait pas que le satellite, la caverne des bootleggers et bien d'autres choses seraient encore ici le lendemain et les jours suivants. Mais cet instant — avec ses copains autour de lui, les voix de ses parents et de leurs amis, par cette nuit tiède traversée des bruits de l'été et de brises parfumées — était unique, et son souvenir devait être préservé. Il regarda Mike, Lawrence, Harlen, Kevin et Cordie qui contemplaient le satellite, les yeux levés vers le splendide futur qui s'annonçait, pensa à Duane et essaya de les voir à travers les mots que celui-ci aurait choisis pour les décrire.

Puis, sachant avec la sagesse instinctive de son âge que de tels instants doivent être appréciés, mais que trop d'insistance les viderait de leur sens, il regarda avec ses amis *Echo* monter au zénith, puis commencer à redescendre.

Quelques instants plus tard, ils parlaient base-ball, mais Dale écoutait d'une oreille distraite. Une chaude brise soufflait sur les immenses champs, agitant les plumets soyeux de millions d'épis de maïs, et portant en elle la promesse d'autres semaines de vacances, et d'une autre journée claire et chaude après le bref entracte de la nuit.

Dan Simmons
dans Le Livre de Poche

L'Amour, la mort   n° 14168

Des nuits chaudes de Bangkok aux légendes vampiriques
indiennes, des tranchées de 1914-1918 à l'Amérique en proie
à une nouvelle drogue, chacun de ces cinq récits évoque à sa
façon l'amour et la mort, Eros et Thanatos.

Les Chiens de l'hiver   n° 30412

Qu'est-ce qui a poussé Dale, universitaire dépressif et auteur
de romans à succès, à s'installer seul à Elm Haven, un lieu
perdu de l'Illinois ? Cherche-t-il à élucider les mystères de
cet été 1960 au cours duquel son meilleur ami, Duane, a péri,
déchiqueté par un engin agricole ? Va-t-il enfin écrire le
grand, le vrai roman de leur adolescence ? Il n'aura pas longtemps à se poser la question.

Les Feux de l'Éden   n° 14405

De tout temps, les sorciers d'Hawaï ont invoqué les divinités
souterraines pour chasser l'homme blanc, et le grondement
des volcans a paru exprimer la colère d'une terre bafouée.
Mais cette fois, tandis que le milliardaire Byron Trumbo pro-
mène sur la grande île les Japonais auxquels il espère vendre
un luxueux complexe hôtelier, des touristes disparaissent, le
terrain de golf se jonche de cadavres démembrés, un chien
monstrueux passe, une main humaine dans la gueule…

Les Fils des ténèbres   n° 14120

Jeune et brillante hématologiste américaine, Kate Neuman
débarque à Bucarest afin de se consacrer aux orphelins
atteints du sida. Là, elle découvre l'étrange cas d'un bébé,
Joshua, qui, à chaque transfusion, développe pendant un court
laps de temps une formidable résistance à la maladie.

L'Homme nu   n° 13998

Et si la solitude devenait impossible ? Si, un jour, nous ne
pouvions plus nous isoler, fermer notre conscience ? Si les
pensées, les désirs, les pulsions des autres nous envahissaient
à chaque minute, comme des écrans restés allumés ? Bremen,
un mathématicien, a ce terrible pouvoir de divination. Longtemps, son union avec sa femme Gail, comme lui télépathe,
lui a servi de bouclier. Mais Gail meurt d'un cancer, et le voilà
seul dans le chaos, livré à la neuro-rumeur du monde

Achevé d'imprimer en octobre 2008 en Allemagne par
GGP Media GmbH
Pößneck (07381)
Dépôt légal 1re publication : novembre 1995
Édition 06 – octobre 2008
LIBRAIRIE GÉNÉRALE FRANÇAISE – 31, rue de Fleurus – 75278 Paris Cedex 06